U0641990

通途II

把进步路上的天堑变成通途

汉唐明月◎著

人民东方出版传媒
東方出版社

图书在版编目(CIP)数据

通途. 2 / 汉唐明月著. — 北京 : 东方出版社，2014.6
ISBN 978-7-5060-7601-2

Ⅰ. ①通… Ⅱ. ①汉… Ⅲ. ①长篇小说-中国-当代 Ⅳ. ①I247.5

中国版本图书馆 CIP 数据核字（2014）第 148787 号

通途Ⅱ

(TONGTU Ⅱ)

汉唐明月 著

责任编辑：鲁艳芳
出　　版：東方出版社
发　　行：人民东方出版传媒有限公司
地　　址：北京市东城区朝阳门内大街 192 号
邮　　编：100010
印　　刷：香河县宏润印刷有限公司
版　　次：2014 年 9 月第 1 版
印　　次：2014 年 9 月第 1 次印刷
开　　本：710 毫米×1000 毫米　1/16
印　　张：24
字　　数：380 千字
书　　号：ISBN 978-7-5060-7601-2
定　　价：39.80 元
发行电话：（010）64258112　64258115　64258117

版权所有，违者必究　本书观点并不代表本社立场

如有印装质量问题，请拨打电话：（010）64258127

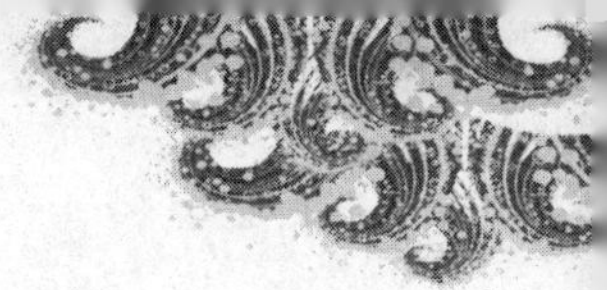

目录

目录

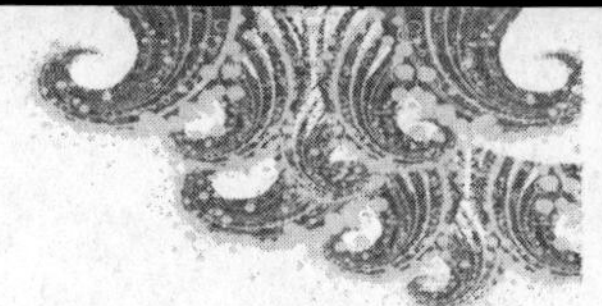

目录

目录

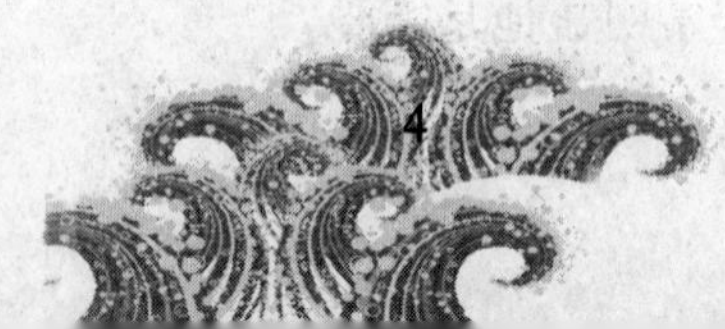

1. 其实也没有捷径可走

上任之前,宁宇接到了学习培训的通知。不管这是不是惯例,反正他接到了省委组织部门的正式通知。开班那天,他赶到学习的场馆之后,径直向登记处走去。虽然他按照张书记的教诲,身着一身简单的西服,但还是出现了插曲。负责登记的工作人员问:"请问,你帮哪位领导签字?"

宁宇再一次看了登记处,这就是学习的地点呀。便说道:"不是你们通知的来学习吗?"

工作人员冲他一乐,说道:"我说小兄弟,你有没有搞错,我们这里是地、市(厅局)培训班,你要参加的是哪个培训班啊?"

宁宇说:"就这里啊。怎么,不学了?"

这时候,工作人员才说:"请问你是?"

宁宇说:"我是宁宇啊。"

工作人员是个中年女人,她看了看名单,又看了看宁宇,连忙说:"哦,你就是宁宇啊?不好意思,你也太年轻了,我都不敢确认你是领导呢!"她的这番话,引起了很多人的兴趣,也都朝他这边看。其实,也不怪人家工作人员眼拙,其他参加培训学习的多是四五十岁的中年人,突然冒出一个还不到三十岁的小伙子来,实在是让人难以置信。不过,这个插曲并没有影响到宁宇的信心,他签完字,领了教材,进屋坐下认真听课。他自己也清楚,很多课程对于他来说异常重要,新的工作对于他来说也是十分陌生的。

有一句话叫作屁股决定脑袋,这句话听起来有些粗俗,但实际上说的倒是完全贴近实际的。像宁宇这样的年轻干部,从省委机关报的处级主任一跃成为拥有六百万人口的地方大市的市委常委、宣传部长,非常明显他是需要思维转型的。以前他是报社的中层干部，统管的也不过就是几十个行业的新闻，手下也就是二十多个记者，干的也是具体的撰稿和修改、编辑之类的工作。走上市委宣传部长的位置，可就不是这一套工作法则了，那就得从微观的具体工作转到宏观的管理和调控工作上来。市里面的报社、期刊、电台、电视台连同形形色色的网站，每一天在运行之中都会产生各种各样的问题，这些问题之中的突出者，会报到你宣传部长的案桌上，你得有自己的处理意见。另外，宣传部长还不仅仅是管宣传上的那一点事，谁让你是常委呢？你还得分管教科文卫系统啊，每天的日程安排得满满的，除了开会研究，就是举手表决，那可不像做具体工作那样简单。

这所有的一切，都是宁宇所完全陌生的。一段时间的集中培训学习，他已经悟出了一些为官之道了。还没有正式上任之前，他也将龙都市内的所有传媒机构进行了仔细的研究，各媒体之间的优劣他算是大致有数了。这一天，市委书记在省城开会，闲暇的时间，他约见了还在学习培训中的宁宇，问道："宁部长，你去龙都之后的第一件事会是什么呢？"

这王明书记因为张书记的原因，在宁宇面前是一副长辈的架势，所以说话也就很随便了。你还别说，宁宇其实早就想好了要完成的两件大事。他不紧不慢地说："书记，我还没有向您请教呢，不过，我想过去之后要干的第一件事情就是让媒体关注龙都。搞一次全国媒体聚焦龙都的采风活动，把中央和国家机关的媒体、省里面的媒体、还有部分海外媒体，集中邀请到龙都，把龙都这些年来的改革成果、社会建设成就，最主要的是龙都下一个阶段的发展方向做一个全面的宣传。名称我现在没有想好，暂时就称它为'百家媒体龙都行'。"他刚刚说到这里，王明显然十分有兴趣，连声说："好啊，好啊。这可是龙都历史上的一次改革开放大检阅，也是教育和引导龙都干部群众的好办法啊！很不错的，名称你还可以继续思考，要弄出一个响亮的口号来。"说这话的时候，他的目光里充满了赞许之情。随后又说："现在看来，我就不用担心了，你现在就已经成功转型了。好，我不打断你了，你继续往下说。"

宁宇早已胸有成竹，接着说："我想，这个活动在开始之前，本市的宣传系统就要进行广泛深入的宣传，让龙都的各条战线都引起足够的重视，每个系统都要精心总结先进经验和先进典型，理清本行业的工作思路。一方面为我们众多的媒体提供宣传素材，同时也激发各行业的创新激情。这一次活动之后，立刻将这些成果结集成书出版，成为龙都市的一个精神文明建设成果，激励龙都人民积极向上，勇于开拓。我想这对于改善龙都人民的精神面貌、提高龙都人民的思想素养都是有积极作用的，同时也会促进龙都的经济社会发展。”王明点点头。随后问道：“你说的第二个想法呢？”

宁宇说：“第二个就涉及文化产业改革了，我记得书记在和我交换意见的时候曾经说过，要将龙都的新闻出版资源进行精心整合，实现最优化的资源配置。我想龙都现有的资源，基本可以整合为三个完整的集团。报刊出版集团、影视新闻传媒集团、网络娱乐传播集团。具体的操作大纲我还在思考之中，总的方向就是做强龙都的文化出版行业，我在这里说的做强，就是要优化组合，不贪大求洋。过去我们很多媒体都提倡做大做强，我现在要强调的是做强、做精，而不盲目要求做大。所以这将会是龙都文化产业改革的重大课题，也不是一蹴而就的课题。”王明插话说：“宁部长啊，我这算是找到知己了啊，这样的问题以前一直是我们想不透、做不透的，现在你来了，这方面你是专家，我就抱很大的希望了。市里面媒体的主办单位太多，管理制度不一样，不断有媒体出现这样那样的问题，一直就是困扰我们市委的难题，现在你的这个思路一推行，我相信很多问题都会迎刃而解了。你就大胆地做方案吧，只要有利于龙都的发展，有利于龙都的改革开放，市委就是你坚强的后盾。来来来，喝茶。”说完，他开心地举起了茶杯。

书记的秘书提醒说：“书记，文化厅那边的川戏你还看不看呀？时间差不多了。”王明这才说道：“哦，对不起，宁部长，我还有一个约会，改天我们在龙都再详谈。”

宁宇起身送走了王明书记，眼光又落到了自己手里的那本宣传部长工作手册上。他还没有来得及看下一段，就听见手机的短信来了。他按动读短信的按钮，只见一个神秘人士给他发来的短信：“章局长在文化厅请王书记看戏呢！”宁宇暗自笑笑，这有什么奇怪的，新任文化局局长请书记到省城看戏，那不也是很正常的吗？他合上那本宣传部长工作手册，想起了章副社长，也就是现在龙都市文化局的章局长来。他的各种举动、各种脸谱、各种势利和现实的行为一一浮现在他的脑际，不由得让他对章局长心生防范。

再有一周的时间，他就要走马上任了，他必须恶补很多空白。长辈们就是不一样，张书记给他送来了很多的著作，其中包括很多的为官哲学。红唇的爸爸更是煞费苦心，专门到中宣部去了一趟，托人找来了十几本新闻干部必读的书籍,以特快的方式寄到了省城。让他感动的还有报业集团的党委书记,他也亲自从自己的书架上挑选了五本新闻管理的专著送给了他。这个阶段,他一边接受正规的培训学习,一边如饥似渴地阅读这些海量的相关书籍。此刻宁宇才真正感觉到书到用时方恨少。他每天几乎都只休息一两个小时。有两次,前来骚扰他的和韵见到此情此景,也只能望洋兴叹,给他做了夜宵之后悄悄在夜色中离去。

2. 巨额馈赠

红唇和娜娜算是明白事理的人,知晓宁宇这一段时间没有时间和人闲扯,所以就在网上给他留言说说话,最多也就是通电话聊一聊,根本不会像和韵这样三番五次地来找他。不过,和韵来找他也不是一点理由都没有,谁让他将那辆奔驰车一放在她的手里就是五天呢?和韵也着急呀,她担心家里要是知道她替宁宇保管着和氏商号赠与的轿车,怎么向妈妈和爸爸交代呢?所以,每一次和韵来找他的时候,宁宇都笑脸相迎,好言相劝,都会说:“你先保管着,我会来取的。”

可是,终归是纸包不住火呀!和夫人还是知道了这件事。她毫不留情地将和韵叫到跟前,问道:“宁先生的轿车是怎么回事?你又是怎么一回事?”和韵虽然平时嘻嘻哈哈,此刻还是慌了神,索性一股脑儿将事情的前后说了,和夫人这才陷入了沉思。她也知道,此刻让宁宇把车接过去,怎么处理呢?不仅仅是他没有停车的地方那么简单,还极有可能给他带来另外的麻烦。于是对和韵说:“既然是这样,你把他的车开到国际假日酒店停车库吧,等他有时间了我跟他说。”和韵自然也就将车开到了假日酒店。

一天晚上,和夫人给宁宇来了电话。一开口和夫人便说:“祝贺你宁先生,祝贺你再一次高升。有一件事情,我得给你汇报清楚。”和夫人以前可从来不用这样的语气和他说话,这让宁宇觉得有一种相隔万里的感觉。

他连忙说:“和夫人,您这样说就见外了,什么汇报呀?有什么事情,您就吩咐好了。”

和夫人乐呵呵地说:“你呀,欺负我们家和韵了是不是?你让她一个小孩子给你管车,太不合适了。我已经让她把车停到了假日酒店的车库了,不过,我可得给你说好了，你要确定一个准确时间来将车领走，你是知道的，这个车本来就是和氏商号馈赠给你的，要是别的股东知道这车放在我这里，你不是置我于不利吗？”

宁宇乐呵呵地说：“嗯，和夫人，我还真想找您好好聊一聊呢。说实话，不光是那一辆车的问题，就是那个首席顾问，我觉得也都还要商榷的，我原本以为就是一场游戏，没想到你们却当真了。”

和夫人立刻严肃地说：“宁先生，我们可从来都没有跟你开玩笑的啊？现在所有的都木已成舟了，还有相关的合法程序，你要是这样说的话，玩笑就开得离谱了……”

十分显然，和夫人还是坚持和氏商号所签订的合约，没有丝毫松动的想法。宁宇缓和了语气说：“和夫人，您也想一想啊，您不是也还有东西放在我这里吗？您的这些东西，我又什么时候完璧归赵呢？”对方迟疑了很久没有说话，很显然，和夫人并不是没有软肋，她也清楚宁宇的那个首席顾问产生的始末。只不过现在她有些骑虎难下了，所以她就当没有以前那些事了似的。但是宁宇提出了这个问题，她也就有些迟疑了。只听见她轻柔地说：“我说宁宇，”她再也没有称呼宁先生了。“这样吧，我也有很多话要对你说呢，就是怕你这段时间没有空闲，这样吧，你约时间，我们还得认真谈一谈，要不然，我们之间的误会可能就越来越多了，你说是吧？”这也正是宁宇想的，他琢磨着，在自己离开省城到龙都市委之前，这件事情一定要有个分晓，于是说：“好的，我约你吧。”

刚放下和夫人的电话，和韵就在网上和他说话了：“你在吧？我有急事跟你说呢。”

宁宇回复说：“是不是挨骂了，实在抱歉。”

和韵说：“你还好意思这样说，我早就说过了，我妈妈是顺风耳千里眼，哪有瞒得过她的事情。这下好了，我挨了她的训斥，你怎么奖励和安慰我啊？要不然，我要你今晚陪我……”

宁宇说：“嗯，这是我的过错，不过，以后我会犒劳你的，不是现在。我还要问你，你能不能给我说一说，这辆车究竟是怎么一回事？还有，我懵懵懂懂地做了和氏商号的首席顾问，那天你也是在现场的，你能告诉我到底是为什么吗？”

和韵发了一个可爱的动作后才说：“呵呵，这等军国大事，不要说我不明白，就是我那个做行长的爸爸也还是云里雾里呢。这件事情啊，我妈也可能知道一些端倪，不过，我也不敢肯定。”她的话，让宁宇觉得很不可思议，这个和氏商号到底是怎样一个神秘的国际商团啊？

他又问道：“难道你以前就没有听说过这样的事情吗？”

和韵说：“听说过呀，就是在祖上留下的祖训里面有啊，不过，现实世界里就是第一次。”

宁宇清楚了，和韵是毫不知情的。于是说：“你早点休息吧，我也要看资料了。”他想起了娜娜，娜娜不是要搞一个和氏商号的后续稿件吗？何不让她去了解了解呢？说不一定那还是一条途径呢？他思考着如何跟娜娜说这一切。

事实上，不仅仅是宁宇一个人在为他遇到的这一切着急，娜娜和她爸爸张书记同样在为宁宇着急。此刻，父女俩也正在查阅资料，研究和氏商号这个特殊而神秘的企业集团。娜娜问爸爸：“你说，和氏商号这个企业已经是两百年的老字号企业了，它的很多现代人看来神秘甚至怪异的规定，你说政府部门会理解吗？”

张书记一边查看资料，一边说：“这样的事情，在整个商业界，也许是绝无仅有的特例，那就要看我们执政的官员怎样想了。”

娜娜说：“事实很清楚啊，宁宇现在所得的资产，既不是受贿来的，也不是索贿来的，实际上就等于是一种赠与。但是，这种赠与的方式又带上了现代商业特点。难道政府部门和政府官员，就不能通融吗？再说啦，宁宇本来也不想要这批财产的啊，他接受了之后，可不可以捐赠给希望工程或者其他的慈善机构呢？”

张书记眼前一亮，拍手说：“哎，女儿啊，你的这话倒是提醒了我啊。我问问老陈，看他觉得这个办法如何。”他立刻拨通了陈院长的手机。只听见陈院长说：“我说张书记，现在可是下班时间，你们领导也只能管上班时间是不是？”

张书记说：“老陈，我没有时间和你开玩笑呢，我有事情和你说呢，就是宁宇和和氏商号那档子事……”

陈院长却说：“张书记，你等一等，等一等，我主动给你电话，现在我正好在和氏商号呢，一会儿我联系你好吗？”

挂断了电话，张书记说：“这个老陈，这段时间怪异得很，整天都泡在和氏商号干嘛呢？莫不他一个法律顾问顾问到别人的家里去了？”他的这话一出口，又觉得十分欠妥，瞟了女儿一眼，又说：“这点小事，他还要等一会儿再说。”正当他还在嘟囔的时候，客厅的电话铃声骤然响了起来。

3. 总算有了折中之策

电话是宁宇打的。娜娜拿起电话，温柔地问：“你好，哪一位？”

宁宇乐呵呵地说：“嗯，你接电话还蛮有服务员的气质啊。”

娜娜一听是他，就说：“亏你还想得起我呀？我还以为你心中只有你的工作呢？”

宁宇说：“这是什么话啊，难道我给你打电话也有错了不成？算了，不说这些了，我有事给你说呢！”

娜娜说：“我就知道你，要不是有事，你才不会给我打电话呢。什么事啊，你说。”宁宇将自己的想法说了，问道：“你觉得怎么样，你要不要深入一下，也算是对我的帮助？”

娜娜开心地说：“这事我当然有兴趣啦，我也觉得和氏商号还真有些神秘呢，我和爸爸现在正在研究呢，还有陈院长，爸爸也正在找他，不过，他现在还在和氏商号，也不知道他在和氏商号说些什么。要是你有这个打算的话，我也可以问问陈院长，然后我们再做决定。不过，上一次和夫人答应我接受采访了的，就是不知道她什么时候有时间。你不是也答应了和我一同前往的吗？我约好了，也让你参加怎么样？老实说，杂志社已经催了我好几次了，就是想要和氏商号的后续稿件。”

宁宇犹豫了一刻，还是没有将和氏商号赠车给他的事透露给娜娜，他知道，娜娜可能不会有什么，关键她们家老爷子，要是他知道了，还不得审问自己半天。

娜娜好几天没有和宁宇打照面了，很想见见宁宇，于是说：“你现在有没有时间，要不然你到我家里来一趟好吗？正好爸爸也在呢，你的事我们还可以出出主意？”

宁宇说：“算了，我的事情还很多呢。你们要是有什么好主意，电话通知我好了。”

娜娜又说："你快要走了吧？什么时候走啊？走的时候总不可能我们都不送你吧？"

宁宇说："是快了，学习明天就结束了，原定的是学习结束要去龙都的，也不知道有没有改变。我们报社的章副社长已经到龙都就任了。要是原计划没有改变的话，可能后天就得走了。"

娜娜说："好吧，等你走的时候，我们再见面吧，你抓紧忙你的事情吧。"娜娜就是这样一个知趣而理性的丫头，这也正是宁宇喜欢她的地方。

自从宁宇介绍陈院长做了和夫人的法律顾问，陈院长就黏上和夫人了。和夫人原来对省城大学的院长教授都是很尊敬的，现在每天都和陈院长打交道，突然觉得有几分的不习惯。陈院长太过于细心和热情，还带有几分书呆子气息，经常将她开玩笑的话理解为情话，弄出许多啼笑皆非的事情来。就是现在，他还黏在和夫人的办公室，一个劲儿地给她讲战国时期的典故，一点回家的迹象都没有。当他接到张书记的电话，草草就挂了。和夫人善意地提醒他说："张书记不是找你吗？时间很久了，你该不会不回电话了吧？"

陈院长没搭理领导，很豪放地说："张书记，他也已经是我三十年的同事了，尽管他现在是学校党委书记，可他也不敢拿我怎么样的。他就是问我宁宇的事情。"

宁宇的事情？和夫人立刻来了兴趣，问道："宁宇什么事啊？"

陈院长现在是和夫人的法律顾问，既然和夫人问了，他也就不得不答了。陈院长说："我想张书记主要是担心宁宇的仕途，担心与和氏商号的契约会影响他的仕途呢。问有没有变通的办法，可不可以将做首席顾问的经费转赠给希望工程和慈善机构，问这样可不可以，有没有相关的法律依据。"

和夫人也问道："有这方面的依据和条款吗？"

陈院长说："转赠是一点问题都没有，至于说依据和法规，那还得查一查。不过，倒是有一个折中的办法，宁宇要是真的不接受的话，你们可以商量，和氏商号以宁宇的名义将他应得的那部分财产捐给希望工程和慈善机构，这样的话，和氏商号该付出的付出了，宁宇这边也说得清楚，我想这样可能对他的仕途也不应该有影响。"

和夫人点点头，说："要是这个方法可行的话，那就最好了。"和夫人内心也一直不能平静，宁宇这个人自己接触不是一天两天了，他本来就不是一个没有分寸和原则的人，这个时候他就更不会轻易接受带有馈赠色彩的钱财了,所以必须要找一个合适的出口,让宁宇能够接受的出口。虽然自己对宁宇还有更多的奢望和想法,那都得以后一步一步来。于是她又对陈院长说:“我觉得你的想法不错,你是不是应该马上告诉张书记他们,最好你回去一趟,把这个事情跟他们分析清楚。”这也算是逐客令了,陈院长再不明事理,这样的话还是听得明白的。他也知道,和夫人几乎就是一个宁宇迷,对宁宇的事情太上心了,上心得让他都有几分嫉妒。但是,他还是不大情愿地站起身来,让和夫人的司机送他回去见张书记。

陈院长的意见很快转到了宁宇的耳朵里,宁宇想:要是没有别的更好的办法,这也算是一个办法了,他的心里顿时踏实了许多。不想,和夫人在网上和他说话:“你现在有时间说话吗?”

宁宇说:“嗯。”

和夫人又说:“你现在还在网上,想必你也该休息一会儿了,我来接你去放松一下,顺便聊聊事情,把该解决的解决了,你也好轻装上阵去龙都。”有了刚才娜娜传来的消息做铺垫,宁宇的心理负担已经没有了。看看手里的这本宣传部长手册也看完了,放松一下也是可以的,最主要的还要解决与和夫人之间的问题,于是爽快地说:“也好。”

“二十分钟后见。”和夫人也是个干脆利落的人。

“嗯。”宁宇放下手中的书本,开始浏览当天省委机关报发布的重大新闻。今天龙都也有几条新闻上了省委机关报的要闻版,两条都是王明书记的动态。一条是龙都开发区正式揭牌,王明书记出席并讲话,消息还说王明书记还兼任龙都开发区管委会主任。另外一条消息是龙都文化建设方面的,文化局主抓的一个大型历史歌舞剧上演,王明出席观看演出,章局长主持了仪式。很显然这是章副社长到了龙都之后的公关稿。他一个文化局长,也需要突出自己的政绩啊。

和夫人总是满面春风地出现在宁宇面前,夜幕掩映之下,和夫人更显得身材飞扬,根本看不出她的实际年龄来,妖娆丰满的身段、俏丽美艳的面容、矫健动感的步伐,没有人怀疑这不是一个妙龄女郎。她靠在流线型的车门边,有型有款地期待着宁宇的出现。当她看见宁宇的时候,十分优雅地挥挥手,动作娴熟地打开车门,迎接宁宇上车。

4. 奢靡夜晚与事业

和夫人就是那种纯粹为黑夜而生的诡异女人,只要在黑夜的掩映下,她一准变得兴奋、娇艳而迷人。宁宇跨上她的车,就闻到一股淡淡的幽香,宁宇根本弄不清这迷人的幽香是从她身上发散出来的，还是从另外的地方发散出来的。和夫人上车之后,将她的风衣脱了,只着了裸露着诱惑的吊带装,足可让男人们想入非非的那种性感展露在宁宇面前。宁宇努力不去看她的打扮,尽量将她当成学生的家长。可是,和夫人单独和他在一起的时候,从来就没有显露过家长的痕迹。她铃铛般美妙的声音响了起来:“我们去喝咖啡吗?”一双迷人的眼睛向宁宇扫荡过来,她的眼睛就像深潭一般,永远荡漾着深不可测的缠绵。

宁宇低头说:“随便吧,主要是交流事情方便就好。”

和夫人眨巴着灵动的睫毛,说:“嗯,那就是咖啡吧了,说事也安静。”一边说,一边启动了轿车。

很显然,这是和夫人的老据点了,也是省城名流出入的高级咖啡馆。在进去咖啡馆的路上，宁宇见到了几个十分熟悉的北京明星和本省的几个大牌企业家,他们很随意地冲和夫人打招呼,和夫人回头想介绍宁宇,却被宁宇的眼神制止了。和夫人心领神会,随宁宇快步走进了宁静温暖的大厅。服务员很快将他们领进了雅致的靠窗包间。

和夫人将她的风衣挂到了衣架上,笑容可掬地问宁宇:“先生,我可以帮你服务吗?”宁宇还没有明白过来,她已经轻柔地将他的西服外套脱了下来,十分优雅地挂到了衣架上。宁宇笑笑说:“谢谢。”

一边坐下,和夫人一边说:“为你服务,十分荣幸。”和夫人熟练地点了两人都各自喜欢的咖啡,要了三五样糕点,这才轻轻地说:“我们先说正事吧,好吗?”她的眼神扑闪着神秘和诡异。

“嗯,好啊。”宁宇说道。

和夫人就是这样一种极少有的极品女人，说正事的时候，总是有板有眼,有哲理有深度,不说正事的时候,又完全恢复一个绝色美人的神态。只听见她说:“你现阶段的想法,我绝对是能理解的。不过,你听我说完,也许你也就能明白我了。首先从首席顾问的事说起吧?这是和氏商号两百年来的规制,过去祖上叫有缘人,现在我们称作首席顾问。按照过去的规制,那就完全是一种馈赠。现在之所以改成了略带商业痕迹的顾问，主要是让现代人便于接受。老实说，像你这样的顾问我想是绝无仅有的，很多人是不会拒绝财富的，而你不同。所以，针对你的情况，我一直在想，用什么样的办法来平衡，或者叫做回避主要矛盾。因为你是地位显赫的公务员，很多法规都注定了你不能有职务之外的商业行为，现在不行，今后恐怕就更难了，准确地说，就是如何让这件事情变得合法化。我觉得陈院长提出的那个办法是目前最可行的，只要你同意，我们和氏商号就会以你的名义将这部分钱捐出来，直接捐赠到具体的慈善项目和希望工程去。和氏商号现在正在兴建敬老院和希望小学，你如果愿意的话，就捐赠到我们在建的两个项目中。”

宁宇插话说：“原来你们还在建敬老院和希望小学？”

和夫人说：“这有什么奇怪的吗？我们和氏商号一直秉承低调从商和和善做人，每一年我们都会有五百万的善款捐出，所以我们参与敬老院的建设和希望小学的建设并不是什么稀罕事。我们集团从来不张扬，外界是基本上不知道的，今天我给你说了，也希望你保密。”

宁宇肃然起敬地说：“嗯。”

“你同意捐到这两个项目中来吗？”和夫人问。

“可以的。”宁宇说。

“这就好办了，你也没有后顾之忧了，我明天就会让相关人士来办理这件事，到时候只要你签字就可以了。”和夫人非常愉快地说。

宁宇喝了一口咖啡，又说：“你放在我那里的东西呢？怎么办？”

和夫人说：“我正要跟你说这件事呢。放在你那里的戒指，我建议你放到银行去，不过，我来帮你办理手续就是了。这个东西你可能不明白它的含义，只要你将这个东西帮我保存，我们商团的决策权就一直在我的手里，而不是任何其他人手里，这就算是你帮我个人的忙。你也是知道的，我们家虽然是名门望族，但是到了我这一代就没有了男丁，而现在我丈夫也是和姓的男子，但他不是真正的和姓男子，而且这些年，我早看见了他的异动。我担心他会毁坏和氏商号的基业，所以才将这个最重要的传家宝让你帮我保存。”

宁宇思索了良久，他也是一个善良的人，不愿意看着和夫人和她的和氏商号衰败，于是说：“好吧，我暂时帮你保存，我也赞成将它放到银行里面去。还有现金和张书记的金表呢？这个你没有什么理由拒绝的吧？你最好将它一并拿走。”

和夫人说:“金表的事,我看就算了,那也算不得什么事儿,就当一个礼物放在家里吧?我也不存在什么目的,也就不存在行贿受贿了,你说是吧。至于说那一百万,我是这样想的,本来就是你撮合的生意,我也没有想到会有收入,我觉得那就是你该得的,你要是不方便,我也可以帮你存上,但是我得说清楚,就是你一分不用,也是你儿孙拥有的,我是不会在这件事情上妥协的,你可能不了解我的个性,我做了决定的事情,我永远也不会改变。另外,我对你……”她欲言又止了,宁宇明白,她心中还有隐藏的秘密,也不便于问。看样子,今晚的最好结果,也只能如此了,要是再谈下去就显得无趣了。于是,他没有驳斥和夫人的观点。

和夫人说:“就这样,我安排人来办理这些事,不再说正事了好吗?”

两人吃了点心,心情又缓和了不少。宁宇想起了自己面临的新工作,脸上的神情也变化了,细心的和夫人注意到了,问道:“你在想你的新岗位是吗?”

“你怎么知道的呢?”宁宇问。

“你脸上的神情啊。不过,你也不要太着急,什么事情都没有想象中那样高不可攀的。”和夫人的话,让宁宇觉得很温暖,问道:“愿意听听你的高见。”

和夫人说:“你的心境我还算是了解的,你不就是关注龙都的文化产业改革吗?你和王书记说的那三个集团,我看思路是正确的,只要你下定了决心,到时候我也许能帮帮你。”

宁宇现在才明白,面前的和夫人可不是一般的小商人,全省上下的官场要员,没有几个是她没有打过交道的。他想到了省报集团的经营,问道:“省报集团的经营也是你们集团承揽的吗?”

和夫人淡淡地说:“嗯,和氏商号的文化营运公司在运作,不过,我过问得不多。”她的话,让宁宇思索了很久很久。他当然知晓龙都的文化产业改革是离不开强势资金的注入的,但此刻他无法确定,龙都的文化产业改革,面前的这个女富豪是否能真的帮上忙。

5. 否定自己的假设

笑笑也是未解之谜。前次到她的神秘住所还没来得及细看,就接到报社的通知回去了。笑笑的神秘,一直萦绕在宁宇的头脑之中没有散去。原来笑笑在县上的电视台做记者,做记者期间还一直是和行长的情人。按理说,她这样的起点,本不该有这些神秘的。但是,今天的笑笑与过去有很大的不同了,她住进了西洋别墅,开着贵族似的跑车,好像身后的背景还异常强大,这一切,都足够吸引陌生人滋生好奇和向往。宁宇觉得,自己在离开省城之前,这个未解之谜也应该有一个答案。

事情太巧了,他与和夫人还在咖啡吧,笑笑居然就发来了短信:我看见你了,我就在你的斜对面。他按动手机的时候,和夫人也看得一清二楚。还没等宁宇说话,和夫人就说:"看这个号码是笑笑的吧?"这让宁宇有些吃惊,在他的印象之中,和夫人是知晓笑笑和和行长之间的隐私的,也是不欢迎笑笑的,她怎么会知道这就是笑笑的号码呢?于是说道:"不是,是另外一个朋友的。"

和夫人平静地说:"你隐瞒我有什么意思呢?是就是,也没有什么呀,你们是不是有话说啊?"

宁宇问道:"你和她也有交往?"

和夫人说:"怎么没有呢?还很亲密的呢,你没有看出来吧?"

宁宇当然满脸疑惑,他想象不出来哪一个女人能像和夫人这样,面对自己丈夫的情人能心平气和地说她是自己亲密的朋友。和夫人见宁宇觉得怪异,于是将整个过程向宁宇透露了。原来,就在和夫人生病的时候,她丈夫疯狂地在外寻花问柳。世上没有不透风的墙,丈夫和行长的事情很快就传到和夫人的耳朵里了。和夫人当时心情异常复杂,眼睁睁看着丈夫堕落,又因为自己的身体有病,不能尽妻子的义务,又担心丈夫会染上别的毛病,当即心急如焚。情急之下,她想到了自己平时要好的异性妹妹笑笑,将这些事情在她面前袒露了。看她一脸愁容,笑笑问她:"你有什么好办法吗?"

和夫人为难地说:"我是不忍心看他染上一身毛病啊……要是有人能长期和他居住,那样也好啊。"和夫人当时忘记了面前的笑笑也是正值妙龄的女郎了,笑笑突然说:"你是让我?"

和夫人原本是没有这样想的,可是笑笑这样一说,她突然觉得,这岂不就是一个万全之策,只要笑笑能接触自己的丈夫,等她的病痊愈之后就自然退出,岂不是一件两全其美之事。于是当即应允说:"只要你把这件事办好了,我会给你意想不到的好处的。"当时的笑笑还是一个单纯的姑娘,也是刚到电视台不久,是一个涉世不深的人。于是和夫人给了笑笑一栋房子,当然价格也是不菲的。

可是后来,笑笑和和行长相好之后,一直藕断丝连了许多年。虽然和夫人对笑笑没有深仇大恨,但是因此她和和行长就成了名义夫妻了。

笑笑从和行长那里也得到了很多的馈赠,算是一个富裕的女人了。运作到今天,她终于回到省城,也就算和和行长正式断交了。回到省城的第一天,笑笑专门宴请了和夫人,痛陈自己的不是,当然,和夫人本身也有问题。两个人算是和好如初了,又恢复了过去的姐妹关系了。笑笑已经今非昔比了,她在海外的亲人也一个个恢复了联系,现在海外的任何一个大陆板块都有她的亲人,而且都是地位显赫的人,所以,笑笑的日子才这样让人琢磨不透,让人觉得异常神秘。

宁宇问:"这样说来,笑笑原来也曾受苦很久?"

和夫人说:"是啊,她自己都不知道自己的身世,也就在她出生不久,亲人就全部移居海外了,她记忆中只有海外寄来的钱粮,根本就不知晓亲人的下落。直到她上完大学的那一年,亲人突然中断了汇兑钱粮,她才沦落到我们县上做电视台的记者的。"

宁宇算是对笑笑有一些了解了,原来笑笑的背景这样复杂,也对她萌生了几分怜爱。

和夫人说:"现在的笑笑不一样了,听说她手里掌管着海外的好几种基金,这些基金在中国的投资都必须经过她的审批,可谓今非昔比啊!"

宁宇问:"不对呀,她不是海外环保组织的代表吗?"

和夫人说:"你是只知其一不知其二呀,她是环保组织的代表没有错,她也是国际环保基金中国区的负责人呢。怎么,她就在对面,你不和她聊一聊吗?或者我们一起?"

宁宇迟疑了一刻,最后还是说:"好啊,我就让她过来了?"

和夫人点点头。

宁宇给笑笑发了短信:"既然你也在这里,可以过来一叙吗?"

刚刚发过去不到一分钟,笑笑就神气活现地出现在了宁宇和和夫人面前。笑笑进来就拽住宁宇的手,十分亲昵地说:"我说你呀,整天忙活,也不来一个电话,要不是我在这里看见你,也不知道什么时候才能看见你呢,我看你现在是从来不主动联系我了啊?"笑笑旁若无人的举动,让宁宇觉得十分不习惯,不知道和夫人是一种什么心态,倒是一直笑眯眯地看着宁宇和笑笑,仿佛置身世外。宁宇觉得,莫非这个和夫人在补偿笑笑,还在为当年的决定赎罪?他轻声说:"你坐吧,还有和夫人呢?"

笑笑说："我当然知道有和夫人，她又不是外人，她不就是我大姐吗？我先给你打招呼也没错啊。"随后才冲和夫人说："大姐，你现在也是越来越有魅力了。"

和夫人乐呵呵地笑，轻轻扬扬眉毛，说道："你就不要拿我开涮了，谁不知道你是才貌双全的绝世大美女？"说话之间，宁宇仔细看了面前的笑笑，一身华服，气质高贵，身材变得更加妖娆了，虽然她和和夫人姐妹相称，实际上的年龄起码要小十来岁。在灯光的衬托之下，她的艳丽果然逼人。

和夫人说："我说笑笑啊，宁宇现在是要去干更大的事业了，你难道也不帮衬帮衬？"

笑笑乐呵呵地说："是呀，宁先生现在是走上人生的黄金阶段了，我很想在他左右呢！可是人家一直就这样矜持，我能怎样呢？"

和夫人说："男人稳重一点没有什么不好的，不过，即便这样，你还不是可以帮衬他的啊！你对官场是了解的，今后的宁宇啊，不仅要管理文化产业的整合，还要掌管教科文卫等行业的管理，更重要的啊，他去了龙都，还有招商引资的重任，到时候啊，只恐怕你还得伸出援助之手啊！我就不信，你会看着老朋友在官场失落！"她的话，显得视野十分开阔，对官场的规则看得十分真切清楚，这都是宁宇本人没有想到的问题，她就在这里点透了。宁宇内心不得不敬佩这个美貌与智慧并存的和夫人。和夫人又问："我说宁宇，你就不打算让笑笑帮你这个忙？"

宁宇如梦初醒，立即说："那是当然，那是当然。笑笑啊，我们可是一起摸爬滚打过的难兄难弟啊，你的这些境外资源，可要给我预留着啊。你是知道的，地方上的招商任务可不轻啊。"

笑笑挥动粉拳，撒娇似的给了宁宇一拳，说道："你们两位一唱一和的，莫不是你们共同担任了龙都的宣传部长不成？宁宇，你老实交代，你是不是和我大姐……？"和夫人站起身来，说道："我说笑笑，玩笑开得离谱了，离谱了！要我说呀，你和我们的宁先生……"笑笑开心得前仰后合，然后正色道："大姐，不要这样欺负我们的宁宇先生了，对不起，我们的玩笑过头了，呵呵，女人嘛。"宁宇是有些无所适从，但是面前的这两个女人他又不是第一次见了，尤其是笑笑。他们当年在风景区采访的时候，还拥抱过呢，所以他对两人的荤玩笑没太在意。看到现在的这个情形，他甚至怀疑和夫人和笑笑是不是预谋好的，可是，这样的预谋又意味着什么呢？所以，他很快否决了自己的假设。

6. 给女人们的留言

回到家,他的心情更好了。见了这两个都很神秘的女人之后,他忽然觉得豁然开朗了。两个女人虽然都有很多不为他所知的秘密,但是两个女人对他而言都是坦诚的,也都是友好的,今晚不但解决了自己内心的很多疑虑,还对今后的工作有所帮助。他一边洗漱,一边思考明天的事情。等他回到床边,看见手机上有笑笑发来的短信:“宁宇,你放心,我会尽我仅有之力帮衬你的。我也知道,我过去的一些行为可能会影响到你对我的看法,可是我相信你是一个面向未来的人,不会因那些琐事而不要朋友。”

宁宇摇摇头,真没想到笑笑居然很在乎自己对他的看法。女人啊,就是这样。宁宇也知道,笑笑在自己面前说这样的话,实际上是很在乎他的感受的,这就说明这个女人对她有好感了。今后交往的时候,还得注意分寸。于是回复道:“笑笑,我一直当你是很好的朋友呢,我对你的一切一无所知啊,我倒想知道你的过去呢,你得跟我说呀。”他这样回复是有道理的,何必关心别人的隐私呢?尤其是风华正茂的女人。

所有的事情都算忙了个大概了,明天之后,他就要去自己尚不熟悉的龙都市委就任了。不管时间多晚,他索性在QQ里给所有熟人和同事留言。一一电话告别有点不现实,网上就方便多了。他给娜娜写道:“就要离开了,也不知道何年何月再回到这座城市,此刻,真有一种说不出来的情绪。说不清楚是感叹,还是伤感,总之,有一种无法倾吐的感觉,略带忧伤的感觉……很感激,有你在身边的这些日子,我很充实,也很快乐,真诚的谢谢。”

红唇还在网上,宁宇猜测,她一定还在熬夜写稿。红唇就是这样一个十分敬业的记者,与当年的自己十分相似。只要有新闻可写,就一定琢磨怎样出彩、怎样突破,往往一条百字短文都要耗上半天的时间。他深知,红唇是很快就会崛起的新闻人才,甚至进步比他还要快,还要神速。红唇的文字能力也好,潜意识也好,都是一个典型的新闻人所具备的。他为自己有这样的学生深深骄傲,但是,红唇的用情专一,对他的一往情深,又是他面临的最大难题。别看她平时含蓄冷静,内心其实对他燃烧着炙热的感情,总有一个时候,那种激越的情感会将红唇自己毁灭,也会给他带来灭顶之灾。所以,他在给她留言的时候，措辞尽量理性，甚至有些薄情寡义，有意回避了很多的实质问题。他写道："红唇，应该说我们是有缘分的师生。我甚至都可以断言，你会是我最出色的学生之一。我们在不长的共事阶段里，已经有了深刻的体会。你会是新闻界即将升起的新星，我一直坚信不疑。很感谢，在我最艰难的那一段时光，是你让我跋涉过来了。那一段时光，你就是我心灵中的希冀，你就是那希冀中领路的女神，将我心中的压抑和阴霾驱散，点亮了黑夜中的灯火，让我走出黑暗，看见了冉冉阳光的黎明。这些不是夸张，当我处于孤独与绝望的低谷，真的是你点燃了我心灵中的某一盏灯，让我从沉睡中猛醒过来了。人说大恩不言谢，可是你于我，我怎么能不言谢呢？虽然我们只是师生，但是你对我的给予，我将一生不忘。就要离开省城，不知道归期何在，我期望你继续在新闻的战壕里，发起属于你的冲锋，收获属于你的果实。请相信，我会一直关注你的成长与进步……"

对和韵，宁宇的情感相对复杂。毕竟，这是与他有过肌肤之亲的女人。虽然和韵时时刻刻在他面前表现出来的是一副无所谓的样子，可是，经过这么长时间的观察，他发现和韵根本就不是一个随意的女孩。更让他感觉到为难的是，老妈居然把她当成媳妇了，而且还将祖传的银质项链送给她了。人说女人都有第六感，莫不是妈妈和和韵之间，真的对上某种神秘的符号了。和韵这个人他是了解的，她绝不可能去跟妈妈透露什么的。想到这些，宁宇有一种强烈的自责感，他责问自己，为何要这样对待和韵呢？所以，轮到和韵的时候，他久久没有下笔。最终，他还是写道："嗨，和韵，我就要去龙都了，希望你能来看我。"就写到这里，他无法写下去了，他仿佛看到了和韵那双俏皮但是忧郁的眼睛，甚至看到了她难得的泪滴。和韵现在在想什么呢？

写完留言，他索性将电脑关了，睁着眼睛望着白花花的天花板，不知道自己该想什么，或者不想什么，乱啊……

次日。

干部学习培训的结业式很简单，领导们讲话，学员代表讲话。唯独让宁宇觉得意外的是，他也是学员代表。主持会议的组织部副部长用充满关怀的语气介绍说："下面，请本期最年轻的学员宁宇同志发言。"下面响起了热烈的掌声。主持人又说："从他的身上，我们就能看到我们事业的希望，看到未来领导的中坚。"他的话，虽然朴实，但是明显带有煽情的成分，下面又是一阵激越的掌声，所有人的目光，聚焦到了他的身上。无形之中，给他的压力大了不少,这个发言自然敷衍不过了。昨夜本来就没有休息好,此刻他绞尽脑汁,思索着怎样才算漂亮开头、浓重结尾,可脑子里稀里糊涂,总是不断闪现着女人们的身影。他站到发言席上停顿了一刻,主持人又催促说:"下面,我们就请宁宇同志做精彩发言。"

宁宇抬眼看着台下的人群,看见每一个人都以欣赏的目光看着他。在其他人的眼里,台上这个年轻的厅局级干部,现在就是一个地方大市的宣传部长了。宣传部长是干嘛的呢?不就是市里面最大的新闻发言人吗?换句话说,不就是靠口才掌权的吗?一个激灵,宁宇仿佛活过来了似的,思维顿时开启了。他侃侃而谈道:"尊敬的各位领导、各位教员、各位同学……"反正他的发言里饱含了努力工作、不辜负领导期望等内容,赢得了全场的掌声。

当他离开演讲台的时候,下面的人们还在欣赏地看着他。这时候,主持人说:"各位,明天你们就要奔赴新的领导岗位了,预祝你们在新的工作岗位上取得更多更大的成绩……"

回到自己的住处,宁宇什么也没有想,倒头就昏天黑地地酣睡开去,昨天他实在是太疲倦了。

7. 作别省城

宁宇给红唇留言的时候,红唇原本就还在网上的。她正在精心修改一篇驻军十五年如一日照顾地方一位孤寡老人的文稿。这样的事情在新闻上已不是第一次报了,尤其在各级党报上。按照晚报的选稿标准,这类稿件要是出不了彩,连版面都上不了。但是写稿的不是别人啊,是对新闻有着崇高理想的红唇啊。她在采访的时候早有准备,下了决心要深挖这个题材的。这篇稿件里面有两个没有报道过的信息,一个是已经转业多年的退伍老兵每年回来看望老人,另外一个就是新入部队的千万富豪之子帮助老人养猪。退伍的老兵离驻地有万里之遥,他为何会想到每年都要回来看老人呢?一个富足的千万富豪之子为何愿意帮老人养猪呢?这里面本来就埋藏了动人的传奇性。原来,这个老兵曾经有过逃离部队的想法,当时他已经逃出了营区,正好到了老人的家里。这个老兵本来就信任老人,索性将内心的想法说了出来。他本来想啊,老人一定会指责他。可是,老人压根儿没有指责,只是淡淡地说:“你如果真想走,就走吧,我可以给你一些路费。不过呀,孩子,你可是我见过的第一个逃兵呢,你要是真的走了,你的家人就不光荣了,你的战友、你的部队也都会因此蒙羞,我一个老人都不想要你们部队来照顾我了,你想好了没有,想好了你就走吧。”说完,老人眼含泪水将钱递给他。但是他的脸红了,逃也似的回到了部队。后来这个士兵提干了,最后干到连长转业了。

那个千万富豪的故事就更简单,士兵第一次去照顾孤寡老人的时候,看见老人实在太穷了,便偷偷将自己身上的两万元钱留给了老人。没想到第二天老人就将这两万元钱捐到了希望工程,留下的却是这个士兵的姓名。当这个士兵问老人的时候,老人说:“我不需要钱,我现在不是活得很好吗?我还有你们的照顾。很多孩子需要呢,我不希望以后的孩子们还跟我一样。”极其简单的道理,士兵的心灵受到了极大的震撼,所以他成了老人的知心朋友。

这样的素材,红唇当然不会让它轻易流逝,她运用精妙的笔触、动人的情节,将老人高尚简单的情怀、人类共有的朴素情感使这篇通讯写得生动感人。

当她撰写完这篇稿子之后, 她兴致盎然地打开了QQ里面的留言:“……很感谢,在我最艰难的那一段时光,是你让我跋涉过来了。那一段时光,你就是我心灵中的希冀,你就是那希冀中领路的女神,将我心中的压抑和阴霾驱散,点亮了黑夜中的灯火,让我走出黑暗,看见了冉冉阳光的黎明。这些不是夸张,当我处于孤独与绝望的低谷,真的是你点燃了我心灵中的某一盏灯,让我从沉睡中猛醒过来了……”刚刚充满感情地写完了那篇通讯,红唇此刻的精神十分清晰,也十分亢奋。突然看见宁宇给她写下的这些文字,她立刻沉浸在过去的时光里了。宁宇卧榻之中哀怨的眼神,病痛之中的落寞和失望举止,她就像一个关爱弟弟的大姐或者心疼孩子的母亲一般安抚他,那个时候,自己的情感是真挚的,心胸是博大的,一点一点地让宁宇从失落中走出来,进而拿起笔,一篇篇饱含激情的新闻就此而来。后来,宁宇因为这些报道获得了巨大的荣誉,一直走到了今天……

可以这样说,宁宇的成功,她既是见证者,也是参与者,宁宇今天登上高位,或多或少与她是有关系的。她与娜娜和和韵完全不同,倘若说娜娜完全是一个摘果子的人的话,和韵充其量只是一个观看树苗成长的人,而自己却是参与了种树和施肥的人,面对这些灵动的文字,她怎么可能不动感情呢?

往昔岁月的浮现,让她激动的泪滴沾满了脸庞。是啊,宁宇就要去龙都市委了,也不知道他何时再回省城,这一走,颇有壮士一去的悲壮之感,她更担心她对他的情感会付诸东流。她轻轻地将眼泪擦干,静静地在灯光下思索。她的这一切举动,都被妈妈看在眼里。妈妈噙着泪水问:"丫头,是不是因为宁宇?"

红唇点点头。妈妈说:"傻丫头,宁宇不就是去龙都吗?又不是很远的,你们还可以经常见面的哦,你这又是何必呢?"一句话惊醒了梦中人,红唇破泣为笑,说道:"我还真的没想到这一点呢,不过,妈妈,我该送点什么给他呀?总不至于就这样让他走了吧?"

妈妈打趣道:"这可是你们年轻人的事情,我就不好说了。走,睡觉去吧,今天已经太晚了。"这一夜,红唇破例跑到妈妈的床上,搂着妈妈睡得特别香甜。

省城出现了少有的好天气,宁宇站在报业集团的大楼下面,十分留恋地张望着这里熟悉的一切,前来送行的人很多,从集团的领导到晚报的领导,再到一帮熟悉的哥们姐们。最特别的,莫过于红唇、和韵和娜娜了。每一个人都给宁宇准备了一箱子的东西,每个人的东西都各不相同。唯一相同的就是心跳和脸红,还有汽车启动那一刻的泪水。宁宇回首的那一刻,三双泪眼让他无法忘却。轿车还没有出省城,他的短信就响个不停,宁宇强压住内心的情感,根本就不敢打开手机。同行的组织部长开玩笑说:"宁部长,你也是个多愁善感的人啊,没关系,我们都是过来人,能理解你的心情,你也不必忌讳什么,短信还是要看的呀。"经部长这样一说,宁宇只得拿起手机,翻看女孩们发来的凄凄楚楚的文字,随后用柔软的心灵,一个一个地回复。回复得十分简单,但不失柔情:"保重,后会有期。""保重,后会有期。"当他放下手机的时候,其他的人早已闭目养神了。他无趣地将手机扔进手袋里,自己也闭上了眼睛。听着左右传来均匀的鼾声,他的脑海里不断闪现着不同的面孔,他摇摇头,诘问自己:自己这是怎么啦?莫不是离开女孩子就活不了了?他努力让自己的神经粗大起来,该忘却的就忘却吧,何必自己这样作践自己呢?

8. 陌生城市第一夜

当天下午,龙都召开了党政干部会议,省委组织部宣布了宁宇的任职。同时,宁宇也在市委书记王明的主持下见了龙都市委常委的所有成员,也到宣传部见了几位副部长和其他科室的科长副科长。晚上,王明书记和常委们为他接风。宁宇能感受到,也许是因为他太年轻了,所有的常委都对他抱以怀疑。只有王书记热情地说:“各位,我们宁宇部长是省里著名的新闻人,也是省委机关报的大部主任,相信他的到来,一定会为我们龙都的新闻宣传打开一个新局面,我们为他的到来干杯。”尽管书记的态度坚决,相应者还是没有几个,只有市长陆成站起来,礼貌地说:“欢迎你啊,我们年轻有为的宁部长,相信今后我们一定能够合作愉快。”

宁宇连忙站起来说:“陆市长,我可是新兵,以后还请市长多多指教。”

陆市长看了王明书记一眼,说道:“宁部长这是什么话,我们现在都是同事,都在市委王书记的领导下开展工作,以后大家多协调,指教我哪里敢啊?新闻宣传,我这个老大哥可是个外行呢,我听王书记多次介绍过你,我们可期待你早日到来呢。今天你终于来了,我老哥心里也高兴啊,来,我们再干一杯。”

随后,市委常委们一一给他敬酒。市政协主席、市委副书记、常务副市长、政法委书记、组织部长、军分区司令员等常委一一和他寒暄问候。但是,宁宇能感受得到,这些比自己年长的常委们,没有哪一个是态度诚挚的,都说什么年轻有为啊、前途无量啊等应酬性的话语。宁宇能感觉得到,今后自己的工作并不是那样好开展的。常委里面的每一个人,几乎都将他当小字辈了。这还是其次,这些常委们几乎都是各自分管一个领域,事情也不会有太多的交叉,所以今后冲突的可能性还是较小的,让宁宇为难的是市政府的副市长们,还有宣传部的副部长们、教育局的局长副局长们、卫生局等他分管的那几个系统的干部头脑脑们,要是他们也像面前的这帮老干部一样对他,他的工作就很难开展了。

宁宇的酒量还算过得去,一桌子的人他应付过来之后,头脑还是清醒的。王明看了他一眼,说道:“没想到宁部长酒量还可以啊,自古文人都是海量的啊,佩服。”宁宇和王明已经喝了三杯了,见王明这样一说,宁宇只得再一次站起来说:“书记,感谢你的提携,今后我一定在市委的领导下认真工作。”

王明说:“这就好啊,在座的都是龙都的常委,今后你要有什么事啊,我不在的时候,你找他们之中的任何一个商量都是可以的,这些人呢,你接触长了也就知道了,每一个都会是你的好大哥的。”其他人也都七嘴八舌地说:“是啊,书记说的是,有什么为难的事啊,你尽管开口。”

一天下来,大家也都累了,吃罢晚饭,所有的人都散了。

住进市委安排给他的房间，他突然觉得偌大的房间显得空荡荡的。自己在省城的那个房子虽然窄小拥挤，但是充满了温馨。这里的一切，都显得那样的陌生。他静静地坐在客厅里的沙发上，突然想到了一个人——过去的章副社长、现在文化局的章局长。他不是一直和自己保持着联系，还说在离开省城之前要聚会的。可是，因为各自的事情一忙，这茬事情竟然大家都忘记了。现在章局长早已到龙都安营扎寨了，今天的干部大会上他也是在的，可现在怎么就没有了他的音讯了呢？莫不是这个人到了地方之后马上就变了？人啊，真是琢磨不定啊。

他正在想的时候，手机传来了短信的声响，一看，果然就是章局长发来的，只见上面写着："宁部长，我知道今晚市委领导们要为你接风，所以不敢打搅，也不知道现在你们忙完没有，要是忙完了，你还愿意见我的话，就请您吩咐。"章局长的语气显然和过去完全不一样了，一副下级面见上级的架势，让宁宇还有几分不适应。他琢磨着，要不要给章局长去一个电话呢？

也不知道是他的灵感来临，还是一种别的什么激发了他，他突然将手机放下了。章局长是省城新闻界来的干部，他本人也是新闻界来的干部。而且两人都是省报集团的，还是从一家晚报社出来的。要是自己到龙都的第一天就和章局长搅和到一块儿的话，这意味着什么呢？是不是意味着拉小帮派、搞小山头。要是市委王书记和其他的常委们知道了，会怎么看待自己呢？想到这些，他觉得今晚不见章局长已成定局，于是给章局长回了简短的信息："还在市委，有时间我约你。"

章局长马上回了一句："对不起，打搅领导了，晚安。"

他打开了客厅里最亮的灯，走进了书房，他的电话突然响起来了。他好奇地伸手拿起手机，电话居然是笑笑打来的。

让宁宇没有料到的是，这个时候，笑笑居然出现在了龙都。相对于那些完全陌生的面孔，突然接到笑笑的电话，他有一种见到亲人一般的感觉。他按动了接话键，问道："怎么是你啊？"

笑笑爽朗地说："怎么，不可以是我吗？你以为是谁呢？"

宁宇说："当然可以是你啊，你是知道的，我刚刚到陌生的地方，此刻正有一种孤独之感呢。"

笑笑说："是啊，这样的体会我在很多年前就有过了，一个人享受孤独，听起来很美,可过程并不那么好受呢,所以呀,我决定拯救你呢!”

宁宇呵呵一乐,问道:“哦,你想做上帝啊,那么你说一说,怎么个拯救法啊?”

笑笑说:“你可能根本就不知道,在你来龙都之前,我已经前后三次来龙都了,你知道我为何要来吗?”

“为何?”宁宇确实有几分好奇。

“还不都是为了你啊。我当然知晓你初来龙都的这段时间,一定会孤独寂寞,所以我得提前来给你做些安排啊。”笑笑说这些话,让宁宇觉得很温暖,同时又很诧异,她怎么啦?她为何要这样做呢?难道她就真的没有其他的正事干了吗?虽然和夫人说笑笑背后有很多大财团,且有很多富豪亲人在海外,但她总有她的正事要忙啊,她怎么会为自己来龙都打前战呢?我是她什么人啊?一系列的问号,突然冒了出来。可是,不管有什么样的疑问,能在这样静寂的夜晚,听到一个熟悉的声音,总是一种美好开心的事情。他甚至期待着此刻能见到笑笑。于是他说:“怎么?你为我做什么安排啊?”

电话里面的笑笑乐得格外开心,问道:“呵呵,这你就别问了,你现在是不是一个人在家里,你的秘书他们都走了吧?”

宁宇是由市委办公室的工作人员送到住处的,他来的时候,宣传部办公室副主任,也就是他现在的秘书小刘早就走了,不过,小刘留下了详尽的留言条。小到家里的热水器的用法、厨房的煤气灶的用法都写好了,还说房间里面的所有用具都是今天刚买来的,请他放心云云。留言的最后说,要不是他儿子今晚突然生病上医院,他就会等他回来,请他谅解等。他乐呵呵地对笑笑说:“早走了,他家里出了点事。”

“哦。这样吧,一会我给你电话。”说完,笑笑突然神秘地将电话挂断了。宁宇放下手机,不知道这个笑笑要搞什么鬼。

9. 无处不在的笑笑

宁宇已经做了安排,明天上午召开宣传部的部务会,听取几位副部长汇报工作。常务副部长就是分管新闻宣传的,今天在宣传部碰头的时候他大致将工作汇报了,其他两位副部长也都在场,本周之内的重点工作他基本上有数了,就是听听几位副部长更长一段时间的工作打算。从另外一个角度来讲,也就是和大家熟悉熟悉,增强了解。作为市委常委的宣传部长,宣传部毕竟是他主要掌管的部门。不像教科文卫等其他系统,不要他了解得这样详细。他正摊开笔记本,准备写下一些要点,明天在会议上也好有序地发言和提出要求。就在这时,传来一阵急促的门铃声,他站起身来,心里琢磨着:时间这么晚了,会是谁来找他呢?莫不是消息灵通的章局长?不管是何人,他也得去看一看,他从防盗门的小孔里往外看,只见几个人手里拿了很多的物品,站在他的门口。很显然这些人是来找自己的,也可能是宣传部的同志,因为这里的人他都是不认识的,于是,他将门推开,这才看清楚了门口的人。他们是商场送货的工人,手里拿的除了各种崭新的床上用品,还有很多日常用品,甚至还有各种各样的食品和酒水饮品。

宁宇问道:“你们这是找谁啊?”

领头的送货工人说:“这里是宁部长的家吗?”

宁宇说:“是啊。”

工人说:“嗯,这就对了,这些都是你们家采购的物品,我们帮你送到房间去吧?”

宁宇觉得有些不对劲,宣传部的小刘不是已经走了吗?要买的东西也都买齐了的,床上用品小刘明明说得很清楚了,就是刚刚买的。更让他觉得奇怪的是,怎么会搬来这么多的食品呢?这可不像是机关所为呀,这本来就是私人物品的范畴啊。于是问道:“我说各位,你们是不是搞错了?我们家没有订购这些东西的啊?”

工人再一次看了看地址,又问道:“你确认这就是宁部长的家吗?”

宁宇说:“这没错啊。”

“那就是你们家的人自己没有沟通好了,我们也是按照顾客的要求送货的,至于你们家谁买的,我们可就管不了。你让一下,我们帮你送进去吧?我们要是放在门口,你自己往里面搬也很麻烦的呢。”也不等宁宇同不同意,工人们就将所有的物件送到了客厅,放下来就走。宁宇这才看清楚了,天啊,这哪叫买东西啊,简直就是疯狂采购,从卫生纸,到牙膏牙刷,再到厨房的所有用品,几乎无一不有,当然也还有不少咖啡、可乐和红酒。他心里十分疑惑,这到底是怎么一回事呢?要不要询问一下小刘啊?正当他犹豫的时候,门外又传来了门铃声,这让宁宇更加奇怪了。

他再一次凑到防盗门的小孔旁边,楼道里的灯光太暗了,他的眼睛本来就有些近视，这一回他只能确定是三个女子，是谁他同样没有看出来。他没有开门，问道："请问你们找谁？"

门外的女子说："请问这里是宁部长家吗？"

宁宇说："是呀。"

女子说："你们家不是要收拾房间吗？"

宁宇问："谁说的啊？"

女子说："既然你不知道，那就是你的女儿说的了，是她把我们找来的，你快开门吧！"

宁宇迟疑了一刻说："你们大概搞错了吧？我哪有什么女儿啊，我刚刚才从省城过来。"

女子像见到了救命草似的，连忙说："对对对，就是你们家，不管叫我们的是你的什么人，她也说了，你们家刚从省城搬来的呢。"宁宇这才明白了，前后两茬安排来的人，都是一个女人安排来的。这个人会是宣传部的什么人呢？他只有将房门打开了。三个都是保洁公司的清洁女工，见了宁宇就说："实在对不起，我没想到你这么年轻，难怪你说你没有女儿，我看叫我们来的那个人是你的女朋友吧？高高的个子，苗条的身段，可漂亮啦。"宁宇简直给弄糊涂了。清洁工还在唠叨的时候，宁宇就看见门外又进来一个人。天啊，这个人居然就是刚才还和他通电话的笑笑！

笑笑进门就说："你们在说什么呢？赶紧干活吧。"她俨然一个女主人似的。几个清洁工冲她问道："就是这些东西需要整理是吧？"

笑笑也没有来得及和宁宇打招呼，就说："对呀，就是这些东西，都给我放到该放的地方去，酒和饮料放到酒柜里，厨房里的东西放到厨房里，床上用品给我换了……"一个女清洁工说："这些台灯我们可不知道放哪里哦？"

笑笑说："放卧室里吧。"

安排了这一切，笑笑看见呆若木鸡的宁宇，扑哧一声笑了。宁宇说："是你呀，我还以为是宣传部的小刘安排的呢？"

笑笑说："我知道，你们宣传部也会照顾你的生活，可是，他们照顾你，我不是不放心吗？我看过小刘买的床上用品了，那种品牌的床上用品，虽然便宜一些，可是肯定不舒服啊。我是一个人生活过的，知道一个人生活的清苦。我更清楚你一个大男人在外不容易，所以我才自作主张来照顾你的，我想你不会拒绝的吧？"她这样说，宁宇能说什么呢？

三个清洁女工十分麻利,很快就将东西收拾好了,还重新将地板擦了一遍才离开。宽敞的套房里,只剩下宁宇和笑笑两个人。

笑笑笑吟吟地说:"你的房间收拾好了,难道你不想请我参观参观吗?"

宁宇自己都还没有仔细看过整套房间,于是说:"好啊,我自己也还没有参观呢,我们一起看一看吧?"这是市委的一套临时套房,专门为外调干部准备的。里面的装饰相当整洁干净,也算很有家的味道。一套三居室,客厅还带一个阳台,书房不大,但设计很考究。除了主卧之外还有一个客房,厨房设施一应俱全,只要搬进来就可以生活了。一边看,笑笑一边说:"虽然算不上豪华,生活也还是可以了。"

宁宇说:"我对住房其实没有什么要求的,只要能住下就行了。"

笑笑说:"呵呵,那可不一定,你现在是单身汉一个,当然可以这样想啊,等你有了夫人,那可就由不得你了。"

宁宇很随意地说:"哦,要是那样的话,我宁可一辈子单身。"

笑笑的脸上忽然升起了红晕,望着窗外的夜景说:"呵呵,这也是你的一种理想状态吧?不信你看看,要是你在宣传部长的位置上不结婚的话,恐怕你也就此止步了。"

宁宇问:"为何?"

笑笑说:"你装什么糊涂啊,你要是老不结婚,你的书记,或者你的组织部长不天天唠叨才怪呢!没有稳固的家庭,怎么干得好工作啊?这可是党政机关的隐形定律。"宁宇认真地看了笑笑一眼,觉得眼前的这个女人,怎么什么都明了呢?

看完宁宇的房间,笑笑有些遗憾地说:"其他的都还可以,就是洗浴的设备差了一点。"按照宁宇的习惯,觉得这样的设施已经够豪华的了,很显然,笑笑是按照她的标准来评判的。忽然,她猛然回头,轻柔地对宁宇说:"好了,你的小窝也算安置好了,现在我带你去看看龙都的市井吧?"

10. 并非神秘的陷阱

正如宁宇判断的那样,笑笑绝不可能无聊到专门来龙都迎接她。原来,笑笑正在忙活一个国外入主中国的环保基金,她将环保基金的办公大楼安排到了龙都。走出宁宇的家门,笑笑说:"要不要去看一看我龙都的办公地点？”

宁宇说:“我是你叫出来的,你怎么安排我就怎么办呀！不过,今晚不能太晚,明天上午我得正常开会。”

笑笑说:“当然,误不了的,走吧,看一看外面就是了。”就在车上,宁宇远远地看见了一栋摩天高楼。笑笑说:“我的办公场地就在这楼的十八层,今后有空的时候你上去找我吧,现在就算了,我们还是找一家咖啡吧好了。”

宁宇紧随她去了高楼旁边的渊源咖啡吧。笑笑说:“你可别笑我什么小买卖都做啊,这家咖啡吧也是这次这个海外基金的产业。”果然,里面的当班经理恭迎上来说:“您好,笑笑姐,您的房间留着呢,您这就上去吗？”笑笑在这个咖啡吧里面是有专门的包间的。

包间在咖啡吧的三楼,设计得异常浪漫,一种质感的西式装饰,墙体上的油画充满了浪漫和暧昧，男女之间的柔情流露其间，能撩拨起一种欲念来。靠窗可以观望街面上的风景,正对面是一家新颖的恋爱主题酒吧,探头就可以看到各色的坠情恋人或相拥或亲昵的场面。静静站在这里,就有一种都市猎艳的况味。房间里香味撩人,除了沉静的咖啡之外,还有鲜花的淡淡香味。房间里面的灯光也是精心设计了的,进入其间,就能让人感觉到一种温暖和柔和,更能体会一种宁静致远的平静。很显然,灯光师是心理学的超级高手。沙发的一侧是时尚的书报袋,里面放满了各种时尚杂志,很大一部分是海外的。显露在外的那一本上露在外面的标题格外撩人:遭遇激情的十种场馆。曼妙的音乐也是这个房间的一层饰品,让这里显得朦胧、现代、质感与舒适。宁宇正想坐下来,笑笑却说:“走啊,我带你看看里面。”

从宽敞的房间走过一条灯光迷离的通道,简直有些曲径通幽的妙处。前面突然出现了一副印象派画家的巨幅油画。宁宇正在疑惑之际,笑笑却将这幅画推开了,里面又是一番景致。里面是一间数字化的办公室,虽然面积不大,可这里的一切数码产品几乎都有,精美质感的计算机、数码机、扫描仪、摄像机,是典型的微型办公场馆。笑笑说:“看到了吧？要是在这里喝咖啡,需要处理紧急公务,就到这间房间来,没有办不成的事情的。”宁宇感叹地说:“嗯,是很不错的。”

笑笑说:“还有呢,往前走吧。”笑笑故意不说明白,回头拉住了宁宇的手，满脸的诡异，还一边说:“还有你意想不到的呢，你可要有心理准备的啊！”她的这话,无形中撩拨起了宁宇的欲望,前面会有什么隐秘呢？

当笑笑推开房间的门,宁宇好奇的眼神演变成了惊异。这是什么房间,里面这么这么多的俊男靓女,在幽暗的灯光之下,这些俊男靓女影影绰绰之间弥漫着暧昧气息。宁宇回头望了笑笑一眼,笑笑咯咯地笑个不停,索性将房间里的灯光开亮了。宁宇这才看清了,这本来是一个奢华的浴室,墙体上的画面更显赤裸裸的男欢女爱,地板上也是美人如云,刚才看到的那些俊男靓女其实都是仿真人体。

笑笑说:"这些都是那些性玩具厂商送来的仿真人呢;你看吧,美女就是绝美,俊男也是绝对的俊朗,还有呢,你看他们身上的隐秘部位,也是仿真的,要是洗浴之中迸发兽性,还可以发泄的哦……"一边说,她一边捂住嘴笑。宁宇虽然和和韵有过男女之事,可这样的挑逗还没有经历过,很自然,他有了本能的生理反应,脸红心跳起来。笑笑似乎早有预谋,犹抱琵琶半遮面地说:"怎么,你也想尝尝啊?这可是最好的放松方式哦!"

宁宇木讷地回应道:"你开什么玩笑?"

笑笑还是紧紧地拽着宁宇的手,眼睛里发出缠绵渴望的光芒,温顺地说:"走吧,前面还有一个地方没看呢!"此刻的宁宇有些心神不定了,紧随笑笑往前面走去,内心燃烧起一种从未有过的强烈欲念,身体本能地向笑笑紧贴上去。

最后的这间房居然就是温馨浪漫的卧室,墙上张贴的却是笑笑本人几乎半裸的照片。只见照片上的笑笑一脸柔情,波涛汹涌的胸部充满了诱惑,深潭一般的眼眸流泻着渴求,丰满的臀部像绽放的夏花,如丝般缭绕她半裸身躯的绸缎,就像飞扬在天空的彩霞,一切,都显得格外醉人……也许是撩拨,也许是孤独,也许是许久没有爆发,一切都是那样的顺畅和自然,两个燃烧着的肉体,就像大风中的干柴烈火,肆无忌惮地燃烧,直至化为灰烬。

笑笑满足地搂着宁宇,呢喃道:"我是世界上最幸福的女人。"宁宇却不知所措了,他不知道自己怎么会这样失控。虽然身体上得到了释放,心灵却受到了强烈的挤压。此刻,他没有欢愉后的放松,而是突然多出了几许的沉重。笑笑亲吻了他光洁的额头,又问:"怎么啦?我让你不愉快了吗?"

宁宇摇摇头,还是有些郁郁寡欢的样子。

笑笑又说:"宁先生,你不要因为现在这事就这样啊,你就当我是房间之外的仿真人好了。你知道的,我和仿真人睡过呢,嘻嘻,你就是活着的仿真人罢了……"很显然,笑笑是在暗示他,她并没有那样认真的,只不过是身体发泄而已。对于笑笑的话,宁宇当然不会相信,但是自己总不能一直这样低沉吧？于是也换了一种语气说:"是吗？我好还是仿真人好啊？"

笑笑咬住了宁宇的耳朵，一边吸食，一边说:"这个耳朵比仿真人的好啊,上面还散发着热能呢！"说完,又一次向宁宇发起挑战。两人筋疲力尽之后,懒懒地躺在床上小憩。宁宇忽然想起了外面的门还敞开着,连忙说:"起来喝咖啡吧？外面的门还是开着的呢？"

笑笑咯咯地笑着说:"哦,我的宁先生,你还真的很细心的哦。好吧,我们喝咖啡去吧。"

两人走出来的时候,只见茶几上早已摆好了两杯咖啡,咖啡的余味正缭绕在空气里。房门已经被人严实地关上了。宁宇浅浅地尝尝还有些温热的咖啡,觉得味道别样的香甜。窗外的景色依旧,一对对的情人还在缠绵。宁宇望着满脸红晕的笑笑,不知道该说点什么。笑笑淡然地笑笑,什么事也没有发生似的,依旧和他谈笑风生,看来,笑笑还是那个笑笑,只是宁宇自己变了,变得自己都觉得有些怪异。

11. 雷厉风行的部务会

次日的部务会按时进行。宁宇看着几位比自己年长不少的副部长,坦诚地发表了开场白:"各位部长,你们之中的任何一位都是老同志,不论是你们从政的资历还是在龙都的经历,都是我宁宇所没有的。今天我能来龙都和几位一起共事,是我宁宇的荣幸。在今后的工作中,还期望各位能够支持帮助我的工作,齐心协力把市委交给宣传部的工作做好。昨天我们已经见过一面了,今天的这个会议其实就是和大家再一次熟悉。熟悉包括两个层面,一个方面是同志之间的感情交流,其二就是听听各位对部里面工作的意见。大家也是知道的,我虽然从省直机关下来,但是我过去的工作性质与现在是有很大的不同的,过去更多的是微观的执行,现在要调整为宏观的指导,可能还需要一个阶段的适应和调整,所以希望各位也能给我一段时间。"

说到这里,常务副部长说:"宁部长,您真是太谦虚了,省直机关的领导,到我们一个地级市来,还有什么事您 没有见过的呢。"其他几位副部长也讨好地说:"就是,部长,您也太谦虚了。"

宁宇说："不是谦虚，各位。我在省城的时候，王明书记曾多次找我谈话，他对宣传部的希望很高，也提出了很多的希望，所以我是担心辜负了市委的重托，辜负了王书记的重托啊。"他这样一说，几位副部长也就不敢再搭腔了。是啊，人家宁部长可不仅仅是宣传部的部长，人家是市委常委，是龙都市最高决策层的领导呢，也只有他才知道市委对宣传部的真正要求。虽然老部长到了政协之后，常务副部长主持了一段时间的常务工作，可那一切都是按部就班，也没有书记副书记找他谈过话，最多也就是安排具体的工作。所以说，常务副部长也不敢多说什么了。他们都知道，今天的部务会上，宁部长表面上是谦虚，实际上就是开始行使权威了。他谦虚之后，就是发布指示了，哪一个领导刚来的时候不谦虚一下呢？

看见几位副部长已经收敛了刚才放纵的心态，宁宇这才接着说："各位，先请大家谈一谈部里面的工作分工吧？最后我再谈谈我的几点看法，以及我们即将实施和落实的全市几件大事。你们谁先说呢？"这也是宁宇故意的，他就是要看一看，这几个副部长究竟平时是怎么工作的，所以他不点发言的人。

也很自然，常务副部长当然是第一个发言的。只见他动了动水杯，朗声说道："我就先说几句吧。先说说我们以前的分工吧。老部长在的时候，他负责全面工作，同时负责宣传、精神文明、文体、教育、卫生、广电、计生、旅游工作。我本人负责分管办公室、文明办，联系党群系统、政办系统，协助部长负责部内党务、财务和目标管理等全面工作及全市深化文明城市建设、精神文明建设、党报党刊订阅发行等工作。其他两位副部长一个负责分管宣传和新闻，负责联系政法系统、文教卫生系统、人民团体、财政系统、农委系统，协助部长负责市内新闻宣传、社会宣传、思想政治及文化事业、文化产业工作。一位分管理论科，联系建设系统、发改系统，协助部长负责全市党员理论教育和市委中心组学习服务等工作。工作分工大致就是这样的，老部长调走之后，他原来的很多工作是我在做，当然，只是属于宣传部范围的事情。在这一段时间，也没有什么重大的事情，实际上也就是按部就班了。我们正等着新部长来之后，看看是不是要调整我们的内部分工。"宁宇一边听，一边认真地记录着。常务副部长讲完了，宁宇又问其他的两位："你们呢？还有什么要补充的？"

两位副部长本来有话说的，自己分管的事情也不是一点都没有，可是常务副部长几乎把他们想汇报、要汇报的事情全部汇报了，所以他们压根儿就没有什么新东西说了。两人都说："要说的都说了，我们就等部长的指示了。”

宁宇见他们两位不打算补充什么了，停顿了一刻才说：“嗯，好吧，对于部内的分工问题，我看暂时就按照原来的运行吧，如果你们哪一位有调整的请求，请你们思考周到之后提出书面报告，部务会再行专题研究，你们看怎么样？”

几位副部长都是聪明人，当然知道这个时候不可能调整分工，即便是要调整分工，部长也会等到他完全熟悉之后再动手的。于是都说：“好的，我们服从部长的。”

随后，宁宇又说：“今年宣传部的工作任务繁重，市里面还有几项重大事项要我们宣传部来落实，我希望各位守土有责，把自己分管和联系的口子把牢了，不要出任何的问题。在抓牢自己的原定工作之外，还要积极参与市里面布置和下达的重要工作。下面，我简要地给各位通报今年市里面的重大活动和重要决策。”他喝了一口茶，正准备讲话的时候，办公室副主任，也就是他的秘书小刘匆忙地跑进来说：“部长，刚才接到市委常委办通知，十一点钟到一号会议室开会。”宁宇看了看时间，现在是十点整，还有一个小时的时间，他对秘书小刘说：“你去吧，到时提醒我一下就是了。”回头对几位副部长说：“还有一个小时时间，我们接着把这个会议开完。”

宁宇讲到了即将启动的媒体聚焦龙都的重大活动，常务副部长做了详细的记录，随后插话问道：“部长，这类活动龙都从来就没有操作过的，活动规模这样大，我担心我们没有这个执行能力呢，市委要求又那么高，我真的很担心啊！”

宁宇说：“什么事情不都得有第一次吗？没有搞过，不等于就永远不搞，也不等于我们就没有能力搞啊！”

常务副部长连忙说：“嗯，现在宁部长在，这个我就不担心了，你们在省城，这类活动想必也是搞过不少了的。”很显然，这个常务副部长就是多一事不如少一事的心态，事情还没有开始，就想到了谁来承担责任的问题了。

宁宇紧接着给几位传达了要对龙都的文化产业实施大改革的计划。这个话题刚刚讲完，分管文化的副部长立即就说：“部长啊，市委有这个决心和信心当然是好事，不过，我个人觉得，还要再调查研究啊，龙都的媒体单位和文化单位的情况很复杂，历史渊源很久远，上几届的市委和政府也都下过很多次决心，可到头来，还是老样子啊。这些单位都是事业单位，人头多，资金缺,要改革整合,谈何容易?这可是牵一发而动全身的庞大系统工程,我个人的意见,还是要谨慎一些为妙,不要贸然下手,到时候就是市委和市政府也不好收场的啊!"看起来,副部长这样急迫地讲话,说明龙都的问题不是一般的尖锐了,媒体单位和媒体单位之间的矛盾,文化单位和文化单位之间的矛盾,盘根错节的历史积怨肯定不少。宁宇说:"当然,市委有这样的决策,当然也是有考虑和依据的,什么时候启动,市委还在进一步研究,我们现在也要做好这方面的准备。但是,有一点是可以肯定的,不管有什么困难,不管改革中存在什么问题和麻烦,我们都必须去正确面对,不要回避问题。这是市委的态度,也是市委王明书记的态度。"副部长就再也不敢吭气了。

会议的最后,宁宇铿锵有力地说:"各位,刚才所讲的重大活动很快就要启动了,分管的领导要在近期拿出一个可行的计划来,下周的部务会上再行研究。文化产业改革的课题,还涉及发改委和市政府那一边的统一行动,但是宣传部也不能坐等,也要预想拿出一套参考方案出来,分管领导在两周之内出方案,供市委市政府参考,我看就这样了吧?各位还有要补充的吗?"

分管新闻宣传和文化产业的副部长都闷闷不乐,可是谁也不敢提不同意见。只有常务副部长说:"好吧,我看就按照宁部长的指示去落实吧,出现什么问题随时通报我也可以直接向宁部长报告。"会议这才散去,宁宇又开始准备参加市委常委会了。

12. 特殊召见

市委一号会议厅显得安静肃穆,宁宇虽然是第一次正式参加市委常委会,但是以前在省城晚报的时候,他采访过省城市委和省委的常委扩大会议,对常委会的情况还是相对熟悉的。现在他的身份变了,由见证者变成了参与者,虽然都是在现场,可心态却发生了根本性变化。秘书将他带到了一号会议厅,市委秘书长迎上前来,十分友好地说:"宁部长,里面请。"秘书长一副乐呵呵的神情,脸上永远都荡漾着无法猜测的笑容。宁宇回应说:"你好啊,秘书长。"秘书长看上去还比较年轻,可实际年龄是宁宇的一倍还多,所以他看宁宇的神态就不一样了。他一边搭讪道:"部长,来龙都还习惯吧?"两人说话之间,就到了会议室。市委王明书记和市长都还没有到,秘书长让宁宇坐到了相应的位置上,然后友善地说:“部长,你稍候一会儿,我还得出去一趟。”

秘书长虽然是市委的总管,但也是老常委了,宁宇注意到,他排在很多常委的前面,他本人也是龙都的资深领导了。宁宇是最后来的常委,排位自然是在最后一位了,所以他坐的位置也是最后一位。

事前宁宇已经研究了今天的会议内容,真正的会议议题只有一个,就是关于高新产业新区的招商引资问题研究。也许是王明书记异常关注今年的宣传,也算是对他宁宇的重视,会议还有一个附项,听取市委常委、宣传部长对今年新闻宣传工作及其文化产业改革的汇报。从某种意义上来说,宁宇就成了今天常委会上的新闻人物。所有的常委们虽然都见过了宁宇,但是真正见识宁宇的思想,今天还是严格意义上的第一次。宁宇接到这个会议通知之后,也做了相当充分的准备,这是他在龙都政坛的首次亮相,他可不想自己的形象遭受任何的伤害。他也清楚,这实际上是王明书记在有意识地提升他的形象,他没有理由不把握好这样的机会。他还在想这些问题的时候,就听见秘书小刘进来说:“部长,书记让你去一趟呢。”他有几分紧张地说:“哦,书记叫我?知道了。”他站起身来的时候,身边的常委、军分区司令员冲他笑笑。

他随秘书来到书记的办公室,书记的秘书友好地说:“宁部长,快请进,书记在等你呢。”

宁宇快步走进了王明书记的办公室。进门才发现,原来市长也在书记的办公室里面,两人正在研究高新产业开发区的有关问题。只听见市长说:“他一个年轻的新常委,能不能完成这样重的任务啊,要是完不成,那不是他一个人不好看啊。”

书记说:“先不要管这些,每一个常委都是一样的,市委的中心工作也是经济建设,脸面好不好看不重要,关键是要参与到经济建设中去,不要怕丢面子。”

宁宇马上明白过来了,书记和市长一定是在分派高新产业开发区的招商任务,每一个常委都是要承担责任的,现在他们正在商议他宁宇的事呢。他顾忌到可能尴尬,于是走到门口,大声说:“书记,你找我吗?”

王明转身看见了宁宇,十分热情地说:“请进请进,我和市长正在研究高新区的招商引资问题,其中也涉及你宁部长的份呢!”

宁宇进去就说:“哦,市长也在啊。”

在一阵热情的招呼之后,宁宇和市长并排坐到了长沙发上。王明看了宁宇一眼，正色道："开会之前，我和市长把你找来，是有几件事情事先和你沟通一下。"书记说话的时候，宁宇打开了笔记本，十分熟练地记录着书记的话。

只听见王明接着说："我和市长都十分关心今年龙都的对外宣传工作，这些年来，我们龙都也不是一点成绩都没有，就是因为对外宣传的事情没有很好地把握，也没有跟上形势，所以龙都的建设在省里面比其他一些地市落后了。我在省城也多次与你交流了市委的想法，就是希望你来龙都，能帮助市委扭转这个局面，更好地推动龙都市的经济社会建设。今天的会上，特别安排了你的发言，不知道你有所准备没有？"

宁宇诚挚地说："谢谢书记和市长的信任，我已经看过这次会议的议题了，也做了一些相应的准备，就是不知道我的想法和市委有没有差距，要不我汇报一下我的基本想法？"

王明书记挥挥手说："这就不必了，只要你心里有准备就行了，到时候在会上汇报吧？反正我们也算是交流过了的，你和我的想法还是很吻合的，只要按照你前几次的想法汇报，我看就可以了。再说，一会儿就要开会了，这里再说一遍也不现实。市长，你说呢？"

市长说："你们是多次沟通过的，我相信宁部长的意见是成熟的，一会儿汇报吧。书记也就是提前给你打个招呼，好让你的心里踏实。"

王明又说："市长，你把高新产业开发区招商的事情也跟宁部长预先说一下吧，尤其是常委们要分派目标任务的事情，不要让宁部长在会上觉得突然。"

市长侧脸看了宁宇一眼，说："宁部长，是这样的。我们市高新产业开发区起步较其他的兄弟地市晚，今年才开始上规模和档次。但是，根据年初市委市政府的规划，抓好高新区的开发和发展是本年度工作中的重中之重，所以，市里面的主要领导，也都是带头促进高新区的工作的。市委、市政府、市人大和政协的每一个领导也都是有招商目标任务的，常委成员就更不用说了。现在你到我们龙都来了，所以你的头上也会有一个相应的目标任务。我清楚，你初来乍到，可能完成起来会有一些问题，不过，我和书记都是可以帮助你的。"很显然，市长并没有把他这个省城来的年轻常委放在眼里，所以才说了这样委婉的话。

书记王明接着问："宁部长，你有什么想法没有？一会儿在会上是要明确下来的。"

宁宇其实是早有准备的，尽管自己从未涉及过招商引资工作，但是这些年的记者生涯,当然了解党委和政府最主要的工作之一就是抓经济建设,而招商工作又是经济建设的牛鼻子。听了书记和市长的话,宁宇表态说:“既然是市委和市政府的规定,我当然不能例外,请两位领导放心,我会尽力做好的。”

书记王明抿嘴笑笑说:“我就知道,我们的宁部长是胸有成竹呢。从省城来的干部,眼界与我们当地的干部就是不一样啊。”他还想继续说下去的时候,秘书长走进来说:“哦,书记这里好热闹啊。书记呀,开会的时间已经到了,是不是可以开会了?”

王明这才看了看墙上的挂钟,说道:“嗯,好了,走,我们开会去吧,回头有时间我们再聊。”几个人站起身来,向一号会议厅走去。

13. 决 策

虽然这是一次平常的常委会,但是因为会上出现了宁宇的面孔,更因为会议的最后一项是请宁宇汇报宣传工作, 所以其他的常委们还是觉得有几分好奇和新鲜。他们有事无事总往宁宇的脸上瞟,宁宇很自然的就成为了会场中的焦点人物。因为宁宇来的时候,已经见过所有的常委了,所以这个会上也就没有必要再介绍他了。大家都落座之后,王明的声音在房间里回荡起来:“同志们,今天我们开会的目的,就是实现年初市委和市政府提出的基本战略,抓紧开发高新产业开发区的问题,今天我们将听取高新产业管委会常务副主任的汇报,听取市招商局局长的汇报,研究下一步推进高新产业开发区的新策略……”他将会议的重要性强调之后,说道:“下面,我们听取高新产业开发区管委会常务副主任的汇报。”

高新开发区管委会常务副主任是原来一个区的区长, 也是年初才从其他区调过去的。不过,这个人是大家一致公认的有事业心的干部,过去之后抓工作也很扎实,高新区的工作一度很有起色,所以王明本人对他是颇为赏识的。只听见他说:“……根据市委市政府的年初工作精神,高新区做了如下的工作:第一,规划和实施了本市高科技企业集群,同时强力推进高科技企业落户高新区, 目前全市的高科技企业在高新区落户的已经达到了百分之八十,其余的百分之二十也还在进驻之中,预计年底能实现百分之九十的入住率。第二,促进外商进入高新区。从现在的情况来看,高新区的外商集群引进主要是招商力度不够，原定今年上半年引进两百家外商企业的计划不能按时完成,现在也只有一百一十家外资企业进了园区,半年计划是不可能完成了。这里面主要有两个大问题：一方面是我们的优惠政策还不具备吸引力，邻市的很多政策还要比我们优惠。另一方面是我们的招商范围过于单一,没有主动到沿海和海外实施强势招商,外宣的力度也跟不上,服务意识也还有待加强。所以,下半年的工作思路显然就需要做相应的调整,也希望市委能出台有力的指导性政策。最后要汇报的一个问题,就是高新区尚存的四千亩土地,什么时候开始实施开发,很多的本地和外企的建设建筑企业都希望能介入高新区的开发……”

他的发言之后,王明书记沉思了半晌,说道:“各位,高新区的情况大家都听到了,喜忧参半啊。本地的高新企业算是基本达到年初的目标了,引进外资企业的目标任重道远啊,所以,这就是我们今天要研究的重点。另外,高新区提出了其他四千亩地块的开发和建设,也请大家一一发表意见。”

常委们先后都发表了各自的看法和想法,宁宇因为完全不了解情况,也就没有主动发言。王明书记看了宁宇一眼,问道:“宁部长,你还有什么需要补充的。”

宁宇谦虚地说:“我不知道情况,不便说意见。”

王明书记就说:“好,各位也都发表了各自的看法和意见。高新区管委会下半年的工作也就出来了,继续抓好本地高新企业入住,改善和扩大招商的形式和办法,实行市级领导招商目标责任制,一会儿请市长宣布这个具体的实施计划。每一个常委、副市长、人大副主任、政协主席副主席,都要牵头抓招商引资工作,年内务必改善高新区招商引资的现状,向省级经济开发区的目标迈进。关于是否开发新地块的议题,大家的意见也是一致的,那就是要注意开发中的关键问题,要把握好国家的相关政策和法规。同时,我有一个提议,尽量让国有大型企业集团来参与建设,路网桥梁交通的建设尽量与地产开发相结合,这样更有利于高新区的整体开发,也有利于高新区的开发速度,更重要的是质量也才会得到相应的保障。下面请市长讲一讲领导负责招商的目标任务。”

市长宣布了市级领导的招商目标任务之后，说道:“按照市委和王书记的指示,领导们都要积极参与到市里面的经济建设中来,所以,请各位领导理解。”

王明环顾了四周一眼,正色道:"市委就是要参与到经济建设中去,我们在座的每一位市委领导,都要在这个问题上率先垂范,努力践行,这也是市委的要求。"

随后就是市政府招商局的局长汇报下半年的招商形式。王明书记开门见山:"今天让你汇报的重点是下半年我市的招商形势,以及我们需要突破的方向。"

招商局局长将上半年的招商工作简单叙述之后,就说:"今年下半年,招商工作一定会有更大的起色了,上半年我们和组织部一起研究实施了城市派驻战略,现在国内的每一个副省级以上的大都市,我们都组建了龙都市政府招商分局,尤其是在沿海经济发达地区,很多地级市也实施了布局,所以,下半年我们的领导走到哪里,都会得到相应的呼应和支持,刚才我听高新区的常务副主任讲了,今年市级领导有个目标责任制,只要市级领导参与进来,加上招商局上半年的工作布局,实现高新区的快速招商,应该是不难实现的。"

王明听了招商局局长的汇报,脸上的表情明显有了变化。招商局局长离席之后,王明对组织部长说:"你们组织部这一回算是介入到经济建设的一线了,办了一件非常到位的事情。全国各地招商分局的成立,为我市今后的招商局面形成了非常有力的保障。"

组织部长说:"这也不是我们组织部的功劳,主要还是招商局他们的想法具有战略性,我们也只是配合他们完成了战略布局。"

王明书记对市长说:"看来这个招商局是很有想法的啊,这件事情到一个阶段之后,应该给招商局一些奖励,对人才我们要爱惜啊。"大家都听出了弦外之音,可能这件事情实施之后,招商局局长升迁就有望了。招商局局长是市长力推的部属,所以他希望看到书记满意,但他不便表露出更多的意见。

14. 宏大构想

常委会的正式议题议完了,接下来就该听取宁宇关于宣传工作设想的汇报了。所有的人似乎都松了一口气,就等着看宁宇一个人唱独角戏了。就连书记王明似乎也是这样,他喝了一口茶之后,恬淡地望了宁宇一眼,语调缓和地说:“下面,我们就该聆听我们的新常委——宁宇同志关于本市新闻宣传和文化产业改革方面的设想了。”

宁宇手里拿的这个汇报稿子是宣传部的常务副部长拟就的,很多观点和立场都仅仅是站在部门的立场上说话的,所以宁宇在原来的基础上进行了很多修改。直到该他发言的时候,他才将最后一章修改完。王明书记说完之后,他搁下手里的签字笔,开始汇报基本想法。

宁宇说:“各位领导,我来龙都的时间很短,对龙都的社会经济发展情况和其他工作都还不熟悉,所以提出来的想法有可能会与龙都的现实情况有差距和距离,所以我发言之后,恳请各位批评指正,不妥之处我们尽力修正。首先我谈一下关于本年度宣传工作的重点构想……”实际上,这一点宁宇早就深思熟虑不知多少回了,就是在抓牢常规宣传工作的同时,展开旋风般的外宣,将龙都的城市形象、经济发展成果、现存的优势资源、待开发的前景等,一一向外展开宣传。宣传的层面分为三个:一是省内宣传,二是省外及国内宣传,三是境外宣传。这样的目的就是让更多的人了解龙都,投资龙都、从外围给龙都营造一个良好的招商引资和投资兴业的环境,促进龙都的社会经济快速发展。他的这一段发言引起了常委们的一致认同,王明书记带头鼓掌表示赞许。

随后宁宇又说:“我要说的第二个设想,就是关于龙都的文化产业改革……”他的观点很鲜明,即从现在开始,用一到两年的时间,将市内的宣传、文化单位和企事业进行立体的整合,让龙都成为文化产业改革先锋,形成以龙都市委机关报为龙头的新闻产业集团、以龙都广播电视系统为龙头的广播影视集团、以龙都新闻网为龙头的网络传播集团,让龙都的文化产业迈向产业化,实现龙都从文化产业大市向文化产业强市的转变。他的这些设想虽然引起了常委们的共鸣,但是每个常委心里也都有一本账。要想把这么庞大的产业系统拿捏在一起谈何容易,现阶段的这些单位和企业经济状况参差不齐,各单位领导的想法不一,没有强势的政策配套,没有强势的资本进入,这些想法无异于空中楼阁和海市蜃楼。王明书记也知道,宁宇的这些想法非常具有前瞻性,也是时代发展的必然要求,但是难度是可想而知的。但他绝没有打消宁宇积极性的打算。他插话说:“宁部长的这些想法,我们市委常委要统一意见,坚定果断地支持,各位也都要在自己的岗位上积极配合他的工作。”

宁宇最后说:“我给常委会提一个建议，希望常委会认真考虑我的意见。”

王明书记说:“你讲。”

宁宇说:“我希望常委会能把文化产业也列入招商引资的范围，这几大集团的组建也是需要外来资本的注入的。”

王明书记说:“好了,宁部长的意见很好。现在我说几点意见,大家研究讨论。原则上我同意宁部长提出来的文化产业改革方向,赞同形成以龙都市委机关报为龙头的新闻产业集团、以龙都广播电视系统为龙头的广播影视集团、以龙都新闻网为龙头的网络传播集团的观点,这些观点也是有可操作性的。现在我补充一个想法,将原来市里面的高校高职教育园区一并纳入这个体系,形成集教育文化为一体的总体发展思路,力争短时间内形成龙都的新经济增长点,这几个项目的总负责人就是宁宇同志。另外,市政府分管教科文卫的副市长雪雁配合宁宇,形成一个强有力的领导班子。你们两位就不再领受市领导的其他招商任务，你们就领办这几个项目的招商引资和一切领导工作。各位也都议一议,要是没有不同意见,我们就形成一个决议。市长你看呢?”

市长说:“我个人觉得这个很好,宁部长的想法很具有战略高度,也很具有发展眼光,同时还具有可操作性。王书记刚才又细化了宁部长的意见,也做了非常好的总结,我完全赞同王书记的意见。我希望宁部长和雪雁副市长精诚协作,尽快打开局面,涉及该我跑腿的,我是毫不含糊的……”市长都带头表态了,其他常委也纷纷发表意见,大都是褒奖有加,几乎没有不同意见,事情就这样顺利地定下来了。

王书记和市长会后将宁宇留下来,找来了市政府的副市长雪雁,四个人还就相关问题进行了进一步研究。雪雁也是刚刚由省城大学人文学院的副院长调任龙都市副市长的,是典型的学者型官员。在听完王书记和市长的介绍之后,她十分没有把握地说:“这事情有很大的难度啊,是不是应该找一个更有经验的市长配合宁部长,我担心我会拖宁部长的后腿啊。”言语之间,显然是对宁宇的不信任。这也不能怪人家雪雁副市长,在她看来,宁宇实在是太年轻,又没有基层执政的经验,也就遇到了伯乐王明书记才当上了龙都的市委常委宣传部长的。他下来屁股还没有坐热,就提出了这么庞大的一揽子文化和教育产业的计划,实在是太超前、太大胆了。雪雁一贯秉承学者专家的谨慎思维,所以她会有这样的想法,也担心她在宁宇这个不成熟的常委的率领下会摔跟斗。

市长说:“雪雁同志,你可是王书记亲自点的将,本身你也是政府分管这一块的,市委常委会都已经通过了,你也就不要争论干不干的问题了,现在要你谈的是怎么干的问题。另外,你在这个工作组里面是副组长,主要领导和指挥还有宁部长啊。”

雪雁听市长都这样说了,也就说:“好吧,既然组织决定了,我就执行吧。”

王明书记怎么会不明白雪雁的想法呢,但是常委会的决定,是能随便开玩笑的吗?一旦形成了决议,那就必须执行的。他对雪雁说:“市委让你配合宁部长的工作,也是对你本人的信任,希望你能和宁部长配合完成好市里面的这个重大决策。宁部长,你和雪副市长再商议细节吧?我和市长还有另外的事情,我们就先走了。”

宁宇和雪雁起身送走了王明书记和市长,再一次回到座位上的时候,两人的心态都有些变化了。宁宇仔细注视了面前的这位女副市长,三十六七的年纪,中等身材,一头干练的短发,一副精致的流行方框眼镜,一张算得上精致的脸,身材十分妖娆匀称。虽然身着米色的西服套裙有几分正规,但她依然是一位极有富贵气质也有儒雅气质的女人。也不知道她是教授什么专业的,也不知道她和省城大学的张书记是否认识,很多疑问都萦绕在宁宇的心头。而坐在他对面的雪雁,那双躲在镜片后面的厉眼也一直没有眨巴,直直地盯着宁宇,也不知道谁该说第一句话。

15. 与雪雁的较量

宁宇从雪雁的言谈举止之中已经领略到了她对他的不信任,一时没有想好怎么与她交流。他坐下之后,喝了一口茶掩饰他的这种情绪。还没等他说话,雪雁就开口了:“你好年轻啊,前途无量啊。”她的这种语气完全是长者的语气,一开始就先入为主地把尊者的位置占据了。宁宇没有搭腔,她又说:“我听章局长介绍过你的,你原来和他也是同事吧?”

这个雪雁就有点儿不知趣了，说起章副社长也就是现在龙都文化局的章局长，这不是有意识地告诉他，过去连章局长都还是他的领导，现在他怎么可能领导得了她呢？很显然，这让宁宇十分不悦。但是，现在他毕竟是领导啊，总不能一直这样被动下去，也不能因为这样的事情发火，于是他缓缓地问道："嗯，对的，章局长以前是我的上级呢，他原来是晚报的副社长。哦，雪副市长，你是省城大学人文学院的副院长，想必你一定认识副校长张书记吧？"

雪雁一愣，似乎有些怀疑地问："怎么，你认识张书记？"

宁宇说："是的，很熟悉，就是不知道你是哪一年离开省城的？"

雪雁眨巴着眼睛，对宁宇说："也就一年多，快到两年了，我来的时候，张书记还是一个学院的院长呢！"

"这么说来，你也是认识张书记的？"宁宇问。

"也很熟悉的，以前还经常开展活动。"雪雁说。

"哦，你看，这世界真是太小了。我经常回省城，回去见到张书记我一定代你向他问好。"宁宇说。

"哦，你应该是他女儿娜娜的同学吧？"雪雁又问。

"不是。"宁宇很干脆地说，雪雁看他的眼神更加疑惑了。宁宇说："好了，雪副市长，我们还是谈谈我们现在手里的工作吧。"

"嗯，好的。"雪雁连忙把跟她的秘书和跟宁宇的秘书叫了进来，并吩咐说："你们两个也参加吧，很多事情还需要你们去协调呢……"宁宇也没有反对。

宁宇这就发话了："雪副市长，你是教授出身，正好发挥你的长处，组建市内的新闻集团、广播影视集团、网络传播集团和高校高职教育园区这个项目的政策研究以及配套政策就由你负责了。这些项目都要在近期有实质性的进展，所以调研那一块就得抓进度、抢时间，两个月之内务必将基本的思路提出来。我本人除了协调之外，重点放在引进这些项目需要的资金上。只有你的那些基础材料出来，我这边才能进入实质性的工作，所以你也就得抓紧时间了。"

雪雁还没有回过神来，按照她以前做研究项目的方式，没有一年半载是根本就不可能的，单是资料搜集、外出考察、事后论证等，都需要大量的时间。要是按照宁宇的这个要求，那叫什么研究啊，也就是一个基本思路而已。于是她委婉地说："宁部长，你看这样好不好，这么大的项目，涉及教育和文化产业，还囊括了宣传系统，要转型和整合绝不可能是一蹴而就的。所以我建议,我们是不是用半年的时间来考察论证,然后形成论文,等到专家论证之后,我们再稳妥地动手吧?”

她几乎就没有把宁宇当成领导,反而将宁宇当成学生来教导。宁宇不温不火地看着她,耐心地听她把话说完,这才一字一顿地说:“雪副市长,搞改革不是做学问,要是你这样的蜗牛速度,只怕等到你把学问做稳妥了,别的地区早就完善了这方面的改革了。我现在不是要你做学问,我是要你出方案,出配套政策,而这些都要在国家政策法规允许的大范围之内。我就给你两个月的时间出基本方案,你要觉得你干不下来,你可以向王明书记和市长报告,要求改派其他人辅助我的工作。就这样吧,三天之后我们再开一个碰头会,落实我们几个项目的领导班子。”说完,他没有给雪雁任何解释和补充的机会,站起身来就走了。雪雁愣了一刻,她的秘书说:“这个宁部长,人不大,脾气还不小。”

雪雁立即说:“你说什么?宁部长也是你可以随便乱说的。走,回办公室准备去。”也站起身来气鼓鼓地走了。

宁宇是早有准备的,他料定这个雪副市长不可能就此善罢甘休,一定会到领导那里去告他的状。果不其然,雪雁走出市委会议室之后,就直接去了市长办公室。见了市长她就苦笑着说:“市长啊,这工作没法干了,简直毫无章法啊。”

市长和蔼地笑笑:“什么事情把我们的美女市长焦急成了这副模样啊?你坐下,慢慢说。”

雪雁夸张地聒噪宁宇的不是,市长开始时还笑吟吟的,一到后面,脸色就严峻起来。雪雁委屈地说:“市长,两个月就要拿出配套政策和基本方案,你看这不是不着调吗?完全没按套路来啊,这样也太不严谨了吧?我担心要出大乱子呢!”

不管雪雁说得多么严重,说得多么合情合理,市长自有市长的判断。原本市长就对雪雁过于谨慎的学者做派有一点看法,现在听她对宁宇的工作这样否定,心中又有几分不快。你雪雁是什么人啊?你是政府的副市长。宁宇是什么人啊?人家是市委常委、宣传部长,不管别的怎么样,你还是人家的下级啊!再者说了,让你雪雁配合宁宇的工作是市委王明书记定的,也通过了常委会的,就是把事情搞砸了也是常委会负责,哪里轮到你雪雁这个副市长来乱说乱讲啊。事情从另外一个角度来讲,你雪雁是我政府的副市长,你不配合市委常委的工作，那就是我这个市长不配合王书记的工作。当然，这些话他是不能说出来的，他压制着心中的不快，说道："雪副市长，你的意思我都明白了，你现在只有紧密配合好宁部长的工作，你们在工作之中的分歧，是可以在工作之中交换意见的，在交换意见中求得统一。"

雪雁问："这么说，我就不能提建议了？他也太年轻了，我很难和他交流啊。"

市长不满地说："雪雁同志，不是我批评你，就你这个态度，就有问题。什么叫太年轻，革命不分先后，不就是分工不同吗？他年轻跟他的职务有直接关系吗？王书记比我还年轻呢，我能在他面前摆老资格吗？"

这个雪雁也很执拗，说道："市长，你不要生气了，我也没有别的意思，我也就是跟你说一说我心中的疑惑，总觉得他的办法欠妥当，那么大系统说动就动，没有后续资金怎么办啊？"

市长说："你的出发点是好的，我没有否认。你们现在是怎么分工的呢？"

雪雁将宁宇的安排说了一遍，市长说："就是呀，招商的事情还是人家来承担的啊！你这个人啊，也不要过于谨慎了，宁部长一直都在一线工作，也不是单纯搞研究工作的，他既然这样分工，就一定是有所准备的。据我所了解，宁部长不是你们想象的那样简单。我不多说了，你按宁部长的交代办吧。"

雪雁只得无奈地走出了市长办公室，脸上写满了无奈和憋闷。

16. 意外的好消息

十分显然，雪雁虽然到龙都市政府快两年了，骨子里还有学者脱不了的书生气，总觉得自己有道理就要讲明白，甚至要以理服人。她回到办公室，居然没有听市长的劝解，又贸然拨通了王明书记的手机。王明书记正在接待省财政厅的领导，接了电话问："什么事？"

雪雁正准备详说情况，王明书记打断了她的话说道："这样吧，这方面的情况你跟宁部长谈好了，他就代表市委。"说完，很干脆地挂断了她的电话。这回雪雁才死心了，压制着情绪开始工作。

下班的时候，雪雁已经平静下来了，觉得务必得和这个年轻气盛的宁部长交交心，毕竟以后他们得长期一起工作啊，这样意气用事是不会有好结果的。她拨通了宁宇的电话，宁宇已经回到家了，正在客厅看本市的时政新闻。

接到雪雁的电话,他一点也不意外。

“雪副市长啊,你好。”宁宇客气地说。

雪雁变了一个人似的说:“领导啊,今晚有空吧,我想给你汇报汇报我的想法。另外,我好歹也比你早来龙都几天啊,我们又都是从省城过来的,今晚就算我尽一尽地主之谊吧?无论如何,你也不能拒绝女士的邀请呀?”

宁宇也明白,今天在他和雪雁之间产生了芥蒂,也知道雪雁找了市长和书记都吃了闭门羹。现在她主动来修好,正是调和两人关系的最佳时机,他当然不会轻易拒绝。但嘴上却说:“雪副市长,你这不是也太客气了吗?你我都这样忙,要不我们回省城之后再聚吧?”

雪雁却说:“领导,我想你不可能不给我这个面子吧?我这可是亦公亦私的都有啊,就算你不接受我请你,我不是还要给你汇报工作吗?我猜你现在在龙都也是一个人吧?正好我也是单身一个,不都要吃饭吗?你就给我一个机会吧?”

见火候已经差不多了,宁宇这才说:“你这样说,好像我就不能再拒绝了,好吧,你说在哪里?”

雪雁立刻改了一种口气,十分亲昵地说:“到龙都酒店特色餐吧,那里可有很多好吃的东西呢。我知道我们省城人的习惯,那里有很多适合我们口味的。现在就出发吧,我在那里等你。”她迫不及待地将宁宇说成与她是一伙的,宁宇暗自笑道:“这个女人真有意思,一会儿像个九头牛都拉不回来的倔脾气大象,一会又像一只温顺的猫,女人毕竟是女人,变化也太快了。”

宁宇挂了电话,整理了身上的衣服准备出门,门铃却响了起来。他探头一看,见笑笑站在门前。他推开门,问道:“怎么是你啊?”

他脸上匆忙的神色笑笑已经看出来了,知趣地说:“我来得不是时候是吧?你一定是要出门。你去吧,我就回去了。”

宁宇说:“没事的,我去龙都酒店,你也可以跟我一起去啊。”

笑笑说:“你要谈公务,我就没有必要打搅了,我还是等你吧。”

宁宇说:“没关系,要等也可以到龙都酒店等呀,我这样赶你走,我于心不忍呢。”

笑笑说:“嗯,你原来这样有同情心啊?以前我还以为你是一个性格粗放的男人呢。嘻嘻,没想到你内心还这样细腻啊。好吧,我就给你一个面子,到龙都酒店去等你,我也想和你商量一件事,明天我就要回省城了,也许要一个月之后才能再到龙都了。”

宁宇感叹道:“你也太忙、太辛苦了。你要和我说的事,我能帮上忙吗?”

笑笑说:“当然可能啊,国外的一笔基金,专门用于教育及其相关产业投资的,基金数额巨大,我现在就找合适的项目呢,这笔基金到年底如果没有找到投资去向的话,就要撤回大本营了。”

宁宇问:“现在还有这样的事啊?龙都缺的就是钱,又没有地方去寻找,你手里有的是资金,却又没有办法花,这世界真是万花筒啊。”

笑笑说:“是啊,我现在手里面就有这个基金和环保基金没有花的地方啊。有很多人找我,我对他们又不放心,不,准确地说是对他们理解这笔基金的理念不放心。这两种基金都有非常高的要求,非常苛刻的条件,只要一个条件不合格,基金就不可能划过来的。比如这教育基金吧,其中就有明确的要求,建设的学校必须是独特的,也就是说要突破常规。”

她的这话,让宁宇有了了解的欲望。他问道:“这笔基金的数额有多大啊?还有,基金有这样的要求的话,那不是要政府配置土地吗?”

笑笑说:“有这方面的意思,因为教育毕竟涉及民生。基金的金额根据实际情况而定,没有封顶的。我还可以透露给你一个绝密,这基金总部是我叔叔掌管的。”

宁宇马上说:“龙都就有这样一个项目,不知道你是否感兴趣。”

“是吗?有这样巧合的事,你说说看?”笑笑也来了兴趣。

宁宇将高校高职教育园区的项目介绍了,然后说:“虽然这个项目和你掌管的这个基金不是很配套,我们不是也可以考虑其他的途径吗?”

笑笑说:“你这个项目不就是龙都的高校集中地吗?其根本目的是将龙都的高校和高职学校集中起来,这和这笔基金的使用意图相去甚远啊?”

宁宇说:“这笔基金的全称叫什么基金啊?”

笑笑说:“人类绿色智慧发展基金。”

宁宇说:“你可以这样想啊,一个条件一个条件的来对应呀,现在至少有一条是和这个基金相对应的,就是政府配置土地资源。你到哪里可以找到这样巧合的资源呢?这是其一。其二,可以引进特色教育进入这个园区,至于怎么操作,我还没有想好。”

笑笑说:“据我所了解,基金总部原来打算投入中国的主要意图就是看上了东方儒学,也就是看上了孔子。其目的就是投资兴建孔子学院,但几经周折，到现在也没有落到实处。”

宁宇问：“你说什么？兴建孔子学院？”

笑笑说：“当然也不仅仅是单纯的，就是想建设一座以中国古代思想家集大成的一个大学，把中国的思想智慧介绍给全人类，让全球各地的人到中国来有一个新的去处，也是中国的历史人文新景点，但要以教育院校的形式体现。反正就是这个意思，我一句两句也说不清楚……”

宁宇突然思维开阔了，这个人类绿色智慧发展基金的掌舵人不就是华人吗？有这样高的精神境界以及这样高远的视野和思维，确实很了不起了。单是这样一个想法就很不简单，要是将中国古代的学术大家们的精髓全部集中在一个学院，从内容展示到真正的教学，踏上中国国境的外国人一定充满敬仰。这个学院不设常年班级，全部都是临时班级，实际上就是传播中国人文的学院。他想，这真是一个了不起的创举。于是问道：“笑笑，他们的要求是不是全景展示学术大家当年的实景生活图啊？”

笑笑说：“当然是啊，所以难度很大啊；占地面积也会很大啊，建设工期也不会是一天两天的……”她一边介绍的时候，宁宇的大脑之中渐渐形成了一幅巨大的蓝图。就在龙都高校高职教育园区内专门建设这样一个巨大的中国古代大家园，在外围建造新的高校高职园区，倘若这能成为事实的话，这将是龙都的一张功在千秋的历史名片，更为龙都今后的经济社会发展埋下厚重的伏笔。更重要的是，有这样一笔基金一起和政府联手打造，让政府也缓解了很大的经济承受压力，这又何乐而不为呢？他暗想，这个想法一旦成熟之后，有必要专门找市委王明书记单独汇报。

17. 雪雁主动示好

两人一边说话，就到了龙都酒店。雪雁早就在酒店门口恭候了，见宁宇来了马上迎上前去说道：“宁部长，你真准时，里面请。”

宁宇给她介绍说：“这位是实业家笑笑小姐。”两人握手，彼此微笑，他又在一边给笑笑介绍说：“这位是雪雁副市长，也是从省城到龙都的。”

笑笑说：“就是啊，这世界也真小啊。雪副市长在省城时在哪里高就啊？”

雪雁说：“省城大学。”

笑笑开心地说："哎呀，原来我们三个都与省城大学有缘呢。只不过，雪副市长你是学校的老师，我们两个是学生而已。"

雪雁说："是吗？那就太好了，这些年省城大学的变化也太大了。另外我告诉你们，我也是省城大学毕业的呢。太好了，今天就算是校友聚会了，宁部长虽然是领导，不过我是学姐，所以今晚大家就听我的了。"三个人走进了早已安排妥当的雅间。刚刚才坐下，就听见门外传来一个熟悉的声音："领导们，你们是在里面吧？"

雪雁站起身来说："一定是章局长来了，他要求过来见领导的。你们两位不会介意吧？"

宁宇说："既然你是学姐，你就安排啦。"

这个章局长更是溜光圆滑的主儿，进屋就说："几位领导实在不好意思，我来晚了，一会儿罚我酒就是了。今天我们局和宣传部的干部一起下乡送书去了，我和宣传部的常务副部长一起下去的，现在才刚刚回来。"一边说，一边捡了最靠边的位置坐下来。

眼看主位还没有人坐，雪雁连忙说："宁部长，你得坐到这个位置上，不然大家也就不好坐了。"

宁宇谦虚地说："你是今天的主人，当然是你坐这个位置啦。"

雪雁说："千万使不得，有领导在，我怎么敢坐那个位置啊。"

章局长也说："宁部长，你请上座吧？"

没有办法，宁宇也就说："那我就恭敬不如从命了。"雪雁紧挨宁宇的右面坐下，章局长又让笑笑挨在宁宇的左面，自己坐到离门口最近的位置上，十分坦荡地说："几位领导，今天我就是各位的服务员，有什么需要尽管吩咐。"随后问雪雁："雪副市长，我来安排吧？"

雪雁说："菜都订好了的，你选酒就是了。笑笑老总喝什么？"

笑笑说："随便吧，喝茶就很好。"

雪雁就说："来红酒吧？"笑笑也没有推辞。章局长点了五粮液，饭桌上就开席了。

雪雁首先举杯说："今天这第一杯酒，是要敬我们新常委新部长的，希望部长今后带领我和老章把工作干好。"章局长一愣，根本不知道怎么回事。他是市政府序列的局长，雪副市长怎么会说这个话呢。雪雁见他愣了，就解释说："章局长，你还不知道，原本是想明天才告诉你的，宁部长现在主抓市里面的教科文卫等工作，同时主抓市里面的新闻、文化重组工程，还有高校高职整体搬迁和建设。你我今后很长一段时间都要合作这几项工作了……"章局长这才明白了，举杯说："对对对，我们一定干好本职工作，不给宁部长惹麻烦、留后患。"

雪雁纠正说："怎么是给宁部长惹麻烦、留后患啊，是不要给自己呢！"

宁宇看着面前的这两个人，觉得十分有趣，也不轻易发表言论。

随后，雪雁又对宁宇说："部长，我们说工作不碍事吧？"

宁宇说："可以啊，笑笑是我多年的朋友了，不碍事的。"

雪雁就说："我反复想了想，小范围的会就不要等到三天后才开了吧，你只给了我两个月的时间，我也要抢时间进度啊。我想最好明天上午就开这个碰头会，通知宣传部、文联、发改委、文化局、教育局、广电局、规划局、建设局的领导明天一起开会，内容我已经大致有了分工了，需不需要投资促进局参加？"

宁宇对雪雁的这种态度非常满意，她这样积极，说明她现在已经想通了，而且还知道了要抢进度。他说："嗯，我看可以。不过，市委办、市政府办、国资委和财政局，这几个单位都要参加，投资促进局也参加吧，以免到时他们不知道这回事，但是工作任务这一回就不给他们落实了，市委是把招商任务定在我俩的头上的。"

雪雁说："要是就这样定了，我就让政府办通知了？"

"嗯，你安排吧，就以两办的名义下发通知吧。"宁宇说。

"好的，我一会儿就安排。我想这个会议的主要议题就是确定主抓这些项目的班子，是不是我拟一个出来？"雪雁问。

"可以，今晚就送我看吧，网上传过来就是了。"宁宇说。

"也好，一会儿我就回办公室。"雪雁说："不过，今晚就不能陪好你了，本来我想请你唱唱歌，娱乐娱乐的，今天看来就不行了，等忙过这一阵子，我一定请你一回。"

"工作要紧，我们之间还用得着这样客气吗？事情这么多，我们吃好了就走吧。"宁宇十分欣赏雪雁的这种工作作风。

雪雁又说："我还有一个想法。"

"你说。"宁宇说。

"我想明天下午就召开一个政策研究方面的动员会，把各方面的专家和领导都请到场，这个会议你还是要参加的吧？"雪雁问。

宁宇说:“你准备几点开啊,我下午有一个部务会。”

雪雁说:“三点吧?你看别的领导需要参加吗?”

宁宇说:“三点没问题,我争取三点之前结束部务会。其他的领导,就看书记和市长有没有时间了,我想市委和市政府办公室的秘书长必须参加,还有法制办和调研室。”

“好的,我也去落实好了。”雪雁回答。大家匆匆用完餐后,雪雁问:“今晚是不是就散了?”

“好啊,大家都要忙事情不是?”说着宁宇也站起身来。

实际上,雪雁是有她的考虑的。凭女人特有的敏感,她断定跟着宁宇来的这个女人和他的关系不一般,他们晚上一定会有特别的活动,她根本就不适宜和他们久待,就是章局长也一样。

雪雁对章局长说:“走吧,你也跟我去一趟办公室。”章局长心领神会地说:“好的,再见宁部长。”

笑笑和宁宇走到大街上。笑笑说:“现在看来,我离开媒体是对了,当年我也和你一样,整天都是没日没夜地工作,根本就没有属于自己的时间,你看你,现在都做上了市委常委了,不还是一样没有自由。”

宁宇说:“没有办法啊,像我们这样的人,就是这个操劳的命。”

“你还真打算回去审文件啊?”笑笑问。

“是呀,不回去看来是不行了,他们完成之后还要传我吧?明天就要定下来的事情,不可能拖了。”宁宇说。

“我有一个建议,你最好是到我那里去,我还可以帮你做点事情,顺便谈谈基金的事,要是有可能,这也不是一个小事啊。”笑笑的心思宁宇能理解,她明天就要回省城,对他有几分依恋呢。不过说到教育基金的事,宁宇还是有几分动心,于是跟着笑笑去了她的住处。

18. 这封信应该怎样开头呢

笑笑给宁宇泡上咖啡，随后打开了浪漫的音乐，说道:“我就不打搅你了,我能先去洗澡吗?”

宁宇随手拿起一本时尚读物,说道:“你不会忘记了你的诺言了吧?你不可以给你叔叔通一个电话吗？”

笑笑乐呵呵地说：“伟大的宁宇部长，你可能忘了地球是圆的，你老人家没有看见现在我们这里是黑夜吗？”

宁宇连忙说：“哦，对不起对不起，我忘了还有时差呢，现在人家应该在睡梦中了，不能打搅了。”

笑笑说：“我知道你是工作狂，我也想好了如何配合你，我洗澡之后就去写一封短信先传给叔叔，明天早上起来的时候，也许他就看过我的信了，我再给他去一个电话，那样不是更好吗？”

“还是你想得周到，算我多嘴了。”随后宁宇又问：“对了，我还有一个疑问，你做这些工作，全部都是义务的吗？要是这样，我就不好意思了。”

笑笑说：“你问的这话，很有意思。我现在问你，你干工作是义务的吗？虽然你是在为公众服务，也是为国家建设，你会怎么回答我呢？你的答案就是我的答案。”

宁宇这才明白，笑笑操作这一切也不是义务的，也是有报酬的，他这才放心地说：“嗯，既然是这样，我就没有那么愧疚了，至少我们都还是有所得的，我得到政绩，你得到利益，好吧，你去洗澡吧？”

笑笑说：“宁宇同志，我现在发现你变了许多，尽管时间不长。”

“怎么解释？”宁宇抬头问。

“你当了领导之后，反而更现实了，没有了以前的诗意和飘逸了。相比之下，我喜欢你过去的那种诗意，当然，我也欣赏你现在的朴实和实际。”笑笑说。

“你这是批评我还是赞美我呀，我怎么听起来有些别扭啊。也请你谅解，我过去不用负这样重要的责任，现在压力太大了，有时候我都还不适应呢。”宁宇很无奈地说。

笑笑妩媚一笑，转身进去洗浴了。

宁宇打开电脑，还是老习惯，先查看了当天的重要新闻，然后才打开QQ。这个雪雁也是个雷厉风行的人，她已经将明天开会的文件传到他的QQ邮箱里来了。他忙不迭地打开，仔细地阅读开来。只见雪雁传来的文件上这样写的：领导小组组长宁宇，常务副组长雪雁，副组长章局长等。这公文一看就不是雪雁写的，也就是政府办的秘书们操弄出来的，不论是格式还是行文，都是很规范的官样文本，所以也找不出什么破绽来。

他在QQ上问雪雁：“你还在线吗？”

雪雁回:“在呀,现在回到家里了。文件看了吗?要是需要修改我马上就让他们操作。”

宁宇回:“不用了,已经很完备了,辛苦你了。”

雪雁回:“谢谢,没事儿。”

宁宇回:“早点休息吧,明天还要忙呢。”

雪雁回:“我也想啊,可我不比你啊,我还要带博士生呢,现在还在网上辅导学生呢。”

宁宇这才知道她这个副市长原来还要带学生,那她也太辛苦了。于是关切地说:“你也不容易啊!”

雪雁回:“学术是我的老本行啊,不带学生反而空落落的,已经习惯了,没什么的,现在老公孩子都不在身边,这点时间还是有的。你呢,怎么还不休息啊?”

宁宇回:“这不是等你传文件吗?我也习惯晚上工作的,以前在报社一直这样的,成了职业习惯了,不熬夜反而不习惯。”

雪雁回:“现在你得改啊,你做领导白天坐台的机会多啊,呵呵。”

宁宇觉得这个女人要是再往下说就会说出出格的话来了,于是立刻打住,回道:“很晚了,我是该休息了,晚安。”

他和雪雁说完话,笑笑就出来了。浑身透着一股活力,还有一种清香味,她在他面前也不避讳了,穿了十分裸露的睡袍。她一边笑吟吟地说:“我觉得你也可以考虑去洗洗澡,这样会更舒服一些。”

宁宇说:“我是不是打搅了你啊,你现在就要写信吗?”

笑笑娇嗔道:“我呀,欢迎你打搅呢。我这里还有一个小电脑呢,我又不和你抢地盘,你用大电脑吧。”她一边说话,一边将银色的小电脑打开,还支撑开一个特制的钢制电脑架。

宁宇说:“哎呀,你的装备也太多了吧?”

笑笑诡异一笑说:“就是专门为你预备的,已经预备二十多年了。”这暧昧的话,让宁宇无话可说。

忽然,宁宇的QQ闪动着一个熟悉的头像,这人居然是章杰。章杰还是那副乐呵呵的模样儿,说:“领导啊,好久都没有看见你上网了,今天难得逮住你,你可不许不理我啊。”

他回:“怎么会呢,这几天太忙了。”

章杰说:“我得给你汇报汇报我的进步啊,我已经做了政法部的主任了,红唇也进步特快，现在都被提拔为副主任了。”听到这个消息，宁宇相当高兴。他知道红唇会有进步，也料定红唇会有出息，但没想到她进步这样神速。他正要说话，章杰又说：“不过，有一个事情非常遗憾……”

宁宇关切地问：“怎么啦？”

章杰说：“和韵走了，连我也不知道她去哪里了，一点消息都没有。”

宁宇问：“红唇都不知道吗？”

章杰说：“不知道。”

宁宇也觉得这很奇怪，她怎么会突然离开报社呢？他很想问问和夫人，但又觉得现在不是时候，也就搁置在心里了。这时，笑笑在一边喊：“你过来看一看，我这样写行吗？快过来呀，你发什么愣啊？”

宁宇只得站起身来，朝笑笑坐的地方走去。笑笑双脚盘在偌大的沙发上，像一只小巧玲珑的小猫，一双眼睛荡漾着柔情，见宁宇过来就将他抱住了，撒娇道：“你看看呀，这样开头好吗？”

宁宇低下头去一看，上面全是英文单词，连接起来什么意思宁宇早忘记了，他不好意思地说：“呵呵，对不起，我只会汉语，你这样的字符我像看天书，你想考我的英文水平啊？”于是笑笑改为中文的“叔叔你好”。宁宇说：“你这样写，还不如全用汉语呢，你叔叔虽然是在国外长大的，但是他不是对中国的思想充满了崇拜吗？用汉语写是最好的，就让他找翻译去，这样会加深他的印象，而且还要在这里面加上很多古代名人的名言名句，激发他的兴趣……”

笑笑说：“嗯，还是你的思维要开阔一些，我怎么就没有想到这一点呢？”随后她又说：“呵呵，我想起来了，你的文采一流，又有深厚的国学功底，还是你亲自操刀来得更有力道……”

宁宇想了想，也对啊，反正都是属于他的工作，写这样一封信又有什么不可以的呢，于是爽快地说：“好，这项任务我来完成吧，不过，现在我要去洗澡了。”他走进放满温水的浴池里，一个人浸泡在里面静静地想着：这封信应该怎样开头呢？

19. 雪雁破天荒地惊叹

宁宇也非等闲之辈，他换上睡袍出来之后，就伏案疾书。他写到了孔子、孟子、墨子、韩非子，甚至都写到了孙武、孙膑。将中国的古典文明展示了一部分,他自己也觉得还算到位。笑笑在一边更是赞赏道:“哎呀,要是我叔叔问起这里面的某一位,那我可是回答不上来了呀,你这可是以我的名义给他写的信呢!”

宁宇当然知道笑笑是在开玩笑,于是打趣道:“反正他是在国外长大的,你随便糊弄糊弄他不就完了。”

笑笑说:“你未免把别人想得太简单了吧,人家可是著名的汉学家,说不定对中国文明的研究比你我还要深厚呢。呵呵,我是开玩笑的,我想叔叔也不会深究的,况且,这只不过是一个序曲而已,关键的还在后面呢。”

他俩根本就没有想到,刚刚发过去才二十几分钟的邮件,对方居然看见了,而且有了回复,笑笑高兴得尖叫起来。只见她叔叔的回复是这样写的:“邮信收悉,十分感谢。我对此十分有兴趣,如果可能,请将你方的详细规划电邮于我,我会组团到贵地考察。”

笑笑说:“看来,你有得忙了。”

宁宇也满意地说:“我就怕没事做呢,只要他们能来考察,我做这个方案也值得的。”

笑笑说:“呵呵,我觉得呀,你还要好好谢我。”

宁宇问:“为何?”

笑笑说:“这个方案,只有我来找机构完成才有可能,而且我才是真正的最佳人选。”

宁宇惊异地问:“你愿意帮我?”

笑笑说:“我不帮你,还有谁比我更合适呢?”

宁宇十分开心地说:“笑笑,和你工作真的很开心。”

笑笑说:“实话告诉你吧,基金投资策划这个方面,我有强大的智力共享机构,我们的这个机构设置在香港,以前操作的类似项目也不是一个两个了,就是两个小时后需要,他们也能拿出完整的方案来。”

宁宇问:“他们有我们龙都的资料吗?”

笑笑说:“你这里不是有龙都高校高职教育园区的相关资料和图纸吗?现在我就可以传到香港去呀,这个文案以前他们是做过的,内容早就很齐备了,只需要调整地名和区位,你说这能不快吗?”

宁宇立即将高校高职教育园区的相关资料找了出来,笑笑敏捷地将它扫描上传了,然后问对方:“资料收到了吗?”

对方回答:“收到了,你们什么时候需要文件?”

笑笑看了看宁宇,宁宇说:“给他们三个小时吧?我们等候看效果。”

笑笑就原话说了一遍,对方说:“好的。”

宁宇没想到笑笑的工作效率如此之高,内心十分欣慰。宁宇想,要是这个事情有了眉目,就得提早与市委王书记碰头了,于是拨通了雪雁的电话。雪雁奇怪地问:“宁部长,你也还没有睡觉啊?”

宁宇说:“哪里睡得着啊,这心里不是装着事情吗?”

雪雁显然也没有睡觉,问道:“你找我有什么事吧?”

宁宇说:“我想知道,你让两办通知书记和市长没有啊?他们能参加明天上午的会议吗?”

雪雁又问:“他们必须参加吗?”

宁宇说:“有一件事情,我必须给你通报一下……”他将刚才的情况原原本本地说了一遍。雪雁惊诧地问:“宁部长,你真是神通广大啊,你怎么和人类绿色智慧发展基金也有联系啊?”

宁宇觉得奇怪,问道:“怎么,你也了解这个基金的吗?”

雪雁说:“这可是如雷贯耳的名字啊，在全球各地都是信誉极高的绿色基金啊。我们教育界一直都在寻求这个基金的帮助呢,要是和他们搭上可靠的关系,我们的高校高职教育园区建设得上层次上品质就真的有望了。”

宁宇对这方面其实根本就缺乏了解,不想雪雁还对这一行这么了解,于是连忙问:“你的意思这个基金很可靠,就是没有关系?”

雪雁说:“是啊,整个教育界都是这样认为的,而且这个基金十分神秘,据说里面的决策机构很简单,但是要求尤为苛刻,但是也很科学。前一段时间有人获悉,这个机构对中国文明十分看好,就是有进入中国的打算,可很多教育界的人都苦于没有畅通的途径啊。你要真有这方面的渠道,我愿意做所有的后续工作。”

十分显然，这个基金在国际教育界的影响广泛、深入是宁宇始料未及的,于是他兴奋地说:“你等着,一会儿我传一个资料给你。”

雪雁显然也被宁宇的话题吸引住了,说:“好啊,再晚我都等你。”

看见宁宇这样兴奋,笑笑说:“看你这样高兴,我也很开心呢。要不,我让他们抓紧时间,往前赶一赶?”于是给香港方面说:“能快点吗?”

对方回答:“快了,还有十五分钟就好。”

宁宇看看时间，正好是凌晨一点半，歉意地对笑笑说："实在对不起啊，让你也没有休息好。"

笑笑诡异地说："能与你一起工作，也是一种快乐呢。"

方案很快传过来了，宁宇打开一看，天啊，这是一份按照国际标准起草的标书。上面有图表、有数据、有文字支撑，也有投资的基本概算，更有双方的可持续发展估算。他简直看傻眼了，没想到笑笑的智力团队不仅效率高，而且有这样全面科学合理的高评估和测算水平。所撰写的文稿也有很浓郁的东方文化色彩，把中国的几千年文明都巧妙地浓缩到了方案之中，简直让人叫绝。他一边欣赏，一边对雪雁说："方案收到了，我也在看，现在传一份给你，你也看看吧。"

雪雁很快就回复说："这是亚洲最权威的评估机构和学术机构联合做的方案。具体说，这个方案就出自香港几所高校的智囊团。"

这又是一个让宁宇吃惊的消息，他问："你看这个方案的可行性如何？"宁宇很清楚，雪雁是学者，她的思维虽然守旧和保守一些，但她不失严谨和缜密。

雪雁说："从这个方案就能判断，操作的人对基金本身的需求十分了解，要是基金真有进中国的打算，我想这会是一个基本完美的方案，不过……"她欲言又止。

宁宇着急地问："你还犹豫什么，想到什么就说呀。"

雪雁说："有这样的基金，对于一个地区和城市算是福音，但是我很担心我们市里面有没有这样的胸怀和气度。这样的话，很显然就要增加土地和其他资源的投入，虽然有这笔基金进入，并不意味着政府一分钱不掏。如果按照我的思维，我能算过这一笔账。虽然财政要拿出一笔钱来，但是龙都又多了一笔功在千秋的无形资产，今后的龙都教育也会出现新格局。但是，建立这样一个集中国文化思想之大成的开放式学院式场馆，不是每一个领导都具备这样的眼光的。另外，这件事情还不仅仅是市里面能决定得了的。"宁宇不是不明白，这是一件影响到整个中国学术界、教育界的盛事，当然不可能一帆风顺，也一定会有难度，但是现在有这样一个机会，龙都就应该试一试啊。于是说道："你的意思我明白，我现在问你，这件事有没有可能性和可行性？"

雪雁说："太有了啊。只要各方面都不受阻，怎么没有啊？我就希望看到有这样一所开放式、展览式的中国文化思想大集成的学院啊，更何况还有那么多急于了解中国文化和思想的外国人。"宁宇算是有数了,最迟等到天亮,他就要找王明书记谈一谈。

20. 获得高度认同

笑笑远非一般人想象得那样简单,她依旧保留着一股神秘气息。她很委婉地拒绝了和宁宇一起会见王明的要求,并郑重其事地对宁宇说:"你不能对任何人说起这件事是我在操作,我也不会接受任何人的采访报道,你记住了,否则这事就适得其反。"不管什么原因,她就是这样要求的。天亮之后,她匆忙赶回了省城,就连宁宇也觉得她很神秘,根本不知道她的准确行踪。

当天的会议在市政府的会议室举行。宁宇心里装着高校高职教育园区的事,所以早早就来到会议地点。雪雁也和他一样,昨夜和宁宇交换完意见之后,就盼着今天早点到会场,预先和宁宇沟通一下,她也料定宁宇今天是要找书记和市长谈此事的,而且一定少不了她。

两人见面后,比昨天显然和谐融洽多了。宁宇问:"你怎么这样早就到了?"

雪雁说:"和你一样呢,能放下那些事吗?"两人现在算是心有灵犀了。

宁宇说:"你觉得我们跟书记、市长怎么汇报呢?"

雪雁说:"汇报的形式不重要,关键是有这样的内容啊。老实说,这可是教育界最重视的基金了,要是龙都能拿下来,那就是一个重大的突破了。"

宁宇说:"要不这样,我介绍完这个想法之后,你就汇报这个基金的重要性,这样也好让书记和市长正确判断。"

雪雁现在已经对宁宇刮目相看了,说:"我听你的,领导。书记和市长都答应了要来的,但是市长可能听一会儿就要走,还要到省政府开安全工作会议。"

宁宇说:"不要紧的,只要王明书记能听完我们的汇报就行了。"

雪雁点点头。之后,开会的人已经进入会议室了。看见宁宇和雪雁早到了,章局长走过来问候道:"两位领导,你们早来了啊?"然后找了位置坐下。

鉴于这是宁宇到龙都之后主持召开的第一个重要会议,这也是事关龙都宣传文化产业改革的大事,同时也是创建高校高职教育园区的大事,所以王明书记和市长还是双双出席了。会议由宁宇主持,雪雁介绍具体情况并宣布新机构的成立。书记和市长作重要指示。上午的会议开得圆满成功,所有出席会议的相关部门都深受鼓舞,尤其是新闻宣传、文化系统等单位的领导们,更是表示要积极参与改革创新工作。这个局面是宁宇愿意看到的,更是书记和市长愿意看到的。散会之后,市长就要去省里面开会了。宁宇连忙说:"两位领导,耽误你们一小会儿,我和雪雁副市长还有重要情况向你们汇报呢。"

雪雁也说:"我们抓紧一点时间吧,请两位领导务必得听一听。"

两人一唱一和,让王明书记和市长都笑了。昨天两人彼此芥蒂,今天就变得这样和谐了,当领导的自然会高兴啊。王明书记说:"好啊,那就听听你们领导小组的情况汇报吧。不过,市长一会儿确实要去省里开会,他就不听全过程了,听一听你们要汇报的主题就走,我代表他听完,你们两位同意吗?"

宁宇说:"我们听书记的,我现在就开始汇报?"

市长说:"嗯,开始吧。"

宁宇也太低估王明书记和陆强市长的知识面了。他把情况做了介绍,王书记说:"很好啊,我和陆市长以前因为高校高职教育园区还讨论过这件事呢。不过,那时候也是没影的事,现在既然有这样的机会、有这样的信息,你们也就多关注一下。"

陆市长说:"是啊,要是能将这个基金引进到龙都,也是为龙都人长脸的事,也为我们成为教育大市和强市埋下伏笔,这个生意我和书记不用说也是愿意做的,就怕这仅仅是停留在设想阶段的信息。"

雪雁见书记和市长都知道这个基金的重要性,也就没有强调了,而是介绍说:"两位领导,现在我可以明确地告诉二位,我们宁部长已经有非常明确的路子了。"一边说,她一边将昨天收到的方案拿了出来。两位领导一边传阅,她一边介绍说:"你们手上的这份方案,是亚洲地区最权威的文化评估机构做出来的,方案全方位地将中国文化文明做了诠释,也把龙都的情况完整地做进了方案。这个机构其实就是这个基金是智库单位,所以,这件事情早已不仅仅是停留在理论阶段了,已经进入实质性阶段了。人类绿色智慧发展基金方面已经表示,很快就会派员到中国来实地考察。"

听了雪雁副市长的一番介绍,王明书记说:"这样吧,你们准备一套完整的资料,让陆市长带上。他开完会之后,就给省里面相关领导和部门汇报,你们这边加紧联系,做好各种准备吧。还有,基金的代表能提前见见我们吗?"

雪雁说:"这都是宁部长联系的,也只有他才知道具体的情况。"

陆市长说:“我听说过,这个基金是很神秘的,就是他们派员来了,也不会透露谁是负责人的。据说这是为了保证基金的公平性。宁部长,你那边得到的消息又是怎么回事?”

宁宇说:“也难怪,和我联系的人就是不愿意来见你们呢,并且还带话说不能透露她的身份,要是透露了可能反倒对基金的进入有麻烦,我当时还疑惑呢,陆市长真是见多识广呢。”

王明书记说:“陆市长说的这个情况,我还是第一次听说呢。那么,操作这个基金也就要格外小心啊,因为我们不好确认它的真伪啊!”

雪雁说:“这个倒不必担心,他们会有一套国际惯例的财经手续的,现在关键就是要做好迎接他们的准备。我还知道,这个基金是不会通知当地他们什么时候来的,都是悄悄来、悄悄走的。”

王书记说:“这样啊,那难度就更大了啊。”

宁宇说:“这还不是最重要的,什么时候来我有办法提前知道的,关键是我们要做的各种准备。”

王书记说:“那好,准备工作我还可以打招呼,你们各自准备去吧,还有别的事吗?”

离开王书记和陆市长之后,雪雁感叹地说:“真没想到啊,我们的书记和市长什么都很清楚,这省去了我们很多的解释。不过,下面的工作就更加难了。”

宁宇说:“一步一步来吧,现在我们商议下午的会议吧,关于文化宣传系统的改革方案可不能拖啊,原定的时间也不能变。”

雪雁说:“你放心吧,我不会耽误时间的,我现在发现和你共事是一件开心的事。你不会在文化改革方案还没有出台之前就又找到资金了吧?”

宁宇淡淡地说:“这有什么不可能的,所以我要你抓紧呢。”

雪雁一愣,双手一摊夸张地说:“我的天哪,你这不是推着我跑吗?我工作了这么多年,还是第一次见到你这样的工作狂呢。”

21. 启用旧部下红唇

宣传部部务会开得相对轻松,以前让部里面去做的文化改革方案现在已经移交到雪雁副市长那里去了。今天会议最主要的就是落实近期举办的全国媒体聚焦龙都的事。宣传部以前也举办过类似的活动，只是规模没有这样大罢了。

会上，分管宣传和新闻的副部长说："一切都细化了，领导班子构成、活动日常安排、参观龙都产业和主要景点的细化方案都已经出来了。另外，新闻科负责本市媒体的对接，外宣办负责省内媒体和国内媒体以及海外媒体的对接。现在都已经和一部分媒体联系了，现在能够确定下来的就已经有七十多家媒体了，按照我们的预计，很可能会有上百家媒体能到龙都来。"

宁宇问："海外的媒体呢？一共有多少家？"

副部长说："最少也有十五家以上。"

宁宇说："太少了，最少要邀请三十家以上的海外媒体，要占到总数的三分之一。我们这一次机会难得，要做就要有国际眼光，现在正是需要宣传我市的新闻产业、文化产业以及教育产业改革的大好时机，也是宣传我们高新产业新区和高校高职教育园区的绝好机会，我们要把握好这一次东风，让新闻发挥应该发挥的效果。"

副部长说："好吧，我们再请市外办那边配合我们一下，再增加境外媒体的数量。"

宁宇又问："赞助的事情落实得怎么样了？"

副部长说："我正准备给部长汇报呢。这方面的情况很好，市工商联那边也很配合，现在已经有十二家本地的企业愿意参加这次活动的赞助。现在我考虑的就是这些企业的回报问题，也不能让本市的电台电视台和报纸杂志全部免费刊登呀！"

宁宇本来就是媒体记者出身，当然理解本市媒体的难处。他说："本市媒体的形象宣传组委会要想办法出经费，人家电台电视台、报纸杂志社也是企业，也不能免费占有他们太多的资源。市里面的一百五十万经费现在还有多大的缺口？"

副部长说："我现在还没有动用那一部分费用，那些经费是用来接待用的，我现在筹集来的经费也就一百五十万左右，我正在出具体的方案呢。"

宁宇说："嗯，能把这个活动搞好，三百万应该问题不大了吧？"

副部长说："主要是境外媒体的费用要高一些，另外，还有我们对外宣传的经费很昂贵，这个数字还不足以达到您提出的那个要求。我们仔细计算过了，至少还有五十万的缺口。不过，这个我会想办法的，请部长放心吧。"

这方面的总体情况，宁宇还是比较满意的。至少现在就可以断定，这个活动的顺利举办已经不会有任何问题了。今天还有一个重要议题，就是审阅部里面起草的外宣稿件。稿件分了三个层面：一个是面对市内的宣传稿，第二是面对国内的宣传稿，第三是面对境外的宣传稿。宁宇在这方面是当仁不让的专家了。当副部长将这几篇洋洋洒洒的稿子送给他的时候，他不禁皱起了眉头。他很直率地说："好了，这稿子你们就不要管了，我会安排人来修改的，现在这个稿子的水平显然是力度不够的。"副部长的脸红了，什么都没有再说。

会议开得很紧凑，一个小时就完了。离下午雪雁主持召开的几个项目政策研究会还有两个小时，他赶回自己的办公室，随手将电脑打开，意外地看见红唇还在网上。还没有等到他跟她说话，她就发过来一个笑脸。

宁宇说："我正有事找你呢，一会儿我就要去开会了，真巧你在啊？"

红唇说："我这不是在等你吗？我就知道你会上来的。嘻嘻。"

不管红唇是不是开玩笑，宁宇此刻心里也是高兴的。他说："听说你升职了，我得祝贺你呢。你这个新闻界的干才，我就知道有崛起的那一天，没想到来得这样快啊。"

红唇说："我这点成绩算什么啊？你才是我学习的榜样呢。你不知道，昨天我爸爸对我说，要是我能赶上你的一半，他也就省心了。嘿嘿，我还没有告诉你吧，我爸爸已经调回省委党校了，现在是常务副校长。你知道他上面的领导是谁吗？呵呵，一个党校的校长是省委副书记，一个行政学院的校长是常务副省长。他说了，现在他这个常务不好当呢。嘻嘻，还说有空要请你帮他出主意呢。"

这个消息对他来说相对突然，她爸爸能在这个看似没有实权，实际上可以盘活更多社会资源的位置上，远比在上面当助理好多了。他也没有想到，红副院长的关系会这样四通八达。红唇对他说这些话，也绝对没有炫耀的意思，也就是本能的开心，想和他分享罢了。于是他说："祝贺你呀，你们一家子又团聚了。"

红唇说："是呀，这才是我最开心的。你要是在省城，我早就来找你来了。哦，我告诉你，和韵没在报社了，不知道去哪里了。"

宁宇说："她离开报社，太可惜了。"

红唇说："也不见得，每个人的理想是不一样的，你知道和韵想做什么吗？人家想做电视台的主持人，哦，不全对，她还对媒体经营特别感兴趣。”

宁宇突然想到了和韵的家庭背景，是啊，这样的豪门女子，怎么可能和普通的人想法一样呢。当年和韵就说了，她是没有打算在报社长期干下去的，她的理想就是做主持人呢。现在看来，她真的要走啊。他心里有几分惆怅，也不知道什么时候才能再见到和韵。但是他不便与红唇说这些，闲聊了半天，宁宇才想起了正事，说道：“我还有事求你呢。”

红唇乐呵呵地说：“宁大部长，你还有事求我，天下奇闻啊。”

宁宇说：“我们市里准备举办一个媒体聚焦龙都的活动，其目的就是集中一个阶段宣传龙都的经济社会以及文化建设成果，所以需要写一篇像样的宣传稿件。我让宣传部的新闻科搞了一个初稿，但是我看了，高度差得太远了，所以我想请你来润笔。稿子分为三个层面，面对市里面的，面对国内的，面对海外的，也就是一样的内容，但是要写三篇不同风格的稿子。这个任务就算是你帮我，不过，这也不能白帮，我给你每一篇稿子两千元的稿费，对外署名也是你的，你看怎么样？我很快就要，最多给你三天时间。”一边说，一边就把三篇原稿传给了红唇。

红唇有点受宠若惊，说道：“部长大人这样信任我，你就是不给我稿费，我也会认真替你完成的，何况对外还要署名。但是，我的水平你也是知道的，可能达不到你的要求啊？”

宁宇说：“你的水平我了解的，你就不要谦虚了。好了，不说了，我要准备开会了。”

红唇说：“拜拜。”

宁宇又说：“如果你要觉得资料不够，你可以来一趟龙都，我派车去接你。”

红唇内心十分激动，没想到宁宇现在当上龙都的宣传部长了，不但没有忘记自己，还这样看重她，她心中顿时泛起几多美好的遐想。她回答说：“知道了，拜拜。”她将手上的稿子处理完了，又将宁宇传给她的几个文稿打包成了一个压缩包，这才站起身来伸伸懒腰，正好抬头看见章杰向她走来。

章杰笑眯眯地说：“红副主任，今天我有一件事情，可能参加不了今天的编务会了，还有劳你今天参加编务会汇报一下部门的稿子。”

红唇内心感激章杰呢，她深知章杰知道她和宁宇的关系，所以在她竞聘副主任的时候，帮了她一把，于是说：“没问题。”

章杰又说："今天我叔叔回来了，我得去看看他啊。"

红唇知道他说的叔叔就是原来的章副社长，于是她问："章副社长现在还好吧？"

章杰诡异地说："他不是文化局的局长吗？老实说，我也想跟他到地方上去混呢。"红唇突然觉得，他这话是不是也从某种角度提醒她了呢？

22. 意外消息

很多问题远没有想象那么复杂，下午的政策研究会进行得十分顺利，政研室、法制办和其他的职能部门抛出了各自的意见。很明显，把这些意见集中之后就能形成一个文件的雏形，这让雪雁副市长喜出望外。她在总结会议的时候，也紧锣密鼓地布置了工作。她十分果断地说："今天的会议召开得十分成功，各部门的意见也都十分清晰，我和宁部长都很满意。这几个项目的配套政策，两个星期之内就必须拿出来。各部门从现在就要抓紧时间，一刻也不能迟缓。市里面的高校高职教育园区、新闻产业集团、广播影视集团、网络传播集团，都是现阶段市里面重中之重的工程，所以大家都不能懈怠……"

散会之后，宁宇冲她笑笑说："你也真够狠的，我给你两个月时间，你只给别人两周时间，厉害啊你。"

雪雁笑笑说："这叫上有政策下有对策呢。要是到时候我拿出来的东西市里面不满意，我怎么办啊？你也别怪我狠，市里面每一个领导的工作都交代给他们，你不把时间压得紧迫一点，还不知道这些秘书老爷们什么时候才能给你呢。"宁宇想，现在看来，这个雪雁一点也不迂腐啊。

再一次回到办公室，宁宇的心情舒缓多了，今天的几件事都处理得非常满意。他靠在宽大的转椅上，闭上眼睛静静养神，回想从省城到龙都来的这些日子，再也不觉得有什么可怕的了，各项工作都开始渐渐上手了。他坐直了身体，又看见QQ上出现了一个熟悉的头像，这不是娜娜吗？

娜娜问："你在吗？"

宁宇说："刚刚回来，你也在啊？"

娜娜说："你走之后，发生了很多事呢。嘻嘻。"

宁宇问："是吗？说说看。"

宁宇发了一个笑脸。

娜娜说："我爸爸的同学从外地来了，还带来了他的老婆儿子。这个老头也真逗，非要我爸答应他，让我嫁他儿子呢。嘻嘻，我妈妈说，哪有这样逼婚的啊，你要再这样，我就抗议不买单了。哈哈哈，那个老头儿立即举起双手夸张地说，我投降还不成吗？过去我和老张上学，他是一次单也没买啊，我求你把这次单买了吧，这样我心里也好受一些，呵呵，真逗死了。"

宁宇故意问："你也没看上这个男生吗？"

娜娜说："从人来说，我还是看上了，英俊潇洒，跟你差不多。可是我不喜欢他的职业，他在军队搞科研，一年到头要在深山里不说，他也养成了不苟言笑的习惯，和他在一起呀，简直就要疯了。嘻嘻，我还是喜欢你呢。"

宁宇没有接她的这个话茬，问道："还有吗？"

"有啊，不过你可要替我保密啊。要不然，我妈知道了，一定要修理我呢。"娜娜故弄玄虚地说。

宁宇干脆地说："一定保密，你说吧。"

娜娜说："我妈有外遇了，嘻嘻。那个男的是省城歌舞团的演员，人长得年轻帅气，比我妈小十来岁呢。可人家说了，就是有恋母情结，看不上和他一样大的女人。我警告过妈妈的，可妈妈说，她都老了，有这样一场野恋不容易，就让她虚幻一阵子吧。我爸最近老是在外应酬和开会，无形之中给我妈留下了巨大的空间。你说，这是好事还是坏事啊？"

宁宇说："这我可不知道啊，也不好说。"

娜娜说："就你狡猾，老狐狸，我知道你就没有答案。好了，该说说你了吧。我听爸爸说你现在干工作的热情高涨呢，各项工作都有了头绪，真羡慕你呀。"

"羡慕我干什么啊？都累死了。"宁宇说。

娜娜说："我爸说了，他有可能也把我送到龙都来锻炼呢，还说有你在那里，你可以帮助我。"

宁宇才不希望娜娜来呢，于是说："我觉得还是算了吧，你最好还是在省城吧，这里的条件艰苦，你不适应的。"

娜娜说："我也这样说了，可是爸爸不太同意。"

宁宇出了一个馊主意："你可以找你妈妈呀。"

娜娜说："可能不行，在这方面我爸特别强势，妈妈也不是他的对手。"这就是一个明确信号了，娜娜完全有可能来龙都工作，这可由不得宁宇同不同意。娜娜又说："听说你们龙都就要启动文化产业改革了，在全省都是具有示范效应的，你觉得压力大吗？"

看起来，王明书记是什么都给张书记透露了啊。他说："也没什么的，不是还有市委的领导班子集体领导吗？也不是我一个人的智慧。"

说到这些，娜娜就不太懂了，只是"哦"了一声。然后又说："我觉得和夫人是不是太诡异了，据说她的和氏商号在整个华人圈中都具有超强的影响力，现在省里面媒体集团的经营都让她的资本抢滩了，不光是报业集团，现在广电集团的经营性公司也被她入股兼并了。你现在在龙都搞文化产业试点，可以听听她的意见啊，我想也可能会对你有所帮助呢。"

娜娜的这话算是说到了点子上，这正是宁宇想的。只是苦于现在太忙了，哪有时间去找和夫人呢？于是说："谢谢你的提醒，不过，我现在还没时间找她。"

娜娜又说："哦，我想起来了，我近期可能会来看你。不过，不是我一个人来，我和爸爸带队的教育考察组一起来，这一次也是王叔叔邀请的。据说你们要搞一个高校高职教育园区，我爸爸也关心这件事。"

对于娜娜来看他，他并不是很关心。但是张书记要带教育考察团来龙都考察，这是他十分感兴趣的，于是问道："你爸他们何时来呀？"

娜娜娇嗔道："你是想我了吧？你怎么不问我何时来呢，嘻嘻。"她的话让宁宇无语。

23. 长江后浪推前浪

晚间时分，宁宇正在网上浏览新闻，忽然接到章局长打来的电话。他心里想，这个章局长也是的，这么晚了还来电话干嘛呢？但他还是接了，只听见章局长乐呵呵地说："领导啊，我可是不得不打搅你啊，你猜谁到龙都来了？"

章局长这样说话，这个人一定就是他熟悉的人，也是他关心的人，于是问道："谁呀？"

章局长说："红唇来了，我现在和她在一起呢，她刚刚到龙都，我已经领她住到了龙都酒店，我们现在正准备出去吃饭呢，你能出来吗？"

这不是废话吗？这个章局长也真会找事。他也知道章局长回省城去了，但没有想到章局长会把红唇带到龙都来。本来他是希望红唇能安安静静给他完成稿子的,这个冒冒失失的章局长啊,也不知道该怎么说他。但是,人家既然都到了龙都了,自己要是不去见她,那实在是说不过去的。

见宁宇久久没有回话,章局长又说:"领导,我也知道你忙呢,我答应红主任了,吃完晚饭之后我就让司机送她回去,吃完饭就走。"听到章局长这话,宁宇还稍微觉得靠谱,要是让红唇住在龙都,太不方便了,自己又要弄得很晚,明天还有很多工作要处理呢。于是说:"你们还要去哪里呢,就在龙都酒店不好吗?"

章局长说:"红主任不同意啊,她想吃龙都有特色的菜肴啊。哦,对了,雪雁副市长也要来的,我已经约好了。"这又让宁宇不悦,这个章局长啊,也不知道怎么回事,近段时间居然与这个雪雁打得这样火热,这样的饭局有些不伦不类吧?他压制着心中的不悦,说道:"你把电话给红唇,我和她说一句话。"

红唇说:"我的突然来访,不会给你带来不便吧?"

宁宇说:"怎么会呢,我一会儿就过来见你。你们现在决定去哪里了吗?"

红唇说:"没事的,你要有事情你就先忙吧,这边有章局长陪我呢,反正他也是我的老领导,你就放心吧。"

随后她将电话给了章局长。章局长已经感觉到一丝不妙了,于是也对宁宇说:"宁部长,我们就在龙都酒店二楼餐厅,现在雪雁副市长已经到了,红主任现在也忙着要回省城呢。你要是忙的话,就我陪红主任好了。"

宁宇知道自己的迟疑已经让红唇感觉不爽了,尽管明天要和雪雁调研龙都日报社和龙都广播电视台,还有文化局的所属院团和龙都新闻网络有限公司。时间安排得非常紧凑,也会十分繁忙。但是现在他还是只得赶过去见红唇,免得别人会说他当了领导就高高在上。他对章局长说:"你们到二楼吧,我二十分钟就赶到。"

章局长这才回头对红唇说:"红主任,走吧,宁部长一会儿就到了。"

雪雁果然来到了龙都酒店,章局长给雪雁做了介绍,彼此寒暄几句也就坐了下来。刚刚坐下,宁宇就出现在门口了。红唇的眼神有几分欣喜,也有几分激动。宁宇走过来说:"哎呀,红主任,稀客稀客。雪雁副市长都介绍过了吧?"

红唇有几分羞涩地说:"章局长已经介绍了,宁部长,我冒昧打搅,实在不好意思。"谁都知道,现在可不比以前了,在外人面前,宁宇不再是记者编辑，而是一个地方的主要领导了，红唇自然是懂得这些规则的。

宁宇说："看你说到哪里去了，我们都是宣传系统的，也就是一家人啊，不用这样客套，随便一点，随便一点。雪雁副市长，你来陪我们的红主任喝几杯吧？"

红唇连忙说："谢了，我一会儿还要返回省城呢，酒还是不喝了吧？"

雪雁副市长热情地说："哎呀，红主任，我们在座的哪一个不是从省城来的，你也不要客气了，既然来了，我看就在龙都住上一晚吧？这里的空气一准比省城的干净。"

红唇当然愿意留下来啊，可是她能感觉到宁宇并不欢迎她住下来，于是望了宁宇一眼说："算了，明天上午报社还有个干部会呢，我还是赶回去吧。"

这明显就是试探宁宇的，宁宇此刻才意识到自己也太不人道了，人家大老远的来了，何必这样对待人家呢？于是也说道："算了，既然来了，要不就住一晚吧，明天早上早一点送你回去吧？"没等红唇说话，宁宇又对章局长说："章局长，就辛苦你一趟了，你明天安排人早一点送红主任回省城，今天就住龙都酒店好了。"

章局长连忙说："好的，领导你放心，没问题的，一定不会耽误红主任开会。"

红唇内心有一种感叹，人的变化简直无法相信。几个月之前章局长还是宁部长的上级，那个时候章局长说什么，宁部长不可能有半个不字，转眼之间一切又都倒过来了。看着章局长在宁宇面前毕恭毕敬的样子，红唇还是觉得无法习惯。

席间，雪雁副市长讨好地问宁宇："宁部长，我们明天是先走报社还是广电局？章局长刚才建议上午先到他们局所属的院团。"

宁宇说："原来的计划不变，不要让别人久等，他们不也得工作吗？"

雪雁说："我可没有答应章局长的啊，刚才你没有来的时候他这样提议的。"

章局长连忙说："算了，还是按照原计划吧，算我多嘴了。"

宁宇像没有听见章局长说话似的，问雪雁副市长："日报社那边现在有几个实体单位？"

雪雁说："实体单位还是不少呢，日报、晚报、晨报、印刷厂、报业经营公司、新闻研究杂志社，还有新闻旅行社、摄影公司、事业发展公司等，大大小小的十几个单位吧。”

宁宇说：“这么多单位，不可能一家一家地走完吧？路线是怎么安排的啊？我建议参观报业采编平台吧，最多看一看印刷厂，其他的就不去了，抓紧时间。明天要走的地方多，重点我看不在报社，还在网络和文化局那边的院团呢，那边的问题很突出。网络的问题得管办分离，没有统一的归口管理，十分混乱。文化局院团的问题是机构臃肿、包袱沉重，多调研这两个方面的问题。报社和广电虽然存在一些问题，但是没有其他的严重，你说是不是，雪副市长？”

雪雁说：“嗯，还是领导看问题深刻。就是，我们明天重点也就在那两家单位上了。报社那边我觉得集中听取简短汇报就行了，广电那边也是。”

宁宇说：“嗯，只有这样才节约时间，也才能达到我们调研的目的。还有，章局长，你现在能不能介绍一下你们哪几个院团困难一些，可能爆发的问题又会是哪些？我们也好有的放矢啊。”

章局长完全没有想到宁宇在这里也会问他工作上的问题，很明显能看出他有些惶恐。宁宇又补充说：“你也是刚来没有多久，你知道多少就说多少吧。我和雪副市长又不会责怪你的。”雪雁也跟着点点头，所有人的目光就集中到章局长的身上去了。红唇虽然是局外人，她也不由得为章局长捏一把汗。

24. 饭局上的调研

章局长有几分矜持，也有几分尴尬。他冲红唇说：“红主任，不好意思啊，让你见笑了。”

宁宇却说：“没事的，红主任都是老朋友，没什么的。我想红主任也不会笑话的。”

红唇她哪里敢笑啊，两个都是她原来的领导，现在看他们这样繁忙，很后悔听信章局长的话来到龙都。宁宇的脾气她是绝对了解的，他装不来虚假的那一套。不像章局长，多年的官场生涯，他很会圆场了，只可惜命运不济，现在却成了当年部下的下属了。她很同情和理解宁宇，初来乍到，肩上背负的重担太多了，以至于都看不见他的一丝笑容，当年那些洒脱自在的劲儿已经荡然无存了。听了两位的对话，她十分严谨地说：“看你们都这样忙，我真后悔来打搅你们。要是我能为你们做点什么的话,我非常愿意,只可惜你们的事情我都丝毫不懂啊。”

宁宇说:“你不要这样说,我们本来不该这样待客的,可是我们的时间太紧张了,所以会分秒必争,我想你一定能理解的。”随后又对章局长说:“你说吧,简单一点,听完就送红主任去休息。”

章局长这才缓慢地说:“我们局现在主管的剧团歌舞剧院一共有五家,市歌舞团、市青年歌舞团、杂技团、艺术剧院、市曲艺团。现在的情况可以说是哪一家都不容乐观。稍好一点的是歌舞团和青年歌舞团,其次是杂技团,其他的两家就十分困难了。我们也一直在寻找解决的办法,但是文化市场有文化市场的规律,没有精品演出节目就得倒闭。另外一个主要问题是人才流失严重,原来剧团里面有名的演员、编剧和导演,很多都离开团里了,这就是雪上加霜。一个演出团体,没有出色的演员,没有出色的编剧,也没有出色的导演,不倒闭怎么可能啊!”

他停顿了一刻,然后又说:“老实说,我们局领导也一直在寻求办法,前几天我还去了文化厅好几趟,就是打算打造精品剧目,寻求更广阔的演出市场。省文化厅也很愿意帮助我们,现在我们急需的就是好导演和资金投入。省里面也有项目可以给我们,可是我们的硬件和软件都达不到基本要求啊……”可以看得出来,章局长并不是一个没有想法的人,到了基层之后也在积极想办法,可没有大环境做支撑,他一个人的能力也是十分有限的。

宁宇关切地说:“嗯,大致情况清楚了。我问你一个问题,市里面的想法是很大胆的,你也知道了,我们想把部分演出团体和广电以及电影院线一起进行整合,你个人或者你们局党组有什么意见?”

雪雁也问:“就是啊,这个问题很关键,你们领导班子可要有一个明确的态度啊。”

章局长说:“只要能将这些文艺团体发展下去,我个人坚决服从市里面的决定,只是今后这个新组建的机构谁主抓谁主管啊?是广电还是文化局呢?”

宁宇说:“归口管理这个好办,指定一个局管理不就行了,关键不是谁管,是谁能管好的问题,你说是不是?”对于宁宇和雪雁来说,这个当然不重要,反正都在他们的领导之下,但是相对章局长来说,那情况就不一样了。他在任上的时候将主管的几个院团划出去了,那不就等于割地赔款自削权力吗?也要因此而遭到同僚的耻笑,这样的事他章局长能干吗?所以他当然希望属下的院团发展,也不希望脱离文化局的管理。

雪雁说道:“我觉得这个问题在这里就不讨论了，以后会明确一个局来主管的。”

宁宇说:“就是,好了,雪副市长,你能说一说现在市里面网络公司的情况吗？这也是一个不小的难题呢。”

雪雁说:“这也正是我想说的呢。目前本市的网络公司名目繁多，鱼龙混杂,管理上十分吃力,所以市里一直都在想办法规范管理,一直都没有实现。现在机会终于成熟了，组建以龙都新闻网为龙头的网络传播集团这个想法非常符合实际。让最大的网络大公司去自主管理所有的小公司,领带行业的新品研发、新品运营,也能达到减少内讧、减少无序竞争,从而实现产业增值的目的。龙都新闻网现在是宣传部主管的直属单位,也能够承担这个使命……”

宁宇问:“龙都新闻网现在还没有开通网络电视台吧？”

雪雁说:“没有呢。”

宁宇说:“那更好,让网络电视台成为一个独立的平台,另外也要他们向动漫产业进军。好了,今天就到这里吧,送红主任到宾馆休息吧？”

几个人站起身来,雪雁说:“要不,我送红主任去休息吧？”

宁宇连忙说:“好啊,你们女同志好说话,我和章局长就先走了。红主任再见。”

红唇也只能客气地说:“好,两位领导,再见。”

实际上,雪雁早就看出来了,今天来的这个红主任,也和那个笑笑一样,都是对宁部长有想法的女孩儿。但是宁部长的态度让雪雁明白他需要解围,所以她就知趣地站出来了。尽管她和宁宇才搭档几天,但作为过来人,她是能理解的。她将红唇送到房间之后,关切地说:“你和宁部长、章局长以前都是同事吧？我看你们挺熟悉的。”

红唇说:“嗯,是的,以前都是一个报社的。不过,他们都是我的领导,宁部长还是我的入门老师呢。”

雪雁这就明白了,于是又改换了一个话题说:“你现在还好吧,省城的天地宽阔啊,你这个年纪就走上了领导的位置,一定前途无量呢。”

红唇说:“我算什么领导啊,雪市长也太抬举我了。”

雪雁告别红唇之后,给宁宇发了短信:“完成了你交代的任务了。”

宁宇觉得这个雪雁副市长越来越有意思了,她居然能猜透他的心思,于是回:“谢谢,你也早点休息吧。”

雪雁又回:“想得美啊,我还得在网上辅导学生呢。”

宁宇不想再这样说下去了,十分理性地回:“晚安。”

回到家,宁宇隐身上了QQ,看见红唇还在网上,就知道她一定会和他说话。果然,红唇说:“我知道你是隐身的,我今天算是领教了你的环境了。一个字:苦。”

宁宇没有理会她。

她又说:“我挺理解你的,今天我没有见到你的一丝笑容,我很担心,这样下去,你很快就成一个冷酷的人了。”

宁宇还是没有与她说话。

她又说:“这个开头如何……”宁宇看了她撰写的稿子,开头部分非常灵动,一下子就让他进入其间了,他本能地敲出了一个字:“妙!”

红唇终于露出了笑脸,说:“老狐狸,你当我不知道你在网上潜水啊?你那双深邃的眼神,我早就看到了,嘻嘻。”此刻,宁宇才明白因为看见好稿子激动的职业病让他企图一直潜水的图谋失败了。

25. 雪雁也有三分诡异

红唇大概凌晨五点钟就离开了龙都,她也没有再打搅宁宇。直到已经坐在办公室的时候才给宁宇发了短信,此时已经是七点半了。宁宇就是被他的短信吵醒的。只见红唇说:“我已经到单位了,谢谢你的关照,祝你今天工作顺利。你交代的任务,我会在规定的时限内高质量完成的。”

宁宇爬起来,看了红唇的短信,内心有些激动又有些愧疚,连忙回:“非常抱歉,昨天也是事情太多了,等空闲的时候,我一定专门陪你转转,看看龙都的风光。”

红唇回:“谢谢,我就等待着吧!相信你会有闲暇时光的。也许,那时我们会格外轻松和快乐,就像当初我们快乐的采访时光一样。”

宁宇再也没有时间聊下去了,他一骨碌爬起床来,简单洗漱吃早点,就看见接他的司机已经到了楼下了。他走到穿衣镜前,仔细检查了身上的领带,习惯性地拍了拍西服外套,提起公文包就出门了。

让他大感意外的是，雪雁居然没有坐她自己的车，而是在他的车上。宁宇刚刚上去，雪雁就咧开性感的嘴唇说："给你一个意外的惊喜，没想到我会在你的车上吧？"

宁宇也没有什么反应，问道："怎么，有什么要说的吗？"

雪雁说："是我让你的司机接我的，我有几个问题想提前和你商量，所以先到你的坐骑上来了。是这样的，现在这些项目启动在即了，虽然我们的组织架构基本搭起来了，但是负责日常工作的办公室还没有啊，所以我提一个建议，就让你和我都相对熟悉的章局长来做这个办公室的主任，日常事务都由他来协调。"

这是宁宇没有想过的一个问题，他原来也想得比较粗放，也就想让市委或者市政府的办公室的副秘书长兼任办公室主任就是了。现在看来，市委和市政府的副秘书长们也都各自太忙了，设置一个专门的办公室主任也是可以的，就是人选他没有想过，就是想了也不知道哪一个合适。按照这几个项目构成的情况来看，除了让市委和市政府的副秘书长担任办公室主任比较合适之外，就剩下相关局的局长了。宣传部的副部长也不合适，因为他这个部长是市委常委，副部长们手里的工作太多了。教育局局长也很繁忙。广电局长也不用说了，每天忙得连轴转。龙都日报社的总编辑就更不可能了，不要说他的日常工作繁忙，他本身也是市委委员，还兼任了市政协副主席。剩下的最合适的人选就是文化局的章局长了。十分显然，雪雁的建议并非信口开河，她是经过深思熟虑的，而且也不是她说的那样，因为她和他都熟悉章局长的缘故。

宁宇也没有比她更合适的人选推荐，但是他有几个顾虑。其一，章局长原来是他的上级，现在摇身一变成了他的下级，本来这样的组合就让人觉得有些别扭，昨晚上的场面就已经充分显现出来了。现在让他每天鞍前马后在他身边跑，看着他那张熟悉的老脸，和他脸上隐藏着真实感受的笑容，他的心里就很纠结。其二，章局长的为人他是有几分了解的，不能说他完全就是一个贪婪的人，但是他做事总是心怀目的的，也难免他就是看上了在这几个大项目中可以浑水摸鱼。其三，通过这段时间的观察，他能感觉出章局长与雪雁之间走得太近了，是不是两人之间隐藏了什么秘密，要是在今后的工作之中章局长和雪雁暗中联合，对他的指示软抵抗，形成与他的对抗，今后的工作就不好开展。其四，也是他最关心的。这个章局长一旦大权独揽，也可能会为所欲为，给他的工作造成不利。雪雁那时候反过来会说，章局长可是宁部长的人，将责任全部推脱到他的肩上。外人自然会相信雪雁的而不可能相信他宁宇的，章局长毕竟和他是老同事关系。想到这些，他没有贸然答应，他心里想，既然要让章局长出任这个办公室主任，也得章局长亲自找他，而且他还要与他交心之后，才决定他能不能胜任。于是很委婉地说："这事让你操心了。"

雪雁说："要不是工作都迫在眉睫，我也不会这样着急呀！"

宁宇说："今天突然提起这事，我也还没有来得及细想，这样吧，我也回头想想吧，不急着今天定下来的。"他的意图很明确了，雪雁也是聪明人。要么对她提出来的人选心存异议，要么是他还真没有思想准备。雪雁是个察言观色的高手，听完宁宇的话，就知道他对章局长不是很满意，也就没有再提这事了。她心里想：看来，章局长和宁部长当初在报社未见得是有什么关系的，这恰恰让她多了铁心让章局长来做办公室主任的理由。她嘴上轻描淡写地说："嗯，好的，我也是一己之见，最后还是请领导来定夺。"

宁宇改换了一个话题："今天我们就不改变昨晚的决定了吧？"

雪雁说："嗯，昨晚的想法已经很完备了。"

两人说话之间，就和一起陪同调研的车队会合了。宁宇下车来和人大副主任还有政协副主席握手，彼此问候之后才问组织调研的副部长："怎么样，报社那边都安排好了？"

副部长说："安排好了，按照部长的意图，到报社只参观采编平台和印刷厂。先参观印刷厂，然后参观采编平台，随后听取简短汇报。"

宁宇说："嗯，就这样吧，那就出发。"

人大副主任和政协副主席还是第一次陪同宁宇调研工作，对他的工作方式方法还不大了解，但是对他个人充满了好奇。只不过，在他们俩看来，宁宇这个常委和雪雁这个副市长都太年轻了，办事总是风风火火的缺少稳健。不过，他们也是早有耳闻的，可不能轻易发表不同意见，这个宁宇貌似年轻，实际工作能力却很强，就是市委的王明书记和陆强市长的嘴边也都经常提起这个人的名字。他们非常明白打狗看主人的深喻之道，所以对宁宇总是一副深藏不露的笑脸。

报社大楼和广电大楼都在一条街上，两个单位遥遥相望，到了报社就等于到了广电大楼了。龙都市区本来就不是很大，纵横市区最多也不会超过半小时,所以他们的车队很快就到了报社的大门口了。宁宇自己一直在报社工作,所以进入报社的大门就有一种莫名其妙的亲切感和兴奋感。

26. 龙都报业也是表面光鲜

龙都日报党组成员和总编副总编都在大门口恭候宁宇他们。日报社的总编辑有五十多岁的年纪,脸上那副深度近视眼镜成了他的标志。见到宁宇他们,他迎上前来,紧紧握住宁宇的手说:"宁部长,欢迎你来报社检查指导工作,你是新闻界公认的专家型领导啊,我们这扇大门好久没有迎接像你这样内行的领导了……"虽然总编辑的赞美有些露骨,但他说的却是真话。

实际上,龙都日报并不是外界想象的那样光鲜,经营状况也是不容乐观的。除了日报和印刷厂是盈利大户之外,晚报和晨报都还处于亏损状态。其他的经营性实体大多也是徒有其表,没有多大的经济效益,网站和杂志社也是赔本的买卖。总编辑痛苦地对宁宇和其他领导说:"我们内部现阶段也需要积极改革,若不然,我们整个日报系列都会受到影响,现在市里面已经决定要深化改革,我们是举双手赞成的。可是,我们报社的内部问题也不是一个两个,这些人员的安置都是一个大问题。现在真有疾病难返之痛啊……"

宁宇问:"日报社是党报我们不说了,现在晚报和晨报有多少员工?"

总编辑说:"两百五十多个。晚报九十多,晨报稍多一些。"

宁宇又问:"现在的经营和管理推行的什么政策,谁对经营负总责?"

总编辑说:"现在是各报自己负责,每年都实行目标责任制。但是每年的目标责任制都实现不了,日报每年都得给每一个单位反补差额部分。"

宁宇问:"现阶段有几个单位是这样的呢?"

总编辑说:"目前只有日报和印刷厂是没有反补这一说的,其他的单位每年都在反补。这几年累积起来的反补部分已经高达三千万了。我们党组也很着急,一直在研究深化改革的具体方案,现在还没有找到更好的出口。"

宁宇暗想:这也是没有花你腰包里面的钱呢,拿国家的钱财和资源不当一回事呢。这样的状况已经存在五年左右了,这个班子居然让这样的问题一直拖到了今天。他心中虽然有些恼怒,但是他还是不温不火地说:"好啊,既然你们党组也看到了这个问题的严峻性，就要借市里面这一次改革的东风，好好动一动内部的手术，改变过去那种贪大求洋的办法，转变观念，不光只求做大产业，还要敢于做强产业。”

总编辑连忙说：“领导算是一针见血了，我们过去就是盲目贪大，没有在做强上下力气，这一次改革，我们一定要在做强报业的基础上下狠功夫。”

宁宇说：“有这样的思想准备就好。对市里面的这一次宣传文化产业改革，你们党组有什么意见啊？”

总编辑说：“我们党组的意见是高度一致的，坚决贯彻执行市里面的决定，也一定服从服务于市里面的决定。”

宁宇笑笑说：“改革就是要打破原来的陈规陋习，也要割掉一些人的既得利益，在这方面党组有思想准备吗？”

总编辑说：“我向领导表一个态，在改革的过程中，就是要我牺牲自己，我也不会说半个不字，只要有利于这个产业的壮大和发展，我们无条件支持。”

宁宇说：“嗯，有这样的态度和决心，我们的新闻报业集团组建就有望了。”

随后，在总编辑和其他报社领导的陪同下，宁宇他们参观考察了印刷厂后返回报业大楼。走进采编平台，宁宇看见很多花一般年纪的年轻人，他也仿佛回到了报社，成了他们之中的一员。总编辑说：“同志们，宁宇部长和市领导们看望大家来了。”采编平台上的编辑记者们站起身来鼓掌。总编辑又说：“下面，我们欢迎宁部长做指示。”又是一阵机械的掌声。

宁宇原本是很不习惯这样的场景的，过去看见领导们去采编平台看望大家，大家内心其实一点感觉都没有，十有八九还会在下面嘀咕，讲什么讲啊，多发点钱比什么都重要。现在轮到他成为别人讨厌和鄙视的对象了，所以他能理解这些站着的编辑记者们在想什么。他清清嗓子，说道：“同志们，我和你们是同行，深知你们的辛酸和苦楚。我理解同志们的辛苦，我也了解同志们的处境。所以我想对大家说一句真心话。我们龙都报系还不富裕，很多报纸还没有摘除亏损的帽子。所以大家的生活也还不富裕，甚至还不能达到温饱。我今天给大家带一句话，市委已经看到了这个问题，现在也马上要着手解决这个问题，要着手组建以龙都市委机关报为龙头的新闻产业集团。要将龙都的新闻产业推向新的高度，我们确信，今后的龙都报业集团成立之后，集团的分工会更合理，发展方式会更科学，当然最直观的，大家的收入状况可能会因此而发生改变。所以,我希望大家努力工作,勇于给报社和市委宣传部和市委献计献策,我们将会认真听取你们的意见……”他的讲话之后,采编平台这才爆发了真正的掌声。同行的市人大副主任和政协副主席嘀咕道:“初生牛犊不怕虎。”不过,这样的话他们是不会让宁宇甚至雪雁听到的。

在报社的调研之中,宁宇还了解到了另外的内情。日报的总编辑原来是文化局的一个副局长调任的,这个人早年写点短小诗歌,有些文人的小格调,但是他为人谨慎,又没有现代报业管理和经营的先进经验,所以,他掌管的报社系统之中,就出了很多问题。就是出了问题之后,他也没有能力及时纠正。另外,他也了解到,晚报总编辑是一个不懂报纸的外行。他不顾报业的内在规律,一股脑儿地在报社的框架之下展开报业之外的经营,弄得报社经营不善,债台高筑。晨报的总编辑贪大求洋,不顾龙都报业市场的现状,强行将晨报的发行量扩大,同样让报社亏空。林林总总的信息证明,报社的领导班子不论是知识结构,还是管理水平,都不足以驾驭今后的龙都新闻产业集团,宁宇为之忧心起来。

这一次,他主动将雪雁拉到自己的车上,问道:“你觉得龙都报社的领导班子怎么样啊?能跟上我们今后的改革吗?”

雪雁一知半解地说:“他们的年龄结构是偏大了一些,在管理方面反应也太缓慢了……”宁宇一边听她的话,一边想:何止仅仅是这两个问题啊,最主要的还是他们都很外行啊,本来是搞行政的,怎么可能驾驭得了专业性较强的报业集团。他内心盘算着,要改革龙都报业结构,还得有合适的人才啊!

27. 广电红粉剧团中的翘楚

十分显然,龙都电台电视台的大楼要比报社的大楼雄伟得多,高高的电视塔顶冲天而起,二十多层的高楼让人一眼望不到房顶,门口的保安像卫兵一样整齐,从大门口一直到楼道间,都站满了迎接领导的队伍。广电局局长领着局台里面的靓男美女们早早就恭候着了。宁宇早先很少和电台电视台的打交道,没想到广电局的中层干部这么多,尤其是美女领导如云。一边的雪雁开玩笑说:“宁部长,这红粉军团云集的地方是你愿意来的,是我最不愿意来的。你看看吧,那么多鲜艳的脸蛋,我来这里成了黄脸婆了。”

宁宇仔细扫描了一下,广电局的领导里面,几乎三分之二都是女的。于是他乐呵呵地问身边的局长:“你每天都在鲜花丛中,是不是很影响工作啊?”

局长也乐不可支地说:“这一点雪副市长可以作证,我们局里面的工作从来都不落后呢,别看我们这里女同志多,战斗力其实早超过半边天了。所以,领导你不要怀疑,我们这里虽然阴盛阳衰,但是我们配合得很好,保持了和谐,工作也是拿得起放得下。”

宁宇说:“那就好。”

雪雁说:“广电局是我市的纳税大户,每年都是先进单位,这一点还是很不错的。”

局长说:“雪副市长,你就不要表扬我们了。宁部长是从大地方来的,我们比省城里面的电视台还差一大截子呢。我们也知道我们离领导的要求还很远,我们会努力的。”

宁宇说:“局长说得很到位啊,我们站在本地的立场上来看,我们广电是相当不错的机构了,新闻宣传广告创收,本地的其他机构都是无法做到的,也是不可替代的独家。所以,广电的问题不是扭亏和脱贫的问题,而是挖潜和向外辐射的问题。目前我们国内落地的卫视那么多,有影响力的也就只有那么几家,这说明什么问题呢?还不是有的电视台锐意进取,有的电视台躺在功劳簿上睡大觉。所以局长肩上的任务还很重呢,市里面对你的要求就不能像对待其他新闻单位那样了。”

局长冲雪雁说:“你看吧,雪副市长,我没的说错吧?”

雪雁说:“这本身就是对的啊,好不容易市里面来了一个懂行的好部长,难道你还不欢迎啊?”

局长说:“我怎么敢啊?有这样的好领导,我们的发展步伐就会迈得更大,我们心里也会更加踏实啊。”

一边步入宽敞明亮的会议室,宁宇一边问身边的局长:“你们一共有多少个企业和部门啊?”

局长说:“企业有十二家,部门二十几个。部门主要有综合新闻频道、经济新闻频道、娱乐综艺频道、少儿和农业频道、科教频道等,有线台和电台那边主要大致也有基本等同的部门。全局上下包括乡镇的话,有四千多员工……”他汇报完基本情况,宁宇又问:“现在局里面自己生产的节目都以什么为主呢？”

局长说：“目前我们还是以新闻和专题新闻为主，在电视剧的投入上经费有限，加上我们的编导水平也有限，这是目前我们最大的瓶颈。”

宁宇说：“现在市里面有意将一部分文艺院团和电影院线与你们的部分主业相结合，实行有效的重组，你觉得会怎么样啊？”

局长说：“思路很具有战略性和前瞻性，就是实施起来可能会有很大的难度。这样势必就会涉及变更主管单位、人员重新组合，还有更重要的启动资金困难。我们局（台）看似每年的产值超亿，可实际上盈余的有限，所以让我们来承担重组的话，难度同样是巨大的。”

在随后的汇报会上，宁宇了解了广电局很全面的信息。现阶段广电局下属的综合新闻频道、经济新闻频道、娱乐综艺频道、少儿和农业频道、科教频道等栏目都是盈利的，电台下属的新闻台、经济台、音乐台和交通台等也都能收支平衡。也就是说，广电局的情况远远好于报社，这让宁宇颇为欣慰。但是在汇报工作的时候，一位副局长的话引起了他的深思。这位副局长说：“……目前，我们局（台）在一般人的眼里是光鲜的，广电的员工收入也是不菲的。但是，外行看热闹，内行看门道啊。过去很长一个历史时期，我们广电尤其是电视台是受到社会追捧的，因此也给我们的行业披上了美丽的外衣。我们自己应当看到我们的潜在危机，新近网络新闻的冲击、网络电视台的冲击，已经给我们敲响了警钟，我们要是再这样故步自封，不寻求新的出路，总有一天我们也会像日落西山的太阳。所以我觉得，我们电视人应该向大制作迈进，我们必须走生产大作品、播放大作品的路子。目前国内领先的电视台，除了节目的创新频率加快之外，就是走大制作的路子。这样会形成一个良性的产业，不仅仅能满足我们的节目播出，也可以为局（台）带来新的经济增长点，而且这是横向的，不受本市的区域限制……”

实际上，这也是宁宇的想法。宁宇问身边的雪雁：“这个副局长叫什么名字？”

雪雁说：“这是本市有名的美女局长钟露，她主持拍摄过几部电视剧，只可惜因为经费的问题，其中两部都搁置了。不过，这个人还是有很多思路的，就是因为她的一股子闯劲，才破格提拔到副局长的位置上来的，应该说她是广电局的改革派。”宁宇边听边点头，钟露，这个名字已经沉淀到他的心里了。

局长见宁宇和雪雁耳语,错误地以为宁宇不愿意听钟露的这些意见,实际上是他本人不愿意让钟露讲下去。他打断了钟露的话,说:“领导们时间繁忙,我看就汇报到这里吧?”

宁宇挥挥手,说:“不忙,钟副局长,你继续说下去。”

钟露是个聪明人,见局长都发话了,立刻说:“领导,我的意见说完了。”

宁宇也知道其中的奥妙,立即改口说:“今天我们市里面的几位领导来是搞调查研究的,也不用那么严肃,我问钟副局长几个问题好吧?你觉得现阶段局(台)最急需解决的问题有哪些啊?”

也许是钟露的体会太深刻了,她也不管局长的态度了,朗声说:“最急需解决的问题,就是局里面对栏目组的政策干预过多,机制比较死板,很多本来可以实施也可以创造利润的机会就失去了。举个例子,拍一个电视剧,本来有赞助商愿意投资加盟,可局里面觉得没有什么利益可图,也就自然地放弃了。我个人觉得,算账要从大局来算,比如拍的是一部涉及本土题材的电视剧,不要说局里赚钱,就是赔钱也是值得的,这样的电视剧拍好了,不仅仅是宣传地方,还有可能带动地方的经济社会发展。”她谦逊地笑笑,一对浅浅的酒窝露了出来,最后她冲局长说:“我也只是一些设想,我自己不是当家人,所以站着说话不腰疼……”这个钟露还真是个人物,不光能力超强,为人也是八面玲珑的。

28. 新闻网总编辑的处境

龙都新闻网是宣传部主管主办的网络媒体,其单位的配置也和市里面的主要媒体一样。只是因为其在发展的顺序中是小兄弟,所以很多的政府机构和老百姓尚未重视。出任这个机构的主要负责人是宣传部原来的外宣办副主任,他现在的身份是龙都新闻网有限公司的董事长兼总编辑。

虽然是宣传部主管主办的新闻单位,宁宇也是第一次到这里来调研,依旧有几分生疏。同行的副部长当然是人熟地熟的,他上前介绍了新闻网的总编辑。总编辑连忙说:“宁部长,欢迎您到我们这里检查指导工作。”

宁宇看了这个四十岁上下的总编辑一眼,问道:“你们这里的情况怎么样啊?”

总编辑说:"宁部长,老实说,我们现在还处于发展期,还有很多具体的困难呢,还望组织上能帮我们一把。"

宁宇一边和领导们参观采编平台,一边说:"你都说一说,具体的困难有哪些啊?"

总编辑说:"现阶段最为关键的还是我们的经营问题,也就是现在我们尚未形成一套可以盈利的模式。这几年我们一直依赖市里面采取的特殊政策,要不然这个新闻网站是生存不下去的。第二个问题是我们的采访受限问题,现阶段我们的采编人员都没有正式的记者证件,外出工作的时候只能持有网站的工作证,所以很多正式场合我们还不能直接采访。第三个问题就更严重一些了,因为现在的网站鱼龙混杂,很多公司都可以办一个网站的,发布消息也都是自由的,这就在客观上制约了我们网站的独特性和权威性,所以我们的浏览量一直都处于低谷期,我们的属性又是新闻媒体,但是我们又没有原创性的新闻,所以我们根本就没有新闻方面的竞争力。而其他的方面呢,我们又办得不如很多的专业网站,这就是我们一直困惑的,这还只是内容层面遇到的问题。"

宁宇问:"你到这个网站多长时间了?"

总编辑说:"两年多了。"

宁宇问:"你体会最深的是什么?"

总编辑说:"我们是本市最大的新闻复制中心。"

宁宇说:"有想过什么突破的办法吗?"

总编辑说:"就我们目前的人力财力,还有这样的外围环境,要想改变是很困难的。"

宁宇对他的状态很不满意,现在的新锐媒体层出不穷,新闻网站是一个开发前景十分广阔的产业,居然让这样一个榆木脑袋的人做了总编辑。他问随行的宣传部副部长:"这个总编辑以前是从事媒体行业的吗?"

宣传部副部长说:"他在进入市委宣传部之前是在农委工作,算是半路出家的新闻干部。"

宁宇心里想:让一个了解农业的干部来办新闻网站,那真是有点对牛弹琴了,他懒得和这个总编辑再聊下去,他甚至都担心自己说的话他能不能听懂。但是,无论如何,他还是要将自己的一些想法告知网站的员工。

汇报会的内容十分肤浅,按照宁宇的感觉,这个总编辑也就真是个复制粘贴匠罢了,基本上没有什么想法,更不要说有前瞻性了。他听完汇报之后,说道:“同志们,现阶段是一个什么时代,是一个信息瞬息万变的时代啊。我们现在的网络媒体就是顺应了我们这个时代发展的潮流而衍生的,网络媒体与传统媒体相比,不仅快捷、便利、波及面不受地域影响,更能传递海量信息,这些都是传统媒体做不到的。所以我们要好好研究啊。市里面现在就要深度改造我市的新闻文化产业,当然也要对我们的网络媒体进行升级改造,市委已经明确了要以龙都新闻网为龙头,组建龙都网络传播集团,这就是说,我们还要将我们的网络做强、做精、做出特色。今后的龙都网络传播集团,不但要做好网络新闻,还要开通不同内容的专业网站,同时开通网络电视台。并且,我们还要赋予这个集团一个特权,兼并和管理龙都范围新闻类的和与宣传有关的网络媒体……”

新闻网站的工作人员以年轻人居多,听完宁宇的这番话,顿时沸腾了。很多年轻人都说:“这是他们期盼多日的事情了,只要市委的决心不变,他们对做好网络相关产业充满了信心。”

身边的雪雁副市长也感叹地说:“网络是发展最迅猛最有前景的产业,我们龙都的这个产业绝不能落后于其他的兄弟地区。网络和报社电台电视台的属性有本职的区别,它不太受形成区划和地方资源的限制,这完全是一个智力型的产业。刚才宁部长讲到了今后发展的方向,我还要给你们加上一条,网络不是同志们想象的那样,网络的盈利能力是超出很多人所想象的,所以市里面才决定了要将这个产业做大。你们从业者就更要看到这个产业的巨大前景……”她的讲话同样博得了全场喝彩,随行的人大副主任和政协副主席对网络媒体没有什么发言权,也就各自说了很多鼓励的话。

离开龙都新闻网,宁宇问宣传部的副部长:“你觉得现在的网站办得怎么样?”

副部长羞愧地说:“办得太差了,不改进是不行了。”

雪雁副市长也不怕得罪这位副部长,说:“不是太差,是奇差。现在的新闻网,要做的空间很大,要开拓的空间也是无限的,可我们的这个新闻网太肤浅了。”

宁宇接着雪雁的话说:“这就说明一个问题啊,兵熊熊一个,将熊熊一窝啊。”

副部长无地自容地说:“我们也是不得已而为之,市里面就没有懂管理和开发研究的人才啊。”

雪雁副市长说：“宁部长，我觉得按照现在的发展目标，势必要从用人的体制上打破常规，像龙都新闻网集团的高层领导，我觉得是不是可以从全国范围甚至是全球范围特招啊？”

宁宇十分欣慰地看了雪雁一眼，说道：“雪雁同志，你是越来越了解我的内心了。”

此刻，副部长已经离开了。雪雁眨巴了水灵的眼睛，鬼机灵地说：“宁部长，你说得太拗口了，应该是心有灵犀一点通。”

宁宇也没有反驳，他有几分高兴。雪雁和他的认识这样高度一致，今后在工作中也就会更贴心了。他心里还在想新闻网的事，就听见雪雁说：“我现在有一种直觉，就是改造新闻网的筹委会，也应该挑选合适的人选，要不然，我看就会出现闹剧呢。”她的意思和宁宇的完全一样，也就是短期之内就得将这个不懂行的总编辑调离。宁宇没有说话，但是他的眼神早就告诉雪雁：就按这个意见执行。两人微笑着离开了新闻网。

29. 眼神灼伤了他

章局长事前已经知道宁宇和雪雁的时间紧张，早就做了精细的安排。一见面就对宁宇说：“宁部长，我们看几个剧团的办公场地，然后回到局里面开汇报会，我已经让每个团都做了准备的，汇报会就集中在局里面召开。参会的人员也很立体，有各院团的团长，也有团里的老员工，你看这样行吗？”

一连调研了报社、广电和新闻网，宁宇和雪雁年轻倒没有什么不适，就是苦了和他们一起调研的人大副主任和政协副主席，他们都是年近六十的老人了。宁宇对雪雁说：“你看呢？”

雪雁说：“两位老同志可能有些吃不消了，我看章局长这样安排也是可以的。当然，最后还是你来定吧。”

宁宇笑笑说：“你都这样说了，他们肯定也是同意你的意见的，那就这样，我们集中看集团的情况，汇报会就在文化局召开。”

不管怎么说，章局长虽然也有官僚作风，但他长期在新闻单位工作，也许是受职业习惯的影响，他至今还是保持了同情心，每每见到穷苦的人，他总是有一种想打抱不平的冲动。所谓记者心中的铁肩担道义他尚没有遗忘，他到那些困难的院团是走访过的，很多老员工的生活确实十分困难，他将宁宇带到了市曲艺团。

撞入人们眼帘的这栋办公楼显然是二十世纪七十年代末期的建筑，每一层楼只有一个厕所，每一间办公室也都个子一样、方正大小一致。办公室里面的办公桌椅像学校老师的讲桌一般大小，很多桌面还是脱漆的，凳子也全部都是木质的靠凳。办公室里没有任何现代化的办公设置，只有团长办公室有两台早就淘汰了的旧电脑。就连团长办公室也没有空调设施，团长见了宁宇一行，愁眉苦脸地不知该从何说起。说出口的第一句话居然是："宁部长啊，我都三年没有近距离地见过市领导了，他们也知道我是个穷团长，没有能力的团长，见着我就躲呢。"

他的话，让宁宇听起来觉得有几分心酸，便关切地问："现在团里怎么样啊？"

团长说："你都看到了，很多人都自谋出路了，也有很多人转行了。年轻的跳槽的跳槽、闯荡的闯荡去了，留下这一帮老人们，什么事也干不成了。说实话，这个烂摊子，我还不知道谁来收拾呢。"从他无奈的眼神里，宁宇看见的是失望和无助。现在说什么都没有用的，要让这些老艺术家们重新燃起希望，光是嘴上的表态是没有任何用处的。团长又说："要不然，我带你们去看一看我们团里的困难老员工？"

宁宇什么话也没有说，跟着团长就走。其他的领导也只有跟在后面进去了。这也是七十年代末的一栋建筑，虽然每家每户都有厕所和厨房，但是每一套房子也就四十来平方米。团长带他们去的这一家只有两位退休老职工，女的长期卧床不起，男人也是一身毛病。

进屋之后两位老人也没有什么好脸色，见了团长就说："你们不要来看我们了，你们什么时候能把曲艺团办好比什么都强。"团长一脸无奈，对宁宇说："这两位老革命对我有意见呢，以前他们都是团里的骨干，现在也就靠退休金过日子，由于没有儿女，现在两人都生病，所以退休金就显得杯水车薪，两人又很有骨气，从来都不接受社会和政府的接济，所以日子过得很艰难。"

宁宇看了看二老饭桌上剩下的饭菜。一碟泡菜，一碗素菜汤，外加辣椒酱。宁宇回头问团长："老人们的生活一直都这样吗？"

团长说："以前二老是团里的名角，收入自然也不错。他们一直为贫困山区的几个孩子捐赠,这么多年一直不间断地资助山区孩子上学,他们现在已经资助二十多个孩子大学毕业了。现在老人这样困难,也没有间断过资助,没有人能够劝得住他们……"团长的眼睛也红了。

老人们冲他们说:"你们走吧,把曲艺团搞好比什么都强。"宁宇从两位老人的眼里,看到了他们的殷切希望,更看到了他们人性的光芒。他本想说点内疚的话,但终于还是没有说。雪雁从挎包里掏出了一叠钱,正准备递给老人。宁宇很自然地将她挡了回来,压低了声音说:"你想亵渎老人吗?"此刻,雪雁看到了宁宇眼眶里的闪闪泪光。

宁宇快步走出了这栋阴暗潮湿的旧楼,情绪几乎有些失控。雪雁连忙跟了出来,递上一张湿纸巾,说道:"早就该有一个决断了,像他们这样的情况,我估摸着在这些潦倒的院团里还不会少呢。"

宁宇迎面碰上了一个年轻的女人,她也是曲艺团的职工。看见这么多的领导来访,她不冷不热地说:"你们这些当官的,就知道浩浩荡荡地下来耍威风,没见办几件正事。你看看我们,年纪轻轻的就等于失业了,靠教几个学生度日,连找对象都很困难啊。"雪雁凑上去问:"你也是曲艺团的职工?"

年轻女人说:"是又怎么啦?我没有去上班是事实,你不就是要扣工资吗?反正就那么一点,要扣全扣完了好了,我要是每天都按时去上班,我还不得饿死啊……"她的话,更让宁宇振聋发聩。他什么也不想听,什么也不想问了,急匆匆地向前走。后面的章局长紧跟几步,上前问道:"宁部长,还安排了另外的一个单位呢,还去吗?"

宁宇看了雪雁一眼,说:"你觉得还有去的必要吗?"

雪雁说:"那就回局里听汇报吧。"

后面的人大副主任和政协副主席嘟囔道:"多看几家没有什么不好的,多了解一些情况呀。怎么,这就不去了?年轻人就是,总是由着性子来。算了,不看就不看了……"宁宇根本就无法再看下去了,他无法想象,现在演出院团已经破败到了这样的程度。他听章局长介绍过的,电影院的员工比院团的员工更糟糕呢,还不知道会是怎样一种境况,他实在害怕看见比这还要苍凉的场景。他现在只有一个想法,就是让改革的办法立即实施,让那些无辜的眼神重新燃烧起希望。

也许是雪雁对随行的人大副主任说了什么,他走到宁宇面前说:"宁部长,你可能经历比较少,这样的事情也不是只有龙都才有的,以后你经历多了，也就会改变一些看法了。总之，理性比什么都重要。我也很清楚，市里面是有搞文化产业改革的计划，可计划归计划，我们市里面的财力，也许你还不太了解，没那么容易啊……”宁宇不愿意听这些毫无意义的话。

雪雁在他身边说：“这个老副主任原来也是文化局的老局长呢。”宁宇终于明白他为何要说那些不痛不痒的话了，心里琢磨：要是还按照你的那种老黄历手段来操作，也许这些文艺院团就只能一直烂下去了，最后关门大吉。

30. 民选草根团长的魅力

宁宇扫了一眼，文化局的会议室里已经挤满了各色人等，最为打眼的是他见过面的那个曲艺团团长和市青年歌舞团的女团长陆草儿，还有曲艺团的那位刚刚见过面的女职员。在一般人的印象里，文化局的演出院团是美女如云的地方，是个充满了脂粉味道的窝儿，虽然在会议室里确实也不乏各色美女靓仔，但是此刻宁宇的心里一片萧索，没有任何欣赏景色的心情。他看到曲艺团的团长内心还有几分发憷，不，是对那两位生病老艺人的敬畏。总之，他的心情沉郁而压抑。

章局长坐在雪雁身边，他问雪雁：“是不是可以开始了？”

雪雁又低声问宁宇：“宁部长，人都到齐了，是不是可以开始了。”宁宇没有说话，点点头。

会议是章局长主持的，他抑扬顿挫地说：“同志们，今天市委、市政府、市人大和政协的领导到我们文化系统来检查指导，是领导对我们文化工作的重视，我们虽然现存有许多的困难和问题，但只要有市委市政府的重视，相信我们文化战线是有办法克服这些困难和问题的，也是能迎难而上图谋发展的……”他将汇报会的意图讲清楚了，然后说道：“各位，就请自由发言吧。请同志们放心，领导们是来听真话的，文化局党组也是需要听真话的，你们有什么困难，有什么问题，当然也包括各种有价值的建议，你们都可以提出来，我们解决不了，还有这么多的市领导，请大家开始吧。”

雪雁也说：“是的，我们市里面的领导也是来调研的，你们可以尽量多将存在的问题，还有你们觉得应该突破的方向说出来，只要你们的意见和建议合理，市里面都会重视的。请同志们放心，这一次与以往的调研不同。你们也都知道,市委已经痛下决心要改革新闻和文化系统了,这一次带头抓这项工作的就是我们的市委常委、宣传部长宁宇同志。他现在就在各位面前,所以请大家一定要畅所欲言,把最真实的情况摆到桌面上来。”她的一席话,让参会的人员心里有了底,随后的发言十分的踊跃。

首先发言的是市歌舞团的团长,他是市里的拔尖人才,也是国务院津贴专家,所以他说话无所顾忌。他说:“市委市政府要改革文化系统的院团,我们团举双手赞成,我想其他的院团也是赞成的。但是,我希望这一次不是走过场,流于形式,搞一阵风。要是那样的话,我建议还是不要开展的好,既浪费我们演出单位的时间和精力,又让群众对我们的意见更大……”

宁宇插话说:“团长,这一回你放心,也请在座的各位放心,市委市政府的决心是很大的,绝不可能是雷声大雨点小,更不是一阵风。好,你继续说。”

团长说:“就这个意见了,其他的都好说。”

曲艺团的那个女职工说:“我说几句吧。”

曲艺团的团长无奈地看了她一眼,似乎有话要讲。雪雁制止了团长,说道:“这位女同志,你说,想到什么都可以说的。”

女职员居然双眼一红,泪花儿就出来了:“我其实也没有什么好说的,就是希望团里能正常开展演出,给我们这些年轻人一个舞台,也给我们一个饭碗……”说着她有些哽咽,人们看见曲艺团团长和很多演出单位领导都无力地低下了头。女职员接着说:“不是我们不好好上班,没有演出,我们上班干嘛呢?就是天天上班,发的钱也不够我们生活啊。我现在就是靠在外教学生收费过日子的,想起小时候就开始学曲艺,直到上完大学,满怀希望地进入艺术团体,结果却是这样,能不让人心酸吗……”女职员很年轻,脸上甚至还带有孩子的印记,但是她说出来的那些话语,简直就像沉重的铅块,压得宁宇喘不过气来。

很多人都抢着发言,说问题、提建议,也都充满了浓郁的感情色彩,会场的每一个人都在认真聆听和思索,大家的目光定格到了市青年歌舞团团长陆草儿的脸上。

这陆草儿也不是个庸人。在龙都的整个文艺界,她算得上一个颇有传奇色彩的人物,她是龙都第一个民选团长。就因为她这个团长,组织上曾一年没有通过对她的任命,团里也就没有官方任命的团长。可就是这样一个官方不认可的女人,硬是将市青年歌舞团带出了困境,走上了健康发展之路。后来的几年,市青年歌舞团发展成为龙都演出团体的翘楚,市里面这才任命她为团长,实际上,她已经主持团里工作三年多了。本市很多的歌舞演员和其他演员也都通过各种关系进了这个团,所以业内的其他团长对陆草儿又有了微词。陆草儿不管这些,她理直气壮地回应说:“有本事你也将我的演职人员挖走,没有饭吃的剧团就该倒闭。”她的这话虽然得罪了同行,但却掷地有声,深得民心。面对这样一个草根出生的团长,宁宇和其他的市领导自然也十分重视她的意见。毕竟,她是这个行业里面摸爬滚打多年的行家。

宁宇仔细观察了陆草儿,她不属于那种惊艳妩媚的女子,但是绝对属于那种有气质有内涵有风骨的女人。身着不算华丽的服饰,但是显得典雅大方。眼眉之间化了淡妆,无形之中透露出一股优雅的气度,身材保养得如少女一般。只听见她和风细雨地说:“其他人讲过的观点我就不重复了。我想说的有这样一些问题:第一,我建议将现有的文化演出院团整合,有必要就合成一个专业团体。”她的这一句就足够语惊四座了,其他的团长副团长们首先想到的就是她妄图吞并别人。只有宁宇和雪雁持欣赏的目光看着她,期待着她更加精辟的观点和方法。她又说:“现在我们的团体,十有八九都是不景气的,与其说这样不死不活,还不如凝聚到一起放手一搏,这样更有利于研发市场,也有利于演出团体的人员管理。市场有什么需求,我们就研发什么剧目,就派出什么团队。这些年来,我们的演出单位都追求大而全,忽略了专业化这个问题。尤其在剧目的研发上,没有创新能力,说到底,还是我们这个行业里面的人才过于分散,没有凝聚起来合力发展。文化市场也是有限的,我们只能选择大众路线,抛弃一些生僻的剧目剧种,也只能面对现实,才有活下去的希望……”她坚定的眼神、果断的话语,让宁宇对她充满了期待。

31. 陆草儿是张弛有度的铁娘子

宁宇觉得这个女人的东西不少,还有继续听下去的欲望,于是对雪雁和章局长说:“休会一刻钟,然后接着继续。”

章局长也领会了宁宇的意图,大声宣布说:“各位,现在休会一刻钟,然后接着开。”

散漫开来的人们,开始热烈地议论起来。宁宇就是想借这样一个大伙随便议论的机会,捕获更多鲜活的信息。随意之间,宁宇就听见了几个团长副团长在议论。这个说:“这个陆婆娘,也未免太狂妄了,她的这个建议要是真的能实现,我们这些团领导怎么办?莫不是都下岗不成,都看她陆婆娘的脸色过日子?”另一个说:“只要政府采纳她的意见,我就退休好了,好歹我也是高级知识分子,我才不愿意到她陆婆娘的裙子底下过活呢!”还有一个说:“我觉得你们的意见过于偏激了,要我说呀,只要能保留我们团长副团长的待遇,其他的也就无所谓了,她要是真有能力将我们的团带出困境,这不妨也是一条出路呢!”宁宇注意到了,最后说话的这位是市曲艺团的团长。

他还注意到,几乎所有的参会职工都赞成陆草儿的意见,都觉得这是一个很不错的主意,也都期望到陆草儿手下去工作。毫无疑问,这是一个对宁宇有用的积极信号。当然,这些场景和信息,雪雁也无疑了然于胸。

会议继续的时候,还是陆草儿接着发言。只听见她坦荡地说:“领导们,各位同仁,我知道我的意见让大家有所顾忌,或者认为我的言论过于张狂。我在这里说清楚,我没有说将文艺演出团体整合起来就是我陆某人来出任领导,我也没有这个能力。这里的前辈和优秀人才很多,关键是没有一个良好的运行机制。要是能够这样整合的话,我们现在的团长副团长们不是没有事做,而是事情更多了。比如说组建顾问团、监制团、导演团、编剧团、艺术指导团等,这样既把各位的专长发挥了,又能做到群策群力,发挥集体智慧,将每一个剧目都做成有更大市场的精品,我想各位也是不会不愿意的……”她说的这些话,让宁宇觉得字字珠玑,他的笔记本上不断地记录着这新鲜词汇。

陆草儿又说:“我要说的第二个问题,就是打破原有的旧机制,推行一种目标责任制。比如我们上每一个节目,我们的编剧、导演和演职人员由团里提供,不同的剧目由不同的项目负责人来承担,其中最主要的一个就是对经济指标的目标。也只有这样,既兼顾剧目的艺术品质,也兼顾市场走向,我们才能走上良性健康的发展之路……其三,依托我们的专业团队资源,广泛开拓第三渠道,打通电视剧和电影演出和制作的通道,引进资本,联合外力走影视演出、影视制作、影视发行的路子……”可以这样说,她的思路基本上与宁宇内心相吻合。宁宇突然想到了广电局的那个美女局长钟露来,这两个女人有着惊人的相似之处,要是让这两个女人合力在一起做事,也许会产生意想不到的效果呢。

会议散去，章局长感叹地说："宁部长、雪副市长，你们看到了吧？不是我们文化演出单位没有人，关键还在于我们大环境的变化，只要市里面的决心真下了，我们的改革思路就会破土而出的，而且一定会蹚出一条活路来。"

雪雁抿嘴笑笑，温和地问："听章局长的意思，好像我们市里面的领导都在拿大家当儿戏？"

章局长连忙说："我怎么敢有那样的想法呢？我是说，只要市里面支持，我们也会齐心协力，把这个改革落实到位。"

宁宇问："是啊，今天我也很受教育啊。现在看来，演出文艺团体的改革，其实应该没有我们想象的难。这里有一个决定性的因素，就是大多数的从业者是愿意接受变革的，也是期待变革的，所以他们的力量和我们的出发点完全是一致的。"

雪雁说："嗯，是啊，我们原来的政策是有失误啊。每一次都是给困难的团体接济经费，而没有从治本上思考问题啊。最终还是要回到自身造血的功能上，才是该走的康庄大道啊。"

章局长又犯起了小九九，这是宁宇一眼就能看出来的。章局长说："两位领导，这项改革还是交给我们局来执行和落实吧？我们局党组也是抱定了信心的。"

宁宇直言不讳地说："章局长，你这是不是害怕失去了你的地盘啊？"

雪雁也说："不是市里面不相信你们局的执行能力，如果让你们局自己改革的话，这一次的全市文化体制改革不就降格了吗？力度也就远远不够了。"

章局长迟疑了一下，问道："你们的意思，真要我割肉啊？"

宁宇乐呵呵地说："这叫割毒瘤，你还应该感谢我和雪雁副市长呢。"

章局长却郁郁寡欢地说："你们这样霸道，我今天也只能请你们吃小吃了。"宁宇这才注意到，早过了吃饭的时间了，于是问雪雁："你是不是早饿了啊？"

雪雁夸张地摸摸肚子，说："是啊，宁部长，你终于发善心了啊！你想请我吃什么呢？"

章局长也顺水推舟地说："好啊，宁部长请吃饭，那我可不随便了，没有好酒好菜，那就便宜领导了。"

宁宇今天虽然内心难受过、紧张过、焦虑过、心痛过，但是他觉得今天的收获太丰厚了，此刻他的内心还有几分高兴，于是说："好啊，我请客，你们点吧？"

雪雁想都没想，就说："西餐厅，牛扒。"

章局长却愣愣地看了雪雁一眼，嘟囔道："喂，我敬爱的雪副市长，你只照顾到了格调，怎么忘记了我是个粗人啊？去西餐厅固然是好，但是有两个因素你考虑过没有啊？"

雪雁乐呵呵地说："是吗？你倒是说一说，哪两个因素啊？"

章局长一本正经地说："第一，西餐厅太便宜部长了，那才花几分钱啊？其二，那里没有好酒，好不容易敲部长一回，总不能不喝上几杯好酒吧？"

雪雁还在犹豫，宁宇却说："算了吧，雪副市长，下次我请你去西餐厅。这一次就满足章局长很中国的要求吧。我今天高兴，去中餐馆，喝上几杯去。"随即他又说："不行啊，还得上班吧？"秘书在一边乐呵呵地说："部长，你也不看看，都几点了？五点半了，该下班了。"

宁宇说："那就走吧，今天可以放松一下。"看见宁宇这般高兴，章局长盘算着，应该向他说说他的请求了。

32. 摸清了几个单位的人力状况

饭局之后，雪雁提议说："不如我们去咖啡吧坐一会儿吧。"随行的其他人员明白，两位领导是有事情要单独商议呢，也都纷纷告退了，章局长也知趣地离开了。

宁宇蛮有把握地说："看来，我们的雪副市长是要发表今天调研的心得了？"

雪雁说："我还不是丰富和发展领导的思想，难道这样搭档还不好啊？"

宁宇十分开心地说："能有你这样的搭档，还真的是我的幸运呢。"

雪雁说："你也不要这样赞美我了，能跟你一起工作，我很开心。现在我谈谈想法吧。从今天的情况来看，报社那边看似平静，实际上问题也是不少的，要改变他们的内部格局，可能相对还是很难的。所以报社的问题，我一时也没有想好，你对报纸是最有心得的，就留给你来总结和分析吧。"

宁宇说："不用留了，就现在吧。总的说来，领导班子缺乏指挥全局的能力，虽然坚持了政治家办报的原则，但领导班子的专业技能太欠缺了。所以，要依赖这样一个官样大于内容的班子来主导这场改革，有点痴人说梦的味道。"

雪雁轻轻拍拍手掌，赞叹说："精辟、到位、全面，一句话就是必须打破现在的领导班子结构,加入更强有力的新鲜血液,对了吧?”

宁宇赞许地点点头,说道:“该你点评下一家了。”

雪雁说:“广电局(台)是这几家中相对安全的一个,但是他们目前的情况是总体危机意识不足,已经形成了养尊处优的贵族做派了。宁可稳妥少做事,也不愿意承担任何的改革风险。所以要想走活这盘棋,还得看怎么用钟露这个美女局长。”

宁宇说:“嗯,真是英雄所见略同。很赞成你的洞察力,不过,我提醒你,这个钟露是不是还能派上更大的用场呢?比如文化系统的深度改造,你没有发现她和陆草儿的眼光惊人地一致吗?”

雪雁说:“当然发现了啊!但是我不太赞成拆东墙补西墙的举动,还不如追求最稳妥的办法,搞好本来巩固的那一块,糟糕的那一块彻底粉碎重新推倒,从头再建。”

宁宇想想说:“是的,你说的也是一种思路,接下来呢?”

雪雁说:“接下来?我也和陆草儿一样野一点吧,嘿嘿。我觉得陆草儿的意见十分中肯,就是将所有的小而全的演出院团整合合并,然后将广电局的电视剧甚至电影的拍摄功能整合在一起,成立一个全新机制的公司,就让陆草儿领衔办理……”

宁宇打断了她的话:“不,回到你稳妥的办法上去。让陆草儿做常务副总,主抓业务和销售,其他的原团领导分别按照其专业给予调整,愿意退休的退休,愿意走上新岗位的走上新岗位。至于总经理,可以面向全国招聘,在没有招到合适的人选之前,陆草儿主持工作。”

雪雁说:“也好,更完备。”

“说说新闻网。”宁宇又说。

雪雁理了理头发,轻轻啜了一口咖啡,满脸堆笑地说:“这事可能应该好好说道说道。现在的新闻网,其实还是一块尚待开发的处女地,其主要领导基本上没有领会新闻网站的内在气质,现阶段还处于刀耕火种的年代,所以这是几个机构之中最为薄弱的一个机构。其他的几个机构骨架还是全的,稍加整合与协调,就是可以转动的机器,唯一这个机构让人忧心啊。”

宁宇也叹了一口气说:“是啊,这也是我的心病啊,迫在眉睫的就是要找一个相对懂网站又懂新闻的人来主持网站的工作,这个人到哪里去找呢?”

雪雁说:“这个你应该不会愁吧,你在省城新闻界工作那么多年,莫不是这样一个人都找不来。况且,这个网站马上就要筹办成产业集团了,就是省城的干部过来,也同样大有用武之地的啊。要待遇和要职务,我们都是可以洞开方便之门的啊。"

她的这一句无意间的话,真是提醒了宁宇。是啊,不可能在省城的新闻界找这么个人都找不到啊?他的脑子开始高速运转,搜索着与这个岗位吻合的人。忽然,他想到了娜娜,她的研究生方向就是学的新闻研究,她本人正好对网络方面也很有研究。网络本来就应该是年轻人操作的事业,这一点符合产业特点。相对于娜娜来说,相对薄弱的是新闻政策把控能力弱一点,这个很快就能培训的,另外的缺陷就是一时她可能对经营尚不在行。

他想,有两个问题是让他挠头的,一个就是她现在不是新闻单位的干部,另外就是她尚不懂网站的营运和整体经营。这两个问题能否变通呢?他将这两个疑问抛给了身边的雪雁。雪雁轻松地笑了,笑容还别样迷人。只听见她说:"这个太好办了。"

宁宇说:"你说呀。"

雪雁说:"第一个问题基本就不是问题。你想呀,我们不是还要面向全国范围招网络集团的总裁吗?可以先让你说的这个研究生来试一试啊?暂时不明确她的岗位,等到时机成熟的时候再定她的岗位,这样对我们和她都是负责的精神。另外,她这样的人才应该在省城还有一个她熟悉的圈子,也可以允许她带三五个人的工作团队到龙都来,反正我们的网络新闻集团缺大量的人手呢。"

宁宇又问:"第二问题呢,怎么解决?"

雪雁说:"第二个呀,其实就是第一个的延伸。你让这个年轻人来的目的是什么呀?主要的目的还不是抓经营的啊,你是在寻找一个管内容的总编辑啊。至于经营呀,不是要留给招商引资而来的总经理吗?你想一想啊,投资商能不管经营吗?"

宁宇突然豁然开朗,连连说:"对呀,我怎么把这事忘了呢?对了,你说的也都是成立的,要是实在没有什么别的办法,我们也就可以这样做了。这样,你今晚也回去好好想一想,我们明天就让秘书们把我们的这些思考和建议全部罗列出来,形成一个初步的文件,在时机成熟的时候向市委王书记和市政府陆市长汇报,要是他们没有异议的话,通过组织部那边,我们就可以做些相应的人事调整了。"

雪雁微笑着说:"嗯,好的。哦,我想起来了,我今后的几天要去省里面开会,我这就算提前给你请假了啊。”

宁宇说:“好的,一路上注意安全。”两人一边客套着,一边离开了这家咖啡厅。彼此一笑,这才告别。

33. 有了新企图

章局长虽然身上有些市侩,但他是一个能屈能伸的绝顶的聪明人。他见这一天下来雪雁副市长没有回复他的请求，而且到晚上了也没见雪雁给他一丝信息,他就断定他想做文化新闻改革项目协调办公室主任的事,在雪雁那里十有八九是黄了。他心里其实很明白一个道理,不管你做什么官,只要你手里没有揽着的事,你这个官也就算白当了。他到龙都图个什么呢?还不就是图能掌握实权吗?

前一段时间,他心中一阵暗喜。龙都市委市政府就要动大手术进行新闻文化产业改革,这个机会对他来说绝对是一个福音。既然要组建这么多的集团,他就一定有用武之地,也一定能在改革的过程中得到想要得到的。像他这样从省里空降的人才,在整个龙都也是不多的。可是,他怎么也没有想到自己当年的部属居然成了他的上级，而且还成为了统领龙都新闻文化产业改革的领军人物。一开始他很不适应,以至于原定在离开省城的时候与宁宇喝酒的事情也给省去了。可是现在,他不得不面对这个事实了。

他要想不放弃这个机会,现在还非得找宁宇不行了。前次他有意讨好宁宇,将红唇带到龙都来,没想到好没有讨到,反而让宁宇对他有了新看法。也就是在这样一种情况之下,他才选择让雪雁帮他说话,没想到雪雁还是失败了。他只能硬着头皮去找宁宇了。这个改革协调办公室主任的位置多重要啊,那么多的项目在手里,就是弄个九牛一毛,也是常人无法想象的啊。想到这里,他收起了可怜的自尊,拨通了宁宇的电话。

宁宇刚刚和雪雁分手回到家里,洗完澡舒服地窝在电脑旁浏览新闻呢。今天他的心情好,看见章局长的电话,也没有反感,问道:“章局长,你不会还想敲我的竹杠吧?”现在他的身份变了,也能轻松地说出这种玩笑话了。

章局长反倒谨慎地说:“宁部长,我怎么敢敲你啊,刚才要不是雪雁副市长在,我连这个想法都不敢有啊。”

宁宇乐呵呵地说:“老领导,你看,你还真当真了,说吧,有什么事啊?”

老实说,宁宇此刻也是用人之际,对于章局长他也并没有什么反感,只要他真的积极向上,有一点小毛病他也是能谅解的。原因有两个方面,一方面他毕竟是过去的老领导,也在某些时候给了他方便之门的,在他成长过程中虽然没有起到关键的作用,但也不能说一点功劳都没有。其二就更现实了,龙都这个地级市像章局长这样有一定水平的领导干部不多,能贯彻他意图和想法的干部更不会多。所以宁宇一直在琢磨,在龙都的这个新闻文化产业改革的过程中,如何能调动章局长的积极性。虽然他没有应允雪雁当时的提议,但并不意味着他就不同意。他这样做也是有苦衷的,他不能让雪雁在他面前为所欲为,甚至觉得他是一个可以利用或者缺乏主见的领导,所以他当时才不答应。他想,现在章局长找他,可能十有八九与这件事情有关。只听见章局长说:“领导啊,我们虽然几乎天天见面,可你一直没有给我单独交心的机会啊。”

宁宇明知故问:“你有什么想法要和我交换?”

章局长说:“不是想法,是汇报。”他可是能够分清分寸的人。

宁宇说:“我们都是老同事了,你有什么事情,就直接说吧,还用得着绕这么多的弯子吗?”

章局长说:“领导,你是答应我了,我现在就赶过来了?”

宁宇也没有拒绝,说:“嗯,想来就来吧。”

章局长永远是活在现实世界里的,他见宁宇答应了,心中暗想:不管怎样,今天也一定要把内心的想法说给宁宇听。凭他的直觉,宁宇应该不会拒绝他的请求。但是因为过去自己是他的上级,他说话必须要讲究技巧和策略,不要给这个年轻部长留下倚老卖老的印象。他知道宁宇这个做过记者的部长的喜好,他在写作之余的最爱是摄影,也对相机特别酷爱,所以他要送一个价值不菲的相机给他。这台相机是现在最高的配置了,也是市面上最昂贵的相机,宁宇是个懂行的人,当然知晓这个物件的价值。他蛮有把握地将相机带上出了家门。

他出门之前,又让办公室的司机到超市买了法国产的正宗红酒一箱,XO两瓶,外加一些精品熟食肉制品罐头若干,而后风驰电掣地向宁宇的住处开去。

当他把这些东西搬进宁宇房间时才发现,宁宇家里什么都有,完全不是他想象的单身汉之家。他惊异地说:“部长啊,我还以为单身汉相对可怜呢,原来你这里什么都不缺啊?看来我还真的自作多情了。”

宁宇说："你也是的，来我这里你还要带礼物啊？太见外了吧？回去的时候你也挑选几件你喜欢的东西拿走吧！"

章局长乐呵呵地看了酒柜里面的酒水，说道："好啊，我走的时候一定带走你的好酒。"事实上，他可能带走吗？回头章局长又兴趣盎然地说："不过部长，我这个东西一定是你需要和喜欢的。"说着，他把相机拿了出来。

宁宇本来就是记者出身，对相机有一种本能的喜欢。章局长将相机拆开之后，宁宇就和他一起摆弄起这个新相机来，也没有表示什么不满。其实，宁宇清楚，也只有这样才能显示他们是没有心结、没有芥蒂的；也只能是这样，章局长才可能不和他离心离德，不和他背道而驰。

章局长也很自然地将红酒打开，并打开了几样精致的冷冻熟肉食品，并极其亲热地说："部长，来干一杯，这是我们在龙都第一次这样面对面地喝酒呢。"

宁宇也感慨地说："是啊，这段时间也太忙了，你不会生我的气吧？"

章局长说："怎么会呢，你刚刚到龙都就任领导，你的压力也不小啊，我当然不能给你增添新的压力呀！请你相信，不管过去我们是什么关系，现在我很清楚，我会尽全力为你分忧的，也会尽我所能在外围实施你的意图。当然，这取决于你的需要。"

宁宇说："老领导，你也太客气了。我当然需要你的帮助啊。你看龙都这么多的事情，总要有人顶上去干吧？而现在能做这样大事的，放眼望去又有几个呢？"

章局长知道，宁宇这样说就证明他拿下新闻文化产业改革协调办公室主任的位置还是有戏的，于是直言不讳地说："领导，我不知道我现在该不该请命。"

宁宇正色道："你未免说得太严肃了，我都有些接受不了，你想说什么就说呗，不就只有我们两个人吗？"

章局长深深地喝了一口酒，似乎欲言又止，宁宇还不知道他要说什么。

34. 娴熟要弄一箭双雕

章局长要说的绝对是思索了很久的问题，而且是一直困扰着他的，很自然也是关于他自己的，如若不然不会让他觉得说出来会那样费劲。可是，当他说出来之后，却让宁宇有些意外了。只听见他说："我很想提一个建议，就是关于引进人才方面的。我也清楚现阶段龙都新闻文化系统的领导干部的现状，现在要开始组建这样三个规模集团，而且还有很多是要创新的，我担心人才实在不够啊。不过，我推荐的也只是几个人，但总比没有要好啊。"

这个话题倒是让宁宇来了兴趣，他也正为人才引进而犯愁呢。于是好奇地问："你说一说看，你都要推荐哪些人才啊？"

章局长直言不讳地说："我推荐的两个人才，你都是认识的，你也是熟悉的，当然，我也是熟悉的，但是我相信一个原则，举贤不避亲。我觉得红唇和章杰就是两个不可多得的人才。"

听到红唇，宁宇觉得有一点道理。可当章局长说出了章杰，他突然觉得有一种等价交换之感，但他还是耐心地说："你说一说用他们的理由？"

章局长说："现阶段要组建几个集团，你手里可是一个信得过的人都没有啊，不管把他们放到哪个集团，就是不给他们任何职务，他们能及时给你反馈真实信息，那也是需要的啊。"

宁宇淡淡一笑，说："看你说的这样轻巧，人家可都是科级处级干部，你让人家大老远来干工作，还不给任何职务，换了你，你干吗？"

章局长蛮有把握地说："我可能不干，但是我敢肯定他们两个人一定不会提条件。"

宁宇又笑笑说："不是不会提条件，而是在你的高压之下不敢提条件，是不是啊？可是，你想过没有，要是他们放弃了省城的工作过来了，不把人家安排好，你我心里会安吗？既然你提出来了，你就说他们在什么位置比较合适？"

章局长高兴地说："这么说来，你是同意了？"

宁宇反问："我想问问你，是你的想法还是他们的想法？还有另外一个问题，他们两个是一个部门的正副主任，你把报社的人都抽空了，报社不会怪我们不仁义吧？"

章局长说："不是他们的意见，都是我个人的想法。报社应该不会有意见吧，报社的人才那么集中，提拔一两个主任还不是轻松的事情？"

尽管章局长不承认是红唇和章杰的想法，但是宁宇料定他们两人一定在省城给章局长透了风的，要不然章局长不会这样洒脱地和他说这些事情。于是不置可否地说："说到这里吧，现在先不忙决定，等一等，看看发展的形势再决定吧。"

章局长给宁宇斟满酒,举杯说:“来,再干一杯。”他脸上分明还写着事情,宁宇就问:“你今晚特地过来,不会就是要说这两件事吧?”

章局长有几分腼腆地说:“不瞒你说,还有我的事呢。”

宁宇看着章局长的这副模样,有点忍不住想笑,但他终归还是没有笑出来。他问道:“你说吧,看看我能不能解决。”

章局长说:“我就是想给你分忧呢,让我做新闻文化产业改革协调办公室的负责人吧。反正我文化局也有这么多的演出单位要参与改革。”这才是章局长今晚的真实目的,宁宇能不知道吗?他接着说:“部长,你放心,只要我做这个协调办公室的主任,我会让你和雪雁副市长省很多心的,保证每一件事都办得让领导们满意。”

宁宇浅浅地喝了一口酒,既不肯定也不否定地说:“如果我没有猜错的话,你有两个目的:其一,你是不想失去文化局原有的地盘。其二,你是一个耐不住寂寞的人,总想招揽更多的事情。至于还有没有其三,只有你自己知道了。”

章局长毕竟和宁宇以前是同事,话都说透了,他也就不想隐瞒什么了,于是爽朗地说:“领导,你是洞察秋毫的,什么事都瞒不过你的眼睛。不过,有些话我可以当着你一个人说的。这个协调办公室主任用谁都是用,为何不用我呢?起码我对你绝对忠诚,每一件事情我可以不给雪雁副市长汇报,我也必须给你汇报,毕竟我们过去还有那一层关系呀……”

实际上,宁宇不是没有想法,他就在等章局长这句话呢。他沉思了半晌,故意说:“我明白你的意思了。我给你指一条路,你最好找雪雁谈一谈。”宁宇也是高手,他佯装雪雁没有和他提起这件事情一样。

章局长自然是聪明人,连忙说:“谢谢领导,这个我会安排。来,我敬你一杯。”他怎么会不明白宁宇的意思呢,即便是他宁宇要用他,还不得有人在他面前提出来吗?这就是官场最常见的规则啊。不过,让他不得其解的是,这个雪雁为何要按兵不动呢?恰在这时,他接到了一个电话。从他通话的内容,宁宇判断来电话的人可能就是章杰。但是章局长没有说,他也就懒得过问了。

接下来,章局长就很悠闲地和他品酒了,说了一些渺无边际的风花雪月也就告辞了。

宁宇推窗看着驾车离去的章局长,还有他带来的一大堆礼物,真不知道是一种什么感受。不过,他很清楚章局长会在近期来找他,一定会提出做新闻文化产业改革协调办的主任，只不过没想到他会来得这样快。同样，他能提出将红唇、章杰挖过来参与龙都的改革，这还是他一直在琢磨的事儿，既然他能提出来，将他们请过来就不是没有可能。确实龙都现在正是用人的紧要关头，能有这样两个既懂专业又和他有联系的人到来，无疑对他是一种潜在的帮助。

他更清楚，这个章局长八面玲珑，让他做这个协调办公室主任也是十分合适的，今天他也表态了，只要他对自己忠诚，雪雁出面推荐他出任，事情也就有些靠谱了。他也还算留了一手，要是章局长在这个岗位上做出什么出格的事情来的话，他还可以找雪雁问责。

所有这一切，都没有脱离他的掌控，也没有脱离他的意图。他随手关掉了客厅里的电视机，起身到了书房。他的电脑是开着的，他看见QQ不断地闪烁，点开一看，是雪雁在找他呢。

索性点开了雪雁的QQ，只见她温婉地说："我建议，协调办公室应该尽快组建了，主任人选我还是觉得章局长最为适宜。"看到雪雁的这个留言，他不禁暗自笑了。他不打算这个时候回复雪雁，就是同意此事，那也得是三五天之后。他要让雪雁明白，他对这个人选是十分谨慎的，就是同意了让章局长出任此职，也要让雪雁明白他是在给她面子，而不是认为章局长合格。拖延就是给她加深印象的最好办法。

35. 娜娜带来意外的神秘

省城大学张书记带队的教育考察团莅临龙都，市委王明书记也是要陪同考察的。随张书记来考察的除了省城大学的主要官员，还有地市州的部分大学领导，也有省教育厅的副厅长等人。一大早宁宇就在教育局局长的陪同下去见市委的其他领导。王明书记看见宁宇到了，将他叫到身边，悄悄说："宁部长，今天你有两个任务啊。首先是陪同省上的教育考察团，并负责介绍我市高校高职教育园区建设的构想；其次还有一个任务就是招待好我的侄女娜娜，这两件任务你能完成吗？"

他们谈话的时候，并没有其他的领导在场，宁宇轻声说："书记您放心吧，没问题。"

远远的他又看见雪雁走过来了。她不是要去省上开会吗？怎么没有去呢？王书记显然发现了他心中的疑问，于是说道："雪雁本来是要去省城开会的，是我特别嘱咐她要参加今天的考察活动的。你们是代表市委和市政府管理教育这一条线的领导，省上的大学代表团来参观考察，也是一个推荐我市教育事业的好机会。尤其是现在时期，更需要采取各种手段推广龙都的教育事业。"

雪雁走近他说："你不用奇怪，书记特别关照我留下的。不过，留下也好，我正好可以见见我的老同事呢！你知道吧，张书记和我曾是一个学院的呢，不过，他一直都是我的领导。"

雪雁和书记打过招呼之后，就对教育局长说："怎么样，参观考察的路线都安排好了吗？"

局长说："安排好了。你们两位领导都在，我正要向两位请示一下，今天谁来接受记者们的采访啊？"

雪雁说："还能有谁呀，宁部长呀。"

宁宇却说："这样，你们先等一会儿，我请示一下王书记再说。"宁宇清楚，今天来龙都的记者不是一两个，就是省上的记者就多达十五人，加上中央级媒体和市级媒体的记者，至少不少于四十人的记者队伍，这样大的场面最好是让书记和市长来介绍龙都的整体教育情况。当宁宇给王明汇报之后，王明却说："就是你了，雪雁做补充。你们现在本来就代表市委和市政府抓这方面的工作，还有，你们俩的形象更上镜，让更多的观众能记住龙都。"虽然王书记后面一句话有开玩笑的意味，但是两人都明白，书记说话了就不会改变了。

雪雁乐呵呵地说："好啊，我补充，也就是说只有你讲得不完备的时候我才有说话的机会，我现在就宣布，我完全相信你能讲得透彻和完整，我也就不接受记者们的提问了。嘻嘻。"

宁宇说："我说雪副市长，你到龙都的时间比我长，你对龙都的教育现状比我了解。书记虽然这样安排，难道我们就不可以变通一下呀？你主要接受采访，我补充不也是很合理的吗？"

雪雁连忙推辞说："那可使不得，使不得，哪有领导做补充的。"宁宇也知道雪雁在和他打趣呢，于是问道："基本情况教育局那边应该有一个发言稿吧？"他还在说话的时候，教育局局长和宣传部副部长走过来说："领导，这是我们拟就的新闻发言稿,就当一个参考吧。"雪雁还是那副笑吟吟的模样,宁宇却仿佛看到了救星。

省上的车队浩浩荡荡地开进了龙都市区，张书记和教育厅的副厅长从汽车上下来,王明带着宁宇他们走上前去,一一和考察团的主要成员握手介绍。张书记握着宁宇的手问:"怎么样,还习惯吧?"

宁宇说:"嗯,已经习惯了,就是压力有点大。"一旁的娜娜冲她笑笑,然后羞涩地低下了头。

张书记说:"年轻人有点压力没有什么不好的，当初我和你王叔叔早就说过这一点的。不过,现在你干得相当出色,我很为你感到高兴。"随后还对他说:"你看,娜娜也来看你来了。"宁宇只能说:"谢谢。"

宁宇惊异地发现,雪雁和张书记的眼神都不像一般的熟人,也不像一般的同事,他很快就从娜娜的眼神里找到了答案。当她看到雪雁的那一刻,眼神里分明流露出了愤懑。他狐疑地看了张书记一眼,他的目光分明在躲闪。

参观考察的时候,宁宇更加佐证了自己的判断。雪雁和张书记的亲昵程度是常人所不知的。一路上,娜娜悄悄地问宁宇:"这个女人是不是就是你们市的副市长啊?"

宁宇说:"怎么啦?你知道她吗?"

娜娜却说:"知道,不过我鄙视她。"随后就什么也不说了,原来脸上的愉悦一扫而去,一副郁郁寡欢的样子。雪雁和张书记一路上有说有笑的,不时发出一阵阵愉快的笑声。

宁宇按照市委王明书记的交代，详细地给考察团介绍了龙都教育的现状,随后又在高校高职教育园区的规划地介绍了关于这个园区的整体设想。张书记对这个项目特别感兴趣,一连询问了三个问题,省教育厅的副厅长也询问了关心的问题。张书记和教育厅副厅长当场表示可以支持龙都开发高校高职教育园区。

张书记说:"你们的搞法很具有开拓意识，你们希望引进基金的办法也是很符合实际的。如果有需要,省城大学也可以和龙都紧密合作这个项目,力争把这个项目办成地市高校园区的典范。今后我们会在师资力量和学术交流方面和龙都高校紧密合作，我们也对你们即将搞的中国古代文化思想大师的课题十分感兴趣。如果需要省城大学的帮助,你们随时找我们就是了。"

王书记十分感激地说:"谢谢，这项工程是宁部长和雪雁副市长一手抓的，他们今后一定会麻烦张书记啊，还请你多多关照呢。”

省教育厅副厅长也当场拍板，这样的样板高校园区，可以跟省里面申请相关政策，省教育厅也会积极支持。随后就是盛大的记者招待会。

今天让宁宇惊诧的事太多了，他突然在记者堆里发现了一张熟悉的面孔，这个人居然是不露声色的红唇。因为他坐在主席台的中央，两边分别是雪雁和教育局长，还有宣传部的一位副部长。他只能用眼睛向红唇打招呼，红唇也向他示意看到了。记者会没有开始之前，宁宇的脑子里不断出现今天的奇怪画面，让他挥之不去的就是令他崇敬的张书记和雪雁的眼神。他们之间到底会是怎样一种关系呢？娜娜为何提起雪雁就会面露鄙夷呢？还有台下面的这个红唇，来到龙都居然连一个短信都不预先给发？她是不是看见他和娜娜一路攀谈了呢？种种悬疑剧一般的问题萦绕在他的脑海里，直到宣传部副部长宣布新闻发布会开始，他才回过身来注意教育局为他准备的新闻发布稿。

36. 发布会后的别样柔情

主持新闻发布会的副部长越过身边的教育局长，冲宁宇询问：“开始了吧，宁部长。”宁宇点点头。就听见副部长说：“新闻界的朋友们，今天我们汇聚一堂，共同关注龙都的教育问题，下面我们请宁部长发布新闻。”

宁宇在介绍龙都教育背景时，几乎是照本宣科。在谈到高校高职教育园区时才脱稿讲道：“龙都在全省的地市州里面，从来都是名列前茅的教育大市和强市。随着龙都经济社会的加速发展，现在市委和市政府又推出了新的重大策略，将创建全省地市州唯一的高校高职教育园区，这个园区呈现出几大特点……这些特点都能集中展示龙都的整体教育水平……”

随后是记者提问阶段。一个地级市创建高校高职教育园区在省内还是重大新闻，新闻界也格外关注。宁宇听见一个格外熟悉的声音清脆地响起来：“请问宁部长，你们将在高校高职教育园区里面增设中国古代文化思想大师的想法很新颖，也很大胆，也很具有创新思维。请问，是什么原因让你们想这样办的，又有什么理论支撑要这样办？你们龙都有这样的资源吗？还有，你们龙都办这样主要对象为国外生源的班，你们具备这样的实力吗？”宁宇看见,问这话的不是别人,正是自己的得意门生红唇。

雪雁嘀咕道:“这不是晚报的红主任吗?她提的这个问题很有深度啊。”

宁宇看了一眼提问题的红唇,向她点点头后,说:“大家是知道的,现在的教育都是开放式教育。按理说我们是不具备这样的资源和背景的,我们这也不是什么大胆创新,这也有一个机缘巧合。我们在创建这个高校高职教育园区的过程中,有一个国外的基金愿意参与我们园区的建设,特别提出了这样一个请求。我们经过缜密研究之后觉得,在龙都的这个教育园区里面,有这样一个对外传播中国文明和文化以及智慧的窗口,对龙都来说也是有益无害的,所以这个计划就列入其中了。当然,我们创建这样一个开放式的学院问题还很多,资源也只能利用国内的公共资源。但是龙都市委市政府的决心是坚决的,态度是向上的,我们坚信,只要我们付出十倍百倍的努力,我们的目标就能够达到。谢谢。”

红唇接着又问:“雪雁副市长,我有一个问题,龙都这个高校高职教育园区建成之后,对龙都的教育格局和市外生源会有什么影响吗?”

雪雁说:“这个园区建成投入使用之后,将极大地改善龙都高校高职的面貌,最起码在教育的硬件环境上得到相应的改善。在完成了这一步之后,我们还将改善软环境,即引进新的专业,引进著名教授和专家学者,把教育园区的整体水平提升到一个新的台阶。比如我们将增设对外交流中国文明的学院,就是一种创新,也是增强高校实力的举措之一。至于说会对生源产生什么样的影响,我想这要由我们的办校水平来决定。”

很多记者都提了各自关心的问题,整整一个半小时的发布会才结束。记者们又开始将镜头和录音设备对准了张书记和其他的领导和专家。谁都有理由相信,这一次龙都教育对外宣传一定会产生极其重大的影响。

招待宴会上,宁宇代表市委发表了热情洋溢的欢迎辞。他走到红唇这一桌的时候,红唇站起身来问:“宁部长,你今天太辛苦太忙了吧?来,我敬你一杯。”只有宁宇能明白,红唇这是话中有话,含有奚落他的意思呢。但是大庭广众之下,他只能佯装什么都不知道地说:“谢谢红主任,你们才辛苦了,谢谢你们关注龙都,关注龙都教育。”

红唇又说:“我们一会儿就要返回省城了,宁部长能借一步说话吗?”

很显然红唇早就想找他了,望着红唇期待的眼神,宁宇知晓拒绝是不太可能的了,于是说道:“没问题,你稍等一会儿,我给那边的几桌记者打个招呼就过来找你。”

红唇满意地坐了下去，十分友好而又温和地说：“谢谢宁部长。”

两人在外面的茶吧坐下来，反而相顾无言，红唇的眼神充满了别样的柔情，很久才说：“你瘦了不少啊？我看着心疼呢。”

宁宇也不敢抬眼看她，他知道红唇是一个严肃认真的人。相处的这几年来，每一次单独面对她，都让他觉得十分吃力。但是，红唇恰恰又是特别能给他真实感的人，只要她存在，他就能感觉到大地的坚实、生活的厚重，没有一丝杂质，更没有一丝浮躁，这也许就是红唇能给予他的特殊能量。他说：“其实没什么的，人的每一个阶段有每一个阶段的现实，我现在就应该是吃苦的时节了。”

红唇说：“当然，我们是同一类人，总希望自己的能量能得到社会的认同，也随时都在释放自己最大的能量。不过，我总是担心你，担心你的一切。”

宁宇连忙将话题岔开：“你现在怎么样？生活工作都快乐吗？”

红唇说：“都很快乐，爸妈团聚了，我们一家都很快乐。我现在的岗位也让我充实。唯一闲暇的时光，就会不自觉地想到你，也许这就是命运吧。”

宁宇很羡慕红唇的状态，于是说：“我好羡慕你啊，对自己的一切都那么有把握和自信。你知道吗？其实生活在一个自己能把控的世界里才是最幸福的。就像现在的你，你知道你今天的工作内容，知道这些内容的走向和归属，也知道部属们的动向，这是一种异常惬意的生活啊。不像现在的我，很多事情都无法把控，每天都在产生新的问题，你还必须去面对和协调，真的让人感到惶恐啊。”

红唇说：“所以，这也是我最担心你的地方。你现在神经绷得太紧了，要是你承受不住了，问题就大了。所以我期望我能是你的缓冲带，比如现在，即便对你的工作并没有帮助，但是能让你的心灵暂时栖息，那也是我的奢望了。我更奢望有一天，我们能够有更多的时间见面，而不是虚无的网络……”

宁宇笑笑，说道：“现在不是也很好吗？有你的注目，我已经很满足了。”

宁宇的秘书从外走来，老远就说：“宁部长，王书记找你呢。”

宁宇站起身来，十分歉意地说：“实在对不起，我得进去一下。”

红唇也站起身来，很悠扬地甩了甩飘逸的长发，满脸堆笑地说：“你去吧，我这就算告别了。你记住了，注意身体，你还有一生漫长的时光呢，身体弄坏了，一切美好都会失去，记住了吗？”

宁宇一愣,冲她点点头,折身去见王书记和省城大学来的张书记。红唇孤独地站在茶吧一角,恋恋不舍地注视着离去的宁宇。她妖娆丰韵的身姿、顾盼流连的眼神,引来不少路人驻足观望。

37. 上天赐予的礼物

王明书记和张书记连同省教育厅的副厅长, 他们和几个地方大学的校长们在一个安静的雅间里就餐。在座的宁宇熟悉的面孔还有雪雁和娜娜,宁宇的位置就在娜娜身边。

看见宁宇再一次回来,王书记说:"宁部长,今天你可是唱主角的,教育厅的领导和这些大学校长们我就交给你和雪雁了, 你们想要把高校高职教育园区建设好,还得他们的帮助和指导呢。"

宁宇连忙说:"是的,书记你放心,有我和雪雁副市长在,我们不会让你失望的。"

雪雁也乐呵呵地说:"是啊,只要宁部长在,我跟着他就很放心,没有完成不好的任务。"

张书记好奇地问:"雪雁市长,你这话是什么意思啊？我等怎么听不明白呢？"

雪雁说:"好吧,我就给各位介绍介绍我们的宁部长吧。"虽然雪雁对宁宇多是溢美之词,可坐在宁宇身边的娜娜却对她充满了不屑,甚至是有些蔑视。只听见雪雁说:"我们的宁部长来龙都的时间虽然不长,我和他相处的时间也不长,但是他这个人的优点简直太多了,所以我很崇拜他的呢……"她的话,让王书记和张书记都笑了。

王书记很开心地对张书记说:"老同学,我得谢谢你啊。"

张书记说:"你谢我什么,我还得谢谢你给年轻人机会呢。今后啊,还得靠你多指点呢。"两人互相敬酒,饭桌上的气氛顿时活跃起来。宁宇和雪雁也是会造气氛的人,分别从不同的方向轮着敬酒。

宁宇发现,雪雁和娜娜干杯的时候,两人都只是象征性地举杯,娜娜几乎都没有喝酒。轮到他和娜娜喝酒的时候, 他轻声提醒道:"注意你的仪表哦。"

娜娜脸上绽开了迷人的笑容,说道:“知道啦,干吧。”她一扬脖子喝干了杯中酒。宁宇正要举杯喝的时候,她却拉住了他的手,压低了声音说:“你就别喝了,你也喝得太多了,你一会儿还有应酬呢,我放你一马吧。”他俩的亲昵动作还是被同样敏感的雪雁尽收眼底。

随同考察团来的人都陆续返回了省城,张书记和娜娜却意外地留下来。

娜娜和宁宇见面的时候,她十分不满地说:“我很生气,老爷子居然和她约会去了。”宁宇十分清楚,娜娜是在说张书记和雪雁呢。

无论如何,宁宇也不会对这样的八卦感兴趣,没有接她的话茬,而是转移话题问:“我想问你一个问题。”

娜娜也知道自己失态了,镇定之后说:“嗯。”

“你上次不是说你爸爸要让你来龙都吗?这件事有了定论没有啊?”宁宇内心想让她到新闻网来呢,所以这样打探。

娜娜说:“有了啊。不来了,上次和你说了之后,我不就按你的主意给老妈说了吗?你猜怎么着,这一回老妈狮子发威,居然把老爷子给镇住了。后来经过协商,他们同意让我去省新闻中心的网站做新闻频道的主编了。这一次我来龙都也不是没有理由的,我是以省新闻中心新闻频道主编的身份来的。”

“你说什么?”宁宇简直不敢相信娜娜这么快就去了省新闻中心的新闻网,而且还坐上了新闻频道主编的位置。不管是不是因为她的背景,但她已经在这个位置上了,让她这样的人来主持龙都新闻网的内容管理,也就能名正言顺了。

娜娜说:“看你什么态度啊?看不起人啊?新闻网也是正规的新闻单位,也是省委宣传部主管的主流新闻媒体,难道只有你们报社才是主流啊?”她完全误会了宁宇的意思了。

宁宇非常夸张地站起来,在她的身边转了一圈,然后郑重其事地说:“就是你了,就是你了。真是踏破铁鞋无觅处啊。”

看着他神叨叨的样子,娜娜急了,拉着他的手说道:“你给我坐下,看你这模样多吓人啊?你不会现在就让压力憋疯了吧?”

宁宇突然哈哈大笑说道:“是啊,我疯了,不过我是高兴疯的。”

娜娜也夸张地伸手摸了摸宁宇的额头,而后柔情地将脸贴到了他的脸上,双手捧着宁宇的脸,娇嗔道:“你真的疯了啊?”

宁宇轻轻地将她的双手推下来,让她坐到了自己位置上,这才十分恳切地说:“我有一件大事要和你商议呢!”此时,外面却传来一阵柔和的敲门声,随后有人推门进来说:“好啊,什么大事啊,也让我们一起来听一听?”

宁宇和娜娜转身一看,站在面前的却是一脸兴奋的张书记和同样一脸娇媚的雪雁副市长。两位不速之客的突然出现,打乱了宁宇的思维。

张书记慈爱地看着他们两人,说:“小宁,你说呀?什么大事还这样保密啊?”

聪慧的雪雁插言道:“我要是没有猜错的话,我们的宁部长可能是要做策反工作呢。张书记,宁部长现在主持的龙都新闻文化产业改革这场大戏,现在才刚刚开始粉墨登场,现在最为紧缺的就是像令嫒这样的人才呢!”

张书记好奇地问宁宇:“雪雁市长猜测得如何?”

没等宁宇说话,娜娜却不满地对张书记说:“你怎么来了?”

张书记宽厚地说:“娜娜,我就不能来啊?我是来给你介绍雪雁阿姨呢。你还不知道吧,雪雁阿姨是我的老同事呢。当年她也是和我一个学院的,是年轻有为的讲师,现在都是副市长了。你也得向雪雁阿姨学习呢。”

娜娜怎么会不知道这个雪雁啊,她早就从妈妈的嘴里知道有这么一个“狐狸精”雪雁了。当年把老爸迷得神魂颠倒的雪雁,几乎让爸妈的婚姻都到了破裂的程度。也只有老爸才这样自欺欺人,还以为她这个女儿什么都不知道似的。但是这样的场合,她也只能佯装什么都不知道,站起身来客气地说:“你好,雪雁阿姨。”

张书记自豪地说:“我女儿现在是省新闻中心新闻频道主编,也算有出息了。”

他的话刚一出口,雪雁也惊诧地问:“你说什么?她现在是新闻频道的主编?”

张书记说:“雪副市长,你怎么也一惊一乍的了?”

雪雁也和宁宇刚才的神情一样,久久地盯着娜娜的脸,让娜娜觉得十分怪异,更有一种被耍弄的感觉,只是不便于发作。随后雪雁又看着面前的宁宇,惊叹道:“难怪啊,宁部长,真有你的啊?”

她莫名其妙的举动,让张书记也觉得好奇。他问道:“宁宇,怎么回事啊?”

雪雁说:“真相大白,我的猜测完全正确。”

张书记说:“小宁,你是想让娜娜到龙都来?”

宁宇只能点点头。

娜娜说:“我可没有同意啊。”

张书记立即说:“嗯,跟我当初的设想是一致的,我也跟王明说过这样的想法。你说说,让她来干什么?”

宁宇只得将他的打算全盘托出,张书记沉思良久,说:“当然是好事,我还是很担心。”

宁宇问:“担心什么呢?”

张书记说:“她太稚嫩了,恐怕承担不了这样的重担呢?”事实上,他是在激将女儿呢,他同样期望女儿能抓住这个历史性的机遇。

38. 伯乐与千里马的高度原来一致

娜娜毕竟还是涉世不深的女孩,平时最不能容忍的就是别人还拿她当孩子,对爸妈的这种态度更是表示多次抗议了。此时爸爸又这样当众藐视她,当然会遭来她强烈的反弹,只听张书记话音刚落,她就愤然说道:“我已经是成年人了,我能不能承担责任或者我的能力怎样还得社会说了算,我现在做新闻网的新闻频道不是好好的吗?你怎么就知道我做不了龙都新闻网的负责人?”

见女儿已经上当了,张书记偏偏说:“娜娜,不是爸爸要这样藐视你,确实因为二者是不一样的。你在省里面的新闻网是做新闻频道主编不假,而龙都新闻网的概念却不一样了。这个新闻网很快就要做成集团,这个网站的总编辑不仅仅是这个网站的内容总管,还得从事这些采编人员的人事和工作上的管理协调,另外还有各专业频道的领导指挥,同时还要监管与合并龙都市内的其他网站,这工作可不是一般人能承担得起来的。要是搞不好,就会拖龙都新闻文化产业改革的后腿,也会让宁宇这个宣传部长和雪雁这个副市长难堪……”他不说这些还好,娜娜还没有想来的冲动。与其说刚才是他激将了她,现在可以说是启发了她。这样大的产业,这样有挑战的工作,换一个地方也许一辈子都没有机会遇得上,于是她站起来说:“你说的这些,我都知道,也有心理准备,我为什么就不可以,这个岗位总要有人来承担吧?既然别人都有可能干好,为何我就不能呢?我学新闻也不是一天两天,对新闻也有较为全面深刻的理解,尤其钟情于网络新闻的传播研究,这个岗位我觉得就是适合我。”娜娜也挑衅似的说。

听到这里,最高兴的莫过于宁宇和雪雁了。宁宇自然最满意了,听他们爷俩儿斗嘴,就相当于他在面试娜娜呢。

只听见张书记近乎固执地问:“也不是爸爸不信任你,你说这个岗位适合你,你说说你能胜任这个岗位的理由。”

娜娜说:“我适合这个岗位的很多方面,譬如我热爱网络工作、熟悉网络新闻的操作。我有过网络新闻的从业经历,知晓网络新闻的各种类别。我也基本了解网络新闻的部门设置,了解各部门之间的分工。当然,我也不是完人,比如说对网络新闻的深度挖潜、对网络的深度运营,还有网络新品的研发认识不足。但是,我比很多现阶段在从事网络新闻的管理者和从业者都要强,至少我有一种崇高的理想,会自觉地把这个行业当成我毕生的事业去追求……”实际上,说了这些之后,张书记长长地舒了一口气,十分满足地说:“我想说的也都说了,看来你想的远比我想的还要深刻,我能说什么呢?现在就要看宁部长和雪雁副市长他们的选择了。”

雪雁冲宁宇眨巴眼睛,宁宇却视而不见。

雪雁于是说:“这样吧,我们一起出去走一走吧,也让张书记和娜娜主编欣赏龙都的夜景。宁部长,你说怎么样?”

娜娜却说:“我不想去了,我就在这里上网,我要看看你们龙都新闻网现在是个什么模样。”

很显然,宁宇这个工作狂赞成娜娜的想法,不想无聊地去逛什么夜景。因为娜娜的这句话,张书记也替雪雁下台阶,说道:“雪雁市长,你的真实意图是让我们吃夜宵吧?我看今天就算了,也好,大家一起看看龙都新闻网。”

雪雁顺驴下坡说:“呵呵,好啊,既然大家不去,我也就收回。宁部长,要是一会儿再出去的话,就该轮到你请客了。”

宁宇热情地说:“好啊,只要你们点得出来的地方,我都一定带你们去。”

娜娜一边动手打开网络,一边斗嘴说:“我要去月亮上找嫦娥姐姐,你带我去吗?”

雪雁和张书记两人互相望了一眼,觉得他们两人说多余的了,寻思着找一个恰当的时机离开呢。雪雁忽然对张书记和宁宇说:“两位领导,我申请先走一步好吗?”

张书记抢先说:“好的,你也辛苦一天了,早点回去休息吧。”

宁宇刚站起身来,张书记却说:“好了,我送送雪雁吧,你们先忙吧。”

他们两人离开了娜娜的房间,宁宇和娜娜却相视一笑。娜娜开心地说:“早就该走了,免得我心里难受。”

宁宇关切地问:“你刚才说的都是真话吗?要是让你来龙都,你真的会来吗?还有,这里的困难和问题不是一件两件啊!”

“你怎么也变得和我爸爸一样唠叨了,难道我就真的承担不了这个责任吗?我现在也是成年人了。”娜娜不满地说。

“不是这个意思啊,你听我说完啊。譬如说你过来的话,首先在短时间之内解决不了你的任职问题。你是知道的,我们新组建的这个龙都网络新闻集团是一个市里面直管的市属新闻机构,是一个正县(处)级单位,所以这个单位的董事长、总经理和总编辑都是正处级领导干部。现阶段虽然我可以破例将你调到这个单位来,也让你履行总编辑的行政职责,但是我不能马上就给你正处级的任命和待遇,就是现实困难啊。”宁宇这样有板有眼地说。

娜娜听了却乐呵呵地笑了起来,十分淡然地说:“我为你这样负责的精神感动,但是我并不感谢。我是什么人啊,我对你那些什么科级处级一点概念都没有,也不在乎。想听我的真话吗?”

“当然啦。”宁宇说。

“真话就是离你近点儿,有空还可以和你说说话。其次是网络新闻是我喜欢的职业,在这个岗位上我仿佛就能复活或者重生,总有使不完的激情。现在我在省里的新闻中心其实也很不错的,但是我毕竟只是频道主编,很多的思想还得听从总编辑和总经理的,从某种意义上来说,我只是一个意图的执行和实施者。而龙都新闻网就不一样了,我就是内容的总设计师啊,我的很多想法是可以完整地贯彻实施的。这多好啊,偌大的王国,我就是至高无上的国王啊……”娜娜有些飘飘欲仙般的妄想。

宁宇冲她说:“你也别想得太简单了,新闻宣传的规矩多着呢,怎么可能有无限大的权力呢?”

娜娜说:“敬爱的宁部长,这点道理我能不明白吗?我讲的是理论上的,呵呵。”

宁宇补充说:“这个新闻网不是一个单纯的网站,而是一个集团网站,也是一个现实世界里的经营性集团,你还要承担整个集团的内容规划和指导,你可要想好了,这是一场看不见硝烟的战争哦。"

娜娜坚定地说:"我有十足的精神准备,只要进入临战状态,我也可能半年或者更长的时间连你的面都见不上了,也许只能在电视上看见你的光辉形象。不过,我有一个最基本的要求。"

宁宇说:"只要不过分,你提出来。"

娜娜说:"我可以承诺我的内容一定精彩、一定深度、一定关联、一定有知识性和趣味性,但是你得给我配一个懂经营的总经理来啊,要是我这边新闻能出彩,经营却长期起不来,我干也是白干了,我的成就感也就会灰飞烟灭。"

宁宇呵呵地笑了,这个娜娜呀,哪里是想象之中的简单和幼稚啊?她不也是一样的深谋远虑吗?预测和思考的问题,一点也不比龙都市委的高度低啊!

39. 思明将外放报业集团

次日,送走了张书记和娜娜之后,宁宇约了雪雁一起赶到王明书记的办公室,他们要汇报这几天以来的情况,更要说明他们的内心想法。去之前宁宇和雪雁就商量好了,这一次的汇报集中在人力资源方面,在改造和组建三个集团的初期,就要将相应的人力布局抓好,中途换帅是最要命的。三个集团的经营班子姑且还可以缓后一步,但是解决几个集团的业务负责人人选问题,现在就已经刻不容缓了。

王明书记笑笑,不等两人开口就爽朗地说:"两位是无事不登三宝殿吧?刚刚送走了省城的客人,你们这是又要唱哪一出呢?"

宁宇将他和雪雁预先准备好的《关于龙都新闻文化产业改革实施前的调查报告及其建议》放到了王明的办公桌上。王明一边翻看这个报告和建议,一边说:"没想到你们这个组合还很迅速的呀,效率还蛮高。我一边看,你们一边汇报吧?"

宁宇就开始汇报,他汇报的主题集中在人力调整上。王明听完他和雪雁的汇报之后,朗声说:"这几个项目是落实给你们主抓的,你们自然就要唱好主角,更要想好每一个细节。既然你们两位都觉得这项工作是迫在眉睫的,你们就起草一个详细的报告,在下一次召开常委会的时候过一下。"只要王书记有这个态度,其实也就什么都过了,常委会也不过就是形式罢了。宁宇和雪雁内心都很高兴。

告别王书记之后，宁宇第一次来到雪雁的办公室。他们今天要现场指导办公室的秘书们起草事关龙都新闻文化产业改革的重要文件。雪雁的办公室有一股飘荡而来的鲜花香味儿，一束灿烂的百合摆放在她的茶几上，房间里面还有几盆精致小巧的绿色植物。办公桌上的用品一看就知道是女人的，精致花哨的物件，小巧而华丽的笔筒，各种俏丽色彩的笔记本。进入这个房间，让人领略到温馨和浪漫。不像宁宇的办公室，一切都显得方方正正，没有任何柔和的部件，有的只是那种冷静与理性。

宁宇说："嗯，你的办公室能让人感知到温暖。"

雪雁笑眯眯地说："是吗？你要是喜欢，不如搬过来合署办公吧？"

宁宇说："那才好呢，省得我一个人寂寞。"

雪雁连忙说："呵呵，这样的玩笑开不得啊？你这样我不是要占便宜了呀？"

两人说笑之间，秘书将新起草的文件送了过来。两人交替传看，觉得有很多不妥的地方。雪雁又说："要是章局长来处理这些事情，也许我们就不用这样操心了。"

宁宇也有同感，于是说："你的提议不是我没想过，不是也得有一个程序吗？你看今天的报告上不是已经将这件事情正式上报了吗？"

雪雁说："领导啊，不是我要给你提意见，难道我们就不能先用后调整吗？现在大战在即，我们这点职权和这点用人的自由市委还是应该给的吧？"她的心情宁宇当然能理解，但是这件事情不同别的事情，因为涉及章局长。而且今天雪雁的这个提法，不得不让宁宇对雪雁有所怀疑。要不然，她怎么会这样三番五次地替章局长来说情呢。虽然章局长也算是私底下投奔了他的，但是他还是对这件事情充满了忧虑。但面对雪雁，他只能说："你说的有道理，但是我觉得我们还是遵从规矩好一些，不要在一些小事情上弄出麻烦。"宁宇也知道，不管雪雁提的什么建议，也不管她提的建议是否正确，只要他同意了，市委就会认为这是他的意见。所以，不管雪雁多着急，他也会三思而行的。

用人权的问题，有了这个报告，实际上就等于有了市委的尚方宝剑了。但是宁宇必须处理好一个问题，那就是如何与雪雁平衡权力的问题。在用人问题上，雪雁有可能还会提出她的意见来，也就是说她也可能举荐关键岗位上的人。宁宇已经想好了,这是他的底线,所有集团的正职任免,他绝对不会受雪雁左右的。其他的人选,也许会给她一些薄面。

与雪雁商量完了,宁宇赶回办公室,正巧红唇来了电话:“宁部长啊,稿子好了,你审审吧?我怎么传你呢?”

宁宇说:“辛苦你了。我现在到办公室了,你传我的QQ吧。怎么样,昨天的稿子见报了吗?”

红唇说:“见报了,一版时政要闻,你现在还没有看到报纸吗?”

宁宇一边打开电脑,一边看了看办公桌上当日的报纸,果然看见署名红唇的报道。又对红唇说:“哦,看到了。一版时政要闻,嗯,不错。”随后又说:“你现在在网上吗?我这就上网收文件。”

“好的,我也上网吧。”红唇挂断了电话。

还有一天时间就要正式启动媒体聚焦龙都的活动了,外地和境外的记者已经陆续赶到龙都了,宁宇自然高度关注红唇主刀的这几篇稿子。登上QQ,他迫不及待地将稿子接收下来,对红唇说:“就不和你多聊了,我先看看你的稿子。”

红唇说:“我知道你忙呢,你先忙吧,后天见。”

宁宇不知道红唇说这话的意思,问道:“你要来龙都吗?”

红唇说:“你是幽默呢,还是忙晕了啊?你不是请我们到龙都来采访吗?怎么,你不打算欢迎我来呀?”

宁宇这才想起来了,红唇现在不也是记者吗?而且还是省晚报的首席记者呢。自己真的忙得连她的身份都忘了,于是歉意地说:“抱歉,我真的忙晕了。你能亲自来,我当然欢迎啦。”

红唇呵呵一笑说:“你能有这样一句话我就满足了。我难道还不知道吗?我就是来龙都,也只不过是能远远地看着你而已,你哪里有时间来和我说话啊?不过,我不会怪你,只要能看见你,我心里也会觉得舒坦些。”

和红唇通完电话,宁宇就叫来宣传部主管新闻和宣传的副部长,问道:“一切都准备就绪了吧?什么时候召开协调会呢?”

副部长说:“原定明天召开,部长觉得要改变时间吗?”

宁宇对这个副部长还相对放心,他这个人年轻,人肯干也谦虚,比起其他几个老资历的部长来,显然讨宁宇喜欢多了。他说:“你们计划好了的,也就不要轻易改变了,前一次我让人修改的稿子已经传回来了,你们再拿去看一看,如果没有什么修改的,就可以打印出来装资料袋了。”

副部长说:“内容修改的可能性比较小了,部长确认的高人撰写的稿件,我们也不能轻易乱改呀,这样吧,我让人再校对一遍,打印出来我仔细拜读,要是没有问题就装袋,要是有问题我再请示您。我今天还要去看看会场和餐厅的情况,还有宾馆那边的情况,所以时间比较紧,要是部长没有别的嘱咐的话,我就忙去了。”

宁宇就喜欢这样风风火火的务实干部,说:“你去忙吧,有什么事情随时联系。”副部长走了之后,宁宇突然想起了他的名字来,这个人蛮有意思的,名字也很有意思,叫思明。他琢磨着,龙都报社的那个班子也太缺乏活力了,班子成员之中几乎就没有一个像思明这样务实肯干的领导。要是实在挑选不到合适的人选,何不将这个思明与报社现任总编换位呢?让这个年轻的副部长去担任报社的一把手,让报社的总编辑到宣传部做副部长。打定了这个主意,宁宇的心里觉得敞亮了不少。

40. 宁宇的新思路

宁宇之所以这样关心每一个集团的人才布局,是因为这关系到龙都新闻文化产业改革的成败。没有相应得力的人才,要想让这场改革顺利进行并取得成就,那就等于白日做梦,所以他才会格外注意这一点。到目前为止,他心里已经基本有谱了。对未来的报业集团广电和文化局的演出院团组建的新集团、网络新闻传媒集团三家的基本状况算是心中有数了。在原来的基础上,需要增加什么人力也算有谱了。领导这三个机构的日常协调办公室也算尘埃落定了。很多人他也见面谈话了,后备队员红唇和章杰不用谈话,大胆启用也是不成问题的。现阶段恐怕最主要的还得找一找报社的总编辑和思明副部长。这个位置可不是说动就能动的,报社现任总编辑也是市政协副主席,也是市一级的领导人,不是想动就能动的。

也算是宁宇初生牛犊不怕虎,他是个想到就要干的人。要动报社总编辑的位置,龙都只有一个能做到,必须让他支持这个意见,要不然,想也可能是空想。就是王明书记同意他这个提议,他也还得向省上报告,得到市里面的批准之后,才可能调整总编辑的职务。不过,宁宇也想到了另外一个问题,只要王书记支持,省里面也不会有更多的抵触,毕竟调整的只是总编辑的其中一个职务,而这个职务是市委组织部有权决定的,并不是要动他的第一职务——市政协副主席。但是宁宇很清楚,他是不可能去找总编辑谈这个问题的,人家也是市级领导干部。

他拨通了王书记的电话,王书记果然还在会议室。王书记亲切地问:“宁部长,有事?”

宁宇连忙说:“我想见见您,您现在有时间吗?”

王书记说:“刚刚看完你和雪雁提交的报告呢,人事方面的事情你和雪雁商量着办吧,原则上我都会支持你的。不过,你们也要全面启动,招商引资的问题也要一起启动,不能顾此失彼了。”

宁宇说:“是的,我和雪雁副市长一直在思考这个问题呢,招商的问题我们已经商议过很多次了,现在就等配套政策和基本的法规条款理顺就可以了,我们会抓紧执行的。”

王书记说:“好的,我相信你们的执行力。”

宁宇说:“书记,我想说的不是这件事呢!”

王书记问:“哦,你还有别的事?那你就过来吧!”

宁宇说:“谢谢书记。”转身就出门了,秘书跟在他的身后急匆匆地向王书记的办公室方向走去。

王书记对宁宇充满了信任和关心,也对他寄予很大的希望。现阶段对他主抓的龙都新闻文化产业改革也是极其看重的。自从他决定让这个年轻人来承担这个重任,就有心理预期和准备了。他早就有一个打算,只要宁宇的要求不过分,不脱离原则,他都会毫不犹豫地支持他。当宁宇将他的设想全盘托出时,王书记虽然有点犹豫,但很快也就转变过来了。改革确实需要有闯劲和有干劲的年轻干部,现在的总编辑在这个位置上至少有几个问题:其一,他本人也是市级领导干部,宁宇和雪雁的政治资历都比他浅,对龙都的熟悉情况也还不如他,所以在今后的改革进程中可能会发生分歧,也就可能会阻碍改革的进程。其二,总编辑的年龄已经到位了,再也没有上升空间了,所以他不可能像年轻干部那样有积极上进的要求,在工作的主动性和创造性方面就不如年轻人。其三,将他调至宣传部出任副部长,名义上也算是提升,他觉得这个问题不解决,宁宇的报业集团梦想可能会受阻,所以他也理解宁宇提出的这个想法。

王书记沉思了半晌，然后才说："你的想法我是理解的。这样吧，你的意思我理解了。我提两个要求，第一，你提出的这个事情不一定能实现，你要有这样的心理准备，不能实现，你的改革进程也是不能停滞的，你明白吗？"

宁宇说："要是最后不能实现，我当然也只能在现有的基础上努力了。"

王书记又说："第二，就是一旦这个事情办成了，你要有能够顶得上去的人，而且这个人还得有一定的政治资历，不能让别人有闲话说。最好也不要是报社的，当然也必须要懂行的，所以要求很高啊，也考你的脑筋呢。"

宁宇早就有准备了，他暗自庆幸自己选定的人不是报社的。按照书记的这个要求，他选择的这个思明算是与书记合上脉了。他点点头说："嗯，我一定会按照书记的指示办。"

王明是什么人啊，他一听宁宇的回答，就知道他心中早就有可用的人选了，就是不知道这个人会是何方神圣，但他相信宁宇的眼光，也没有追问什么，随后说："好吧，我知道你也很着急，我很快就找报社的总编辑谈话，你也去做准备吧。你主持的那个媒体聚焦龙都是后天开始吧？"

宁宇说："是的，后天开始。到时候你还得出席发布会呢。这一次的规格我们做了调整，新闻发言人分别是您和政府的陆市长，其他的市领导就做补充采访。"

"好的，我一定到场。"看来王明书记对这一次的安排也很满意。

一路上他想，书记答应了的事情，就不可能有太多的意外了，尤其是书记跟他说的后面一句话，那不就暗示问题就这样定下来了吗？他刚刚跨进办公室，想着什么时候找思明谈一谈，但是转念一想，这样可不行，要是书记那边不行呢，他这个部长的面子往何处放啊？

正巧，思明又来到了他的办公室，思明非常开心地说："部长，这个红唇记者的稿子果然不同凡响，我们原来的稿子高度确实不够，要是这个人能到龙都来工作就好了，今后我们的重大活动也就有御笔了。"

宁宇问："你真是这样想的？"

思明说："可不就是这样想的吗？这个红唇到底是什么人啊？能不能将这个人调到我们宣传部来呀？要是她是一般记者的话，我们部里面的新闻科不是很适合吗？让新闻科长到报社或者电视台去就行了。"

宁宇笑笑说："人家可是省晚报的首席记者，也是政法部的副主任呢。"

思明失望地说："哦，原来也是干部啊，这个科长的小官她可能就看不上了。"

宁宇说："没想到你也这样看重人才啊，你要真想用人家，你一个宣传部的副部长，就没有一点办法呀？"

思明突然明白了，原来部长也有这个意思呢！于是说："再大胆一点，就让她到报社去任职，出任副总编，平时就在报社工作，部里面有活动的时候就抽调到部里来，这样最好。还有，让她出任外宣办副主任，将现在的副主任放到媒体单位去？"他当真琢磨上了，宁宇忍不住笑着说："我们的思明部长也是个爱才之人啊。"

思明说："部长，像我这样的人，自己没有几把刷子，还不爱惜人才，我怎么做这个副部长啊。"宁宇倒是越来越喜欢这个思明了。

41. 完成了报业集团的人事布局

第二天一早，宁宇参加了宣传部副部长思明主持的媒体聚焦龙都活动的协调会。思明的工作思路敏捷细致，考虑问题也异常全面，从媒体的接待到媒体参观采访的路线，再到发布会的组织，最后落实到礼品和礼金的发放等诸多细节，每一项工作都安排得井井有条，让宁宇十分省心。最后他说："请宁部长做指示。"

宁宇说："思副部长安排得非常到位了，我不想占用大家更多的时间，只在这里强调一点，要把这次活动当成一件政治工作去完成，要上升到一个高度去看这次活动。同志们也都是知道的，这次活动是在龙都各项改革尤其是新闻文化产业改革之前举办的，其目的就是要有力促进龙都社会经济的进一步发展，为改善龙都的招商引资环境、推动龙都改革而举办的，所以，这个活动举办得成功与否，市委市政府异常重视。我把话放在前面，哪一个部门出了问题，哪一个单位的领导就要承担责任。我就补充这一点。"他的话音刚落，手机就响起来了，电话是王明书记打来的，他冲思明说："你们继续落实吧，我先接个电话。"说着就走出了会议室。

他按动了接话键，恭敬地说："王书记您好。"

王书记平和地问："怎么，在忙呀？"

宁宇说:“在开媒体聚焦龙都的协调会，明天这个活动就要启动呀。对了,书记,晚上还有一个欢迎晚宴,根据议程您是要出席的哦。”

王书记说:“嗯,我早就接到通知了,我一定出席。我给你说另外一件事吧。”

宁宇已经能感觉到,可能就是报社总编辑的事了,说道:“好的。”

王书记果然对他的工作格外重视,也特别支持。他昨天离开书记之后,书记就找了组织部部长商议了这件事情，紧接着他和组织部部长两人直接找了报社总编辑谈话,表达了市委的这个意思。报社总编辑也是个明白人,非常清楚市委的意图。出人意料的是,总编辑根本就没有考虑,当即就答应了。事后王书记想,这个总编辑原本就不想在报社干下去了,甚至都不愿意做宣传部的副部长,就只想任他的政协副主席,但是,王书记并没有同意他的这个想法。书记可不是个糊涂虫,他是不会轻易留话柄给别人说的,他让总编辑到宣传部也是一个万全之策。王书记说:“现在你宣传部就多了副部长了,你不是又要调整工作吗?按照惯例,总编辑到宣传部,他的排位就得在你之后,在其他所有副部长之前,你也得先和你的副部长们通通气,还有分工的问题,你也要考虑仔细,总编辑的资历你也是了解的。”他之所以对宁宇说这些,是担心宁宇年轻,考虑问题不周全,要是换了别人,他一个市委书记,犯不着说这些的。

宁宇听到这个消息,内心当然高兴,他索性对王书记说:“书记,你办事的效率值得我们好好学呢。这样的,不用太大的调整,换一位副部长到报社去就是了。分工不变,只是副部长的排序变过来就行了。”

王书记说:“哦，你小子，还跟我打哑谜啊，你是不是想让思明去报社啊?”

宁宇说:“书记法眼啊,什么都逃不过您的视野呢。”

王书记说:“嗯,算是我小看你小子了,你这个设想也算是一个高招,连我都让你蒙蔽了。我一直提心吊胆的,还琢磨,你到底发现了什么人才呢,原来也是就地取材啊。不过,你的这个安排算是稳妥的了,别人也没有什么话说。那就这样吧,你抽空找思明谈谈,我就不找他谈话了。你和他通气之后,组织部门会找他的。”

“好的,书记,你放心吧。”宁宇挂断电话,抑制不住内心的激动。政协副主席这样的人物都让他挪开了,改革的路子算是完全打开了,还有什么理由让新闻文化产业改革不成功呢。他快步回到会议室，思明说："部长，我们的工作已经安排完了，就等你的最后指示了。"

"那就散会吧，各自准备去吧，你留下来。"宁宇快嘴快舌地说。

其他人员都走了，偌大的会议室就剩下了思明和宁宇两个人。两个人都没有立即开口说话，只听见墙壁上的闹钟滴滴答答地转动。良久，思明才问道："部长，有事吗？"

宁宇脸上堆满了喜悦，说道："没事？没事能找你吗？"他这句无厘头的话让思明完全摸不着头脑。思明从宁宇的表情判断，一定是有什么好事了。果不其然，宁宇喝了一口茶说："你今年多大了？"

思明说："四十三。"

宁宇抿嘴笑笑，说道："虽然比我大一点，但也是正当年啊。"

思明见宁宇这般神秘高深，寻摸着可能有什么好事轮到他的头上了。思明原来是团市委书记出身，早就憋足了一股子劲儿，就是没有寻找到爆发的机会。他早就想出去大干一番了，在机关里面按部就班的工作实在不是他的追求。倘若组织上给他一个机会，他是绝对会让组织上看到他思明的能量的。于是窥探似的问："领导，您这是？"

宁宇坦率地说："我想让你去一线主持大局。现在龙都的新闻文化产业改革的主战场在一线，而我们的一线又相对薄弱，正是需要干将的时候。现在这个摊子马上就要铺开了，我心里没底啊。"

思明显然十分乐意，连忙说："只要部长需要，你让我到哪里我都愿意。"

宁宇看着他的眼睛，问道："你说的可是真话？"

思明说："绝对真话。"

宁宇说："那就好，我会让你去一个展示才能的地方的。"

思明眼巴巴地望着宁宇，巴不得听到去什么地方。宁宇说："怎么，这么快就期望得到谜底啊？"

思明说："你都说了一半了，留一半让人心里痒痒的。"

宁宇索性说："好吧，我就告诉你。我打算让你去主持报社的局面，将报业集团组建到位，到时候你和现在总编辑对调，你先做好这方面的思想准备。"

思明此刻有些喜形于色了，他当然没有想到会将报业集团这个摊子交到他的身上，这其实也是他最想去的地方，他毕竟是主管新闻和宣传的副部长,对报社的情况是相对熟悉的。过去的报社本来还算强大,今后要组建成为报业集团,那就更加强大了,这个时候能入主报业集团,那可不是一般人能够去的。他也算是走运了,来了这么个年轻的部长,阴差阳错地就看上他了。只听见他说:“部长,我提一个要求可以吗?”

宁宇说:“你说吧。”

思明说:“我想把这个红唇请到龙都来,就让她到报业集团,你看行吗?你是了解我的,其他的工作我没有问题,可是我需要一个懂新闻业务的高手啊。”

这正是宁宇内心的想法,于是爽朗地答应道:“好的,你预先做好准备吧,我同意你的要求,你去忙吧。”思明感激地说:“好的,我一定不会辜负领导对我的期望。”说完,快步离开了会议室。

42. 会见境内外媒体记者

媒体聚焦龙城的活动已经箭在弦上了,宁宇此刻最关心的就是现阶段来了多少媒体。大的布局他是需要,但他也必须小心地处理好眼前的事情。思明刚刚离开,他就又给了他一个电话。“宁部长,有何指示?”思明问道。

宁宇说:“我现在想去宾馆看一看已经到了龙都的境外记者,他们可都是我们这一次活动的重点对象,海外宣传对龙都来说太需要了。这件事情把握好了,无论是对龙都的形象,还是对招商都是大有好处的。另外,我也要提前看一看中央和国家的新闻媒体,你现在有空吗?”

思明说:“部长,我现在还在研究礼品和礼金的落实问题,我让外宣办副主任先陪你去,一会儿我赶过来好吗?”

宁宇说:“好的。”

宁宇的秘书很快就将外宣办的副主任带过来。宁宇说:“我们这就走吧。”

一边往龙都大酒店赶,外宣办副主任一边介绍说:“现在已经抵达龙都的境外媒体有十家了,除了香港、澳门和台湾地区的,还有日本、韩国、新加坡,美国和英国的媒体也到了。北京来的媒体一共到了十五家,其中有新华社、人民日报、光明日报、中新社、中央电视台、中央人民广播电台、中国日报和经济日报……”

宁宇说：“分成三个梯队见面吧，国外的，港台的，最后见北京的，全国各地的其他媒体，明天再说吧。”

“好的，我现在就给在场的工作人员联系。”外宣办副主任说。外宣办副主任也是一个老外宣了，他还安排了专职的翻译早早到场做了准备，宁宇一下车就直奔小会议室而去。

《今日美国》、《华盛顿邮报》、《纽约时报》、《金融时报》、《朝日新闻》等媒体的记者早就恭候着宁宇了。外宣办副主任向到场的媒体记者介绍了宁宇，而后说：“请宁部长和大家交流。”

宁宇向大家拱手致意，微笑着说：“各位，欢迎你们光临龙都这块热土，我相信在座的很多都是第一次来龙都，龙都也一定会让你们不虚此行。今天我只是来看望大家，希望大家休息好，明天才是正式采访的时间，你们参观考察前，我们的市委书记会亲自发布新闻。”翻译给记者们翻译了一遍。有记者问：“部长，你今天就不能给我们透露一点素材吗？”

宁宇乐呵呵地说：“龙都对于你们来说，可以说遍地是素材啊，我们的工农业改革、科技改革、教育改革、生产力推进、文化传媒改革等，都会是你们感兴趣的话题。不过，我说过了，这些重大新闻的发布，还得等我们的市委书记来发布呢。”

《纽约时报》的记者说：“部长先生，你真幽默，你这不是已经发布了很重要的新闻了吗？”所有的人都笑了，气氛非常融洽。宁宇接着说：“各位，还望你们能够多走一走、看一看，对龙都多做些了解，也好将我们的龙都介绍出去啊。”

《金融时报》的记者问：“这一次的采访，能让我们见见来自我们本土的企业家吗？也就是英国的企业家？”

宁宇说：“没问题的，我们已经有详细的安排了，我的统战部和外办已经做了精细的安排，你们每一个国家的新闻媒体都能见到你们的老乡的。”

《金融时报》的记者乐呵呵地说：“这就更好了，他们不就是一个例证吗？只要你们这里的经济和社会发展好，我们也会介绍更多的企业家到你们这里来的。”

《朝日新闻》的女记者则和宁宇开了个玩笑：“宁部长，你这么年轻潇洒，就坐上了宣传部长的高位，在中国是很少有的吧？你能介绍你的秘诀吗？”

宁宇回敬这个记者一个微笑,然后说:“谢谢你的赞美。不过,你提出来的内容好像不属于这次安排采访的内容。”所有的记者又是一阵笑意。

在会见港澳台媒体朋友的时候,宁宇说:“我们都是一家人,可因为历史的关系,我们又确实缺乏应有的了解。今天你们是远道而来的客人,古人有一句很恰当的话,叫做“有朋自远方来,不亦悦乎”。此刻,我的心情就是如此。你们中的很多媒体,都是我的老朋友了,我以前也和你们一样做媒体的记者编辑。真诚地希望以你们的媒体为平台,以你们手中的笔和镜头做纽带,架起龙都和港澳台的桥梁,希望通过你们,让两岸三地的企业家们多一个交流和投资的场所……”

在场的《大公报》、《文汇报》、《东方日报》、《苹果日报》、《明报》、本港台、翡翠台、《联合时报》、东森电视台、《澳门日报》等媒体的记者们都和宁宇有良好的互动和交流。尽管不是正式的新闻发布会,宁宇还是给他们提供了不少有用的资讯和消息,记者们也都十分欣赏这位年轻而又活力四射的部长。

会见北京来的记者,宁宇就显得更为从容自如了。他率先对各位记者们介绍了这一次活动的背景,而后又介绍了龙都现在如火如荼上演的改革大戏,尤其着重介绍了即将推出的新闻文化体制改革。之所以他要对北京来的媒体介绍这些,他是有深意的。只有通过他们的笔和镜头,才能去影响和改变我们的很多主管部门。新闻和文化体制改革实际上还有很多禁区,前面的崎岖和坎坷他是看到了的,也是有十足的思想准备的。尽管这个会见不是正规的发布会,他还是将很多这一次即将发布的要点透露了。这样做当然有他的道理,他要让媒体有更多的思考时间来消化龙都这个阶段的整体意图,以便于在明天书记发布新闻之后,北京的媒体能够准确传达龙都的意图。

会见途中,新华社和人民日报等媒体先后询问了他很多关键的问题,他都一一做了阐释。记者们都说:“宁部长,你们的社会经济发展规划很科学,你们的新闻文化改革更是走到了全国的最前列了,我们会高度关注你们的进展的。要是龙都的新闻文化改革能够达到理想的效果,全国以此为改革的方向的话,我们国家的综合实力将会向前迈进一大步了。”

宁宇说:“谢谢你们的鼓励,我们会加倍努力朝着正确的方向推进的,希望各位媒体同仁能多给予我们鼓励和支持。”

中新社的记者说:“相比之下,我看好你们即将推出的‘孔子国际学院’,这个项目要是成功了,不仅仅是龙都和你们省里的名片,更是一张璀璨的中国名片。我期望你们能在这方面下真功夫,真正把这个'孔子国际学院'办好、办成功。你们要是需要我们提供各种资源，我们会不遗余力地协助你们。"新华社、人民日报,尤其是光明日报,更是表达了这方面的愿望。光明日报随团采访的一个副主任说:"我很振奋,觉得非常震撼,你们能有这样高远的前瞻性举动,实在是值得肯定的创举,我们将联合众多的知识界精英支持和帮助你们……"记者们的热情和友善,让宁宇体会到了前所未有的力量。他暗下决心,一定不能辜负这些兄弟姐妹们的厚望啊。

43. 热切找寻千里马

实际上,省内外的记者也大都赶到龙都了,毕竟正式活动明天就开始,谁会明天才赶到龙都呢。与北京来的中央媒体交流完之后,外宣办副主任接到了思明副部长的电话，思明虽然是副部长，但是他是市里面的外宣办主任。只听见副主任问道:"思部长,有什么指示?"

思明问道:"宁部长和记者们见面了吗?"

副主任说:"见过了。"

思明说:"好的,你告诉宁部长,有两个人想见他呢,就在宾馆的八楼。"

副主任只得对宁宇说:"宁部长,思明部长说八楼有人想见你呢。"

宁宇问:"八楼?什么人啊?"

副主任说:"八楼也是安排的记者,应该是省内的记者。"

宁宇见还有时间,也就说:"那就上去吧。"

一行人刚下电梯,只见思明副部长正在电梯门口恭候呢。宁宇问:"你什么时候过来的啊,什么人要见我啊?"

思明乐呵呵地说:"走吧,八零六房间,您的老熟人。"

宁宇见思明还给他卖了个关子,内心猜了八九不离十,也不再问了,随思明副部长向前走去。思明走到八零六号房间前,轻轻按了门铃,里面就传来问话声:"谁呀?"

思明十分热情地说:"宁部长看你们来了,把门打开吧。"

房门一推开,让宁宇有几分惊异了,房间里面除了红唇之外,还有娜娜和章杰。几个人一起喊道:"宁部长好。"

见了这几位老朋友，宁宇对身边的其他人说："你们忙去吧，我和他们叙叙旧，思明你留下来，其他的人都可以走了。"

宁宇看了几位一眼，很开心地说："你们都来支持我的工作，我很高兴啊。"

章杰说："领导，我们还担心你不要我们帮忙呢。我们接到报社的通知，谁不想借此机会来跟你学习学习啊？在路上我们几个还议论了很久，大家都担心你工作太忙，没有时间和我们叙旧呢。两位女士都打赌说今天晚上之前一定是见不了你的，只有我坚信领导不是这种人，我说你一定会抽空来见见兄弟姐妹们的。果不其然，还是我猜中了。领导，两位美女要请客了。呵呵。"

副部长说："是吗？原来你们还真的打了赌的啊？不过，我证明，两位美女本来是已经赢定了的，这件事情应该怪我，是我把宁部长生拉活扯地请来的呢。"

两个女生终于找到了理由，娜娜看了红唇一眼，说道："我方委派红唇作为新闻发言人，就上述问题发表观点。"

红唇故意拖长声音十分夸张地说："嗯，这个问题嘛，我等经过认真、严肃、周密而无原则的决定，请客的事情就应该落到思明副部长的头上了……"众人一阵哄笑，宁宇也笑了。

思明连忙说："宁部长，这样看来，我也只有认罚了啊。"

宁宇乐呵呵地说："好啊，既然找到了根源，那就开始实施吧。思明部长，我建议先请大家喝咖啡，再请大家吃饭吧。"

大家也就站起身来往外走了，宁宇和章杰说着话。只听见思明在后面对红唇和娜娜说："你们两位不知道吧？就算是我请客，最终还不是宁部长买单啊？你们尽管照着最昂贵的点就是了。"他夸张而幽默的话，让两个女孩笑得乐不可支。

其实，宁宇很清楚思明的意图，他就是要找好这样一个机会给红唇透露一个底细，他不是很快就要去新组建的龙都报业集团主政了吗？红唇是他选中的主管内容的总编辑人选呢。几个人坐定的时候，宁宇就对思明介绍说："思明啊，这几位中，恐怕你只认识红唇主任吧？这位男士是省城晚报的章杰主任，和红唇主任是搭档呢。这位娜娜是省委宣传部新闻中心时政栏目的主编，都是年轻有为的新闻人啊。"随后又跟红唇几人说："我们的思明部长，也是老新闻了，在龙都新闻界算是老革命了，对新闻也都是有很多创新理论的,一会儿你们可要好好交流啊。”

思明副部长说:“宁部长抬举我了,我还得向各位上面来的领导们学习呢,我这点眼界哪敢和在座的几位相提并论啊。”

红唇说:“思部长太过谦了,我们就是来龙都学习的。”

正在这个时候,宁宇的秘书远远地走过来了。走近思明副部长的身边,对他说:“市政府雪雁副市长和文化局的章局长来了,说有事要见宁部长呢。”

思明将这个话给宁宇说了,宁宇问:“什么事?”

秘书说:“来了一个关注龙都新闻和文化改革的财团,现在正在宾馆的小会议室等候见你呢。”

宁宇说:“嗯,知道了。思部长,他们几位就交给你了。各位,一会儿见。”

所有人都站起身来,送别宁宇。

送走了宁宇,思明放松地说:“领导走了,我们说话自由多了。”

章杰问:“宁部长平时很严肃吗?”

思明说:“不严肃也是领导啊,总不能在他面前随便说话啊。女士们,你们说是不是?”他这样降低身价,也就是为接下来的话题埋下伏笔呢。

红唇笑笑说:“以前宁部长也是我们的上级,不过好像在报社没有机关的界限那样严格,虽然他也很严厉,但是我们似乎也没有觉出来什么不妥啊。”

章杰说:“嘿嘿,才不是呢。那是因为你们是女的,他又没有结婚,所以对你们怜香惜玉了呗。对男记者们还是很厉害的,我完全赞同思明部长的意见。”

见娜娜没有说话,思明问:“娜娜主编对此没有新闻发布?”

娜娜说:“我不是他的同事,也没有和他在工作上交往过,所以没有发言权呢。”

红唇酸溜溜地说:“嘻嘻,你的身份比我们都要特殊的,他怎么可能伤害你呢。”

娜娜瞪了红唇一眼,说道:“我说红大主任,你是不是吃醋了啊?呵呵,这样有质感的男人,恐怕你也会暗自动心吧?”

思明连忙说:“两位,你们偏题了吧?这里又不是男士选秀场,嘻嘻。算了,不说这个了,不说这个了。”

红唇和娜娜俩嘻哈着笑了,对思明说:“怎么,我们的玩笑开过了啊?嘻嘻,把思部长给吓着了?"

思明只得赔笑说:"都说现在美女猛于虎啊,我今天算是开眼界了。我说各位,我能问你们几个问题吗?"

红唇说:"思部长,应该我们问你问题啊,你问我们什么问题啊?"

思明说:"我可是非常认真的,不开玩笑。我们龙都现在在宁部长的建议下,市委市政府要对新闻和文化产业进行颠覆性的深度改革,你们几位有什么见解啊?"

章杰关切地问:"能说得具体一点吗?"

思明说:"具体地说,就是要形成以龙都市委机关报为龙头的新闻报业产业集团、以龙都广播电视系统为龙头的广播影视集团、以龙都新闻网为龙头的网络传播集团,这可是开全国地级市的先河啊,你们从局外人的角度来看,我们的步子怎么样?"

几个人都沉思良久,没有立刻回答。

44. 娜娜早被宁宇收买了

谁也没有想到,一脸严肃的思明副部长会突然抛出这样一个异常严肃的问题来。虽然这里只有四个人,但是谁要发言都不可能随意的。一方面每一个人都需要思考的时间,另一方面谁都是业内人士,没有独特的理解或者超出常规的理解,都是不会草率说出观点的。思明又说:"这又不是什么严谨的学术研讨会,想到哪里都可以说的,就算是给我一点启示也很不错啊。"

章杰愣了一刻说:"你突然抛出个这样严谨的问题来,我们一时还真不知道该如何说呢。你还是让我想想吧,你这杯咖啡也太昂贵了吧?"

红唇抿嘴喝了咖啡,缓慢地说:"嗯,你说的倒是一个很有意思的新闻话题。我敢打赌,像这样规模的改革,在全国的地级市可能是绝无仅有的,很具有探讨研究的价值。娜娜,你之前是搞新闻研究的,我想你一定有你的观点和看法,你不妨抛砖引玉。"

娜娜当然是了解红唇的,连忙说:"我说红大主任,你明明都有了想法,何必还要拉扯我呢。我们虽然没有同事过,我们的交道不算少呢,你的习惯……嘿嘿……"

"好好好,我就先说我的看法。不过思部长,这仅仅是个人看法啊。"红唇谦逊地说。

思明高兴地说:“好啊,你快说吧,我都等待半天了。”

红唇认为,这样一揽子的深化新闻文化产业改革,无疑是一次空前的思想意识解放,同时也是促进社会经济发展的最强势的声音。只要这个领域取得了大胆的突破,龙都的明天就会出现实际意义上的超常规和跨越式发展。她说:“这个领域从来都是改革阵痛的地带,从来就没有得到过真正意义上的生产力开拓。如果龙都把新闻文化拿出来直接与市场对接,将其与财团的资本联姻,势必会产生意想不到的化学效果。产生的影响将会远远超越这个改革本身,将会把龙都推到改革开放的最前沿……”随后她还说:“倘若龙都市委市政府真有这样的战略着眼点,那么将会吸引大批的人才和资本进入龙都,将会使龙都长时期受益。当然,报业集团的改革可能会现成一些,难度还在网络传媒集团和广电影视集团。具体的说,网络人才在龙都还相对匮乏,在资本不是很充裕的情况下,人才进入会有很大的难度。另外就是网络传媒集团的盈利创新模式需要探索,更需要资本做保障。对于广电影视集团,现阶段龙都欠缺影视制作、发行机构,更缺乏高素质的导演编剧团队,虽然龙都有现成的几个演出单位,但是目前的精神状态和剧目的市场前景都不明朗,所以我最看好的改革出彩之地可能就是龙都新闻报业集团……”她的一席话,让思明更加坚定了去龙都新闻报业集团的决心。

不等其他两位发表高见,他就迫不及待地问:“你们在座的几位,如果邀请你们来龙都,你们会考虑吗?”

红唇乐呵呵地说:“思部长,你不会是开玩笑吧?我可只是纸上谈兵,没有什么实质技能的,我可能不是你们需要的人才。你得问问这两位新闻界的精英了。”

实际上,章杰不是对龙都的新闻文化产业改革没有耳闻,文化局的章局长,早就在他的耳边唠叨过龙都的这一轮发展机遇了。但是他很清楚,只是叔叔的要求,他来龙都的意义就不大。一个文化局长能给他什么许诺呢,最多可能给一个科长干干,上一个副处长的位置都得市委组织部点头。而且他现在都已经是副处级干部了,让他再来做一个科级干部,他才没有那么傻呢。不过,听思明副部长的描述,又听了红唇的精妙分析,他突然觉得面前也许就是机会呢。不到文化局,到其他的机构还是大有希望的。于是试探性地说:“新闻界精英我也不敢当,不过,我对龙都的这种改革氛围倒是非常羡慕的。思明部长能不能给我们透露一下这一次的改革会将原来各单位的体系打乱吗？更直接地说，就是会在外地引进产业骨干吗？"

思明说："这是铁定的啊，创建这样规模的三大集团，本地的人才怎么可能支撑得起来呢。我保守地估计，这三个集团需要的科级处级干部不少呢。就是报社那一边起码就缺十几个骨干的位置。"

章杰若有所思地问："这些组织部都通过了吗？"

思明望了红唇一眼说："这是当然，市委宁部长亲自抓这项工作，市里面协助他工作的是雪雁副市长，很多工作已经做到前面了。这一次媒体聚焦龙都之后，马上就要引进资本和引进人才了。我真诚地说，你们之中的哪一位，要是真心想投身龙都这块改革的热土的话，可以尽早下手啊。"

章杰又问："思明部长，你是主管新闻口的副部长，你怎么不透露广电那一边的情况呢？"

思明又望了红唇一眼说："不瞒各位，我觉得你们都是报业人才，所以就介绍报业这边的情况。现在总揽改革大局的是宁部长，我着重关注报业改革这一边呢。"

红唇说："哦，原来是这样啊。我说思明部长，这几项改革之中，最容易出成果的就是你这里呢。"

思明为难地说："我们的基础和实际情况你们不了解啊，虽然我们的龙都日报这几年都是赢利，但是除了龙都日报和晚报之外，其他的单位并不都是赢利的，尤其是晨报，从办报到今天，都还没有走上赢利的路子，所以也不是一件简单的事情啊。我现在还没有考虑到今后报业集团的经营问题，我现在还在寻找内容方面的管理高手呢，所以才向你们请教呢。"

娜娜眨巴着大眼睛，冲红唇一乐，她已经看出思明的真正心思了，不就是想挖红唇这个省级晚报的人才吗？于是说道："思明部长，你要真的求贤若渴，我看面前的这两个人就是你的目标。两个人都是省报的台柱子，不过，就是待遇方面可能需要协调……"

她的话还没有说完，章杰和红唇都看着她。红唇打断了她的话说："怎么啦？你想把我们嫁到龙都来啊？让你一个人在省城享清福啊？呵呵，没门儿啊。"事实上，她和章杰都不知道，娜娜早就和宁宇谈过话了，到龙都来的第一个人不会是别人，一定会是她。爸爸昨天又给她交代了，王叔叔也就是龙都的王书记给了准信了，就是让她到龙都新闻网出任内容总编辑呢。这一次她到龙都来采访,实际上就是来熟悉情况的。她笑笑说:“红唇啊,我觉得在哪里不都一样吗?像你们这样的新闻人,满脑子的新闻理想,现在的龙都就是实现价值的最佳平台啊……”章杰和红唇诧异地看着娜娜,这个人长时间一言不发,怎么一说话就像是龙都的说客呢?

45．总编之位唾手可得

思明也不了解娜娜的底细,见她这样迎合自己的意见,内心还有一丝愧疚。他这样不重视她,没想到她还这样配合。于是冲她友好地笑笑,试探性地说:“娜娜主编,你真是这样想啊?”

娜娜坦率地说:“这有什么可隐瞒的啊?红唇和章杰都是从事报业的高手,你们要是将他们请了来,不是双方都有利益和好处吗?”

红唇忍不住问道:“这么说来,你娜娜是铁了心要加盟龙都的网络新闻集团了?”

娜娜不置可否地说:“呵呵,这要看机遇啊。我不像你们两人那样幸运,这么快就遇到了分管报业改革的部长啊。嘻嘻。”她一半玩笑一半认真地说。这话让思明有几分尴尬,他连忙说:“娜娜主编,你要真的愿意支援龙都,我一定向宁部长举荐。”

娜娜不紧不慢地说:“嗯,我就谢谢思明部长的好意了。”她的这种态度,让红唇嗅出了味道,面前的这娜娜,一定知晓很多她与章杰都不知道的秘密。

很快,省城的大批同行都来到了咖啡厅,娜娜和章杰很快就和其他的同事和熟人打招呼去了。思明将凳子拉到了红唇面前,十分恳切地说:“红主任,现在没有别人了,我就给你说实话吧。”

红唇微笑着看着面前的思明,不知道他要说什么,眨巴着眼睛,等待他的下文。思明说:“刚才他们两个人在,我不好直说。你写的关于龙都的新闻稿我看了,很受启发啊。宁部长给了我一个新的任务,我马上就要去接管龙都报业集团,负责整个报业集团的运营和管理,所以我希望你能来龙都发展,到报业集团来主管内容。这个想法我也给上面口头报告过的,如果你没有异议的话,我一过去就打书面报告。”

这个消息对于红唇来说有几分意外,她是看上了龙都新闻文化产业改革的机会,但是她不敢想象自己能担当这样的重任。报业集团的内容主管,那不就是报业集团的总编辑吗?不但职务是正处级,而且掌管这么多报刊和杂志,简直就是一步登天了啊。思明说他已经向上面打报告了,他的上面不就是宁宇吗?难道宁宇也敢大胆地信任她?敢把这样重要的担子放到她的肩上?要是真的有这样的机会,那可是人生难得的重大机遇。也许只有傻子才不想抓住这样的机遇。她看了思明一眼,从他严肃的表情可以判断,他没有丝毫开玩笑的意思。但是这样的事情,对于红唇来说压根儿就没有任何思想准备。她愣住了,没有回答,也不知道该怎样回答。

思明见红唇没有明确的态度,又说:"其他的事情你就不要考虑了,你的职务和待遇,那都是我该考虑的事情,我做不了主的,还有宁部长呢。"

红唇还是没有直接回答,而是轻声问道:"娜娜真的要来龙都吗?"

思明说:"我是听说龙都网络新闻集团也要改组,据说就是要请省上一个网站的负责人来主管内容,至于是哪一位,我现在还真的不清楚,也不排除可能就是这个娜娜呢。"停顿了一刻,他问道:"她是省委宣传部新闻网的主编吗?"

红唇说:"是的。"

"她爸爸是哪一位呢?"思明又问。

"这和来龙都有关联吗?"红唇问。

"我听说那个人的爸爸是省城大学的一把手书记。不知道娜娜的爸爸是不是这个人。"思明也很信任红唇了,所以知道什么也就说什么了。

"你说什么?"红唇几乎不太敢相信,她相信娜娜想来龙都不假,因为她也和自己一样,一直都跟随宁宇的左右,很想有一天能将宁宇追到手里。但是娜娜的新闻资历实在太浅了,去省委宣传新闻中心的网站也不过半年,怎么可能将这样重大的担子交到她的肩上呢?不过,她转念一想,是啊,她爸爸是省城大学的党委书记,还和这里的市委书记王明是同班同学,这样的人事安排也不是没有可能。毕竟现在讲究知识化年轻化了,尤其是网络媒体更讲究这一套。

思明问:"怎么,难道她就是来接替我们龙都新闻网的内容负责人啊?"

红唇说:"如果你说的属实,那么她就是了。"

"难怪她也劝你们来龙都啊?原来她早就下了决心了啊。红主任,你也就别犹豫了,好吗?"思明这样说。

红唇终于松了口说："嗯，条件是够诱人的，不过，我还不知道我具不具备这个能力呢，你让我考虑考虑吧。"

思明连忙说："好的，我期待我们成为最默契的搭档。"他还在说话，外宣办的副主任向他走来，对他说："思副部长，宁部长和雪雁副市长在找你呢，期望你赶快到宾馆六楼的会议室去一趟。"

思明这才站起身来，十分友善地对说红唇说："红主任，话就说到这里，希望你一定认真对待，我可是真诚的欢迎你啊。"

红唇站起身来说："嗯，再见。"

思明说："晚上见。"

思明走了之后，章杰走过来神秘地说："这个思明副部长太有意思了，一直纠缠着你说话，也太不知趣了吧？我这样近水楼台都不敢有非分之想呢，他也够胆大的。"

红唇说："看你再乱嚼舌头，我废了你。"

章杰连忙告饶说："呵呵，开个玩笑都不行呀，这么长时间让我一个人待着也太无聊了吧。老实说，你是不是准备来龙都啊？你要是来呀，只要宁部长能允许，你的机会就来了。"

红唇不置可否地问："依照你的意见呢？"

"要我说啊，只要有发展的机会，也不妨放手一搏，可惜我是没有这个机会啊。"章杰失望地说。

"你什么意思啊？你可是我们的主任呢？你要是来，别人还不得叫八抬大轿去请你啊？如果他们敢开口请我，那就是因为你太重要了，要给你寻找关键的岗位呢。说实话，我也没有什么把握，总觉得心里不踏实。"红唇说。

"要是宁部长开口了呢？"章杰问。

"那当然是另外一回事了。"红唇肯定地说。

"这还不好办吗？你不好开口，我帮你问一下宁部长不就得了吗？"章杰很够义气地说。

红唇摇摇头说道："算了，不问这些无聊的话题了，还是好好干好手里的工作吧。这山看着那山高不是我的个性。"

章杰就说："这样也对，要是真的需要你到龙都来，就得等宁部长亲自开口，他要不开口，免得自讨没趣，是不是。"

"还是搭档了解我啊……"红唇感叹地说道。

46. 重逢望而生畏的神秘女人

宁宇跟随秘书进入宾馆的会议室之前,根本就不知道是怎么一回事。他走到会议室的外面,雪雁副市长就出来了。她无论如何都得把事情给宁宇事先有一个交代啊,总不能让领导进入之后还一无所知吧。

原来，市政府投资促进局已经将龙都市新闻文化产业改革的三大项目向社会公开了,并且早在一个星期之前就传到招商引资网上去了,这几天外界的很多财团都打电话询问这些项目的情况，今天就有家财团上门洽谈来了。雪雁副市长说:“这家财团的实力相当雄厚，我们也派相关的人员核查了这个财团的实力,在国内和海外都有很大的产业,最主要的是这个财团本身经营着一些媒体集团，就是省上的报业集团也是他们旗下经营的……”

之所以这个上门洽谈的客商最先找到了雪雁副市长，是因为市投资促进局直接给分管这方面的市长汇报。但是,根据市委的分工,宁宇就是分管教科文卫的市委领导,所以雪雁在接待了这个财团的负责人之后,连忙请宁宇过来拍板。宁宇问:“这家财团叫什么？”

雪雁副市长说:“什么财团我还不清楚，他们这一次合作是用省上的那个媒体股份公司面目出现的。”

宁宇不满地看了雪雁一眼,说道:“财团的名字都不知道,这还怎么谈啊？”

雪雁连忙说:“都是我的疏漏，不过，省报媒体经营传媒的身份是很清晰的。”

宁宇说:“那好吧，你们都与对方谈了哪些情况，对方现阶段是什么态度？有意和我们合作什么项目？”

雪雁说:“对方的口气似乎很大，好像对新闻文化产业改革的整体项目都感兴趣,甚至还提到了那个高校高职教育园区的建设。”

“什么样的财团能有这样大的能量？”虽然有几分疑虑,但还是撩拨起了宁宇非常浓厚的兴趣。

雪雁说:“我让章局长他们专门调研了的,这个财团很神秘,但是实力确实非凡。哦,对了,章局长还说今天来的谈判代表你是认识的,所以我也就不敢过多地询问了,一切等你来之后再做定夺吧。"她的话一出口,更是让宁宇觉得有几分惊诧了,他怎么可能有这样的熟人呢?而且是这样规模宏大的财团,他一时也想不起究竟会是谁。于是说:"你去把章局长叫来吧,看看到底是个什么情况。"

章局长抽身出了会议室,看见宁宇到了面前,连忙说:"宁部长,这个财团是和夫人介绍的,她人就在里面呢,来的谈判代表我很奇怪,就是和夫人和和韵,还有省城大学法学院的陈院长,不过,他今天的身份是这个神秘财团的法律顾问,我都有几分惊奇了。"

雪雁不满地说:"你是怎么调查的,你不是说你已经调查清楚了,财团没有任何问题吗?"

章局长无奈地双手一摊,说:"确实是没有问题的,国内的手续和国外的手续无一遗漏,财务状况也是有据可查的,这个财团也是存在了上百年的财团,就是来的谈判代表让我有几分诧异和纳闷……"

雪雁还要训斥章局长,宁宇却说:"好了,不说了,既然来了,人还是要见一见的,走吧。"

跨进会议室,看见三个熟悉的面孔端坐在对面,陈院长一副老花镜挂在脸上,根本看不出有什么表情,他面前摆了一大摞的文件,显然他还在一边做记录。虽然他和宁宇是熟人,但在这样的场合,他依旧面孔严肃,一副公事公办的模样儿。要不是早已适应了官场的规则和节奏,要是换在以前,宁宇可能就会忍不住嬉笑了。

和韵看上去比往日更有神采了,脸蛋瘦了许多,打扮得酷似韩国女子,脸上戴了夸张的蛤蟆镜,浑身洋溢着逼人的青春气息。十分显然,她绝对不是机关大院的女子,除了身上的一身名牌之外,还夹带着几丝难以驾驭的野性之美。她同样佯装不认识宁宇似的,几乎都没有正眼看进来的人。当身边的雪雁副市长说:"我们的市委常委、宣传部的宁部长到了。"她才移动了眼神,透过镜片观望着同样变成了太阳镜颜色的宁宇。

此刻,宁宇也有太多的疑问,这个原来自己的同事,从报社消失了很长时间了, 就是最亲密的同事都不知道她的真正去向, 现在她突然出现在龙都,而且是与他同时出现在谈判桌上,宁宇此刻萌生了几种假设:其一,她神秘的消失是去境外短期强化培训去了,培训归来加盟和氏商团,来参加谈判就是一个合理的解释。另一个推断就是她单纯地去美容健身去了,她要开始新的职业生涯,试图通过改变她的形象,塑造一个良好的职业开端。她变得更有魅力、更有风韵、更有气质,这也是一种说明。毕竟,面前的这个女人严格来说是他的第一个情人,第一个进入了她身体的女人。不论她如何改变,他对她都是能够领悟几分端倪的。尽管她佯装高傲与孤傲,但是他还是捕捉到了她眼神里流露出来的一丝惊喜。但是,宁宇无法知晓这个女人接下来会在这个谈判桌上扮演什么样的角色,他甚至都担心她出口就会砸锅……

而聪慧的和夫人呢,永远是那一种处变不惊、和风细雨的神情。今天她的装扮依旧显得比她的实际年龄小了至少十岁，这当然主要是因为她的身材和体态保养得太完美的缘故,还远不止于此,她的眉眼之间也没有丝毫的岁月痕迹,肌肤更是美若少年,洁白如雪。很多时候,人们都无法判断她的真实年龄,就是女儿和韵也对她充满了嫉妒。她神态自若地端坐在三个人的中央,冷静、理性、毫无张扬地看着面前的人们。就是宁宇进来,她也没有任何意外的表现,只是挥手和眉眼之间打了招呼,一副不卑不亢、完全平等的模样。从某种角度上来说,这也是一种王者的底气,一种女王似的霸气。所有的人不由得在她面前都突生一种望而生畏的距离感。

47. 送上门来的商业巨头

这几个人之中,恐怕除了和夫人母女,就只有宁宇和陈院长知道和氏商号的实力了。宁宇暗自盘算说,要是和氏商号果真要进入龙都新闻文化产业改革的话,其实力自然不会有问题的。和氏商号那种近似于神秘宗教的凝聚力,他是彻头彻脑地体会过的。

雪雁副市长介绍了宁宇的身份之后,和夫人三个都抬起头来,一本正经地看着对面的宁宇。只听见雪雁接着说:“各位,下面我们请市委常委、宣传部长宁宇给大家介绍龙都新闻文化产业改革的基本情况吧。”

和韵的眼睛一眨不眨地盯着宁宇,好像要把他一口吃了似的。宁宇已经不是当年的宁宇了,在龙都的地界上,他就是最高决策层的领导人了。他缓缓地说:“欢迎你们能来龙都考察,龙都的基本发展情况……”他将龙都新近的改革形势，尤其是新闻和文化产业改革的几个方面详细做了介绍，最后说:“我希望你们能够与我们达成共识,我们会竭尽全力彼此共同赢利。”

这时,一侧的陈院长才介绍说:“宁部长,各位领导,我介绍一下我们来的几位代表。”他指着和夫人说:“这位是我们此行的考察和谈判顾问,很多全局性的问题由她来做决断。另一位是我们这一次的首席谈判代表和韵,她将具体负责与龙都方面的合作事宜,所以她今天将会和领导们具体商谈。我本人是这次谈判顾问的私人法律顾问, 我将会对有关的国际国内的法律法规把关。谢谢,下面请我们的首席谈判代表发表她的意见。”

气氛很尴尬,也很怪异。按理说,不应该现在才介绍出席的人员,可是对方就这样做了。雪雁有几分失望地望了章局长一眼,眼神里自然包含了几多责备。雪雁毕竟是政府的副市长啊,现在她的很多工作其实就是给宁宇汇报的,只要宁宇对她的工作不满意,就等于她的工作能力有限。所以她对章局长调查和安排的这件事情很不满意,同时也对投资促进局的局长很不满意。但她看到宁宇并没有因此而生气,而是十分耐心地等待对方的发言,也就只好跟着等待了。

只见和韵摘下了夸张的蛤蟆镜,露出了性感白皙的面容。在宁宇看来,和韵完全变了一个人似的,尽管她的轮廓还是过去的轮廓,但是脸上的每一个部位都变得更加精致了,更加具有妙龄女郎的味儿了。尤其是深潭诡异的双眼、性感迷人的嘴唇、雪白整洁的牙齿、高挺笔直的鼻梁,每一样都是那样的迷人。她轻柔地将眼镜放到面前的桌子上,伸手挪动了那一摞资料,启动朱唇委婉地说:“宁部长,各位领导,首先感谢你们在百忙之中抽出时间来接待我们和氏商号的代表。我知道你们明天就要召开全球媒体聚焦龙都的活动会,宁部长和各位领导都是十分繁忙的。现在我想说的第一个问题,是关于龙都工农业生产总值。按照现在龙都的社会发展情况,我们要是投入龙都的新闻和文化产业, 我们的投入和产出将会在五年之内才会得到充分的显现。换句活说,也就是按照龙都现行的经济社会发展,我们和氏商号介入这几个产业并投资的话,五年之内几乎都是全资投入。当然,除非龙都的发展格局发生高速的变化,也可能出现提前的可能性,但是严谨地说,这种可能性是不会太大的。其二,我想说的是整合资源的力度,也就是说市里面会给投资方多大的责权利,倘若很多管理手段和管理方法不与时俱进的话,即便是投资进入,事情也没有想象的那样乐观,把控不好,或者政策跟不上,这个改革就会演变成无底洞,永远形不成造血功能,投资方将一直陷于被动。所以,政府方面的改革力度和决心,也是决定我们是否进入的关键。其三,整合这些资源和规范行业的管理，投资方可否强势参与，并且所有的员工都执行一个管理体制。在一定的权限范围内，投资方享有一定的人权、财权和决断权。制度要合理全面，执行班子要高度统一。其四，在整个调整的过程中，必须坚持几个原则，市场规律和社会效益相结合……”和韵娓娓道来，一共阐述了十条意见和想法，当然也粗略地提到了班子改造、扭亏等方面的问题。宁宇完全不认识这个和韵了，他看了身边的章局长一眼，章局长也瞪大了大眼，完全没有想到和韵现在已经蜕变成了一个懂政策、懂规则、懂经济的管理人才。

随后，陈院长从法律的角度，阐述了和氏商号的意见和立场，列举了九条现行的法规与时下的改革相抵触，最后提议说：“希望龙都市委市政府和市人大，在短时间之内就这些问题有一个基本规范的答复，也只有把这些相应地理顺了，资本才能顺利进入。”

宁宇不光聆听了几位的发言，也做了非常详实的记录。他很感激和韵和陈院长，从某种角度上来讲，他们是在帮助宁宇理清改革的问题，指明出路。

最后轮到和夫人发言了，她很温和地说：“宁部长，各位领导，请你们相信和氏商号集团，也相信我本人和和韵。我们看中龙都作为强势进入新闻文化产业的目标是清晰的，我们相信在今后很长的一段时期，我们的文化和新闻产业将会是下一个持续增长的大行业。既然龙都有这样的魄力和胆识做这样的改革，我们集团也愿意投资一搏。当然，我们更期望能更理性一些，更科学一些，更符合实际一些。刚才和韵和我的法律顾问已经说了很多我想表达的观点，只要龙都方面能拿出一系列的数据和说法，我想我们之间的合作指日可待。”宁宇带头鼓掌，赞赏地说：“你们来的人数有限，可是你们的脑子动了不少啊。谢谢你们，你们提出来的很多意见，我们会认真研究并很快回复的。我接着谈判顾问的话来说，我们龙都方面对你们和氏商号集团充满信心，也期望着能与你们精诚合作，既实现我们市委市政府的意图，也能为你们下一步进军其他地区的媒体和文化产业奠定基础，所以我们两家的出发点是一致的。这样吧，我们今天的商谈很有成效，接下来我们会抓紧研究，尽快落实。如果你们有时间的话，也请你们多在龙都了解一些情况，为我们下一轮的商谈寻找更多彼此接近的依据。”

和夫人说：“没问题的，和氏商号这边留下和韵调研一段时间，我们随时等候龙都方面的消息。”

48. 和氏商号承载着历史与文明

这一次会谈，虽然是双方的第一次见面交流，但可以看出和氏商号和龙都方面都是抱了极大的信心的，这个信心来源于双方的了解。和氏商号选择龙都不如说是选择宁宇，不论是和韵还是和夫人，都对宁宇抱有浓厚的兴趣，就是宁宇不离开省城，她们也可能还会发生别的故事。现在宁宇到了龙都，她们似乎更愿意为宁宇锦上添花。而宁宇对和夫人的了解也不是一天两天的事了，要是从当初和韵进报社算起，他和和夫人应该是相识了好几年了。这几年之中发生的各种事情表明，以和夫人为首的和氏商号集团完全不是一个简单的财团，而是一个既有百年底蕴，又有盘根错节海外关系的强大财团。他那一次参加和氏商号近乎宗教似的年会，还阴差阳错地成为了和氏商号的特别管理顾问。对于和氏商号的运作，宁宇充满了好奇，和氏商号就像一艘看不见边缘的庞大舰船，你永远不知道它将在浩瀚无边的大海上开向何方，但是只要你站在上面，你就能体会到无限的力量和底气，这艘舰船实在是太庞大了，完全是一个特立独行的世界。所以宁宇有把握相信，与和氏商号结合，对于龙都的新闻文化产业改革的推进，无疑会是正确的抉择。

整个会谈耗去了两个多小时，眼看就要到晚上接待八方媒体记者的时候了，宁宇不得不歉意地对和夫人一行人说：“各位，实在对不起，我一会儿还得去看看今天抵达龙都的各地记者，今晚就委托雪雁副市长接待几位，我那边忙完之后，再来会见各位。”

和夫人理解地说：“谢谢了，希望我们合作成功。”

宁宇走出会议室的时候，和夫人破例送了他，握手告别的时候，宁宇说：“我们会合作成功的。”

和夫人也满有信心地说：“一定。”

送走了宁宇，雪雁和投资促进局局长、文化局的章局长等人宴请和夫人一行。雪雁原本以为宁宇对这次来洽谈的和氏商号财团很不满意呢，没想到宁宇却对他们显示出了超乎寻常的热情，雪雁背负的一块石头总算落地了。不过，她始终没有弄明白，这个和氏商号到底是怎样的一个财团，但碍于和氏商号的主人们还没有离去，她也不便询问身边的投资促进局局长和文化局的章局长。

终于将和氏商号的代表送回了酒店房间，雪雁长长地吐了一口气，这才问左右的两个局长："这个和氏商号究竟是怎样的一个财团，你们也都知道吗？"

章局长摇摇头说："是有些耳闻，但是详情我不是很清楚。不过，这个和夫人我以前和宁部长在省城见过的，有些神秘，但是绝对是通天的人物。很多高规格的社会名流聚会都能见到她的身影，商界很多大哥大姐级的人物在她面前都是毕恭毕敬的，至于她具体有多少财富还是一个悬而未决的谜，但是有一点是可以肯定的，她一定是商界巨亨，因为她掌管的和氏商号不仅在政府部门挂了号，就是海内外提起和氏商号大家也都是顶礼膜拜的，尤其是商界名流。"

雪雁好奇地问："你是报社的副社长啊，难道仅仅了解这点情况，你们报社不是有财经记者吗？你都没有更进一步了解？"

章局长说："我当然希望了解啊，可她这样的人物，不会轻易浮出水面的，我们认识的很多企业巨头都是她的雇员，她的真实身份我们确实不很清楚。"

雪雁又问："那么宁部长呢，他又清楚多少？"

章局长说："他可能要比我清楚得更多，和夫人也是他介绍我认识的。当初我还以为她是宁部长的女友呢，后来才知道她是和韵的妈妈，也就是今天来的那个首席谈判代表。她原来是报社的实习记者，在当时宁部长管理的部门。"

雪雁更觉得奇怪了，几乎不敢相信自己的耳朵，问道："这么说来，和韵原来也是你的部下？"

章局长说："这个不假，可是她的变化也像宁部长一样，我怎么还敢相认啊？"

雪雁觉得实在是匪夷所思，不解地说："你们省晚报真是活见鬼了，怎么尽出这门子不可思议的事呢。"

章局长也无奈地摇摇头。

雪雁关切地问："你和和夫人相识了多久啊？你还能回忆起来吗？我之所以感兴趣，不是猎奇，是想了解这个财团是不是海市蜃楼，是不是烟雾弹，不要搞得我们谈判半天上当受骗了。"

章局长说："上当的可能性不大，和氏商号的企业太多了，就是省报集团的经营，和氏商号也是绝对的大股东，不过和夫人没有出面的，只是她手下的一个年轻人在打理，我没想到她居然让和韵来龙都。”

雪雁说：“你不要答非所问啊，我问你和和夫人之间的认识过程呢。”

章局长将他在宁宇办公室看见和夫人，到引荐她做化妆品牌的代言人，还有在国际酒店的偶遇等给雪雁娓娓道来，他自己都觉得像天方夜谭一般，可现实中就是真真切切这样发生的。直听得雪雁张大了嘴巴，啧啧地说：“你说的是真的还是假的？”

章局长一本正经地说：“你看我这把年纪，有编故事的必要吗？”雪雁觉得实在不可思议，今天见到和夫人母女，就知道她们非等闲之辈，但是还没有料到能神奇到这种地步。她在高校任教，到地方出任副市长，也算是见多识广的人了，还是第一次领教这样神秘的人物。但是，她毕竟是副市长，内心纵然有翻江倒海的猎奇欲望，也不能完全暴露在下级面前。她冷静一刻，又问身边的投资促进局局长：“你不应该对我说你不知道和氏商号吧？”

投资促进局局长说：“当然知道啊，和氏商号是我省乃至我国都有名的老商号呢，早在民国时期这个商号就已经在朝野之间名声鹤起了，这个商号不仅仅得到了每一个朝代君王的重视，而且都得到过奖赏和封号，就是蒋介石这位仁兄也学了前朝的君王，还特别给这个商号题字祝词呢。说起和氏商号的衰落，就是解放以后的事情了。那个时候，和氏商号的产业收的收、撤的撤，在国内渐渐淡出。但是，在国外的和氏商号并没有因此而消亡，反倒有一种星火燎原之势，到改革开放之后，国外发展的情况早已超越了和氏商号的发祥之地。近几年，有不少知识界和商界的名流不断地要求恢复和氏商号的面貌，深入挖掘和氏商号的内在商业精神和商业价值，所以，和氏商号才渐渐浮出水面，缓慢地剥去其神秘的面纱。我们还搜集了有关和氏商号好几篇研究的文章，有大学的学者，有政府的官员，也有硕士博士的论文。就是因为和氏商号有这样的历史渊源和历史背景，所以我们接到和氏商号来龙都投资兴业才会这样兴奋呢……”

49. 省城的亲信

投资促进局毕竟是专业研究商家和财团的，所以掌握的资料当然更加系统和全面。局长的一番话，让雪雁突觉豁然开朗，原来这个和氏商号还有这等荣光的历史啊，也难怪宁宇坐在那里岿然不动，这完全说明他本身就是了解和氏商号的背景的。雪雁这才意识到，这一次完全可能是一次瞎猫碰到死耗子的喜剧。只要和氏商号的态度是真切的，市里面就应该抓住这个难得的历史机遇啊。她心里坦然多了，陡然间对宁宇和和氏商号集团都充满了敬意。

随后她又问投资促进局局长："依你看来，和氏商号是真来龙都投资兴业的吗？"

局长说："和氏商号的投资历来都是行踪诡异的，很少能找到他们内部的运行规律，这个财团出奇地低调，今天来的那个谈判顾问，完全有可能就是和氏商号的最高决策者之一，但是谁也弄不明白她的真实身份。以前她是一个地方银行的负责人，她老公也是地方银行的负责人，后来她脱离银行系统了，整天四海游走，交朋结友，甚至和很多国家的皇室都建立了关系。所以，这个女人显得格外神秘，行踪不定。但是有这样一个经验可以借鉴，只要是和氏商号看中并洽谈过的产业，他们一般都是进入了的，没有参与的几乎为零。所以，我们研究，和氏商号来龙都参与新闻文化产业的投入，完全是一次战略投资。只要我们的条件不离谱，向他们提出的建议靠拢，我觉得这次谈判不会是无稽之谈，是有现实基础的。"

雪雁点点头，内心盘算着怎样与和氏商号举行下一次商谈。投资促进局局长离开了，茶坊里又只剩下了章局长和雪雁。章局长踌躇半响，脸上有一种无奈的神情。

他和雪雁相处得久了，他的举动雪雁已经很了解了。他刚来的时候，还经常煞费苦心地请雪雁去省城看歌剧看京剧，博得了这位博士教授出身的女副市长的好感。只是近来由于宁宇的突然出现，他倒显得有些茫然和失落。这个雪雁能理解，当初的部下成了领导，这种尴尬换了谁都会觉得不舒服，何况现在又来了一个和韵。于是问道："怎么啦？你有什么难言之隐？现在不就我们两人了吗？想说什么就说吧，办不了的我还不是办不了啊。"

章局长说："现在龙都正是用人之际呢，我们的新闻文化改革协调办公室到底什么时候组建啊？"

雪雁说："你担心这个事啊？我当什么难事呢。这个事情已经通过了，市委常委会已经研究了，组织部来具体落实。我和宁部长的意见也基本一致，就由你这个文化局长来兼任办公室主任，组织部那边再配置三个副处级副主任，其中一个为专职副主任。领导们也担心这事呢，你以为就你一人着急啊，宁部长比谁都着急呢。”

章局长听到这话，算是吃了定心丸了，他连忙问道：“这些副主任都定了吗？都是哪些人啊？”

雪雁说：“宣传部的副部长和广电局的副局长一定会有一个的，至于专职的副主任，现在人选还没有确定呢，不是要给你这个未来的主任留一点用人的余地吗？”

这可正是章局长求之不得的。他立刻想到了章杰，这个章杰现在本身也是副处级干部，从省报集团外调到龙都来做这个新闻文化产业改革协调办公室副主任，是谁也不会找得到话说的。可是，他就担心宁宇不同意呢，章杰毕竟是他的亲侄子，这样的裙带关系历来是政府机关厌恶的。但是章局长有他自己的想法，他绝对不会轻易放弃他的想法的。他与宁宇可不能相提并论，宁宇年轻潇洒，很多外来之力就会让他幸运地撞上，比如和韵，比如娜娜，比如红唇，这些人的背后都有无法预知的实力，这些实力浇灌到他的身上，所以他就能茁壮成长。

而他章某人，也不是那种庸才和傻子，他也不算年老，还在干部的提拔之列。所以他要走一条与宁宇不同的艰难的路。他必须手握实权，借助权力的平台谋取好处再上位。这一次他看准了龙都新闻文化产业改革的这个平台，这么庞大的资源，他就不信没有几条让他捕获的鱼。只要他能控制这个产业改革协调办公室，空间和余地也就大了。只要能产生个人的效益，他也就能够回省城找上面献媚了，只要能实现他飞黄腾达的目的，他是绝对不会轻言放弃的，所以他一定要将章杰弄到龙都来掌管这个产业协调办公室。

于是他讨好地对雪雁说：“领导，你看我推荐一个人才到这个岗位上如何？”

雪雁乐呵呵地说：“怎么，这不是新官还没有上任吗？第一把火就燃烧起来了？”

章局长说：“我可是从有利于工作的角度考虑的，这么大的系统工程就要揭幕了，现在人还没有，叫人心里不踏实呢。你们上面以后就知道要结果，我们得从实际的工作出发考虑问题啊。”

见章局长说得有理有据，雪雁就说：“你说吧，也难为你了。”

章局长说：“能不能从省里面调一个高水平的人做这个副主任？”

雪雁疑惑地说：“省里面，人家都是从地州向省里面靠拢呢，谁愿意到我们这个偏远的地方来啊？况且这又不是什么显耀的位置，职别相等的干部恐怕没有愿意挪窝的吧？”

章局长说：“我说的这个人啊，一准符合各种条件。他本身也是副处级干部，而且是在省级单位的处级干部位置上的，还是从事与新闻文化有关的产业。这个人上进、肯干，没准愿意到基层来锻炼呢。”

雪雁摇摇头说：“章局长，你不要过于天真了。我们的情况和省委组织部安排下来可是两回事啊。省委组织部安排下来的干部，一般都是下来镀金的，一两年也就回省城了，而且回去还能升职和提拔。我们让人家下来的，就不一样了，要是在地方干不好，也就会一直在下面沦落了。很多干部是不愿意担这样的风险的。像你说的这个干部，他凭什么到龙都来呢？”

章局长说：“一般来讲，你说的都是正确的，可是也可能有特例啊，这个人是省报集团的副处级干部。”

雪雁这才明白了，问道：“是你的下级，关系特别的，愿意与你同生死的？”

章局长说：“领导，你不要总是这样一针见血啊，弄得我一点自信都没有了。”

雪雁说：“嗯，我不管和你什么关系，只要今后的工作能开展得好，我没有意见。不过，你得找我们的宁部长商量，这个层面的干部，还是要他来决定的。”

章局长抬头问：“领导，你这是同意了吗？”

雪雁说：“就算我同意了，也不一定管用啊。”

章局长十分高兴地说：“谢谢领导，谢谢。”

50. 谦让的隐情

举办面对全球媒体聚焦龙都的重大活动，在龙都历史上绝对堪称空前绝后的壮举。一开始没有几个人能相信能将国内外的众多媒体请到龙都来，就是市委的一把手王明书记内心也是抱着看一看的态度，可是当宣传部把数据报给他的时候，他着实吃了一惊。近两百家媒体同时到达龙都，其中差不多三分之一还是境外媒体，国内媒体包括所有主流媒体和都市类主流媒体,这样宣传龙都,产生的效果是可想而知的。而这个活动的流程、活动的内容、外宣稿件的撰写等,都被安排得井井有条,且在很多方面都达到了龙都有史以来的最高水平。尽管他现在还没有对外表态,但是在他的内心,已经给了宁宇九十八分的高评价了。他暗自庆幸自己这个伯乐没有失败。就要参加晚宴了,他在晚宴上还要亲自给媒体朋友们敬酒,此刻他的心情别提有多么高兴了。

他将这次的活动程序安排表和今晚他的讲话稿往桌子上一放,拨通了陆强市长的电话。“老陆啊,你看了全球媒体聚焦龙都的活动安排表了吗?”

此刻,陆强也正在看秘书送去的这一份文件呢。他和王明书记的感觉基本一致,对这个省城空降而至的少壮派常委宣传部长,原本是持保留态度的,但是他近一段时间的表现,还是让他这个经验老辣的市长慢慢接受了。他作风踏实,善于调查研究,更善于总结和发现,市里面交办给他的事情,虽然没有一件是已经了解了的,但是每一件他都处置得十分有条理,每一件也都显露出很好的发展态势。这个全球媒体聚焦龙都的活动就不用说了,单就改革新闻文化两大产业的这项工作,这个年轻常委就动足了脑筋,原本对他充满忧虑,现在反倒对他非常放心了。他作为一市之长,最关心的莫过于经济建设,宁宇的改革新闻文化产业,最主要的目标也是改善龙都的外部环境,同时也着眼于经济建设,即将引进各类大型财团参与龙都的改革和发展,所以现在的陆市长对他也给予了很大的希望。接到书记的电话,他十分满意地说:“书记,我正看呢。不过,我现在对这位小弟是格外放心,他组织的活动我只需出面捧场就行了。”

王明书记说:“怎么,你陆市长真的这么看?”

陆强说:“书记,你这话,好像我以前就曾经怀疑过似的。”

王书记说:“你老兄就不要演戏了吧,当时连我这个引进他的人心头都打鼓呢,不要说你这个搭档了。要说现在你我对他放心了,那我相信是真话。”

“呵呵,什么事都不能瞒过书记你啊。怎么,有什么特别的交代吗?”陆强看到了材料上是这样安排的:晚宴的主持人是他,晚宴欢迎致辞是王明书记。

王明说:“我觉得咱们都得支持这个难得的小兄弟,这样吧,晚宴的主持人就换成宁宇吧,你致欢迎辞。今天我就不说话了,明天早上你我不是都要出席新闻发布会吗?到时候我多说几句就好了。”

陆强连忙说:“书记,这样可使不得。我看主持人改成宁宇同志,我最好什么都不讲。宣传本来就是市委的事,是宣传部的事,他一个常委主持也是应该的,这样更妥帖一些。”

王明说:“老陆，你听我说。我现在没有考虑宣传是市委还是市政府负责,我现在考虑的两个问题:其一,着眼培养宁宇这个年轻有为的同志,这样的场合让他出现代表市委市政府,让他有更多的锻炼机会,也是在为他树立威信。其二,这样更符合国际惯例,今天来的境外媒体很多,很多国家的记者习惯于听到市长和州长这个词语,不习惯听书记这个词语。所以你出现便于理解,在人家外国人的心目中,这才是最高的接待礼仪呢。”王明实际上是将机会让给宁宇和陆强,只不过编了这样一个妥帖的说法。

但是,有着多年政治生涯的陆强能不明白这一切？第一条他十分认同,就是应该给这样有为的年轻干部提供空间和机会。可第二条,王书记就有些夸大其辞了。现在的境外媒体早把中国的政治体制研究透了,驻华的记者哪有不知道书记比市长重要的道理,于是他还是坚持说:“书记,我不接受你的这个意见,我同意你的第一条,不接受你的第二条,我今晚不发言最好。要不,今晚我不去现场怎么样？”

一听陆强这话,王明心里有点不高兴了,他可是真心让贤的,没想到陆强却这样推却。于是说:“老陆,你是不是还要我召开常委会通过呀,就这样定了吧？”

他的话虽然还是商量似的，但是这话出自市委书记之口意味着就是最后的决定了。陆强也只能说:“那好吧,我按照你的指示办！我们是不是这就该走了？”

两人达成了一致，王明站起身来说:“是可以走了，估计客人们都到了吧。”

王明刚刚和秘书上车,就接到了宁宇来的电话:“书记,您出发了吗？我们这边都已经准备好了。”

王明十分喜欢宁宇的干练和细致,回应说:“已经出发了,也就十五分钟吧。哦,对了,有个议程要改一下,你马上将这事处理一下。”

宁宇说:“来不及了吧？”

王明说:“来得及,马上改。今晚的晚宴主持人换成你,陆强市长致欢迎辞,这是市委的决定。”他没有给宁宇任何辩解的机会,就将电话挂断了。放下电话的宁宇,立即对身边的思明说:“快,将文件稍作改动再下发。”

思明还以为出了什么重大差错呢,满脸紧张地问:“怎么,出事了吗?”

宁宇平缓地说:“将晚宴的主持人改成我,晚宴致欢迎辞的改成陆市长。”

多年身处官场的思明立刻就明白了,这样重要的场合,市委书记将机会让给宁宇,这是在着力培养他呢。于是乐颠颠地说:“好的,我马上安排执行。”

思明虽然能明白王明书记的意思,可这却让宁宇糊涂了。这样高规格的接待,书记怎么就不愿意讲话了呢?反而让他和陆市长出头,这里面是什么讲究啊?正当他百思不得其解的时候,意外地接到了陆市长的电话。他直言不讳地将想法说了出来,陆市长乐呵呵地笑着说:“哎呀我说老弟呀,你可要理解书记的一片苦心啊,祝贺你啊,你算是遇到了完全支持和理解你的上级了……”此刻宁宇才明白,原来王书记是在培养他呢,内心不禁一阵感激。

51. 树立权威

这样盛大的晚宴在龙都也是空前的,市委所有在家的常委、市人大所有在家的副主任、市政府所有在家的副市长和市政协所有在家的副主席、军分区的主要领导、四大家的秘书长副秘书长、各区县和局级委办的党政一把手齐聚一堂。这样的场合,理应书记和市长讲话的,可王书记却将这样的机会让给了宁宇。毫无疑问,这一次会议之后,宁宇在区县领导和局级委办干部的心里中又一次增加了分量。

晚宴顺利举行,宁宇主持,陆强市长代表龙都有关方面做了热情洋溢的欢迎辞。这样的聚会,让龙都的干部们感觉到新的氛围已经来临了,新气象已经开始展露。所有人都能体会到,龙都腾飞的时刻真的到来了。

晚宴之后,四大班子领导、军分区的领导和区县党政一把手、各局级委办的党政一把手都留下来开了短会。会上,王明书记说:“各位,大家都看到了,四海宾朋都让我们的宁部长给请来了,这可是宣传龙都和推介龙都的历史性大好机会,各位手里有什么可以对外界亮相的尽管拿出来。宣传系统已经有了一个完备的计划了,你们各位还有什么建议,还需要记者们做哪一方面的深入宣传,就直接请示宁部长。明天早上的新闻发布会之后,各路记者就奔赴采访前线了，市委希望你们要做好全方位的接待工作，力争达到我们想要的宣传效果。我在这里再一次明确，这一次的总指挥就是宁部长，所有的事情都集中向他汇报，宁部长对市委常委会负责。”

陆强市长也做了相关强调，并高度肯定了宁部长牵头的这一次开历史先河的推介龙都的活动。陆市长语重心长地说：“同志们，我们不要再固步自封了，多向宁部长学习开放式的思维，现在的世界变化太大了，我们所处的这个时代也变化太快了，缺少开放性、开拓性的思维，我们龙都就会落伍，老百姓就会少得实惠……”陆强市长此刻说这样的话，似乎有些不合时宜，但是王明书记其实也是这样想的，陆强市长只是替他把话说出来了。王明书记插话说：“陆市长的讲话很到位啊，我们龙都的干部就是需要榜样……”

宁宇没想到书记和市长当着这么多人说这些表扬他的话，让他觉得有几分不自在。王明书记让他发言的时候，他很低调地说：“各位领导，首先我得说明一下，举办这样的活动，是市委和市政府集体领导的决定，并不是我个人的智慧。刚才王书记和陆市长是抬举我了，这样吧，既然两位领导让我牵头这项工作，我也不会辜负领导们的信任。你们手里都有这次活动的要点，这只是我们宣传部牵头拟就的计划，但这并不意味着就一定要按照这个思路执行，尤其在对龙都各行各业的采访方面，我想各位应该更了解本部门、本单位和本行业的特点，你们可以随时和领队的宣传干部交换意见，宣传部门的同志也会主动和你们沟通协调。总之一个目的，就是有效地利用这一次的机会，将龙都的各类咨询和资源介绍到外地和国外去。只要把握住这样一个主题，我们在执行工作的时候可以灵活机动……”实际上，这才是真正的全市上下的宣传攻坚战，各单位的头头脑脑们全部到位，市里面的领导全部到位，就凭这样的强大气场，恐怕这一轮宣传攻势想不达到效果都难了。

简短的干部会之后，王明书记和陆强市长借此机会听取了宁宇和雪雁关于近段时间新闻文化产业改革方面的汇报。

宁宇将近一段时间取得的初步成果和存在的突出问题汇报完之后，直截了当地说：“现阶段大的环境已经形成了，就需要最实际的措施支持了。”

王明书记听完汇报，也对下一轮的改革充满了信心，说道：“我和陆市长都在，你们有什么想法不要顾忌，直截了当地说出来，我们解决不了的，我们会让市长办公会和市委常委会来解决。”

陆市长也说：“宁部长、雪副市长，你们肩上的担子可不轻啊。新闻文化产业改革，历来都是一块不好突破的坚冰，你们这一趟算得上是破冰之旅。困难和问题我和书记都能想得到，但是办法还得你们两位去想。我和书记支持你们是义不容辞的。就是书记说的那句话，你们不要有所顾忌，遇到什么问题就提出来。”

宁宇已经汇报了面上的情况，回头对雪雁说：“雪副市长，你给领导们说一说我们现在的最大阻力和亟待解决的问题吧。”其实，这也是宁宇和雪雁预先安排好了的，困难和问题由雪雁来提，宁宇在关键的时刻站出来周旋。他们两人经过这一段时间的磨合，已经开始亲密和默契了。

雪雁看了书记和市长一眼，早有准备地说：“具体地说，就是两个方面的大问题。首先就是招商引资受阻的问题，这个问题如果不能很好地解决，可能我们的所有设想都会化为泡影。我们目前和一家非常具有实力的财团进行了初步的接触，对方从政策上、法律上列出了十条谈判商议的死结，这里面的问题我们也一一做了研究和分析，里面有的涉及政策敏感领域，有些涉及企业运营的规范管理和权限问题。需要市里面的几大班子会商，可能涉及市人大的还不少。”

王明插话说：“你们俩放心，既然市委决定了要推行改革，就会想办法让它进行得彻底一些。市人大这边我会考虑的，陆市长也在这里，我们会尽快就这些问题组织相关部门来协商解决。”

雪雁说：“那就谢谢领导了。我们现阶段最迫切需要解决的问题是运行班子的落实，到现在为止我们的新闻文化产业改革协调办公室还没有组建，很多工作都缺乏一个顺畅的纽带。”

宁宇补充说：“还有相关的人才选拔和重要岗位的人事选派，也是非常迫切的。报业新闻集团、网络新闻集团和广电影视集团都需要打破现有的格局，所以需要市委有一个明朗的态度。”说完这些之后，雪雁和宁宇长长地舒了一口气，就等两位领导的答复了。

52. 绝对的自主权

雪雁和宁宇提出的问题，名义上是提给两位领导的，实际上呢，还不都是王明书记来决断。王书记看了身边的陆强一眼，知道他是不会站出来回答问题的，当然，很多问题确实轮不到他来回答，又是涉及人事调整的事情，就更加敏感了。

王明说："你们两个说的问题，市委已经明确了大方向，剩余的事情就该组织部和你们之间来协调了。这个媒体采访龙都一结束，你们就可以将改革协调办公室落实了，办公室主任人选不是定的文化局的章局长吗？这个建议我和陆市长都没有异议。其他的组成成员，不就是宣传部和广电局的党组成员或者副局长吗，至于说专职的副主任，这就由你们也包括章局长来定了。另外，我也给宁部长交过底了的，这三个集团的组建，务必需要大批的专业人才，我们这一次的改革力度就是要彻底一些，允许对全社会公开招聘，也允许到其他地市或者省里面邀请行家里手。但是你们要把握一个原则，就是要请行家里手，一般的人员就不要引进了。这个时限也可以缩短一些，一旦你们的协调办公室已组建，你们马上就可以正式开始引进人才了。我能理解宁部长和雪雁副市长的心情，你们是不是现在已经看好了很多千里马，又担心夜长梦多啊？没有关系的，你们尽可能地去做吧，我和陆强市长都是你们最坚定的支持者。"随后又问陆强："你觉得怎样？今天是不是就到这里了？"

陆强说："嗯，我看大致就先这样吧。你们两位就按照书记的指示办着吧，遇到什么新问题，随时请示报告就是了。"

送走了两位领导，宁宇和雪雁还打算再商议一下。宁宇提议说："干脆把章局长叫来，让他一起参与商议吧，很快他就要抓各项工作的落实了。"

雪雁立刻电话通知了章局长。其实章局长就在宾馆里面，他正在和章杰说自己的打算呢，期望章杰能到龙都来。章杰也想过了，但他内心担心宁宇那一关，也指望宁宇那一关。尽管他知道叔叔真心希望他到龙都来，但是他理解叔叔的苦衷，也了解叔叔手中的用人权。所以他既没有立刻答应叔叔，也没有拒绝叔叔。章局长说："现在龙都的情况你也看到了，要是你真的动心来的话，现在正是好机会。新闻报业集团和新闻网络集团都要扩充队伍，你这样的水平，随便到哪一个机构都可能做得到要职。你要是在省城晚报按部就班的话，只怕要等到猴年马月才有这样的机会呢。"

章杰不是不明白这里面的要害，可问题的关键是叔叔也没有说清楚他来能做什么。另外，他还不知道叔叔现在在龙都处于什么地位呢。于是试探性地问："我要是来了，能做什么呢？你不会让我到你的文化局做一个科长副科长吧？”

章局长笑笑说：“你也太小看你叔叔了吧？你当我不知道你现在就是副处级吗？这个问题我已经想了很久了，再说，即便是我权限不够，上面不是还有你的老领导宁部长吗？”这话是章杰愿意听的，他顺水推舟地问：“我到龙都一定要通过宁部长吗？”

章局长说：“他要不点头，你能来吗？你可能也忘记了你是副处级的干部了吧？在一个正厅局级的地级市，副处级干部就是市委组织部管理的干部了，就像省城厅局级干部归省委组织部管理一样的呢。你在省里面是个无足轻重的处级干部，但是到了地市级，你这样的级别就算是部门的领导了。所以你要到龙都来，宁部长那一关是第一关，也是最后一关。”

章杰十分感兴趣地说：“哦，那么我能到什么岗位上吗？”

章局长说：“我打算推荐你做一个很有实权的位置，龙都新闻文化产业改革协调办公室的副主任。”

章杰问道：“这个副主任还是实权？”

章局长说：“你没有听我把话说完呢，这个办公室是干什么的你知道吗？是指导新闻报业集团、新闻网络集团和广电影视集团的综合机构，权力之大可想而知了。三个集团从组建到完成，这段时间得有多少大事情要过这个关卡呀？这么庞大的三个集团，空间简直太大了。要完成这三个集团的组建和规范这三个集团的管理，至少需要两至三年的时间，这个期间你需要的一切资本都可能完善了。财力、资历，要什么可能你都具备了。等到那个时候，你若是愿意到任何一家市属新闻单位去做一二把手，难道还会有什么阻力吗？”

章杰是何等聪明的人啊，听叔叔这样介绍，当然没有不动心的理由。现在他在省报集团里面的晚报做部门主任，名义上是在处级岗位上的干部，可真正手里的权力不就是几篇新闻稿的发稿权吗？严格说起来这算什么权利啊？要是底下的记者勾兑上面的编委或者副总编，自己连发稿权也被剥夺了。这个龙都新闻文化产业改革协调办公室，可是掌管着三大集团的发展命脉呢，稍微动动脑筋，就如叔叔说的那样，可是政绩经济双丰收啊。心里痒痒了，但是他实在不知道宁宇会不会让他到龙都来，于是轻描淡写地说：“既然叔叔认为是好差事，我当然想来呀，可是宁部长那一关，我可能没有太多的办法呢。”

章局长说：“这个还用你考虑吗？只要你承诺一点，来了之后得当好我的助手,其他的你就不要管了。”

章杰当然听出了叔叔的弦外之音,不就是跟在他后面为他马首是瞻吗?叔叔的脾气他是了解的,这里面当然也包含了只听他的意思,就是宁宇、雪雁这些常委和副市长们,有些时候也不能全听。但是只要能来龙都,章杰觉得确实有利可图,于是恭敬地说:“侄儿的一切不都是叔叔成全的吗?只要能跟叔叔在一起工作,我什么都听从您的安排。”

章局长十分满意地说:“嗯,你有这样的态度,我就放心了。”他的话还没有说完,就接到了雪雁的来电。

只听见雪雁说:“章局长啊,我是雪雁。”

章局长说:“您好雪副市长,这么晚了,您找我有事吧?”他一边示意章杰不要讲话了。

雪雁说:“我现在和宁宇部长在龙都酒店呢, 刚才我和宁部长刚刚给书记和市长汇报了工作。宁部长的意思,你现在就过来商量一下,新闻文化产业改革协调办公室几天后就要正式组建了……”章局长内心一阵窃喜,连忙说:“太巧了,我正好经过龙都酒店呢,现在我就上楼来吧。”

他挂了电话,十分有把握地说:“章杰,你就等着好消息吧。你早点睡觉,明天还要采访呢,这段时间也要把手里的工作做好。我去见雪雁副市长和宁宇部长。”说完,他昂首挺胸地走出房间,向电梯的方向走去。

53. 化腐朽为神奇的妙招

雪雁和宁宇在章局长没有赶到之前, 就展开了商议。雪雁说:“现在看来,王书记和陆市长那边已经不是什么问题了,现在的压力其实在我们自己这一边了。”

宁宇说:“怎么, 你难道现在才有这样的感觉呀?你也算是沉得住气的了,什么时候压力不都在我们的肩上吗?”

雪雁说:“我和你的境界可不一样,你是可以担当大任的领导,我只不过是你的跟班罢了。老实说,你一开始的那个阵仗,我就没有想到会弄到今天这个地步。不过,现在我算是佩服你了。”

宁宇说:“不要扯闲话了, 说说正事吧。今天我们先不讨论和氏商号的事,先说说这个集团的人事雏形吧。我想你也一定有很多想法的,我们两个一定要先有一个统一的方向。”

雪雁说:“你直接指示吧，人事的事情还是你拿主意吧，我可以帮你分析。实在是缺少的一般人员我可以替你寻找,几个集团主要的新增骨干,我就不能妄言了。”雪雁说的既是实情,也是规则,这样的大事,她其实是没有决断权的,所有的都得听从宁宇的安排。

宁宇也就坦荡地说:“我有这样一些想法,当然有些已经上报市委了,有些还处于酝酿之中。报业集团的主要调整就是将原来的总编辑调往宣传部任副部长,将宣传部的副部长思明调往报业集团出任社长,负责整个报业集团的营运和管理,同时兼任管委会主任和集团党委书记。这个决定市委已经下决心了,因为报社的总编辑还是市里面的政协副主席,所以市里也上报了省委相关部门，书记和组织部门也和他交换了意见，现在已经没有实际的问题了。思明现在提出了一个请求,要在省报集团调来一个人主持报业集团的编务工作,也就是未来的日报总编辑兼集团总编辑。这个人就是省晚报的红唇主任,你也是认识的,当然这个还没有最后形成决议。还有一个集团总经理的位置暂时空缺,这个位置应该由我们引进的投资方和市里面联合任命。”

雪雁说:“嗯,我看报业集团的框架可以这样定。思明懂政治,懂新闻业务,也熟悉市里面的社会情况,人也年轻,还有积极向上的动力。这个人一定是你选择的吧?红唇主任来就任总编辑我也是看好的。我相信市里面也不会有异议的,总经理暂留空位是必须的。”

“那我就说即将组建的龙都网络新闻传媒集团了。现阶段我们的新闻网要进行彻底的大换班,无论从内容上,还是人力结构上,现在都严重地老化了。现在的总编辑几乎就是网盲,让这样的人做网站总编辑,听起来就显得滑稽,所以网络新闻集团是我最操心的。现阶段我只物色到了一个对新闻有把控能力的人，这个人就是省委宣传部新闻网新闻中心时政新闻的主编娜娜,我想将她请到龙都来暂时主持新闻网的内容建设,至于网站的总经理和董事长都暂时空缺,一方面等投资方进入确定人选,另一方面面向全国招聘网络精英。”宁宇这样说。

雪雁说:“可以,我也认为网络新闻集团还得动大手术,也不是一两天可以做好的。循序渐进更好,等到报社那边有了起色,慢慢动也不迟。”

宁宇说:“我倒没有想到那样缓慢,只是暂时没有发现合适的人选,你要是有这样的人选，也赶快推荐啊。”

说到龙都广电影视集团，宁宇又换了另外一种口气说：“我不知道你注意到副局长钟露和青年歌舞团团长陆草儿没有？”

雪雁说：“这两个是我们市里面有名的美女领导，我怎么会没有注意到呢？不过，我不知道你说她们的什么？是领导服装潮流，还是倾国倾城的美艳？”

宁宇说：“不开玩笑，我说正事呢。”

雪雁故意放松地说：“我是在回答你的问题呀。我回答不上来，说明领导提出来的问题就指向不明啊。”

宁宇懒得和她无聊地狡辩，又将话题拖入了严谨的主题：“我觉得这两个人都是个性鲜明的。钟露是一个颇有改革意识的人，这么多年她一直在寻求本土电视和电影的突破，组织过剧本和演出团队，可因没有经费支撑，所以她张罗的项目一直都是不温不火的。按她自己的话说，这些年她一直委屈地喝着温吞水，内心一直压抑着。这样的人才，要是给她一个机会，你觉得会怎么样呢？”

雪雁说：“见到阳光就会灿烂的，我还相信她能在灿烂之中生长成为参天大树。”

宁宇说：“这一点你的看法和我完全一致。再说那个青年歌舞团团长陆草儿，她和钟露显然是存在分野的。她是一个更善于精细划分市场的人，她能在艰苦的条件下让一个剧团生存下来已经不易了，而且她还让剧团生存得这样舒坦，就更加不容易了。所以，这两个人的特点各不相同，也都是可用之才啊。”

雪雁说：“是啊，我也知道这两个人是可以用的，可问题是现在怎么用。这个新组建的广电影视集团较之其他两个集团要复杂多了。一将广电和文化局下属的几个演出团揉捏在一起就是一件难事儿，谁来主管？谁又愿意放权？二，决定了主管单位之后，谁又来出任一把手，广电原本就家大业大，不可能将原来的局长副局长和台长副台长们撵走吧？三才轮到商议钟露和陆草儿她们的任用问题呢……”事实上，雪雁也不是没有考虑这里面存在的复杂性。她也知道此刻的宁宇同样在这些问题上犯难，所以将这些问题索性一股脑儿摆到桌面上来。

宁宇笑笑赞扬道：“我们雪雁副市长也是深谋远虑啊，很多问题不但看得很透彻，还完全把命脉把住了啊。好，我们就来扯这个问题。之所以现在让章局长来出任这个协调办公室的主任，不就是要他摆正位置，不作计较吗？”

雪雁眼前一亮，原来宁宇早想到了这一步，给章局长做这个协调办公室主任，就是要堵住他的嘴呢，她不得不佩服年轻的宁宇。于是问道：“你是要让章局长做出让步？”

宁宇说：“他不让谁让呢？莫非让家大业大的广电局让步吗？这样太不现实了吧。”他接着又说：“就是将文化局原来管辖的几个演出单位划归到广电局统一规划和管理，但是，广电局原来的领导成员一概不动，在原来的基础之上增加领导职数。我的想法就是新成立的广电影视集团局长董事长、党委书记，让钟露和陆草儿派生出来抓电视剧制作和电影制作以及演出团队的管理。这个团队实行新机制，财务和其他的管理由钟露和陆草儿共同承担责任……这个集团的总经理，同样只能由引进的投资方兼任，任免的办法和报业集团的一致。”雪雁完全没有想到，宁宇居然有这等化腐朽为神奇的能量，这样一个棘手的问题，硬是让他短时间就想出处置的方法来，而且现阶段也只能是这样一种万全的处理方法。

54. 鬼心眼

两人商谈得很顺利，就剩下新闻文化产业改革协调办公室的人事还没有议定的时候，章局长出现在现场了。一见面章局长就十分高兴地说：“宁部长，你的这个全球媒体聚焦龙都的活动真是轰轰烈烈呢，我们晚报都来了两个主任，足可见这个活动在省城媒体的影响力。”

雪雁说：“何止是省城媒体倾巢出动啊，就是北京的媒体和全球最主要的媒体也都云集龙都呢，这一次龙都的外宣是历史上空前的。”

章局长感叹地说：“是啊，宁部长这一出手就给龙都带来新气象呢，接下来的新闻文化产业改革更是要让龙都跨出开创性的一步了。”

宁宇听到这样的溢美之词，也并没飘飘然，说这话的都是他身边熟悉的人，他立即说：“不说这些了，这些事也还没有结论呢，再说，也不是我一个人的智慧，不都是市委市政府的集体决定吗。好了，我们还是商量一下新闻文化产业改革的事情吧。刚才章局长没来之前，我们大致已经议定了未来的报业集团、未来的龙都网络新闻集团还有广电影视集团的基本人事框架。章局长来得正是时候，我们正要商议你马上就要主持的新闻文化产业改革办公室的副主任人选呢,你们俩先说一说吧。”

章局长刚刚赶到,对前面宁宇和雪雁议论了些什么一无所知,但是他一听到议论几个集团的人事问题,心中不免有些惊喜和激动,但是他也清楚,虽然面前的宁宇和雪雁让他参加这样的商议,并非要听他的意见,而是让他尽早熟悉情况,进而执行他们的意图。不过,他敏感地意识到,连几个主要集团的人事研究这样重要的议题都让他参加的话，这就说明他今后的机会太多了。就像今天的这个小会,里面涉及的人事可不是一般人想知道就能知道的,只要自己先人一步知晓这里面的绝密信息,那就大有文章可做了。于是他暗下决心,只要自己知晓几大集团的初步人选,他就可以暗地里运作了,所以心中一阵窃喜。

雪雁看了章局长一眼,知道他是不可能先说意见的,况且还轮不到他说意见。她说:“新闻文化产业改革协调办公室的主要职能就是围绕新组建和成立的三个集团展开工作,既然办公室的主任由文化局章局长担任的话,副主任就应该从宣传部、广电局、日报社、龙都新闻网里面产生副主任,专职的副主任最好是外调,不在这几个方面的范畴。”

宁宇说:“你的意见大致没有问题,不过,宣传部就不在此列了,本来这一次的新闻文化产业改革就是由宣传部领导和牵头的，文化局还可以有一个副主任的名额,这样有利于工作的协调。外调一个干部做专职副主任的建议也不错。另外,文联那边需不需要也加一个副主任进来？我现在需要你点人选,我们这个短会之后,你明天就和章局长一起将今晚的商议结果拟定出来,等王书记和陆市长参加完了明天的新闻发布会,最好这个材料就要摆到他们的案桌上,这个活动一结束,我们就要启动改革。”

雪雁说:“好吧,我就说说我个人的意见。主任是章局长,副主任我觉得这些人比较合适,日报那边就由思明参加,虽然他现在还没有调到日报去,可这已经是铁板钉钉的事了。他参加这个协调办公室,有利于今后报业集团改革的推进。广电影视集团,我觉得最适合的就是钟露了,既然准备启用她,就让她进入协调办公室比较合适,很多情况也可以让她提前知道。文化局那边再让副局长和其他的党组成员参加都不太合适，要不然就让陆草儿进入这个副主任的位置。接下来的改革,她需要她的号召力和影响力去团结其他的演出团体呢。文联我觉得就算了,人多嘴杂,何况他们主要联系的是单个艺术家,这样的决策他们即便是参加也仅仅是提出一些意见。最困难的就是这个专职副主任的人选我没有想到，一会儿章局长也给宁部长提提建议吧。”准确地说,雪雁的建议已经相当完备了,实际上和宁宇想的基本一致,这让宁宇心里更多了一份踏实感。

宁宇望了章局长一眼,只见他早已在笔记本上记录了刚才雪雁说的话。宁宇也问道:“章局长,你也说一说你的意见,今后这个专职副主任是在你的领导下工作,你也发表一些意见吧,其他集团的领导原则上不属于你决定的范围,你也就按照上面的意见执行就可以了。”

章局长当然明白,宁宇这是见面就给了他一道紧箍咒呢,告知他权力的边界。也就是说,他只对这个专职副主任有一点发言权,其他的人事权他连探讨的权力都没有。这也是他早有准备的。三个集团的主要领导都是正处级干部呢,他不过也是一个正处级干部,当然没有指手画脚的权力了。于是十分谨慎地说:“我一定铭记宁部长的指示,刚才雪副市长说了,专职副主任不在三个集团中产生,我觉得这能有两个途径:其一,就是宣传部里面选派,这个人最好是熟悉新闻和文化工作,职别不能太低。其二,就是从省里的相关部门借调或者调过来,也只能从新闻和文化两个系统寻找合适的人选。”

宁宇突然有一种一语惊醒梦中人之感,对呀,章局长这个意思还真不错的呀。何不借此机会将娜娜和红唇都借调到这个协调办公室来呢?一方面让她们尽快熟悉龙都的情况,另一方面也熟悉即将去的单位,这还真是一个万全之策,既有安全过渡期,也能达到后面需要的效果。于是他对雪雁说:“我觉得章局长的意见可行,就从省里面寻找吧。市里面的人来做专职副主任,可能会受到一些不必要的干扰。”

雪雁说:“这样当然最好了,可一时半会儿去省里哪个部门挖呢,这些人又愿意来吗?”

当所有人的意见都一致时,宁宇就对章局长说:“你有这个提议,心里面也就一定是有准备的,你说说,你都有什么样的人选?”

章局长脱口而出:“我觉得省城晚报的章杰就合适。他现在本来也是副处级领导干部,有新闻从业和管理经验,也见过省内外的各种改革场面,只要他愿意屈就的话,我可以去说服他,就要看领导们的意思了。”

雪雁当然不明就里,于是也脱口而出说:“这很好啊,这个章杰现在在什么岗位上呢?”

章局长说:“省晚报政法新闻部主任。”

雪雁忧虑地说:“人家干得好好的,有什么理由让人家选择龙都呢?过来也还是一个副处级干部,我们的待遇可能还没有省城晚报的优越呢。”

章局长说:“这个情况是肯定的,不过,我可以尽力去说服。”

55. 赔了夫人又折兵

这里面的情况,宁宇一目了然,章杰和章局长的裙带关系,他是领教过的。章局长本人没有儿子,也就只有章杰一个亲侄儿,他待他几乎就像父亲对儿子一样亲。宁宇倒是不担心章杰不来,而是担心来了之后该怎么管理。他没有急于表态,他很清楚,用什么人都会有不同的风险。不用章杰,用龙都宣传部的其他人,还不也是一样吗?暗地里你知道他跟市里面的哪些人亲密呢,这样一想,他也觉得不妨大胆用章杰也没有什么不可以。只是他本人会避开章局长给他约法三章。另外,他还可以利用章局长想用章杰的心理,让他把娜娜和红唇也一并接纳到协调办公室里面去,这样也在市里面主要领导面前多一种说辞。于是他说:“两位,你们看这样是否可行?干脆将我们选定的红唇、娜娜和章杰都一并纳入协调办公室。这个阶段先不定什么职务,让他们熟悉龙都的情况,也熟悉龙都新闻文化产业的情况。给他们三个月的时间,要是不合适他们还可以走,要是合适就到适合的岗位上去。这样既给他们一个机会,也给我们龙都方面留有余地。”

雪雁说:“这样当然是最好了,不过,几个人都到这个协调办公室,不可能这么多的副主任吧?”

宁宇说:“所有人都暂不定职务,都在章局长的领导下帮助工作。”

雪雁说:“这绝对是一个过渡性的好主意,就是不知道几位愿不愿意哦。”

“愿不愿意,就要章局长去做工作了。”宁宇将这个球踢给了章局长。

章局长是何等明白的人啊。他虽然还不知道宁宇和雪雁议定过娜娜和红唇的去处,但是宁宇这么一提,他就明白了,娜娜和红唇已经铁定要来龙都出任新闻和文化界的要职了,如若不然,身为市委常委和宣传部长的宁宇,他会那样冒失地提出这样的意见来吗?更何况现在他急需将章杰带到身边来呢。宁部长这个提议,或多或少带有某种交换的成分,于是他连忙鸡啄米似的点头说:"两位领导的决策太绝了,我怎么就不知道事情还可以这样办呢。这样吧,现在他们三个人不都在龙都采访吗?我就趁他们采访的间隙,和他们通通气,尽量促成此事,不让领导们操心。我现在也很为龙都的新闻文化产业改革着急呢,这也是一件大事,我会认真努力把这件事情办好的。"

雪雁说:"可以,不过还要注意策略,不要让我们看准的人才溜掉了。"

章局长说:"我会的。"

雪雁又说:"刚才宁部长指示我们明天就要将今晚议定的材料弄出来,也就只有辛苦你一趟了,明天上午到我的办公室商议吧。"

宁宇说:"今晚就这样了吧,明天上午我还有很多事呢,就这样散了吧。"三个人各自回家。

雪雁本来就有晚上在网上教学的习惯,夜再深她也得把该做的功课做完的。她刚刚回家打开电脑,就接到了章局长的电话:"雪副市长啊,这个难题可不小呢,你能和我见见面吗?"本来章局长也是雪雁的直接下级,所以他说话也就来得比和宁宇说话自由一些。而雪雁也是这样认为的,毕竟章局长是政府文化局的局长,应该和她更没有距离感,她还指望用章局长来对宁宇有一些抗衡呢,所以她一直都对章局长很客气的。于是说:"就在网上说吧,我这么晚了出去也不方便,再说我还要给学生指导作业呢。"

章局长说:"好的,其实也没有太多的事,不是明天要出方案吗?我就是想了解你和宁部长前面的谈话内容,我也好心里有个准备,明天也就更从容一些。宁部长是个高要求的人,我多思考一下你不会反对的吧?"

雪雁说:"看你说到哪里去了,宁部长指示我们明天完成,本来你就辛苦,这点事我还不能帮你吗?"

章局长说:"嗯,谢谢雪副市长的支持和理解。"实际上,章局长关心什么呢?他关心的可不是明天的报告怎么修饰和撰写,他是关心今后的三大集团都哪 些人去掌舵呢。这可是绝对的人事机密,将这样的机密掌握之后,要做的文章岂不就多了。而且时间还非常有限,要是等到这个消息都公布了,这个消息也就没有任何价值了。所以,这样的消息就是尚未公之于世的阶段才具有真正意义上的利用价值。聪明人都知道,这些仕途中人,哪一个不想寻找机遇往前迈步呢?倘若合理利用这等绝密消息,不仅可以和这些未来的实权派建立稳固的关系,还可以从他们的手中获取各种好处呢。一边想,他一边对雪雁说:“我马上就打开电脑,我在网络上向你请教吧?”

“嗯。”雪雁挂断了电话。

章局长在QQ上写道:“我需要这几方面的情况,其一,各大集团新增领导名单。其二,初步拟定的分管范围。其三,这些人的基本背景材料。”而后留言说:“雪副市长,我准备加班写出一个基本材料来,明天就只做修改和调整,我们也会轻松一点。”

雪雁发了一个笑脸,然后就一五一十地回答了章局长的提问,最后说:“辛苦你了,明天见。”

章局长拿到这份即将上报的人事材料,开始时有几分惊喜,继而是有几多的失望。他一个一个地排查,看是否有可以利用的机会。

先从宣传部的副部长思明说起,这个副部长在龙都的关系早就是错综复杂的了,当年还是团市委的一把手,现在在宣传部副部长、市外宣办主任的位置上好多年了。他一直就是广积薄发寻觅着战机的人,现在好不容易机会来了,他也一定是满怀信心走马上任的。可是这样的人,他的根子比章局长都还要硬朗,在他的身上显然是不可能捞到任何好处的,而且还是不能轻易去触碰的人物。

再说这个思明提名的未来总编辑红唇,那就更不用提了,这可是宁部长的追随者,还是他的红颜知己,甚至也可能会成为宁夫人的人物,能在她身上找到好处也就是天方夜谭了。还有那个省城大学党委张书记的女儿娜娜,情况比红唇还要特殊,更是不能轻易近身的女人。这两个人,就是在他的帮衬之下走上龙都的高位,他也是不能染指的。

再看看广电局的副局长钟露,这个女人也非等闲之辈,长期盘踞广电局,已经是两届副局长的资历了。她这样的女人,本身背后就可能隐藏着强硬的势力,还不要说她本人也很强势了。这样的女人,是他这个刚来不久的文化局长插得上手的吗?他暗自摇摇头。

唯一让他有点想法的,就只剩下市青年歌舞团女团长陆草儿了。她虽然也是一个正处级单位的一把手,但是她这个正处级与他本人这个正处级就相去甚远了。况且陆草儿这个人没有任何背景,完全靠着自己的坚忍不拔才有了今天的地位。另外还有一个重要原因,她现在也还在文化局,不管怎样她都得臣服他这个局长。所以,这个人物对他来说当然是有利可图的。随后他又想:以后他就管不了这些文化演出单位了,拿她一点也是应该的。

最后要用的章杰，也就不在话下了，莫不成还让他出钱不成。章局长突然觉得这个新闻文化产业改革协调办公室像一块鸡肋，弃之可惜，食之无味。暗自惊叹：这个宁宇果真成了真龙天子了，让他这个文化局长赔了夫人又折兵，哑巴吃黄连，有苦说不出啊！给他兼任了协调办公室主任，就让他出让了这么多的演出单位，而且还一点好处都没有捞着。他坐在电脑前一阵发愣，真不知道这个报告该从何处落笔。

56. 红唇引起的关注

次日的龙都，最重要的事情莫过于全球媒体聚焦龙都的新闻发布会。但从发布会主席台就座的人就可以看出，这是龙都历史上前所未有的规模。市委书记王明、市长陆强，身边还有市委副书记和常务副市长，主持新闻发布会的自然就是市委常委、宣传部长宁宇了。几个人一色的西服，俨然国家领导的着装一样严谨。照相机的"咔嚓"声、摄像机的"吱吱"转动声，把整个会场装扮得异常严肃和紧张。可台上的每一个人，又分明显得从容不迫、有板有眼。时间到点，宁宇就开始主持这个规模空前的发布会了，他首先向各位介绍了这次发布会的背景，又介绍了主席台上就座的各位领导，然后才稳健地说："下面，请龙都市市委王明书记发布新闻。"

新闻稿是中英文对照稿，同时还有现场翻译，所以稿子念得并不快，毕竟要照顾人家外国记者。正是这不紧不慢的三十分钟，让王明对宁宇又多了一番新的认识，他没料到今天的这个新闻稿写得如此凝练和干净，同时文采飞扬，有些段落充满了幽默与智慧，让人觉得妙趣连篇。王明在朗读的时候，仿佛觉得这是学生时代的一篇课文那样精致和完美，其中的内容又完全切中要害，让人听后浮想联翩，回味无穷。一篇新闻发布稿，让宁宇打磨得像剧本一样的富有美感和戏剧效果，这确实需要大学问。与王明书记的感觉一样，台下的媒体记者们也备觉新奇，一个市委书记的新闻发布稿，能高度凝练了文化、思想与信息，完全是一篇新闻稿的典范。他刚刚发布完新闻之后，场下的记者们纷纷破例热烈鼓掌，发布会的现场出现了精彩的第一幕。

随后记者们的提问，从王明到陆强还有其他的各位领导，都继承了新闻发布稿的幽默，回答的问题让记者们十分满意。加上主持人宁宇妙语连珠，本来一个小时的发布会居然增加了半个小时的时间,效果十分完美。散会后的采访路上,各路记者也在为这一次的新闻发布会津津乐道。

散会之后,王明找到了宁宇问:“你也要去采访吗?”

宁宇说:“是的,我准备一直跟随境外记者团采访。机会难得,我想多介绍一些信息到国外的主流媒体上去,这可能会对龙都的发展带来伏笔。”

王明十分欣赏地说:“好的,那我今天就不打搅你的工作了,你去吧,等你忙完之后,我们再探讨吧。我是觉得你今天的新闻发布稿太精道了,我也很受启发和教育呢。你的这个稿子一定不是一个人完成的,第一稿是谁撰写的啊?最后定稿一定是你的文采。”

宁宇说:“主要是第一稿撰写得到位,我修改也就是锦上添花了。第一稿是我委托省城晚报的红唇主任写的,今天的稿子还算过得去,就是篇幅稍长了一点。”

王明问:“就是你想请她到龙都来主持报业集团内容的那个红唇吗?”

宁宇说:“是啊,就是不知道她能不能担起这个重担呢?”

王明十分满意地说:“好啊,我看她一点问题都没有。今天的稿子如果说是考试的话,我要给她九十分的高分。她分管内容建设我看目前龙都是无人可以相提并论的。”要知道,王明当年也是玩笔杆子出身的,他都对今天的发布稿给予这样高的评价,那一定是很多人都受到了震撼的。随后他自言自语地说:“陆强市长原本还保留意见了呢,现在我看他的这一关也会开放了。”无意识之间,王明就透露出了陆强市长对红唇出任报业集团总编的态度。当然,这主要是因为王明十分信任宁宇,要不然,他也不会随口说出这样的话来的。不过,宁宇从他的话里也知道了他和陆强市长的态度了,红唇算是已经安全过关了。于是对王明说道:“书记,你要没有别的吩咐,我就随境外记者采风团出发了。”

王明面带笑容地说:“好的,你去吧。”回头又说:“雪雁给我汇报的人事安排,都是你同意了吧?”

这无意识的话,让他顿时吃惊不小,雪雁原来也在背着他向王明书记汇报情况呢!这说明什么呢,最起码说明两方面的问题:一方面雪雁是两面三刀,在他面前一副尊重组织纪律的样子,显露出从不越雷池半部。实际上呢,又在背后给书记和市长汇报工作,这充分说明雪雁不信任他,或者上面也还不信任他。另一方面,就只能是雪雁和上面的敏感关系了,也许除了市里面的两位主要领导，像雪雁这样级别的领导干部，也许还有省里面的重要关系呢。但是他横下心来一想，不管雪雁怎样，他只要是出于公心，出于热爱龙都的事业，爱怎么报告就怎么报告吧！他又能阻止领导们暗中的意图吗？于是脸上同样带笑地说："她汇报的几个集团的人事想法是吧？我们都商量了的。"

王明书记点点头，说："这我就放心了，你去忙吧。"

宁宇和思明副部长一起，跟随着境外的记者出城了。一路上，宁宇内心还是有几分的不悦，琢磨不透这个雪雁柔软精致的笑容背后，究竟有什么样的大人物支撑着。她提前将这些情况报告给王书记又是什么意思？他还一脸严肃地琢磨呢，只听见思明副部长说："宁部长，我就觉得红唇这个人选对了，我算是看出来了，就是市委的一把手王书记，也对红唇很赏识的。今天的这个新闻稿，可见她的功力之深，是我远不能及的。以前书记市长重要的发言稿，也有相当一部分出自我们宣传部，也就是我的杰作。那时候我还觉得沾沾自喜，好像我就是天下的大才子似的，和红唇主任这文笔一比呀，我也就算是一个能写字的罢了。还有你提炼的精准，也让我叫绝呢。我敢打赌，有空闲的时候，王明书记一准会找你探讨这篇新闻稿的事情，呵呵。"这个思明果然是老龙都啊，他果然能断定出书记的喜怒哀乐呢，刚才书记不是就找他聊了这篇文稿了吗？自己今后千万不能小看面前的这位副部长，他可是领导肚子里的蛔虫呢！

宁宇这才回过神来说："嗯，红唇确实是一个难得的人才，不过这稿子也不完全是她的功劳，不也有你的心血吗？你当我不知道啊，你也在稿子上润色加工了不少的。"思明其实也有打探宁宇的意思，见宁宇知晓他的功劳，也就佯装谦虚地说："我信笔涂鸦，无法和红唇主任与你这个学富五车的人相比拟啊。部长，多久才能将红唇主任请到龙都来啊？"

宁宇说："怎么，你这就开始着急了，你这不是还没有赤膊上阵吗？"

思明说："我这不都是跟领导你学的吗？古人都说兵马未动粮草先行嘛，我们今天可是在搞新闻文化产业改革呢，人才没有到位，就等于战场上没有将军指挥呢，就更别说粮草的问题了。"

宁宇说："很快了，就等这个活动完了，就要暂时将她请到新闻文化改革协调办公室来，时机成熟就到报业集团，这你总可以放心了吧？"

"谢谢领导的理解和支持。"思明十分兴奋地说。

57. 石破天惊石头宴

这一次的采访团队分成三个队伍，分别由宣传部的几个部长副部长带队。宁宇和思明负责带的是境外媒体,也是这一次请来的最高级别的国际媒体的记者编辑们;常务副部长负责带港澳台媒体记者采访;还有一位副部长负责带国内的记者采访团。各自都有不同的分工,每一支队伍都安排了精准的采访对象。

这次活动安排得细致周密,第一天的采访成果很快就显现出来了,晚宴刚过,各大媒体的电子版就能看到龙都的消息了。宣传部、外宣办、市委办公室、市政府办公室抽调了一个专门的工作团队,负责将这些已经发布了的新闻稿件汇总,也不断地将这些消息送到市里面领导们的手里,市委书记和市长自然是特别的满意。

每一天记者们都有一次集中的晚宴，除了撰写稿件和抢发新闻的记者外,大部分记者都会出现在这里。这一天晚上,娜娜和章杰、红唇发完当天的稿件,正进入记者就餐的大厅,十分意外地遇到了章局长。

红唇和章杰迎上去,红唇说:“章局长,老领导,您忙活什么呢,两个老下级到你们龙都来,您不会不知道吧？怎么也不接见我们啊？”

章局长说:“我还早就想见你们呢,可是你们这样忙,我怎么好打搅呢。再说,我也是太忙了,整天双脚都不着地的那种忙。你们也是知道的,你们参加的这个采访活动完了之后，龙都就要展开前所未有的新闻文化产业改革了,我现在又身兼龙都市新闻文化产业改革协调办公室的主任,事情也就更多了。”

红唇说:“章局长这是能者多劳呢。市里面不征用您这个省里下来的懂行骨干,还能用谁呢？从另一个方面来讲,也是市里面重视您啊,我们得祝贺您呢。”

章局长说:“你们能这样理解我当然很高兴，现在龙都的改革马上就要如火如荼地展开了,领导们给我布置了很多命题作文呢,有些还难度特别高啊。今晚,我就代表宁部长和雪雁副市长专门来拜访你们几位呢,其中也包括娜娜主编呢。”

一边的娜娜虽然以前和章局长没有同事关系，但她也是认识章局长的，所以也一直在旁边赔着笑脸没有离开。娜娜一直都是面带笑容的，见章局长突然说出这样一番话来，觉得很是好奇，也不知道他是客套还是夸张，于是笑笑说：“章局长开玩笑了，您是文化局局长呢，您找我干什么呢？莫不是要做一个文化局的专题宣传？”

章局长十分诚挚地说：“三位，我可没有开玩笑，今晚我就是要见见三位，有重要事情和你们商议呢。”

章杰也认真地问道：“什么事情啊？”

章局长说：“三位，请吧。我的车已经在外面恭候几位了，今天我要代宁部长和雪雁副市长尽地主之谊呢。”三位这才意识到，面前的章局长是来真的呢，于是也就跟着他上了车。

一路上，章局长介绍说：“今天我带你们去一个很有特色的地方怎么样？我请你们吃石头饭，然后我们就在护城河边喝茶聊天如何？”

娜娜却说：“石头饭我还是第一次听说，可是让我们在护城河边喝茶聊天，这个创意就有点落伍了，您就不能带我们划船游龙都的护城河啊？”

章局长说：“嗯，也好，我先安排一下。好像护城河里的船是九点就要停止经营的，不过，我可以请示一下，你们是我们请来的尊贵客人，也许可以特例。”一边说话，章局长就给雪雁副市长去了电话，说清楚了记者们的要求。雪雁说：“这样吧，我给河管处去一个电话，就让他们今晚延长时间，主要针对来龙都采访的记者朋友们开放。”

“谢谢雪副市长。”章局长挂断了电话，对娜娜说：“好了，娜娜主编，你的吩咐现在我已经落实到位了，我们现在先去享受石头饭，然后就可以上船畅游龙都的环城夜景了。”几个年轻人一阵夸张地欢呼。

石头饭馆就建在河岸边上，建筑物不是很高，也就两层高的楼房，房子呈长方形，狭长幽深。门口有古典的红灯笼，整栋建筑的四周都挂满了点燃的红灯笼，远远就能看清楚大门口上方悬挂的几个遒劲大字：码头石头饭。每一个字分别都写在一块不同形状的石头上，石头上还镶嵌了不同的色块，所以字迹在昏暗的红色灯光的烘托下，更有一种梦幻摇曳的效果，让人感觉回到古代的某一个驿站。娜娜满脸搞怪地问：“里面不会有妖怪吧？”

章杰说：“要是有男妖怪，我就把你和红唇当了换酒喝，呵呵。”

娜娜却说：“嘻嘻，要是有女妖怪呢，我们就把你和章局长下嫁女妖，我们收聘礼,嘻嘻。”

几个人说笑着进了正大门,里面却又是另外一番景致。桌子椅子全部都是不同形状的石头做的,每一个餐位都是一尊独特的风景,恍若大自然的鬼斧神工,其实都是现代的工艺技术做成的。红唇感叹说:“这也是一个不错的创意呢,这个餐厅的老板真有艺术气息啊。”

章局长说:“这个餐馆的老板,原来是一个大山里的孩子,长大了成为一名书法艺术家,可他一生钟爱石头,所以就创建了这个以石为伴的餐厅。现在的这个餐厅,已经外延到了一种古朴的天人合一意向,也就是现代人说的环保,所以来这里就餐的人真的不少哦。”

单是这些餐具就够雷人的了,穿粗布的服务员送来的餐具全是石头制品,石碗、石筷、石碟、石汤勺、石盘子、石杯子,简直让红唇几个人眼界大开。这些石制品在灯光之下闪烁着别样的亮光,宛若一件件珍贵的艺术品。娜娜实在忍不住了,掏出相机准备拍照,没想到章局长立刻制止说:“不要拍了,店家是不允许的。”她只得遗憾地收拾起来,一边的保安果然警惕四顾地瞪着娜娜纤细柔弱的身躯。

首先上来的是米饭,米饭还在吱吱发响。仔细一看,这米饭光洁如玉,每一粒米饭都散发着油光。里面除了一颗颗晶莹的石头,还有星星点点的牛肉羊肉粒。章局长介绍说:“赶快尝尝吧,这石头饭的味道可是龙都一绝呢。这工艺也很不一般的,厨师先将晶莹剔透的石头在油锅里炒热炸烫,然后辅以作料,再度翻热,下肉,最后加入米饭……”

58. 河船夜宴突如其来的消息

这一顿饭吃得别有风味,远比宾馆酒楼的来得有意思。这里的石锅烤牛肉、烤羊排简直绝了,每个人都啧啧称赞。酒足饭饱后,红唇问章局长:“章局长,您这不会是鸿门宴吧?”

章局长说:“当然不是,你大概忘了,我今天是代表宁部长和雪雁副市长找你们的呢,要不是今天他们都有更重要的事,他们一定亲自和你们吃饭聊天谈正事了。”

章杰提议说:“我们带点红酒到船上去吧?河风可能有一点凉,一边喝红酒可能就不会有寒意了。”

娜娜人最瘦,也最怕冷,拍手赞叹道:“章杰兄,你这个提议非常重要,本小姐到时候奖励你三杯红酒。”

护城河两边早已灯红酒绿了,沿岸很多歌厅迪吧酒吧,传出一浪高过一浪的劲爆音乐,几个年轻人一边走一边扭起了屁股。章局长也是一个精细之人,除了带红酒,还带上了五粮液和其他的下酒菜,然后才跳上了空旷的大船。

河里已经没有其他船只了,很显然这条船就是市里面打过招呼特别留给章局长他们的。娜娜上船之后,又蹦又跳地说:“我的天啊,这要是在古代,我们不就成了侯王级的人物了,这么稀稀拉拉的几个人,也敢乘坐这么大一条船?”

红唇说:“你要是觉得浪费,何不将宁部长和雪雁副市长也邀请来呢,他们要是来了,热闹劲儿也多几分啊!”

章杰也觉得红唇提得有理,于是怂恿章局长说:“对呀,局长,能不能将那两位领导请来呀?宁部长和我们几个是同事,和娜娜也是关系密切的朋友,他应不会这样不给面子吧?我们一边在河里游荡,一边等候他。雪雁副市长虽说和我们几个不熟悉,但只要宁部长来,她不就来了吗?”两个女孩也一致要求章局长说:“就是啊,让他们出来陪我们喝酒吧?”

章局长本来就是想单独给他们交代的,没想到几个人要求见宁部长和雪雁副市长的呼声空前一致,也没有恰当的拒绝理由,于是勉强地说:“这样吧,我们做两手准备,我们把酒菜都摆上吧,在河流中举行夜宴,然后我再和他们去商量吧。要是他们确实来不了,我们也就自己快乐吧。”

几个人围在宽阔的木桌上,船已经缓慢地开到河中央了。章局长心里一想,既然都答应了几位了,再怎样都得给宁宇、雪雁去一个电话呀!于是率先拨通了宁宇的电话,十分恭敬地说:“宁部长啊,我和红唇、娜娜还有章杰在护城河的船上呢,几个人都强烈要求您出来一起喝酒赏景呢。我知道您很忙,但是这是他们一致的意见啊,所以我也只得冒昧给您电话了。”

此刻宁宇正和雪雁一起在向王明书记汇报相关的工作呢,接到章局长的电话,他一点儿也不意外,他就知道单是章局长出面显然分量不够,几个人都可能怀疑市里面的诚意,他早就做好了见几位的打算,就是还没有确定具体的时间。他的意思其实也是很明朗的,就是希望章局长向几位发出这种信号之后，他和雪雁抽时间见见大家，显得市里面更格外器重和看好他们。没想到章局长这么快就来了电话了，于是他关切地问："你都和他们谈了市里面的想法了吗？"

章局长说："我刚刚请他们吃了饭，现在才上船呢，还没有来得及谈呢。"

宁宇说："这样吧，你马上找一个机会，开始正式给他们几位说一说，表达市里面的意愿，一会儿我和雪雁副市长一起来见他们吧？"

章局长说："太好了，我就不用联系雪雁副市长了吧？"

宁宇说："我给她说吧，你落实你的事情吧！说得恳切一点、真诚一点，好吧，就这样，一会儿见。"

章局长这才巴不得呢，现在自己只是一个传递信息的人了，至于成败还有宁部长和雪雁副市长呢，他满心欢喜地说："好的，我会处理好的，我们就在船上等你们吧。"

挂断电话，章局长回到座位上举杯说："各位，大功告成了，一会儿宁部长就会和雪雁副市长一起过来陪大家观赏风景和品酒呢。来，大家先干一杯。"

"嗯，简直太高兴了，干一杯。"章杰内心其实早就期望着能够见到宁宇，他也真想到龙都寻找一个适合自己的发展机会呢。

章局长仰头喝干了酒，十分豪爽地说："各位，我在你们面前也算是大哥了吧？"

红唇说："怎么能这样说呢，您在章杰面前是长辈，您在我和娜娜面前是领导呢，您有什么指示您就说吧，我们能做就一定做好，要是实在不能做，我们也会给您一个合理的解释。"

娜娜也说："就是啊，我看章局长心里一定有事吧？您有什么就说吧，在这样美好的夜晚，在这样飘逸的船头，您还有什么羞涩的呢？"她一半调侃地说，不过，她更多地相信章局长不是找她有事，而是找他当年的这两个同事有事，所以她说话才这样轻松。

章杰是最为紧张的一个，他问道："局长啊，您这样的表情，是好事还是坏事啊？"

章局长自己喝了整整一满杯，豪放地说："真是峰回路转啊，你们可能都不相信，我们市里面非常重视你们几个呢！期望你们几个都能来龙都一展身手呢！"

这个消息对红唇来说绝对是一个新闻，她有几分惊喜地看着满脸豪气的章局长。章杰也表现出很兴奋的样子，只有娜娜似乎不以为然，听了这个消息也还是事不关己高高挂起的神色。

红唇说："章局长，您说清楚一点啊。"

章局长说："你们也都是知道的，龙都现在的新闻文化产业改革是一场重大的阶段性战役，是龙都推进各项改革的攻坚项目之一。所以市里面下了前所未有的力气，提高到了前所未有的高度来看待和处理这一项改革。新闻报业集团、新闻网络集团和广电影视集团，都需要大量的人手，尤其是像你们这样具有一定管理经验、具有一定新闻和文化实践的干部。所以市里面有一个重大决定，向你们三个都发出邀请，希望你们都进入龙都市新闻文化产业改革协调办公室帮助工作，尽快熟悉龙都的各方面情况，时机成熟就到三大集团重要的工作岗位上去……"他十分有感染力地介绍了基本情况，三个人却沉默了。对于红唇和章杰来讲，可能是机会来得太突然了，都没有足够的思想准备。而娜娜却不一样，她很清楚她的去向，就是龙都新闻网络集团。所以她既不激动，也没有什么要询问的，只是揣摩着章局长说的进协调办公室工作消息的真伪。但是，她的疑惑也是极其短暂的，既然章局长一再声称他是代表宁部长和雪雁副市长，看来这个消息是确信无疑的了。

59. 微妙关系

宁宇和雪雁并非主动去找王书记汇报的，而是因为王书记找他们，他还将陆市长也请了过去。几个人见面后，王书记直率地说："你们交过来的报告我和陆市长都看过了，你们提出的这些人，基本上也是可用的。我和陆市长把意见已经转给了组织部，你们可要抓紧时间，一旦确定下来的事情就不能拖延。"

陆强也说："我非常赞同书记的意见，你们上面提到的人选我也没有什么意见，你们这一次特别从省里面尤其是省报集团挖了两个人，据我所知，他们可都是报社的骨干，而且都是宁部长原来的工作单位，两个人还是一个部门的正副主任。我现在有些担心啊，报社会放这两个人一起走吗？"很显然，这话是王书记的话，就是因为王书记不好说，所以让陆强市长出来说。市里面的两个主官，也是这样默契啊。

领导突然问这个问题，宁宇压根儿就没有思想准备。他也能感觉出来，按照一般的理解，这样是有点离谱了。他和章局长是晚报来的，章杰和红唇也是晚报的，在常人看来，这分明就是在拉帮结派。但是宁宇本来就没有想过这样的问题，一心只想找到合适的人才，把工作做好。可没想到有人居然把这事当成一个问题给书记和市长提出来了，而且凭他的直觉这个人不是别人，可能就是和他一起研究工作的雪雁。于是他顺水推舟地说："雪副市长，你先说你的意见吧。"

雪雁可能也没想到宁宇会将皮球立即踢给她，她有些坐卧不安地说："这个嘛……我原来不知道章杰和红唇是一个部门的，一个单位我是知道的……"她也没有什么意见，其实就是推诿责任了。此刻，宁宇只得说话了。他看了两位领导一眼，一字一顿地说："我说一说我个人的看法吧。红唇是我一直都看好的新闻人，就是在省城和全省的新闻界她也算得上一个名记者的，很多的新闻作品都是得到了同行们的高度认可了的。原来我还没有这样的打算，还是因为我委托她帮龙都写了这一次的外宣新闻稿后，宣传部的思明副部长坚持要将她挖到龙都来。按照思明的想法，他就是不去日报集团，他也要求将红唇调到宣传部了，他当时设想是让红唇做外宣办的副主任，将现在的副主任调离现在的岗位。他当时也就看上了红唇的一支笔。后来组织上决定让他去领衔新闻报业集团之后，他又一口咬定要将红唇挖到报社去主管内容……"他的话还没有说完，王明书记就说："这个人就不要说了，我和陆强市长都已经认可她了，我们也都领教了她的才华了的，说下一个吧？"

宁宇舒了一口气，红唇总算没有问题了。他接着说："我和雪雁副市长，还有章局长一起商议别的人选的时候，确定了一个基本原则，新闻文化产业改革协调办公室的其他副主任分别来自未来的三大集团，专职副主任最好就不在这三个集团里面产生，这样也是为了从有利于工作的角度出发。会上雪雁副市长也是赞同这个意见了的。章局长就顺势提出了到省上找一个懂业务、有基础的人来，并保证这个人能做好这个岗位的工作。大家都是知道的，今后的协调办公室主要是章局长负责的，也不可能让他一点建议权都没有，所以我们也就同意了。"他略作停顿之后，看看雪雁，只见她深埋着头，一直不敢正视他的眼睛。他接着说："我当时也考虑到了这里面的不妥，所以提出了让红唇、章杰和娜娜一起到协调办公室协助三个月的工作,这样就是为了给彼此都留一个余地。”他也做了准备的,他说完之后领导们还是疑惑的话,也就只能驳去章局长的面子了,自己就算在领导面前丢一次丑,考虑问题不全面。但是他没有想到,他阐述完之后,两位领导的脸上却阴转晴了。陆市长率先说:“既然是这个情况,我看也就按照宁部长他们的决定先办吧,不是还有三个月时间的回旋余地吗?”

王明看了看低垂着头的雪雁,也说道:“好了,我看这件事情就按陆市长的意思先办着吧。雪副市长,你的意见呢?”

雪雁看宁宇的目光明显有些躲闪,但是宁宇断定,她透露会议情况绝对不可能是她主动所为,一定是根据领导的吩咐不得已说的,也就没有太多地计较她了。见雪雁没有回答王明书记的话,于是提醒她说:“雪副市长,王书记问你话呢。”

雪雁这才回过神来说:“我听三位领导的。”

会议也就散了,走出了王明书记的办公室,宁宇佯装什么也没有发生地说:“现在章局长已经约了红唇他们三个人在护城河的船上等我们呢,我已经答应了他们的,说会议一完你和我就过去看望他们的,现在可是最敏感的时候,我们看好的人才有这样的要求,我们也不得不去啊。”

雪雁脸上还有些阴沉的忧郁,也不知道她内心还在想着什么。她脸上挤出一丝笑容,说道:“你等一会儿,我发个短信啊。”

她一边在宁宇的身后走,一边在后面发短信。果然,她是给王明发短信呢,她当初确实说了一些对宁宇不利的话,但是现在王明已经觉出来雪雁说的情况有出入了。原定王明是约了她一起见客人的,可是直到分别的时候,王明也没有提及此事。雪雁敏感地意识到,王明可能因为她汇报的情况有出入而对她产生了意见,所以她在发短信试探王书记呢。短信刚刚发出去,王书记就拨电话过来了,听上去很不愉快地说:“你们忙你们的吧,今晚的活动取消了。”此刻雪雁才明白,王明可能真的生气了,本来王明是想让她传递真实情况,把握好宁宇的动态,没想到她传递的消息出入这样大,甚至有别有用心的意图了,你说他能不生气吗?雪雁也是个明白人,王书记的活动当然是不会轻易取消的,只是现在不想让她去了而已。但是,雪雁也仅仅是沮丧而已,她也不担心王明能对她怎样的,她毕竟省上还有领导关照着呢,她也就是给王明面子罢了。

不过,这样的情况宁宇可不知道,他只能在循序渐进的工作中揣摩和识别这个深藏不露的女子到底是何方神圣。

雪雁挂了电话,这才乐呵呵地说:“走吧,宁部长,我还是第一次去护城河的船上呢。这样幽静的夜晚,他们几个人也太有雅兴了吧。”

宁宇暗自笑道:你这浅浅的笑容,好像比这护城河还要深不可测呢。但他嘴上却说:“是啊,这帮记者们,就是有点像古时的文人骚客,很是喜欢风雅的哦。”

雪雁与他并排前行,还笑呵呵地问:“你能说说你当记者时那些风流韵事吗?”

宁宇突然想起自己当记者时那些历险的瞬间和细节,很随便地给雪雁讲了一段,雪雁突然伸手拽住他说:“算了,你还是不要讲了,我一个人回家都害怕了,你当年也太不容易了吧……”言语之间,对宁宇既充满了敬仰,也充满了同情。

60. 原来雪雁是个未婚女

宁宇和雪雁副市长虽然相处共事也有一段时间了,但是雪雁这样近距离地对他亲昵,这还是第一回。宁宇想起雪雁和娜娜的爸爸张书记眉来眼去的神情,心里就不太习惯她拽他的胳膊。可是雪雁毕竟也是一个三十多岁的芊芊女子,她又不是装出来的害怕,确实是因为宁宇刚才讲的卧底经历让她害怕了,所以才做出了这样的动作。宁宇说:“好了,我不讲了还不行吗?”他这是提醒雪雁不要拽他了,让司机看见他俩拉拉扯扯的还说不清楚呢。

雪雁也意识到了自己的失态,连忙放开了他的手说:“你不要再讲了啊。”

宁宇说:“嗯,不讲了,马上就上车了,你也不用这样害怕了。”

两个人的秘书也都上了雪雁的车,宁宇的司机下车来打开了车门,两人坐了上去。司机问:“宁部长,去哪里啊?”

宁宇说:“你等等,我问一下再说吧。”随即打了电话给章局长问道:“你们现在在什么位置啊?”

章局长连忙说:“宁部长,我们到了南门码头了,你们到南门码头吧,我们到那里来接你们。”

司机朝南门码头疾驰而去。一路上，宁宇很随意地问：“雪副市长，你在大学里教授什么专业啊？”

雪雁说：“文化产业。”

宁宇感兴趣地问：“包括新闻和文化两个方面的吧？”

雪雁说：“广义地讲，是这样的。”

宁宇说：“要是我再晚两年，也可能成为你的学生了。”

雪雁说：“呵呵，我可不敢有这样的奢望呢。不过，你们报业集团很多人都是我的学生呢，其中包括你们报业集团的副社长、发行处长、广告处长。”

宁宇说：“他们的年龄可都不一样呢，怎么都是你的学生呢？有的年纪比你还要大啊？”

雪雁说：“我也教授成人班的。”

宁宇说：“哦，原来是这样啊。”

雪雁又说：“章局长也是我的学生呢，呵呵，严格说起来，我们的陆强市长我也教授过的，不过是短期培训班。”

宁宇说：“哦，看来你人很年轻，倒是桃李满天下了啊。”

雪雁说：“不敢当啊。我们这些教书的都是书生，不像宁部长这样一直在一线锤炼的干部呢，总是能够一鸣惊人，现在做工作也一样，总能找到最关键的点子，让我这样的书生大受教益呢。”

宁宇说：“你就别这样羞煞我了。”

雪雁突然话锋一转，问道：“宁部长，你觉得那几个年轻人真的就能担当起龙都新闻文化产业改革的大任吗？”她言语之间透露着一种忧虑，可能所有的人都会有这样的忧虑，毕竟红唇他们实在是太年轻了，虽然他们站在省里面较高的平台，毕竟经验有限啊！

宁宇说：“虽然我也和你一样有些顾虑，可我相信那句古话，自古英雄出少年。我们现在不是也没有更多的办法吗？倘若有别的更稳妥的选择，谁又会走这样的险招呢？现在我市的新闻文化产业改革已经是箭在弦上不得不发了，就是有风险，不也只能试一试吗？”

雪雁说：“宁部长，现在是我们两个人说话，其实，我到现在为止都还捏着一把汗呢。我只有一年的任职时间了，过了这一年，我要么回省城，要么继续干，要是新闻文化产业改革以惨败告终的话，我想我不会有什么好结果。”

她的话不是悲观,也不是吓唬别人,她说的是实情。但是,她没有想到,她是这样,难道宁宇不是这样吗?要是这件事办砸了,他同样也就不要再奢望仕途与前程了。他没有直接回应雪雁的话,而是说:“你也不老啊,不是说人生难得几回搏吗?悲观的人往往失败的几率会更大。再说了,你们女人失败了,不还有男人的肩膀可以依靠吗?你说是不是?”

雪雁神色黯淡地说:“宁部长,你官僚主义了吧?我的情况你根本就不了解吧?”

宁宇问:“怎么啦?”

雪雁羞涩地说:“我还没有结婚呢,我去依靠哪个男人的肩膀啊?”宁宇傻了,他当然不知道雪雁现在还是单身一人,更不清楚她是老姑娘还是离异。于是回头望了她一眼,歉意地说:“实在对不起,我确实不了解情况。”

雪雁却大度地说:“没关系,本来按照我的年龄早该做妈了,可我确实还是货真价实的剩女,很惨啊。”

宁宇没有再说什么了,他现在回想起来,雪雁和他一起工作,确实没有听到过她接一个私人的电话,更没有听见一个家里的电话。原来他就有几分怀疑,但是最多也就是怀疑她和丈夫的关系不好,没想到她还是单身一人生活,不禁生出了几分同情来。但是他不想再说这样的话题了,随即改变了一个话题说:“雪副市长,一会儿我们见了这几个人,还是你先说市里面的打算吧。我估计章局长已经给他们透露了市里面的意图了,我们去见他们,其实也就一个目的,增强他们来龙都的信心。”

也许是因为两人谈到了一些私密的话题,两人之间刚才的隔膜去掉了不少,雪雁问:“可以啊,可是我该怎么说呢?”此刻的雪雁仿佛对宁宇有了几分依恋。

宁宇说:“不会吧,雪副市长。我还不信你不知道该怎样说呢。”

雪雁自我解嘲地说:“呵呵,我也不知道怎么突然有了脆弱的感觉。”其实她自己很清楚,今天她在王明书记面前的表现让她心里十分郁闷。本来是想打击宁宇这个年轻的常委的,没想到陆市长和王书记反而对她的做法表现出了不满。让她将宁宇的情况汇报的可是王书记,她汇报了,即使有过失,王书记也不该这样冷眼相待啊?这是她心理产生变化的第一个原因。其二呢,就是刚才宁宇戳到了她的伤心处,她这么大的女人不但没有成家,连男朋友都还没有确定下来,所以她的心情一下子受到了打击,萌生了脆弱。

宁宇只是笑笑，也没有回应她什么。此刻宁宇对她的看法和以前的看法有了一丝改变，面前的女人虽然年纪比他大，虽然也是市级领导干部中的副市长，可她毕竟是未婚女人。未婚女人就少去了一道坎，从某种意义上来讲，她依然还不能算成熟的女人，所以宁宇对她多了几分怜悯和同情，也许以后这样的情感也不会改变了。

远远地看见了南门码头了，只见码头灯火闪烁，三五成群的游人在河边饮茶聊天，或者豪放地喝着夜啤酒。河面上显得宁静恬淡，江面上倒映着两岸的旖旎风光，波光粼粼，别有一番景致。几个人下了车，朝码头停靠船只的方向走去。

61. 夜宴博学

很显然，雪雁的情绪很低沉，她沉郁地说："让秘书们就不要去了吧，反正也没有什么事情要他们帮着做的。"她不愿意让秘书看见她消沉的一面。

宁宇对司机说："你告诉他们几个，就在车里等候我们吧。"

雪雁这才和宁宇向前面走去。刚刚走了几步，就看见急匆匆走上岸来的章局长，章局长说："终于把你们给等来了。"

宁宇乐呵呵地说："怎么啦，章局长，他们几个小辈难道还会为难你这老前辈呀？"

章局长满腹苦衷地说："部长啊，这可不是长辈小辈的事，这是关乎他们的命运和前途的事呢，他们谨慎也是可以理解的啊。"

几个人一边走，雪雁问："有什么情况吗？"

章局长说："别的情况倒是没有什么，我给他们都讲清楚了，可就是没有一个人表态呢，可能他们是在等你们到来吧。"

雪雁忧虑地问："就一点都没有反应？莫不是他们根本就不感兴趣？"

章局长也顺水推舟，事不关己地说："也许吧。"

在宁宇看来，绝对不可能是这么一回事。面前的章局长想的什么，他是心知肚明的。他内心其实就是想显露他一个人权威呢，巴不得他和雪雁副市长都不来才好呢。一方面他可以在几个人面前摆谱儿，另一方面又好到他面前讨价还价，这里面的学问，可以隐瞒雪雁副市长，可隐瞒不了我宁宇啊。红唇、娜娜是什么人他很了解，章杰又是什么人他也一样了解。可以这样说，只要他宁宇见面跟他们交心，三个人没有一个不留下来的。于是他打断了章局长和雪雁的对话，说道："现在不要下任何结论，一切按照我们商量的办吧！"这句话是说给雪雁听的，章局长根本就是丈二和尚摸不着头脑。

雪雁回应说："好的。"

几个人踏上甲板，红唇他们就迎上来了。几个人早就开始品酒论道了，脸上都喝得粉嘟嘟的。红唇冲宁宇说："宁部长，你可不要后悔，上了这艘贼船，就得不醉不归的啊。"

宁宇开心地问："怎么，你现在也敢和我挑战喝酒了啊？士别三日当刮目相看啊。"

娜娜一瞪眼说："我们两个一起上还不行吗？你看看，我们现在都已经快成孙二娘了，我们还会怕什么呢？"她的语气里明显充满了醋意，她这是故意显露给宁宇看的呢。

宁宇还没有回答娜娜的话，跟在他身边的红唇一个踉跄，摔倒在宁宇的怀里，她双手搂住了宁宇的脖子，娇滴滴地说："哎呀，我差点摔倒了，哦，不对，我可能是晕船了……"宁宇扶了她一把，问道："你没问题吧？"

娜娜醋意更浓郁了，也娇滴滴地说："宁部长，你倒是来喝酒的呀，还是来干别的事的呢？"也不等宁宇回答，自个儿举杯喝了一杯红酒。

也不管这几个女孩怎么闹腾，宁宇是要把今晚的工作规划完成的。大家坐定之后，他十分严谨地说："各位，不好意思，这里本来不应该谈论严肃话题的，可是我想先说几句，然后大家就一起尽兴如何？"

章局长带头鼓掌，本来就在甲板上，人又这样少，所以掌声听起来就像稀稀拉拉的几个哑炮，十分不受听。宁宇这样严肃地说话，很自然所有人的眼睛都盯着他。只听见他和风细雨地说："你们三位啊，红唇、娜娜和章杰，我想章局长已经把我们市里面的一些想法给你们透露了吧？今晚我和雪副市长又一起过来，就是代表市委和市政府再一次表达市里面的诚意，你们也都是了解的，龙都现阶段的这一场改革可以说是开全国之先河的，对勇于探索的年轻人来说，无疑是一个大好的机会……"随后他说："下面请雪副市长介绍我市的有关新闻文化产业改革的基本构想吧，以便你们能有一个更清晰的了解和认识。"

雪雁反倒举杯说:“来吧，我们先干了这杯中酒吧，今晚的夜色这样迷人,我们又在这样别致的地方饮酒赏景,很有一番趣味和诗意呢。我相信我们的明天也和今晚的月夜一样,充满了梦幻般的美景。让我们一起憧憬美好的龙都,干了这一杯。”所有人都称赞说:“原来我们的漂亮女市长还是一位能临场吟诗作赋的诗人啊!”

雪雁说:“各位都是真正意义上的大才子,见笑了。”

宁宇连忙介绍说:“各位,我得告诉你们啊,我们的这位美人市长可是博士教授啊,是省城大学的著名文化产业方面的权威教授呢。”

红唇和章杰说:“哦，雪雁就是你啊？你的大名我们可是早就听说过的呢,我们还听过你的公共课呢,讲得很精彩很精彩,幸会幸会。今后还望雪副市长多多指教。”只有娜娜冷眼看着雪雁,目光之中流露出一种鄙夷的神色,幸好是朦胧的月夜,要不然可能会彼此都尴尬。

雪雁此刻有几分开心地说:“哎呀,这么一叶扁舟之上,居然能碰到我的学生,而且还是两个,可见这天地真是太小了。”

红唇不知就里,又说道:“何止是两个呀,还有娜娜也是省城大学的,她只比我高一届,也可能是你的学生呢。”雪雁知晓娜娜对她有成见,只好乐呵呵地说:“可能是吧,可是我记不得教没教过她了。”

娜娜觉得无论如何也得给宁宇面子呢，于是也站起来说:“你好，雪老师,我听过你的课。”

宁宇感叹地说:“这场景简直太感人了,现在成了一叶扁舟四师徒,剩下两人是船夫了。章局长,我们两个局外人还是去摇橹吧。”几个人又是一阵窃笑。

这之后,大家才安静下来,听雪雁介绍龙都新闻文化产业改革的相关信息。雪雁不仅是市长,还是教授文化产业的博士教授,所以她介绍得有条不紊,既有理论的支撑,也有现实条件的构成。她从报业集团的展望,到广电影视的扩张,再到网络传媒的希望,每一样都讲得十分透彻,也有理有据,让人充满了美好的遐想。

原来对她颇有微词的宁宇,与红唇他们几个一样,也是第一次立体地认识这位至今未婚的女副市长,惊叹她对文化产业的深刻理解与诠释,也惊叹她对龙都新闻文化产业改革的全面认识。当初宁宇远没有将雪雁当成行家里手,甚至有时候把她当成了百无一用的书生,今天才算是领教了这个女人知识武装下的组合拳。

她不仅对媒体的内容编撰、信息构成、印刷发行、成本控制、人力资本管理、营运机制的确立,都有完整独立的认识;也对电视剧、电影、电视节目的制作、传播、考量,电视广告的开掘等都有极其专业的研究;同样也对网络新闻的价值、网络新闻的传播、网络新闻的产值开发、网络的整体营运方向等,都做过专题研究。她的所有观点,都有极强的数据支撑,十分严谨和科学。此刻宁宇才明白了,自己的真正高参,原来就在眼前呢。

而后,她弹簧一般的舌头转动,分析了红唇、娜娜、章杰投身龙都的前途。说得每一个人都跃跃欲试的,几个人向她请教各类问题,这完全是宁宇没料到的,不过也是宁宇十分愿意看到的局面。

62. 三个女人在夜宴上绽放

随后就该宁宇登台唱戏了,他举杯说道:“各位,预祝你们都能成为龙都的栋梁,龙都市将敞开笑脸迎接各位。你们不妨也说一说你们的内心想法吧,我和雪雁副市长还有章局长都会认真听取的,如果你们有什么特别好的想法,我们能够回答你们的,现场也就回答了,要是我们回答不了的,我们也会将你们的意见提交到市长和书记案桌上去。”

雪雁也说:“就是啊,现在我们龙都人都发表了我们各自的观点,你们几个也可袒露直言。章局长,你也说几句吧。”

章局长其实是最为尴尬的,在这几个龙都人里面,他是年纪最大的,又是职务最低的。本来他是想单独和几位年轻人谈话,还能增强他的权威和分量,但是雪雁和宁宇一出现,他就显得无足轻重了,所以无形之中,他就更加郁闷了,只得一个人不停地喝闷酒掩饰内心的失落与空虚。听见雪雁点名让他说话。他也只能举杯说:“来吧,我敬几位省城来的精英一杯酒吧,希望你们能够早日成为我的同事、我的战友。”他也只能这样草草落幕,他还能说什么呢,说什么都显得多余。此刻他内心早就不在这艘船上了,这里的人,除了章杰也许还买他三分薄面之外,哪一个人内心还能容纳下他这样一个职位低下的文化局长呢?他已经开始琢磨如何接近市青年歌舞团的陆草儿了。他盘算着,也可能只有那个草根出身的女团长,还可能将他这个局长当成有几分来头的人。

实际上,三个年轻人都没有章局长想得这样复杂。听到章局长的祝酒词,红唇第一个发言说:“章局长,您一直都是我的领导,要是真的有那么一天,我到了龙都,还望您一如以往地帮助我支持我哦。”这分明就是一种表态了,按照宁宇对红唇的理解,她是一定会大胆选择来龙都的,就是她的爸妈不同意,她可能也会拚死一搏。她就像当年的宁宇那样,现在阶段还怀揣神圣的新闻理想,总想实现自己内心的某些抱负。而现阶段的龙都,就给她提供了这样的实现理想的土壤,她断然不会轻易放弃的。更何况这还是他宁宇发出的邀请,她内心本来就渴盼着能与宁宇朝夕相处,甚至能修成尘埃落定的姻缘,所以,她没有拒绝的理由。

章局长说:“红主任, 你一直都是有鸿鹄之志的青年人啊, 这几年的磨炼,你已经蜕变成合格的新闻行家里手了,现在就是崭露头角的时候了,你还不只争朝夕,更待何时呢?”

红唇说:“感谢领导的培养和教诲, 这些年在你们的浇灌之下我一直在茁壮成长不假,但是要说成为新闻的行家里手,那还有待时日呢。不过,好在我还年轻,我一定不会忘记前辈和领导们的期许,我会敢当孺子牛,认认真真、脚踏实地地做好属于我的工作。”其实,宁宇压根儿就不担心红唇在工作上的态度,她历来都是一个非常注重工作成绩、注重工作效率的人,也从来都是一个优秀的员工。他唯一担忧的就是她对他一腔炙热的情感,那情感可能不会将宁宇烫伤,反倒会随时将红唇自己烧毁。

娜娜与红唇不同,她一开始就是高定位的,一则因为她爸爸是身居高位的省城大学党委书记, 二则还因为龙都的一把手王明书记是老爸的大学要好的同学。这样的关系,注定了她的起点就不同于一般的新闻从业者。更为巧合的,她一出道工作别人就让她坐上了时政新闻频道的主编,就像历史老人给她安排的一样, 她也就顺理成章地可以登上龙都新闻网总编辑的位置了。虽然她已经清楚了自己的将来,但是面前的这个章局长是龙都新闻文化产业改革协调办公室的主任,她来龙都还要先在他的手下干起,自然也就不能得罪这位上司了,于是她也客气地说:“章局长,还望今后提携和指点,晚辈一定会谨记教诲的。”她的话,让章局长颇有些受宠若惊。要知道,章局长是那种相对会掩饰的势利小人, 他对权柄的巴结和对上司的巴结是十分明显的。面前的这位千金小姐,不仅可能会成为宁宇的老婆,就是不成为宁宇的老婆, 她老爸也是章局长今后可能会利用到的人。于是他连忙说:“客气了,客气了。娜娜,你是省城大学的高材生啊,上研究生时你的好多论文都让我们受到启发和教育呢。你真要来了龙都啊,那就是我们龙都人的福气呢。”

章杰还没有站起来，章局长就主动举杯说："来章杰，我们也干一杯。和前面的两位一样，我也欢迎你来龙都发展呢。今天雪雁副市长和宁部长都向你们发出了邀请，我希望你也能早日到龙都来。你有什么问题吗？"他对章杰说话，显然就没有什么客气可言了。而且他主动说话，就分明是对章杰还不太放心，生怕他会说错话，让他难堪似的。

章杰本来准备了一大堆的词语，也会不显山不露水地表达观点，可是叔叔这样一来，反倒把他的计划打乱了，突然不知道该说什么了。只是轻描淡写地说："谢谢，谢谢。"没有任何实质性的内容。

雪雁见章局长和几个年轻人喝得来劲，便举杯对宁宇说："部长，我们也干一个？"

此刻的宁宇已经对她改变了一些看法，尤其对她学富五车的大学问充满了敬佩，所以看她的眼神也多了几分柔和。雪雁是一个敏锐而敏感的女人，她当然能领会到宁宇对她的态度转变，于是乎看他的眼神也变得多了几分温婉和柔情了。他们两人的举动，让身边的两个小女人看得真真切切，红唇稍微坦荡一些，她坚信宁宇和雪雁仅仅是工作上的应酬，即便是两人温情过了一点，那只不过是为构造和谐的氛围。

但对于娜娜就不同了，以前她就听妈妈说起过这个雪雁。当年爸爸还是学院的院长，年轻的雪雁就对爸爸大抛媚眼，几乎搅得爸爸险些和妈妈分手。当时她就对雪雁怀恨在心，没想到这世界太小了，她来龙都工作居然遇上了这个少年时刻骨铭心的人。而且这个人还是她的上级，让她觉得不可思议的同时，也有几分闹心。更让她觉得不可理喻的是，这个老女人似乎还想纠缠她深爱着的男人，她的心里当然会怒火中烧。按照她的个性，她真想不计任何后果与她大闹一场，但是，她毕竟不是街头泼妇，她是从小接受良好教育的大家闺秀，懂得什么叫做克制和平衡。再说，换一个角度来看，雪雁也是她尊重的，就凭她一身的学识，也确实是她的前辈和导师，所以她还是佯装没有看见似的隐忍了。

63. 天下没有不散的宴席

只听见雪雁略带忧郁地说："你来过这船上喝酒吗？我怎么觉得这跟梦里一般啊？"

宁宇一仰脖子，将酒喝了个底朝天。他觉得今天完成了一直压在心底的大事，总算给面前的几个人都透露了底线，事情的成败也只能听天由命了。他内心本来就没有太在意是和谁在喝酒，不管是雪雁还是红唇还是娜娜，甚至还是和韵，反正就是一个"爽"字。

见宁宇喝干了酒，并没有回应她的话，雪雁有几分失望，又说："宁部长，你还没有回答我的话呢。"

宁宇这才说："嗯，这确实是一种享受啊。凉爽的夜风，淡淡的酒香，浅唱的涛声，谁不珍惜这美好的瞬间啊，谁就会后悔的。"他的回答，完全是释放自身的心情，根本就与雪雁的问题无关。他也没有顾及到雪雁的神情，随后又对大家说："好了，我是答应来陪大家喝酒的，现在我就践行诺言。来，我从身边的开始，与每人都干一杯。红唇来。"

红唇举杯，眼睛里流露出恋人一般心疼的眼神，关切地问："你没问题吧？"

宁宇说："什么问题啊，你刚才还和娜娜在一边叫嚣呢，怎么，不敢和我干杯啊？"

红唇的眼神有几分慌乱，在众人的目光之下，她显得有些不知所措了。她的内心好似有一个声音在提醒着她：你是宁宇的恋人呀，千万不要被别人看穿了啊！她越是紧张，就越不知道该怎么说话了，慌乱之中，她"咕咚咕咚"将大半杯的红酒喝尽了，宁宇还举着酒杯没有动呢。

准确地说，宁宇是被红唇的举动吓着了，在他的记忆里，她一直是善于应变的女孩，今天怎么突然变得有几分木讷了呢？章杰在一边提醒他说："我说部长，人家女孩都干了啊，你打算要赖呀？"他这才喝了酒，走到娜娜面前。

娜娜看见他走来就笑了起来。娜娜总觉得宁宇这样怪怪的，每一次在她家里，她都会和妈妈一起规劝他和爸爸不要喝醉了，但是今天这个场合，她不但不能说出内心的私密，还不能和宁宇好好说心里话，这样别扭的交际，实在让她觉得有几分滑稽和可笑。所以宁宇走过来她什么词儿都忘了，就是想笑。宁宇也只得笑笑说："不管你笑不笑，我都要敬你一杯酒的。"

娜娜也不说话，举杯就干，没想到笑神经尚未完全消失，喝到一半她就喷出来了，让她自己异常难受不说，还喷酒到了宁宇的脸上。她突然蹲下身去，宁宇本能伸手扶了她一把，她很心安理得地靠在他的怀里，心里都说出了撒娇的话来："都怪你！"幸好她大脑灵活，急中生智，在后面改成了"都吐完了，对不起，我再喝一杯吧？"看她够呛，宁宇关心地说："好了，也算喝了，你坐下休息片刻吧。”

男士显然就要豪放一些,章杰找了理由与宁宇连喝了三杯方才罢休。本来章杰是有很多话想对宁宇说的,可这样的场合,显然是不可能有更多的说话机会的。

宁宇和几个人喝酒的时候，章局长一个人走到了甲板的一侧给陆草儿发了短信:“我是章局长,有重要事情找你。”

陆草儿根本就没有跟这个局长打过交道,最多也就是一起开过几次会,互相认识而已。但是接到局长的短信,她当然不可能置之不理啊,于是拨了电话过来:“局长你好。”

章局长问:“还在忙吗?”

陆草儿说:“没有,在家呢,局长有什么指示吗?”

章局长神秘莫测地说:“当然是天大的好事啊,要不然,我会这个时候给你打电话吗?”

陆草儿敏感地意识到,一定是与文化产业改革的事有关了,听局长的话音,也许她发展的机会来临了,于是乐呵呵地说:“局长,您请指示吧?我听着呢。”

章局长说:“等一会儿我再给你电话,我现在还和宁部长、雪副市长研究工作呢。”

陆草儿一听这话,更加坚信是关于文化产业改革的事情了,按捺不住内心的激动,开心地说:“好的,章局长,我等您电话。”

与陆草儿联系好之后，再回到酒桌边，章局长就有些身在曹营心在汉了,巴不得这里的聚会早点儿结束。他盘算好了时间,采访团最多也就是两天之后就全部撤走了。采访团一走，组建三大集团的事情马上就要浮出水面。只要市委最后一关通过,该上的人马就要上了。这个陆草儿现在还不一定知晓实情,一旦她知晓实情之后,他的这个人情也就泡汤了。他这个新闻文化产业改革协调办公室主任，本来想在几个集团的人事任命下来之前找到有利可图的机会,不想根本就没有什么机会,所以陆草儿这里就成了他最后的幻想了,他是无论如何也不打算放弃的。他正焦躁等待的时候,宁宇终于发话了:“今天就到这里吧?你们几个也都还要在龙都采访的,你们有什么想法,随时可以找章局长、雪副市长和我。章局长,你送他们几位回酒店吧。”

章局长连忙说:“好的，领导，你就放心吧！我一定会将他们安全送达的。”

回到岸上，宁宇和雪雁看着红唇他们上了车，这才各自上了自己的车。宁宇对司机说："回我的住处。"

轿车刚刚启动不久，他就接到了雪雁发来的有几分暧昧的短信："今天的夜晚好美啊，能在皓月当空的月夜对酒当歌，这是好多年前就有的奢望，不想今天却阴差阳错地 变成了现实，还是在飘逸浪漫的船头上，你知道我有一种什么样的感觉吗？不是恋爱的感觉，而是受孕的感觉，太奇妙了……"很显然，她不仅仅是为了抒情，更多的是在暗示或者邀请。宁宇摇摇头，内心却说：这个女人也疯了。他最好的办法就是视而不见，置之不理，不理睬就是最好的态度。他将手机放回了包里，靠在坐垫上闭目养神。副驾驶座上的秘书探头问道："宁部长，要不要去喝点热粥啊？"

秘书知道他喝了不少的酒，所以这样关切地问他。他说："算了，时间不早了，你们也早点回去休息吧，明天的事情还多着呢。"

秘书递给他一包醒酒的药片，关切地说："你入睡之前吃三片，早上起来会好受一些。"

宁宇说："谢谢。"轿车已经到了他的楼底下了，他秘书也跟着下了车，问道："需要我扶你上去吗？"

宁宇说："你们走吧，不用了。"而后转身上楼而去。

64. 日光灯下的神秘文件

一天的劳顿，开了几个会又与红唇、娜娜她们喝了这么多的酒，宁宇确实有些疲乏了，还在楼下就想着洗澡之后就能入睡了。他也没有抬头，一直朝家门口走去。突然看见路面上出现了一双精致的皮靴，抬头一看，他惊呆了，面前站着的竟然是性感十足的笑笑。她一身露肩的晚装，浑身上下透出成熟四射的女人魅力。两个酒窝仿佛一直在微笑，眼睛似绿茵茵的深潭一般地诱人，长长的眼睫毛上翘着，高挺的鼻梁下，性感十足的嘴唇轻轻启动，动听悦耳地说："怎么，你走路不看路啊？你没有看到本小姐娇嫩的腿吗？"

宁宇深深地吸了一口气，说道："我的大小姐，怎么是你啊，你怎么也不言语一声呢？"

笑笑乐呵呵地说："我倒是想说话啊，可你给了我机会了吗？"

宁宇说："好了，不说了，进屋吧，我有些累了。"

笑笑却说："不，你这里根本就不安全，我想一定会有人来找你的，你最好到我那里去吧，我有盛大的好消息要和你分享呢。另外，你这样鞍马劳顿的，我也好帮你按摩按摩啊。"

宁宇和她之间事实上已经没有隐秘了，而且笑笑对他没有丝毫所图，两人又分别在两条不同的生活平行线上，所以两人相处都不觉得累，都会感觉到由衷的轻松与自在。于是没有拒绝笑笑的建议，他又转身下了楼宇。正当他上了笑笑的车，前后就有两拨人来找宁宇，宁宇看清楚了，其中的一拨就是和韵的秘书。他暗自庆幸听信了笑笑的话，要不然，让和韵看见他和笑笑在一起，终归不是什么好事。

笑笑启动轿车，说话间就到了她的神秘寓所。她是一个讲究品质的女人，进入她的房间，迎面而来的就是温馨柔软的音乐、馨香缠绵的花香。房间里又多了很多时尚的国内外读物。她给宁宇冲了一杯咖啡，笑盈盈地说："你先休息一会儿，你是知道的，我习惯泡温泉了，今天也让你享受一次绝美的温泉浴好吗？"

本来就很疲倦的宁宇，还真有泡澡的想法呢。说道："谢谢。"笑笑去安排去了，他很随意地拿起了一本女性读物，上面除了时尚美艳的女人照片之外，就是那些风花雪月的美文，还有什么遭遇艳遇的场所、一夜情的秘笈等充满了煽动性的美艳文字。看惯了呆板严谨的文件，看看这类文字也是一种放松，宁宇躺在沙发上，随意地翻看。

也许笑笑早就安排好了，只是再一次去看看而已。果然她很快就回到了温馨的客厅，走到宁宇身边说："走，换衣服去。"和宁宇手拉手进了卧室，两人换上了睡袍直奔浴池而去。

笑笑的这个浴池虽然不宽，但设计十分考究，进入其间并不觉得这个房间的狭小，反倒有一种进入了苍茫大海的感觉，四周的墙壁都被设计师设计成了蔚蓝的海洋色，放眼望去就若苍茫无际的大海海平面。

两人在温热的水池里享受着冲泉的按摩，让人觉得十分舒坦。宁宇问："你这个浴池谁设计的啊？非常人性，也不用占更多的面积，真的很不错啊。"

笑笑说："都是来自香港的英国设计师设计的，我也特别喜欢在水里小憩，每一次都会在这里静静地躺上半个小时，然后再起身淋浴，很享受。不知道你是否习惯这样的生活方式。”

宁宇说:“呵呵,你这是资产阶级才能享受的呢,我这样的无产阶级,就是想这样享受,不也没有这样的条件吗?”

笑笑说:“你老兄这就见怪了不是,你要是真的喜欢,你就搬到这里来住。我又不常住这里的,也可能一个月两个月来一次。要来之前,我还会给你电话,你带女人来了,只要把战场打扫干净就是了,你觉得如何?”

宁宇乐呵呵地说:“你这样说,我就更不敢了。”

笑笑说:“你也不要这样憋着好不好?人不就是那么一回事吗?一个成年男人和成年女人,不都需要发泄么?每个人尤其是未婚的男女,有一两个性玩伴,这样也算是一种对身体负责任的态度啊,何必要让肉体受煎熬呢?”她说这话一点儿也没有做作,这也是她的一种生活态度。可是宁宇不敢这样想,可他还是在无形中这样做了。实际上,笑笑敢说敢为,远比宁宇坦荡和磊落多了。宁宇也意识到,面对笑笑的坦然,自己显得格外地虚伪和渺小。但是,现实就是不让他说出这样的话啊。

两人从浴池出来,彼此清洗身子。当清冽冽的水流淌在两个人身上的时候,笑笑将身体紧贴到了宁宇的身上。缓慢地,两个人的情欲发酵了,彼此像春天破土而出的庄稼,冲破了那一层最后的尘土,迎接春风春雨的滋润一般享受着欢愉的性爱。也不知道笑笑哪来那么多的花样儿,总是让宁宇欲罢不能欲死欲仙,最后瘫倒在雾气蒙蒙的浴池里。随后的笑笑,就像一只温顺的小猫,她轻柔地替宁宇擦拭着身体,然后给他披上睡袍,两人又手拉手地回到了音乐弥漫和花香宜人的客厅。

宁宇正要开口,笑笑伸手堵住了他的嘴巴,咯咯地笑着说:“你就免开尊口吧,我知道你想知道什么。我会告诉你的,呵呵。”

宁宇喝了一口咖啡,不由感叹道:“和你这样聪慧的女人打交道,可能是最幸福的事情了。”

笑笑说:“你的表述还没有完全正确,应该是和我这样的女人打交道,是天底下男人最幸福的事情。”

宁宇笑了。

笑笑说:“事情就是这样简单啊,很有些天书的味道。我不得不告诉你,你的好运就这样来临了。国际绿色智慧发展基金的执行董事带领的工作班子已经考察完了龙都的环境了。”

宁宇连忙问:“结果怎样?你见到他们了吗?”

笑笑兜圈子说:“你猜猜呢?”

“你一定见了他们的吧?”宁宇当然会这样想。

笑笑说:“我看你也是太健忘了吧,我不是给你说过的吗?他们的考察是从来不会让当地的人参与的,即使是我这样的联系人。”

“哦,你都没见到他们的人,你又怎么能知道是好消息呢?”宁宇有些疑惑地问。

“呵呵,你还是沉不住气了吧?还是问出来了。”笑笑忍不住说。随后她说:“你不要急呀,我自会告诉你结果的,你过来看看这个吧。”笑笑拿出了一个文件袋,里面装了一份厚厚的卷宗。她有条不紊地抽了出来,宁宇看清楚了,这是一份中英文对照的文件,文件上的名称为“国际绿色智慧发展基金考察团赴龙都的考察报告”,这让宁宇喜出望外。他走到笑笑身边,笑笑伸手拉他坐到了她的身边,他都能闻到笑笑身上洗浴之后的清香,可此刻的宁宇,眼睛却一眨不眨地看着日光灯下的这份文件。

65. 谁执掌五十亿的签字权

《国际绿色智慧发展基金考察团赴龙都的考察报告》这份文件整整三万字,可以看得出来,考察团的成员都是非常专业的。文件由几大板块组成,地域及其文化的分析、所在地的经济发展程度、所在地的领导思想意识开放程度、该项目的可持续发展概述等。每一部分都出自不同专家的手笔,很见专业水准,很多词汇还得依靠字典来诠释。

读完这份报告之后,宁宇这才明白了其中的要义,环球绿色智慧发展基金其实有一个最基本的要求,就是不选发达地区和城市、不选工业化城市、不选宗教气息浓郁的城市,所有这些,都是一种天然的巧合,龙都都阴差阳错地对应上了条件。这份报告也指出了,龙都既不是文化重镇,也不是经济重镇,似乎没有什么特色。文件意外地指出,没有特质就是这座城市的最大特质,我们希望今后的“东方孔子学院”能够成为这座城市的永久招牌。看到这样的文字,宁宇真有几分激动。

随后,宁宇看到这样一些文字:倘若龙都方面没有意见,我们会安排我方的特别代表笑笑与贵方尽快会商,在一个月之内启动付款程序。宁宇忍不住问:“对方这样有诚意啊?速度还这样快捷?”

笑笑说:“这可能另有原因的,据说这个组织很早就想落地中国了,可洽谈了整整十年,就是没有选到一个合适的项目来。目前这个国际组织已经覆盖全球主要的几大洲了,更是覆盖了几乎所有的发达国家,像中国这样的大国,他们要是再不进入的话,就会失去在第三世界的影响。我猜测可能与这样的背景有关。”

宁宇说:“哦,那么这个资金到底会不会存在问题啊?”

笑笑说:“上一次你不是都听到雪雁副市长和其他的高校领导说了吗?这个基金在全球都是有极高声誉的,他们这一次进入中国,我想完全有可能是冲着孔子这个招牌来的。我还听说了,据说台湾也有学者提到了这个基金的引进,也打了孔子的招牌,可人家觉得孔子还是在大陆的,中国千百年来的影响还是在大陆,所以双方并没有达成实质性的协议。我也没想到,这一次我们这里还意外地获得了基金的肯定。”

宁宇也记得很清楚,上一次那些大学的教授和校长们,没有人不对这个基金充满敬仰的,雪雁副市长当时也是赞口不绝,就连陆强市长也认为是望尘莫及高不可攀的,没想到这天上掉馅饼的事,居然就这样发生在龙都了。

笑笑问:“你快看啊,下面还有很多的内容。”

宁宇又掀开一页,这一页是补充页面,上面有很多的建议条款,他不得不认真地往下看。上面居然有这样的条文,指定他为中方董事,负责整个工程的审查和签字,所有的付款,就要见到他的亲笔签字。中方委派的管委会主任由他出任,“东方孔子学院”建成之后,他为终身荣誉校董等。

看到这些条款,他吃惊不小。按照规则,他虽然是市委指定的最高负责人,有权决定或者建议相关事宜,但是签字处理资金上的事情,原则上应该由市政府的副市长来具体负责。也就是说,龙都高校高职教育园区的经费签字权,应该归属政府序列,那就应该是政府的教育局和副市长或者市长签字认可。环球绿色智慧发展基金的要求已经与现行的体制发生了冲突,所以他不得不皱起了眉头。

笑笑说:“怎么,你为这些条款发愁吗?”

宁宇说:“难道这不让人愁吗?眼看这笔基金可能到手,但是因为与现行的管理体制发生冲突,难道不值得可惜啊?”

笑笑说:“我刚看到这些文字的时候,也犯愁了一段时间。后来我询问了很多的权威人士,他们都认为,只要有利于这笔基金的引进,这些困难和问题是有可能克服的,特事特办也不是没有可能。不过,这样的话,不是你自己能说的,这就要靠上层的一些关系了。据我所知,省城大学的张书记可以为你说说话,还有你的搭档雪雁也是必须利用的力量。”

宁宇好奇地问:“这话怎么讲?”

“省城大学张书记可以给省教育厅打招呼,也可以和龙都的市委一把手王明商量,他现在又是省政协副主席了,他还可以通过政协的途径找找省里面的主要领导啊。要改变这个制度,即便是特事特办,也不是市委这一级能够拿主意的。”笑笑神秘莫测地说

宁宇又问:“那么雪雁呢,她能和谁打招呼呢?”

笑笑诡异地说:“我说宁宇宁部长啊, 现在看来, 你还真就是个书呆子呢。你天天一起工作的同事,你都不知道她的社会关系?实话告诉你吧,她这一次的作用啊,要远远超过张书记的能量。因为她的渠道更为特殊,但是她的渠道不能拿出来说。”

宁宇其实也在揣摩雪雁到底与上面什么关系, 今天笑笑又这样隐晦地说到了这件事,同样没有揭穿的打算,让他依旧一头雾水。

笑笑接着说:“不过, 话又得说回来。关键的一环也不只是这些旁门左道,也还需要正面的汇报程序。如果让张书记和雪雁把工作做在前面了,市委市政府再上报请示,我想这事成功的可能性还是很大的。”

宁宇算是明白了,面前的这个笑笑啊,虽然没在官场,却远比一般的仕途子弟深刻多了,对官场的规则更是了如指掌,也对省市的主要领导之间的关系网络相当了解。

宁宇问:“你的意思最后还在市委市政府?”

笑笑说:“不是最后,是原动力,要靠市委市政府去说服上面。”

宁宇觉得十分困难,让他去给王明书记汇报这样的事情,无异于是在向市委要权揽权,这在官场是一大禁忌。所以他疑惑了,一时没了什么好主意。

笑笑又说:“不过,你也不要太悲观,你的身边,不是还有我吗?我现在是环球绿色智慧发展基金的全权代表啊,再等几天,任命我的合法文件就到了,那个时候,我会去找雪雁和张书记的,最后我才会跟你们的王书记见面。”

原来,笑笑是早就有自己的算盘了。对于这个累计投入超五十亿元人民币、首期投入二十亿元的重大工程项目,可不是一般人想染指就能染指的。对于从政时间不长的宁宇来说,这样的工程对他来说是言不可及的庞大数据。五十亿元的签字处分权,那得是多大的权力啊!不过,这个成竹在胸的笑笑,似乎根本就没有把这件事当成什么难事情,宁宇不知道她内心是不是也会激动,要是这件事情落地了,她的佣金又该是多少呢?

66. 漆黑夜幕下雪雁一语双关

还有另外一个问题一直困扰着宁宇，这个环球绿色智慧发展基金的考察团来龙都考察,怎么一点蛛丝马迹都没有发现呢？而且现在考察的结果都出来了,实在让人觉得匪夷所思。这段时间虽然他本人一直忙着各种事务,但总不至于其他人也都一点没有觉察吧？于是他十分好奇地对笑笑说:“你知道考察团是什么时候来龙都,又是什么时候离开的吗？”

笑笑说:“你关心这个干什么呢？反正结果不是都出来了吗？”

宁宇说:“当然有用啊,解铃还须系铃人啊。要是他们能将后面的附加条款做些修改,不就没有那么麻烦了吗？”

笑笑显然也接受了他的这一说法，她没有把握地说:“准确时间谁也不知道的，不过，按照香港那边传来的信息，考察团可能至今还没有离开内陆。”

宁宇关切地问:“你说的这个消息是不是可以确定？”

笑笑说:“当然可以确定啊,香港方面收发邮件就能断定的啊。”

宁宇突然有一种直觉，这个考察团会不会就在这批境外记者采访团队里面呢？要是这个推论成立的话,考察团的成员也与他见过面了。于是又追问:“你了解这一次考察团采用什么样的方式吗？”

笑笑说:“以前叔叔向我透露过,一般的大型项目考察,基金会都会采用媒体采访的方式出现,这样更能获取真实的一手资料……”她自己都还没有说完就突然停止了,她也和宁宇一样,突然间意识到了相同的问题。两个人随即一击掌,几乎是同时说:“在采访团里!”

随后,笑笑像一个侦探一样,连忙与香港方面联系了一次,再一次证明考察团现在也还在内地。她十分肯定地说:“现在没有怀疑了,就在采访龙都的记者团队里。”随后她忧心地问:“你不会觉得有什么不方便的吧?”

宁宇暗自笑了,说道:“嗯,看来这是上天助我矣,现在我虽然不知道考察团的成员是谁,但是我终归有了补救的措施了。”

笑笑问道:“你有什么办法啊?”

宁宇说:“我可以办培训班啊,让境外记者知晓我们的规矩和制度,这话还不能用我的嘴去说。”

笑笑当然是绝顶聪慧的人,问道:“你是要借雪雁的嘴吗?她是政府主管这条线的副市长啊。”

宁宇连忙穿上了衣服,说道:“我得找找雪雁了,这事也太急迫了,让她先做一做基础工作,实在不行再走你说的曲线救国路线。”

笑笑并没有挽留,她很清楚这个年轻的常委是个工作狂呢,挽留也是白搭。于是淡淡地说:“嗯,祝你成功。”

走出笑笑的寓所,宁宇的头脑更加清醒了。这个高校高职教育园区的招商引资任务,本来就是市里面指派他和雪雁共同完成的,所以这也不是他一个人的事情,也是雪雁有份儿的事情。另外,他现阶段的主要精力已经放到三大集团的改革和运作上了,高校高职教育园区的事情雪雁理应站出来帮一把的,于是他拨通了雪雁的电话。

雪雁一直没有改变她的生活习惯,也可能是因为长期一个人的缘故。白天办市政府的公事,晚上还得指导几位研究生。此刻她接到宁宇的电话还有几分意外,说道:“我说宁部长,这都几点了,你莫非还要邀请我去吃夜宵吗?”

宁宇听到这个消息,早就忘记了现在已是子夜时分,神经还处于极度的兴奋之中,乐呵呵地说:“雪副市长,你也是个夜猫子,还在伏案做学问是吧?”

雪雁向宁宇袒露了她的私密事情之后,就意识到宁宇对她的态度转变了。不管自己是不是比宁宇大,可她终归还是一个妩媚可人的未婚女子,大半夜接到宁宇的电话,能不让她想入非非吗?而且宁宇的声音和态度明显带有莫名其妙的兴奋感,此刻,她真羞红着脸想象着宁宇此刻的表情呢。是依靠在床上半身赤裸,还是正淋浴出来?眼神是否柔情万端?她甚至都在琢磨如果宁宇邀请她，她该不该赴约？但她毕竟是成熟的女人了，一边说："你有透视眼啊？怎么什么都看得见呢？"

宁宇说："我哪里有那么厉害呀，我不就是根据你平时的习惯瞎猜的吗？你不是每天都要在线辅导你的学生吗？"

雪雁十分开心地说："呵呵，你干嘛呀，人家的生活规律你都搞得这样清楚了？"

宁宇也是高兴的，该说不该说的也都说了："呵呵，你我不是搭档吗？多了解不是对工作会有帮助吗？好了闲话不说了，你现在能出来一趟吗？我找你有非常重要的事情呢。"

雪雁一看时间说："要不，你到我家里吧？我一个女人半夜三更地出来不方便呀。"

宁宇十分清楚，雪雁可是单身女子，半夜去她家，那才叫不方便呢，要是让别人看见了传出绯闻来，那还了得？于是直率地说："我说雪雁同志，你要家里有个老公什么的，我过来也就罢了，可你现在这个情况，我能来你家里吗？这样吧，你下楼，我过来接你，说完事情之后，我再将你送回去可以了吧？"

雪雁也没有别的更好的办法，毕竟宁宇是领导啊，人家又是要和她研究工作，虽然内心有些不情愿，还是迟疑着说："那好吧。"说完，她不得不再一次换下身上的睡衣，走到穿衣镜前看看自己的模样，然后拿上包款款地出门来。

宁宇坐在的士副驾驶的座位上，一连找了三个茶坊，人家都关门打烊了。宁宇回头试探性地对雪雁说："要是再找不到茶坊的话，就到我家里去吧？"

实际上，这正中雪雁的下怀呢，她早就盘算着去他的家里看一看呢，没想到机会这么快就来了。但是她还是佯装不太情愿地说："嗯，尽力找找吧，最好离我家近一点的。"

的士司机说："这一带可没有夜店茶楼茶坊，差不多也都关门了，我建议还是送你们回家吧？"

宁宇无奈地说："好吧，右转。"宁宇和雪雁下了的士，的士一溜烟绝尘而去，高楼底下就剩下了宁宇和雪雁两个人。此刻已是夜深人静了，街市上的灯火虽然依旧明亮如昼，道路上的车辆和人流却已是门庭冷落了，半天都不见一个行人的身影。宁宇对雪雁说:“现在电梯也停了,我们只有从楼梯上走了。”楼道虽然不算狭窄,但是这电梯公寓里本来就很少有人走楼梯的,加上已经是幽深的黑夜,行走迈步发出的声响显得格外孤独,无形之间让人觉得远处袭来一种少有的阴森恐怖。雪雁一把拽住宁宇的胳膊,一脸无辜地说:“我有点害怕!”她的声音颤颤的,分明流露出女人特别场合那种一语双关。

67. 雪雁遭遇另类逐客令

幸好每一层楼道里都有灯光,而楼道里此刻也没有别人,雪雁拽着宁宇的手臂也就一直没有放。直到走到了宁宇的家门口,雪雁这才将手放了下来,吐吐舌头,佯装幼稚的模样。宁宇打开房门,将客厅里的灯开到了最亮,然后对雪雁说:“坐吧,这么晚了喝茶喝咖啡都不合适了,我给你弄一杯暖胃的牛奶吧?”

雪雁乐呵呵地说:“没看出来,宁部长也是一个懂得生活细节的人啊。多谢了,你带我参观一下吧,也许这事我自己来会比你更熟悉。”

宁宇带着她参观了整套房间,他这是一套三的大房子,虽然空旷了一点,但是秘书安排得很到位,每间房屋都布置得一尘不染。雪雁赞叹说:“哎呀,宁部长是一个爱干净的男人,我喜欢。好了,你先去客厅等我把,热牛奶的事,还是交给我来吧。”

宁宇也就没有推辞,漫步走到客厅,将刚才笑笑复印的那份材料一一展开,准备等雪雁出来之后就商量。

果然,雪雁处理牛奶比他在行多了,短短几分钟,两杯热气腾腾的牛奶就上桌了。宁宇说:“冰箱里还有零食呢,你喜欢什么就自己去取吧。”

雪雁打开冰箱,以便选择零食,一边玩笑道:“宁部长,我敢打赌,这里面的很多食品都不会是你采购的吧?”

宁宇笑笑说:“呵呵,雪雁同志火眼金睛啊,我得老实交代确实如此。”

雪雁再一次走到客厅的时候,宁宇就说:“现在我们商量工作吧?很重要的工作。”

雪雁疑惑地看着宁宇,将信将疑地问:“领导,还真有工作啊?”

宁宇不想和她再开玩笑了,一股脑儿把这件事情说了,然后说:“你我都是负责这件事情的主要人员，你看能有什么好办法呢？我给你交个底吧，这样好的事情，我真不想错过啊，但是对方的这些要求，又有很多是脱离现实的。如果这件事情我亲自给市里面或者省里面的领导汇报的话，我就会落得个争权夺利、好出风头的恶名。现在的关键就在你了，办法也在你了。”

听完了宁宇的介绍，雪雁刚开始还觉得是天方夜谭，紧接着看了这些文件的复印件，内心还是有几分激动，毕竟这对于龙都来说是一大幸事。正好雪雁是管教育的副市长，本人又是长期执教的教授，所以她比常人更加重视教育的投入和建设。高校高职教育园区本来就是雪雁的心头肉，早在宁宇还没有来龙都时，市里面就将这个任务落实到她的头上了，可是她接受之后几乎是一筹莫展。她就是有一百个愿意，关键还得要寻找投资这个庞大工程的经费啊。下阶段省里、市里和龙都的高校本身都是经费非常有限的。市里面有这样的大气魄颇有一些异想天开的味道，当初王明书记提出兴建这项工程的时候，很多人都是抱怀疑态度的。表态的时候都说，立意和构思是超前的，就是经费可能会有些难度，当时她本人也是这样的态度。可事情的转机就出现在宁宇来龙都之后，宁宇不但没有拒绝接手这个工程，还打下了保票要将这项工程搞好。在雪雁的眼里，宁宇就是属于初生牛犊不怕虎的那种雏儿官员。可是现在不一样了，宁宇不但扭转了很多人对他的看法，就是雪雁本人也对他产生了根本性的转变。现在他领办的每一件事情，都让市委的主要领导觉得放心。

她抬眼看了看宁宇，问道：“这确实是一件利国利民的大好事，对于龙都来说也是十分需要的，可怎么出招，还得请你明示呀？”

宁宇问：“如果这笔基金不能进入龙都，你会不会觉得可惜？”

雪雁说：“那还用问啊？这么重要的事情，又在这样一个历史关头。”

宁宇又说：“那么你觉得这件事应该怎样处理呢？”

雪雁说：“要是我们决定不了的话，就应该立即报告市长和书记。”

宁宇又说：“还有别的办法吗？”

雪雁问：“你指的是？”

宁宇说：“比如说影响对方改变一些决定。”

雪雁问：“有这样的渠道吗？据我所知，这个基金的考察和评审团都是秘密进行的，每一个专家的意见也都是独立的，所以修改起来会很难的。”

宁宇说：“要是我们知道这个考察团和评审团的成员呢？”

雪雁说："你真会开玩笑，宁部长，你没有受骗吧？这个基金根本就不可能透露他们的行踪的。如果你知道了，就有可能这是一个骗局。"

宁宇将他从笑笑那里搞到的情报说了，问道："现在你还认为是骗局吗？"

雪雁说："你是要我出面开一个说明会是吗？"

宁宇补充说："是关于中国内陆地区的财务收支制度和党政官员不得兼任经营性团体的领导人方面的说明会，而且还要不露痕迹。"

雪雁说："这个简单，我召集海外媒体开一个说明会就是了，要是考察团成员和评审团成员不在其间呢？"

宁宇说："那就希望你发挥作用了啊，省里市里的关系你都这样熟悉，莫不是你想眼睁睁地看着这笔基金流逝到别的地方去？"

雪雁陷入了沉思，很久没有说一句话。宁宇一边翻看那些复印材料，一边分明在等雪雁的意见。她终于开口说："要是对方不能改变附页上的要求的话，这事市里面也就定夺不了。"

宁宇明知故问："那又当如何呢？"

雪雁说："就要省里面的主要领导点头了，五十亿的财权，不是一般人可以决定的啊。"

宁宇这才明白了刚才笑笑的暗示，这个雪雁果然是深藏不露的，她在省里一定有常人没有的特殊关系。听见雪雁这样说了，他的心里顿时释然不少，他已经摸准了雪雁的脉了，对方不修改附页条款，她也不会轻言放弃的，其实这也就是宁宇需要的，于是说："我想你比我有办法，也只能交给你了，组建三个集团的事，我就多操点心吧，落实这高校高职教育园区的大事，现在看来是非你莫属了……"雪雁笑笑，默许也算是一种承诺。

宁宇见效果已经达到了，索性站起身来说："好，现在是我该履行承诺的时候了，我得送你回家。"雪雁似乎还没有习惯宁宇的这种逐客令，但是她只能遗憾地站起身来，随宁宇往楼下走去。

68. 空前亮相

章局长可谓是谋划已久了，告别了宁宇、雪雁，他就给陆草儿去了电话。

此刻,陆草儿还在客厅等候他的电话呢,在陆草儿的心目中,章局长当然是高不可攀的,本来就是她主管单位的顶头上司,又是省城党报集团空降来的局长,显然是有庞大的社会背景的。这样的领导,在陆草儿看来,本领是通天的,但是他们绝对不会在龙都长久地扎根下去,他们就是来基层镀金而后回去升职的。也就是这样的领导,更要小心对待,谨慎对待。一方面今后省城多一个可以利用的关系;另一方面,这样的干部处理问题是不计后果的,他们才不管你是张三李四,该严肃处理就严肃处理,几年后一拍屁股走人,也就谁也见不着谁了,所以这样的干部,她这样的单位负责人没有不惧怕的。再者说了,现在的演出团体哪里有几个不走穴的,就是她主政的市青年歌舞团,同样会走穴赚钱,甚至也会有一些不可告人的隐秘事情发生。要是领导非要利用点事儿找茬的话,没有哪一个团长是可以幸免的。所以她接到章局长的电话,内心就一直忐忑不安。章局长找她会是什么事呢?难道是团里的那些年轻女子又在外闯祸了,惹到了这位新到龙都的文化新贵人物?

看她一直不得安宁,丈夫过来询问:“怎么啦?这么晚了也不睡觉?”

陆草儿说:“章局长找我谈话呢,我这不心里有几分紧张吗?”

丈夫说:“心中无冷病,不怕鬼敲门。你没有犯事儿,你着哪门子急啊?”

丈夫也不过是安慰她而已,他与她风风雨雨这些年,怎么不了解歌舞团本来就是一个争风吃醋的是非之地啊。要是较真,领导还不是想怎么拿捏就怎么拿捏吗?她说:“话是这么说,可你能告诉我,章局长这么晚了,找我会是什么事啊?”

丈夫说:“你们新近不是闹着要搞什么改革吗?是不是为这一档子事呢?”

丈夫提醒了她,她想起了那天宁部长、雪雁副市长等市领导到剧团调研,她在文化局的发言是不是有些过了。虽然那天宁部长问了她很多问题,也表现出了对她的支持和理解,但是谁知道章局长会怎么想呢?她在市领导面前大肆说演出单位的各种短处,其实也就是在批评文化局管理的不力呢。不排除章局长受到了市里面的严斥,因而对她嫉恨呢。她淡淡地说:“要是上面不让我干了呢?”

丈夫说:“不干就不干,我看也没有什么值得留恋的,你都在团里干了这么多年了,哪一届领导又是真正赏识你的呢,就是你这团长,还不是你死拼硬搏得来的。不是说一朝天子一朝臣吗?人家章局长是省城空降而来的,来了自然要换一茬他的亲信呢,你又能怎样呢?”

陆草儿也是饱经沧桑的人了,什么事儿没有见过呢,所以索性也就不想了。但是,她转念一想,章局长给她电话并没有不友好的态度,听口气对她也没有什么意见。再说,真的要是让她下去的话,一定会是局办公室的人跟她联系,谈话也得从副局长谈起。而今夜的情况很特殊,是局长亲自给她电话,这里面就有文章了。会不会是空降的局长试探她的态度呢,或者是找这样的机会让她臣服到他的门下呢?这些年的经历告诉她,每一个局长都不会是省油的灯。要是章局长想收买她,让她加入他的阵营,她何乐而不为呢。于是对丈夫说:“快点,给我把日本带回来的鲍鱼拿来,还有从福建带回的铁观音。”

丈夫立刻明白了陆草儿的意思,这么多年,他也没有过多地干预过妻子的事情,只要她决定了的,他都是积极支持的。他什么也没有再说了,很快将这两样东西拿出来装进了整洁的礼品袋。陆草儿猛然想起了什么,她匆忙进了卧室,对着穿衣镜上下看看,而后掏出唇膏擦擦嘴唇,出门来问丈夫:“这一身穿得出去吧?”她穿了米色的风衣,本来高挑的身材更显得有形有款。丈夫傻看了她一眼,说:“咋啦,莫不是你还要去相亲,用得着这样紧张吗?”

陆草儿娇嗔道:“亏你说得出口,局领导找我呢,我能邋遢出门吗?好歹我现在还是一团之长啊。”两人说话间,她的手机丁零零地响了,陆草儿有意识地拉长了声调,让声音显得更加甜美:“哎呀,是章局吧?您这么快就忙完了?”

章局长已经开车到了她的楼底下,这是他事先都调查好了的,知道陆草儿住的这条街。他说:“你下来吧,我现在就到了你的楼下了,局里面的车,你认识的吧?”

陆草儿有几分兴奋地说:“认识,当然认识的呀。您的车我就更认识了,还劳烦您亲自来接我,实在不好意思啊。”陆草儿尽量让气氛显得融洽一些,好在她丈夫已经习惯听她有些发嗲的语调了,要是换了另外一个旁人,一准很不习惯。

她提上丈夫已经给她备好的两个礼品袋,急匆匆地出门了。当她出现在章局长车面前的时候,章局长居然绅士一般地下了车,还亲自给她打开了车门,这让原来还有些狐疑的陆草儿更加坚信章局长可能就是收买她来了。每一界的局长都会有这样的举措的,只要是文化局管治下的独立法人单位,局长都会找机会单独谈话的,对于陆草儿来说,这也不是第一回了。她坐上了章局长的车,闻到了车内的香水味道,十分亲热地说:“局长,闻到您的香水就知道您是什么品位的男人了。”

成熟女人就是这样，总会找些不搭界的话题来搭讪，而且总是能在不经意之间就流露出那种练达与坦荡。

章局长问道：“是吗？”

陆草儿说：“是啊，我看过很多资料的，使用这种香型的男人，最讲究生活的品质，而且尤其注重生活中的细节，您就是那种特别精致而风雅的男人，我说得对不对。”

章局长说：“好你个陆草儿，你的伶牙俐齿是整个文化系统出了名的啊。”

陆草儿笑笑说：“开个玩笑，局长您不会介意吧？”

章局长说：“怎么会呢？”

陆草儿又说：“局长，我们要去哪里啊？龙都的道路您不熟悉吧？”

章局长说：“到市中心的新月咖啡厅吧，那里还有弹钢琴的高手，我们一边说话，也可以欣赏乐曲啊。”

陆草儿说：“局长，您还有这个雅兴啊。简直太好了，老实告诉您，我还是钢琴评级的老师呢，一会儿我免费给您演奏一曲如何？”

章局长一边驾车，一边侧目看了陆草儿光洁如玉的脸，十分随意地说：“哦，我们的团长原来还是一个音乐家啊？”

陆草儿说：“不好意思，我本来是音乐系毕业的，没有当成音乐家，却阴差阳错地搞上管理了，命运啊。要是团里当年的境况能好一点，我也不会把我的专业丢了……”她的话语之间，明显带着淡淡的惆怅与失落，中年人的况味显露无遗。

69. 果真天上掉馅饼

这家咖啡吧是龙都最有名的，每晚都有人来演奏经典的钢琴曲。章局长在护城河船上喝了一肚子的红酒，但是头脑异常清醒。他和陆草儿相对而坐，章局长要了喜欢的咖啡，陆草儿却说：“我不要咖啡，我要一杯热牛奶。这么晚了，喝了咖啡无法入眠的，局长，您要不也来一杯牛奶？”

章局长说：“不用了，我就喝咖啡好了。我在新闻单位工作的时间长了，已经落下了夜猫子的职业病，谁要是让我早睡，就等于是我的敌人，这毛病现在还没有改过来呢。”

陆草儿同情地说：“您在新闻界少说也有十几年吧？这样长时间养成的习惯，哪有说改就改得了的啊？不过，现在您到文化单位做领导了，不好改也得改呀，要不然，您白天怎么坚持得了啊？”

章局长摇摇头，无奈地说：“就是啊，每天早上起来的时候，脑袋都是晕晕的，很难受啊。”

陆草儿乐呵呵地讨好说：“要不要我帮助您改呀？要是您愿意，我每天可以提醒您睡觉的时间。嘻嘻。”

章局长说：“算了吧，让我又回到孩提时代，我还是自己管理自己吧。”随后他说：“今天找你来呀，是好事呢。”

陆草儿就等着章局长说正题呢，见章局长开了尊口，心情即刻有几分紧张。当听到他说是好事时，她的心里又充满了期盼。章局长说了这一句，又停下来了，仿佛故意吊她的胃口。她也不能催他呀，佯装羞涩地小口喝着牛奶。章局长的眼睛一直在审视她的表情，这让她浑身不舒坦。

章局长接着说：“上一次市领导主持召开的那次改革调研会，你的表现很不错的。我和你以前没有见过面，你那一次给我留下了极深的印象。”

陆草儿说：“在领导面前班门弄斧了。”

章局长说：“可不要这样说，基层演出单位本来就很艰难，你能带领市青年歌舞团另辟蹊径，走出一条让同行赞叹的路，足见你的不平凡。”

陆草儿说：“谢谢领导褒奖，那不是什么改革，那都是让现实给逼迫的。”

章局长说：“正因为如此，才显露出你的不凡之处呢，在艰苦的环境之中，你能崛地而起，你能挺身而出，没有积累和潜能，你怎么可能脱颖而出呢？说实话，我就欣赏你这种不卑不亢、敢闯敢干的能人，哪怕在创新中犯一点小错误，也是值得的。我今天找你，就是想让你承担更重大的责任，挑更重要的担子，你有这样的心理准备吗？”

陆草儿没有料到，她成了章局长眼中的千里马，这对她一个半老徐娘的女人来说，还能有这样一次机会，内心还是有几分激动的。于是说道：“谢谢局长抬爱，只要能为团里做点实事，我吃苦受累都是应该的。只是不知道局长还要我做什么要事，我陆草儿的能力是有限的呢。”

章局长说：“你也不要谦虚了，让你挑重担，又不是让你孤军作战，你背后不是还有我们这些人吗？套用一句时髦的话来说，就叫做你不是一个人在战斗；用老话来说，就是你的身后还有组织帮衬着呢。”

陆草儿感激地说：“谢谢局长，你的知遇之恩我会记在心头的。”

章局长说：“那我就直说了吧，这一次市里面的重大改革，我想启用你。具体的职务，就是和广电局的另一位副局长钟露一起，筹办新的广电影视营运中心，名义上你也是广电影视集团的副总经理，但你和钟露是相对独立的。这一次的体制将有惊人的变化，我希望你不要辜负了我对你的厚望。”

陆草儿太惊奇了，她一个不起眼的无权无势的市青年歌舞团的团长，怎么可能一下子变成广电影视集团的副总经理？还有，她本来是属于文化局管辖的单位，怎么一下子又到了广电影视集团的旗下了呢？让她到这样庞大复杂的机构里面去做副总经理，她能有立足之地吗？当然，她很清楚，这绝对是组织上也是章局长对她的重视，但她不知道该从何下手啊？广电影视集团，可不像青年歌舞团这个小河沟呢。

章局长煞有介事地说：“我知晓你心中有疑问，我今天约你出来，不就是答惑解疑的吗？不过，在组织部和有关部门还没有公布对你的任命之前，你也要注意保密，现在也就只有我本人有这样的想法，你明白我的意思吗？”

陆草儿鸡啄米似的点头。

章局长说：“这一次的改革力度，在龙都来说是前所未有的。新闻文化产业改革这盘大棋，市委已经下定了决心了。另外你也是知道的，领办这个项目的市委常委、宣传部长宁宇和我以前也是一个单位的，那个时候他还是我的下级，所以很多话我可以直接与他交心的。所以你放心，我让你办的事情，你只要能给我办好就行了，其他的事情不需要你过多地考虑，这一点你能明白吗？”

不就是想告诉陆草儿，他这个局长有着非同一般的关系吗？陆草儿怎么会不明白呢？她依旧不停地点头。

章局长又说：“我相信你完全可以胜任的。还有一点我得跟你交代，这一次文化局把你们团和市里面的所有文艺演出单位都破天荒地划归到了广电影视系统，你是唯一能进入广电影视系统的高层决策者，你可要明白我的良苦用心啊。不要让划转的兄弟姐妹戳我和你的脊梁骨啊！”很明显，他这样的语气，让他们两人之间的距离一下子就近了许多，彼此成了一条绳子上的两只蚂蚱。他抿了一口咖啡，说道：“我这一次也是要背上历史骂名的，我同意了将你们文艺演出单位和市内的影视院线划转广电影视集团，我出于两方面的考虑，一方面是铁了心服从市里面的新闻文化产业改革，支持和帮助宁部长实施改革计划；另一方面就是绝对相信你有这个能力带好划转的这批队伍,有你在,划转的文化系统魂魄就在。”倘若前面的那些话算是铺垫的话,这后面的几句话就算是高潮了。他这样的话,让陆草儿受宠若惊。是啊,她陆草儿何德何能呢?能代表文化演出单位的魂魄,而且从此鸟枪换炮?对于陆草儿而言,绝对属于天上掉馅饼的事儿。

70. 巧妙的办法

陆草儿不得不激动了!她脸上的表情发生了微妙的变化,轻轻地搓手掩饰内心的激动,但她还是谦逊地说:“局长,这个消息太突然了,我根本就没有任何的思想准备,我是担心我担当不了这样的大任啊……”章局长绝对相信,此刻陆草儿已经被他彻底征服了。其实,他哪里是需要陆草儿担当什么大任啊,他就是需要陆草儿感恩,需要陆草儿效忠,最终成为帮他捞到实惠的爪牙,仅此而已。可陆草儿能知道吗?

章局长平静地说:“你也不要有什么心理负担了,你就平心静气地看待这一切吧,刚才我不是说了吗,你只管干好你的工作,其他的事情是我该考虑的。哦,对了,我还打算让你进入新闻文化产业改革协调办公室,这个办公室由我兼任办公室主任,你兼任副主任,这个办公室直接面对雪雁副市长和宁部长。”他当然隐去了还有很多副主任而且还要设专职副主任的事实。

陆草儿真不知道怎么感谢他才好。她也是快到四十岁的女人了,深知官场的微妙之处。不要看现在章局长对她这样真心真意的,只要不能达到章局长的要求,这些尚未成为现实的许诺,也就会化成海市蜃楼,随着时光的流逝而烟消云散。此刻的章局长仅仅是在试探她呢,若她不明白这样的暗示,也就当今晚的话什么都没有说了。她需要冷静地想一想,起身对章局长说:“局长,您稍候,我不是还要给您演奏钢琴的吗?我去洗洗手,然后给您演奏一曲如何?”

章局长说:“呵呵,好啊,能在这样的夜晚聆听你的演奏,是我的荣幸呢。”

陆草儿缓步走入洗手间,对着镜子看看,镜中的那个中年女子依旧不失风采,她对自己的形体和仪表还是颇为满意的。严格说起来,像她这样的年龄,还有这样的模样,绝对算得上是娇艳的美人了。此刻,她并没有欣赏自己的心思,而是寻摸着该怎样感谢这位从天而降的局长,还要促成局长刚才的许诺,她很清楚,这样的机遇不是每一个人都能遇到的,她确认了厕所里没有任何人之后,连忙给丈夫拨通了电话。

丈夫这些年来跟在她左右,对她也是了如指掌的,听完了她的介绍,就说:“我给你带一张十万的卡过来吧?我到了给你短信,你就下来取好了。”

陆草儿盘算着,刚才还带了福建的铁观音和日本鲍鱼的,加上这张卡,也该算是一份像样的见面礼了,她果断地说:“好,就这样办。”

她伸手理了理头发,发现自己的手心里居然有汗。她本来是拿不定主意的,这些年自己存点钱也太不容易了,不靠手底下演员们的走穴,连支撑团里的正常开支都不够,还别说她能存点钱了。按照她原来的想法,在团长的任上再努一把力,能赚够自己的养老钱也就足够了,没想到中途又冒出了这么一出“改革”大戏。

本来她对市里面的这场改革是不看好的,很多次市里面都说要彻底改革文化产业单位,可每一次都是雷声大雨点小,口头上说彻底,其实就是喊喊口号罢了。没想到这一次这个年轻部长还要来真格的,到了这个份上她也不得不搏一回了。如果章局长带来的信息确切的话,这就是她人生的又一次辉煌了,她不抓住会后悔一辈子的。还好,她犹豫的时候,老公帮她下了决心,现在她也就豁出去了。

她走出洗手间,直接去了咖啡吧的播音间,跟主管经理说道:“我能演奏一曲钢琴吗?我要送给我朋友呢,你能替我在这上面念一念吗?”说着,将手里面的纸条递给了经理。纸条上是这样写的:“陆小姐要将这首《命运》送给章先生,希望他一生幸福,事业辉煌。”

咖啡厅里的广播声刚刚落下,陆草儿站到了钢琴前面,冲章局长在的方向点头致意,而后开始倾情地演奏这首跌宕起伏的《命运》。此刻的陆草儿,与其说想将这首曲子送给章局长,还不如说是将这首曲子送给自己的。这首曲子她早年已经演奏过千百遍了,入骨到位的音乐声从她的指尖涓涓流淌,整个咖啡厅笼罩在激扬的音乐里。一曲戛然而止,她飘飘欲仙地站起身来,再一次冲章局长点头致意。

演奏完之后,她随手看了看手机,上面有一条未接短信,她打开一看,果然就是老公发来的:“我已到了咖啡厅了,你方便时联系我。”

她纤细的手指在键盘上飞快地转动:“你到洗手间一侧吧。”随后快步向洗手间走去。丈夫不露声色地将卡递给了她,随即转身走了,就像徐志摩的诗里写的那样:“轻轻的我走了,不带走一丝云彩。”陆草儿缓步走回座位上,章局长满目欣赏着,对她说:“果然身手不凡啊。

陆草儿此刻心已经落地了,什么东西都准备停当了,乐呵呵地说:“谢谢局长表扬,要是您能给我颁发一个奖杯就好了。”

章局长说:“陆团长啊,你这样的人恐怕年轻的时候获过不少的奖励吧?你还缺少我给你颁什么奖啊?”

陆草儿说:“嗯,局长确实有眼力,我小时候的奖状贴满了整间屋子呢。”

章局长意味深长地说:“我真希望有一天我能给你颁奖呢。”

陆草儿也明白了章局长的意思,连忙说:“我一定会努力的,一定。”

章局长点点头。

陆草儿说:“我们走吧,时间不早了,您可要逐渐养成早睡的习惯啊,不然会影响您的身体的。”

章局长站起身,两个人走出了咖啡吧。章局长说:“你还有东西在我车上呢,我送你回家吧?”

陆草儿没有拒绝,下车的时候,陆草儿说:“局长,这两个袋子是送您的茶叶和鲍鱼,还有这张消费卡,是我们团里发员工的,也不是什么值钱的东西,就算我请局长吃一顿饭吧,嘻嘻。”也不管章局长是否接纳,说完转身就走了。

章局长也没有太在意,这里又不能长久地停车,将卡放到一侧的副驾驶座位上,驾车朝家的方向疾驰而去。一路上,他盘算着,这个陆草儿见惯了大风大浪的,应该会懂得他的良苦用心。

71. 超市银行卡

章局长停好车,随手将那张纸包着“购物卡”和两个纸袋上了楼,很随意地将这几样东西往茶几上一放, 坐在沙发上对前来探望他的妻子说:“让你久等了,你看看这几样是什么东西,你收拾一下。”

夫人一边收拾,一边说:“哦,日本产的鲍鱼,这可是全球最好的鲍鱼呢。

福建的铁观音,嗯,也还不错的。这是什么卡?”

章局长说:“一个歌舞团团长送的消费卡,你看看能到什么超市买东西吧?”

夫人惊诧地说:“我说老公,你也太幽默了吧?你当我不识字啊?这分明就是银行卡,这纸上还有密码呢。你说的是哪家歌舞团啊,他们也太富有了吧?送一张购物卡也送银行卡呀?对了,这纸条上还注明了,是十万人民币呢。”

章局长立刻坐直了身体,盯着夫人说:“你拿过来我看看!”

夫人将卡和纸条都递给了他,他微微点头说:“嗯,看来我是没有看错人啊。”夫人在一边问:“是不是你们局里面又要提拔干部了啊?”

章局长说:“你关心这个干什么啊,把钱收拾好就是了。”他的话音刚落,家里的电话响了。夫人接了电话,是章杰打来的:“婶婶,我叔在家吧?”

夫人说:“是小杰啊,你叔叔刚到家呢,有事吗?”

章杰说:“哦,没有别的事,我从省城带来几样东西,我想现在送过来呢,明天我就要回省城了,怕没有时间了。”

夫人说:“你也是的,他一个人在这里,能需要什么东西啊。好吧,你过来吧!”回头又对章局长说:“是小杰呢,他给你带了东西过来,明天他要回省城了,只有现在送来了。”

章局长说:“嗯,这孩子,还想着叔叔的,算我没有白疼他。”

刚刚放下电话,章局长又接到了红唇和娜娜的电话。红唇说:“章局长,我没有打搅你吧?”

章局长立刻变了一种语气说:“没有没有,怎么,红主任也还没有休息啊?”

红唇说:“我们到了龙都,还没有来拜见过老领导呢,我和娜娜准备登门拜访,不知道是否方便啊?”

不管怎样,红唇和娜娜这样的人物,他章局长怎么敢懈怠呢?于是有几分恭敬地说:“哎呀,让你们来看我,我怎么好意思啊?”

红唇说:“老领导,你不会不给我们这个机会吧?刚才我问过章杰了,他说他经常和你见面的,所以他就不过来了,我和娜娜商量过了,我们明天就要回省城了,无论如何今晚我们到你家里面来看一看。”

两个人还在通话的时候,门外已经传来门铃声。章杰已经到了他的家了。他带来了风干的羊腿四条，还有一大块牦牛肉，进门就对章局长说："叔叔，我可知道你的喜好，我给你带来的都是从藏区带回来的正宗货，可够你吃上几个月的了。"

章夫人示意他小声一点，章局长正在通电话呢。章局长向他挥手表示他看见他了，随后又开始与电话另一端的红唇说话："哦，你说章杰呀，他已经到我这里来了，现在还在呢。这孩子也是的，他可能是不想打搅你们休息吧，所以他才那样说的。"

红唇说："好啊，这个章杰，一会儿见面非得收拾收拾他不可，刚才还说不去你家呢，没想到他居然偷偷地捷足先登了。我们现在就出发了，章局长，一会儿见。"

"一会儿见。"章局长挂断了电话，一脸喜色地看着身边的章杰，开心地说："小杰啊，一会儿红唇和娜娜还要过来呢。"

章杰说："哦，那是应该的，她们不是也要做叔叔的副手吗？"

章夫人过来对章局长说："你来看看，这孩子带的东西太多了。有四条风干的羊腿，还有三十斤牦牛肉，还有牛干巴等。"

章局长说："小杰，你带这么多东西来呀，我现在是一个人在这里呢！这么多，我吃得了吗？"

章杰乐呵呵地说："你就那么点喜好，这些都是从藏区带来的上品，您就留着慢慢吃吧。"

章局长满意地说："也难得你的一片孝心了。怎么样，这几天都还顺利吧？"

章杰说："稿子都是红唇在发，这几天我蛮轻松的，也就是走走看看，了解龙都的风土人情，比在报社一天三个会议轻松自在多了。"

章局长说："坐下吧，小杰啊，不是叔叔要念叨你，有些话我还得说呢。"一看章局长又要数落章杰，章夫人在一边着急地说："你打住吧，孩子不容易来一趟龙都，你就不要教训人家了，让小杰好好喝茶，你们爷俩好好聊天吧。"

章局长说："没你什么事，你还是准备一下吧，一会还有两位贵客要来呢，我给小杰指点也是我做叔叔的分内之事。"

章杰恭敬地说："谢谢叔叔，我一定铭记您的教诲。"

章局长十分严肃地说："你现在还不能安于享受呢，你看人家红唇不也是副主任了吗？她怎么就能潜心工作，而且能在工作之中屡屡做出成效呢。她的文章写得越来越精彩了，现在连龙都市委的王书记都对她刮目相看，极为欣赏呢。还有你的前任宁宇宁部长，你看人家多刻苦，做一样事情就像一件事情。做记者出色，做主任出色，现在又实现了几级跳当上了市委常委、宣传部长了。你可要学会借鉴和参考啊，体悟其中的诀窍啊。我也承认，宁宇的成长可能有很多的外因，但是你不得不承认宁宇是一个脚踏实地的工作狂，而且在每一个岗位上都能干出不俗的成绩。你呀，还得沉下心去领悟啊……”

章杰羞愧难当地说：“我辜负了叔叔厚爱了，今后一定加倍努力。”

章局长说：“嗯，你还年轻，有什么样的上进想法都还来得及。今后到了龙都，你可要给我争气，你明白吗？”

章杰马上问道：“叔叔，我到龙都来会在哪个部门呢？”

章局长说：“先到龙都新闻文化产业改革协调办公室做专职副主任。你的这个岗位相当重要，要协调报业集团、网络新闻集团和广电影视集团的关系，很多指导全局性的东西都要出自这个办公室，所以你是任重道远呢。”

章杰关心地问：“但是，这个机构毕竟是临时性的机构啊，事情忙完之后，我将会去哪一个部门呢？哦，红唇和娜娜不是也要到这个办公室帮助工作吗？她们又会去向哪里呢？”

十分显然，这样的问题让章局长回答起来十分难堪。如实说吧，又怕伤害章杰的自尊心。不如实说吧，迟早有一天章杰要正面面对。他很想说，人家红唇和娜娜背后是什么背景啊？咱们能跟人家攀比吗？正当他犹豫的时候，门铃骤然响起，红唇和娜娜赶过来了，爷俩的谈话也就此打住。

72. 去留两艰难　红唇多憔悴

红唇和娜娜进屋，章杰不好意思地迎了上去。红唇和娜娜没有搭理他，而是对身后的章局长说：“局长，真不好意思这个时候来打搅你。”娜娜和红唇也都一样，带来几盒精致的茶叶。

章局长说：“你们两位也是的，来看看也就是了，还带什么礼物啊？”

红唇说：“局长，你就不要羞煞我们了，我们这算什么礼物啊。也就真的是来看看局长您。”

娜娜也说：“就是啊，我们也可能今后还要成为您的下级，成为您的同事呢。”

章局长连忙说：“两位，可别这样说，你们都是有大志向的人，我这一届老朽了，怎么可能与你们相提并论啊，老实说，我真羡慕你们啊，这般年轻就赶上了这么好的机遇。”

几个人说话的时候，章夫人出来了。红唇和娜娜又是一番关照说：“哎呀，阿姨也在啊？要是早知道阿姨在呀，我们真就不该来打搅了。”

章夫人按照章局长的吩咐，早就安排了隆重的宴席。见了几位就说：“难得在龙都见面啊，你们这几天也辛苦了，现在尝尝阿姨给你们做的宵夜吧？”

红唇和娜娜十分为难地说：“章局长，阿姨，我们真是太不好意思了。”

章局长说：“不用客气了，这不是你阿姨的心意吗？上桌吧！章杰，现在你就是主人了，还不赶快招呼客人啊。”

红唇和娜娜却佯装生气地说：“章杰，现在看在局长的面子上，我们暂且饶了你，回去的路上我们再算账。”

章杰笑笑说：“好吧，两位客人请，回去的路上任凭你们处罚吧，这总可以了吧。”

章夫人羡慕地说：“你们年轻人在一块儿就是热闹啊。”

实际上，说是宵夜。可谁又是真正地吃呢。章局长率先说：“你们几位能到我家里来，我家里是蓬荜生辉啊，你们都是龙都新闻文化产业改革的中坚力量呢，我以后还要仰仗各位呢。来吧，祝你们早日到龙都安家落户，与我和宁部长共同奋斗，同甘共苦！”

红唇和娜娜撒娇说：“局长，还是听听您的教诲吧？我们今后到龙都来，都干些什么呀？”

娜娜实际上是知道自己干什么的，但是这样的场合，她不也得装着不知情吗？章局长想了想，还是决定把真相告诉各位，这样还有利于他树立权威，至少说明他们的前程是通过了他章局长了的。他正色道：“你们真想知道啊？”

三个人都说：“当然想知道啊。”

章局长说：“好吧，那我今天就违反一次纪律了，你们几位可要替我保密啊。这个决定只有我和雪雁副市长、宁部长三个人知道。你们要是预先透露了消息，他们就知道是我老章说出来的，后果也就严重了。”

三个人都一致说：“我们当然会绝对保密的。”

章局长沉思了一刻才说：“现阶段的初步设想，章杰留在新闻文化产业改革协调办公室做专职副主任，你们两位在协调办简单过渡之后就要去具体的单位。原则上红唇去报业集团，娜娜去网络新闻集团。职务现在我就不能给你们透露了，不过，你们要相信一点，既然市委宁部长邀请你们来龙都，他就会给你们安排妥当的，你们说是不是啊？”

听了章局长的介绍，最为郁闷的当然是章杰。不过，几个人都没有再询问什么了。章局长见时间已经很晚了，他明天也还有很多工作呢，于是主动下了逐客令。三个人这才离开了章局长的家回到了宾馆。章局长送完几个人回来，手机上有陆草儿来的一条短信：“局长，您可要早一点休息啊。”

回到宾馆，娜娜好像并不太关心来龙都之后的事，很快就躺到床上休息了。可是红唇却不一样了，她再也无法入眠。她虽然觉得来龙都报业集团绝对是一个机会，但是她毕竟是独生女儿啊，好不容易一家人刚刚在省城相聚，现在她离开省城，那不是又要离开爸妈了。

她很清楚，爸妈其实对她没有太多的要求，就像现在这样，平平安安地，在省城晚报朝九晚五地上下班已经很好了。要是她突然要求到一个前途未卜的地级市去上班，恐怕两位老人心里会有想法。

不过，也不是完全没有办法。要是现在她能和宁宇确定真正的恋爱关系，可能老两口一准就不会有什么意见。可是红唇知道，现阶段的宁宇事业正开始呢，他完全可能暂时不考虑这件事。她也知道宁宇的性格，他是不会轻易得罪任何一个女孩的。同样的道理，他也不会生硬地拒绝她，但是也不会爽朗地答应她。她更清楚，与她在一起的这个娜娜也是宁宇的忠实追随者。在省城的时候，两个人就经常出入各种场合。但是红唇是一个绝对自信的姑娘，她一直坚信宁宇不仅仅喜欢女孩的美貌，更欣赏女孩的学识和能力，所以她在工作上从来都是出类拔萃的。这一点，她在娜娜面前是占据绝对优势的。

她现在也有几分茫然，宁宇这个样子让她有几分没有把握。同样还有另外一个问题，龙都市委究竟会怎么用她，给她一个什么岗位也是关键问题。她现在虽然只是一个副主任，从级别上讲也就是一个正科级干部，因为他们报社是党报下属的晚报，总编辑是副厅级，部门主任也就是副处级了，轮到她,自然也就只能是正科了。但是,省里面的正科和地级市的正科却是两个概念。地方干部上调省里可能会低职,但是省上的干部下派,就完全可能升一格使用。虽然章局长跟她说了她即将去日报集团,日报集团本身才是一个正处级单位,会给她一个什么职务呢?这个问题她本人会考虑,爸妈更会考虑。要是职务低了,家里断然不会同意她来的。现在的她,毕竟背景发生变化了,爸爸那个省行政学院的常务副院长,官虽然不大,可是经常与各级领导打交道啊,尤其是省里面的主要领导,所以只要她能够在报社好好地干下去,升职也是必然的事。她妈虽然不是什么要职,可同样也是副厅级的领导干部啊。

她叹了一口气,索性打开了电脑上了QQ。网上还有很多人在,她惊喜地发现爸爸也在,于是问道:"爸爸,你也在网上啊?怎么还不睡觉呢?"

红副院长说:"你妈出去应酬去了,我在家等她呀。"

红唇说:"爸爸,你真乖。"

红副院长说:"呵呵,你明天回来吧,爸爸给你准备好吃的。"

红唇俏皮地说:"我不想回来了,龙都邀请我留下来工作呢。"

红副院长问:"谁呀?莫不是宁宇那小子?"

红唇说:"一言难尽啊,也不知道这个机会该不该抓住。"

这个消息显然让红副院长重视起来,他连忙问:"你能跟我说说具体的情况吗?"

红唇说:"嗯,可以呀。"红唇是没有打算马上睡觉的意思了,她想象着爸爸焦急的神情,不仅暗自乐了,心里说道:要是宁宇那小子就好了,只要他亲口对我说,你留下吧,不管他给不给位置,就是让她在家做全职太太她也会立刻答应下来。

73. 一封让人振奋的邮件

红副院长听到这个消息,当即觉得非同小可,他立即给夫人去了电话,说了红唇今天的异常。夫人风风火火地赶了回来,一进门就说:"让红唇上视频,我要和她说话。"

红副院长虽然也着急,但他还是说:"不要这样慌张啊,问清楚情况再说呀。刚这么一说,你就慌张成了这个样子。可别把孩子吓着了,我们的孩子我们自己还不了解吗?红唇做事历来都是很有分寸的。"

夫人也就没有再说了,坐到电脑边,看着丈夫和女儿对话。红唇问:"你怎么不说话了,是不是你伟大的夫人回来了?"

红副院长对夫人说:"你现在不要出现,我看她要说什么。"

夫人说:"你们快说吧,就当我不存在好了,我只要知道真相就好了。"

红副院长这才对红唇说:"还没有呢,还不知道要多长时间才能回来呢,你说呀,到底怎么回事?"夫人在身后扭了他一把。

红唇说:"你知道龙都的事情吧,新近在搞新闻文化产业改革呢,要将所有的报纸和杂志集中起来形成龙都报业新闻集团,还要将广电系统与原来文化局主管的几个演出集团整合在一起,形成广电影视集团。另外,还要将所有的网站整合起来,形成一个新的网络新闻集团。阵仗算是全国之最了,一个地级市能有这样大的气魄,还是前无来者的举动呢,所以引起了很多专业人士的注意。现阶段龙都又要在全国范围之内挑选拔尖人才到龙都来工作……"

红副院长问:"你是不是也很向往啊?"

红唇说:"坦率地讲,一个有新闻理想的新闻工作者,面对这样的诱惑,是很难抵御的。"

红副院长问:"他们也向你抛橄榄枝了?"

红唇说:"是的。"

红副院长问:"都是什么级别的人,有宁宇吗?"

红唇说:"龙都市委和市政府都出面了,与我们口头商议的有副市长雪雁和市委常委、宣传部长宁宇。"

红副院长问:"是单独谈话吗?"

红唇说:"不是。"

红副院长又问:"说了让你去干什么了吗?什么单位?什么职别?"

红唇说:"先到新闻文化产业改革协调办公室帮助工作,随后去日报集团,职别未定。"

红副院长说:"哦,知道了。"

红唇说:"你还没有给意见呢?"

红副院长说:"没有意见。"

红唇问:“什么意思?”

红副院长说:“一切都没有确定,什么意见也都不是意见。”

红唇显然有些失望了,沉默了许久没有说话。

那一边的红副院长对夫人说:“你看到没有,这就是你的女儿,还远远不成熟呢。人家分明就是公开选秀,而且大致的方向都还没有定下来,你的女儿就开始心猿意马了,这怎么得了? 我有几个意见:第一,除非是宁宇亲自到省城来,到我的家里来,把这件事情的来龙去脉说清楚,也可以考虑。其二,除非他真的和红唇建立了恋爱关系,没有这两个必要条件,想都别想。”

见老公这样气鼓鼓的,夫人反倒劝慰道:“你当女儿是傻子吗? 她也不会这样冲动的,她既然能跟你说,就证明她本人也没有主意,只要你把这个念想给她断了,不就行了吗? 她一个孩子,有这样那样的冲动也是可以理解的呀。”

红副院长说:“好了,你和她说吧,气死我了。”

就在红副院长生闷气的时候,红唇打开了她的邮箱,看见有一封陌生的邮件,她立即点开。文件居然是龙都宣传部发来的,发件人是副部长思明。红唇觉得有几分诧异,这个思明副部长与她没有任何交情啊,怎么会突然给她发来一个文件呢。她想起了那天思明和她们探讨龙都的改革问题,心里想,莫不是思明部长还要和她讨论。

打开正文一看,她惊呆了。正文这样写道:“红唇主任,我是龙都市委宣传部的思明,你接到这封邮件也许会觉得奇怪,我们尚无交往,我怎么会突然给你来这封信呢? 你也不用奇怪,一切都源于你的才华。老实说,宁部长让你组织这一次新闻稿的时候,我其实根本就不信你能写出什么像样的稿件来,因为你对龙都的社会情况、经济发展进程,还有其他的方方面面都不了解。但是,当我拿到你撰写的稿件时,我愣了整整三分钟。我看完整个稿子之后,内心就有几分惊叹了。正如宁部长的自信一样,我看到了你过人的智慧和超凡的才华。你的这个稿件,不但得到了宁部长的赞誉,也得到了市委王明书记的高度赞誉,我算是见识了什么叫山外有山人外有人了。同样的文字、同样的素材、同样的基础数据,可是出来的文稿确有着天壤之别。你妙笔生花、底蕴深厚、遣词造句精妙,在下自愧不如。我相信龙都众多的新闻工作者也没有这样的能力。

“所以,在见到你那篇稿子的当天,我就向宁部长提出了一个建议,希望能把你调到龙都市委宣传部来。我甚至都想好了,让你来出任龙都市外宣办副主任，将现有的副主任调到广电局或者日报社，我的这个建议没有得到宁部长的批准。

“事情过去的第二天，我再一次向宁部长提起这件事，宁部长突然对我说，要让我去负责组建新闻报业集团，那时我才知道宁部长为何没有答应我。我再一次向他要求将你调到报业集团，我个人的意见是，你出任报业集团的总编辑，全面负责报业集团的内容规划和管理。这一次很幸运，宁部长没有拒绝。

“红唇主任，我现在可是求贤若渴的时刻，期望你能来和我搭档，一起把报业集团的事情做好，真的，大哥真诚地期盼你能早日来龙都……”

此刻，红唇有些震惊了！怎么可能，让她出任报业集团的总编辑？四报六刊一网站的报业集团啊！确切地说，简直不可思议。

红唇突然问红副院长：“爸爸，你还在吗？有重大的消息啊！”

红副院长还在生气呢，夫人说：“孩子说话了，说有重大消息告诉你呢！”

红副院长一看，红唇给她发了一个文件过来。他点开来，仔细一看，脸上绽放出了无限的喜悦，夫人奚落道：“你怎么回事啊？小姑娘似的，一会吵一会笑的？”

红副院长十分满足地说：“你看看吧，我们家的红唇真的出息了……”言语之间，透露出一种油然而生的自豪感。

74. 安全底线

全球媒体聚焦龙都的活动圆满落幕，无疑使龙都的知名度提高了不少。陆陆续续的参观考察团莅临龙都，龙都的外围投资环境得到了极大的改善。陆强市长和王明书记都是十分满意的，也对宁宇的工作更加持支持态度。

这天，王明书记和陆强市长在召开完市里面的一个重要会议之后，两个人集体见了宁宇，没有让雪雁参加。王明乐呵呵地说：“宁部长，这段时间你辛苦了，全球媒体聚焦龙都的活动搞得好，很好地改善了我市的外部形象，很多市领导回来都反映说外界对龙都的认识发生了很大的变化，市级领导们的招商工作也因此打开了突破口，所有的领导都在暗地里赞扬你呢。你现阶段抓的另外两项工作，现在也算是快要见到成效了，高校高职教育园区建设是事关全局的教育问题,也是全社会关注的问题,你们引进的基金虽然现在还没有确定下来,但是你们的努力市委和市政府是看在眼里的。另外,新闻文化产业改革的事情你们的工作也算抓得紧,推进的速度也很快。现在你手里应该有了攻坚需要的主要人手了吧?今天我和陆市长一起和你聊一聊,也相当于小型的常委会了。我们就是要听听你下一阶段的具体打算,高校高职教育园区是教育方面的大事,社会关注度高,容不得出半点差错。你也是了解的,这是全社会公认的净土,要是教育工程出了问题,在座的各位恐怕都是脱不了干系的。其二,我们很关心新闻文化产业改革的突破点,现阶段你们的工作应该才只是开局,另外一半现在虽然已开始洽谈,但还没有露出真实的迹象。我所指的是解决新闻和文化产业改革的引资问题。国家现在不允许编辑部这一块与资本融通,但是广告发行和经营问题是允许资本进入的,这只是政策导向的问题。你也明白,龙都的新闻文化产业不是一个小摊子,这一次动的面很广,所以没有外来资本的介入,我们要想实现这场改革就像痴人说梦,谈何容易啊……所以我们今天没有让别人参加,就请你来单独谈一谈,了解你们现阶段的执行情况。陆市长,你说说你的看法吧?"

陆市长和王书记从来都是异常默契的,陆市长说:"王书记已经说得很全面了,我们就是有一些担忧,这新闻文化产业改革的步子跨得太大了,我市的财政本来就薄弱,要是没有外来的资本做后援,我们的改革可能就得放缓速度。宁部长也是清楚的,我们干工作有一个基本的规律,就是兵马未动,粮草先行。要是在工作中不遵循这个铁的规律,我们就会被碰得头破血流。一旦我们打破原来的格局,没有足够的资本来支撑,龙都就会引起社会混乱。宁部长本来也是新闻界的资深人士,你对文化人和知识分子是了解的,一旦事情没有做好,给了他们说话的机会,他们就可能无限度地放大政府和党委的错误,告状上访可是这些人的拿手好戏,到时我们怕是收拾不了这个局面呢!当然,市委和市政府推进改革的决心是不变的,就是要寻找一个可以平衡的点,找一个稳健推进的办法。说具体一点,就是要先有足够的资本,再掀开改革的序幕,这一点我想宁部长也一定是能够理解的……"

宁宇当即明白了书记和市长找他交换意见的意思了。第一是不想让这样的信息影响别的领导,包括雪雁副市长,依旧让他们保持一种积极向上的改革姿态和精神。另一方面呢,就是向他交底,市里面是没有能力承担改革失败的,更没有现存的经费拿出来救新闻文化产业改革的急。所以,这就要求他必须要手里有粮之后再开战。说得实际一点,就是要引进了资本,才能启动改革。实际上,这是一个难题,但是又是一个无法逾越的难题。这也不是书记和市长要卡宁宇的脖子,而是这样的现实问题无法回避。虽然宁宇的内心有些沉重,但是他完全能理解龙都两位当家人的心情。龙都乱了,问责的首先是他们两人。改革是要进行,但他们自身的安全也不能完全忽视。两位领导找他谈话的目的实际上只有一个,就是让他把工作的重点转移到招商引资上去,先不要急着引进人才和打破原有的格局。当然,这与他原来的预想有些差距,他原来想的是齐头并进,而两位领导却让他先落实经费,再实施改革。

王书记接着说:"宁宇同志,你明白我和市长的意思吗?我们既要坚定不移地改革,又不能让社会出现乱子和麻烦。虽然有些苛刻,但这也是最现实的途径啊。你也是常委班子里的人,对龙都的经济社会发展也承担着重要的责任啊。"

宁宇说:"两位领导,你们的意图我明白了。你们考虑的是全局,我在工作之中忽略了这方面的思考。下一阶段的工作,我马上做出调整,集中精力抓招商,其他的工作暂缓推进。"

王明点点头:"嗯,这样调整一下,也不会影响改革大局的。宁部长,你就放开胆子干吧,我和陆市长就是你的坚实后盾。"

宁宇虽然内心有些不爽,放开胆子干?这不就被绊住手脚了吗?但是他还是笑容可掬地回应说:"谢谢两位领导的支持和帮助,我一定会尽力的。"他随即决定改变工作的步骤,先将新闻文化改革协调办公室的组建推后一步,他必须和雪雁一起去一趟省城,两人实行分工,雪雁去联系省里的高层领导,商榷环球绿色智慧发展基金解决高校高职教育园区资本的引进问题。他集中精力与"和氏商号"的和夫人和和韵交涉,力争短时间之内能和她们达成一致的协议。在省城的间隙,也好让红唇、娜娜甚至章杰做好相关的工作准备,一旦他需要的时候,一声令下他们就能奔赴龙都。于是又对王书记和陆市长说:"两位领导,我有一个请求。"

王书记说:"你说。"

宁宇说:"既然我和雪雁副市长的工作重心要做一些调整,我建议给我们一周或者更长的时间去省城,我们好从容地洽谈合作事宜。"

王书记和陆市长对视了一眼,乐呵呵地说:"没问题,不要说一周,就是两周也没有问题，这样吧，我们也不给你规定具体的时间了，你和雪雁把手里面的其他工作安排好，你们什么时候回来，什么时候去，你们自行决定，但是有一个前提，不能影响市里面的正常工作。”

宁宇说：“好的。”随后他又说：“我还有一个请求。”

陆市长说：“你说呀。”

宁宇说：“我希望今天的内容不让其他人知道，也包括雪雁副市长。”

王明高兴地说：“宁宇同志，你和我们想到一块去了。你没有看见今天我们都没有让雪雁参加吗？我们也不希望影响改革的大局，更不希望影响士气。”宁宇这才快步走出王书记的办公室，思量着下一步的工作计划。

75. 驾轻就熟

回到办公室，宁宇有些郁郁寡欢。他吩咐秘书通知雪雁副市长到他的办公室来商议问题，随后又让秘书通知了章局长。他很清楚，还不能让章局长有丝毫的松懈，他还得和他的秘书、雪雁的秘书一起承担新闻文化产业改革协调办公室成立之前的文件起草呢。前一段时间都是依赖雪雁跟她的那位政府副秘书长去办理的，现在既然明确了章局长是这个办公室的主任，也只能让他多辛苦一点了。

在雪雁副市长没来之前，他清理了关于新闻文化产业改革的相关文件，再一次看了和夫人和和韵来龙都与政府接洽时提出的所有条件，以及后来市级部门的回复意见。这些已经基本上解决了和氏商号提出的一系列问题了，本来早就该启动下一轮会谈的，就是因为市里面的其他事情太多了，所以拖到了现在，以至于王书记和陆强市长主动让他去找和氏商号商谈了。

和夫人和他是熟人，是朋友，应该算是亦师亦友的那一类交往。和夫人一直待他不薄，甚至还有几分崇尚，所以这一次他对和夫人掌控的和氏商号报了很大的期望。至于说和韵，那就更不用说了，两人虽然曾经是师徒，但更多的应该算是地下情人，毕竟和韵是和他有过肌肤之亲的女人。唯一遗憾的是，现阶段的和韵可能还只是和氏商号里面的一个傀儡，还没有执掌和氏商号的大权。但是，宁宇坚信，和韵一定会起到一些作用的。

另外，还有笑笑。不要小看当年的那个县级电视台的小女子，看样子她对和氏商号的了解也非同一般。有时候她就形同一块不断飘散的密云,让人捉摸不透她到底什么来头。更让他觉得奇怪的是,笑笑曾经是和夫人的情敌,是她老公的情妇,两个人之间居然都没有结怨,甚至还有些惺惺相惜的举动,这实在让他看不清楚里面的究竟。不过,他相信笑笑能在这个问题上对他有所帮助。他自己也无法界定他和笑笑之间的模糊关系,但有一点,两个人在一起时是快乐的,是和谐的,或者说目标也是一致的。

想着这些事儿,时间也就过得更快一些,此时外面就传来了敲门,他已经听清楚来人就是雪雁。

今天王书记和陆市长找他谈话,没有让雪雁参加,完全有可能是王书记不太信任雪雁所致。当然理由十分充分,就是保持下面干部的积极性和主动性。可是雪雁毕竟是副市长啊,不让她参加会议,有一天她终归还是会知道的。此刻宁宇有些动摇了,是不是应该也让雪雁知晓事情的真相,让她一起来分担重责呢?可是转念一想,还是算了,既然自己都当着书记市长要求了保密的,自己怎么转眼之间又变卦了呢?这样的事情,说小也不是什么问题,说大就是政治上的不成熟,当面一套背面一套,自己不能纵容自己这样的错误,时间长了还怎样执政啊?于是他抱定主意不给雪雁透露今天的情况。

一进门,雪雁就笑嘻嘻地说:"宁部长,召唤我有什么重要的吩咐吧?"

宁宇见雪雁今天的气色不错,穿得也显得时尚年轻,看上去不太符合她三十几岁的年纪。一看她这样的神情,就知道她今天的心情不错,于是说:"什么吩咐啊,是一起干活呢。我给市委请示了,我和你这段时间要全身心地抓招商引资,我们要去一趟省城,而且去的时间还相当长。"

雪雁很久没有回省城了,正想寻摸机会回去小住呢,于是关切地问:"怎么,市委同意了。"

宁宇说:"不但同意了,政策还很宽泛呢。表态的时候王明书记和陆强市长都在。王书记说了,只要你们两人去省城谈招商引资,不要说一个礼拜,就是更长的时间也没有问题,你们准备好了自行决定出发时间和返回的时间,不过有一个前提。"

雪雁问:"什么前提?"

宁宇说:"不能耽误了市里面的其他正常工作,去之前要交代好工作。"

雪雁说:"这好办啊。"

宁宇说:“交代工作的事当然好办啊，就是后面的事情难办呢。我想了想,你这一次去主要就是打通环球绿色智慧发展基金进入龙都的关系,我的重点就是找和氏商号二次三次磋商。我们也可以相互配合,但是重点要有所区分,你觉得如何?”

雪雁眨巴着大眼,直愣愣地盯着宁宇的眼睛,问道:“这样大的事情,我一个人承担得了吗?”

宁宇说:“雪雁同志,你真会开玩笑啊。”

雪雁说:“我可没有开玩笑呢,高校高职教育园区这样重大的事情,你是分管这方面工作的常委,你不出面,我的分量够吗?”

宁宇说:“好了,你就别给我戴高帽子了,不是说术业有专攻吗?你本人是教育界的资深人士,又出身省城大学,你对这笔境外的基金又这样了解,省里面的对口关系你又比我熟悉,你不去跑,难道让我一个一问三不知、伸手一抹黑的人去跑啊?”

雪雁说:“你说得也太严重了,就是我的关系熟悉一点,我们也可以一起去呀,毕竟你代表市委啊。”

宁宇说:“有些事情,人多了不是更不好说话吗?你们女同志不是也有其独特的优势吗?”

雪雁诡异地一乐,说道:“呵呵,原来我们年轻的宁部长也这样老谋深算啊?好吧,我就听你的吧,要是我遇到什么困难,就向你求救吧。”

宁宇说:“雪副市长真会开玩笑。好了,我们说说其他事吧?我还通知了章局长的,一会儿我们俩还得给他交代一些事项,上次你接待海外媒体团的时候,讲了我们议过的内容没有?”

雪雁说:“实施得很好的，媒体团的很多记者还询问了我很多的问题,尤其是政府内部的财务运作规范。倘若基金考察团成员真的就在媒体记者队伍里面的话,效果就完全达到了。当时和我一起会见媒体的市委副书记还觉得我有点莫名其妙呢,事后询问为何要说这一番不沾边的话。我说先前有记者询问了同样的问题,所以借此机会给他们解释,副书记这才没有问了。”

宁宇说:“嗯,这件事也就听天由命了,要是能发挥作用就更好,如果发挥不了作用,也算我们已经尽力了。”

“是啊,所谓谋事在人成事在天嘛。”雪雁也这样附和说。

76. 救　场

宁宇要给章局长交代的也不止一件事情，既然他现在是龙都新闻文化产业改革协调办公室的主任,很多事情都还得他去穿针引线,事前事后的很多工作都还得他去开展。他和雪雁去省城的这一段时间,虽然不能大刀阔斧地进行全方位的改革,但是各种专题调研活动还不能停滞下来。其实质的内容大致有这样几个方面：

第一个方面是让各单位提前讨论和预热市里面的改革大政，让所有的干部职工展开广泛的谈论和争论,让所有的干部群众都知晓改革的必要性。这个阶段主要依靠各单位现有的领导班子来进行，不涉及改革后的一切事情。第二个方面是广泛深入基层,一个单位一个单位地摸底调查,查清楚每一个单位有利于改革的因素,排查对改革不利的因素。对不利的因素要全面掌握,但不急于纠正。第三个方面是调查了解每一个单位现行的人力资源状况,尤其是骨干位置上的干部的状况。这个工作要求秘密进行,但又要全面真实，为今后推行改革时提供用人依据。第四是检查各单位的经济运行状况、财务管理和实施制度等。这几项工作都是非常复杂艰辛的,不沉下去是拿不出成果的,就是沉下去了,也得费很大的力气才可能达到宁宇提出的要求。所以他要将雪雁喊过来一起布置这个工作。虽然章局长是新闻文化产业改革协调办公室的主任,同时他也是雪雁领导下的政府文化局局长,他也还有他局长的工作需要协调。

宁宇说完自己的想法之后,雪雁的第一反应就是人手不够,问道:“是不是立即将协调办公室的其他副主任调整到位？这样也有利于今后的工作开展。”

宁宇冷静地说:“雪副市长,你先听我说。现阶段暂不慌,我是这样想的,我们的这个协调办公室一旦启动,就是改革大幕拉开的时候了,这个协调办公室的副主任一定得有一个投资方的主要负责人。如果这个时候就将协调办的班子汇聚到一起,而投资方的负责人不加入的话,可能会出现几个不好解决的问题。其一,这个班子的组建不完整,以后还要重新调整排序,弄得有些同志心里不舒服。其二,现行班子的很多决策可能不全面,今后投资方的代表进来之后还要就相同的问题做重复决策。其三，投资方的意见在协调办里面充当的角色太重要了，很多事情没有他们的意见，我们现阶段的这些主任副主任是代表不了的。实际一点说，我们的这些主任副主任只是单方面地代表政府部门和单位，而不能代表出资人的意见。你见过花钱的人比出钱的人重要的吗？”

雪雁听了宁宇的解释，也就明白他内心的顾忌了，这样稳妥一点实际上对今后推开的改革并无坏处。但是她根本就不知道，这是宁宇在没有办法的情况之下想出来的辙呢。于是说：“嗯，这样说，我当然能理解。可现实这样多的工作任务需要章局长去落实和完成，恐怕他也有难度啊。”

宁宇说：“实在不行的话，你们的秘书也加入这个工作团队吧？还能每天将搜集到的情况及时反馈。”

雪雁虽然不太情愿，身边没有秘书，工作生活都不方便啊，但是宁宇这样说了，她也没有别的更好的办法。宁宇似乎看透了她的心思一样说：“你放心吧，回省城会有人照顾你的生活的。”

雪雁突然两眼放光，她错误地以为宁宇对她有什么意思了呢。随即宁宇又补充说：“省城不是还有红唇和娜娜她们吗？至于我，还有章杰可以用的呀。”雪雁的神情顷刻之间就落寞下来，也许是因为听到娜娜这两个字。雪雁情绪急转直下的时候，救场的章局长出现了。

十分显然，章局长是从某个会议室或者基层的现场飞奔而来的，脸上还冒着细汗，嘴里也喘着粗气。进门还没有说话，就从他的提包里拧出了他随身携带的茶杯，“咕咚咕咚”喝了几口水，才说：“实在对不起，实在对不起，让两位领导久等了，我正在陪同省上文化厅的领导考察我市文化市场呢，所以来晚了。”

雪雁像看怪物一般看着章局长的狼狈相，脸上顿时由阴转晴，乐呵呵地说：“章局长，你也真逗，用得着这样夸张啊？你刚才的举止，让我想起了庄稼地里的犁铧老汉来。好像跳上田埂，随手抓起木勺大口牛饮……”

章局长说：“失态了，失态了，让斯文的博士市长见笑了。不过，我说的可是实情，我担心你们等久了，所以上楼的时候是跑着来的，弄得我口干舌燥的。”

宁宇说：“让章局长在博士市长面前露丑，是我的过错呢，是我事先没有通知章局长，这才让他的工作被动。对不起啊，章局长。”

章局长乐呵呵地说：“没关系的，领导安排工作难道还要预先通知啊，这个我能理解。再说,在雪雁副市长面前丢丑,也不伤大雅的,她又不是不了解我老章是个什么人……”

一番闲话之后,就切入正题。宁宇说:“章局长,今天把你叫来,是有很重要的事情和你商量呢。”他这话其实是客气,他一个市委常委,还用得着给政府的一个局长商量吗?不过,宁宇说这话是有历史渊源的,毕竟章局长曾经还是他的领导呢。随后宁宇又说:“雪副市长,还是你安排具体的工作吧。”

当雪雁把工作布置给章局长时,他立刻面有难色了,十分无助地说:“两位领导,我不是推诿,这样大的工作量,是不是可以组建协调办公室之后再落实啊,我现在就应承下来,恐怕也是心有余而力不足哦。”

雪雁毕竟是政府的副市长,她虽然是代替宁宇交办任务给他,但是章局长当面就这样的态度,她也是相当不满意的。于是她一半玩笑一半强硬地说:“我们都知道你章局长的工作繁忙,我和宁部长不是都想到了吗?我和宁部长很快就要去省城出差,宁部长表示让他的秘书和我的秘书都留下来配合你的工作呢,难道这样还不行吗?”

章局长这就慌了神了,他根本就不知道这就是宁宇的真实想法。可是让雪雁在这样的时候说出来,就有另外的一番意味了,这不是要挟领导是什么呢?执行得了执行不了不是还没有去执行吗?他脸上的细汗更加浓密了。只听见他压低了声音说:“如果这样的话,我也就只能在局办公室抽调几名办公室的人员参加了,我哪敢用领导们的秘书啊?”

雪雁也知道章局长的实际难处,于是将推迟组建协调办的原因说了,也期望章局长能正确认识这个问题。章局长说:“领导们这样说,我完全赞成并坚决支持领导们的决定,完成这一次的任务我就只能调遣我文化局办公室的人帮忙了……”

雪雁也不知道该如何回应章局长的话,因为他说的完全是实际情况,他不可能手下一个干将都没有,还要完成这样大工作量的工作。宁宇思考了半晌说:“从你们文化局调人来干这件事,显然不符合程序。这样吧,我安排宣传部新闻科和组织科的同志配合你的工作,另外,我和组织部那边商量一下,也让他们派出几个同志协助你工作。”

章局长的脸上顿时露出了笑容,说道:“我就知道领导们会有办法的,要是这样,我再完成不好任务,两位领导怎么处分我都行。”

章局长离开了宁宇办公室,雪雁笑眯眯地说:“领导,你这不是故意折磨人家吗?你心中早就有办法了,还要故意挤对人家,让人家急得满头大汗?”

宁宇笑了,事实上,雪雁怎么知道,这个主意也是宁宇刚刚才想出来的破局之策啊。书记和市长的主意一变,所有的工作环节和节奏都被无序地打乱了。他这个常委,还不是只得处处救场啊。

77. 遭遇熟悉而又陌生的神秘女子

他和雪雁决定,各自安排好手里的工作之后再行决定出发的时间。雪雁说:“没有别的事情,我就先走了,有什么指示你随时打我的电话。”

宁宇送走雪雁,就开始张罗和和夫人联系了。他想,在去省城之前,务必得和和夫人先联系好,像她这样的大忙人,根本就不知道她什么时候在,什么时候不在。他拨打了她的电话,可手机处于关机状态。他又打开QQ,看见和韵居然在网上,于是主动打招呼说:“你在网上啊?”

和韵回复说:“我的天啊,果真这样灵验啊,我真是服气了。”

宁宇问:“你什么意思啊?”

“我妈简直太神奇了,她出门的时候预料你今天要和我们联系呢,你果然就来了。”和韵说。

宁宇也觉得奇怪,问道:“你妈不在你身边吗?”

和韵说:“我妈说了,这一次如果你要来找和氏商号,就得先过我这一关了,嘻嘻。”

宁宇连忙改口说:“你妈什么意思啊?我本来就是要来找你的。”

和韵说:“你去逗一个三岁的小孩还可以,你刚才的话已经说明你想找她了,你的脾气和秉性难道我就不了解了吗?”

宁宇说:“你是了解我不假,但是这件事情你就冤枉我了。我要回省城来,就是来找你的呢。”

和韵又显露出小姑娘的一面了,说道:“算了吧,你回省城的目的我很清楚的。第一是想与和氏商号谈判,最好能直接与和夫人商谈。其二是见红唇和娜娜,还有章杰,为他们能去你治下的龙都帮衬你。其三,还要见诸如笑笑等老朋友。我敢说,要不是你要与和氏商号谈合作的话,你压根就不可能来找我。我相信你对我的失踪很感兴趣，对我现在的身份很感兴趣，但是你绝不可能这个时候来找我。你说，我说得对吧？”

好一个伶牙俐齿的和韵，宁宇是拿她没有办法的。宁宇就是想伪装，也是不可能隐瞒得了天资聪慧的她的。于是宁宇无奈地说：“尊敬的和韵，我该对你说什么好呢？”

和韵说：“你说什么都可以，你说什么我都明白，只是你不要掩饰就行了。呵呵。”

宁宇问：“这么说，你是不欢迎我来了？”

和韵说：“我得说明一下，绝对没有这样的意思。我们现在完全有可能成为合作伙伴，没有人会拒绝发财的机会。这么说吧，我已经给你安排好房间了，轿车用你自己的也可以，还是用我的也可以，总之只要你能来省城，我就是你的全职秘书。不过，我声明，你需要我陪伴的时候我一定在，你不需要我的时候我一定会走开。嘻嘻。”

宁宇对于和韵的性格是十分赏识的，她不是那种黏黏糊糊的女子，也不是那种小肚鸡肠的女孩，总是聪慧过人，心理年龄早就超越了她的实际年龄。所以与她交往其实一点都不累，一点都没有思想负担和思想压力。这一点，她远比娜娜和红唇高明。于是说：“好的，说定了，我来省城就找你。来的时候我会给你电话的，这段时间你不会离开省城吧？”

和韵说：“不会，随时恭候你来省城。”

宁宇抬起头，心里还是有几分失落。为何这个时候和夫人却不见他了呢？莫不是自己得罪了她？他检点自己这一段时间的举止，也找不到得罪她的机会啊？到底会是怎么一回事呢？看来也只能等到见了和韵之后，谜底才能慢慢揭开了。

他联系的第二个人，自然是颇具神秘色彩的笑笑。笑笑早就回到了省城，接到他的电话，笑笑说：“怎么啦？莫非你要来省城吗？”

宁宇说：“怎么，你长了千里眼啊？还是就没有离开我的心脏？”

笑笑说：“二者皆有吧。我就知道你这几天要来省城了。”

宁宇诧异地问：“何以见得？”

笑笑说：“你的两件事情不都要在省城画句号吗？你的高校高职教育园区建设不需要到省里通融吗？还有你的三大集团，不更需要省城财团的帮助吗？我说宁部长，我们这些局外人，什么都看在眼里的呢。很多的话，你不用说,我们也都明白的。"

宁宇说:"哦,要是这样,今后我只要走到你面前,我什么都不用说,你就知道我要干什么了。这样很好啊,省得我动脑筋。"

笑笑说:"那倒不至于,我对你也就是一知半解。呵呵。不过,有一件事情我必须事前给你打好招呼,这也是对你负责。"

宁宇问:"什么事情这样严肃啊?"

笑笑说:"只要到了省城,你不允许联系我,只能我联系你。"

不管出于什么原因,宁宇也不想多问,只要能帮他把环球绿色智慧发展基金引进龙都,其他的事情他都可以不关心不过问的。何况这个笑笑本来就是一个神龙见首不见尾的神秘女子,于是坦荡地说:"嗯,一言为定。"放下电话,他还是觉得有很多的不对劲儿,至于是什么地方不对劲儿,他一时说不上来。

笑笑随后又打来电话十分开心地说:"有一个好消息我必须告诉你,也许你的烦恼会减少一些了。"

"是吗?还有这样的好消息?"宁宇关切地问。

笑笑说:"一切都源于你睿智的头脑,现在看来,你的判断正确了,基金的总部已经有了反映,据说要发一份补充材料过来呢。"

"是吗?"宁宇高兴地问。

笑笑说:"是的,我叔叔那边也证实了这个消息,香港也传来这样信息。我估计明天这个信息就会发到我这里了。我得说,要是能在考察评鉴报告的附页上做一些改动,事情就没有我们想象的那样复杂了。"

宁宇说:"太好了。"

笑笑说:"就这样吧,这段时间我不会离开省城的。你来省城我会联系你的。"

宁宇说:"嗯,好的。"

笑笑又说:"还有一个要求,你也要切记,我不会见你们政府的任何其他人,包括雪雁副市长,你也不要问原因,总之就是不见。"

宁宇为难地说:"那好吧。"他挂断电话,头脑中一直就有一根弦在鸣响,这个笑笑,突然间来了这么多的禁区和规矩,到底背后有什么样的隐情啊?他一时百思不得其解。他愣了很长时间,连电脑上QQ有人不断呼叫他,他也没有精神去看一眼。

78. 新契机

他正想让秘书进来询问近期市里面有没有其他的重要安排，他的电话又响了。电话还是笑笑打来的，他立即接了电话，问道："怎么，难道还有什么新的约定吗？"

笑笑说："没有了，是通知你一个最新的好消息呢。"

"哦，你说说看。"宁宇说道。

笑笑说："刚才我已经收到了环球绿色智慧发展基金发过来的最新文件了，这个文件其实只是一个补充的附件。这个附件上更加明确了你的重要性，附件上不但没有取消你作为新校区的管委会主任，更清晰地要求所有的经费必须经过你的审核批准。"

宁宇犯愁地说："我说笑笑啊，你这不是急煞我吗？这样也算好消息啊？"

笑笑乐呵呵地说："这不怪我，我还没有说完，你就插话，断章取义你当然会觉得沮丧啊。"

"你快说呀，都急死人了。"宁宇着急地说。

笑笑说："这个附页虽然加重了对你的倚重，更强调了你的作用，但是报告后面附上了一小段话，这段话简直就是你的护身符啊。"

宁宇问："都写了什么？"

笑笑说："基金总部已经启动了外交程序，他们会向国家有关部门，包括外交部和教育部交涉，期望中方能接纳他们的观点和规定。你说，这不是你的护身符是什么啊？我们原来还设想通过省里的有关部门来取得突破，现在好了，对方已经将这个决策推到最高决策层了，要是外交部和教育部都不敢定夺的话，恐怕我们也就再也没有机会了，你说是不是？"

宁宇听到这里，不由得十分激动地说："是啊，对方已经走了这一步，也就说明对方是铁了心愿意与我们龙都方面合作了？"

笑笑说："还不仅仅如此呢，这里面的学问大着呢。只要是外交部和教育部能着手这件事，你想想，今后的'东方孔子学院'会是什么样的一种规模啊？只要教育部同意这件事，今后事关这方面的专家学者还用我们发愁吗？"

笑笑的话，让宁宇茅塞顿开，于是问道："我说笑笑，这莫不是对方已经想好的一招妙棋？他们也希望国家有关部门能重视这件事是吧？我们只是碰到了这个巧合的节点上了？”

笑笑说：“不管怎样，这对你来说无疑是喜从天降的好事呢。前后五十亿的资金，要在你的手上支配，这是多大的一件事情啊。一方面历练了你的从政经历，加重了你的政绩砝码，同时也让全国范围的领导干部们都关注你了。不夸张地说，只要你能将这个事情善始善终，你的知名度一定比省里面的副省长还要知名。这其中的意味，你应该比我更能理会吧？”这话虽然没有太多的根据，但是宁宇觉得笑笑还是说到了点子上了，这本身就是一个超乎寻常的新闻事件，国内外的媒体都会关注的。他不过是一个普通的市委常委、宣传部长，国外的基金要指定他负责这样大的一笔经费，在常人看来，本身就匪夷所思，更何况他还是一个从政经历浅显的官员。他不想在这个问题上和笑笑探讨什么，于是说：“好吧，那么我们就听天由命吧。只要上面能通过，我们也就大功告成。倘若上面不批准，我等也只得自认倒霉，运程不佳了。最坏的结果就是高校高职教育园区推迟开工，另寻资本。”

笑笑说：“我倒没有你那样悲观，我觉得批准的可能性极大，所以我劝你还是及早做好相应的准备吧。”

宁宇说：“现在就不用给省里汇报和走特殊的关系了吧？”

笑笑说：“我觉得基本可以不找了。”

宁宇又说：“总不至于不给市里面汇报吧？”

笑笑说：“这就是你的事情了，我把文件传你吧，你自行决定吧。”

宁宇将这个文件视若珍宝一般地下载下来，打印出来仔细一条一款地分析。正如笑笑说的那样，他也觉得上面批准的可能性蛮大的。

新的问题也就滋生了，要不要立刻向市里面汇报呢？是自己汇报还是和雪雁一起去汇报呢？汇报之后，市里面又会有什么样的反应呢？这些问题都是宁宇不得不琢磨的问题。最终他还是决定，必须汇报，而且还要和雪雁一起去汇报。一方面证明他本人是坦荡无私的，对方要求他掌管这五十亿的资本，并非是他做了什么手脚。其次，也给市里面的书记和市长一个留有余地的思索和决策时间。要是书记和市长觉得应该争取一下呢，也还有时间直接找到上面对话。于是他急匆匆地对秘书说：“走，到雪雁副市长那里去一趟。”

秘书说：“我这就给雪雁副市长去电话，让她过来一趟吧？”

宁宇很急迫地说:“算了,你给她打电话,就说我们过去找她吧。”

秘书给雪雁联系,雪雁谦逊地说:“你转告部长,我马上过来。”

秘书说:“部长和我已经出门了,正在赶往你办公室的路上呢。”

雪雁对秘书说:“你把电话给宁部长。”

宁宇接过电话,十分高兴地说:“雪雁啊,高校高职教育园区建设看来有戏了,你在办公室吧,我马上就到你的办公室了,我们商议之后,马上向书记和市长汇报好了,情况非常重大和紧急。”

雪雁说:“宁部长,你知道我现在在哪里吗?我在郊县的教育局呢,这里召开全市教育工作试点会议,教育系统的干部们要求我参加这个会议呢。我就是现在赶回来,可能也得需要一个半小时。”

宁宇立刻站住了,说道:“这样吧,我在办公室等你,就一个半小时,两小时之后我们去见书记和市长,我现在就提前预约书记市长。”

雪雁十分无奈地说:“那好吧,也只有委屈你等我一个半小时了。”

回头宁宇就让秘书和常委办那边联系,秘书说:“书记和市长都在接待省上来的政法委书记,可能需要一个小时结束。书记问是不是需要及时报告的事情。”

宁宇说:“这还用说吗?五十亿的大单啊,我们的高校高职教育园区建设的希望呢。”

秘书再一次联系,书记回话了,两个小时候后听他们的汇报。宁宇心里这才踏实了许多,再一次将刚才收到的文件审视了一遍,思考着如何给两位主管汇报。

79. 急流勇退

宁宇看完笑笑传过来的所有资料,很自然地想到了一个问题,这一次事关高校高职教育园区的事情也可以暂告一段落,也不用雪雁再去动用特殊关系。只有等候消息,如果这一次失败,就得另寻出路。但是这一次雪雁的压力几乎就没有了,他也想好了,虽然当初与雪雁的分工失去了意义,但是并不意味着雪雁就不去省城了,两个人一起与和氏商号商谈,终归多一个可以商量决断的人。所以,雪雁的行程依旧不做改变。

雪雁风风火火地赶到他的办公室,进门就问:“宁部长,到底出了什么事啊?”

宁宇说:“你先看看这些资料,我们一会儿就去见王明书记和陆市长。”

雪雁开始囫囵吞枣地消化这些材料,本来很多资料她都是预先看过的,没有看过的就是最后笑笑发过来的补充页码。很快她就抬起头来问:“看来你的判断是准确的,对方也在采取措施?”

宁宇说:“嗯,幸好我们采用了这个办法,你现在觉得怎么样?该从何处着手啊?”

雪雁说:“我看完之后,我就没有丝毫的压力了,倒是有一种听天由命之感了。你的想法当然是正确的,应该立即汇报给市里面的两位主要领导,这样也给市里面一个准备的机会。如果两位主管有他们的策略和想法,也好有更充裕的时间来应对。那就走吧,我很清楚我该说什么。因为这个考察报告上涉及你本人,所以你回避也是极其正常的,当然你的参见,至少说明你是光明正大的,没有搞当面一套背后一套,大概就是这个意思吧?”

宁宇和雪雁已经不是一两天的搭档了,彼此内心想什么,大概都能准确地猜测出来。宁宇笑笑说:“果然应验了那句老话,男女搭配,干活不累呢。出发。”

两个人见到了王明书记和陆强市长,王明乐呵呵地说:“今天我们的哼哈二将风风火火地驾到,想必有什么突破是吧?”

宁宇说:“确实有很重要的情况要向两位领导汇报,至少我们两个觉得必须第一时间报告你们,雪副市长,你汇报吧。”

雪雁将环球绿色智慧发展基金的相关情况再一次做了说明,然后又将龙都在高校高职教育园区之内落地“东方孔子学院”的前瞻意义作了诠释,最后才将基金方面的考察意见包括宁宇和她采取的有效措施一一详细讲解了。最后说:“我们两个觉得这是一件史无前例的大事,所以只得给两位领导汇报了。”

这样的好消息,对于龙都这样财政缺口很大的地级市来说,当然是雪中送炭的快事。听完汇报,陆强市长连连发问:“宁宇同志、雪雁同志,你们两位对这笔基金到账有几分把握?”

宁宇说:“现在完全不取决于我们。”

雪雁说:“是的,取决于上面。”

陆强市长又问:“考察报告的真实性有多少?”

雪雁说："这好办，上面不是也将收到基金方面的文件吗？我们询问核实一下不就知道了吗？"

陆强市长再问："你们确定考察组的成员都在这一次的媒体记者里面吗？"

宁宇和雪雁还没有回答，王明书记就说："考察团在哪里我看并不重要，我们现在是要看重这个结果。既然对方抱了这样大的诚意，对方提出一些苛刻条件也是很正常的。现在我倒是觉得，无论如何，对于龙都来说，对于龙都的教育来说，只要这件事情能够促成，将是有百利无一害的。首先有这样一些假设，只要教育部配合我们来做这件事，今后在学术领域的支持也就解决了。其次是龙都的国际形象问题，只要有这样一个相当规模的'东方孔子学院'落户我们龙都的高校高职教育园区，就可能吸引更多外国人到龙都来学习和参观，也能吸引更多的大学生生源，你们说是不是这个道理？"

陆强市长说："要是这件事情干成了，龙都的教育就算有了一个新高度，城市也多了一张新名片。"

王明书记也说："我看也是，不管行还是不行，我们都得争取啊，你们两位忙活了这么长的时间，也绝不仅限于给我们两位汇报这样单纯吧？现在既然对方已经主动为这笔基金的落地鸣锣开道，我们也不能坐享其成啊？"

陆强市长乐呵呵地说："书记的意思是，我们也主动到北京去打通渠道？"

王明说："老陆啊，要是你是教育部的领导，你会怎么处理呢？"

陆强说："只要是安全可利用的资本，我当然要用啊。"

王明又问："还有，当你手里有了资本，面临两个选择或者多个选择，其中的某地有能力有资源，某地只是一座空城，没有资源可以整合，你会怎么决断？"

陆强和宁宇他们都明白了，王书记是担心我们按兵不动，部里面要将这笔经费介绍到别的地方去了，后悔就来不及了。陆市长连忙说："我们必须得抓紧进京，陈述我们的理由，而且这一笔基金就是冲我们龙都来的，机不可失。"实际上，这根本就没有什么研讨的余地，四个人的决断其实没有丝毫差异，就是想尽一切办法把这笔基金引进到龙都来。

王明书记说："我看事不宜迟，陆市长你牵头进京好了，让教育局这边也派一个局领导……"他的话还没有说完，外面就送进来一份需要陆市长处理的急件,正是教育部传来的一份急件,急件上明确注明了要求省市派员到教育部去。陆市长将此件递给了王明书记,王明书记豁然开朗,高兴地说:“只要这样的话,大事就是完成一半了,我们也就不用商讨细节了,省上也会准备相应的材料的,现在就抓紧与省上联系吧?”

这个敏感的时候,宁宇很清楚自己应该主动回避。要不然,领导还真以为他在这上面有想法或者做手脚了呢。于是主动说:“好的,没事的了话我就回办公室去了,我还得准备动身到省城与和氏商号接洽商谈新闻文化产业改革的事。”

王明当然也感受到了宁宇的压力,于是说:“这样吧,陆市长一定是要去北京的,要是宁部长要去省城见和氏商号的人,那么就让教育局和雪雁副市长去北京,有什么情况及时保持沟通,包括与宁部长的沟通。”事实上,这也是王书记在给宁宇排除思想压力,也是为了更好地保护他。倘若基金与北京方面商谈的时候,宁宇不在场,但是对方坚持要宁宇主持施工和生产的话,这就足以说明宁宇本身是磊落的,所以他才故意不让宁宇介入去京会商的事。

80. 和韵岂是交锋的对手

在敏感的问题上,宁宇是能恰到好处地拿捏分寸的。今天这样的结果,他是有心理准备的。他已经想好了,安排好相应的工作之后,他立即起身去省城。

去之前他给王明书记去了电话,王明预祝他取得成功,另外的话一句也没有说。很多事情就是这样的,事情办得越多功劳越大,也会招致别人的怀疑和猜忌,他清楚王书记不至于怀疑他揽权,但不能说其他的领导就没有这样的想法。所以宁宇的抉择是相当正确的,他甚至此刻都不轻易与雪雁联系。

去省城之前,他给和韵去了电话。和韵开心地说:“好啊,我早就给你把一切安排好了,就等你光临省城呢。”

宁宇开玩笑问道:“是吗?都安排了什么啊?”

和韵说:“你的住处啊,还有你的交通工具等。怎么样,我这个秘书还算合格吧?”

实际上,像宁宇这样级别的干部,出门又是公干,是绝对不可能住私人安排的住处的,除非是在休假期间,毕竟跟在他身边的还有市委副秘书长和他的秘书，他怎么可以去住和韵安排的地点呢？于是乐呵呵地说:“谢谢和韵,这样关心你当年的老师啊。不过,你要是做了我的秘书,我的秘书就得下岗失业了。”

和韵猛然明白过来了,她还将宁宇当成了过去做记者时的宁宇了,忘记了现在他已经是地方的领导了。他怎么可以住到她安排的房间呢?于是乐呵呵地说:“哎呀,这你不能责怪我啊,我还没有忘记过去的你呢,至少证明我不是那种忘记历史的人。是吧,宁老师?”

宁宇说:“嗯,忘记历史意味着背叛。这话可是要选择环境来说的。还有一句话叫做没有忘却就没有幸福呢。嘻嘻,你说哪个对哪个错啊?”

和韵说:“宁老师,我知道你的雄辩的天才,我没有你的智商高,有什么不妥的地方你就直接批评好了,我可不喜欢拐弯抹角地耍心眼。”这话倒是和韵的真话,相对宁宇另外几个亲近的女朋友,譬如娜娜和红唇,她们心里都有这样或那样的弯弯绕绕。唯独这个和韵相对简单一些,做人做事都相对干脆。反倒是她的这种性格,更容易使人亲近。当年也就是她的这种秉性和脾气,在宁宇毫无准备的情况之下,糊里糊涂地两个人就走到了那一步。只是后来两人又若即若离,好像什么事儿也没有发生过一样了。这样的事情要是放在娜娜和红唇的身上,可能后果就不会是这个样子了。

宁宇干脆地说:“嗯,好的。我们就直白一些吧。我这一次来,就是想和你谈一谈关于和氏商号投资龙都新闻文化产业的事,时间可以长一点,你觉得我们可能会谈出一个结果来吗?”

和韵也不是当年那个纯真的和韵了，很官方地说:“宁老师，这样的问题,恐怕首先得问问你自己吧?只要你们有诚意,我们和氏商号的大门是开放的。和夫人曾交代给我几条原则,只要不违反或者超越这些原则,我们就可能谈出结果来。不过,我还是那句老话,关键的因素不在我,而在于龙都方面。”

宁宇也很清楚,电话里说这些的意义不大,就是要谈也得坐到谈判桌上一条一款地去谈,于是说:“好的,我明天就会到省城来,你们发来的邀请函正好也是明天会商,到时候我们龙都有关部门的领导也会一起到省城来的。”

和韵十分恳切地说:“好啊,我希望你们来的人员越全面越好,越专业越好。招商、新闻、文化、广电,还有政府的法律顾问团成员等,这样我们也好展开深层次的商谈。”

宁宇说:“嗯,好的。”

和韵又说:“你可能也有所了解，现阶段省报集团的经营性业务也是我们集团的一家公司在承揽,我可以给你透露一个用于参照的信息,我们双方的谈判用了半个月的时间,进入实质性运作用了一个月的时间。这一次与你们龙都的合作规模更大，涉及的面会更广，只要你们能够在有些条件上放宽,我们最好也加快一点速度,三个月内进入实质运作应该问题不大。但是这只是我的个人主观愿望，实际的还要看我们在商谈的细节上能不能包容和让步。”

宁宇说:“是啊,我们彼此耗不起的就是时间啊。”

和韵纠正说:“不,是你们。我们的资本随时可以转投其他的行业,实际上你不明白，现在投资能源矿产类的企业远比投入新闻和文化产业更有利润。”十分显然,和韵这也是在将宁宇的军呢,知道宁宇内心着急,所以才这样刺激他。

宁宇是什么人啊，他当然知道和氏商号要进入龙都的新闻文化产业的真实意图。现阶段中国经济的不断发展，文化产业是发展速度最迅猛的行业,按照国际惯例,中国的文化产业远远没有达到饱和点,所以发展的前景极其看好。和氏商号之所以现在选择进入这个产业,实际上就是为了积累更多的经验,准备未来在这个领域取得突破性的发展。这绝不是和韵说的现实投资什么利润比高的问题,和氏商号向来以前瞻性著称,和韵这样说,其实是一个谈判的砝码。但是她的对手是她曾经的老师宁宇啊，宁宇淡淡一笑说:“和韵啊,也不尽然吧,你们和氏商号既然选择了要在文化产业有所突破的话,到龙都来也不过是小试牛刀,我敢担保你们是要抓紧时间完成经验的积累吧? 难道你们会不在乎时间? ”

宁宇的话,再一次让和韵领略到了对手无形的强大。在投资规划会上,妈妈和夫人就是这样交代的,莫非他宁宇是顺风耳还是千里眼?要不然我们内部出现了间谍? 很快和韵又打消了这个念头,宁宇是什么人,本身就是新闻和文化行业的资深人士,他能看不出和氏商号的投资脉络? 于是只有傻笑着说:“宁老师,我们不说这样严肃的问题好吗?还是说一说你私人的问题吧?你的车我到底该怎么处置? 另外,和夫人还让我转告你,你出任和氏商号管理顾问的第一笔佣金已经到了,是存放到银行里还是你自己来处理? ”

听到这个话,宁宇的头都大了。这些时间他一只忙碌于工作,根本就把这一茬事情给忘了。现在他才想起来,还有和夫人的那个硕大的戒指还以他的名义存放在银行里呢,同时存放的还有和夫人馈赠的那一百万元。他突然滋生了一个想法,要不然,就把这些财产全部存放到这个账号上去,等到时机成熟的那一天,全部还给和夫人。于是说:“我都说过很多次了,这些东西与我无关呢,你怎么又提起这件事情来了?”

和韵乐呵呵地说:“你这人真是怪啊。这本身是你的事呢,我只是询问你一下,再说了,这些事情都是通过了相关的法律程序的,你又何必躲躲闪闪的呢?”

宁宇知道,这件事情跟和韵是说不出个子丑寅卯来的,还必须得与和夫人坐下来商谈,这也是与和夫人见面的一个机会。于是说:“这样吧,你转告和夫人,她的心意我领了,很多事情我还得和她见面再谈,好吗?”

和韵嘟囔道:“也只能这样了,我就当一回通信员吧。”

81. 山雨欲来风满楼

宁宇赶在陆强市长和雪雁他们还没有出发之前，就带领宣传部的思明副部长、文化局的副局长、投资促进局的副局长等人赶往省城。和氏商号其实早就做好了周密的部署,就在宁宇的队伍赶到省城时,和氏商号的人前往迎接。宁宇他们住下来之后,双方就在宾馆举行了简单的会商,确定了双方会商的内容、时间安排。和氏商号是一个十分庞大的企业集团,每一项决策都是有完整计划的。至于说原来宁宇与和夫人打交道的时候,总感觉到和夫人在经济方面十分随意，其实他根本就不了解，那是和夫人掏自己的腰包呢,根本就与企业本身无关。就是委托他介绍省城大学的陈院长做她的法律顾问,那也是她本人的私人法律顾问,根本就不是企业集团的法律顾问。

和氏商号出席简短会商会的有十余人,其中就有专门的新闻专员、文化专员、投资专员,当然少不了由律师和法学界组成的法律顾问团成员。陈院长也在此列,不过他的身份是法律观察成员,并不参与这一次的谈判事宜。宁宇这次才算是领教了什么叫做专业团队，和氏商号除了和韵是这次谈判的主谈判代表之外,其他的每一位都是本行业的资深人士。

这一次的会谈一共安排了四天时间。第一天安排为新闻专场。双方就日报、广电和网络三个部分实施磋商。主要的议题相对集中，就是如何处置内容与经营之间的各类问题，研究龙都现行的几家媒体的形态和现状，初步达成其中部分改革协调协议。

第二天为文化专场。双方主要就这一次改革的重点文化企业进行探讨和研究，汇总各演出单位的管理情况和运营情况，探讨龙都方面提出的广电兼并演出团体和电影院线的可行性，已经达成基本意见。

第三天为网络专场。双方就龙都现存的网络现状进行比较研究，论证和探讨如何找到龙都市场和互联网市场的结合点，如何整合做强网络相关产业，当然也涉及网络集团的开发经营方向。

第四天为体制专场。针对前三天的谈判，最后研究改革如何入手、体制如果调整。这就涉及更宽、更广的层面了，涉及现行的政策、规定、法律法规等，所以第四天更为艰难，也更为紧张。

双方的秘书长进行了沟通之后，立即向双方的领导汇报。龙都方面的秘书长是投资促进局的副局长，他把会议的日程报给宁宇。宁宇看了看时间安排，说："前面三天基本能够谈出个大概来，只是这个体制专场可能时间较紧，我建议延长一天的时间。"

投资促进局的副局长立即跟对方取得了联系，没想到对方的主谈判代表和韵也是这个意见，双方很快达成了一致。宁宇对投资促进局的副局长说："我们的谈判人员和资料都给了对方了，怎么到现在我还没有看见对方的资料呢？"

副局长说："宁部长，您稍等，对方的资料很快就会送过来的。"

鉴于这是一次高规格、涉及的经济数额相当巨大的商务会谈，所以双方的代表都是整齐划一地住在省城同一酒店的。宁宇说："等材料到了之后，你马上安排复印，传真给市委王书记一份。"

副局长走出了宁宇的房间，并说道："好的，收到资料我会第一时间办理的。"

宁宇也想好了，这一次商谈事关龙都的新闻文化产业改革是否能立刻着手，有一些不碍大局的要求，他打算破例答应和氏商号集团。但是在关键的原则问题上，还是要事先请示在家的王明书记。一会儿和氏商号集团送来的材料，不仅仅有他们出席商谈的人员阵容的名单，还有和氏商号单方面的建议和打算。他们也和龙都方面一样，在前面会商的基础上，提出了一个框架式的文件。和氏商号的这个文件显然会很重要，上面有很多重要的信息就是要在谈判桌上过招的。从他们递交的文件也大致可以看出对方的心理价位，这样也好及时调整自己的谈判方向和策略，所以他着急要将这个方案在第一时间传送给王明书记。

和氏商号的相关文件送过来了，秘书将文件摆到宁宇面前时，宁宇问："这材料都传王书记了吗？"

秘书说："副局长拿到的第一时间就传了。"

宁宇这才开始认真审阅其文件。他一边看一边跟秘书说："你去告诉副局长，他这个会务秘书长这几天可要辛苦一下，让他通知所有的人，现在都要抓紧熟悉文件，两个小时之后展开会议研究。"秘书走出去了，宁宇又埋头阅读这一大堆的文件。

首先跃入他眼帘的是对方出席会商的阵容，几乎都是清一色的博士硕士。宁宇还注意到了一个有趣的现象，和氏商号的每一个项目都设了主次谈判代表，从学历上都是博士和硕士搭配，从区域上看都是国内与境外搭配。这充分说明人家和氏商号是一个国际化程度非常高的集团，每份文件也都是中英文对照的。他仔细看了看这些人的履历，都是在国际机构和国内知名的企业、科研或者国家机构供职的人员，也有一部分是来自和氏商号集团不同层次企业的高管人员。宁宇初步判断，这些和氏商号的高管人员，十有八九是即将进入龙都从事管理和运营的，所以他对这些人的各种信息都高度地重视。

宁宇也清楚，和这样的团队打交道，并非想象中那样容易。这些对手都是经过千锤百炼的老手，谈判的过程很显然不会一帆风顺。越看这些人的资料，他内心越是捏了一把汗。相比之下，龙都方面派出来的代表相对单一，都以政府官员为主，而且这些官员也多是没有经历过改革实践的，都是龙都土生土长的干部，在与和氏商号这些国际知识分子的对垒和博弈中，显然是占不到任何便宜的，所以他不得不揪心啊。

宁宇看完和氏商号的所有文件，脑海中不断跳跃的有这几个最直观的信息。……主要的经营岗位都由和氏商号派员，龙都方面和和氏商号共同任命……日报集团占百分之五十一的股份，和氏商号占百分之四十九……广电影视集团占百分之五十一，和氏商号集团占百分之四十九……网络新闻集团占百分之四十，和氏商号集团占百分之六十……这些信息不断在他的脑海之中盘旋，他思考着，下一步的龙都新闻与文化产业将会是怎样一番景致呢？怎么突然有一种山雨欲来风满楼的忧虑之感呢？

82. 雪雁局外支招

他的套房里此刻一个人也没有，他静静地盘算着，静静地思考着。不想此刻雪雁却来了电话："宁部长，你辛苦了，现在就要展开斡旋了吧？"

宁宇关切地问："你们还没有走吗？我这里也就是按部就班，谈不上斡旋。"

雪雁说："我们也要走了，省里面的领导明天与我们会合，明天也就到京了，到时候那边的情况我随时向你报告。"

宁宇说："没必要的，陆强市长和省里面的领导都在呢，跟我汇报什么呀？"

雪雁说："这是王明书记给我的指示呢，不管事情的进展如何，都让我第一时间与你保持联系呢。"

宁宇内心还是有几分满足，毕竟王书记还没有拿他当外人，也是非常信任他的。但嘴上却说："王书记他这是要干什么啊？"

雪雁说："这是好事啊，我看王书记对你特别尊重的。你就放心吧，我会按照王书记的指示办的。"她要这样说，宁宇也就没有什么可以说的了。

雪雁又说："和氏商号集团这一次的准备相当完备吧？现在能大致判断他们的真实动机吗？"

宁宇不解地问："你的意思是？"

雪雁说："是不是真的能到龙都来介入新闻文化产业啊？我这段时间也让我的很多学生搜集了材料，这个和氏商号的实力简直强大到难以想象的地步呢，所以我有一种直觉，只要和氏商号真的能介入龙都的这个产业，我们的改革就可以扬帆起航了。"

宁宇乐呵呵地说："原来我的雪雁副市长也做足了案头工作啊，只可惜啊，这一次你不能亲临现场指挥啊。"

雪雁说："不过，只要宁部长亲自坐镇，我还是坚信这个攻坚战能够拿下来的。嘻嘻，这话可不是我说的啊，是王明书记对陆市长说的，我只是据实转述。"

宁宇突然觉得又多了一种无形的压力，原来王书记也和他一样，对和氏商号抱着希望呢。还有,让他琢磨不透的是,此刻这个雪雁打这样一个无厘头的电话是什么意思呢?莫非是书记市长有意识让她透露他们关注和氏商号这件事?也不至于啊,书记随时可以亲自询问进展啊,那么不是让她来暗示,又是为何呢?他还在揣摩里面的玄机,雪雁就说:“好了,宁部长,出发前就不给你电话了,有情况我会及时向你汇报的。”

“再见。”宁宇终于想明白了,完全有可能是王明书记故意为之,就是让雪雁说这样一番话,示意他很关心和信任他,潜台词也就是好好组织这一次的谈判。随后他突然说:“对了,你对这一次的谈判有什么好建议没有啊?我现在可是孤军作战呢!”

雪雁矜持地说:“宁部长,你这不是在为难我吧?”

宁宇说:“就算为难吧,总之你得给我几点建议啊,要不然,你也太轻松过关了吧,这事可是我们两个人对市委市政府负责的呢。”

雪雁说:“好吧,我就只能说大概的意见了啊。我觉得,这一次要是能与和氏商号达成一致的话,最主要的一条就是龙都方面不能太苛刻。现在大家都是知道的,资本可以自由流动,而资源如果不用那就是死的。换句话说,要是和氏商号不到龙都来投资,他们还可以到任何一个城市投资。所以,这对龙都的新闻文化界的干部们来说,是一次非常重大的考验,绝不能搞本位主义,思考自己的利益太多。要是失去了这样一个机会,可能我们就要用几年的时间来交学费。这个意见我也多次给陆市长和王书记表达了,不管我的这个意见是卖主求荣,还是吃里爬外,反正我就坚持我的这个观点了。现在实际上最难的也就是两个问题:其一是用人和用人的权限问题,其二就是投资与分成比例的问题。所以我觉得这一次龙都市委能否迈出关键性的一步,就看在这两件事情上的妥协程度了。我们也都明白,目前国家的相关政策,国有资产民营企业不能控股,那么我们就要避开刚性的政策因素,寻找一条可以让双方都认同的办法。实在不行的话,我建议在三个集团成立的前提下,分别组建三个媒体公司,由媒体公司控股三个集团,媒体公司的股东和股本不是就灵活多了吗?”

刚刚看完和氏商号的全套文件,准确地说,宁宇还没有来得及认真思考资本进入的出口,而雪雁的这个想法,让他有茅塞顿开的感觉。他心里想:雪雁毕竟是研究文化产业方面的教授,所以她对这个产业是有很深刻的认识的。她身上虽然有知识分子的几分执拗,但是她学富五车的学识还是令人敬佩的。此刻宁宇才觉得有几分遗憾,这回的谈判要是她能在现场,至少也能为自己分担很多的事务。于是赞赏道:“很好,你的这个思路也是一个出路,不过,在谈判顺利的前提下,我们不能轻易让步。”

雪雁说:“我说的是我们内心要有数,现在不是还要看和氏商号的底线吗?”

宁宇说:“和氏商号这一次派来的谈判代表都是学者和专家为主, 他们对这方面的研究也是非常深刻的。我想他们也可能会提到这样的一些策略,我们也就只好做好应对了。”两人又说了另外一些题外话,这才彼此道别。

秘书进来通知说:“宁部长,开会的时间到了,局长们请你过去呢。”秘书收起宁宇摊在桌子上的资料,拿着宁宇的水杯,对宁宇说:“走吧,就在前面的小会议室。”

所有的人落座之后, 投资促进局的副局长就发话了:“根据宁部长的指示,这几天我担任龙都代表团的会商秘书长,所以我想请各位在接下来的几天里配合我的工作,圆满完成市里面交待的这一次谈判任务。下面请宁部长做指示。”

宁宇环顾大家一眼,正色道:“同志们,这一次的谈判对于我们龙都意味着什么?对于我们龙都的新闻文化产业意味着什么?我想在座的各位都会有一个明确的答案。要是早日推进这项改革,我们龙都的经济社会发展就会提速,就会加快,老百姓就能从中获取改革的成果。要是这项改革无限期地往后推延,我们就是贻误战机,失去发展的大好时机。刚才我和雪雁副市长通了电话,用她的话说,要是这一次不成功,龙都的新闻文化产业就得用五年的时间来交学费……”大家也都明白宁宇的意思了,这一次就是志在必得,就是要与和氏商号集团合作成功。他在讲话中提出了几条硬性的要求,要求每一位参与谈判的代表一定要熟悉法规、熟悉行业情况等。他尤其强调了要尊重和氏商号集团,不允许出现藐视、粗暴,更不允许闹出无知的笑话。他说:“这是对自己的尊重,也是对对手的尊重。”

83. 忧 虑

这一次会议,实际上是与和氏商号集团谈判前的准备会。宁宇强调完相关的纪律之后,每个部门当然要针对自己所代表的部门和行业发表意见。投资促进局是这一次谈判的主持单位，所以对各单位领导的发言也是格外重视的。宁宇的讲话完毕，副局长就说："各位，刚才宁部长做了很重要的指示和部署，下面就请各位代表发言吧。"

第一个发言的自然就是思明了，他虽然只是代表新闻界来的领导，可他现在依旧是龙都市委宣传部的副部长，从某种意义上来讲，他是可以代表报社、广电和网络新闻集团的，甚至也可以代表文化局。所以他的意见就显得尤为重要，他第一个发言也是在情理之中的。他说："根据宁部长刚才的指示，我们会做如下的准备工作。其一，今晚分别召开报业集团、广电集团和网络新闻集团的分小组研究会，准备明天的会谈要点和内容。其二，确定会商的主要代表，确保每一次的会商都有主要责任人、次要责任人，明确会谈的重点。其三，研究对方派出的主谈代表，了解对方的谈判风格，熟悉对方的语境和工作经历，检查我方的材料备案。其四，补充现有资料中的缺陷和遗失，确保我方资料的完整、思维的缜密，在谈判过程中不留漏洞和遗憾……"在阐述完会商的准备工作之后，他十分有信心地说："我确信，在宁部长的正确指挥下，我们一定会确保会商的顺利进行，达到市委提出的相关要求，最终与和氏商号达成合作。"

接下来的每一个部门也都一丝不苟地汇报了细致翔实的工作思路。很多人都还是第一次跟随宁宇外出，他们也知道宁宇的要求高、规矩严，所以都谨小慎微、战战兢兢地工作。这些部门领导谁不知道，面前的这个少壮派领导人，现在不仅是龙都市委里面的热门人物，更是前途不可限量的领导。大家不仅汇报得毫无缝隙，就是接下来的工作之中，同样没有哪一个敢敷衍了事。

会后和氏商号集团安排了盛大的接待晚宴，在晚宴开始之前，思明找到了宁宇，十分诚恳地说："宁部长，这一次谈判虽然时间紧张、任务重大，但是我还是想利用工作的空隙见一个人，可以吧？"

"你是说你要见红唇是吧？"宁宇当然了解自己的这位经验丰富的助手，选中他出面去组建日报新闻集团，就是看中了他积极肯干、头脑不僵化，还有几分前瞻意识。这一次他来参与谈判，也是宁宇亲自点的将。他就知道这个人可以在关键的时候帮他分析和决断，也能在关键的时候支持和完善他的观点，所以他从内心来说是比较欣赏思明的。

思明说："什么事情都瞒不过领导的眼睛啊。我是这样打算的，尽管现在红唇主任还不能到龙都去,我想她现在依旧可以做很务实的准备工作。筹备报业集团的内容规划,也不是一天两天就能精细划分的,我有很多的想法可以预先与红主任交换意见,实际上就是磨合我们两个人的思维,尽最大限度地达成一致,今后我们在工作之中会节省更多的时间。我很清楚,只要改革的序幕一拉开,日报集团务必成为其他两个单位的样板……"这个思明就是聪明人,一眼就看穿了宁宇用他的根本目的和战略意义。宁宇就是这样设定的,改革的第一刀就是日报集团。现阶段日报集团的整合是最容易的,也是最容易出彩的。但是,必须要有一个懂得他的意图、执行能力强、资历又够的领导干部去执行,恰好思明就是这样的干部,很多事情不用宁宇挑明,思明都能明白他的意图,这让宁宇十分满意。

宁宇看了思明一眼,故意说:"我们的思明部长比我还着急啊?"

思明说:"部长是布置全局的,我可是要到一线作战的人啊,部长可以稳若泰山,精心谋划全局,可总是需要我等这样的马前卒呢。"

宁宇说:"思明部长,你过谦了,你分明就是方面军,怎么可能是一个马前卒呢?你想见红唇,需要我帮你什么呢?"

思明说:"宁部长,红唇主任虽然只是省城晚报的中层干部,可我知道她的爸妈都是相当级别的领导干部了,我想约她,就怕不方便呢。"

宁宇笑笑说:"怎么,你是需要我帮你约她吗?"

思明说:"当然要在宁部长愿意和方便的情况下。"

宁宇说:"看你说的,我要是不给你约,不就成了不支持你的工作了啊?思明部长啊,要是所有的干部都能像你这样尽职尽责,我就要少操很多心了啊。"

思明说:"领导,这本来就是我们应该做的啊。哦,对了部长,有一件事情我还想向你打听打听呢?"

宁宇说:"你说吧。"

思明说:"我听说报社的总编辑要调动?调到省里?"

宁宇也听说了,报社的总编辑在得到了市里将启用思明副部长出任报社的社长之后,心里有些不满意,因为他本身是市政协副主席,所以就憋气想调走。听说省政协已经决定调动他了,因为他本身就是副厅级领导干部,所以决定将他调至省政协出任办公厅副秘书长,同时兼任省政协报社和杂志社的总编辑。对于龙都日报的总编辑而言,能调到省政协职务不变,还能从事自己熟悉的报业工作,当然也是一个非常好的去处。宁宇说:"是啊,这消息还传得很快的嘛,你都知道了啊。"

思明说:"我听有些同志传言说,是因为我的原因,原来的老总编才被调走的,心里不太好受。上一次我开会与他打了照面,他连看都不看我一眼。后来我还听说,他在报社里说了,你一个思明,你不就是一个处级干部吗?能把我这个副厅级干部怎么样?我不在市里,到省里照样办报,你思明行吗?我听到这些话,心里很难受呢。"

宁宇笑笑说:"思明部长,你怎么也听信这些谣言呢,你也是组织上培养多年的老干部了,难道这一点原则性还没有啊。"

思明有几分气愤地说:"也不是,我觉得这个总编辑也太没有风度了。上次我到报社调研,听见报社的都怎么说,说我们宣传部里面的领导都是不学无术的官油子,领导们的跟屁虫。还有的说,你们等着看吧,那个叫思明的副部长,不是想来我们报社吗?等他来了,有他好看的。他们那些每天跟在领导身边的人,除了会拍领导的马屁,还能干什么呢?你说,这个总编辑怎么带出这样的部下呢……"他越说越生气,宁宇的脸色也渐渐严肃起来。他能理解思明的心情,现在看来,这个老总编在离开报社之前,确实在思想上给员工们造成了一些混乱,虽然不会形成什么气候,但很显然给思明今后的工作增加了难度。

84. 又一神秘女子浮出水面

今天思明和他谈话,实际上在宁宇面前表现出来的是一喜一忧。喜的是他积极主动的一面,忧的是他担忧报业集团里面的中层受到原总编辑的影响,会在他今后推进改革的征途之中设置人为的障碍。这一点,宁宇是能理解的。换了任何人都可能有这样的顾虑,毕竟原总编是市政协副主席,现在上调省政协也是出任领导职务的,他的影响和余威自然是存在的。

宁宇想了想,说:"思明部长,我觉得你进入了一个误区,你去报社是组织上安排的,又不是为了你的私利,你担心这些没有太大的意义。再说,他的这些举动,可不是奔你思明去的吧?"他这话,一方面是给思明松绑,另一方面也是真话。现在这个总编辑有这样强烈的不满表现,完全是对市委或者说冲他宁宇而来的。不过,宁宇也想过了,不管这位政协副主席今后怎样诽谤,也是阻挡不住改革潮流的。于是他又补充说:“我觉得最关键的还不在于被人怎么离间或煽动,关键还在于我们怎么抓工作。改革的成败就要看我们这些干实事的人的态度和决心,就像今天我们面临的谈判一样,如果我们前怕狼后怕虎的,还能做成什么事呢?就今天我们面临的对手来说,思明部长,你是很清楚的,人家派出的谈判团队的平均学历恐怕也是研究生以上了吧?而我们的团队呢,恐怕充其量也只能是大专以上吧?面对这样的强手,要是心里没有负担也是假的。但是,我们凝神静气地想想,古代的侠客们是怎么面对对手的,明明知道对手强大,不同样还要宝剑出鞘吗?那是一种什么精神,还不就是一种大气坦荡的精神。所以,在我看来,我们每一天都可以四面楚歌,就看我们内心的力量是否强大了。改革如此,其他事情也如此,有困难也要敢于有压倒一切的气势,这既是古代剑侠的气节,也是我们共产党人应该有的豪气,你说是不是?”

宁宇这看似云里雾里的一席话,在思明听来煞是提气,于是他说:“嗯,宁部长的豪气值得我认真学习,我得琢磨琢磨这一番话的深意。”

宁宇说:“思明部长,你这就是见外了。”

两个人还在说话,宁宇的秘书进来说:“宁部长,和氏商号集团为我们举行的欢迎晚宴就要开始了。和氏商号的首席谈判代表和韵让我转告你,今晚的晚宴,和夫人也要出席的。”

宁宇眼前一亮说:“哦,是吗?太好了。我们走吧。”

一边往酒店餐厅走去,思明一边说:“领导,你可别忘了我请求你办的事啊?”

宁宇说:“是不是让我现在就给她打电话啊?”

思明连连摆手说:“不不不,等你空闲的时候吧,这会儿就算了。你看,和韵代表过来了。”

和韵迎了上来,对宁宇说:“宁部长,走吧,先到前面的房间里休息一下,里面还有你想见的人呢。”

“是吗?谁呀?”宁宇好奇地问。

“何必要我揭穿谜底呢,你去了就知道了呀。”和韵也卖了一个关子,让宁宇充满了好奇。

宁宇被请进了贵宾休息间,远远就看见一个似曾相识的女性柔美的背影。

和韵只送到了门口，就说："你自己进去吧，我就在外面招待你的这些部下好了。"

宁宇还没有判断出这个人是谁，但他明确感觉到这个人一定不会是和夫人,她的身材要比和夫人显得妖娆苗条,没有和夫人那种荣耀的富态。他推门进去,女性一直张望窗外的夜景,根本就没有转过身来的意思。也许是宁宇的脚步声惊扰了她,她没有回头就说："你们来的阵容真的强大啊,看来是要决心把和氏商号带到龙都去了啊？"她的声音很特别,也很有女性的柔媚甜美,宁宇还是没有听出来这个人是谁?

宁宇新奇地问："请问你是？"

女人这才徐徐转过身来,展露在宁宇面前的是一张绝对标志的美人脸,几乎找不到一丝瑕疵的脸。宁宇回忆着在什么地方见过这个女人的,但是一时又想不起来了。女人妩媚一笑,脸上顿时生动起来,就像深夜昙花开放时的优雅之态。随后传来她的声音："宁部长,看你的神情就知道你早就把我忘了吧？严格说起来,我们还曾经是同事呢。"

宁宇努力想了半天,也没有想起这个女人是在何时的同事。

见宁宇还是没有想起来,女人只有进一步说："当年你不是在晚报吗？我就是承揽你们报业集团经营的人,我的身份是省报集团经营公司的总经理,不过,我最主要的身份是和夫人的助理,这回你应该想起来了吧？"

宁宇这才清晰地想起来了,这位神秘的女子其实自己是见过两次的。一次是与当时的章副社长即现在的章局长在和夫人的宾馆顶楼花园见过一面,那一次他还跟随和夫人与这个女子一起到过印刷厂去的。第二次就是在和氏商号集团的盛会上见到的。这位女子气度不凡,他一直都知道她不是寻常之人,也知道她与和夫人之间的关系非同一般,可就是没有询问过这人姓什名谁。现在才知道她居然就是省报集团经营公司的总经理,还是和夫人的助理,心中顿时明白是怎么一回事了。现在就可以断定,这一次投资龙都的事情,她在和氏商号集团里面将会占据关键性的作用。于是恭敬地说："实在不好意思,我这人太健忘了,现在终于想起来了,要这样说的话,你还是我的老领导呢。"

女子说："你开玩笑了,你这样的大才子,什么时候记得住我们这些旁门左道的人啊？"

宁宇连忙说："可不能这样说啊,现在可还是资本年代,没有你们这样的企业家，世界怎么可能发展得这样快啊？哦，对了，老总，你现在总该告诉我你的姓名了吧？”

女子主动伸出柔弱纤细的手，说：“和好见过宁部长，今后还请多多指教。”

宁宇疑惑了半晌，心里这才明白过来，原来此女也是和氏商号的嫡系人物啊？要不然，怎么会叫和好呢。他也伸手握了握和好的手，说：“虽然是老朋友，我还是得说一声幸会。”

两人的手还没有放开，外面就进来了一个人。这个人宁宇已经镌刻到心底了，老远就喜上眉梢地说：“你好啊，和夫人。”

和夫人也是那种特别西化和洋派的女人，上前来与宁宇轻轻拥抱之后，笑眯眯地说：“你们这回算是彻底认识了吧？和好，以前可能对宁部长还不是很了解吧？”

和好说：“当然了解啊，每天不都在报上看到他的大名吗？还有啊，经营公司里面的人也会经常议论报刊的质量，这个宁宇也是经常被提及的人物啊，虽然没有正面交往，也算是神交多年了。”

和夫人说：“嗯，这就好。下一轮的龙都市场，就要靠宁部长和你通力合作了。”

宁宇见到和夫人，心态放松了不少，玩笑道：“只要和好出面，就是再大的分歧也会和好的。”三个人都开心地笑了。

和夫人和两人都坐了下来，和夫人介绍说：“现阶段我们和氏商号集团的所有文化和新闻产业，都是和好在总控，她也算是这方面的权威人士了，想必宁部长也是有所耳闻的。”宁宇这才想起来了，谈判的代表专家团里面就有这个和好，她居然有美国哈佛大学传媒学院的背景，还有香港中文大学的求学经历。所以在传媒领域是实实在在的专家。宁宇不禁暗自钦佩这个同样有着天使一般面孔的年轻女人。

85. 让人疑惑：母女之间从不关心彼此的隐私

宁宇知道，这个层面也只能是闲谈了，根本就不可能进入实质性的商谈，也就只能说一些无关痛痒的闲话了。和夫人显然更是深谙此道，她对和好说：“你给宁部长冲一杯咖啡吧？晚宴的时间还有十五分钟，我们还可以聊一会儿啊。”随后对身边的宁宇说:“宁部长,我看你现在是有几分憔悴了,想必工作太忙了吧?等忙过了这一段时间,你要是有兴趣,我们可以组织一次欧美考察,一起出去放松放松。”

宁宇婉拒道:“和夫人,谢谢你的好意。你可能不知道,我现在就是没有事,也不可能想去哪里就去哪里啊!再说,我现在手上的这一摊子事,忙得我焦头烂额的呢。就说这个新闻文化产业改革的事吧,哪里有那么顺畅的了。”

和夫人理解地说:“是啊,每个行当都有每个行当的苦楚。你现在是相当级别的领导了,上面有组织管着你们呢,所以也就没有那么多的自由了。不过,你忙完了事情,省城总不远吧,你还是得经常回来看看我们这些老朋友啊,你说是不是啊?”宁宇心里想:现在想见你一面都这样难,我还能轻易打搅你啊?但是嘴上却说:“我是想经常回来啊,现在这一段时间实在是太忙了。等过一段时间,我们两家的事情忙完了,我一定会经常回来讨教。”他这样说,也是有一番打算的,就是想让和夫人知道他的诚意。

和夫人说:“你要经常回来,我一定陪你好好转转省城,现在的省城还在发生变化呢,也许再过一段时间,你回来都不见得认识很多新建设的街道了。”这和夫人可不是愚蠢的主儿,想从她的嘴里套出只言片语,简直是太难了。从这一点宁宇判断,和氏商号集团的内部结构是非常精密的,是哪一个层面打理的就是哪一个层面打理,就是上一级也不能越俎代庖。所以和夫人一直没有正面回答宁宇提出来的问题。

宁宇还是按捺不住问道:“和夫人,我们都是交往很久的老朋友了,我很想与你交流实际的意见。”

和夫人乐呵呵地说:“怎么,莫非我们和氏商号其他人的意见不实际吗?”

宁宇连忙说:“不不不,不是这个意思,我想问问你们的内部结构,比如刚才你的这位助理,今后会在龙都的新闻文化产业中扮演什么角色?”

和夫人笑笑说:“宁部长,我这么给你说吧。我们和氏商号的规矩也许与外界的不一样,我们是分级负责的,就如现在你提出的这个问题,我就不能回答你。”

宁宇觉得自己过头了,连忙收回这个话题说:“嗯,那就不讨论这样的话题了,还是说说别的有意思的话题吧。”

和夫人十分乐意地说:“好啊,我告诉一个有趣的事情,你一定会感兴趣的。”

宁宇说:“是吗？”

和夫人说:“你的那个学生和韵，你猜猜她前几个月干了什么特别的事情？当时我和她爸爸都很诧异,有一天夜里我们接到她的主任章杰的电话,章主任说和韵已经一个月没有去上班了。我和她爸爸大吃一惊,询问了很多她的同事,都不知道她去哪里了。你是知道的,我们家从来都很民主的,每个人出门到外地都可以先走后请示的。同时也有一个公共的账号,每个人都可以随时支取里面的资金。但是我们有一个良好的习惯，每一天都会检查这个账号,看看上面是否还有足够的现金,只要上面的现金不足五万元时,我们都会主动打进去。你猜猜出了什么情况,每天这上面的现金都会流失至少三万或者四万,一直持续了三个月。我和她爸很清楚了,这是和韵一直在支取,也就证明她在忙一件特别的事情。果不其然,几天之后我们就发现,和韵已经到韩国三个月了,她在韩国美容呢……”和夫人自己笑得前仰后合。宁宇无法理解他们家的氛围,在和夫人看来是民主,但在宁宇看来确实不可思议。

和夫人突然笑眯眯地问:“怎么,你觉得不好笑吗？”

宁宇只得说:“是蛮有趣的。”

和夫人问:“难道你没有发现和韵比以前漂亮了许多了吗？”

宁宇说:“这倒是事实。”

和夫人说:“还有更好笑的呢。”

宁宇问:“是吗？”

和夫人说:“是啊,和韵回来之后,我曾问她。你在韩国都干嘛去了？和韵说拍电视去了,当主持人。我说这还不错,你怎么主持的啊？和韵说,我每天出两万元钱,请了电视台的一帮没有节目做的人,他们当我的观众,我就主持呗！我问她,你怎么要雇人当观众啊？她说,我想搞电视啊,我的理想就是当主持人,在国内搞不成,在国外还不许过过瘾啊？当时我没有细想,后来我觉得不对了,这孩子的梦还没有实现,当初我和她爸不就答应了让她到电视台做主持人吗？嘿嘿,没想到她居然到韩国去过主持瘾去了。”一边说,和夫人一边摇头。随后又说:“你们不是公布了要搞新闻和文化产业改革的消息了吗？我看到消息之后，看见你们这一次连同广电都要拿出来一起实施改革,于是我就将这个消息告诉和韵,她当然就有兴趣了……”这话听起来就有些荒诞了，但事实上这就是和氏商号参与龙都新闻文化产业改革的最初动因。宁宇无意识之间明白了,现在的和韵,对影视正热衷呢,要是她真的进入龙都之后,恐怕她还会像在韩国那样故伎重演呢。不过,只要和氏商号能进入龙都,就是拿出一个栏目或者频道让她和韵自娱自乐也无大碍,只要和氏商号集团能够全身心地参与这场改革。他的脸上挤出一丝笑容,说道:"简直太有趣了。"宁宇内心还不知道,和夫人为何要给他说这件事呢,太令人费解了。

和韵从门外进来了,看见和夫人和宁宇相谈甚欢,问道:"我没有打搅你们吧?"

宁宇说:"和韵,你坐啊,我们正在说你的事呢?"

和韵关切地问:"是吗?说我什么事啊?"

和夫人却给宁宇使眼色,宁宇立即改口说:"说你刚从学校来到报社的时候的事呢?难道你不觉得你很可爱吗?"

和韵的脸色很不好看,嘟囔道:"有什么好的啊?第一次就遇上章杰那个色色的老记者……"

和夫人站起身来,有意识地回避什么似的说:"你们先聊一会儿,我和助理说几句话。"说完,朝另外的房间走去。这更让宁宇费解,这和夫人和和韵之间的关系也太自由了,仿佛两个人就是正常的兄弟姐妹,根本就不像母女,两人之间从来不关心彼此的隐私。

86. 大战在即　精心谋划

和韵看了面前的宁宇一眼,这眼神过去的宁宇是再熟悉不过了。不过现在,这样的眼神似乎已经多了几许的陌生感,宁宇很清楚,现在和氏商号集团的每一个人,他都得十分认真地对待。要是有什么闪失,都可能造成影响龙都新闻文化产业改革的不良后果。于是笑笑说:"你也不能这样说啊,章杰后来不是对你挺好的吗?就是现在,他也对你心怀几分敬重的。"

和韵乐呵呵地说:"他对我的改变,还不是因为有你宁部长的光环,要不是他对你忠诚,可能就没有这一茬事呢。不过,你也是了解我的,我可从来不记这些小事,那些过去的事情我早就忘到脑后了,似乎已经是很多年前的事情了。哦,对了,你这一次回来,仅仅谈判是不是显得太单调了,我有一个建议不知道你愿不愿意？”

宁宇说：“你说啊？”

和韵说：“我们不妨把红唇和章杰，包括那个娜娜，我们不是也可以团聚一回吗？”

宁宇说：“这个提议当然好啊。”

和韵说：“这样说来，你同意了？我就安排了？”

宁宇说：“只要不与工作相冲突，我当然非常赞成的，我们也好久没有见面了，还很想念过去的那种有滋有味的记者编辑生活啊。”

和韵说：“我就知道你整天忙正事，没有时间想想过去的闲暇时光，你来省城一次，就算我帮你撩拨记忆吧，嘻嘻。哦，还有一件事情我得告诉你，你妈妈和我联系过好几次了，问你的近况呢？”

宁宇突然觉得很诧异，这老太太莫不是还惦记着这个和韵啊？那一次她就把她当成了他的恋人了，看来老人家是当真了。于是好奇地问：“是吗？你们都说了些什么啊？”

和韵说：“其实你妈蛮有意思的，每次都问我们好不好，我只能说好了。嘻嘻。”和他聊到这个话题，让宁宇内心倍觉温暖，但是他不知道接下来该对和韵说些什么。只听见和韵说：“你可能想不到吧？我一个人还去过你们老家一次呢。”

“什么？你一个人去过我的老家？”宁宇更加惊异了。

和韵说：“这有什么大惊小怪的，你整天都在忙你的大事，我去帮你尽义务，我觉得也蛮有意思的。上一次我过去的时候，给老人家带去了一些生活用品，我可说了，都是你让我送去的。我看见老人们的眼神是温暖的，是满足的。我也就很满足了。”

宁宇觉得和韵这样，自己十分歉疚，于是说：“和韵，以后你要再去我们家，你能事先给我打个招呼吗？免得老人问起来，我不知道实情呢。”

“好，好，一定。”和韵说。门外和好进来了，和韵连忙站起来，毕恭毕敬地说：“你好。”

和好说：“外面的酒会就要开始了，宁部长请吧。”

宁宇压根不明白和好与和韵之间的关系，但是凭直觉，现阶段的和好地位远在和韵之上。他心中想，可得找一个时机询问和韵，这和好究竟在和氏商号集团里面是何方神圣。一边想着，三个人就快步走出贵宾休息室。

盛大的欢迎酒会开始了，和氏商号集团主持酒会的是和好。只见她迈着匀称的步伐，走向闪光灯之下。此刻她的美艳更是显露无遗，身材、姿态、仪表，俨然十足性感妩媚的主持人。她的声音也异常甜美，只听见她圆润而不失弹性的声音从麦克风传向了大厅："尊敬的宁部长、各位领导、各位嘉宾，今晚我们相聚在省城，一起度过这个宁静美好的夜晚，为的是一个美好而崇高的梦想，但愿和氏商号集团和龙都市能够达成合作的协议，能够实现共同发展的理想……现在我们为我们两家的合作前景干杯！"

而后是宁宇发表讲话，他简明扼要地说："尊敬的和夫人、和氏商号的各位朋友，首先谢谢你们的盛情款待，也祝愿我们的谈判能取得圆满成功，谢谢。"

和夫人与和好一左一右地坐在宁宇身边，晚宴就正式开始了。本来宁宇是想与和夫人预定见面的时间的，没想到和夫人主动说："宁部长，我知道你和我都一样是忙人，你也好不容易来省城一趟，我们还是找一个单独的时间聊聊吧？"

宁宇立即举杯说："好啊，就听和夫人的安排吧！

和夫人说："这几天可能你都比较忙的，这样吧，我看等会谈结束之后吧，就定在第五天晚上如何？我想你也不至于当天就要赶回龙都的吧？"

宁宇问坐在另一桌上的秘书："我们的行程是怎么安排的，第五天晚上我有时间的吧？"

秘书说："第五天晚上安排的休息。"

宁宇对和夫人说："嗯，正好第五天晚上没有安排其他活动，什么时间见面就听和夫人的吧？"

和夫人说："好的，就定在晚饭之后吧，我请你到省城酒店顶楼喝咖啡。"

宁宇说："一言为定。"

招待晚宴结束得很早，因为明天双方就要举行第一次正式谈判了，所有的人员也都积极准备各种资料。宁宇刚回到房间，就接到了思明的电话。思明直言不讳地说："领导，现在你可以帮我联络红唇主任吗？"

宁宇看了看时间，正好是十点左右，这个时候可能红唇还在报社看稿件呢。于是说："好吧，我试试看，正常的话，红唇主任应该还在报社审阅稿件。"

思明说："宁部长，我也知道这个时候约一位女士不大礼貌，可是我现在真有事情向她请教呢。我们明天就要举行这方面的谈判了，我很想在这样的大战来临之前请教请教红唇主任。我觉得很多的问题她可能比我们现在的谈判人员分析得更精准。"鉴于思明是从工作的角度考虑,宁宇不支持都不行,于是拨通了红唇的电话。

红唇似乎早就有预感似的说:"我就知道你要来电话了,就是没有想到你会来得这样早。"

宁宇问道:"没有打搅你吧?"

红唇说:"怎么会呢,我知道你今天可能找我有事,所以今天我的工作完成得早一些,现在我的稿件已经发完了,现在正在办公室准备明天的工作。"

宁宇问:"现在让你过来一趟,你方便吗?"

红唇说:"看你说的,怎么会不方便呢,不就是十几分钟的事吗?我不给你电话,就是担心你手里太忙了,不敢轻易打搅你。"

宁宇觉得,自己必须说清楚,要不然,会让红唇误会,于是说:"是这样的,我们要与和氏商号集团举行谈判你是知道的吧?"

红唇说:"知道啊,不就是你这一次奔赴省城的主要目的吗?"

宁宇说:"嗯,知道就好。明天就要举行新闻方面的专场会谈。龙都方面出席这个谈判的是思明副部长,他现在正着急呢,想请你过来与他一起会商明天的谈判事宜呢。你是知道的,我们思明部长一直都是非常敬仰你的才华的。"

红唇心里虽然有几分不舒服,毕竟这不是宁宇请她过去的,而是思明副部长。但是她内心还是有几分激动,思明副部长给她的信就说明,这位副部长确实是倾慕她的才华的。在举行谈判最关键的时刻,他想到了要她出出主意,这也是她的荣幸。于是爽朗地说:"我过来一点问题都没有,我可不像思明部长想象的那样,你是很了解我的,我在你面前可是才疏学浅之人啊……"

宁宇说:"你就不要客气了,我们可是求贤若渴呢。"随后又说:"红唇,今晚我就没有时间陪你了啊,不过,和韵答应了要找时间专门约我们几个人单独聊天的,就等她约好之后,我们就见面吧?今晚就是思明部长接待你了。"他知道红唇内心可能有几分不爽,但是没有办法啊,自己又不是三头六臂,一会儿可能还会有更重要的情况需要处置呢。

87. 谈判前夜各方酣战

自从红唇有了去龙都的打算的时候,家里的爸妈就更关心她的事业了。

随之而来的就是关注她新近的事情。龙都市委市政府赴省城与和氏商号谈判的事情,很自然也落入了两位长辈的视线之中。两位毕竟都是在职副厅级干部,对政治上的敏感也不同于一般的老百姓。所以他们在家里也会议论到龙都的这场新闻文化产业改革,这毕竟与他们的女儿有了关系。

红唇接到宁宇的邀请电话之后,立刻给爸爸去了电话,将这事如实地汇报了。不想爸爸红副院长却说:“好啊,既然是宁宇邀请你,我倒觉得可以修改一下见面的地点啊,能不能请宁宇到我们家来一趟呢?这样也省得你晚上回来不安全,你们谈工作也没有外人打搅。”一边竖起耳朵倾听的妈妈也说:“嗯,我觉得这个主意好,要是宁宇出来不方便的话,妈妈可以开车去接他。”

红唇当然不想把今晚的事情全盘托出,今晚真正要见她的不是宁宇,而是思明啊。于是说:“爸妈,你们也是的,人家现在是什么人啊?人家是市委领导呢。谈判明天就要进行了,他这个镇守前方的主帅有多少问题要处理的啊?你们就能随意让人家走出中军大帐?”

红副院长想了想,说:“嗯,这倒也是,现在人家不是一般的干部了,是领队的市委常委,确实有很多问题需要他即时处理的,你现在就去他们住的酒店吗?”

红唇说:“他们明天就要进行新闻专场会谈,所以也想征求我的意见,人家都这样重视我,所以我还是得过去一趟啊。”

红副院长说:“那好吧,你需要我来接你吗?”

红唇说:“爸爸,我自己开车回来,我不是小孩子了,你们就好好休息吧。”

红副院长说:“你说什么啊?我们好好休息,你就当我们是老人了?我们都还是年富力强的中年人,休息还早呢。我们今晚啊,就要等你回来,还要听你的结果呢。”

红唇说:“好,好,不说了。我要开车了。”报社离宁宇他们住的酒店其实很近,也就是十五分钟的车程就到。

思明副部长早就在酒店的大堂恭候着她了,见到她十分友好地走上前去握手问好。思明说:“红唇主任,今晚我们的宁部长实在太忙了,要不然他就会亲自来接你的。”

红唇说:“没关系,我和宁部长是老同事,也不需要那么多的繁文缛节。他已经给我交代过了,今晚他还有另外的事情需要处理,我们不也是老朋友了吗？今后还望思明部长多多指教呢。”

思明说：“红唇主任，你也太客气了。论学识和能力，你都是我的年轻老师呢，我只不过虚长几岁而已。今晚请你过来，就是想借你的智慧呢。”

红唇说：“思明部长客气了。”

思明十分平静地问：“红唇主任，我给你的电子邮件你收到了吗？”

红唇说：“谢谢思明部长高看我，也谢谢思明部长这样信任我。我现在担心的是我人微言轻，能力不够，不能服众，拖思明部长的后腿呢。红唇可是想都不敢想啊，不过，无论如何，我还是要感谢思明部长的提携，不管能不能成行。”

思明非常开心地说：“红唇主任，你就不要这样谦虚了，过分的谦虚也是骄傲的表现哦。你的才能，不要说我钦佩和敬仰，就是宁部长和王明书记，不也一样赞叹不已吗？我们龙都报业集团的改革啊，绝对是不能没有你这样一位千里马的。”两人一边对话，一边走进了酒店的咖啡厅。

坐下来之后，思明直言不讳地说：“这么说吧，现在我也没有把你当外人，我们迟早是要在一起工作的。所以我觉得现在这样的大事情让你预先参与会对今后的工作有帮助，也利于我们今后的合作。我想宁部长已经把我们这一次省城之行的主要目的说了，我就不一一赘述。明天我们就要与对方举行新闻专场的谈判，主要就是在新闻业务和其他的管理方面与对方对接，所以你的意见将显得尤为重要。”

红唇问：“现阶段龙都报业有多少家下属单位？”

思明说：“十多家吧。”

红唇又问：“转业的经营性公司有几家？”

思明说：“也就四家，主要就是发行公司和广告公司。”

红唇说：“对方不外乎就是在人权和财权两个方面不会让步，另外就是管理制度上要以他们的为主，其他还有什么呢？”

思明说：“嗯，我们也是这样判断的。那么人家万一提出编辑部也要有投资方的人呢？因为现在宁部长的意思是我们能让步的就让步，一定要确保这次谈出成效来。”

红唇说：“这和编辑部没有关联啊？现阶段的媒体，根据现行政策，投资方是无权左右媒体采编权的。”

思明说：“政策上是这样规定的不假，可人家控制不了，人家又怎么能放心呢？所以名义上虽然不会让他们任命采编干部，但是你总得让人家心理上要认同这个人吧？目前很多国内的媒体不都是这样操作的吗？”

红唇说：“这个没问题，办法有的是，我们也不要说不让人家参与报纸内容的组织和策划，经营性的内容还是要以他们的为主，所以我们在每一个采编部门都可以给资方留出一定比例的编委人数，但是这些编委不能超过报社本身的编委，在执行报社的决定的时候，还不是要以多数的意见为准啊。”

思明说：“太好了，你说的这一条，我刚才就没有琢磨透呢，你这样一说，我也就完全明朗了。要是他们扯到这个条件的时候，干脆我们就高姿态，允许他们选拔的合格人才到采编岗位，而且还可以出任采编高管编委职务。我想这对于他们来讲是想不到的。”

红唇说：“经营性部门就按照股份来制定管理规范好了，这就没有什么可以探讨的了吧？董事长一定就是你这个社长了，副董事长可以双方议定，总经理室资方和报社联合聘请……这些规则就没有什么太多商量的。唯一值得商榷的可能就是采编人员的管理方法和考评方法。这个我建议一定要以报社意见为主。这方面的情况比较特殊，也不是资方一时半会儿能够完全理解的。所以，这一条可能是底线。”

思明十分高兴地说：“你看，高手就是高手啊。这不又是一个非常内行的建议吗？要是我们可能就提不出来这样专业化的建议了。”

两人随后展开了非常广泛的研讨，涉及了报业集团的管理、营运等诸多问题。总之，红唇各种有见地的意见，都让思明大开眼界。一晃就是两个小时过去了，思明非常歉意地说：“实在抱歉，耽误了你这样长的时间。你给我们提出的宝贵意见，我一定汇报给宁部长，他一定也会非常开心的。”红唇离开酒店时，已经是深夜十二点多了。临行前，她给宁宇发了短信：“祝晚安，我回家了。”

88. 遭遇美女无厘头

宁宇没有回复红唇的短信，此刻他正和和韵与和好在另外一个咖啡吧聊天呢。

就在给红唇去过电话的一刻钟之后，宁宇就接到和韵的邀请。要知道，此刻宁宇最关心的是什么？是和氏商号集团的动向啊。相比见红唇，和韵就显得重要多了，至少这个阶段如此。和韵总是那样乐呵呵，说道：“宁部长，如果你今晚没有事的话,可否与我和另外一个美眉聊聊天?”

宁宇当然关心这个“另外”是谁,于是关切地问:“还有谁呀?我认识的吗?”

和韵说:“跟宁部长见面的朋友,我当然知道该选谁不该选谁的啊。你放心吧,这个人你不但见过,还是你愿意见想见的那一类人。而且我敢担保,你们会有很多共同话题的。”

宁宇想,和韵这样鬼机灵的女子,一定明白他此刻的内心最关心什么。她甚至判断,完全有可能是和夫人。不过,这也只是一种猜测。他已经想过了,不是他想见的那类人,他随时可以找一个理由开溜就是了,不就在酒店的楼上吗?于是说:“好啊。”

和韵说:“就八楼的咖啡吧,现在就上去吧。”

晚宴已经结束整整两个多小时了,各部门也还在紧锣密鼓地研讨明天的工作。宁宇看完了文化局送来的材料之后,就对秘书说:“一会儿还有人送文件来,你收好就是了,我一会儿要回来看的。有什么突发的急事,你就给我电话,我就在酒店里见几位重要的客人。”说完,也就出门了。秘书从房间里冲了出来,提醒他说:“部长,你的领带还没有系呢,要不要换一条?”

宁宇转身回到房间,果真换了一条领带,再一次走出房门,向电梯口走去。电梯刚刚打开,思明从电梯里下来,见到宁宇就说:“部长,我有事情给你汇报呢,现在有时间吗?”

宁宇说:“事情不急你就等一会儿吧。要是急,你就发短信给我吧,我现在去见一位朋友。”

思明就说:“好的,我发信息给你吧。”

宁宇进了电梯,过了两层楼,电梯又停下来了,进来的是两位打扮入时的女子。两位女子都身着华丽的晚装,十分性感和撩人。两个女人的风格迥异,一个是那种清雅干净的素雅,身着略带冷色的蓝色衣裙,胸前的白金项链使她显得高贵不凡,有一种拒人千里之外的冷艳之美。另一个却身着了紫色裙,显然身上有粉黛韵味,但因颜色的暖色调,让人觉得雍容华贵而又不失冷夜中的温暖。两个女子都神采飞扬,气质卓越。宁宇只是用余光扫描了这两个不同风格的女子,根本就没敢正眼打量两人的脸庞。

两个女子进来见只有宁宇一个人,忍不住嘻嘻哈哈地笑了。宁宇觉得很奇怪,没有什么值得好笑的事情啊?他的领带也是打得正经八百的,莫不是自己的后背有什么滑稽的东西?于是善意地问:“两位小姐,请问我有什么失礼的地方吗？”两个人更是大笑起来。

宁宇这才正眼打量了面前的两位女子，她们却是和韵与和好呢，身着淡雅的是和韵，使人温暖的是和好。于是歉意地说：“原来是你们两位啊？”

和韵还在捂住嘴嬉笑，和好却说：“宁部长，从这一点上我就能判断你是一个绝对的正人君子。”

宁宇也笑着问：“为何呢？”

和好说：“见到这样两位绝色的女子你也目不斜视，这不就是最好的例证吗？”

宁宇与和好还算不上熟悉，她突然冒出这样的话来，还真让宁宇不知道该如何回答。只听见和韵嬉笑着说：“我说师父，这就是你判断失误了，据我所知，越是闷骚的男人，就越是像宁部长这样呢？你说，闷骚的男人能算正人君子吗？”

和好和宁宇对视了一眼，宁宇将目光转移开了。而和好却在宁宇的脸上扫描了好半天，才说：“和韵，你的话可有什么依据，我怎么看不出来这张纯净的脸上，哪里埋藏着玄机呢？”

两个人还在嬉笑时，电梯就到了八楼了。两个人几乎是同时收住了笑容，与宁宇一起步入咖啡厅。和韵预先订了靠窗的座位，面对玻璃窗外闪烁的灯火，几个人的心情都有了变化。宁宇坐在中间的位置，两个女孩分别坐到了他的身边。和韵侧脸问道：“宁部长，我没有骗你吧？”

宁宇却说：“你这是什么意思啊？我怎么不明白啊？”

和韵说：“你的脸上已经告诉我了，你还想抵赖？”

和好在一边问：“宁部长，以前和韵在你手下的时候，也是这样没大没小的吗？”

宁宇说：“这事得问她，她自己最清楚的。”

和韵却说：“我说师父，你怎么能怪我呢。那个时候宁部长是我的老师，也是我的上级，古话不是说跟什么人学什么人吗？所谓近朱者赤近墨者黑呀？我没大没小还不都是宁部长的责任啊。”

宁宇笑笑，什么也没有说。他见眼前的两个女子，似乎不像是要探讨工作的，完全一副消磨时光的富家小姐神情。不过，宁宇对和韵称呼和好为师父很感兴趣。于是转移了话题问道：“和韵，你怎么叫她师父呢？这里面有什么讲究吗？”

和韵冲和好眨眨眼,乐呵呵地说:“怎么样,还是我赢了吧?我就知道他会问这样的问题呢。”

宁宇也听不懂她俩的谜语,又问道:“你能满足我的好奇心吗?”

和韵没有作答,但是和好抢先说:“宁部长,这个话题说起来会很漫长的,一时半会儿也解释不清楚,不过好在我们都还年轻,今后有的是时间,以后慢慢给你解释吧!”

和韵点点头,双手一摊,表情十分丰富地说:“呵呵,那就听师父的吧,我也没有办法了啊。”宁宇摇摇头,看来这和氏商号集团真是处处玄机呢,就连一个普通的称谓也让人费解。

宁宇也没有穷追不舍,又改换了一个话题,问身边的和好:“和好小姐,你的经历很富有传奇色彩,能聊聊你吗?”

和好问:“聊我,问什么?我像怪物吗?”

宁宇说:“不是这个意思呢,我看过你的简历,觉得你的经历很丰富,有香港和美国的教育背景,让我充满好奇啊!”

和好却说:“哦,充满好奇?我可不打算满足你的猎奇心理。不过,看在你可能会是我们的合作伙伴的份上,我还是满足你的一部分好奇吧!我出生在美国,因为要来中国,所以才选择在中国的香港念书,算是了解中国的文化吧,如此简单而已。”

宁宇看看和韵,她点点头,又摇摇头,说:“怎么,有什么不妥的吗?她说的都是事实。”宁宇本能地觉得,他和面前的两个女子竟然像有代沟一样,交流起来怎么这样别扭和困难呢?与她们谈话,远不如与和夫人交流来得畅快和愉快。坐下来很长时间了,彼此之间完全就是在无厘头地打转,这让宁宇觉得是在浪费大把的光阴。

89. 干练过人的西式女子

宁宇很清楚,现在就这样告别,那是绝对不可以的。他想到了很多的问题,刚才与和夫人见面的时候,和夫人就说了,今后还望和好能与他在龙都的事情上好好协作。这说明什么呢,说明这个和好是一个很重要的人物,现在的无厘头也许是两个丫头在耍酷。另外,和韵一直叫她师父,让他同样充满了好奇，从长相来判断，和好和和韵年龄几乎不可能有多少的差异，也就是刚刚大学毕业一两年的样子，所以太多的神秘撩拨着他的欲望。刚才自己说了许多话，都没能顺利地和两个人交流下去，这不能说完全怪人家姑娘们，也要找找自身的问题。比如说自己说话的方式、说话的语气，包括话题本身。有一句俗语叫做一把钥匙开一把锁，现在的情况就是自己没有掌握好语言这把锁，所以三个人才聊得这样别扭和无趣。他也回忆了与和韵的交往，其实两人之间一直就存在一种说不清楚的隔膜，总是有一种可有可无的味道，所以至今两人之间还是很陌生。

他想了，既然和韵主动和和好约了他，也就有她们的目的。起码说明她俩是想与他交流的。他索性来了一招，冷淡地恭候两位女子的话题。很长时间，他恍若雕塑一般，一动也不动地望着窗外。

他的这一招果然招来了和好的注意。原来就是宁宇一直在发问，他长时间的沉默之后，她突然觉得有什么不对了似的，一直不停地打量着身边的宁宇。和好终于忍不住问："宁部长，你在想什么啊，这么酷？你在练功吗？"

宁宇还是没有动。

和好又说："你知道吗？我没有来中国之前，看到过中国的电影，有大陆拍的《少林寺》和香港李小龙拍的武打片。看过之后，我有很多感触。原来我一直不愿意帮助妈妈干活，自从看了那两部电影之后，我突然觉得干活其实就是在练功夫。妈妈见我这样勤快，经常赞扬我，可是只有我自己才知道我内心的想法。这么多年过去了，我现在也成为一个勤快的人，我得感谢中国的功夫电影……"宁宇压根儿也没有想到，和好的这把钥匙就这样容易的找到了，她一直滔滔不绝地介绍她的童年、少年、青年……一边的和韵早已笑得前仰后合。宁宇这才明白了，这个和好，虽然长着一张灵秀的中国姑娘的面孔，骨子里还有很多的美国式的思维，也难怪刚才与她的对话那么不顺畅，那么格格不入。

听完和好的话，宁宇说："我不知道你去过龙都的几个寺庙没有，那里的寺庙还有练武的和尚，还有几座年代久远的尼姑庵，里面也有练武的尼姑呢。"

和好立即充满向往地问："离龙都市区远吗？"

宁宇说："都不远的，最远的也就四十分钟，最近的也就二十分钟。"

和好喜形于色地说："太好了，和韵，下次再去龙都的时候，你叫上我，我们可以去寺庙里吃完斋饭再到市里面办事。"

和韵冲宁宇做了鬼脸，意思是说宁宇你太厉害了，这么快就将这个“外来和尚”和好俘获了。她连忙说：“没问题，师父，你多久想去，我就陪你去。现在你还担心什么，去了还有宁部长为我们带路呢。”

和好十分认真地问宁宇：“可以吗？”

宁宇说：“当然，当然可以。”

和好又十分理性地说：“这几天恐怕是去不了了的，还有五天的谈判呢。”话题终于绕回到现实层面来了，宁宇感到一丝欣慰。

实际上，和韵也是想让宁宇与和好之间能够沟通。这一次投资龙都新闻文化产业的真正执行人是和好，和氏商号集团里面出资最多的就是和好代表的那一个股东，所以她的意志在整个过程中将起决定性的作用。和韵也不是一点私心都没有，她一个人跑到韩国去也不仅仅是单纯的美容，她就是琢磨她内心最想做什么去了。在一个语境陌生的环境之中，没有人交流，没有人打搅，她真正地沉下心来搜索，结果发现就是想做主持人，或者拍电视剧，这就是潜伏在心中的梦想，所以才有了破天荒地花钱雇听众和观众的闹剧。回来之后，听说了龙都这次的新闻文化改革项目，真正让她动心的也就两个理由。其一，这一次的项目之中有广电影视集团，这是实现她梦想的机会。其二，有宁宇在龙都出任宣传部长。这几年的新闻经历，她懂得了一个铁定的道理，不管到任何地方做新闻这个职业，地方的宣传部长都是最有权威的决断者。只要她能到龙都去，做一档她喜欢的节目，宁宇至少不会打击她，也不会轻易给她小鞋穿。正好这个时候和氏商号集团有这样的战略投资，她也就卷入到这件事情之中来了。可家家都有一本难念的经，和氏商号集团也是如此，因为集团事先已经进入媒体产业了，和好就是省报集团经营公司的总负责人，所以集团在指定总负责人的时候当然也就指定了和好，而她只不过是这个项目的总执行人。换句话说，就算和龙都合作成功了，她也充其量只是个总经理，董事长依旧会是她的同姓姐妹和好。所以她从心底里有撮合这次合作的欲望。

和韵接着和好的话说：“我们下一周去吧，那时候已经谈完了，事情该定的也就定了，也好去找宁部长放松放松啊。”此刻，宁宇才深刻地体会到了和韵的真心和诚意，虽然她扮演了极不光彩的“卖国贼”角色。

和好毕竟是经历过很多场面的职业经理人，立刻意识到这里不是谈论工作的场地，于是说：“要去，也得需要一段时间啊。我们之间的合作毕竟不能掺杂朋友的感情，你说是不是宁部长？”随后又非常理性地提醒和韵说：

“我们今天就喝咖啡，聊聊中国的武打片吧？这样更有利于我们双方的友谊，也更利于明天以后的商业谈判。”刚刚启动的大门，又让她严严实实地关上了，这让宁宇或多或少地有些沮丧。

不过，他不后悔今晚的约会。毕竟，他了解了和好这个人，了解了和氏商号内部运作的某些秘密。

回到房间，宁宇迫不及待地看了思明专门给他的留言条，上面记述了红唇提出的多种建设性意见，其言语之间不乏溢美之词。看完之后，宁宇这才给红唇回了短信：“十分感谢。你的很多建设性意见我们将会采纳，还望你对接下来的文化和网络方面提出你的见解。今晚没能见你，十分歉意。”

90. 挨　批

接下来的几天谈判，可谓艰苦卓绝。幕后坐镇的宁宇算是体会到个中甘苦了。对方几乎是清一色的专家学者，总是有理有据有节地提出各种问题，很多问题是完全无法在谈判桌上解决得了的。宁宇提出了一个开创性的工作思路，什么样的问题都可以谈下去。双方达不成一致的就往后推，但是不影响谈判的进度。这个建议得到了和韵与和好的认同，几天下来，累积的问题也就不是一个两个了。

这样也好，在谈判桌上没有解决的问题，双方都会在会后努力思考改善和解决的途径，这样反而促使问题很快就找到了双方的平衡点。几天的谈判虽然让人紧张和辛苦，可五天的谈判总算熬下来了。宁宇总结了几点，实际上双方的焦点就是在股份占有和经营人才以及高管的任命权，其他几乎没有遇到任何阻碍，这说明和氏商号集团是非常具有诚意的。就在双方会签商谈纪要时，宁宇拨通了王明书记的电话。

王明书记显然也没有料到事情的顺利程度，赞赏地说：“宁部长，你就是龙都的福星啊，你到龙都之后，每一件事情都格外顺利，就是这个新闻文化产业改革，恐怕也会按照你的时间来推进了。怎么，有事吗？”

宁宇说：“马上就要会签这几天的商议纪要了，我请示一下您啊，看看有没有新的指示。”

王明说：“一切你看着做主吧，你的决定就是我的决定，也是市委的决定。”他的这话，让宁宇觉得特别受用，这起码说明，市委是高度信任他和谈判团队的，同时也是对他本人工作的肯定。

宁宇说：“谢谢书记的信任和支持。哦，对了，大致下周和氏商号集团就要到龙都来第二次会商，也就是签署相关的合作协议了。我给和氏商号集团的头头脑脑们许诺了，到时候，你和陆市长都得到场捧场啊。”

王明乐呵呵地说：“你就放心吧，这样的大事，在龙都的历史上也是开先河的，我和老陆还巴不得出席呢。”

宁宇给书记汇报完之后，就看见和好到了签字的现场，她身边紧跟着和韵以及其他的主要谈判人员。这个阵容出现，也就说明今天的签字仪式和夫人是铁定不会出席了的。宁宇想，要是和韵在这个纪要上签字的话，他也就只能派副部长思明上阵签字了……他还在思考的时候，电话铃声响起来。一看，居然是副市长雪雁的电话。

宁宇说：“雪副市长啊，你是不是到了省城了？”

雪雁反问道：“你怎么会这样想呢？”

宁宇说：“我正缺一个签字的领导人啊，我总不至于什么都干吧？我现在身边谁出席都不太合适啊，要么只有让思明副部长，要么就只有让文化局的副局长，实在有点儿不恰当啊。”

雪雁高兴地问：“领导，这么快就有好结果了，我现在就过来签字吧，好吗？”

宁宇问：“你现在究竟在什么地方啊？”

雪雁说：“就在省城，你是不是取得了实际进展了？”

宁宇说：“确实是取得了实质性的进展，马上签署双方商谈纪要，下周就要在龙都签署正式协议了。”

雪雁说：“可喜可贺啊，我们宁部长一出手，这么大的事情这样快就搞定了，让我等钦佩呀。不过，领导，我这里也有好消息要告诉你呢，我相信你听了之后，你也一定会按捺不住激动的。你知道吗？我可是到现在为止还不敢相信这就是真的呢。”

宁宇猜想，一定是环球绿色智慧发展基金有戏了，要不然，一向稳重有加的雪雁还不至于这样夸张。他没有插话，而是等待雪雁往下说。雪雁说：“你知道吗？已经取得了意想不到的效果了……”

原来，雪雁、陆市长和省教育厅省政府的相关领导赶往教育部之后，多个部门立刻启动了联合会商。省里和市里的领导们都不敢轻易发表意见，多数时候是聆听部里面领导的意见。

部里的领导发表完意见之后，陆强市长生怕部里面不同意引进这笔基金，又担心部里面说龙都的条件较差等，于是开口就说："各位领导，龙都已经准备了很长的时间了，我们市委常委、宣传部部长宁宇同志和市政府副市长雪雁同志为这个事情已经忙活了半年，也与对方进行了多次交流和会谈，所以对方才同意将这笔基金在龙都落地……另外，要是部里和省里觉得对方提出的财务管理和财务签字人宁宇出任不妥，可以请求对方按照正常的程序交由政府部门来实施，有一点我们是可以肯定的，我们一定会做到财务公开透明，绝不乱花一分半文……"陆强市长的意见很清楚了，他极欢迎这笔基金落地龙都，又主张与对方磋商，财务最好还是政府来统一把控。

部里的领导点了雪雁的名："雪雁副市长，你本人既是副市长，也是教育界的资深人士，又是整个事件的亲历者，你说说你的意见。"

雪雁坦率地说："能够引进这样一大笔资金，对于龙都的教育事业来说是一件幸事，对龙都今后的人才储备，也是一件幸事。这笔基金如果对接成功，至少可以让龙都的高校硬件建设提前五到八年。所以，恳请领导能将这个机会给龙都。这笔基金的引进，大家也是清楚的，环球绿色智慧发展基金的考评方式是世界上最严谨的基金之一，但是也有其独特性。所以，我恳请领导们要面对现实，尽量尊重基金方的主导意见。我们虽然国情不同，但是我想我们可以最大限度地沟通……" 她的话虽然在很大程度上与陆强市长的意见不同，却让主持会议的部领导频频点头，省里面的领导也赞同她的观点。

部领导在总结发言时说："多余的话我就不说了，这些年来，我们也一直关注这个基金的动向，也希望早日落户中国。现在机会终于来了，实际上，我们和大家一样，对这个基金的独特性都是了解的。刚才陆市长说你们市里面还和基金方举行过多次磋商，也提到了劝慰对方修改委托的决定。我觉得陆市长的意识没有错，一方面是担心我们部里面不答应让你们龙都市接纳这笔基金，这个你就多虑了。我们对任何一个省市都是平等的，只要这件事情是因你们龙都而起的，我们就不会乱点鸳鸯谱，不管哪一个省市，只要是思考发展的、着眼发展努力的，我们不但会支持，也要保护。第二个方面，我否定陆市长劝慰基金的想法。对于境外资本的利用，我们首要考虑的是其合法性，只要不违背所在国家的法律，我们都要予以支持。我明白这里面的意思，现在这笔经费进入中国之后，人家委托了一个人来执掌这笔经费的花销和处理,而不是划到政府的财政账号上,动用这笔基金的也不是政府的部门或者市长副市长。但是我们要用发展的眼光,要用对人民群众负责的眼光来看待这个问题。不管是什么人来执掌这笔经费,只要它能花到教育上,能使国民的基本素质得到提升,其他的过程就那么重要吗……"

91. 喜 讯

部领导的话,让陆强的脸一阵红一阵白,此刻他根本就没有听清楚领导讲的是什么,但是他很清楚领导是在严厉地批评和教育他。不过,好在部领导并没有继续在这个问题上深究下去,他甚至都不敢看雪雁的脸,这么多年来,他还是第一次当众被领导批评。雪雁也替陆强难堪,人大面大的一市之长,被领导当众数落,就是她这个副市长也觉得有几分狼狈。

只听见部领导说:"今天你们省市领导都在,我就表两个态:其一同意龙都市引进这笔教育基金,而且要根据资金提供方的要求把各项工作落实好。我在这里就明确提出来,资金怎么用,谁来具体负责,要以资方的意见为主,这也是无法避免的国际惯例。人家不是捐赠,人家是参与建设和投入,虽然里面涉及一部分是公益的,但也有相当一部分是要追求回报的。所以,我在这里就说清楚,人家三番五次地给我们做了交涉,他们已经选定了执行人了,我们也无权擅自更改,就尊重别人的决定好吧?省里市里的领导都在这里了,这一点你们还有什么不同意见吗?"

省里的领导说:"我们听从部里面的安排。"

部领导又问:"龙都市的领导呢?"

十分显然,这个问题实际上是答复陆市长的意见。刚才陆市长提出了让部里面和对方沟通更改资金使用程序,也更改资金的支出管理办法,最主要的就是将财权拿到政府这边来,没想到部领导不但否决了,还要点对点地听到陆市长的意见。陆市长只得低声下气地说:"我们听从部里面和省里面的安排,没有什么补充意见了。"

部领导又说:"不是安排,你们也要创造性地工作,跟上国际国内的发展形势,眼光放开一点,学学外地外国的先进经验,不要只看到你们治下的一亩三分地,引进资本和引进先进的管理机制是并行的,这一点希望你们能理解透彻。”所有人，包括雪雁和陆市长都没有想到，部里面的领导远比他们想象的要开放得多，眼界要开阔得多。虽然领导们批评也不会看谁的脸面，但是批评都是批评到点子上的，让人口服心服。

陆强市长又说：“领导批评提醒得对，我们回去之后一定加强学习，不辜负领导们的期望。”

部领导说：“好了，客气话就不讲了，回头看你们的具体行动吧。我们也会关注你们的进程的。好，现在我要说第二个问题。”部领导轻轻喝了一口茶，接着说：“环球绿色智慧发展基金的代表已经向我们明确表达了一个意愿，就是在你们的高校高职教育园区之内，要开办一所相当规模的‘东方孔子学院’，这件事情就不仅仅是你们龙都的问题了，孔子是中国的思想家，也是东方的大儒，同时也是世界文化宝库中的重要组成部分，所以这个工程对于你们龙都来说，要圆满地完成，可能任务重了一点。我这里不是说你们的工作能力，而是你们的资源不够，你们协调起来可能会成问题。所以，部里面决定全力配合你们搞好这个学院的建设。我建议在省部之间成立一个协调组，你们龙都方面可以派你们的得力领导进入这个协调组。名单现在就可以定下来……”实际上，部领导是非常务实的领导干部，办事不但有魄力，更有指挥若定、控制全局的能力。这个协调组的名单很快就形成了，陆强同意将宁宇和雪雁加入到这个名单之中。理由很简单，宁宇是今后主要牵头的市委领导，同时又手握财权。雪雁本身分管教育，同时自身又是教育专家。这个组里只有他们两个人是最适合的，就是他这个市长和王明书记可能都不太适合。部领导和省领导也没有什么意见，名单就大致这样定下来了。

部领导最后说：“你们回去之后，省市两级尽快拿出一个稳妥的报告，一方面报到部里面备案，另外一方面，部里也得给外国友人一个回复。”

原本觉得十分复杂、十分难办的事情，在部里面就这样简单地办下来了。回到宾馆，省市领导连夜召开了紧急会议，最后形成了决议。这项工程是在龙都，所以龙都方面就得唱好主角，会议决定龙都方面在一周之内拿出详尽的方案到省里和部里。领办任务的理所当然就是雪雁副市长了。

散会之后，雪雁对陆强市长说：“我们是不是今天就飞回龙都？我的事情现在太多了，不提前准备不行啊！”

陆强市长的心里可能还有一丝被批评的阴影尚未散尽，情绪不高地说：“不用这样急吧，你现在也可以打腹稿啊，就是再忙，也得等到明天出发吧？”

既然市长都是这个意见,所以雪雁也就只得回到自己的房间里,进门之后就开始给宁宇拨打电话。当她介绍完北京的情况后,说道:“领导,我现在倒是很愿意来帮你签字呢,可是这个上报的材料呢?我还不知道什么时候能搞得出来呢。”

宁宇说:“哦,那就得辛苦你了。你是教育界的权威人士,搞这样一个材料你可是龙都当之无愧的第一人啊。辛苦辛苦。”

雪雁改变了一种口气说:“不过说实话,领导,这件事能拿下来你依然是头功啊。要是没有你的关系,没有你的决心和胆识,恐怕龙都至今也还没有人办得了这事呢。”

宁宇说:“哪里,雪副市长你过谦了。没有我不还有你吗?话得说回来,就是取得了今天这一点突破,还不都是龙都所有干部的共同功劳吗?你看这一次你和陆市长到北京,这不也是付出了很大的努力了吗?”

雪雁说:“领导,我们办了些什么事,我心里跟明镜似的。我们也不过就是按部就班,就是换任何一个人也都是这样的效果,我们有什么功劳啊。哦,对了,我回来时直接到省城和你汇合吧?我们也好商议下一步的方案呢。”

宁宇却说:“雪副市长,你这话恐怕应该给陆市长和王明书记请示吧?”

雪雁说:“嗯,我先跟你说一声,然后再跟他们说就是了,只不过是一个程序,你那里可是需要实质的东西呢。领导,今后我就跟你后面混了,既安全也讨巧,很受用啊。”

宁宇乐呵呵地说:“雪副市长,你玩笑开大了吧?”两人又说了一阵闲话,这才将电话挂断。他看见身后的思明副部长一直在他的身后走来走去,神情异常焦躁的样子,问道:“怎么啦?”

思明部长说:“我的部长啊,人家和好她们已经等你好半天了,新闻单位都已经到齐了,马上就要举行签字仪式和新闻发布会了。”宁宇往里面一看,果然已经人头攒动,他立刻随思明快步走了进去。

92. 像陀螺一般高速旋转

宁宇走入之后,双方的签字仪式就开始了。思明与和韵代表双方签了字,宁宇与和好站在签字的现场握手祝贺。签字仪式之后,双方的主要会商代表出席了新闻发布会，宁宇与和好则进了贵宾厅，商议下一次会商的时间。时间很快就约定下来了，定在下周的周三在龙都举行。时间确定之后，和好就与宁宇握手告别了。

宁宇刚刚走出签字大厅，猛然想起了今晚早就约定了和夫人的，她是不可能不见的啊，两人之间还有很多需要沟通和商议的呢。他快步走回房间，一边整理这几天的文件，一边等候和夫人的电话。此刻的宁宇，有一种如沐春风的幸福感觉，两件事情的推进都很顺利，他脸上荡漾着笑容，心里别提有多开心了。让他没有想到的是，和韵却意外地出现在了他的房间门口，见面就说："嘻嘻，你让我办的事情我可办周到了啊，他们现在可都在楼下的茶坊里恭候你呢！"

很显然，已经忙昏头的宁宇早将和韵约红唇、娜娜他们的事情忘到脑后了，他立刻说："坏了，我今天可能没有时间见大家了。"

和韵依旧乐呵呵地说："我们也不是没有思想准备，我们几个都说好了，我们愿意等，直到你能来为止，反正今晚不见到你，我们几个是不会罢休的。"本来就是事先约定的，这让宁宇很是犯难。

宁宇试探性地说："这样吧，约定一个时限，只要十二点之前我不能来的话，你们也就散了吧？每个人明天也都还有事呢，你说是不是？"

和韵本来是一个非常洒脱的人，但这一次她是主持者，外面茶坊里面的人都是她出面约来的，她已经答应了他们，说了宁宇一定会和他们一起聚会的，所以她也就没有那么好打发了，也显得有几分黏糊了。说道："这可不行，我们一定要等到你，要不然，我就无法交差了。"

宁宇看着和韵为难的样子，索性说："要不，我这就去给他们打个招呼，然后我再出来。要是我不能回去，别人也不好再责怪你了，你看行不？"毕竟以前都是一个报社的同事，所以宁宇才这样周全地说。

和韵又改口说："算了吧，就算我信了你吧，还是不要让你跑一趟了。"

宁宇此刻意识到了另外一层，下一阶段马上就要启用红唇、娜娜和章杰他们了，本来早就答应过大家的，要是不守信用，让大家空等一个晚上，这就不仅仅是让人不开心的问题了，弄不好他们还会怀疑他邀请他们去龙都工作的诚意呢。于是坚持说："和韵，走吧，别等了，我去见见大家。"

和韵一边走，一边说："其实，你早就知道今晚你是不能回来了是不是？"

宁宇说："你怎么这样说呢？"

和韵说:“明明就是这样的,你要我怎么说呢?”她对宁宇本来就很了解的,要在她面前撒谎,确实太难了。

宁宇看了和韵一眼,只是微笑,算是默许了。

和韵又说:“这样也好,我也可以给你腾出更多的时间来,也许你一会儿还要见不得不见的人呢。”

“你这是什么意思?”宁宇问道。

和韵说:“没有什么意思啊,只是一种预测性的估计。呵呵。”

走进电梯,宁宇就接到了和夫人的电话,和夫人告诉他,她已经到了酒店的车库了,让他直接下去就是了。宁宇简洁地说:“知道了,谢谢。”和韵笑笑,然后说:“又要约会了,你现在也是太忙了。”说完,摇摇头。宁宇能说什么呢,也只能赔着笑脸一言不发。

红唇、娜娜和章杰几个人果然汇聚在茶坊里,看见宁宇来了,大家都站了起来。宁宇连忙说:“坐下吧,坐下吧,都是兄弟姐妹,何必这样客气呢?”

红唇和娜娜窃笑,只有章杰有几分做作地说:“领导来了,我们不起身相迎怎么可以呢?”

娜娜问宁宇:“还是来墨西哥咖啡吗?”

宁宇说:“谢谢,不用了。服务生,给我一杯白水就可以了。”

红唇灼灼逼人地说:“你是不是马上就要走?”

娜娜说:“还用说吗?你看他扑朔迷离的眼神。”

章杰连忙说:“你们就不要一惊一乍的了,我们的领导是你们说的那种人吗?连我们这群出生入死的兄弟姐妹也不给时间?这简直不可能啊!”

见宁宇没有立刻说话,三个人的目光齐刷刷地盯着宁宇身后的和韵,像审问犯人似的说:“到底怎么回事?要是他走了,你就是愚弄群众的帮凶,看我们怎么收拾你。”

和韵长长地叹了一口气说:“算了,今晚我请你们几个吃法国大餐,然后再请你们去红磨坊K歌,算我和韵倒霉好不好?”

“你真的现在就要走?”娜娜和红唇几乎是同时问道。

只见宁宇满面愁容,十分不好意思地皱起眉头来。章杰马上显露出了阿谀奉承的本能,立刻说:“我说几位大小姐,你们就别再为难领导了,领导自然有领导的事情,他能来这里看咱们几个哥们儿,也算是很够意思的了。可别耽误了领导的正事儿,你们说是不是?”

娜娜的小孩子脾气就上来了,说道:“宁部长,这不是你的风格吧?现在是什么时候,下班时间哦?”

红唇也起哄说:“我说伟大的部长先生,你就不能全当是放松心情吗?陪我们几个多坐一会儿总是可以的吧?”

和韵左右不是,既不好帮着娜娜、红唇,也不好帮着为难的宁宇,她也就摆出一副听天由命的架势来。

此刻,宁宇的电话又来了,还是和夫人来的:“怎么,你现在还有别的事情吗?”

宁宇只得当众说:“没有,我马上就到。”回头对几位说:“首先,我得向几位表示诚挚的歉意,本来今天的聚会是我让和韵安排的。可没有想到不能参加的竟然是我这个主人。既然大家都已经聚到一块了,不妨也就开心地聊聊玩玩。我严重赞同刚才和韵的提议,由她先做补偿,随后我再赔偿大家的损失。今天确实有事,你们也都听到了,领导的电话又来催了,你们也都理解我一次吧。人在江湖啊,怎么可能事事随自己的愿呢。这样吧,改天,改天我将一对一地宴请各位认真赔罪,好不好?今天我就要失陪了。”事实上,玩笑归玩笑,这几个人之中,哪一个不明白这个时候宁宇万事缠身呢?又有哪一个愿意看到宁宇的仕途不顺畅呢?几个的埋怨,其实也就一种变相的示好或者爱意。真让宁宇因为他们几个而在工作上出现什么闪失,还不知道有多少人会揪心呢。而且宁宇的表达也完全到位了,说要一对一地赔罪,其实就是在暗示他将需要大家的帮忙,还需要各位到龙都大展宏图,他还要一对一地跟大家谈条件呢。宁宇拱手示意,一边走,一边说:“失陪失陪。”几个人都眼巴巴地望着宁宇的背影,直至他消失在大家的视线之中,大家才回过头来向和韵开火。

93. 干净明朗、满天繁星的天空被糟蹋

宁宇进入电梯,还是回了一趟房间。房间里面除了他的秘书还有思明也在。进门宁宇就问:“思明部长有事吗?”

思明说:“没事,听说北京方面也传来了好消息,我是来给领导道贺的。”

宁宇说:“也算是一件开心的事吧,不过都是大家一起努力的结果,给我

道什么贺啊。我不跟你说了,我约了一个重要客人,现在就得出发了。"随后又给秘书做了一番交代,这才出了房门。

他赶到车库时,一眼就看见了和夫人的轿车。和夫人从车窗里探出头来,向他挥挥手,招呼道:"上来吧。"

宁宇坐在副驾驶的位置上,看了看手握方向盘的和夫人,和夫人还是漂亮如昔,不论身材还是气质,都没有丝毫的改变,总是透出一股逼人的贵气。她冲宁宇笑笑,然后启动朱唇说:"怎么样,到顶楼花园喝茶?一起回归童年数数天上的星星?"

这些天的劳累和紧张,早就让宁宇期许一种别样的放松了。听到和夫人这样说,立刻来了兴致,回应说:"你就别逗了,这样繁华喧嚣的大都市,还能有看到星星的楼宇?"

和夫人启动轿车,开出了有几分压抑的车库,直奔省城最为繁华的大道而去。大道上依旧车流如梭,也就十五分钟的时间,两个人还没有听完三首摇滚乐,和夫人就将车停到了新的车库了。她柔情地望了宁宇一眼,有些散漫和慵懒地说:"到了。"

宁宇和她一左一右地下了车。和夫人提上精致的小包,很随意地挽住了宁宇的胳膊。宁宇随即闻到了一种扑鼻而来的馨香,那种香味沁人心脾,似乎撩拨起人的某种欲望。和夫人和他手挽手地进了电梯。在电梯敞亮的镜子里,宁宇这才看清了和夫人的打扮,依旧是那样地时髦,所有的服装都像是专门为她的身材而生的一样,妥帖,恰到好处,将她婀娜的身姿展露无疑,并勾勒出了她诱人的胸部和臀部。看见她,总是让男人们忘记她的年龄,忘记今夕何夕。宁宇对她虽然没有任何非分之想,但同样为她高贵迷人的气质倾倒。

电梯一直到了三十二楼,很显然这是和夫人的秘密电梯,根本就没有其他任何人进入这部电梯。电梯里面还放置了供客人休息之用的西式凳子。朝街的一面可以观赏风景,里面还有可以补妆的小茶几,茶几上放着怒放着的百合花。和夫人脸上的微笑太迷人了,宁宇都不知道手脚该往何处放。只听见和夫人轻柔地问:"你如果累了,我们就坐下吧,这样还可以观望外面的夜景。"

宁宇和她并排坐到了椅子上,和夫人还是很自然地挽住他的胳膊,俨然一对热恋的情侣。外面的灯火次第明亮起来,预示着整座城市的夜生活即将拉开大幕了。和夫人正想说什么,宁宇的电话却丁零零地响了。

和夫人示意他接,他冲和夫人点点头说:"不好意思啊。"这才按动了接话按钮。电话是笑笑来的,这让宁宇有几分意外,她怎么也要在这个时候凑热闹呢?但他还是很平静地说:“你好。”

笑笑说:“我知道你现在不方便,有一件高兴的事我要与你分享,而且,上面要的报告我已经让人准备好了,你方便的时候,我会通知你的。”

宁宇当然知道高兴的事就是指环球绿色智慧发展基金的事,这倒不是什么新闻了。但是笑笑说她已经准备了给上面的报告,这显然是宁宇十分感兴趣的。刚才雪雁副市长说了,部里面和省里面都等着她的报告呢,这个消息显然笑笑是早就知晓的,而且还知道上面需要报告。宁宇马上判断,笑笑不仅消息来源更准确,而且这个报告来源也一定有其神秘的途径。只要将她手上的报告递上去,也就万无一失了。这与雪雁副市长回来组织报告可是两回事啊。但是,笑笑曾向他说过的,他到省城是不能主动和她联系的,所以他此刻不得不询问:“一会儿怎么联系?”

笑笑说:“你放心,我会联系你的,我知道你在最繁华的总府大街上,你先忙,我会通知你。”她的话很诡异,让宁宇觉得身边一直有幽灵跟踪的感觉。但是,现在他可不管这些,只要能将笑笑手上的报告拿过来,尽早促成高校高职教育园区的建设,其他的事情都是可以忽略的。

他通电话的时候,和夫人安静得像一棵树。等到电话完了,他们也就到了顶楼花园了。完全出乎宁宇的预料,这顶楼花园不仅可以数星星,还真有古人诗句里“手可摘星辰”那般景致。也许和夫人早就安排了,雪白的沙滩椅旁边的茶几上,已经摆上了飘香的咖啡和粉嫩的西点。

和夫人在宁宇面前总是温顺得像一只缠绵的羊,两个人坐下之后,她就问:“这里真的可以数星星的。”

宁宇也笑着说:“我信。”

和夫人说:“有时候我就躺在这上面数星星,最多的时候数到过三百多的,后来眼花了就不数了。”也不知道和夫人是开玩笑还是说的真话,不过,看她一脸认真的劲儿,十有八九可能是真实的。

随后,和夫人说:“好了,我们一边喝咖啡,你一边数星星,我说正事吧?”

宁宇觉得太诧异了,他还没有透露自己要说什么呢,她怎么会冒出这样的话来呢。只听见和夫人说:“你今天找我,不外乎就是为你的轿车,你的顾问费,还有我让你保管的戒指等事宜是吧?你就免开尊口吧,我把药方子全开给你,你也许就明白了。你不是还有另外的约会吗?我谈完,估计你也就该离开了,尽管我有意挽留你。”她一边说话,一边眨巴着眼睛审视着宁宇。宁宇用安静作为回答,这样的默许也是和夫人习惯的。

和夫人还没有说话,湛蓝浩渺的天空掠过一架彩蝶一般的飞机,只见飞机越过, 在天空留下了一道白色的划痕。整个天空的景致突然被完全破坏了,远远近近的星星再也没有开始清晰,让人内心涌来几多的遗憾。也许正是这个场景,让宁宇和和夫人都仰望着苍穹,两人似乎都被这个突如其来的变化打破了内心的宁静。原本干净明朗、眨巴着满天繁星的天空,就这样被糟蹋了。

94. 高楼花园洋房里的对话

和夫人收回目光,说:“本来完美无瑕的画面,就这样被破损了。不过也好,残缺更有一种空灵失重的美感,就像你宁宇一样,总想追求完美,实际上生活和工作都是残缺的艺术,我们每个人每天都在面临取舍和抉择。”

宁宇也收回目光,品味和夫人有些深刻的话。

和夫人接着说:“过去你做新闻,追求过完美,现在你走仕途,你更期待完美无瑕。实际上,没有人能做到的。”

宁宇问:“你说的话,我怎么不太明白哦?”

和夫人说:“不明白并不代表你没有体会, 只是现在你的兴趣点不在这上面而已。好了,不说这些闲话了,还是说点正题吧。你找我的目的我很清楚,就是想说那些关于你金钱、轿车还有我的戒指的事是吧?”

和夫人果然是洞察秋毫之人,很早就明了宁宇找他是为什么了。宁宇点点头。

“那我就一件一件地说吧,你看好吗?”和夫人问。

宁宇再一次点点头。

和夫人说:“关于那枚戒指,请你原谅我现在还不能拿回来,这事说起来就很遥远了。你也知道,那枚戒指是和氏商号的传家宝,而且是作为和氏商号传人唯一的信物,所有和氏商号的分号见了此物都会服从其号令。当初我跟你说的因为丈夫的问题所以委托你托管,你还记得吧,当初我刚刚从泰国王室回来,也是王室的神秘大师给我出的主意。没想到大师真的很灵验,你就是我终身的有缘人,按照大师的说法,是可以托付终身的人。实际上,这也是很重要的理由。另外呢,大家都知道和氏商号的掌门人在中国,但是谁也不清楚现在这枚戒指在谁的手上。很多分号的人现在已经开始怀疑在我的手里,所以我现在还不能收回此物。至于什么理由,我现在确实还不能跟你说得清楚,还请你妥善保管吧,时机成熟的时候,我就不会劳驾你了。”

停顿片刻之后,和夫人又说:“我赠送你的现金和礼物,你也不要有任何的心理负担,我都走了合法的手续,也做了相应的公证,绝对不可能给你造成不必要的麻烦。”她浅浅地品了一口咖啡,又接着说:“还有和氏商号馈赠你的轿车,你现在也没有必要用得着,又不能总是放在和韵那里,所以我已经将它做了处理,现价销售给了售车行,资金也帮你存入了你的账号上,都有特别的注明。”

这些还不是宁宇最关心的，他最关心的还是和氏商号以有缘人的身份授予他的管理顾问以及这一笔飞来的巨款。随后就听见和夫人说:“我清楚,你很关心你做和氏商号集团管理顾问的事,也在乎这一笔每年一次的顾问费。我已经给你交代过了,你成为和氏商号商界大会上的有缘人,给予你这笔经费不是我和某人个人所为,而是整个和氏商号集团给予的。另外,你也可能不知道,在整整五十年的时间里,和氏商号已经没有找到有缘人了,但是祖上的这笔款项一直都在累积往上增长,就如当今的诺贝尔奖金一样,现在的数据已经到了相当惊人的地步了。所以你不必为这笔经费的来源而忧虑,这样跟你说吧,就是再过三五百年,这笔经费也没有枯竭的时候,你现在应该明白了吧。”

宁宇又觉得像在听天书一般,可这本身也是发生了的事实,只不过宁宇自己还没有回过神来而已。和夫人说:“第一笔经费已经到了,折合人民币是四百万,每年还会有百分之一点五的上调,这都是祖上的规矩和遗训。和氏商号已经给你创建了专门的账号,只要有手持那枚戒指的人出具证据,每年就可以领取这笔顾问管理金。这一笔费用现在已经存入你的私人账号上了,手续是我出具的……”

宁宇并不关心这笔钱的问题,而是关心这会影响他的发展问题。和夫人说:“上一次和氏商号全球大会你也是亲历者，见证了和氏商号在国际法务上的严谨与科学。所有的赠予都是严格遵守所在地国家和地区的法律的。对你也是一样的,各种法律手续都是齐备的,包括官方也可以随时抽调这些档案查阅,我在这里给你承诺,绝对不会影响你在仕途的进步和发展。你如果有疑虑，你也可以咨询我的私人法律顾问陈院长。现在我再如实地告诉你吧，我之所以要你帮我寻找法律顾问，实际上是希望你找一个你熟悉和信任的人，就像现在这样，你似是而非的时候，他可以帮你解除疑惑。并非和氏商号没有法律顾问，实际上和氏商号的律师顾问团是遍布全球的。"

按照和夫人的解释，宁宇现在就不应该有任何的疑问，对他的仕途发展也没有丝毫的问题。这一点宁宇不是没有询问过陈院长，陈院长确实也一直是这样告诉他的，可他的心里就是觉得不踏实。

"你还有什么疑虑吗？"和夫人平静如水地问。

宁宇说："既然这样，我也就没有什么疑问了，不过，我的心里就是踏实不了。"

和夫人说："也许慢慢你就适应了，现在关于这方面的事，你可以不想，你全身心地投入你的工作，这边的事情我自然会帮你打理的。"她的语气很温婉，仿佛平静流淌的河流，没有任何激流险滩。随后和夫人站起身来，脱去了外套，她更显性感照人了。说道："既然没事了，我们就跳一曲舞可好？你看看这样的月光，这样的景致，全部谈工作岂不太浪费了？"

宁宇迟疑着，笑笑那边还在等候他去呢。那也不是一件小事，同样耽误不得。也算是一种巧合吧，此刻和夫人的电话骤然响起。和夫人向他示意稍候，走到花园的另一端接电话去了。宁宇喝了一口咖啡，想着笑笑那边的事，将一块西点吞下了肚子里，他已经决定，等和夫人通完电话，他就该起身告辞了。

和夫人款款地走了过来，宁宇也站起身来。和夫人说："实在歉意，我也要去见一位新朋友。你不是也还有约会吗，我们一起走吧？"说完，很自然地挽住了他的胳膊，又像恋人似的一起走出了这个顶楼花园洋房，跨进了神秘的电梯。和夫人很西化地吻了吻他的面颊，作别了。

95. 风情烈焰被妈妈浇灭

笑笑就在附近的私密寓所，很快将宁宇接到了雅间，见面就开心地说："你是在我预估的时间之内出现的，我们抓紧时间吧，一会我还有事情呢！"她一边说话，一边打开了随身携带的超薄计算机。又开口说："你们陆市长在北京出丑的事你知道吗？不过，我也能理解他的心情，一方面可能是考虑你没有经手过巨额的经费，也是出于保护你。另一方面嘛，也是不愿意让龙都的地方政府失去签字权，两方面都是可以理解的，你说是不是啊？"

宁宇没想到这个笑笑就像长了千里眼和顺风耳一样，远在北京发生的事情她也了如指掌。他笑笑，没有作答。

就在这个时候，雪雁却来了电话，问："宁部长，没有打搅你吧？"

宁宇说："没有，没有，你说。"

笑笑也就沉默了，没有发出任何声响，专心致志地调整着网上的文件，仿佛宁宇这个人不存在似的。

雪雁说："我现在正在构思这个报告如何起草呢？你能给一点思路吗？"

宁宇乐呵呵地说："我说雪教授，你这不是羞煞我啊？在起草报告方面，恐怕你是我的老师啊，什么事你都是见证者，在这方面我就没有很好的意见了。"

笑笑是何等聪慧的人啊，她立刻意识到了宁宇是在和雪雁商讨这笔基金的报告，立即将电脑轻轻地推到了他的眼前。宁宇看清楚了，计算机显示屏上显示的就是关于龙都引进环球绿色智慧发展基金开发"东方孔子学院"和开发建设龙都高校高职教育园区的报告。报告从十个方面做了阐述，其报告的完整、科学、全面让宁宇这个整天泡在文件堆的人觉得眼前一亮，这不就是最完备的报告吗？

雪雁又说："我清楚你现在的主要精力没有放在上面，你就提醒提醒我不就行了？"

笑笑向他使使眼色，还用签字笔指指电脑屏幕上的几个标题，示意他给雪雁说一说。宁宇也就改换了语气说："好吧，我的一个朋友曾经和我聊起过这件事的，她对这事很有心得，我就说说她的看法与认识吧。"于是将笑笑计算机上的几个大方向给雪雁介绍了。

雪雁惊叹地说："我说领导，你身边怎么全是高人啊？要是方案让他来做，可能效果比我主持起草的还要高明啊。你看，能不能减轻我的工作压力啊？"

宁宇问："你这是什么意思啊？"

雪雁说："我的意思是说，我起草报告的时候，能不能见见你的这位朋友啊？"

笑笑摆摆手，示意她绝对不见。宁宇就说："她是个大忙人，也不见得能在省城和龙都见得到她。要不，这样吧，我让她起草一个框架，送你参考如何？"

雪雁立即感叹道："知我者，乃宁部长矣。就这样，我明天到省城去见你。

要是你不拒绝，我还可以在家里宴请你。”

宁宇说：“那样规格也太高了吧，呵呵，明天再说吧。再见。”

宁宇对笑笑说：“实在抱歉，雪雁的电话，我不得不接，还有很多的具体事情等待她去落实呢。”

笑笑说：“你不用解释，这个我能理解，一个好汉三个帮，你只不过是一个提头的，身边的最佳干将也就是这个学富五车的雪雁了。哦，我今天约你来，就是想把这个报告给你。你不知道啊，这个报告香港方面也是花了大力气才做出来的，不过大致的框架和内容都全面了，我想这个报告对你来说很重要，我也知道你需要时间。”

宁宇满意地说：“太谢谢你了。”

笑笑说：“谢我什么，你难道忘了，我们可是合作伙伴，我这样做，也不完全是为你，也是为我自己呢。我估摸着，这个方案递上去也就两个星期的时间，最慢的话，第三周可能就会传来决定性的结果了。只要省里和部里都支持的话，接下来就要看你唱的大戏了。你是知道的，虽然我们在这笔基金上面是合作伙伴，但是我期望你在龙都的事业能做好。你手里的两件大事现在都有眉目了，接下来可能就是该你精耕细作的时候了。也不是我要故意多嘴，你是明白的，不是每一个初涉政坛的人都会有你这样的好运气。先是有省城大学党委书记的推荐，随后是王明书记收罗了你这匹千里驹，现在又有和氏商号集团和我在外围帮衬你，你可谓是占尽了天时地利人和，所以你手里的这两张牌，你可不要轻易浪费了，你能明白我的心情吗？”她突然冒出这样的一番话出来，简直让宁宇直冒冷汗，这个笑笑到底是什么人啊？她以前不就是一个县电视台的记者吗？后来知晓她有广泛的海外关系，可她说这一番话又意味着她是什么身份呢？简直无法看懂。

见宁宇有几分疑惑，笑笑又说：“怎么啦？我的话吓着你了吗？你也不要多想，我就这样随口一说，你就当是朋友的苦口婆心好了。另外，我是想你做好这两件事，也许以后的机会会更多，我们还有继续合作的可能，所以希望你把握机遇，把已经到手的事情做得踏实。”她这样说，也算是一种解释，虽然还是有诸多的牵强和勉强。

宁宇笑笑说：“你让我说什么呢，说谢谢太俗，说别的话吧，又找不到恰当的。”

笑笑说：“那就不要说了，还是用行动来表达吧，我需要你的温暖。”

宁宇摇摇头说:“不懂。”

笑笑一把拉起了他的双手,钻进他宽厚的怀里,嘻嘻哈哈地说:“傻瓜,你是木头人啊?”她身上的温热立刻传到了宁宇身上,他能感觉到笑笑鼓胀的乳房在不断地顶他,甚至下身也在不安分地挑衅……只听见笑笑说:“一会我就要走了,我真的很想享受你,真的……”说着,她踮起脚跟,亲吻着宁宇的面颊和热唇。宁宇被她的热辣撩拨得似乎不能自已了,双手轻轻地抚摸着她不断蠕动的臀部。忽然,宁宇的电话响了起来。

笑笑松开了他的臂膀,说:“接电话吧,不要耽误了正事儿。”宁宇笑笑,按了接话的按钮。

电话是和韵打来的,宁宇问:“是你啊?怎么,你们还没有散吗?我是过来不了了。”

和韵嘻嘻哈哈地说:“你当我那么无聊啊?我们几个早就散去了,你猜现在我和谁在一起啊?”

宁宇说:“我还忙事呢,你真的有事没有啊?”

和韵说:“算了,还是让她跟你说话吧。”

电话里居然传来了妈妈的声音,宁宇刚才与笑笑的情绪立刻降到了冰点,刚才还膨胀的身体,即刻收缩了一圈儿。他吃惊地问:“妈,怎么是你啊?”

妈妈说:“宁宇啊,还不都是和韵这孩子,她把我接到省城来了,现在就在酒店里面呢。和韵说你一会儿就过来,你到底多久能过来呀?”

宁宇迟疑了一刻,说道:“好吧,我马上就过来。”

笑笑有几分失落,脸上还是挤出了一丝笑意,说道:“既然你妈来了,你就走吧,我也该去会另外的朋友了。”

宁宇虽然今晚见了和夫人和笑笑两个人,但是见面的时间都很短暂,他看看时间,也不过才十点半。两人一起走出了雅间,笑笑使劲地捏了捏他的手,说了一声:“祝你和妈妈过得愉快。”

96. 两个女人上演戏剧

与笑笑分手之后,宁宇也就风驰电掣地向和韵说的酒店疾驰而去。下车就看见了酒店门口的和韵,和韵也早就看见他了,神采飞扬地向他跑了过来，一边说：“你这样繁忙，我还把老人家接来见你，你不会怪罪我吧？”要是从心里来讲，宁宇还真的对和韵有几分看法，他这段时间一直忙得无法分心，和韵却这样帮倒忙。但是，他扪心自问，这些年经常是一年两年才回去看一回老人家。这段时间太忙了，就连给家里的电话也很少了，所以他又对和韵充满了感激。见宁宇久久没有说话，和韵轻轻地推了他一下，问道：“怎么啦？有心事啊？”

宁宇这才回过神来说：“没有啊，我得谢谢你呢。你替我想得这样周到，我都不知道该说什么感谢你的话了。”

和韵笑笑说：“不会吧，我们的宁部长可是以讲话见长的啊。不过，说实话，我之所以将老人家接过来，其实也就是考虑老人家来省城要近一点，要是去你的龙都，颠簸的时间就太长了。”宁宇真没料到平时大大咧咧、看似没心没肺的和韵，原来这样细心。于是说：“嗯，你想得太周全了，真诚的谢谢。”

两个人说话间，就走进了电梯。

和韵乐呵呵地说：“你知道吗？老人家今晚不让我离开她呢！”

宁宇问：“那么，你答应留下来陪她了？”

和韵说：“能有什么办法呢，虽然我是人家的虚假未来儿媳，还不是也得假戏真做啊？”

宁宇很清楚，自从他将和韵她们带去他家之后，老人家就把和韵当成了未来的儿媳妇，还将祖传的手镯戒指都私下里赠与和韵了。和韵为不伤老人的心，也就佯装真的一样收起来了。这期间和韵又多次去看望老两口，在妈妈的心里，她也就真的是她的儿媳了。宁宇摇摇头说：“真的难为你了，我还不知道该怎样报答你呢。”

和韵色迷迷地说：“没关系的，只要你偶尔能和我假戏真做，我也就满足了。”

宁宇真不知道和韵心里是怎么想的，也没有看见过和韵的男朋友。于是问道：“我很关心一个问题，你真的就没有交往过一个男生吗？我怎么就没有看见过呢，还是你隐藏得好，我没有发现？”

和韵说：“呵呵，我可不像你，整天都生活在鲜花丛中，想要什么样的女人就有什么样的女人，嘻嘻。”虽然是调侃，但是和韵倒也说的是事实。因为宁宇长期单身生活，有时候也孤独惯了，身边有女人陪伴也不是什么坏事。但是她哪里知道，到现在为止，他身边的女子，真正成为“她”的女人她就是第一个,现在也只不过多了一个笑笑。表面上看来和他亲密无间的娜娜和红唇,其实与他纯净如雪。

宁宇纠正道:“你是误解我了,我绝对没有你想象的那样灿烂。”

和韵调侃道:“你的意思是,你一直为我守身如玉?”

宁宇真不知道该怎么回答她的话,瞥了她一眼,也就什么都没说了。没想到和韵此刻走到他的面前,紧紧挽住他的胳膊说:“假戏真做的时候到了,我不想让老人看见我们相敬如宾。”

宁宇此刻还真就没有什么好招儿,也只得任由和韵摆弄了。两人刚刚跨出十二楼的电梯口,宁宇就看见了妈妈熟悉的身影。妈妈此刻也发现了他们俩,快步走过来说:“宇宇啊,你怎么现在才来啊,你看和韵多乖啊?她可比你孝顺呢。”

宁宇笑而不答,和韵抢先说:“伯母,你不了解,宁宇他现在太忙了,这几天都在开会,连休息时间都很少的。这还是我把他从会议室拖回来见你的呢。”

妈妈拉着宁宇的手说:“嗯,是瘦了不少。我听和韵说最近你又做了更大的领导。不过,妈妈告诉你,不管做多大的领导,妈妈都不关心,妈妈关心的就是你的身体。和韵啊,以后你可要照顾好宁宇啊,他要是太忙了,你就多看着点,提醒一点,身体可是自己的啊……”妈妈一边叨唠,几个人就进了妈妈的房间。不想妈妈却说:“到你们的房间里去吧,你们的房间宽敞一点,还能有点家的感觉,好久没有看见你们了,妈的心里高兴呢!宇宇呀,你和和韵今天就陪妈喝一杯红酒吧,妈妈好久没有这样开心了。今天啊,我还有一个新发现,我们的和韵现在是越来越漂亮了。”说着轻轻地抚摸了和韵的脸蛋儿,说:“你看看,你看看,这脸蛋儿真俊俏啊!”老人家的话,让和韵顿觉有几分羞涩。

和韵都没有想到,她离开的时候,老人家居然将她刚才订的标间换成了豪华的家庭套房。进入客厅之后,老人家就说:“今晚我就行使妈妈的权力,你们今晚谁也不许走了,你们先去看一看你们的房间吧。我这就给你们弄几盘下酒的凉菜。”

老人家也是一个有心之人,之前和韵出去等候宁宇的时候,她不但将房间换了,还让餐厅送来满桌子的菜肴。她见宁宇和和韵走进那间宽大的主卧之后,干练地把放置好的菜肴和酒水都做了准备,她喜滋滋地想:一会儿就要和儿子媳妇共进晚餐，今晚一定要痛快地喝上几杯，她是好久没有和孩子们说说心里话了。

和韵和宁宇进了宽敞豪华的房间，宁宇很不自然。和韵压低了声音说："你可不要怪罪我啊，我预定的本来是两个标间，我去接你的时候，老人家自己换的这个房间。"

宁宇心里明白，老人这是想儿媳妇想疯了，所以才会表露出这样急迫的心情。他站在窗口边，面对家乡的方向，默默地想，爸爸在干什么呢，也不知道他现在怎么样了？和韵轻轻推了他一下说："伯母在喊你呢。"

宁宇回过神来，果然听见妈妈的喊声："宇宇，你们快出来啊，妈妈已经把酒菜弄好了……"

宁宇回头说："知道了。"嗓子眼却有几分哽咽。和韵当然了解面前的这个男人，他此刻内心一定充满了对老人家的愧疚。她拍拍他的胸脯说："没事的，你是我们心目中的男子汉。"此刻，宁宇觉得和韵原来是那样让人喜欢，并不是以前看见的那个漠然、大大咧咧的和韵了。此刻，和韵显得略带娇羞、温情脉脉而又不失端庄与贤惠。他突然不知道此刻该怎样面对她那一双深潭一般的眼眸了。

97. 这样的错误绝非一个巴掌拍得响的

当宁宇出来的时候，看见客厅的茶几上摆满了菜肴，他十分奇怪地问："妈，莫不是你会变戏法啊？"

妈妈说："什么变戏法，这里不是家里，我在酒店的餐厅要的菜呢，我们好久没有坐下来团圆了，没有几个菜怎么行啊，和韵呢，这孩子也该犒劳犒劳啊，你整天在外奔波，我猜想要不是她在你身边啊，你还能过得这样有滋有味的吗？"

此刻，和韵已经站到了宁宇的身后，轻轻拍拍宁宇的肩膀。宁宇咧嘴笑笑说："也是啊，多亏有和韵照顾我呢。"一边说话，一边回头看了和韵一眼，和韵眨巴着水淋淋的眼睛，一副十分受用的模样儿。

妈妈说："你看看和韵这孩子真不错的啊，你忙的时候，人家都回去看我们两次了，每次都给我和你爸带很多的礼物，也真的难为人家姑娘了，让我都心生感动呢。现在妈妈没有别的祈求了,就盼望早日抱上孙子呢。你可给我记好了,你要对不起人家和韵的话,我可饶不了你。”

和韵小猫咪一样缠在他的身边,一言不发,俨然她就是宁宇的媳妇儿似的。宁宇轻轻地叹了一口气,说:“妈,你放心吧,我不会让你失望的。”

和韵也添油加醋地说:“伯母,你就放心吧,宁宇对我可好了。来来来,坐下吧,我给你们斟酒。”说着就拿起了红酒瓶。

妈妈却说:“把酒瓶儿给我,我有话要说呢。”

和韵将酒瓶给了老人家,就听见老人家说:“你们俩坐下吧。这第一杯酒啊,妈妈给你们倒,我代表爸爸和我,祝你们早日喜结良缘,刚才说的抱孙子还早了点儿。”

宁宇为难地看了和韵一眼,对妈妈说:“妈,我也想啊,可是现在阶段正是我们事业刚刚开始的时候,所以现在我们俩还不想现在就有家的拖累,等过一段时间吧,等我再调回省城来的时候,也许那个时候时机就成熟了。”他分明就希望和韵能帮他说点什么。和韵聪慧地说:“是的,伯母,我想宁宇在龙都的时间也不会太长的,只要他再次调回省城,我们一定遂了你老人家的愿。”

妈妈理解地说:“好吧,既然你们的意见都统一,我也期待着这一天早点来临。”

和韵和宁宇也敬酒说:“希望你们老两口身体健康,和谐幸福。”老人家开心得合不拢嘴。说:“嗯,我一定把你们的祝福带给老头子,他也一定会开心的。”

接下来,老人家说要在省城给宁宇添置房子,希望明天能带她到省城的各处房产转一转。这让宁宇一时没词了,他没想到妈妈居然考虑到了这个问题。还是和韵鬼点子多,脑瓜子灵,开口就说:“老人家,这事就不劳烦你老人家操心了,我们会自己考虑的。再说,这几天宁宇他太忙了,明天就要去龙都了,我也肯定得陪他去,这事我看还是以后再说吧。”

妈妈却不依不饶,说:“我可不这样想,我好不容易来一趟,我就想这次给你们把房子买好,下次来的时候,我也就不用住宾馆酒店了。”

和韵再一次急中生智,说道:“伯母,都怪我和宁宇过去没有及时给你老人家汇报,其实房子我们早就有考虑了,我们也买有房产的,这一次你来,是因为那个房间里也来了我的亲戚,住不下了,所以我们才决定陪你老人家住酒店的。你要是感兴趣,明天上午宁宇去忙他的,我带你去参观好了。”

妈妈盯着宁宇的脸，问道："这都是事实？"

宁宇只得说："是的。"

妈妈这就满意地说："看你们这两个孩子，这么没心没肺地劳碌，没想到你们俩还真有心眼啊，这样大的事情也不给我们老两口通通气，你们也不是不知道，我们还为你们存着买房的钱呢。你们买房了，这钱我也就给你们吧。和韵，我将钱给你好了，宁宇他就是个马大哈呢。"

和韵连忙说："伯母，我们才不要你们的钱呢，我们的房子是一次性付的款，你们的钱你们就留着吧？"

宁宇也说："就是，我们现在不需要的，你们自己留着吧。"

妈妈执拗地说："瞧你们这俩孩子，我和你爸都这一把年纪了，还能用什么钱啊？宁宇，你的家底妈妈难道不清楚吗？你们的房子就是付了全款，也一定贷款欠账了的，你们俩也就别和妈较劲了，好吗？"

宁宇与和韵无语。妈妈将一张里面有五十万存款的银行卡塞进和韵的手里，和韵为难地看了宁宇一眼，宁宇也就说："要是这样，你就代为保管吧。他们需要的时候就还给他们。"

妈妈说："看你这孩子说的，你们需要花钱的地方今后还多着呢。孩子出生了花销也就大了……"和韵与宁宇心里都有一番感触。和韵生在豪门，从来没有为金钱发过愁的，也就自然没有体会过小家小户特有的温情。她对老人家的举动，充满了感动，不自觉地搂紧了宁宇的身子，紧紧地靠在他的身上，享受着从未享受过的温暖与幸福。

三个人推杯换盏之间，时间流逝得特别的快，很快就十二点了。宁宇看看手腕上的表，妈妈就问："你们也该休息了吧，明天你们的事情还多着呢。"

宁宇连忙说："和韵啊，你今晚就陪妈妈吧？我还得回到那边的酒店，你知道的，那边随时都可能发生事情。"

和韵的脸色有一丝犹豫，妈妈立即说："怎么可以呢？不行，宁宇你就是要走，也得四五点钟再走，你丢下人家和韵一个人算怎么一回事呀？"

和韵此刻也说："要不然，你再陪我一会儿如何？"宁宇十分为难，没想到和韵居然也在这个时候趁火打劫，但是他知道，此刻绝对不能露出欺骗老人的蛛丝马迹，也就咬咬牙说："好吧，我就四点钟走吧，这回总可以了吧？"

妈妈与和韵都点点头。宁宇立刻给秘书去了电话，告知他要四点左右才能回去，有急事电话联络就好了。

进入他俩的房间,两个人的心情随即发生了变化。和韵还沉浸在刚才的感动之中,俨然她真的就是宁宇的媳妇了。进门之后,她的目光变得温婉而缠绵,宁宇在她的目光里,看到了饥饿母狼的神色。宁宇却格外清醒,这不过是逢场作戏,完全因为妈妈的错觉、和韵的多事而造成的。但他本人也是有责任的,自己一开始就应该斩断老人家的错误念想。时至今日,也算是他自酿苦果了。但有一点他是异常清醒的,就是不能让自己回到稀里糊涂的过去了,不管和韵怎么想。

和韵当然不会顾及宁宇想什么,紧紧地贴到了他的身上,冲动地撩拨宁宇的神经,嘴里还嘟囔道:“来吧,今晚我就是你的媳妇儿,今晚,我要无休止地享受我的男人……”还迫不及待地从抽屉里拿出了避孕套儿,面对这突如其来的一切,宁宇觉得那样陌生与惶恐。

98. 雪雁心中的未解之谜

雪雁到省城的时候,是清晨八点。宁宇的秘书告诉雪雁说:“雪副市长,本来宁部长是要亲自来迎接你的,可是他休息得太晚了,五点过才入睡,现在也不过才两个多小时。”

雪雁感叹地说:“宁部长也太累了,你怎么也不劝他早点休息呢?”

秘书说:“我哪里敢劝他啊,他经常说他年轻,能够扛得住。”

雪雁关切地说:“再年轻也不能提前透支啊,身体才是革命的本钱啊。那么我到了酒店,也就不要打搅他了,让他多睡一会儿,等他醒来后我们再研究工作吧。你们今天的行程是怎么安排的?”

秘书说:“与和氏商号的谈判已经结束了,今天可能宁部长要见见他的老朋友,这些老朋友都是可能要去龙都参与这次的新闻文化产业改革的。”

雪雁心里也就明白了,看来宁宇对这一次和氏商号投资龙都的事情已经基本有把握了,所以才可能会在省城见红唇他们几个人,看来她是来对时候了,与这几个人的见面,同样也少不了她这个主管这方面工作的副市长。于是又问:“其他的人呢?又都是怎么安排的?”

秘书说:“其他的人今天早上就要回龙都了。”

闲谈之间,就到了宁宇住的酒店。没想到宁宇已经起床了,在餐厅和随行的其他人员告别呢。和他留下来的只剩下思明副部长了,看见雪雁到了,宁宇连忙过来与她招呼:“雪副市长,不好意思,昨晚太晚了,所以没有到机场去接你。”

雪雁说:“我听你秘书介绍了,你都凌晨五点才睡觉呢,我还以为现在你在休息呢,你要注意身体啊。”

宁宇说:“没事的,我年轻,能抗住的。走吧,到会议室去聊吧。”

宁宇的秘书提醒宁宇说:“领导, 我看现在太早了, 等雪副市长安顿下来,吃了早餐你们再商议工作吧? 你也去吃点早餐。”

宁宇自我解嘲道:“哎呀,我还真的忘了吃早餐,也当雪副市长吃了早餐了。”

雪副市长说:“还是你秘书说得好,在这个问题上,我同意他的意见。”

两个人吃完早餐,然后在酒店的小会议室会面商谈。见面宁宇就开心地说:“雪副市长,欢迎你从北京凯旋归来。”

雪雁说:“凯旋,还不都是贯彻领导你的意图而已。”

宁宇说:“你也不要这样说,主要还是你和陆市长的功劳呢,这么大的事情,没有你和陆市长的亲自出马,还不知道事情会怎样呢。”

雪雁是个聪明人,这一次去北京,王明书记不让宁宇去,实际上是在保护他,对方不是要求宁宇掌握这五十亿的财权吗? 要是他本人去了北京,他也就更说不清楚了。这次好了,是陆市长和她雪雁去北京商谈的结果,对方要求宁宇掌管这笔财务,实际上已经不是龙都市政府和市委能决定的了,参加会议的还有省部的领导。一旦形成了这个决定,市里面甚至省里面都不可以改变的了。她亲自见证了陆市长为争取财权的尴尬,她不得不暗自佩服王明书记的高明。王明书记一直对这个年轻的宁宇百般赏识,要是这两大工程都能够顺利地推进,眼前的这个年轻常委,那就是前途不可限量了。从心里说,她对宁宇是既爱慕也羡慕,听了宁宇的话,也就说:“领导,不说这些了吧,你赶快给我安排工作吧。昨天我也给你汇报了,你说的那个人呢? 能让我见见吗? 见不到人,也可以看一看提纲吧?”

宁宇说:“看把你急成这个样子, 你放心吧, 我都有准备了, 一会就给你。”

雪雁说:“呵呵,这可不是我急呢。领导你不知道,陆市长把这件事跟王明书记做了汇报之后,王书记就给我打电话了。通报了省城谈判的重大利好消息，随后就对我说，你们宁部长真的很不错呢，我看这件事就要大功告成了，你们北京的事可要抓紧啊，不要拖宁部长的后腿啊，你知道吗？就书记的这些话，我连觉也睡不着啊。”

宁宇说：“书记他是拿我开玩笑呢，你也当真了。”

雪雁说：“领导，我远比你了解王书记的。他对我说这些话，基本上都是他内心的真实想法。我真的很羡慕你啊，领导非常器重你呢。你说，我现在实际上就是你的副手，我不把你安排的工作干好，我的心能安静吗？”

宁宇说：“夸张。好吧，我说说今天的工作安排吧。你到省城与我会合，很多事情也就更好解决了。你要的那个文件，现在就可以给你，我想你只要稍作修改就可以呈报了，你到省城来还有另外一项重要任务呢。”

雪雁接过了宁宇递过来的那一份报告，随手翻了翻。又听见宁宇说：“就是与红唇、娜娜还有章杰他们谈谈，让他们了解去了龙都之后怎么开展工作。不过，也不是你一个人，还有宣传部的思明副部长和你一起。”

雪雁问：“两件事情都在今天完成？”

宁宇说：“反正我是这样想的，思明已经在联系红唇他们了，你看完这份报告，提出修改意见之后，就交给秘书们去办理，你就可以腾出手来和红唇他们商谈了，你看如何？小会议室就当你临时的办公室吧。”

雪雁一目十行地看了这个报告，在宁宇还没有起身离开之前，就说：“我说宁部长，你是神仙还是怎么的，这份报告你怎么早就准备好了啊？你就是让我组织人来起草，恐怕没有两天时间也不会有这样的效果啊。简直是绝了。”

宁宇淡然一笑说：“你仔细看吧，我就不打搅你了。”

雪雁看着宁宇离去的背影，心中充满了疑惑，他本人并没有参加北京方面的会议，他怎么就能把会议的精神吃得这样透彻呢？还有这报告上的详细章节，就是她这个专业的教育界人士，也不是一时半会儿能够拟就的，他又是怎么在这么短暂的时间之内完成的呢？再则，这个报告涉及面广，涵盖了龙都的社会、经济和教育的方方面面，这些需要提炼的数据他又是从何处获悉的呢？简直就是一个深不见底的谜。莫不是这个宁宇真的就是天仙下凡、无所不能的高人？所有这些未解之谜，远远超出了她对这份报告的兴趣。

她看完了整个报告，几乎就没有她落笔修改的缝隙，于是她合上了这份报告，在上面签上了这样的一句话：“该报告内容翔实，分析到位，表达精准，完全符合上级部门的精神,建议就送此件,妥否请宁部长斟酌。”然后叫来身边的秘书说:“你将这份报告送给宁部长。”

99. 确定命运的会见

宁宇看了雪雁送过来的签字文件,立即给她去了电话:“按你的意思,就可以不做修改了?”

雪雁说:“我个人觉得真的就不用修改了,我说宁部长,你是在和我开玩笑的吧?你这报告分明就是已经完整了的,你还让我修改什么呀?”

宁宇说:“不瞒你说,这报告好坏我是真的不知道的啊,既然你说这样可以,一切都听你的吧,北京和省里面的情况也只有你清楚啊。”

雪雁问道:“你真的不清楚这个报告的内容?”

宁宇说:“真的不知道。”

雪雁说:“不过,这也不奇怪的,你的这位朋友实在太高明了,简直就是领导们肚子里的蛔虫。反正我觉得完全可以原封不动地上交了,既然你还没有认真看过内容,那么你就仔细看一看内容吧。”她还在和宁宇说话的时候,思明进了她所在的会议室,轻声说:“雪副市长,我约的人全部都到了哦,现在就等你了啊。”宁宇临走的时候给雪雁交代了的,让思明在外面陪着其他的人,雪雁一个一个地和红唇他们单独交流,把市里面的基本想法给他们分别交代。于是就对思明说:“你让其中的一个人进来吧?我要分别见他们的。”

思明这就出去了,他首先让红唇进来了。红唇乐呵呵地说:“雪副市长,我们又见面了,你现在是越来越漂亮了啊。”

雪雁抿嘴笑笑说:“我还漂亮,人老了,不像你们风华正茂呢。”

红唇说:“才不呢,我们还属于那种温室里的花苗呢,不像雪副市长,是怒放的玫瑰呢。”

雪雁收起了笑容,一本正经地说:“红唇啊,你是一个了不起的新闻人才啊。我们市里面的几位主要领导都特别地看好你呢,我今天见你,就是受市委的主要领导委托,我们很希望你能到龙都去工作。现阶段的龙都正是适合你们年轻人去干事业的地方。我们的新闻文化产业改革的步伐跨得很大,在全国的地市级城市当中也是开先河的,相信这些你也是非常了解的是吧?”

红唇说:“谢谢领导们的器重, 对龙都的改革气势我本人也是十分赞叹的,就是不知道我有没有这个能力呢,很担心辜负了领导们的期望。”

雪雁说:“你的经历、才干和能力我们都是非常了解的,尤其是我们的市委常委、宣传部部长宁宇更是非常了解的,你也就不要谦虚了。我这里只想知道几个具体的问题。首先,你愿意去龙都吗?我们知道你爸爸是省行政学院的常务副院长,你妈又是省级银行的副行长,你的条件很优越,所以这一点我们必须要清楚。”

红唇说:“我家里都是非常开明的, 爸爸妈妈都支持我干好我自己的事业,他们也理解我的追求,所以这一点请领导放心,我家里面绝对不会拖我的后腿的。我本人也十分看好龙都的发展,所以我愿意。”

雪雁点点头,问道:“你现在是正科级干部吧?”

红唇说:“嗯,是的。”

雪雁说:“在职务方面你本人有什么实质性的期望吗?或者说你的基本要求。”

红唇说:“真的没有,只要能实现我的新闻理想,有一个实践的良好平台就行了。”

雪雁明白, 红唇可能事先都知道她要去报业集团了, 所以她才会这样说。于是说道:“我们将会安排你去报业集团参加工作,你愿意吗?”

红唇说:“当然愿意啊! 这是我的老本行啊。”

与雪雁一起会见的,还有组织部的一位副部长。雪雁对副部长说:“你也说说你的看法吧,与我们的红唇主任交流交流。”

安排组织部的副部长来,本来就是要考察这些干部是不是适合的,很自然,组织部的干部也会有一些常识要交代。副部长说:“红唇主任,组织原则可能你也是有所了解的吧?直率地说吧,你去报业集团可能会是报业集团总编辑的人选,但是必须从副处级过渡,你能接受吗?”

红唇真的没有这样和领导们对过话, 于是说:“我从来都会听从组织安排的。”

谈话到这里,主题也就大致完了。雪雁说:“好的,红唇主任,打搅你的工作了,你回去之后听通知吧。”

“谢谢。”红唇走出会议室，正巧遇见了从洗手间出来的娜娜。娜娜关切地问：“搞得这样神神秘秘的，莫不是到里面应聘？”

红唇说：“呵呵，差不多吧。”

雪雁与组织部副部长一起，先后和三个人都交换了意见，也就是将市委的想法都给几位透露了。红唇和娜娜似乎没什么，只有章杰有几分惆怅。

根据事前的安排，雪雁和他们谈完话之后，宁宇是要来见他们的，雪雁给宁宇去了电话。宁宇也就过来了，毕竟都是宁宇的老同事，娜娜还是宁宇现在名义上的恋人。所以他一过来，气氛反而变得活跃了，宁宇对秘书说：“去拿些水果过来，这里都是些女同志，没有零食怎么聊天啊。”

秘书将水果拿过来之后，宁宇亲手给每一个人送了水果，然后才说：“各位是不是都已经下了决心了？今天市委市政府的领导都在，市委组织部和宣传部的负责人也都在，你们今天同意了，可就算是签订了卖身契了啊。你们可不能轻易反悔啊？”他说这番话的时候，只有章杰有几分懊恼，但是他同样没有吭声。

宁宇又自我解嘲地说：“实际上，启用你们呀，我的压力也不少呢。一方面是你们到了龙都会不会适应环境，另一方面我还欠报业集团领导一个人情，他们一定会指责我宁宇挖他们的墙角啊，走了一个宁宇也就罢了，还要接二连三地走红唇和章杰……”他还在说话，手机铃声响了起来，秘书走过来说：“部长，书记的电话。”所有的人都安静了，宁宇接了王明书记的电话。

让宁宇颇为吃惊的是，王明书记来电的内容，也是关于红唇和章杰的事情。王明书记说了，省报集团的社长给他去了电话，询问他是不是还要挖省报集团的人。他只能装聋作哑地说他不知道。社长不太友好地说，如果真要挖，就快一点，不要搞得省报集团人心惶惶的。书记说：“这件事有点难堪，要是能确定下来，你也就会同组织部门的同志，早点把这事定下来。”

宁宇歉意地说：“书记，实在不好意思，给您添乱了。”

王明说：“只要为了工作，这点难堪我还能承受的，你加加速就是了。”

宁宇说：“一定。”

挂断电话，他无奈地笑笑说：“这回更好看了，省报集团的社长可能会找我宁宇算账呢……”红唇和章杰相视一笑，会议室的气氛就更为融洽了。宁宇乐呵呵地说：“这样看来，我们大家都没有回旋的余地了，你们也要有勇气和豪气，就是孤注一掷，也要掷地有声。”

100. “顺手牵羊”

送走了红唇他们，雪雁就问：“领导，报告是不是现在就上报呀？”

宁宇问：“怎么，你已经传回市里面陆市长看过了？”

雪雁说：“早就看过了，陆市长说了，这样的事情，只要你定了就行了。报告他和王明书记都已经看过了。”

宁宇说：“既然这样，那就报吧，不要耽误时间，也许我们回龙都的时候，材料就已经到了省里和部里了，这样岂不是更好？”

雪雁回头就对秘书说：“好，就按照宁部长的指示，你赶快去办理吧。”

秘书出去之后，雪雁沉默了一刻说：“领导，你还别说，我现在真的习惯了和你一起工作了，和你工作，是我这些年来最轻松的时候。我也不知道你怎么考虑事情总是那样细致和到位，我简直就不用费脑筋了。今天的公事算完了吧？接下来你有什么特别的安排没有啊？”

宁宇也觉得有几分轻松，问道：“怎么，莫不是我们的雪副市长有绝妙的主意。”

雪雁说：“你难道忘了，我还没有带你到我家去呢。我不是答应了要在省城的家里请你吃饭的吗？”

说起家，宁宇立刻想到了昨晚分手的妈妈。立刻对雪雁说：“你稍微等一会儿，我打个电话。”他拨通了和韵的电话，和韵还没有等宁宇说话，他就说：“你放心吧，一切都安排妥当了，我带伯母去看了我的房子，现在她已经在回老家的路上了。”随后和韵又说：“你知道吗？还想今晚我妈，还有娜娜的爸妈连同红唇的爸妈要联合请你和雪雁副市长吃饭呢？你得到通知了吗？”

宁宇说：“没有啊。”

和韵说：“可能一会儿就会跟你说的吧，我听我妈他们都联系好了的。”

这时，宁宇的秘书急匆匆地走了进来，见到宁宇在通话，也就对雪雁说：“雪副市长，你告诉宁部长吧，有几位重要客人要请你们晚上赴宴呢。”

雪雁问：“什么人？”

秘书说：“省城大学书记夫妇，省行政学院常务副院长夫妇，还有和氏商号的和夫人夫妇。”

雪雁听见这一串名字,脸上的表情有些变化,她可没有想到这些人会聚在一起宴请她和宁宇。

宁宇和和韵通完电话,问道:“什么事?”

雪雁将刚才秘书的话说了,宁宇也皱起了眉头。雪雁说:“怎么,宁部长也为这个饭局犯愁?”

宁宇说:“能不犯愁吗?本来事情多,好多天都没有轻松和休息了,又来了这样一堆的客人,不应酬又不行啊。”

雪雁说:“我可以不去吗?我好久都没有回我的家里去看看了。”

宁宇说:“你没听人家邀请的是哪些人吗?是你和我两人呢。你要不去,不是代表市政府不愿意与他们交往吗?呵呵,开玩笑,只怪你的运气差,这一次,我建议你就不要想回家的事了,下次回来的时候再说吧。”

雪雁十分沮丧地说::“又能怎样呢?还不是只能如此了。不过,中午我们俩可以一起就餐的吧,干脆这样吧,现在我就带你出去吧?”

“去哪里啊?”宁宇问。

“去一个特别有意思的地方。”雪雁说。

两人刚刚说到兴致上,门外宁宇的秘书又进来了。秘书送来了一大摞材料,说:“正好两位领导都在,这材料就是送你们的。”

宁宇和雪雁接过材料一看,是章局长发来的关于三个集团调研的材料。别看章局长在领受任务的时候提出了不少苛刻的条件,但是他的工作却完成得一丝不苟,每一样都是根据宁宇提出的要求办理的,他和雪雁出差的这几天,看来章局长也没有闲着,做的工作还非常扎实。他俩坐下来看材料,雪雁就说:“我算是明白了,你们报业集团出身的这些人,哪一个都不是吃素的,你看章局长搞的这几份材料,也是有模有样、有鼻子有眼的,我们回去之后马上就可以展开下一步的工作了。”

宁宇看见这样高质量的调研报告,心里也暗自高兴。他同样盘算着,这一次回到龙都之后,就可以组建新闻文化产业改革协调办公室了,也可以将红唇、娜娜和章杰预先借调到龙都,其他的手续可以随后再办,龙都这三大集团的改革大戏就算正式拉开了。宁宇还在遐想时,章局长的电话就来了。宁宇说:“章局长,你辛苦了,我和雪副市长正在看你的材料呢。材料相当扎实啊,看来你是付出了很大的努力啊。”

章局长谦逊地说:“还不都是领导指示明确,我们只不过是照猫画虎罢了。”

宁宇问："你找我有什么事吧？"

章局长说："是啊，我整天都在担心龙都新闻文化产业改革的事呢。你看现在的局面也基本形成了，是不是能把这个协调办公室尽快成立起来啊？这段时间下基层调研我就有一种感触，这里面的工作量不是想象的那样小啊。光凭几个借调的工作队，是不足以胜任以后日渐增加的工作的。"

这本来也是宁宇在着手思考的问题，于是问道："你既然说起这事了，你就说说你现在的想法吧？"

章局长说："我已经想过了，要是省里面的几个人不能一下子到岗的话，是不是可以把市里面的陆草儿和钟露两个人先调进这个办公室，现在也可以不宣布任命和职务，参与帮助工作总是可以的吧？我现在手里的人手真是捉襟见肘啊，要不然，我也不敢贸然给领导提出这个要求来啊……"实际上，他这是想堵住陆草儿的嘴呢。他收受了人家的好处，可是市里面的决定却迟迟未下，陆草儿也找理由向他打探了几次了。他想，要是将陆草儿调进这个协调办公室，她的心也就稳定下来了。但是只提陆草儿一个人又觉得突兀，所以他就将钟露一并提出来了。

从工作的大局上来说，章局长的意见显然是非常符合实际的。现阶段的协调办其实就是一个空架子，用的人都是借调组织部和宣传部的，真正的一个兵也没有，就是他章局长一个光杆司令。于是宁宇笑笑说："你的想法很实际，也很具有操作性，我和雪副市长商议之后再决定吧。另外，我们明天就回龙都了，我们见面也可以仔细商议。刚才雪副市长看了你传来的调研报告，对你的才能也是赞不绝口呢。"

章局长说："主要是领导指示到位。好吧，宁部长，我就不打搅了，就等你们明天回来再定吧？"

宁宇回头就把章局长的意见给雪雁说了，雪雁说："我觉得老章的这个想法可行啊，完全可以这样先运行啊。"宁宇和雪雁哪里会知道，这个章局长干这种"顺手牵羊"的事还这等高明呢？

101．慢生活似的宴会

晚宴的地点就在宁宇他们住的酒店正对面的环城饭店。宁宇和雪雁都是在省城生活工作过的人，深知环城饭店是省城达官贵人们活动和出没的场所，那里的各种菜肴以味美著称，价格也高昂得吓人，一般的市民只能远远地张望这个高不可攀的神秘场所。就是一般的公务人员，也不会轻易去这个场所。雪雁感叹地说："他们这样联合请客，到底是谁做东啊？"

宁宇笑笑说："怎么，雪雁市长还这样体察民情啊？"

雪雁说："你别逗了，他们几个哪个不是我的领导啊？在他们面前，恐怕你我才是真正的民呢，你说是不是？"

宁宇说："是啊，他们的年纪比我们长，职务都比我们高，他们怎么安排我们就怎么听好了。"

按照和夫人的安排，工作组留下的人员，包括秘书和司机都参加聚会，用她的话说，这不是什么正规场合，就当是一般的家宴，只不过家庭比较多而已。

别看和韵过去马大哈似的，现在她考虑问题似乎也学会了平衡与全面，她发短信告诉宁宇，是否可以将章杰也请来。宁宇乐呵呵地答应了，只是问道："章杰会不会觉得尴尬啊？"

和韵说："章杰也是一个人在省城打拼，我觉得不会的。"

宁宇也就再也没有说什么了。

前来接宁宇和雪雁的，是一群年轻人，和韵、红唇、娜娜还有章杰。走到两人面前，和韵就说："两位领导请吧，我们的领导们在环城饭店的大门口恭候大家呢！"一开始宁宇没有注意，突然看见和好也从人堆里挤了出来，伸手向他挥挥，随后就走到了他的身边，说道："宁部长，这一回你不要食言啊。"

宁宇问："什么事啊？"

和好说："你不是说龙都有很多寺庙和尼姑庵吗？这回我要去龙都了，你千万要带我去看看啊。"

宁宇乐呵呵地说："这个很简单的，我要是不能陪你呀，不还有雪雁副市长他们吗？"

和好拽了他的手说："嘻嘻，我只喜欢帅哥带路。"其他的人看见和好与宁宇似乎有些暧昧，也就借故走在了后面，宁宇在前面觉察出来，回头求救似的说："雪雁市长，思明部长，你们倒是快一点啊！"

雪雁毕竟也是女人，故意佯装不知道地说："你们带路不是很好吗？总得有人走后面有人走前面吧？你是领导，自然就应该走前面了。"

和好也看出了宁宇的尴尬,索性放下了手,说:“这样子总可以了吧？”

宁宇淡淡地笑笑说:“非常抱歉,我是没有谈过恋爱的人,很不喜欢女孩子挽胳膊呢。”

和好却说:“这样岂不是更好吗？你得到了提前见习的机会。”她的话引得众人的哄笑,只是其中的红唇和娜娜虽然笑了,但内心却另有一番滋味儿,尽管她们知道宁宇和和好之间没有什么。

和好本来接受的就是西式教育,尽管来国内的时间不短了,但是她骨子里的东西还是难以改变的。她觉得宁宇这样的男人是她所喜欢的男人,所以就表现出了对他的亲近与好感,而且不加丝毫的隐瞒。这一点所有的人都看出来了,后面最不能容忍的却是娜娜,毕竟这些人中,至少她是宁宇以前在公开场合承认过她女朋友的地位的。但是,此刻的娜娜却显示出了良好的教养,也就当没有看见一样,依旧和雪雁副市长还有思明副部长聊着闲话,一路上就到了环城饭店。

饭店门口,齐刷刷地站满了迎接他们的人。和夫人夫妇、张书记夫妇、红副院长夫妇,宁宇还看见了陈院长。

这个饭局一开始,张书记和红副院长还有和夫人就宣布了,这是一次放松的饭局,不搞形式主义,大家畅所欲言,想吃什么就点什么。也不搞正式的餐桌,整个三楼的餐厅都让他们包下来了,这层楼是专门对贵宾开放的,里面除了千奇百怪的食物,中餐西餐俱全,各种酒水饮料俱全,想要什么就可以随意取什么。除了餐厅之外,还有娱乐厅,里面有唱歌的场所、打球运动的场所,还有桑拿房,总之就是贵族似的生活方式,进了这里你就是上帝了,服务人员远比客人多出好几倍。

宁宇算是看出来了,和夫人他们几对夫妇,完全是照顾年轻人爱玩喜欢玩的特点而做的这个局。思明部长对雪雁副市长说:“干脆我们也和张书记他们一起活动吧,唱唱歌,然后去桑拿？”

雪雁本来想和宁宇一起去的,可是看见宁宇身边一大堆的小美人,也就放弃这种想法了。于是乎,进去的客人显然就分成了两个阵营,一个就是和夫人他们中年人为主的一个阵营,一个就是宁宇为主的年轻人一个阵营。各自想玩的节目也不相同,宁宇的最爱是桌球,便邀请章杰进了桌球室,没想到刚刚开杆,就迎来了大批的铁杆粉丝,为首的竟然是和好。和好凑到宁宇的耳边说:“你感觉困难的时候就叫我,我一定能帮你挽回败局。”

宁宇好奇地看了她一眼,问:“你也喜欢这个?”

和好说:“我在美国上学的时候,是学校的九球冠军呢。”她的这话一出口,章杰连忙说:“算了,我还是知趣吧,我退出,让冠军和宁部长过招吧。”随后对红唇、娜娜、和韵说:“我们四个人分成两帮,依照宁部长与和好的胜负赌酒,谁输了谁就得喝一杯酒。”

几个女孩立刻响应说:“好的,就像赌马一样,就当场上的不是运动员是马好了。”

宁宇冲他们笑笑,和好却上前拥抱了宁宇,甜蜜蜜地说:“但愿你是我的老马,我是你的小马!”

章杰悻悻地说:“不是,是一匹公马一匹母马,因为你们年纪没有差异啊。”几个姑娘就吃吃地笑。娜娜还没有等到结果出来,就自己干了一杯。章杰又问:“你怎么回事啊?不是还没有出来结果吗?你怎么就开始自残了?”

和韵也是个敢于出口的人,问道:“是不是有些人也想当母马啊?”她的话,又引来一阵哄笑。

整个房间,只有宁宇一个人没有笑,也没有受大伙儿的影响,认认真真地开杆击球。倒是和好来得洒脱,她冲看客们笑笑说:“你们倒是下注啊?”

所有的女人都把宝押在了宁宇身上,章杰愣了一刻说:“要是这样的话,我就压和好能赢……”

102. 单独会见

也许三位家长请客的目的也不仅仅是让年轻人娱乐和放松,完全可能就是营造一种宽松的谈话方式。宁宇和各家人都是十分熟悉的,和韵与红唇曾经是他带过的实习生,哪有不认识其家长的可能啊。娜娜即便不曾是宁宇的实习生,但是因其当时的身份特殊,反而成了与宁宇心灵走得更近的人。现在这几个年轻人都有可能再一次跟随宁宇去龙都打天下,几个家长的心态虽然各异,但是都期望宁宇能帮助自己的孩子可能却是一致的。

年轻人的疯狂本来就是没有节制的,几个人在桌球室里面就喝了三五瓶红酒,还有一瓶洋酒。要是没有外力的情况下,还不知道几个人要疯癫到什么时候。第一个将宁宇带出来的是张书记,很自然,娜娜也跟着走了出来。

单独面对张书记夫妇，宁宇仿佛又回到了记者编辑时代，看看身边的娜娜，更让他觉得确信无疑。实际上，在宁宇的潜意识里，原本就真的把娜娜当成了他的未婚妻了。想想当初他对娜娜那种朴素的情感，还觉得十分真实。当初他见到娜娜的时候，猛然想起了雪景之中冤死的妹妹，那张脸蛋儿，那身段儿，还有她脸上淡定柔美的浅笑，瞬间就点燃了他肌体里面的某种情感，也撩拨开了已经模糊的记忆。他无法说清楚自己这算是一种灵魂里固守着的牵挂，还是与生俱来的渴望。反正那一刻，他就断然决定和娜娜交往相处了。随着后来交往的加深，宁宇才感觉到了娜娜其实也对他很依赖很迷恋，当然他根本就不知道娜娜的内心世界。

再后来，因为进入了娜娜的生活世界，也进入了她的家庭。进入她家庭的那一刻，他是有几多自卑的，自己出生寒门，无论如何也不可能与娜娜的身世相提并论，所以在这途中他是打了退堂鼓的。每个人都有自己心灵的柔软地带，他自觉他无力给娜娜带来幸福，也无法满足两位老人欣慰的目光，所以他坚守了底线，始终没有逾越过那道最后的防线。

发生变化是在他出任了报社的部门主任之后，在娜娜的爸妈眼里，他或多或少也算是一个干部了，所以才渐渐缓解了与他之间的隔阂。以至于后来张书记举荐他见了王明书记，所以他的命运随之发生了惊天逆转。从这个意义上说，张书记算是他命运的推手。这么年纪轻轻的他，就这样顺利地登上副厅级领导干部的高位实属罕见。此刻单独面见他们一家人，宁宇心里还真有一种说不出来的感觉。

坐在他身边的娜娜本能地搂住他的臂膀，小鸟依人地靠在他的身上。张夫人的目光中有几多的温顺与欣赏。张书记还是一贯的做派，根本就判断不出他的神态。但是在宁宇面前，他还是有那种不严自威的能量。

宁宇本来是想抽时间去拜见他们的，可最终还是没能抽出时间来，在这样的场合见面，或多或少让大家都有几分遗憾。

张书记率先打破了沉默："宁宇，我听王书记说了，这段时间你表现得很不错啊。让你抓的两件大事，进展也都很顺利，我们也很高兴啊。"

张夫人也说："很好啊，我想你把这两件事情抓到位了，你的路子也就算是蹚出来了。说实话，当初我还多次对老头说，我很担心你呢。还是老头看人准确，总是说你是一块金子，现在果然开始闪光了。"

虽然是小范围的谈话，每个人手里也都举了杯子，娜娜说："既然大家都很开心,那就为宁宇同志旗开得胜干一杯呀!”

众人都说:“对的,干一杯,祝宁宇前程似锦。”

宁宇说:“还不都是书记的提携,我今后一定会尽心尽力地把工作做好,不让你们失望就是了。”

娜娜借机说:“什么大家啊,主要是不让我失望。”

张夫人说:“这孩子,你也是的。”

没想到张书记却说:“我倒觉得娜娜说的也没有什么大错,年轻人就应当相互鼓励和相互帮助,下一步娜娜就要到你的身边工作了,宁宇你的经验要丰富一些,你要有空,还得多多帮助娜娜呢。你也是知道的,娜娜的工作经历很浅显,这方面我和她妈也鞭长莫及,我们也就指望你了。”

娜娜俏皮地说:“我才不怕呢,我离他不是很近吗?我做的工作也是在他的分管范围,要是我遇到难题了,我就到他的办公室去找他,要是他不帮我解决,我就赖着不走,嘻嘻。”

张书记正襟危坐地说:“嗯,娜娜,你说的这一点倒是提醒了我。我可得预先给你打招呼,现在你即将去龙都新闻网上班了,你也知道的,你去不是一般的干部,你去就是单位的主要领导了。今后办事可要讲究方法和技巧,不能动不动就拿小孩子那一套。更不能像你刚才说的那样,有什么事情就去找人家宁宇。你要明白一个道理,宁宇在龙都是最高层面的领导了,一般的小事是到不了他那个层面的,所以你今后务必得牢记,不能打破了这个界限,到时候宁宇难办你也难办,明白吗?”

娜娜乐呵呵地说:“妈,你看看爸爸呀,跟个孩子似的,我有那么幼稚吗?好歹我是研究生,我也在省级新闻单位工作过的,而且还是专门联系党委和政府的主编,开个玩笑,就把他吓成那个样子?”

张夫人接过话茬说:“就是,老头子,你以为娜娜还是你们学校的学生啊?她也是二十多岁的成年人了。”

张书记嘟囔道:“我不是担忧她犯幼稚的毛病吗?提醒提醒总是有必要的吧?”随后张书记又说:“宁宇,你要记住,有什么重要的事情多向王书记请示,这样对你没有什么坏处。”

宁宇点头说:“嗯,知道了。”

张夫人关切地问:“你这一次与和氏商号的合作有可能吗?这可是关系到你的新闻文化产业改革的大事啊!”

张书记抢过话头说:“这事你就不要操心了,人家宁宇心里有数着呢。我听陈院长说了,这一次和氏商号集团入主龙都新闻文化产业改革的事情基本定下来了,就差最后的签约和启动了。宁宇,是不是这样的?”

宁宇说:“嗯,基本上是这样的。”

娜娜偏着头问:“这么说来,我们今后都在替和韵打工啊?”她的这话,让宁宇无从回答。张书记说:“亏你还是新闻方面的研究生,和韵她只是代表和氏商号集团,媒体和文化产业还是国家控股的啊,你们的老板怎么可能是一个资本集团呢,你们的真正老板是党和国家呢。”

宁宇淡然地笑笑,什么也没有回答。

103. 门第观念与豁达自由PK

男人和女人当然是有差异的,张夫人可没有这样关心宁宇事业上的事情,她更关心宁宇还有娜娜的私人问题。也许在她看来,女儿娜娜和宁宇本来就该是一对儿。于是打断了张书记的话,说道:“宁宇啊,我到现在还没有见过你们家的老人呢,要是方便的时候,能让我们老人见见面吗?娜娜这孩子也是的,去过你的老家,回来居然就没有跟我们提过这件事儿。”

实际上,在这个问题上,宁宇比较反感张夫人。一听她的话,就知道她是一个讲究门当户对的主儿。他也是了解这位张夫人的,她本身也是高官之后,她爸爸当年就曾经官至教育厅的厅长,以前他也能间接地体会到她骨子里面的某些观念。其实娜娜也是了解妈妈这一点的,也很反感妈妈的这种意识,所以娜娜才从来不给她提起宁宇的家庭。宁宇倒是很赏识和韵的做派,根本就没有这样让人烦心的等级观念和门第观念。但是宁宇很清楚,这位张夫人是绝对不可能有改变的。于是说道:“哦,伯母你不早说。今天上午我妈还和和韵在一起呢,不过现在和韵已经将她送回老家了。”

“是吗?你怎么不早说呢?”张夫人失望地说,随后很无辜地看了张书记一眼,张书记没有理会。

娜娜可不愿意了,对妈妈说:“妈,你别说了。”说着就站起身来,拉了宁宇一把,说:“好了,走吧,我们过去喝酒吧。”

宁宇也不知道哪里来的气,居然起身对张书记和张夫人说:“你们坐一会儿,我们过去一下。”也不管张书记什么态度,就与娜娜一起走了。

实际上,这算是不欢而散了。张夫人还抱怨说:“我说老头子,你看看这孩子们什么态度啊?”

张书记说:“你们家欺压了我一辈子还不够啊?你还想祸害女儿?”

张夫人这就不干了,冷冰冰地对张书记说:“老张,你可把话说清楚,你这是什么态度,我这样难道不是为女儿的未来负责吗?”

张书记也不依不饶地说:“你这样也叫负责,我敢打赌,有你在,他们俩的事儿迟早得黄了不可。都什么年代了,你还这样的眼光,你还算是一个有教养的知识分子吗?”

张夫人说:“正因为我是有教养的知识分子,我才在乎这些,不同家庭背景、不同文化修养的人,终归走到一起是不幸福的。就像你和我,一辈子都不幸福。”

其实,别看张书记现在和夫人和和气气的,在外人看来是夫唱妇随的一对儿。其实在两人年轻的时候,张书记受尽了夫人的凌辱,原因就是张夫人太注重门第观念,看不起家在农村的张书记。也正因为这件事情,两人差点弄得分道扬镳,雪雁副市长当年就在张书记做院长的学院里教书,两人也因此而擦出过火花,要不是张书记觉得对不起娜娜,也对不起雪雁,说不一定他与雪雁早就结为伉俪了。现在夫人又用这样的眼光来审视宁宇,很正常地招来父女俩的一致对抗。就是宁宇也没有把她放在眼里,他刚才的回答其实就是有意透露出对她的抗议。

张书记忍无可忍,说道:“我看你是简直不可理喻,像你这样,早晚得把娜娜害了。”

夫妻俩也不欢而散。

离开了爸妈,娜娜心里也很为宁宇不平,关切地说:“你不会记恨我妈吧?”

宁宇说:“我没有理由记恨她呀,毕竟她是一位值得尊敬的教授啊!”

娜娜当然能听出宁宇这拒人千里之外的话语,于是扯了他的手问道:“你难道因为我妈,就这样生我的气吗?”

宁宇平静地说:“你误会了,我干吗要生她的气呢?”

娜娜说:“那么你是生我的气了?”

宁宇笑笑说:“怎么可能呢,喝酒吧。”两人豪爽地干了一杯红酒。事实上，两个人都知道，他们之间，因为刚才的事情，彼此已经划分出了一道明显的划痕了。这让娜娜的内心在滴血，两人此刻再说什么，就显得多余了。恰巧此刻和韵走了过来，对宁宇说："你们俩躲在这里啊？宁老师，家长有请呢。"

宁宇问道："谁呀？"

和韵乐呵呵地说："当然我的家长啊！他们可是今天晚宴的主人之一，你不至于连他们的面都不见吧？"

宁宇起身告别了娜娜，他能感觉到，背后的眼神别样的凄楚，也许今夜对于娜娜来说是一个不眠之夜。

和夫人和丈夫和行长显然就没有知识分子身上的穷酸气，更没有张夫人身上的那种孤傲之气。见宁宇到了，和行长爽朗地说："宁部长，还记得我吧？我还得重复那句老话，感谢你对我们家和韵的培养。"见面的时候，和韵与和好都在。

宁宇说："那都是过去的事情了，你们家和韵本身聪慧过人，只要我没有误人子弟就好了。"

和韵在一边吱声说："怎么没有啊，你的这个学生现在就是不学无术呢，就看老师能不能再一次培养了，嘻嘻。"

宁宇看了和韵一眼，正色道："你这是真话，还是假话啊？"

和韵说："我在老师面前说过假话吗？"

宁宇说："但是也没说过几句真话啊。"说完之后又说："开玩笑，开玩笑。和韵其实蛮不错的。"

和行长正色道："听宁部长的意思，你还愿意继续当她的老师？她可不是一个好带的学生啊，我的女儿我是清楚的。"

一边的和好起哄说："我也要当宁部长的学生，你要是收了和韵，你就必须得收我啊。"

宁宇开心地说："哎呀，我哪来这么大的面子啊？我自己还不学无术呢，还能带你这样的实业界老板？和好啊，你也真幽默。"

和好说："你很多方面都可以做我们的老师，反正我愿意。"

宁宇说："今非昔比啊，当年和韵进入报社，跟我做了实习生，我就已经误人子弟了。我难道还不清楚吗？和韵内心其实是钟情于电视新闻呢，这方面我也是实实在在的外行，我也爱莫能助啊。"

和韵说："还是我敬爱的宁老师了解我呢，你说对了，我就是钟爱电视新闻，总觉得电视新闻的表现手段比平面媒体要丰富得多，我要是有朝一日能做一档电视节目的话，我一定能让它成为最出色的栏目。这里我可把话说在头里啊，我要是真的到你们龙都去了，你可要负责让我办一档电视栏目啊。你放心，这几年的新闻经历，我也不会弄出什么出格的事情来的，这点小小的愿望，你能答应我吧？”

宁宇看了和夫人一眼，问道：“莫非你们也是这个意见？”

和夫人与和行长十分无奈地摇摇头说：“要是你，你能怎样呢？孩子就这点爱好，要是不让她尝试的话，她还不得恨我俩一辈子啊……”言外之意宁宇算是明白了，即便是和韵到龙都之后，不管她身兼什么要职，她一定是要过一把电视瘾的。这个信息对于宁宇来说绝对是一个积极的信号，这不就说明和夫人和丈夫是支持和氏商号集团去龙都投资了吗？听到这样的画外音，宁宇的心里自然兴奋。于是说：“我知道你和韵的能力，我保证，绝对支持你。”

和好则在一边故作憨态地说：“宁部长，还有我呢！”

宁宇说：“你呀，好办，继续做好你的省城报业集团，有机会我带你去逛一逛龙都的寺庙和尼姑庵。”

“这样啊，简直太不公平了。”和好大呼上当，几个人发出了会心的笑声。

104. 朴素的真挚最让人感动

红副院长的谈话显然更为含蓄，他偕夫人在大厅里遇见了宁宇，十分热情地招呼道：“宁部长，本来想请你到家里做客的，又见你太繁忙了，所以就只能在这里将就了。”

宁宇刚从和夫人的小阁楼里出来，看见迎面走来的红副院长夫妇，连忙上前打招呼，没想到还是让红副院长抢先说话了。红夫人一直乐呵呵地张望着宁宇，仿佛欣赏一件绝美的艺术品，看得宁宇都很不好意思。宁宇说：“哪里，我本来是想去看你们的，就是时间太紧张了，下次我一定去登门拜访。”

红夫人说：“宁部长，我看你憔悴了不少，你可要注意身体啊。年轻固然好，但最好还是要注意休息，你们男同志一旦步人中年，毛病就会显现出来呢。就像红副院长这个年纪，也是经常犯病的。”

宁宇说：“谢谢伯母提醒，我忙过了这一阵子，是要有节制地调理身体。”

红副院长招呼服务生，要了三杯洋酒，对宁宇说："宁部长，机会难得，我们还是坐下聊一会儿吧。"很正常地，因为红唇要去龙都，他们做家长的当然有许多话要对领导交代啊，宁宇也是能够理解他们的心情的。

几个人坐定之后，红副院长就说："宁部长，我觉得你和红唇也算是有缘分的人，一起在一个报社工作，现在她又要到你领导的改革一线去了，还望宁部长一如以往地关心和帮助小女哦。"

红夫人说："老头子，你的这话表达还不完整呢。红唇本身就是宁部长的学生，也是宁部长的老下级，她跟着宁部长能吃亏吗？"

红副院长说："也是啊，红唇是跟着宁部长开始进入新闻界的呢，要是没有宁部长的教诲，就没有红唇的今天呢，所以她能跟着宁部长，我们也就放心了。"

宁宇说："干新闻这一行，原本也是要靠天分的，红唇本身就是一个新闻天赋极高的人才，这辈子要是不让她搞新闻的话，也就浪费她这样一个人才了。可以这样说吧，在我带过的所有学生之中，她恐怕是今后最有出息的人之一了。这几次她帮我完成的任务都比我想象的还要好，我本人对她充满感激和信任。她上一次给龙都写的新闻发言稿，不但我个人十分满意，市里面的其他领导也十分赏识她的才华呢。所以，请两位长辈放心，红唇注定是会在新闻界做出成果来的。也请两位支持她的选择，我在这里也向两位长辈表一个态，只要我在龙都，红唇就不可能在事业的发展上遭遇什么意外。"

红副院长很满意地说："宁部长，听你这样说，我们俩也就一百个放心了。不过，我们也了解我们的女儿的，她也不是你赞扬的那么全面，她也还有很多地方需要加强的。"几个人正说得热闹，红唇却突然出现在几位面前，一边笑，一边说："我什么时候说过我的好了？"

几个人回过头去，看见了一脸微笑的红唇。红唇的脸看上去有几分羞涩，她也不知道爸妈和宁宇讲了些什么话，所以只能静静地旁听。

确切地说，红唇是宁宇在报社交往最密切、最真挚、最难忘的一个女性实习生。当年他卧底匪窝出来，一身病痛，就是这个红唇让他走出了阴影和痛楚。那个时候，红唇在某种意义上是他的精神支柱。在医院的那些日子里，红唇不仅仅照顾他的生活，还帮他校对稿子，发送稿子，有时候由宁宇口述，她捉笔写初稿。一幕幕的往事，说明他们的曾经是那样的坚实。宁宇不敢说那个时候就喜欢红唇,但是红唇确实因为宁宇而情窦初开。

刚出大学校门的红唇,满怀新闻理想,一进报社就遇见了深入匪窝历险出来的宁宇。那个时候的宁宇,就是红唇心目中的记者榜样和标杆。随后宁宇一系列坚挺的新闻报道,更是让红唇坚信她的眼光,宁宇的高大形象就此在她的心灵中央扎下了根,时至今日依旧没有丝毫的改变。她内心也很清楚,爱慕宁宇的姑娘绝不只是她一个,但是无论如何,在这场旷日持久的马拉松尚未见分晓之前,她没有放弃追随宁宇的打算。尽管她一直保留着矜持的感情,但她的感情是那样的淳朴与真挚,她相信她能打动宁宇对她忽冷忽热的心。

红副院长说:"女儿,你来得正好,我们正和宁部长谈到你呢。"

红唇水灵灵的大眼瞥了宁宇一眼,问道:"我有什么好谈的啊,笨女孩一个。"

红夫人说:"红唇,你坐下吧,我们一起和宁部长聊一会儿。"红唇乖巧地坐到了她的身边,又羞涩地看了宁宇一眼,这才问道:"这一次,你就真的不打算去我们家了?不去你可能会遗憾的啊!"

宁宇兴趣盎然地问:"为何?"

红唇开心地说:"你不知道,我们全家听说你要回省城来,大家都同意了一项提议,只要你到我们家去,我们家每人给你做一道美味。"

宁宇好奇地问:"红副院长和伯母都是烹调高手,这我已经领教过来,可是你不是不会做吗?你只会端盘子和刷碗啊。"

红夫人介绍说:"宁部长,你是不知道实情啊。这个主意的发起人能是别人吗?就是她红唇本人啊,她怎么可能不率先垂范呢。听说你要回省城来,她就开始忙活一道菜了,叫什么来着?"

红副院长说:"牛扒。"

红夫人说:"对对对,牛扒。你猜会怎么样?我们家红唇买了六斤牛肉,一连做了三天的试验品呢,弄得我和她爸整天都得吃她烹制的牛扒……"

宁宇特别好奇地问:"怎么样?成功了吗?"

红夫人说:"功夫不负有心人,梅花香自苦寒来呀。三天之后,味道终于出来了……"听完红夫人的介绍,宁宇虽然大笑不止,可是他的眼角却有一丝不易觉察的湿润,这样真挚的情感,也许只有红唇的身上能找到了。他努力让自己平静下来,使劲地握握红唇的手,眼睛紧盯着红唇的眼睛说:"这一次不能去,下一次我一定要去品尝你的牛扒。"

红唇咬紧了嘴唇,可以看得出来她也紧绷着情感,扑哧一笑说:"我等你,一定。"他们两人的对话,不但不会让红副院长觉得意外,还让他由衷地欣喜。

105. 怜悯总能撩拨人性最柔软的部分

众人各自逍遥了三个多小时,很快就到了进入饭店时约定的集体聚会时间。人们陆陆续续地从各个角落里走出来,汇聚到了这一层楼的餐吧。也可能每一个人都在这里得到相应的放松了,雪雁伸伸懒腰,她和思明刚刚才从洗脚房出来,显然是在半睡半醒之间享受了服务小姐的按摩。其他的人也都神态各异,但是多数的脸上都流露出了几分倦色。唯独宁宇,仅仅与和好玩过一会儿桌球,随后就车轮般地转动,一轮一轮地和三家人对话,此刻他也有几分疲惫了。只听见张书记说:"各位,今晚就这样吧。我们明天多数人都还有公务要忙,所以这就结束了吧?"

一行人熙熙攘攘地走下去了,陆陆续续地走出饭店。雪雁此刻没有打算离开酒店回家了,她半开玩笑地对宁宇说:"领导,今晚我也不想回家了,还不如住酒店热闹,今晚我与你也就相邻而眠。"她的话有几分暧昧,让跟随一边的思明加快了脚步,他可不愿听见她与宁宇之间调情的话。

宁宇还没有回答,猛然间看见一个熟悉的身影,这个人就是笑笑。就在那一刻,笑笑抬头也看见宁宇。两人的目光都没有躲闪,也没有回避,这就是笑笑要与他交流的前奏。宁宇停下了脚步,对身边的其他人,包括跟在他身后的雪雁说:"你们先走一步吧,我还要去见一位朋友。"说完,自顾自地向前走去,身后的雪雁愣了一刻,还是跟着众人走出了环城饭店。

笑笑迎上来,关切地问:"你的正事应该告一段落了吧?今夜你就属于我了吧?"

宁宇疑惑地看了这里一眼,笑笑说:"不用担心,我们当然不会住在这里的。你一定喝了不少的酒,我还没有用晚餐的,干脆你就陪我吃一点吧?"

宁宇和她进了雅间,笑笑冲服务生说:"老规矩,就是再加一个客人的碗筷。”

“好嘞。”服务生应声而去。

宁宇奇怪地问:“你不会告诉我,这里也是你的产业吧?”

笑笑说:“你算说对了一半,这里虽然不是我的产业,但是是我朋友的产业,我也受朋友的委托,经常过来帮他照看生意。”

宁宇知道笑笑是一个神秘人物,很多匪夷所思的事情总是在她身上显现,于是问道:“怎么,你是这饭店的总经理?”

笑笑说:“你问那么多干嘛呢?我朋友经常在世界各地游走,他不在这里的时候,我就会来帮他照看照看,仅此而已。”

实际上,很多问题就是问也是问不出什么头绪的,笑笑身边都是神龙见首不见尾的外国人,发生在这些外国人身上的事情也不是一件两件,你让人家笑笑怎么解释得清楚呢,所以还不如不问。在宁宇的记忆里,上一次去了笑笑居住的神秘寓所,就让他感觉非常的神奇,可就是因为报社急招他回去有事,所以一直成为他心中潜在的秘密。就他记者探究真相的本能,他很想再去一趟她的那间寓所。于是试探性地说:“你还住在原来的那个地方吧?”

笑笑点的西点和牛扒已经上了,她将一份牛扒推到宁宇身边说:“吃点儿吧,我知道你们男人有用话下酒的陋习,喝完酒之后肚子往往是空空如也,这样对身体十分不利,你和我都吃一点,而后我们再聊吧,好吗?”

虽然刚刚离开另一个餐吧,但是宁宇肚子里还真的就让笑笑说中了,空空如也,只喝了一肚子的酒,没有顾得上吃一口其他的食物。所以现在看见这色香味俱佳的美味,潜伏在体内的食欲就被激发出来了。他满足地将盘子搬到自己面前,拿起叉子说:“好的,知我者,乃笑笑也。”

用完餐,笑笑又给宁宇要了一杯果汁,并说:“你必须将这杯果汁喝了,增加必需的维生素,你就是不注重保养身体。”宁宇本来是最不喜欢喝果汁的,但是笑笑的真情难却,他只能遵命。

夜晚渐渐开始深了,虽然外面的车流依旧车水马龙,霓虹灯迷离闪烁,但是街道上行走的行人越来越稀少了。宁宇抬眼就能看见他们下榻的省城酒店,他看见他的房间和毗邻雪雁的房间都是亮着灯的,于是好奇地说:“怎么回事?这么晚了,莫不是秘书还在我的房间里,还是有别人在等候我呢?”

笑笑探出头来，透过窗户却只能看见朦胧一片，感叹地说："我说宁宇啊，你的眼睛还这样好啊？这么远你都能看见你的房间？我可只能看到一片灰蒙蒙的世界。"

宁宇说："是的，这可能与我生在山清水秀的小城有关，我们老家的山水格外漂亮，完全可能是这个原因，所以到现在我的眼睛还没有坏呢。"

笑笑说："我真羡慕你啊，我可就不行了，现在让我开车，我都必须戴眼镜，你看吧，我这包里随时都准备有三副眼睛呢，读书看报一副，闲聊一副，开车又得换一副……"一边说一边摇头，还失落地说："也难怪，我到今天为止还没有嫁出去哦。"她说这样的话，让宁宇对她萌生了一种怜悯之情，于是宽慰道："戴眼镜也没什么的，这跟你嫁不嫁人扯上什么关系呀？我看问题的关键是你的眼光太高了，很多男人都进不了你的眼帘，更别说在你的心中找一个居住的位置了。"

笑笑说："虽然我眼光很高，性格也有些孤傲，但是也并不是我没有喜欢的男人啊？可是我喜欢的男人，他又未必能在心里给我留一个空间呀？"这样的话就扯得深沉了，这可不是宁宇想聊的话题，他原本就没有打算与笑笑聊情感的。准确地说，今天他和她会面，主要是想知道基金那边有没有什么内部消息，当然，他也不讨厌笑笑。此刻，他盘算着，要是笑笑没有其他要事的话，他就得寻个理由离开了。今天晚上这样的情感开局，要是陷进去了还很不好拔出来。

也许笑笑也记得她曾经跟宁宇说过的话，他们俩之间是不谈情感的，就是偶尔有性，也是你情我愿的彼此需要，仅此而已。所以她换了一个话题，说："基金方面的效率太高了，现在又有了新的动作，已经跟有关方面表示了，只要同意资金进入，很快就要启动下一步的程序。"

宁宇关切地问："什么程序？"

笑笑说："打款啊？要求中方创立专门账号。"

宁宇还没有想到，事情会这样迅捷，又问："我们需要哪些方面的配合呢？"

笑笑说："你的事情就不是一两件了，组建班子，拟就建设的程序和步骤，以及今后的营运和管理等，五十个亿的现金投入啊，加上龙都方面的资金投入，这么庞大的工程，你不用脑筋怎么可能啊？我现在其实很替你担心，也很心疼你啊……”

宁宇不明白笑笑的意思，问道：“你这又是唱的哪一出啊？”

笑笑说：“我这是心疼你呀，几年下来，我真担心你都会有白发银丝了，这难道不是我心痛的理由吗？我知道你还远不止管这个高校高职教育园区的建设，你还有太多的事情要做啊。”

宁宇终于有几分懂笑笑了，别看她总是匆忙，其实她柔软的那一部分足可融化任何心肠奇硬的男人。她对他的情感，不是简单的怜悯、同情、理解和关爱能概括的，复杂得让两个人都无法预测和言说。很显然，宁宇人性最柔软的部分此刻已经绽放。

106. 走火入魔会催生白发

聊开了这个话题，宁宇想到的问题自然也就会多一些了。他索性将窗户推开，正对省城宾馆，张望着房间里明亮的灯火，回头坐到雅间的椅子上。很显然，他的这个举动是准备要深聊下去。笑笑虽然明白他的意思，但是她没有打算在这里久坐了。于是说：“我们换一个地方吧，行吗？”

宁宇只得起身说：“听你的吧。”

笑笑和宁宇上了车，笑笑启动马达说：“我们也找一个近一点的地方吧，你觉得呢？”

宁宇并不关心去哪里，说道：“去哪里都可以，只要安全就行。我现在很关心你刚才跟我说的事情呢。”

笑笑说：“你是指基金的事？我一会儿给你一个材料你就明白了。”宁宇暗自高兴。她又说：“你现在一点压力都没有体会到吗？”他现在还处于兴奋之中，他现在不是没有压力，而是更关心这笔基金能不能进入的问题。他摇摇头说：“没有。”

笑笑说：“我看你是还没有把这事当成事实吧？只要资金到位了，你的事情就没有那么简单了。你知道吗？对方也不是一点要求都没有的。”

宁宇说：“这一点我有思想准备。”

笑笑说：“有思想准备就好，我建议你现在要转移思路了，不要考虑有没有钱的问题,而是要考虑怎么花好这笔钱的问题。我最关心的,就是你下一步的团队。"

"这方面对方有明确的要求没有?"宁宇问。

"没有。就是因为没有,所以你的责任才更加巨大。所有的决策权都在一个人手里的时候,权力虽然大了,可风险也就随之而来了。你应该明白,在你身后的不仅仅是基金方的监管,还有当地党委和政府的监管。所以,我还担心你今后的决策机制呢。"笑笑的轿车在前面的道路上又折回来了,宁宇问:"你怎么又回来了呢?"

笑笑说:"我一直看你在关心你的房间,是不是你房间里还有佳人在恭候你啊?所以我觉得就在省城酒店和你聊下去,当然,我不会去你的房间,也不会见其他的任何人。"此刻,笑笑的神秘之处又显现出来了。

宁宇反而觉得不安心了,都在一家酒店,难免不碰到一起。关切地说:"这样,妥当吗?"

笑笑说:"既然是我安排的,我就会负责任。"说话间,她的轿车已经开进了省城酒店的地下二层车库。

下车之后,笑笑将微型笔记本和其他的资料带好,淡定从容地走进了电梯。宁宇看见笑笑按动的按钮是二十八层,而他的房间是在十二层,心里也就放心了不少。笑笑提醒他说:"我个人建议你询问你房间里都什么人,要是真有急事你可以去处理之后再上来。"随后抿嘴一笑问:"我考虑得怎么样啊?"

宁宇连忙说:"真的难为你了,我不能说声没有生命力的谢谢,我只能在心里面感应你的存在。"边说边拨通了他房间的电话,接电话的居然是雪雁。

雪雁问道:"怎么是你啊?你难道不回来了吗?"

宁宇说:"我一直看着我房间里面的灯呢,都哪些人在房间里啊?"

雪雁说:"人还真的不少呢,和好和和韵,还有红唇和娜娜、章杰他们都在,思明副部长和我正在陪大家玩扑克呢,大家可都在等候你呀。"

宁宇问:"没有什么重要的事就好,你们就开心地玩吧。"

雪雁突然说:"你必须回来,我给你备了吃的东西了,我知道你现在肚子还是空腹,你听见没有啊?"

宁宇连忙说:"太谢谢你了。"

雪雁又像女主人似的说:"你听到没有啊,这是我专门去西餐厅买回来的热汤和甜点,专门为你准备的,还有醒酒药,你回来喝下去,身体一定会好受得多……"宁宇虽然有几分感动,但是又不便表露出来,只能淡淡地说:"太谢谢了,我会的。"

"会的是多久啊?"雪雁又催问。

宁宇只得说:"其实我已经回到酒店了,要是有什么重大的事情,我就过来好了,不过现在我还有事情在谈,一会儿联系吧。"他在说话的时候,笑笑一直示意他不要暴露目标,她不愿意见任何人的。

雪雁说:"宁部长啊,你现在也变得神秘莫测起来了,我安排在楼下等你的人怎么就没有看见你的人影呢?莫不是你会隐身术不成?"

宁宇还不知道这个雪雁居然安排了人在一楼等候他,于是说:"可能是他没有注意到我吧,我真的已经到酒店了,你就不要再让人家空等候了。"

雪雁有几分惆怅和失落地说:"好吧,我等你回来。"

笑笑自然听明白了是雪雁的电话,努努嘴奚落说:"你们搭档之间很亲昵的呀?我好羡慕你啊。别人说好搭档比夫妻还难找是吧?雪雁和你之间是这样的搭档吗?"

宁宇还没有来得及说话,电梯已经到了二十八层了。服务员恭立在电梯门口,见面就说:"笑笑小姐是吧,您预订的房间在这边。"

宁宇问笑笑:"你什么时候也订了这家酒店的?"

笑笑说:"这你就不要关心了,反正有你舒坦的地方就是了。"

原来,笑笑预订的是酒店最豪华的房间之一,仅次于总统套房。跨进房间之后,里面的陈设应有尽有,俨然一个现代化的家。宁宇推开客厅里的窗户,往外张望苍穹和街景,然后回头说:"你干嘛要订这样的房间啊?"

笑笑说:"没什么,一是我个人的习惯,二是为了让你舒服。"宁宇对这些奢华的享受其实是没有什么需求的,他现在压根儿就不在乎住什么样的酒店和什么样的房间,他心中牵绊着的就是现在自己负责的高校高职教育园区的建设和龙都新闻文化产业改革的这两件事,甚至为这两件事有些走火入魔了,所以只要他听到关于这两件事的时候,一般都不会拒绝前往。此刻他无心欣赏什么风景与美人,而是迫不及待地说:"我们一起看一看你说的那些文件吧?"

笑笑不紧不慢地说:"你慌什么啊?到了房间,我建议还是先休息一会儿吧，我可得先去洗个热水澡。你要是愿意，我也建议你和我一起去，这样会让你的身体舒服一点。”宁宇当然能领会她的潜台词，可是此刻合适吗？

笑笑见他没有反应，又催促说：“我说宁宇先生，你这个男人是不是有点走火入魔了啊？我建议你最好放松放松，要不然，你的头发会白得更快呀！”说着，笑笑脱去了外套，显露出婀娜多姿凸凹有致的身体，她紧贴到他的身上，宁宇闻到了她身上熟悉的味道。回味笑笑刚才说的话，扪心自问：我是不是真的走火入魔了啊？莫非其他领导也都是我这样一根筋工作的吗？笑笑的说法是否正确呢？他慢慢地伸出双手，轻轻地将笑笑揽在怀里，时光恍若在这一刻凝固了。

107. 新架构

两人从温润的浴室出来，宁宇还是本能地穿上了西服，笑笑再也懒得穿正装，还奚落说：“怎么，你一会儿还要下去幽会啊？”出口之后又觉得有几分不妥，改口说：“开玩笑的，我知道你的事情忙。好吧，现在我们来研讨事情的细节吧？”她拿出了刚刚收到的消息，上面有关于何时划款、何时需要见到龙都方面的规划等。宁宇仔细浏览了一遍，上面已经大致规定了划款的期限了，在三十个工作日之内就要完成。需要龙都方面完成的事情也就多了，除了财务制度之外，还有这个工程的整体团队建设、工程管理、后期运营等，这可是一个相当系统和庞大的工程。明眼人一看就知道，这分门别类的分工需要专业人士来起草。

宁宇说：“创建账号这简单，确立工程项目的领导小组也不难，关键就是这上面要求细化的制度，可不是一天两天就能拿出来的，而且还要符合龙都以及基金方的实际。”

笑笑说：“是啊，所以我觉得你就是应该用多一点的精力来考虑这件事情了，其实也没有你想象的那样复杂，只要你把领导机构确立了，每一个成员不就按部就班了吗？现在关键是你的真正副手还没有确立呢，而且这个副手一定要与你心心相惜，不能有半点的离心离德。”

宁宇突然问：“难道你就不能介入其中来吗？”

笑笑说:“这个恐怕真要让你失望了，就是你们龙都方面和基金方面都有这样的想法,我本人也是不会接受这个邀请的。你也许还不知道,我其他方面的事情也不是一两件，我根本就不可能有那么多的精力陷进一个项目里面去。你要是信得过我的话,我可以给你提几个建议。”

宁宇说:“你这是什么话啊?我怎么会信不过你呢?你有什么想法就直接说吧?”

笑笑说:“根据基金方的意见,你就是这笔基金的最后决策者,这个项目需要一个在你之下的总指挥,这个总指挥你觉得谁合适呢?”

宁宇想了想,说:“也只有雪雁了吧?别人也不合适啊?”

笑笑说:“完全不对了,雪雁根本就不可能,而且基金方也不可能同意让一个副市长出任这么大项目的总指挥。”

宁宇问道:“那么谁合适呢?”

笑笑说:“根据基金方面的要求,至少要设两个以上的总指挥,凭我的直觉，基金方一定会觉得省教育厅长和龙都市政府的市长适合做这个项目的总指挥,雪雁不是不可以用,但最多也只能是常务副总指挥这样的角色。”

宁宇笑笑说:“你不会开玩笑吧?我一个市委常委,能让教育厅厅长和市长在我下面工作?这玩笑开得太离谱了吧?”

笑笑说:“你最好别这样想,这就是基金总部的真实想法,我现在不能告诉你我的信息来源,但是这个信息一点也没错,而且很快上面就要把这个意图传递下来了。这里我还想给你提一个醒,你可不要因为指挥长是厅长和市长,你这个实际上的执行人就不承担责任,基金要追究的第一责任人不会是别人,而是你宁宇。”

这简直太不可思议了,可笑笑一点都没有开玩笑的意思。她还是微笑着说:“我很清楚,下一次的会议,就是你坐在正中央主持、教育厅长和市长一左一右地在你身边听令了,我也知道你不习惯,可你没有别的选择,这就是你的历史使命。”原来,笑笑今晚见他就是要说这些话,宁宇瞟了笑笑一眼,觉得有点滑稽,笑着说:“这算是怎么一回事啊?我从政才几天啊,市长和教育厅厅长成为我的下级了?”

笑笑说:“没有办法啊,这是基金方面的要求,人家可没有国内的那些条条框框。”

宁宇说:“你今晚就要对我说这些吗?”

笑笑说:“莫非你觉得这还是小事啊?”

宁宇说:“当然不是小事,就是让我一时半会儿接受不了呢。”

笑笑说:“我觉得你大可不必这样,难受的其实不是你,而是厅长和市长,你其实还好,很多事情都是他们两个承担具体责任,你只是宏观调控,并且负责向基金总部汇报工作。”

宁宇问:“难道具体的事情我就真的可以不问了?”

笑笑说:“当然不是啊,根据基金方的决定,你是项目的总决策人,你的管理范围在副指挥长以上的领导层,所以下面将增设的常务副指挥长和副指挥长你还要出面选拔和任命的。”

宁宇又傻眼了。

笑笑说:“你也不要太着急,根据惯例,副市长和教育厅分管副厅长就是常务副指挥长的人选,再下面就是教育厅的相关处长和龙都市的教育局长出任副指挥长了。只要把这些人抓实在了,你的工作也就轻松了。”越是这样说,宁宇觉得头就越大了,这样一个项目,涉及的正厅级干部就是两个、副厅级干部也两个,他本人还是一个副厅级干部,且还是资历最浅的那一个,叫他今后怎么开展工作啊?如何统筹和指挥?

笑笑说:“你注意到另外一个关键的信息没有啊?”

宁宇早被这些突来的信息打乱了思维,说道:“还有比这些更特别的吗?”

笑笑说:“不是更特别,而是制衡作用。基金方面一直以来都是这样推行的管理制度,在全球范围基本上都是沿袭这样一套方法。”

宁宇说:“你就别卖关子了,你说呀。”

笑笑说:“在领导成员构架下面,不是还有一个平行的专家委员会吗?基金方这样设置,其实就是担心指挥机构的权力过大,很多问题不便于平衡。这专家委员会是可以否决领导机构不成熟的意见和建议的,但是这些专家的构成也是由两大阵营组成,外方专家和国内专家。根据惯例,教育部的相关司局领导要进入这个专家委员会的名单,还有就是国内的一些大学校长或者属地的教育界权威人士。”

宁宇再一次看了这个材料,上面确实有这样的机构设置。笑笑说:“你看有一个人是铁定要进入这个名单的,而且还要做专家委员会中方的首席专家。”

宁宇仿佛眼前一亮,说:“你说的是省城张书记?”

笑笑问道:“难道有问题吗?”

宁宇心中暗自惊喜,自己正愁没有参考的专家和学者呢,要是张书记能成为这个专家委员会的中方首席专家,他在这个阵营里面说话显然就有分量了,遇到实际问题他当然会出面替他扫清的,这一点自信宁宇还是有的。

笑笑又说:“何止张书记一个人呢,还有可以利用的人选呢,省行政学院的主要领导也是可以进入专家组名单的,不同样是你可以利用的人吗?”

宁宇这才想起来,是呀,红副院长一定也可以进入这个中方专家名单的,不管怎样,在关键的时候,他也会站在他的立场上啊!

笑笑说:“我的话就说到这里吧。你也可以选择留下,你也可以考虑约见张书记和红副院长,我可以断定,他们一定已经接到有关部门的通知了……”

108. 紧急会议

当龙都方面的报告递交上去之后,上面就传来了各种消息,当然这个消息传达的地点是市里面和省教育厅。获悉了这个消息的龙都市委书记王明又惊又喜。他明白陆强市长可能受到了一些打击,但是终归这个项目尘埃落定了,龙都出土地和相关的其他基础设施,另外和省上联合出一部分经费,环球绿色智慧发展基金方将出资五十亿元现金联合打造高校高职教育园区。无论如何,这对于龙都来说都是千载难逢的大好发展机遇,他此刻顾不了陆强的态度,必须以前所未有的积极姿态成全和支持宁宇。

当陆强市长把这些文件送到他的案桌上的时候,他瞟了陆强一眼:“你觉得怎么样?”

陆强说:“当然是好事啊,部里面和省上都赞同了的事情,市里除了支持也就只能服从了。”十分明显,陆强市长显得郁郁寡欢,按照惯例,本来是该他这个市长风光无限一把的,没想到这风头硬生生地让宁宇夺过去了。虽然他嘴上没有这样说,但是心里那是一百个不舒坦啊。

王明也不管陆强市长的心态如何,这个时候他必须旗帜鲜明地站在组织和宁宇这一边，他说："事情已经到了这个进程，我们也应该做一些什么了吧？"

陆强市长不太情愿地问："书记你是什么意思啊？"

王明说："我觉得事情到了这个地步，我们就得团结一心，把这个高校高职教育园区的建设项目搞好，这也是龙都具有历史意义的重大事件啊。我想，我们现在应该给宁宇更多的鼓励，让他有更足的信心。"

陆强市长还是不明白王明书记究竟要说什么，说："宁宇难道没有信心吗？俗话说得好啊，没有金刚钻不揽瓷器活，宁宇他抓这项工作这么久了，他这点心理准备都没有？"

王明说："不是他对这件事情本身没有信心，他现在怎样的格局都还不清楚呢，你看到没有，他虽然是一个市委常委，可这个领导小组里面有你和教育厅厅长两个正厅级领导，还有教育厅的副厅长和雪雁两个副厅级领导，他一个资历最浅的副厅级干部要领导这个班子，他的心里能有这个底吗？"送上马扶一程"是我们党的好传统，现在我觉得对于相对稚嫩的宁宇还得需要这样的关怀啊！要是我们的力度不够，还得请省上的主要领导给宁宇打气呢。"

陆强说："我看这有点多余吧？我在北京的时候部领导就是嫌弃我们龙都的干部眼界不够宽广，教育我们要用国际眼光观察和思考问题，宁宇是长期活跃在省城新闻界的大腕，他不至于也没有这样的国际眼光吧？"

王明知道陆强有气，按理本来应该他这个市长出面担纲的，可是历史没有选择他这个市长啊！这样的政绩工程和功在千秋的历史性工程，谁不希望利用这样的事件留名啊？可是人总得面对现实啊，难道因为他不能担纲，工作就不做了吗？王明心平气和地说："话不可以这样说，宁宇毕竟是年轻干部，在很多关键的时刻还需要老同志的传帮带，现在就是这样的时刻。他刚来龙都不久，我们就将两件具有历史意义的大事压在他的肩上了，现在抓得也算有声有色，我们这个时候没有理由不辅佐他把事情干得更漂亮。这样吧，我想好了，今晚我们俩一起进省城，见几个重要的人物，教育厅厅长、副厅长，还有省城大学的张书记，省行政学院主持日常工作的红副院长，我们应该主动给宁宇减压……"

陆强虽然觉得有点别扭，但是既然市委一把手发话了，是不可能不给面子的，于是说："好吧，书记怎么安排，我就怎么执行吧。"

王明书记说："我已经跟省城大学的张书记，还有省行政学院的红副院长取得联系了，我让他们事先联系教育厅的两位领导，我们赶过去，也许他们都聚齐了。"

陆强说："既然这样，那就走吧。"

王明说："你这会又这样积极了，等一会儿吧，张书记还没有给我回话呢，总要约到了人我们才能去啊！"

果不其然，张书记很快就来电话了。两人一番客套之后，张书记就说："老王啊，我和老红正好在一起的，刚才我们请了你们年轻的部长吃了晚饭。没想到你这样快就来找我的麻烦了，我约好了教育厅的两位领导了，你猜人家教育厅的厅长怎么说？"

王明感兴趣地问："怎么说啊？"

张书记说："厅长问，那个宁宇究竟是怎样一个三头六臂的年轻人啊？我早就想见他一面了。所以别人都没有推辞的，就等你们赶过来了。地点我看就在宁宇他们住的省城酒店吧？你们自己通知宁宇，还是我给他打招呼啊？"

王书记说："他现在毕竟还是我们的市委常委呀，我看还是我们通知他吧！"放下电话，陆强就站起身来问："是不是马上出发？"

王书记说："对，马上出发。"

陆强市长走出王明的办公室，准备出发了。王明叫来了市委秘书长，吩咐说："你跟我们去一趟省城，去之前，预先跟在省城的宁宇他们联系一下，告诉他一会儿要在他住的酒店召开紧急会议，让他通知雪雁也参加。"

秘书长问："什么内容呢？"

王明说："就说紧急会议就行了。"随后车队就向省城一路进发。

笑笑给宁宇说了这番话后，他还在思索呢，是不是该与张书记和红副院长联系呢？他看了看时间，已经快十点了，也就有几分犹豫了。正在此刻，他的电话铃声响了起来，因为两个人都没有说话，房间里也没有开电视，突然的电话铃声就显得格外刺耳了，仿佛某些村庄里面的高音喇叭一样。电话响了两声，宁宇还沉浸在思索之中，嘀铃铃的声音别样吵人。笑笑说："你的相好来电话了，我看你还是接吧，我不会难为情的……"

宁宇瞥了半裸的笑笑一眼，还是接了电话。只听见电话里秘书说："宁部长吗？刚才接到了王明书记的指示，一会儿他和有关领导就要赶到酒店来召开紧急会议了，让你立即准备。”

宁宇猛然一惊，突地站起身来，问道：“什么内容的紧急会议？”

秘书说：“书记没有说得那么具体，就是让准备好，一会儿他们就到了。”

宁宇连忙说：“知道了，我这就准备。”挂断电话，他又看了笑笑一眼。笑笑说：“原来不是相好和红颜知己啊？不过，你也不要紧张，我猜想也就两件事。一件就是你正在谈的这件与和氏商号集团合作的事，还有一件就是我们刚才商议的事。除了这两件，几乎就不可能有别的事情要这样大动干戈了。”她说这话的时候，语调平和，气定神闲。

宁宇笑笑说：“我走了。”笑笑起身送他到门口，轻声说：“一会儿你想上来的话，我给你开门。”眼睛里充盈着渴望与柔情。宁宇转身，快步朝电梯的方向走去。

109. 忙乱之中见真情

当宁宇走进房间，雪雁和其他人并没有离开。看见他进来，雪雁立即起身去给他倒水递药，俨然女主人的样子。当他喝了解酒药之后，她又问：“你饿不饿，我给热热牛奶？”

宁宇笑着说：“谢谢了，不用了。一会儿要开会了。”

雪雁说：“你说是王明书记和陆市长他们吗？我也接到通知了，他们不是刚从龙都出发吗？最快也还需要四十分钟的，这么急干吗呢？”

其他的人也站起来说：“你能不能过来陪我们玩一会儿扑克啊？”娜娜和红唇也走到了他的身边。他连忙挥手说：“算了，我打不来牌的，也懒得动那个脑筋。”红唇和娜娜自然是不会勉强他的，也都关切问：“你是不是喝多了啊？看你脸还红红的。”

宁宇说：“没有，你们继续玩吧。思明部长，你就陪大家玩一会儿吧？我和雪雁商议一下马上就要进行的会议。”

思明马上站起来招呼红唇和娜娜，让她俩重新回到了牌桌上。

宁宇和雪雁，还有各自的秘书一起进了简便的会议室。宁宇和雪雁坐定之后，宁宇问道："谁接的电话？"

他的秘书说："我接的，市委秘书长直接打的我的电话。"

"内容呢？"宁宇问道。

秘书说："秘书长并没有交代，只交代了出席会议的人。"

"哪些？"宁宇又问。

"您和雪雁副市长。"秘书说。

宁宇又转身问雪雁："依你的看法，是什么内容的会议啊？"

雪雁也捉摸不定地说："我也是第一次在外地开这样的会呢，书记和市长主动赶到省城来，这到底会是什么内容的会呀？"

雪雁的话，无意间提醒了宁宇。对呀，书记和市长都主动到省城来，这是为何呢？不可能因为与和氏商号集团的谈判吧？这件事情不是已经初步定案，而且确定了下周就要在龙都市签约了吗？他们俩双双赶到省城来，为这件事的可能性显然不大。还有另外一个原因，这个会议一定还有比书记和市长更重要的官员，要不然，书记和市长怎么可能屈尊到省城来开会呢？抱定了这样的揣测，宁宇就寻摸着一定是因为高校高职教育园区建设的事，也是环球绿色智慧发展基金的事。因为省里面的领导对这件事情也是高度关注的，而且还与龙都市的领导们一起上过北京。于是他眼前豁然开朗，说："一定是为环球绿色智慧发展基金的事来的。"

雪雁也想到了这一点，十分赞同地说："就是，也只有这个主题才可能导致这样的结果。"

想清楚了这个问题，宁宇的心里也就轻松多了。因为其结果他已经知晓了。可是雪雁并不知道结果啊，她反倒有些忐忑不安地说："怎么回事呢，莫不是我们上交的报告有问题？"

宁宇笑笑说："要是报告有问题，他们来一个电话不就结了，干嘛还要千里迢迢地来这里开会呢？"

雪雁说："嗯，你说的有道理，可我想不出来他们到这里来开会的具体理由。"

宁宇也乐呵呵地说："我想请问，你们去京城都有些什么人参加会议啊？"

雪雁说："哦，还是宁部长高明啊，你是说省里面让他们来的，当时去北京就有副省长和教育厅的主要领导，莫非是教育厅和龙都市的主要领导要会面？这种可能性太大了……”她的话还没有说完，就见宁宇秘书说：“领导们，刚刚接了市委秘书长的电话，省里面的客人就要到我们的酒店了，让宁部长和雪雁副市长下去招呼客人呢。”

宁宇和雪雁都觉得奇怪，怎么回事啊？我们可是丈二和尚摸不着头脑啊，这个秘书长怎么安排的工作啊？见两位愣住了，秘书又说：“你们下去吧，省城大学的张书记已经在门口等你们了。具体的情况他很清楚，这是秘书长说的。”

两个人站起身来，随秘书们一起走进了电梯。既然张书记清楚，那就绝对是因为环球绿色智慧发展基金的事情了。

走出电梯，张书记就招呼道：“宁部长、雪副市长你们也来了啊？过来过来，我提前给你们通报一下情况……”他将王明书记那边的安排说了一遍，说道：“一会儿教育厅的厅长和副厅长就要来了，王书记担心他们晚到呢，所以让我提前到这里和你们一起迎候厅长。”

宁宇说：“您到会议室休息吧，我在这里等候就是了。”

张书记说：“看你说的，你现在连厅长都不认识，或者厅长还不认识你，你怎么迎接啊？”

他的话一出口，宁宇和雪雁都笑了。宁宇说：“您说得也有道理，我是认识厅长的，以前在报社的时候就已经认识了，可是厅长他老人家不认识我啊！哈哈哈。”

几个人说话间，看见了一辆省直机关的车开了过来，几个人马上迎了上去，下来的却是红副院长。红副院长乐呵呵地说：“怎么，你们把我当成客人了啊？”

张书记说：“确是如此，我们还当是教育厅的客人的车呢。”红副院长也是来参会的，刚才张书记已经介绍过了，现在迎接教育厅领导的队伍更加庞大了。

当晚也算是巧合，教育厅召开机关干部大会，然后又举行了会餐。所以厅长们也就耽误了一点时间，没想到正好因此而起到了好的效果，他们硬是等到王明书记和陆强市长到达了省城之后，才姗姗过来。

赶到酒店的王明书记给陆强介绍了张书记和红副院长，然后说：“张书记，你和红副院长现在可以交班了，迎接厅长的事就让我来吧。”

陆强市长说："这样不妥，书记，你和两位领导去会议室休息一会儿，我在这里迎接吧，厅长也是我的老朋友了。这里我和宁部长还有雪副市长就行了。"

王明书记乐呵呵地笑着说："也好，那就辛苦老陆了。走吧，张书记，红副院长。"宁宇的秘书将他们领到了准备好的会议室。

王明书记一边走一边对张书记说："我说老朋友，龙都的这两件大事，你老兄是首功之臣哦，我得感谢你老兄啊。"

张书记当然心领神会，他这是指他推荐宁宇的事呢，于是非常满意地说："老兄，我怎么敢贪首功啊？没有你王书记的慧眼，没有你王书记的运筹帷幄，我们这些牵线搭桥的人，就是看出什么端倪，不也是一种空想吗？"

王明书记又说："你有功劳，加上他本人是金子，依我看啊，龙都就是他大展宏图的福地呢。我们不妨这样想吧，在龙都忙完这一届，这小子还真可能大有前途呢。"

张书记说："是啊，弄不好就是你老兄的接班人啊。"

两个老朋友只顾着说话，把不知道情况的红副院长晾到了一边，直到走进会议室，两个人才意识到了这一点。王明书记连忙对红副院长说："来，红副院长，喝茶吧。今后龙都的建设，还得有赖你们这些知识界的领导们支持。"

110. 夜幕之下交心

酒店门口的陆强市长却是另外一种心态，本来他是积极支持宁宇把环球绿色智慧发展基金拿下来的，这样无论对于龙都市政府的政绩，还是对于龙都的教育发展都有一个质的突破和飞跃。同时也能让他这个当政的市长名垂千古，这样具有历史意义的庞大工程是在他主政时期修建起来的。这是从长远的方面考虑，从短期的角度来考虑，五十个亿的财权也在政府的手里，无形之中就加强了市里面的财政支配权，这也是历史上任何一任市长都没有过的殊荣。可事情并没有按照一般的规律发展，最后的结果是这样的好事竟然落到了名不见经传的宁宇身上去了。以后龙都历史上浓墨重彩的一笔，就这样被这个年轻人占据了。所以，他虽然表面上还维护着大局与脸面，内心却充满了嫉妒甚至愤懑。

现在王明书记又拉着他来主动给宁宇减压松绑，他也是在矛盾之中赶过来的。从他的内心来讲，他绝对不愿意此刻就面对宁宇说宽慰的话。在他的潜意识里，现在的宁宇不仅仅是他的下级，也是他的竞争对手，而且是个成功的竞争对手，不挤兑他挤对谁呢？书记就是书记，他的这小心眼也被王书记看出来了。实际上安慰宁宇的工作根本就用不着他这个市长出面的，宁宇本身就是市委常委，安慰也应该是他王书记的事。可王书记这样安排，其实也是让他这个市长尽快找准自己的位置，不要站错队伍了，市长毕竟是要承担龙都的发展责任的。不管这个工程怎么样，市长毕竟还是龙都的最高行政首脑。他想了想，也难为王书记了，自己和他从政的时间不相上下，还要让他来帮他梳理内心的情绪。

想明白了这一切，他似乎也释怀了不少。对身边的宁宇说："宁部长，你现在压力是不是很大啊？"

宁宇说："是啊，我都有一种走火入魔之感了，我真担心哪一天我的神经就断裂了。"

陆强长者一般拍拍他的肩说："你也不要这样着急，遇到什么事，不还有我和书记在的吗？"

宁宇感激地说："谢谢市长的关心。"

雪雁冷眼旁观着陆强的一举一动，她在京城的时候就看出了陆强真实的内心，没想到陆强此刻发生了这样大的转变。她一直都担心陆强会在这件事情上为难宁宇，今后的很多事情也就没有想象中那样好办。她这个副市长既要听政府一把手的，又要听市委一把手的，当然也包括面前这个年轻的宁宇这个市委常委的。要是陆市长与他们的意见相左，她显然就是最难做的一个人了。根据一般的规律，要是宁宇同意负责这个项目，具体的指挥权一定就应该在她这个副市长手里面的。要是陆强市长经常越过宁宇指挥她，她该怎么办呢？所以，她现在不光是关注宁宇与陆市长之间的权力边界，也关心她在这项工作之中与陆强市长之间的权力边界。她对宁宇根本就没有设防，在她的印象里，宁宇远没有陆强那样强硬和可怕，甚至她在某些事情上都是可以牵制他的，所以她根本就没有把宁宇当成真正的对手。现在她突然看见陆强的态度来了个一百八十度的大转弯，心里还有几分诧异。

让雪雁觉得匪夷所思的事情还在后面呢。陆强市长竟然对她说:“雪副市长,你是个女同志,你可能也已经累了,我建议你上去陪陪王书记他们吧,我和宁部长在这里等候厅长他们就行了。”他的这些话,对于雪雁来说是有双重意味的,一方面是理解雪雁辛苦,怜香惜玉地让她去休息;其实质根本就是另外一码事。就是他要和宁宇修好,要借此机会跟宁宇交心,借故支开她罢了。陆市长毕竟是她的直接上司,他的话她不可能不听呢！于是也只得说:“好吧,那就辛苦两位领导了。我正好去给客人们端茶倒水吧。”其实,每个人都清楚,她自嘲也就是为了好顺其自然地下台。

见雪雁的身影消失在酒店里面之后,陆强市长对宁宇说:“老弟,现在就我们两个人了,我可得对你说几句掏心窝子的话。”

宁宇有些惊慌,连忙说:“陆市长,请多多教诲。”

陆强说:“你来我们市里面的时间不长,王书记对你特别赏识。”

宁宇插话说:“陆市长对我的帮助也不少啊。”

陆强有几分神秘莫测地说:“知道这个会议的内容吗？这个会议可是我提议特别召开的。我跟书记也说了,你现在人很年轻,很多事情还没有经历过,眼下又要出现一个让你特别为难的情况,我们不提前给你打个招呼,不提前给你减小压力,也许你就会显得无所适从了。”

宁宇非常认真地看着大哥一样的陆强。

陆强说:“这一次上面和基金方一致同意让你来担纲高校高职教育园区的统筹指挥,我和教育厅厅长负责协调,教育厅的一名副厅长和雪雁负责具体工作的安排。这样的一个架构在过去是没有过的,我和王书记的意见高度一致,就是要将你的能力发挥出来,将你的威信树立起来,为你今后的发展铺平道路。你是我们龙都这些年以来很少遇见的优秀干部,我和王书记都是下了决心的,只要有条件,我们就毫不保留地将你推出去……”不得不承认,陆强这一着高棋下对了。就是有一天王明找宁宇交换意见,宁宇也不可能询问是谁提议到省城开会的,谁第一个提出给他这个小兄弟减压的。此刻,宁宇感动地说:“陆市长,你和王书记都是我这辈子遇到的最好师长呢！”

陆强说:“也不要这样说,师长算不上的,好大哥应该可以。”

宁宇只得说:“真的太感谢了。”宁宇原本就担心陆市长给他难堪,因为雪雁带回来的消息说明,陆强市长在北京近乎恼羞成怒。在今后的工作之中不可能对他宁宇一路绿灯,要是一个市长时不时给他小鞋穿,那他在龙都的日子能好受吗?刚才陆强的一席话,让他心中的阴霾顿时消散了。当然,他相信雪雁带回来的消息不会是假的,只是自己太低估了人家陆市长的思想境界。这样看来,陆市长同样是一个坦坦荡荡的君子。他现在觉得,他算得上一个运气上好的人,书记和市长都信任和赏识他,他今后的工作也就会少很多磕磕绊绊了。

111. 挑灯会商

随后,陆强十分真挚对对宁宇说:"当我知道基金方面有这样的想法之后,我就和王书记商量了,在你们起草的上交文件的后面,附上了市里面的意见,表明市里面是坚决支持你来做这个总执行人的。你可能还不知道,今后这个项目你是最后的决策者,我和省教育厅的厅长都同时出任指挥长,我主要负责市内的协调,教育厅厅长负责省里和与国家有关部门的协调。雪雁副市长和教育厅的另外一个副厅长出任副指挥长,或者常务副指挥长。上面也接受了我们的意见,所以今天我跟王明书记说了,这样的一个领导班子,你的心里一定会乱方寸,所以我们今天主动约了省里面的教育厅长等领导,预先给你吃一个定心丸,你尽管指挥就是了,我和书记一定会说服省教育厅的领导也积极配合你的工作,你要是觉得有什么不方便或者有顾虑的,你就直接给我或者书记提出来,我们会尽快给你扫平障碍。另外,我和王书记也会找省里面的主要领导,让他们出面给教育厅的领导打招呼,一定要尽力配合好你的工作。"

宁宇又一次感激地说:"太谢谢市长了,为我考虑得这样细致和周到。"

陆强说:"还不仅如此呢。还有一个情况我们也替你考虑到了,环球绿色智慧发展基金方面不是还在管理机构的平行面设置了专家委员会吗?这个专家委员会分为国内和国际两个部分组成,国外的专家我们是无权过问的,但是国内的专家就是资深的大学校长和资深教育界人士了。你也看到了,今天王书记不是请来了省城大学的张书记和省行政学院的红副院长了吗?这两个人都是今后这个专家组里面的组成人员，而且张书记还可能是国内的首席专家。这又是一个对你有利的方面,我和王书记合计了,只要是领导成员中对你不利的因素出现之后,你就可以尽可能地找这两位专家出来协调。我和王书记也会事先给这两个领导通气……”

刚才笑笑提供的所有情况,和陆市长说的如出一辙,这就证明这个消息已经是基金和上面定下来的调子了。只是让宁宇没有想到的是,陆市长竟然有这样开明,思考的所有问题都只站在宁宇和龙都本身的立场上的。宁宇还在消化陆市长的话,教育厅的领导们就赶过来了。

陆强走上前去,握紧了厅长的手说:“领导,这么快我们又见面了。”

厅长并不认识宁宇,因为宁宇实在太年轻,厅长误将他当成陆市长的秘书,所以说话也没有什么顾忌,他一边握着陆强的手,一边半开玩笑地说:“还不都是你们市里面出了一个宁宇吗?”

很显然,要是陆市长再不介绍的话,还不知道厅长会说出什么话来。陆强市长灵机一动,说:“哦,对了,我还没有给厅长介绍呢,这位就是龙都市委常委、宣传部长宁宇。”

厅长显然吃了一惊,连忙伸出手来,有几分诧异地说:“果然是英雄出少年啊,宁部长这样年轻,就这样有作为了,令我等惭愧啊。”一边说话,一边审视着这个气度不凡的年轻人,仿佛像看明星大腕一样。

厅长也向陆强和宁宇介绍了同来的副厅长，几个人互相聊着走进了电梯。实际上,这算不上严格意义上的会议,如果要算的话,也只能算是一个务虚和见面会。按照王明的设想,这本来就是给宁宇创造一个宽松和谐的工作环境。市里面的陆强市长自然不会是王明所设定的困难层面,至于雪雁副市长就更不应该成为宁宇工作的阻力了。问题的关键还在省教育厅这一边。一方面人家是省上的正厅级单位的一二把手，宁宇也不过就是个市委的常委而已,所以在领导的程序上是违反常规的。可事情还得这么办,他不出面显然也就不现实了。另外,要是正常的途径的话,一定应该由省里面的副省级以上的领导干部出面来开协调会，龙都市和教育厅两个单位之间是无法召开协调会的,因为毕竟这个班子上面还没有正式宣布,只不过是彼此都接到了通知而已。所以,王明书记是留了一手的,他让省城大学的张书记出面做了中间人,实际上这就是一个见面会。

龙都方面自然有龙都方面的想法,教育厅也有教育厅的想法。自从上次到北京出席了这个会议之后,厅长和副厅长就一直揣摩,这个宁宇究竟是怎样一个三头六臂的人物呢,竟然能让国外这么大笔基金进入到教育这个产业。在他们的潜意识里,不是今后如何开展工作,而是对宁宇这个人充满了好奇。当省城大学的张书记出面邀约的时候,他们也就没有拒绝了。他们也明白,也就是明天或者后天,省政府分管的副省长就要召集大家宣布相关的决定了,提前了解宁宇和龙都市这方面的情况没有什么不好。

也就因为这样一些原因,所以双方走到一起来了。见到了厅长和副厅长,王明书记马上说:"两位领导,这么晚了,为龙都的教育,你们还能来,我们实在太感谢了。"

厅长说:"王书记,你这也太客气了,我们教育厅本来就对全省的教育事业负责,你们龙都的教育事业不也是我们应该关注的吗?王书记啊,我得恭喜你啊,你们龙都能有宁宇这样的干部,既是你们龙都的骄傲,也是我们全省教育界的骄傲呢。要是全省上下多出几个宁宇,我们省的教育事业也就要向前推进一大步了。"

王明连忙谦逊地说:"厅长,谢谢你也这样评价宁宇同志。但是我们光有宁宇同志还不行啊,还离不开你们上级单位的指导和帮助啊。我们基层单位,要是没有你们的指挥和帮助,我们也就成了无头苍蝇了。我们的宁部长再能干,不也找不准方向吗?"

厅长说:"王书记,你太客气了。我们也老早就想找机会能和你们龙都方面联系和沟通,就是这一段时间太忙了。你看,还让你们跑到省城来找我们,歉意了。"

王书记说:"厅长,我们本来就应该给你们汇报的,就怕你们没有时间接待我们呢。"大家一番客套之后,就要进入正题了,这话自然还得德高望重的省城大学张书记出来圆场。

112. 中计

会议室也不是原来的景致了,会议的气氛完全减弱了,会议桌上摆满了各类水果和茶点,完全是一种轻松和谐的氛围。王明和张书记毕竟是多年的老朋友,他扫了张书记一眼,张书记就说道:“各位,今天是我将大家请来的,其实也没什么大事。在座的其他几位都是领导,只有我和红副院长算是边缘人士了。老实说,我和红副院长也算是在商言商吧。今天我们都接到了上面的通知,我们要加入环球绿色智慧发展基金参与龙都高校高职教育园区建设项目的专家团,我们深感荣幸啊。这么多年了,我们教育界也一直渴盼这笔基金能进入中国教育界,没想到这个历史性的时刻让龙都抓住了,我们也很受鼓舞啊。”

红副院长也插话说:“是啊,这样的大事,让整个教育界都很兴奋呢。”

张书记接着说:“你们也很清楚,爱屋及乌这个道理,我们这些教育界的人啊,就是有一个毛病,有时候爱管闲事,爱说闲话,尤其是与我们教育界有关的闲事和闲话,我们也就更是当仁不让了。我和红副院长都有一个非常直观的感觉,这笔基金的管理方式和授权方式显然很科学,但是也完全与我们国家的某些体制是脱节的,所以我们忧虑啊,我们可不希望这样一笔基金因为我们内部的运作出问题而泡汤……” 因为他本人在省城大学党委书记这个特殊的位置,所以到场的每一个人也都是充分尊重他的观点的。他说话的时候,每一个人都聚精会神地聆听。他说道:“不怕各位笑话,我今天组织这个小范围的活动,其实就是希望各位能正视这里面的问题,还要面对这里面的问题。”

王明书记插话说:“张书记,你就直说吧,我们龙都市委和市政府一定听取你们专家学者的意见。”

厅长也说:“是啊,张书记,你老哥就不要卖关子了,你有什么想法就直接说出来。但是有一点是不可能的,你千万不要说你和红副院长不加入这个专家团队,这可不是我们厅里面和龙都市里面能够确定得了的。”他的发言,无疑对张书记即将发表的观点十分有利,张书记暗自高兴。他和红副院长就是要站在第三方的立场上,让教育厅和龙都市高度一致呢。

张书记看了王明和厅长一眼,继续说:“说出来不好意思,我和红副院长的意见基本是一致的。我们看了你们关于这个工程项目的领导班子,我们很为你们担心呢。宁宇是这个项目的总负责人,而厅长和市长却是在他之下的总指挥……”一边说,张书记一边用余光瞟了厅长一眼,只见他皱起了眉头。

坐在王明身边的陆强却与他大相径庭,完全一副泰然处之的神态。他没有停下来:"要是这个班子不顺畅,今后的问题也就太多了。也请你们理解,我们这些知识分子有一个毛病就是太看重名节,要是陷入一个漏洞百出、成为笑谈的项目里面去,我和红副院长都是不太愿意的……"话说到这里的时候,厅长也算明白张书记的意思了,但是他并没有急于说话。

倒是陆强市长清了清嗓子,说到:"张书记,你的意思我明白了,这一点还请你放心。我本人绝对不会因为基金方面和上级领导的这种安排,在这项工程之中打折扣,教育乃是立国之本,这又是龙都的重大的具有历史意义的工程,我们开不起这个玩笑,历史也不允许我们有任何闪失。所以我和王书记接到你的电话之后,我们其实也猜测到了你们的一些想法,如果仅仅是为这样一个问题,我想你可能是多心了。我是这样理解的,我想教育厅的领导可能比我想得更透彻。"他这是有意识地让厅长表态呢。

张书记和红副院长的态度,是厅长始料未及的。龙都方面的表态这样迅捷,也是他始料未及的。本来过来就不太清楚是一件什么事情,原本就是想见一见宁宇的,没想到张书记突然唱起了这一出,这不是明摆着的吗,张书记这算是向他们反映情况呢,要是政府不给一个明确的说法,这两位德高望重的书记和院长真的不接受邀请,其影响也是不小的呢。根据通知精神,省上和国家的单位是省教育厅来联系的,自然也就包括这个专家团的构成人员了。张书记是列入首席专家名单的人,他这样发表观点,非常明显就是需要一个明确的说法,而这个说法还不是龙都市能解释的,本身也就成了教育厅的分内之事了,所以这个问题实际上就是针对省教育厅来的。

厅长看了看身边的副厅长,似乎准备发言了。副厅长显然是用眼神支持他的,只听见厅长说:"张书记,我明白你的意思。我赞同陆强市长的看法,你一定曲解这文件精神了,这样的重担,你怎么可能不出面担当呢。我得给你解释一下:首先,这是一个新课题,是涉外的新课题。中方的决定权不能绝对主导,是需要双方共同协商来平衡的。第一个方面,关于这个领导结构的问题,很显然,基金方面并未考虑到行政级别和行政管辖的问题。他们设置的管理体系都是平行的,不是上下级关系。宁宇是这个项目的总负责人,其主要职责是经济的支出和审核,也就相当于基金授权他是这笔基金的代表。我和陆市长分别都是总指挥,我们的分工又各不相同,还有副厅长和副市长的分工也各不相同。这样的设置，其实也是更快捷、更高效地开展工作。不存在谁指挥谁的问题，分工明细，该谁负责就是谁负责。其二，还在这个领导机构里面设置了一个与领导机构平行的部门，就是你们中外专家团，而且还有明文规定，专家团有否决领导机构的特权。这实际上也就设置了一个科学完备的监督机构。其三，正如陆市长回答你的一样，我们教育厅不可能在这个问题上拖谁的后腿，更不可能出现扯皮推诿的情况。你刚才说知识分子看中名节，你也相信，我和王书记、陆市长不也要为党和群众负责吗？怎么可能出现你想象的那种情况呢……”

张书记见效果已经达到，佯装羞涩地说：“也许是我考虑得太多了吧，红副院长，你也说说你的意见吧。”

红副院长早就和张书记王明等人沟通过了，所以也说：“我的意见其实也就是张书记的意见。不过，我听了陆市长和厅长的解释，我们不妨也再思考一下吧，就是今晚我们太唐突了，让各位大老远地跑来听我们阐述观点。”

厅长立刻就变成了主人翁了，连忙说：“你们也太见外了，你们这种高度负责的精神让我们很受教育呢，你说是不是王书记？”

王明连忙说：“是啊，都是为我们龙都的教育事业，我们更是深受感动啊。宁宇，你和雪副市长安排一下，总不至于让我们辛苦的领导和专家们就这样空坐下去吧？”

宁宇连忙站起身来说：“领导们，到餐厅用点粥吧，也实在辛苦大家了。”其实，他早就在张书记的安排下，让酒店餐厅准备了香甜的蟹粥和虾粥。经过这样一出，反而让教育厅的两位领导不好推脱了，厅长爽快地说：“好啊，张书记、红副院长，走吧，我们一起尝尝王书记的粥吧……”厅长也有他自己的想法，他还想借喝粥的时候，与两位专家沟通，同时还想和宁宇交流呢。

113. 完美收官

一边喝粥，厅长一边对张书记说：“宁宇这个年轻人你看到的吧？刚从省城的报业集团到龙都去的年轻干部，去就摊上这样一件史无前例的事情，对他来说，既是一个难得的机会，实际上更多的是考验。不过，这件事情不仅仅是他一个人的事情，是龙都教育界的大事，也是省里面甚至是全国的大事，我们这些站在周围的人，不站出来一起把这件事情办好，难道要看到这件事情砸锅吗？于这个年轻人也不公平啊！其实你刚才说了一句大实话，我和陆强市长今后都要给这个年轻人汇报和沟通，从感情上来讲，可能我和陆强市长都不情愿。可是张书记，你想过没有？陆强是龙都市的市长，我又是省教育厅的厅长，这样的事情本来也应该是我们的分内之事，我们不管，谁来管呢？省上和部里面的领导明确指出了，我们要具备国际思维与应对国际的办法。人家指定了基金的负责人，这就是国际惯例，我们换一个思维来看不就行了吗？把宁宇同志当成基金方委派来的专员不就成了吗？"他这样苦口婆心地说，张书记和陆强市长都在他的左右，王明书记更是频频点头。

张书记说："嗯，还是厅长的思维全面，看来我和红副院长是犯了闭门造车的毛病了，没想到你们这些领导现在都如此豁达和开明。厅长、陆市长、王书记，你们也都不要再说了，我和红副院长会认真考虑你们的意见。"

看见张书记和红副院长基本释怀了，厅长才对王明书记说："宁宇呢，这小子真的有两下子哦。我这段时间一直琢磨这小子是个什么三头六臂的人物呢，这家伙居然这样年轻，也非常的低调和谦逊，这样的人才难得啊，把他叫过来吧，陆市长，今后我们俩还得在他的统筹之下展开工作呢。"几个人笑了，陆市长说："好啊。不过厅长，你放心，这小子有分寸的，我们现在就是不能给他压力。"

厅长说："这一点你放心，陆市长，我搞了几十年的心理学，此刻宁宇这小子内心想的什么我是一目了然，为把工作开展得顺利和完美，我们有必要精心协作和配合，确实不能给他施加压力。你没看见啊，张书记和红副院长今天请我们来，实际上就是担心我俩过不了这一关呢。我们俩啊，首先要通过张书记和红副院长考试这一关。"

张书记和红副院长都笑了，红副院长说："我们犯了主观主义错误，刚才张书记已经检讨了，我建议两位领导就不要再羞煞我们了，行吗？"几个人又是一阵大笑。

宁宇和雪雁被请到了厅长和陆市长面前。厅长笑容可掬地说："久闻两位的大名呢,今天才见到了啊。宁部长,你算是真正意义上的年轻有为啊。”

所有人的目光都聚焦到了宁宇的身上,宁宇谦逊地说:“厅长,您这是鼓励我呢。宁宇才疏学浅,还望领导今后多多指教和支持。”

厅长点点头说:“刚才我还给你们王书记说呀,你是一个难得的奇才啊,龙都因为你,教育事业向前推进了至少五年。只要你们的高校高职教育园区建设能顺利进行,你就功莫大焉,为龙都办了一件历史性的大好事。我们省教育厅也会把你们龙都的发展,列为全省推进高校教育的基地和典范呢。”

宁宇说:“厅长,您对我太过奖了。现在取得的这点成绩,也不是我宁宇一个人的能力,主要是省教育厅和市委市政府领导们决策正确,还有雪副市长以及教育局的同志们齐心协力的结果。不过,现在这也还不能算什么大的成绩,也仅仅是万里长征的第一步。”

厅长和宁宇不仅是第一次见面,还是第一次谈话。他对这个小伙子的印象特别好。懂大局,明事理,人也谦逊,于是问身边的雪雁:“雪副市长,据王书记和陆市长介绍,你和宁宇同志是办理这件事情的搭档,你们在工作之中怎样啊?”

雪雁远比宁宇淡定,说道:“请领导明示,雪雁愚钝,不明白领导的意思呢。”

厅长说:“我看你们俩的搭配,很羡慕呢,你原来就是省城大学的骨干教授,你能和宁部长一起来办理这样一件具有开拓意义的工作,难道就没有什么体会?”

雪雁说:“很兴奋,也很荣幸,也有很大的压力,这是最初的感觉。但是后来觉得,只要有宁部长在,我也就不用担忧什么了。”

厅长关切地问:“你这话,我也听不明白啊?”

雪雁说:“哦,这样说吧。一开始我曾经怀疑这项工程的可行性,也曾怀疑过宁部长的工作能力。可事实证明,只要有他在,我这个配合工作的副市长基本上都是可以偷懒的,呵呵。”

厅长说:“也就是说,宁宇同志太能干了,弄得你这个副市长都有劲无处使?”

雪雁说:“不是有劲无处使,最初是不知道方向,既没有劲儿也不知道如何使劲儿。”

厅长说:“后来呢?”

雪雁说："后来很简单啊，宁部长在，什么问题都不用思考，全部都能处理好啊。"

他们的对话，让众人大笑。这笑声，其实就是对宁宇的高度认可。厅长对陆市长说："你听到没有，我和你今后一定也能尝到雪雁副市长的体会，这还有什么担心的呢？"

陆市长说："是啊，宁宇同志的工作能力和指挥协调能力是显而易见的，这一点我们根本就不用疑惑。"

宁宇知道他们的意思，但他不便说话啊。

厅长拍拍宁宇的肩，亲切地说："宁老弟，明天副省长和省委分管教育的省委常委、省委宣传部长就要和我们在座的交底了，到时候你统筹全局，我和陆市长还有王书记一定帮衬你把工作开展好，你也不要有什么压力，我们绝对都会全力以赴地支持和帮助你开展好这项工作。"

王明书记的这个策划，可以说是近乎完美地收官。送走了其他的客人，他和陆市长让市委秘书长、宁宇和雪雁再一次碰头。他有几分满足地说："刚才厅长也透露了，明天省委和省政府的领导就要召开协调会了，市政府办公室也接到了省里面的正式通知。我想，明天的会议最主要的议题就是宣布宁宇作为这个项目的总协调人，这项工作也就要立刻启动了。说实话，我心里还真有几分激动呢。"

陆市长也说："是啊，这毕竟是龙都教育史上的一件大事啊……"

114. 拼腕力

这几个人之中，也只有雪雁和市委秘书长是还不知道其中玄机的人，所以也只有他们两人的目光里充满了渴求。坐在雪雁身边的宁宇，自然又是一种心态，他早就看出来了，今晚的这出戏，名义上是张书记和红副院长出面唱的，实际的灵魂人物却是王明书记。他打心眼里钦佩王明书记的手腕。虽然刚才陆强市长让雪雁离开之后，跟他说了那么多掏心窝子的话，可是他心里很清楚，在龙都，自己真正的后盾是王明书记，其他人虽然表露出对他的支持，其真实性都是有限度的，就比如面前的陆强市长，甚至是雪雁副市长。

因为,毕竟他们都不是龙都的最后决策者,而唯有王明书记,与他的荣辱才是紧密相连的。

王明书记接着说:"是啊,两件事情的顺利程度,都让我和陆市长兴奋呢。今后一段时间,龙都就会成为全省乃至全国的焦点。宁宇,你也不要有任何的思想负担,今晚你也都看到了,不仅仅市委市政府是你最坚实的后盾,就是教育厅同样也会毫无保留地支持你。我想,张书记和红副院长他们也就更不用说了。"

宁宇说:"谢谢书记、市长,谢谢秘书长和雪副市长,我能在这样的氛围里面工作,我真的有一种莫大的幸福感。有你们这些师长们的帮助和指导,我的心里也就踏实多了。"

雪雁插话说:"前一段时间,宁部长可以说是寝食不安呢,都快崩溃了,用他自己的话说,就是快要神经质了。现在这个局面,我们的宁部长应该放松了吧?"

陆强安慰说:"宁部长,工作要一步一步地来,事情也得一步一步地解决,千万不要犯急躁的毛病,你难道没有看见吗,我们这些大哥大姐都围在你周围的呢,有什么压力排遣不了的呢。"

王明书记自然希望看到这样其乐融融的局面,半开玩笑地说:"宁部长,你很快就要成为陆市长和教育厅厅长的上级了,请问你感觉如何啊?"

陆市长和宁宇当然知道这个情况,一边的雪雁和市委秘书长却发愣一般地看着王明书记,就像看天书一样不懂王明书记这话的意思。

陆市长也乐呵呵地说:"就是啊,你不妨谈谈感受吧。"

宁宇说:"两位领导,你们就不要这样取笑我了,这只不过是一个程序而已,今后陆市长的相关指示,我一定不打折地执行。"三个人笑了起来,其他的两人却如雾里看花。

王明书记说:"开玩笑,开玩笑,现在说正事吧。刚才接到了省里面的通知,明天就要到省里面参加协调会,在座的都是要参加的。现在虽然还不清楚具体的会议内容,但是大致上我们也是清楚了的。一方面是宣布这个项目的决策机构和组成人员,另一方面是领导会做相关的纪律和强调。这个不是我们今天谈论的要点。我们今天借这样一个机会,谈谈我们龙都方面的准备情况吧。明天的会议上,我想省上的领导一定会问到我们是怎么准备的。起码在两个方面我们要做好准备，一个是高校高职教育园区的建设问题，由谁去汇报比较合适？汇报些什么内容？其二就是在高职高校园区内创建‘东方孔子学院’的准备。虽然这方面的工作今后更多地是由省上和北京方面来负责，但是起码我们要做好的是要回答这样一些问题：规划建设、占地面积等基础资源的提供。这个问题又由谁来汇报比较合适？”

王明说了这番话之后，几个人都没有急于说话，也包括陆强市长。实际上，在这个问题上，陆强是有自己的小心眼的，他早就想到了这一点，既然今后项目的统筹人是宁宇，这方面的汇报也应该就是他了，他也懒得去动这个脑筋。所以当王书记说完之后，他也就低头不语了。

王明对自己的这位搭档是很有一番了解的，也知道他此刻内心的小九九，所以他也没有急于要求他发言。雪雁望了宁宇一眼，见宁宇还没有发言的意思，所以她也懒得带头说什么意见了。

市委秘书长可是第一次参加这个会议，对里面的很多情况也都是还不知深浅的，也就按照他的惯性思维来发言了。这几个人里面，除了陆市长和王明书记之外，在常委里面的排序他自然在宁宇之前，所以他觉得此刻他应该先发言，于是看了王明书记一眼之后，说道：“我先说几句吧。”

王明正愁没有人接话呢，于是说：“好，你说。”

秘书长说：“明天的会议不同于普通的会议，省委常委、省委宣传部长和副省长都要参加，说明这个会议的规格和重要程度。既然是涉及龙都教育的问题，别人汇报都不太合适吧？我觉得要么书记要么市长才合适，其他的人分量都不够呢。总不至于书记和市长都参加，让宁部长和雪副市长汇报吧？我汇报也就更不合适了。”

他说这话的时候，陆强市长皱起了眉头。他讲完之后，王明书记就望着陆强，等着他表态呢。

陆强知道，拖是拖不过去的，宁宇和雪雁在他没有发言之前，也是绝对不会发言的。于是说：“明天的会议当然不同于市里面的会议，毕竟有省委常委和副省长参加，但是我们要弄明白明天这个会议的主要议题。大家都是知道的，这项工作市里面一直都是宁部长和雪雁副市长在抓，情况他们两个应该更熟悉。另外，秘书长和雪雁副市长可能还不知道另外一个情况，今后这个工程的总负责人不是我，也不是省教育厅的厅长，而是我们的宁部长。”他说这话的时候,秘书长和雪雁都有几分惊异,根本没弄明白是怎么一回事。只听见陆强市长又说:“今后,我和教育厅的厅长都要在宁宇同志的统筹之下展开工作,具体地说来就是我负责协助宁宇把龙都市内的事情处理好。教育厅的厅长负责协助宁宇把省内和国内的事情处理好。所以,基于这样一个情况,我觉得明天还是宁宇直接给省委和省政府的领导汇报更妥当一些,毕竟这个决定在那里的。另外,我还有一个考虑,就是应该让宁宇这样的年轻同志在省领导面前亮相,一方面便于宁宇同志的成长,另一方面便于宁宇同志今后的工作……”

他的话确实听起来是非常有道理的,虽然陆强说这些话的时候也没有露出丝毫的怨言和不满,但是王明书记是了解这位搭档的,他这是以这样的方式表达他的不满呢。你想啊,省委常委和副省长参加的会议,市委书记和市长不汇报,让一个市委常委汇报,这符合官场的逻辑吗?再说,明天才宣布宁宇对这个项目的总协调,还没有宣布呢,市里面怎么可能就做出喧宾夺主的决定呢?龙都市委和市府起码的常识都没有了?要是按照陆强的想法,还不知道让他这个书记怎么下得来台呢?虽然他克制着没有发火,可内心对陆强还是充满埋怨的。他有些担心,要是宁宇和雪雁不成熟的话,今晚他可能就得和陆强直接碰撞了。他什么也没有说,脸上也没有任何表情,就等着宁宇和雪雁发言了。

115. 拼方法

王明很淡定地喝了一口茶,瞟了陆强市长一眼。他的眼神里也没有什么表情,但是能感觉到陆强还是有意回避了他的眼神。王书记问道:“老陆,你的意见完了没有?”

陆强连忙说:“完了。”

王明也就扫了宁宇一眼,示意他说话了。宁宇早就有了思想准备,不紧不慢地说:“听了刚才陆强市长的发言,我觉得虽然有道理,但是让我去明天的会上发言我还是觉得欠妥,有两方面的理由:其一,到明后天开会之前,上面还没有正式宣布这个项目的领导班子的构成,我到现在为止都还认为这是不太可能的。我清楚,就如刚才秘书长所言,我很年轻,这样的任命我本身就没有思想准备,也觉得有几分不可思议。其二,这个项目在我本人到龙都之前就已经立项了,也上报到了省里的相关部门。出席会议的又是省委常委和副省长,有资格代表龙都汇报工作的只能是书记和市长。而且这件事一直都是市政府在主抓,前一次去北京的又是陆市长亲自带队的,所以我个人觉得,明天汇报的最好人选是陆市长。"

王明和陆强的脸色恰恰相反,听完宁宇的发言之后,两个人形成了极大的反差。王明问宁宇:"你的意见完了吗?"

宁宇说:"补充一下,我之所以认为市长比书记更合适,主要是市长更清楚北京那一次的情况。"

王明点点头,望着雪雁。

雪雁明知故问:"我还用发言吗?你们都是领导啊!"她的话也有几分道理,她毕竟不是市委常委。

王明说:"你就当这是常委扩大会吧,你一直都是参与这件事情的市级领导,你的意见也很重要啊。"其实,他内心已经打定了主意了,就是雪雁赞成陆市长的意见也无妨,毕竟是二对二,没有形成绝对多数,他自己的这一票才构成了多数,所以他的心立刻就放松了,他心中早就有了倾向的,就是让陆强去发言。这样起码有这样一些好处,他陆强当着省委和省政府的主要领导表过态了,今后他也就不可能出尔反尔了,在工作之中给宁宇设置人为的障碍。另外,他也可以把他的表态记录在册,有问题的时候有依据可查。

雪雁本来是一个好好先生,很多事情都是能躲就躲、能不表态就不表态,典型的知识分子的那种小狡诈。但是,听话听音,刚才陆强市长说今后他都还在宁宇之下,这句话她是牢牢地记在心里去了,这意味着什么呢?意味着这个年轻的常委前途不可限量呢!他得到基金方的授权还可以理解,现在连省里和部里都认可他的地位了,这里面就有玄机可看了,所以她很快做出了决断,就跟着宁宇的脚步走好了。于是她说:"我觉得宁部长说的有道理,我的意见和他完全一致。"

陆强失望地看了他的这位副手一眼。

王明收回目光,注意力集中到了面前的记录本上,只听见他一字一顿地说:“根据多数人的意见,我们就形成决议了,明天的会议,龙都方面就由陆强市长汇报工作……”

陆强虽然有几分郁闷,但是既然王明书记安排了,他也只能说:“好吧,我要是有说不到位的地方,王书记你们可要帮我补充啊。”

众人离开会议室,王书记在自己的房间里单独约见了宁宇。一见面就说:“宁部长,这两件事情都没有让我失望,很好啊。前次没有让你去北京,希望你能理解我的良苦用心。现在看来,这个决定完全是正确的。”

宁宇说:“谢谢书记。”

王明又说:“今天的这个局你应该懂是什么意思吧?”

宁宇说:“知道一些,但是不全明白。”

王明说:“你也学会装糊涂了,你又不是不知道我和张书记之间的关系,这都是我预先和张书记商量好的,其目的只有一个,就是确保你到位之后,教育厅和老陆那边都不能撤你的台。你现在相当于是在赶考呢,以前的考官是我,现在已经升格为省里面的主要领导了,你说,这样的桥我能不把它铺设好吗?宁宇啊,所有的一切,我该做的都做到了,剩下的就要看你自己的戏唱得如何了。”

宁宇说:“书记,很多事情我都是懵懵懂懂的,关键的时候还需要你的点拨呢。”

王明开心地说:“看你说的,要不是当初看你是一块好玉,我能担这样大的风险吗?你尽管放心,你该怎么办就怎么办,龙都市委就是你最坚实的后盾。不过,以后你在工作之中,首先要把尊重放在第一位,你也看到了,教育厅长也不是那种高高在上的干部,只要你该做到的做到了,相信他也不会为难你的。就是陆强市长,该尽到的礼数要尽到,他也不会太出格的。”

宁宇认真地聆听。书记接着又说:“明天之后,省委常委、宣传部长也会注意到你了,副省长也会关注你的,相信多了这两个因素,教育厅和陆强市长也就不会轻易放水的,这一点你绝对要相信组织。以后很多市里面解决不了的问题,这两位省级领导都会出面的。不过,宁宇,你要切记,不到万不得已,这样的领导你不要轻易地打搅。”

宁宇说:“谢谢书记指点,我会熟记于心的。”

王明书记又问:“和氏商号集团那边不会变化吧?”

宁宇说："书记，老实说，我对龙都新闻文化产业改革的事情远比这个教育园区的事情更有把握，这可能和我熟悉新闻有关吧？"

王明说："这就好啊，你算是进步很神速的了。现在你是领导干部，很多不熟悉的领域你一样要决策和担当，一开始可能不太适应，我相信经过这两件事情的锤炼之后，你就成为一名合格的市级班子决策者了。这一点我不会看走眼的。这样说来，和氏商号集团这边的变化不可能太大，那么接下来市里面就应该有大的动作了吧？要是教育园区和新闻文化产业改革都同时启动的话，你吃得消吗？"

宁宇问道："书记的意思是？"

王明说："我可没有别的意思，有的人看见这两件事有了起色，也都想插手不是，不过，我得事先征求你和雪雁的意见，你们两个人能不能拿得下来，我是担心你的身体呢。"

宁宇说："这么说吧书记。最艰难的时候已经过去了，我和雪雁一定有信心和决心把这两件事情办好，只要不出大的乱子，我们不会给市里面留尾巴的。不过，要是书记考虑集体分工的调整，我无条件服从。"

王明说："看你想到哪里去了，这么快怎么可能调整分工呢。我也只是随便问问，听听你们的具体意见。"

116. 慢慢成长，慢慢老练

宁宇虽然从政时间短，但是并不意味着他不懂官场的某些规则。今晚书记单独找他谈话，听起来都是些再正常不过的话，但是离开书记的房间之后，一路上反复琢磨，不对呀，书记怎么突然提到需不需要加领导力量呢？就今晚他谈话的内容来说，也只有这一点是最敏感的了。这到底暗示什么呢？暗示他不要个人贪功？还是真有别的人想进入这两个项目的领导层？这是他不得不思考的问题。

他刚刚回到房间，思明还没有离开，思明说："部长，明天一早我就要回龙都了，你还有什么要吩咐的吗？"

宁宇说："没有了。"

思明知道宁宇明天要在省城开别的重要会议，他的本意是想请示宁宇能不能让红唇尽快去龙都，但是他一问就让宁宇堵死了，也只有向门口走去。但是走到门口,他又止步了。他的这个举动让宁宇看得真真切切,于是主动问道:“思明部长,我看你是有事吧？你跟我也吞吞吐吐的,有事你就直说吧,我还有别的事情要准备呢。”

思明连忙说:“嗯,我知道领导的事情多。有一个事情,我还想请示一声,能不能让红唇他们早点去龙都啊？那边现在也正需要人手呢。”

上一次宁宇就和雪雁商议过了,章局长也一再催促这件事,宁宇觉得事情已经成熟了，于是说:“这样吧，你去叫一下雪雁副市长和组织部的副部长,我们四个再商议一下。”

雪雁和组织部的副部长来了,宁宇把大意说了一遍,对雪雁说:“章局长也提过类似的意见,今天把你们几个叫过来,就是讨论一下该怎么办,现在龙都那边是太需要干部了。”

雪雁说:“我个人的意见赞同越早越好,现在大方向已经明朗下来了,拖下去没有什么好处的,还不如该到位的就到位好了。宣传部的部长和组织部的副部长也都在这里，新闻文化产业改革协调办公室的章局长也已经提出过好几次了,不如这件事就这样定下了,就让组织部和宣传部,还有协调办来共同处理吧。”

宁宇又询问了两位副部长,然后说:“既然这样,我们就定下一个原则,省城的红唇、娜娜和章杰,连同龙都的钟露和陆草儿,一并先到新闻文化产业改革协调办公室办公,现在不明确身份,由章局长统一指派工作,等和氏商号集团到龙都举行过签字仪式之后,和氏商号集团的人也就该到位了,那个时候我们再统一调整职务和去向,你们觉得如何？”

思明当然很高兴,只要红唇能够到龙都,不管她白天在哪里上班,晚上总是可以找她商量工作的。但是,他现在的身份依旧还是宣传部的副部长,对龙都新闻网和广电局同样有指导和监管的职责。于是说:“这样很好啊,这几个人到了龙都之后,不一定马上就能参与实际的工作,但是他们毕竟可以熟悉龙都的社会情况,在明确他们的具体岗位之后,也好尽快地投入工作。我是没有意见的。”

宁宇问组织部的副部长:“组织部的意见呢？”

组织部的副部长说:“既然领导们定下来了,我们执行就是。宁部长,也就是说,明天之后就可以正式将他们调到龙都市了吧?”

宁宇点点头。

组织部副部长说:“好的,我们根据领导的决定,启动相关手续就是了。”

宁宇回头对雪雁说:“我就不安排章局长那边的事了,回头你具体安排吧。我们原定的是明天回去,现在看来时间要推迟了,但是这并不影响他在那边的工作进度,你就告诉他,就按照既定方针办吧,有什么事情随时汇报就是了。”

雪雁说:“好的,一会儿我就给他安排。”

组织部副部长问道:“两位领导,没有别的事情的话,我就走了,我还得马上给部长汇报呢。”

宁宇说:“好的,你们忙去吧。”

思明和组织部副部长走出了他的房间,唯独雪雁并没有离开的打算,坐在那里一动也没动。宁宇问道:“怎么,雪副市长还有事?”

雪雁抿嘴笑笑说:“当然有事啊,我还没有给领导道喜呢?”

宁宇诧异地问:“喜从何来?”

雪雁说:“你就别装糊涂了,没有听见两位领导说呀,今后你连市长和厅长都管了啊。”

宁宇说:“我说雪雁同志,你也来洗刷我是不是?这个情况别人不清楚,你不可能不清楚啊?这本来就是两码事,一个授权的签字权,又能说明什么呢?莫不成别人就不是领导了?”

雪雁压低了声音,神秘地说:“不,这不同。但是基金方面的意见,我完全理解。可这一次能等同吗?省里和部里都同意了,这意味着什么?意味着你以后可以直接和省里面的领导与部里面的领导直接沟通和对话了,这是一般人能有的殊荣吗?”

宁宇摇摇头,说:“我的雪大市长,你能不能不要这样玄乎好不好?这又能怎样呢?还不都是为了这个项目。况且,我这个人你也是知道的,除了这件事情之外,我一般是惧怕领导的,我还巴不得不管这件事呢!我对经济先天就短路,让我签字其实也是为难我啊。”

雪雁说:“领导,你的话可以这样说,可别人包括我都不会相信。你也不想想,让你一个市委常委挂帅,下面有两个正厅级、两个副厅级干部,这意味着什么?意味着只要这件事处理周全了,你的政治阅历也就上去了,你说我不该祝贺你吗?”

宁宇确实没有想得这样远,他就姑且相信雪雁说的有道理吧,但是他现在需要面对现实、脚踏实地。于是说:“谢谢你的祝贺,不过我还是只看到这件事情的本质,领导们就是希望把这件事情办好而已,我也就尽本分吧。”

雪雁接着说:“领导,你今后飞黄腾达了,不会将我这个难兄难弟忘了吧?我是还要在你的帐下干活的人啊!”

宁宇乐呵呵地笑了,也不知道该如何回答雪雁。雪雁又说:“要是我猜得不错的话,这两件事情完工之后,或者还不到完工,你就该离开龙都了,回城的速度一定比我还要快啊!”

宁宇说:“算了,不说这些没影的事好不好?我还正有一件事情请你参谋呢。”

雪雁俏皮地说:“十分乐意被你奴役。”

宁宇将王明书记单独找他谈话的内容说了,问道:“你觉得书记是什么意思呢?”

雪雁沉思了半晌说:“嗯,我算明白了。这可能就是一种交换或者平衡吧,你还不知道吧?市委秘书长和陆强市长是表兄弟呢。一年前,这位秘书长就想到市政府去供职,可是没有通过。现在陆市长只能干这一届了,下一届就该退居二线了,也许是因为秘书长的事……”

宁宇忽然明白了这里面的玄机,如果雪雁说的是事实的话,书记就是想让秘书长参与到这两项工作中,尤其是参与到高校高职教育园区的建设项目中。这个项目毕竟是市政府主导的,让他进入这个班子,显然书记是一箭双鹏,一方面让秘书长获得新的政绩,另一方面又让他牵制陆市长的发难。简直是天衣无缝的一招高棋啊,于是他淡淡地问雪雁:“那么,如果你是我呢?”

雪雁诚挚地说:“我是你,就会主动向书记请示,希望加强这两个项目的领导力量……”她对宁宇是动了真情的,她出这些主意的时候,几乎都忽略了自己的利益。要是将秘书长加进来,两个市委常委,还有她的席位吗?

不过,这一点宁宇想到了,也算到了。他也是绝顶聪明的人,他一定会让很多事情尘埃落定之后,才去做这样的顺水人情,对于雪雁这样对他忠心的人,该保护他也一定会保护的。

117. 重　托

也许是因为这个会议太让人关注了,尤其是龙都市和省教育厅,会议的内容他们也都是早就知道个八九不离十的,会议的主题十分明了,与会者早早便到场了。副省长宣布了这个项目的领导班子和相关机构,诸如专家委员的成员构成等,随后省委常委、省委宣传部长做了指示和讲话。

副省长宣布完有关决定后说:"希望教育厅的厅长和副厅长,做好指挥长和副指挥长,也希望龙都市的陆强市长和雪雁副市长,做好这个工程的指挥长和常务副指挥长,有什么重大的问题,要及时与宁宇同志汇报和沟通协商,这是基金方的要求,也是省委省政府和北京部里面的要求……"大家应该听清楚副省长的用词了,是及时向宁宇同志汇报和沟通协调。宁宇才是这个项目的真正领导,虽然名义上称作总统筹。

接下来就是四个指挥长分别发言。教育厅厅长的发言十分简单明了,他说:"这是改革开放以来的新情况,也是教育界遇到的新问题。但是只要对教育有利,只要对发展有利,我都坚决支持和坚决执行……"

陆强市长表态说:"这是事关龙都教育界的大事,也是事关龙都的社会大事。我作为龙都的政府负责人,理所当然地会全力以赴地配合宁宇同志、协助宁宇同志……"

雪雁的发言就更直白了,她说:"这一段时间,我一直在宁宇身边工作,有很多切身体会,他能力强,有组织和指挥全局的能力,在他的身边工作,不仅方向明确、思路明确,办事的节奏和效率也很高,所以我非常荣幸能与他一起共事,一起完成这件在整个教育界有影响的重大工程。"

副厅长没有太多的新意见,只综合了上面几位的意见而已,总的就是尊重领导的安排,服从宁宇同志的指挥等。会议的主持人副省长并没有在这个时候让宁宇发言,随即会议进入另外一个主题,龙都市有关人士汇报这个项目的准备情况和教育厅就这个项目的各项工作落实情况进行说明。

按照昨晚的会议安排,龙都方面汇报的当然是陆强市长。他从这个项目的审批过程,阐述到宁宇接手之后的种种准备。总之,现在这个项目是万事俱备只欠东风了。王明书记也做了相关的补充发言,很立体地将这个项目展现在了领导和专家们面前。教育厅的厅长也发表了意见。副省长收住了话题说:“下面我们请省委常委、省委宣传部长做重要指示。”

也许因为宁宇本身是龙都市市委宣传部长的原因，省委宣传部长对他的履历特别清楚,他开诚布公地说:“同志们,我讲几点意见:第一,这是改革开放以来引来的新课题,但是不管怎么样,只要是适合社会经济发展的先进方式我们都要勇于实践和利用。境外的资金进入我省的教育事业,这本身就是一件值得赞誉和深入的事,今天龙都市在这方面开了先河,我们就应该集全省上下的力量关心和支持龙都。这一点,教育厅尤其要站稳立场,用前瞻性的思维来理解和解决这件事。第二,这是一次管理机制的创新和尝试,也是一种改革形式,各级各部门务必正确理解。大家也看到了,这一次合作方将相关的监管和财务指定给了一个地级市的市委常委，让他在这个塔尖上指挥并监督全局,工作构架里面又有他的上级部门和上级领导。这样的工作班子,用我们的惯性思维来看,有一些反常,有一些违背常态。但是,我们务必得与时俱进,国外基金设置的管理机制是平行的管理,各部门的职能也是非常明确的,与这个领导机构平行的还有学术委员会,从某种意义上说,学术委员会也是可以否决领导班子的不正确决定的。所以,我们的各级干部,必须得适应新的形势和新的工作方式。第三,班子要善于抓准问题和注重团结。宁宇同志今后统筹这些工作，并不是一个人就能把所有的问题看准看稳,还需要领导班子和学术委员的成员们共同研究和决策。希望你们是一个文明、团结、有凝聚力的班子。我这里先打一个招呼,虽然这只是改革的尝试,但是也是事关教育改革的大事,谁要是在这里面扮演了不光彩的角色,到时候就要按照相关纪律问责。当然,我听了教育厅和龙都市有关方面的表态,这样的情况我也相信是不会出现的。第四……”从部长的讲话之中,大家也明白了,所有的领导成员务必得服从宁宇的管理和指挥,从某种意义上来说,宁宇的地位也就无形之中上升了。

随后出席会议的专家学者对省委和省政府的态度表达高度赞誉，省城大学张书记和省行政学院的红副书记在表示服从省委省政府的决策的同时,还大力褒扬了宁宇本人。这两个人的发言,让主持会议的副省长和出席会议的省委常委、省委宣传部长频频点头。

散会之前，副省长说："现在散会，请总统筹和总指挥副总指挥留下来，我和部长参加你们的第一次例会，其他人员散会。"

说实话，这样的场合宁宇以前做记者的时候是见过不少，但是现在这样的场合他突然间成了主角，当着省委常委和副省长的面主持会议，多少有些让他不适应。开会之前，副省长再一次强调说："现在各位都是这个项目的领导班子成员了，说话也就用不着这么客气，有几条纪律我得事先给大家讲清楚。刚才部长在会上也讲了，这一次是教育界的重大探索和改革，也是我省教育改革的标志性工程之一，这个工程在实施之中，只准成功不许失败，我们本身也失败不起。刚才部长的讲话很含蓄，也强调了纪律，我在这里再一次重申，宁宇同志是这个项目的总统筹，这不是哪一个人的决定，而是基金和上级部门的共同决定。今后这个项目他就是轴心，谁要是在工作之中玩忽职守，宁宇同志有先处置后报告的权力……"很显然，省里既然让宁宇挂帅，也就要给他足够的权柄。随后讲话的部长说："我来开会之前，主要领导嘱咐我带一句话，希望宁宇同志能大胆管理、大胆行使权力。当然，也希望宁宇同志首先要尊重班子成员，尊重科学决策，团结带领大家，顺利将这个任务完成……"

118. 一次重要的会面

两位领导做了相关强调之后，就离席了。会议主持者就落到了宁宇的头上。此刻，他已经没有了胆怯。他看了身边的四位领导，一字一顿地说："各位领导，让我统筹这个项目，我本人也是没有料到的，今后还请各位大力指导和帮助。"

此刻，厅长和陆强市长的高姿态就出来了。厅长首先说："宁宇同志，你放心，既然组织上这样定了，我代表教育厅，今后绝对服从和落实你的指示。你现在已经是这个项目的总统筹，我们在座的当然也就应该服从你的指挥、听从你的调配了。"

陆强市长也说："厅长说得对，你就放开手脚干吧，我们都会支持你的。"

会议的氛围还算和谐平静，宁宇将工作的分工详细做了阐述，也对今后的工作方式和研究工作的会议方式提出了意见。很显然，宁宇早就做过了通盘的考虑。通过第一次协调会，也算是对项目领导班子成员做了梳理，对每一个人的具体工作都有了明确的分工。凡涉及龙都市内的事情，陆强市长统筹，具体落实人就是雪雁副市长。凡涉及龙都市外的事情，统筹者是教育厅长，具体执行的是副厅长。在他的建议之下，还成立了相对应的办公室，办公室主任也在会议上定下来了，教育厅的办公室主任由综合处长担任，龙都的办公室主任由教育局长担任。会议还研究了其他的各项事情，会议开得高效而富有成果，随后也出了会议纪要，会议纪要一并报送副省长与省委常委宣传部部长，同时送教育厅厅长副厅长，龙都市政府市委常委和市长副市长。

根据相关的安排，这一次会议之后，宁宇和教育厅厅长、龙都市市长陆强，一起接待了省内外的新闻记者。毫无疑问，这又是新闻界关注的一个重大新闻。中央驻省城的新闻单位和省里的新闻单位无一遗漏地参加了这个简短的新闻发布会。

十分显然，新闻单位除了关心龙都高校高职教育园区的建设和环球绿色智慧发展基金以及“东方孔子学院”之外，还更为关心宁宇这个神秘的人。很多海外媒体甚至在现场采访的时候就提到了宁宇会不会因此而提升的问题。

宁宇非常明白轻重缓急，知道如何调配气氛和掌握分寸。他首先让教育厅长回答关于基金和“东方孔子学院”筹办的诸多问题，还让他回答省部的相关决定。陆强市长着重回答龙都的准备情况，以及龙都今后教育的格局等。他本人基本上不直接回答记者们的正面提问。

在采访的记者队伍之中，很多人都是宁宇当年的同事和新闻界的老朋友，宁宇对大家说：“十分感谢各位的关心，我实在没有什么好说的，等以后这个项目竣工的时候，我一定会接受大家的专访。谢谢。”

尽管新闻发布会举行得很简单，时间也不长，但是次日的报刊上却出现了大篇幅的报道。大家发现，很多报纸的内容非常翔实，都在报道的后面附上了宁宇的简历，仿佛宁宇才是这则新闻的最大看点。

事实上，省里面的主要领导也都注意到了这则新闻。省委的主要负责人还电话询问了宣传部长，了解了宁宇的相关情况。宣传部长的总体评价是，人虽然年轻，但是人很沉稳和踏实，不冒进，很注重实际，是个好苗子。主要领导人听了之后，心里也就有数了。

会议开完，宁宇马上给王明书记去了电话，汇报了他这边的工作。王明书记早就回到了酒店，正等待他的消息呢。宁宇第一时间能给他汇报，让他的心里感到很欣慰和踏实。王明很随意地问："陆强市长呢，没有和你在一起吗？还有雪雁副市长？"

宁宇说："他们两人早就回酒店了，现在可能快到酒店了吧。我也出了会议室了正准备赶过来见你呢。"

王明书记说："好啊，那你就快一点过来吧，我们一起吃晚饭，我这里还有好消息要告诉你呢。"

宁宇也十分开心地说："好的。"

原来，省委书记在和省委宣传部长通完电话之后，突然有一种想法，很想见一见宁宇，他让宣传部长给王明转达了他的想法。王明听到这样的消息，当然替宁宇感到高兴。因为这件事，省里面的几位领导关注到了宁宇，不管宁宇今后会怎样，至少现阶段因为宁宇的存在，他王明在龙都大胆推行的改革省里面也就会关注上了。宣传部长对王明说："王书记啊，今天见了你们龙都的年轻常委，我也很吃惊，但同时也很欣慰啊。这说明你的眼光独到，又为我们党的事业发现了一个好苗子啊。"

王明当时并不知道部长的真实意图，连忙说："谢谢领导的肯定，这主要是宁宇同志本身很有能力。"

部长说："不管怎么说，你这个伯乐也是很有眼光的嘛。"

王明谦虚地说："不过，宁宇同志很年轻，在很多方面都还需要锤炼的。"

部长说："这就是年轻人的优势呀，他的身边不是有你们这帮老大哥在帮助他吗？我看你选的人才很不错的嘛，王书记，我给你说正事吧。"

王明屏住呼吸，不知道部长说的事情是关于他的还是关于宁宇的。此刻外面传来敲门声，他也懒得起身开门，依旧认真地聆听部长说话。只听见部长说："你们龙都的这个教育项目，算是在全省开了一个好头，省里面的领导都是很关心的。这个项目又脱颖而出了一个宁宇，领导们也是欣慰的。刚才书记说了，他想见一见这个小伙子，时间就在明天吧。"

王明连忙说："好的，我一定给宁宇打好招呼，随时听领导的通知。"他当然明白，这意味着宁宇的好运就要来临了，省委一把手要见他，这是一般领导干部有的殊荣吗？挂了电话，王明想：也好，正好市里面也可以用好宁宇这张牌，把这两件事情完成得漂亮一些。这才打开了房门，进来的正是陆强和雪雁。

不管陆强是不是真的高兴，反正见面就对王明说："书记，你的眼光就是独到啊，这小子完全有可能更进一步呢。"

王明明知故问："怎么啦？"

陆强说："你没看见上面这架势吗？宁宇完全可能成为我真正的领导呀。不过，话说回来，你是为党的事业又立下一件大功了。我原来还有几分担心呢，你看看人家，第一次的会议主持得滴水不漏，工作安排之周密、工作部署之细致，完全出乎我的意料之外。我和雪雁在回来的路上讲，这小子天生就是做大领导的料子，我佩服啊。"他说这些话，雪雁一直微笑。

王明问雪雁："你觉得呢？"

雪雁说："陆强市长是我的前辈，他都这样觉得，我还有不同意的地方啊？"几个人都乐呵呵地笑了。

王书记说："我们党历来都是这样的嘛，在实践锻炼中发现干部，在实践锻炼中提拔干部，只要是有能力的人，提拔到关键的位置上去，那是党和人民的福啊。不过，两位不要忘了，现阶段最重要的是把龙都的这两件事情办好。"

陆强市长说："那当然，这是第一个前提。"

王书记说："我再给两位透露一个信息吧，省委一把手明天也要见宁宇呢。"

陆强和雪雁的心里几乎同时"咯噔"一下，两人的心里同时冒出来的问题是：这小子真的要交官运了？

119. 三个男人酒桌上的搏杀

几个人还在说话的时候，宁宇就赶了过来。王明关切地说："你不是刚出来吗？怎么这样快啊？"一边让宁宇坐下。陆强和雪雁也找了一个位置坐了下来。但是十分明显，陆强和雪雁的心态都发生了微妙的变化，似乎宁宇成了他俩的绝对上级似的，见他一到两个人都不说话了。宁宇对王书记说："很巧，我刚走出门口就遇见了教育厅厅长，是他的车将我送过来的，所以我回来得这样及时。"随后又问陆强市长："领导，你们也走得太快了吧？我在后面说了几句话,一出门来你们两人就没影了。”

陆市长笑笑说:“我们也不知道你还有多长的时间，另外我和雪雁副市长打算回来给王书记汇报呢。”

王书记乐呵呵地说:“你们什么也没有说，宁宇已经把你们今天的情况跟我说了,呵呵。这样吧,今天大家都高兴,老陆,是不是该你这个市长请客让大家开心开心啊?”

雪雁立即说:“就是,恭喜宁部长今天高升,陆市长就是该请客。”

陆市长冲雪雁说:“我说雪雁啊雪雁,难道你就没有看出来,今天我们的王书记才是最开心的呢。我请什么客啊,还不都是我们王书记买单。”

王明乐呵呵地说:“管你们怎么说,反正我觉得今天应该喝几杯,地点由你们去安排。”

陆强市长说:“那就听雪雁副市长安排吧,你是老省城了,知道好吃的地方比我们知道得多,宁部长虽然也是老省城,可他今天是主角,让他张罗是欠妥的。”

雪雁说:“这事也只有我来张罗合适啊,你们先定一个调子,吃什么?”

王明书记说:“吃什么不是最主要的,主要下酒就可以了,今天我要和大家干几杯呢。”

雪雁说:“那也就中餐最合适了是不是?我觉得省城大学周边有一家中餐馆,很适合,价格公道,味道鲜美,小菜尤多,很适合喝酒。”

宁宇问:“你说的是不是学子菜馆?”

雪雁说:“是啊,很有孔乙己的味道,你觉得如何?”

王明没等宁宇说话,就说:“好好好,就当一回孔乙己去,上几盘茴香豆,免得老陆抢我的。”

陆强说:“我不抢你的也行,你可得帮我代酒,至少三杯,这交易如何?”书记和市长原本也是十分融洽和谐的,一行人就向省城大学的方向去了。

餐厅果然十分干净宽敞,晚上没有白天那样喧嚣了,食客都是那些大学生情侣们。几个成年人出现在这个场合本来就是打眼的,没想到开这个学子菜馆的老板还认识雪雁,大老远就说:“雪教授,听说你都做了副市长啊,还记得光顾我这个小店啊?”

雪雁说:“你这哪里是小店啊,你的名声可大着呢,就是再过三十年,我也不会忘记啊。多来几个下酒的小菜，今天我们就是专门来你这里讨酒喝的。”别看雪雁生为女儿身，说起酒话来也是豪气冲天的。

菜馆老板开心地说：“没问题，晚上的客人少，你们尽管喝好，需要什么菜保管上够。”

菜馆还真有几分当年孔乙己喝酒的菜馆特色，菜品奇多，分量奇少，很袖珍，但是味道确实不一般。几个人都啧啧称赞这里不错，闲话之间，两瓶白酒就见底了。王书记的酒量是在当兵时练就的，所以他比陆强市长更厉害。陆强见两瓶干了，就说：“书记，你们接着喝，我是不行了！”

今天王书记确实有几分兴奋，说道：“什么叫不行？迎难而上方显男儿本色嘛，人家雪雁副市长都没有开口，你一个大老爷们说这样的话，你不觉得有失风度啊？”

陆强说：“书记，你还是饶了我吧，你答应给我代三杯酒的，你也没有兑现啊！”

王明书记说：“那是有前提条件的，我是担心你抢我的茴香豆，现在茴香豆任由你抢，我也就没有给你代酒的义务了吧？”

喝得兴起，王明就对宁宇说：“宁宇，好样的，这几件事情你都完成得漂亮，来老哥陪你喝一杯。”

宁宇说：“书记，我敬你。”两人一口干了。宁宇关切地问：“书记，你没事吧？”

王书记的豪情也出来了，说道：“没事，我刚才电话里说了我还有好消息告诉你的，明天省委书记要见你。你要做好准备，我想书记可能会关心龙都教育和新闻改革的事，你要准确地汇报，为龙都争取更多的发展机遇。”

这个消息对于宁宇来说当然是莫大的惊喜，他一个普通的地级市的市委常委，能得到省委书记的接见，那是何等的荣幸啊。谁不明白，只要省委一把手注意到了的干部，今后的升迁和提拔自然会更顺利。于是说：“书记，领导怎么要见我呢？我可没有这样的思想准备，我可以不去吗？”

王明说：“你也是的，这样的事情能开玩笑吗？省委领导要见你，一定有他的理由。别的要求我就不给你提了，你要记住两点，为龙都的高校高职教育园区建设和龙都新闻文化产业改革争取更大更多的有利条件。”

宁宇点点头，再一次举杯说：“好的，书记你放心，我知道我该怎么做。”说完一口将杯中酒干了。

陆市长此刻也对宁宇举杯说："来，宁宇兄弟，我敬你一杯，这两件事情让我和书记都特别满意，希望你继续发挥你的聪明才智，龙都就是你大展宏图的地方，我和书记也是你坚定的支持者。"

宁宇感激地说："市长，我敬你，感谢你的帮助和指教，今后我会努力认真地工作，不辜负市委和市政府对我的重托。"

陆强说："兄弟，现在话得分两头来说了，在高职高校园区的建设中，我和雪雁副市长会全力配合你把各项工作做好。这件事情省委和省政府的领导都是明确了的，我和教育厅厅长都得向你汇报工作。你放心，我一定会不折不扣地执行省委和省政府的决定，来干了这一杯。"他的这话，让王明听来顺耳，原来他就担心这个陆强会不买账呢，现在看来，省委省政府也和他一样看到了这一点，所以才特别强调了这个问题，现在陆强是不服也不行了。于是王明举杯说："来来来，陆市长，今后在高职高校的建设中，我们一起向宁宇同志汇报。老陆，今天我看你的酒量增大了啊？以后可不许打埋伏啊。"

宁宇连忙说："两位领导，你们这就是羞煞我了，我今后会努力工作来报效两位领导的关心和培养的。"

三个男人在酒桌上搏杀，雪雁一个人冷眼旁观。她一直面带微笑，一直在思考一个问题，按照宁宇现在这个发展趋势，坐上省里面的领导宝座是没有问题的，只要他在工作中不出现重大闪失。

120. 绝对关怀

男人高兴了就有男人们自己的发泄方式。今天王明书记确实高兴，大有一种不醉不归的架势。陆市长虽然酒量不敌王明书记，可也不是一个轻易认输的主儿。这几天他内心一直压抑着呢，也难得这样畅快地喝几杯。而宁宇就不一样了，虽然明天依旧还有非常重要的工作，但是两位领导在这里，而且他们正喝到兴头上，他就是醉死也不能说半个撤字。倒是让雪雁轻松了，本来她是酒量超人的，但是面对这三个大老爷们，她一再推脱说自己酒量有限。几个男人也就理解为她的特殊时期来了，所以没有人勉强她了。

王明举杯说："来吧，为龙都的教育事业和新闻文化产业干一杯。"

陆强市长说："这两项工作都是宁部长主抓的吧？我建议，宁部长要喝两杯。理由很简单，他的这两项工作都干得相当不错。书记，你以为如何？"

王明当然觉得为难，这是什么理由啊？不过，宁宇是个聪明人，连忙说道："好的，我听陆市长的，你们看好了啊？我先喝了第一杯，第二杯和你们干杯，可以吧？"

陆强说："好，够男子汉。"

王明知道宁宇能喝酒，但不知道他到底能喝多少酒，趁宁宇和陆强较劲的时候，王明悄悄给张书记发了短信，问宁宇到底多大的酒量。张书记说能喝一点，不要太过。王明书记心中就有数了，他今天希望陆市长醉倒，但不希望宁宇过量。理由也很简单，他知道陆强这几天一直压抑着心情，所以让他醉一次心里的很多事情就释放了。另外，他也期待着安排陆市长的亲信，也就是市委秘书长做点什么政绩，宽慰一下自己这个老搭档。对于宁宇，他又是另外一种心情，他可不希望宁宇喝多了酒耽误了明天的正事。他嘴上虽然在劝酒，但是内心却非常有底。三个人干了这一杯，瓶子里的酒也就见底了。

没想到陆市长又主动说："来来来，我再和宁部长干一杯，我还有句话没有跟他说呢。"

雪雁又要了一瓶酒来。陆市长正经八百地说："宁部长，我真的很羡慕你呢，希望你好好干啊，让我们龙都的干部也多几个榜样，今后我们这些老人退休了，到省城来也有亲戚啊！"

宁宇望了王书记一眼，王书记也知道陆市长差不多了，于是说："宁宇，你还能不能喝，不能喝的话，就让我和陆市长喝好了。"

陆强一听就不满意了，说道："书记，你这是什么意思啊？莫非我说的话错了？"

王明说："没有啊，我还没有和你干过几杯呢，你今天怎么老和宁宇喝，不和我喝呢，你是有了新酒友，就忘了我这个老酒友了是不是？"他是异常清醒的，绝不会让这几个人在酒桌上失控。

陆市长坚持说："不管怎么说，宁宇都得喝了这一杯再说。反正我先干为敬了。"说完咕咚咕咚地喝了杯中酒。

宁宇也不含糊，喝干了说："谢谢陆市长这样看得起我，我一定会加倍努力的。"

事实上，陆强并不糊涂，他自己也想醉酒罢了。他对雪雁说："雪雁，你今天不喝酒，你还不会给我和书记斟酒呀？我和书记连喝三杯，我就不信我今天会狗熊了。"

雪雁早就看出了王明书记的意图，就是没想到陆市长居然就这样愉快地进入圈套了。她爽快地站起身来说："好的，雪雁来斟酒。"

陆市长果然豪气十足，举杯说道："这一杯酒，祝愿龙都的改革取得重大突破。"两人干了。

陆市长端起第二杯酒，说："这第二杯，祝我与王兄工作都顺利。"两人又干了。

第三杯酒又斟满了，陆市长又举杯说："第三杯酒，祝愿书记事业顺利。"他没等王书记说话，又干了。

王书记没有动手举杯，陆市长说："怎么，你要狗熊了？"

王书记说："你回忆一下你刚才前两次的提议，我都是没有任何异议的，第三次，我难道就没有不喝的理由吗？"

陆市长问："什么意思？"

王书记说："前两次你都说的是咱俩的事情，这后面怎么成了我的事业顺利呢？你这样是不是就说明你的事业就不顺利了？所有这酒我不喝。咱俩是谁啊？一条绳子上的两个蚂蚱，你都不顺利，我能顺利吗？"

陆市长说："好好，改成咱们俩的事业顺利，这回总该干了吧？"

王书记又说："你杯子里的酒呢？"

陆市长说："我已经干了呀？"

王书记说："谁让你干的呢？我和你碰杯了吗？"

陆市长说："你是搞政治工作的，我自认倒霉行了吧？雪雁倒上。"

陆市长酒量小，还多喝了一杯酒，心中自然不服气，放下酒杯又挑战说："雪雁，你就不该敬书记一杯酒啊？"

雪雁说："没问题，可是你得给我一个理由啊？"

陆市长说："政府的副市长，敬书记一杯酒，理由还不充分啊？"

雪雁只得敬了王书记一杯。王书记也没有推辞，举杯就喝了。雪雁刚放下杯子，王书记就说："就这样结束了啊？"

雪雁说："怎么？还要敬谁呀？"

王明指着陆市长说:“你的意思是市长就不该敬了呀?”

陆市长自知上当了,于是大呼冤枉说:“早知道你还有这一招,我就不让她敬了啊。”其他三个人都忍不住笑了起来。

酒局散去,陆市长果真有几分醉意了。回酒店的路上,王明书记对宁宇说:“回去早点休息,不要耽误了明天的正事。我和陆市长还有其他的同志一早就要赶回龙都了,你自己把握回来的时间,只要不耽误其他的工作就行了。”

宁宇点点头,说:“好的。如果有必要,我倒是想抽点时间见见张书记和红副院长他们,因为龙都高校高职教育园区的建设也需要他们的支持和帮助。”

王书记说:“可以,需要我提前给张书记和红副院长他们打招呼吗?”

宁宇毕恭毕敬地说:“书记能提前给他们打招呼,那当然是最好不过的了。”

王明说:“好的,明天一早我就给二位打招呼。另外,龙都那边的工作,你可以预先让雪雁他们忙活,有什么事情她向你汇报就是了。”

宁宇说:“嗯,我一会儿就跟雪雁交换一下意见,明天她回去的事情还不少呢。”

王明又语重心长地对他说:“第一次主持这样大的项目,胆大心细一些,另外,要特别注意团结其他的领导。”

宁宇感激地说:“谢谢书记的指点,我会尽力的。”

回到酒店,宁宇还没有找雪雁,雪雁就进了他的房间。宁宇好奇地说:“我还没有来得及叫你呢,你就过来了?”

雪雁笑嘻嘻地说:“这就叫心有灵犀一点通呀,快把这个喝了吧?明天早上你起来也会好受一点。”说着将醒酒的药丸递给了宁宇,还亲自动手给他倒来了开水,眼里流露出无限的柔情。宁宇都不敢看她的眼睛,喝了药丸就说:“我们交换一下意见吧……”

121. 遥远的慈母亲情

王明书记和陆强以及雪雁他们一早就离开了省城。宁宇一个人在酒店等候省委领导的会见,时间是上午九点半。虽然他昨晚喝了不少酒,但还是七点半就起床了,准时出现在酒店的餐厅门口。让他有几分诧异的是,和韵居然像在恭候他一样,站立在餐厅的门口。

“你怎么在这里啊?”宁宇好奇地问。

和韵说:“何止我一人啊,你看看。”

宁宇朝和韵示意的方向看去,里面除了和好,还有和夫人和另外的一大帮客人在用早餐。他又问道:“怎么回事啊?”

和韵乐呵呵地说:“什么怎么回事啊?和氏商号来了其他的合作伙伴,也住这个酒店。”

“哦,原来是这样啊。”宁宇迈步进入了餐厅。和韵像他的影子似的跟了上来,一边说:“你想吃点什么,我帮你去拿吧?你找一个位置坐下来就行了。”

宁宇说:“我又不是老爷。”

和韵说:“我就当你是老爷不就行了吗?”

宁宇自己拿起了盘子,夹了几样自己喜欢吃的菜,然后倒了一杯热牛奶,走到一个没有人坐的位置上。和韵就像粘连在他身上的物件一样,也坐到了他的位置对面。宁宇问:“你也没有吃呀?”

和韵说:“不是在等你吗?你要再不下来,我就要上去叫你了。”

宁宇问:“你怎么知道我没有走呢?”

和韵说:“我说部长先生,你怎么越来越幼稚了啊?你难道不知道你的新闻现在满天飞吗?你的行踪大家都是知道的,今天的报纸新闻、昨夜的电视新闻,到处都是你的身影啊。”宁宇这才想起和教育厅长还有陆强市长一起接见新闻记者的事。

没想到和好也走过来与他打招呼:“嗨,早上好。”

宁宇也机械地说:“早上好。”

和好问道:“今天就你一个人啊?其他的人呢?”

宁宇说:“有的回龙都了,有的可能还在睡觉吧,你们真早啊!”

和好说:“我本来也想睡懒觉的,可是来了一个媒体经营考察团,我必须出面接待啊,所以才这样早。你几点去见省领导啊?”

宁宇觉得太奇怪了,怎么什么事她们都跟明镜似的呢?和好说:“你也太健忘了,你难道忘了我是省报集团的经营总经理了吗?报社的那么大的消息,我当然是了解的。尽管省委主要领导要见你的消息并非公开的新闻,可是我们省报集团尤其是主报,不是有三五个专门跟省委领导的记者吗?因为你的身份特殊,这样的消息他们能不关注吗?于是这个小道消息就让我给知道了,希望你不要误会。”

宁宇喝了一口牛奶,脸上挤出一丝笑容,顿时觉得在这一对女子面前,自己就像一个玻璃人,于是含糊其辞地说:“等通知呢。”

她们接待的客人陆续地离开餐厅了,和夫人远远冲宁宇摆摆手,也离开了餐厅。和好也站起身来,说道:“我也要接待客人去了,你慢慢享用。”外面的阳光格外明媚,透亮的光丝折射进餐厅的这一端,正好照在和好的身上,犹如黑夜里的聚光灯。和好姣好的肤色、妖娆的身段,以及浑身洋溢着的青春,让所有的人都驻足观望,宁宇也目不转睛地盯着她,直到她像一汪流动的清泉,流淌出大门之外。和韵在他的身边说:“怎么,看见一个美女,就忘了身边还有一个美眉了?”

宁宇收回目光,审视着对面的和韵。他内心也承认,都是绝美的女子,而且神态和举止还有几分相像。他不由得笑笑,心里说:莫不是我过去没有注意到和韵的美感,今天看来她怎么也是如此的温柔艳丽呢?

早餐完毕,和韵还没有离去的意思。宁宇问:“你不会要做我的影子吧?”

和韵说:“你当我那样讨厌吗?我是要送东西给你呢。”

宁宇问:“什么东西啊?”

和韵说:“前一次忘了告诉你了,你妈来看你的时候给你带来的东西呢。不过,这东西在我的房间里,一会儿送到你房间去,你不会马上就走的吧?”

听见是妈妈给他带来的东西,他想不起妈妈会给他带什么东西,但是心里却充满了期待,于是脱口而出:“最早也得八点半走吧。”

和韵说:“好的,现在才八点呢,来得及。”两人一起走出了餐厅,上了回房间的电梯。

宁宇回到房间时,秘书已经将他的文件和公文包收拾好了。他总觉得还有一件事没有办完似的,忽然想起了张书记和红副院长来。嗯,就是,还没有和他们两位联系呢,于是拨通了张书记的电话。

张书记说:“小宁啊,你的事王明书记都跟我讲了,怎么,你还没有去省委那边吗?”

宁宇说:“约的是九点左右,我打算八点半出发。现在才八点呢。”

张书记说:“嗯,不过,你最好早一点去,不要在路上逗留,不要误了点,领导的时间很忙的。”

“知道了。”宁宇反而忘了自己拨打电话的意图了。

张书记说:“你见完省委的领导就直接到学校来吧,我们可以好好聊一聊。”

“好的。”果然王明书记早就与他交换过意见了,他心里顿时对王书记充满了崇敬。

联系了张书记,他又马不停蹄地拨通了红副院长的电话。红副院长显然开始在忙活了,只听见他说:“是宁部长吧?我现在正在接待省里面的领导,考察学院呢。你想说什么我明白了,这样吧,尽量让时间充裕一些,晚上你到我家来吧,我们一边吃饭一边闲聊,你看怎样啊?”

宁宇连忙说:“好的,那您先忙,晚上见。”挂了电话,他就有些后悔了,明明知道红唇已经去了龙都,自己去她家里不是很尴尬吗?但是已经约定了的事,现在再更改显然是不合适的了。

正在郁闷时,和韵却进来了,她换了一身洁白无瑕的裙子,俨然一个从天而降的仙女,模样儿不仅乖巧,而且秀出了特别迷人的线条。秘书知趣地离开了他的房间。只见和韵手里提着一个包装严实的塑料袋,脸上堆满了微笑。到底妈妈带来的是什么东西呢,宁宇努力地猜想。

只见和韵轻轻剥开塑料袋,从里面取出了两个罐头瓶子。尽管罐头瓶子上的水果商标都还完整无疑,宁宇还是立刻猜出了瓶子里面装的什么了,味觉立刻被刺激了。像他这样天长日久在宾馆酒楼吃饭的人,妈妈腌制的菜肴早就成了奢侈的记忆,此刻见到这样的东西,很自然地就让他变馋猫了。

122. 好　感

罐头瓶子看上去有些粗糙,水果的图案也简单甚至幼稚。和韵纤细柔嫩的手指将这样的瓶子拿在手里,似乎有几分可笑和滑稽,但是依旧掩饰不住宁宇眼神里的渴望。这不就是妈妈经常做的泡菜吗？童年时每餐餐桌上都有的一道独特泡菜。这腌菜一般选用鲜嫩的菜帮子，几天的腌制之后从盐水里捞出来，拌上香油、辣椒粉、味精，搅拌之后上桌，就着白白的米饭而食，脆脆的，咸咸的、辣辣的，煞是香甜。这种美味，自从他上大学之后，一晃十来年都没有真正地享用过了，也难怪他有这样的亲切感。

可是，和韵拿出来的两个瓶子里，其中一个瓶子里只有半瓶了。正在疑惑之际，只见和韵熟门熟路地将瓶盖拧开，伸出玉手拿起了里面的菜条，放进她的嘴里，一边咀嚼一边说："这样的美味儿，我还真的是第一次品尝呢，你该不会怪罪我吧？这半瓶子就是我与和好吃了的。"

宁宇的脸上洋溢着一种莫大的幸福感。和韵也拿出一条来喂到他的嘴里，他也砸巴着嘴，问道："你真的喜欢我们这个泡菜？"

和韵说："谁骗你是小狗，我与和好都喜欢呢。和好还对我说，这东西味道这样特别，能到超市里买到吗？把我乐死了。我告诉她，这是孤本，她还不信，嘻嘻。"

宁宇说："你们要真喜欢，就让我妈多给你做些来吧？"

和韵却说："看你说得那么简单，伯母又不是下人，凭什么让她老干这样的累活啊？我觉得逢年过节能吃上一回就满足了，我才不会轻易去打搅她呢，你们男人就是粗心，你难道忘记了你妈妈的年龄了啊？"她的这番话，让宁宇好生感动，他愣愣地看了和韵一眼，不知道该说什么。和韵却说："别这样看着我，你也别说谢谢，这实际上是人之常情……"也不知道是什么原因，现在的和韵在宁宇的眼里，似乎完全不是过去那个来无影去无踪的野丫头了，而是一个性格十分丰满和立体的、活生生的、有血有肉的女孩儿了。

和韵将这两个泡菜瓶子放到了桌子上，宁宇突然问："你真的觉得好吃吗？"

和韵说："真的。"

宁宇说："半瓶留下我带走，另外的那一瓶，还是你拿走吧。"

和韵又问："真的？"

宁宇说："嗯。"

和韵管不得什么了，冲过去亲吻了宁宇的脸，嘴里说："嗯，谢谢你。"宁宇也不知道怎么一回事，他竟然没有拒绝她的疯狂亲吻。

和韵疯狂之后，立即又歉意地说："我把你的脸弄脏了，我帮你洗洗吧？还有，你的领带应该换一条了，我来看看……"虽然她的举动有些疯狂，但宁宇似乎接受了这样的疯狂。

和韵还在帮宁宇系领带，门外的秘书早已迫不及待了，在门外敲敲门提醒道："领导，时间到了。"

宁宇冲和韵说："谢谢你啊，我该走了。"

和韵像欣赏一件精美的艺术品一样窥视着宁宇，十分满足地说："嗯，去吧，有空给我打电话。"

赶到省委，还没有到九点，远远就看见昨天主持召开协调会的副省长，只听见他在招呼宁宇说："是宁部长吧？来来来，到这边来。"

他跟着副省长进了一间会客厅。进入到里面一看，省委常委、宣传部长已经在里面了，正和一个神态凝然的五十多岁的男人说话呢。宣传部长对那个男人说："书记，这位小伙子就是龙都市的市委常委、宣传部部长宁宇，原来省报集团机关报的要闻部主任。"

书记抬眼看了看宁宇，伸出了宽厚温暖的手，与他握了握之后，说道："坐吧，年轻人。我已经听了部长们介绍了你的情况了，怎么样，到基层还适应吧？"省委书记的眼神里有一种关怀与慈爱。

宁宇轻声说："一开始不太习惯，毕竟报社的工作要单纯一些，现在稍好一些。"

书记说："我都听他们介绍了，不是稍好一些，而是渐入佳境了，是不是啊？"

宁宇不知道该怎样回答，他自己都能感觉到自己的脸部肌肉有一些紧张。副省长与宣传部长当然看出来了，宣传部长说："宁部长，今天书记见你就是想听听你们龙都的两项改革，一个就是昨天开会研究过的龙都高校高职教育园区的建设，另外一个就是龙都市即将拉开的新闻文化产业改革。本来书记是要听你们王书记汇报的，后来听说这两项工作都是你在抓，所以也就先听听你的意见，回头再听市委主要领导的意见。你们王书记对你的工作也是十分肯定的，昨天我也和他交换过意见了，就汇报这两件事吧？让书记了解了解你们龙都的情况……"

宁宇自始至终都有一种诚惶诚恐之感，他在来汇报之前，也做了大量的案头准备工作，细致到近几年来龙都的经济总量、产业结构的变化，以及新一届市委班子的工作方向等，他都了然于胸。至于这两件他自己主抓的工作就更异常熟悉了。半个小时的时间，他就将事情汇报得清晰完整，让书记听得非常明了。宣传部长暗自感叹，这小子就是不简单，不仅头脑清醒、逻辑思维严密，语言也流畅而不失文采。大家都注意到了，书记频频点头之外，脸上流露出了欣赏之情。

听完这两件事的汇报之后，书记开口问道："你是个大才子，在新闻界的时候就获过很多的奖，你一直在省报集团工作，对全省的形式和情况也是了解的，你能对龙都和省里面的发展提点你的见解吗？你也不要有顾虑，就当是聊天好了。"十分显然，省委书记已经喜欢上这个年轻有为的干部了。

半个多小时过去之后，宁宇紧张的神经终于舒缓下来了，当听到书记让他提发展意见，想都没有想，就开始细说龙都市的情况了，他从两个方面来谈了自己对龙都经济社会发展的理解。首先是人思想意识问题，如何开化提升精神视野的问题，他列举了龙都的种种陈规陋习，然后将话题转移到了全球媒体聚焦龙都，以及现阶段即将推行的新闻文化产业改革，这就是从根本上迫使龙都的意识发生改变……随后又分析了现阶段龙都的社会结构、历史沿革、产业结构，以及交通地理位置、人才储备等，提出了相当系统完整的设想。当然，这些不仅仅是他一个人的智慧，他多次提到了市委和市政府的共同决策，尤其提到了王明书记、陆强市长以及雪雁副市长的种种见解。恰到好处地表现出了他不贪功、爱集体、讲大局、识客观的品质。他一席话之后说："我现在只能看到龙都的一些问题，至于全省的，我远没有达到那样的认识高度和厚度以及广度，不敢在此妄谈。"

123. 赏 识

书记一直频频点头，这样给了宁宇信心。书记听完宁宇的介绍，十分感兴趣地说："龙都高职高校教育园区的建设相对简单一点，现在的进程也到了一定的程序了，今后就是有序地推进管理了，这件事情搞好了，就会是教育界的一面旗帜，尤其在教育投资方面有很好的示范效果。另外，在龙都能建设一个‘东方孔子学院’，也是一大创举，在全省都还是一个空白。你对抓好这方面的工作有信心吗？”

宁宇说：“这个工程实际上市里面已经规划了两年了，我没有去龙都之前这个项目都是存在的，只是因为没有足够的启动和建设经费，所以这个项目就搁置在那里了。我去了龙都之后，很自然地这个工程由我和另外一个副市长接手了，本来这个项目已经是设计规划成熟了的，就是缺乏经费，我也就在招商引资上采取了一些措施。后来这个海外的基金有兴趣了，随后也提出了补充设计方案，就是增加了一个‘东方孔子学院’。原来经费没有着落之前，我也没有太多的底，现在资金基本解决了的情况之下，有部里面、省里面和市里面的高度重视和领导，我觉得这个项目应该是能够达到预计的效果的，为期三年的建设，应该问题不大。”

书记说：“嗯，很好。能够利用外资来投资兴教，也是改革的需要嘛。不管怎么样，这样庞大的工程能够在你的领导下实现，这就证明了你的头脑和你的能力。你应该相信，省里面是会全力以赴帮助和指导你的，今后要是遇到什么困难和问题，多请教副省长和部长他们，有必要你也可以直接找我。”

宁宇恭敬地说：“谢谢书记，我一定会在省委和市委的领导下认真履职的。”

书记又关切地问：“刚才你们没有进来之前，部长给我介绍你们龙都这一次的新闻文化产业改革，刚才也听了你的相关汇报，我对这个问题很看好。有几个问题我们可以交流交流吗？”

宁宇说：“交流不敢，我尽量将我清楚的情况向书记汇报吧。”

书记问：“组建报业集团不是什么新鲜事儿了，我想你们龙都也包括你宁宇是有把握把这件事情处理好的。我关心的是你们的另外两个集团。你们的网络新闻集团现在力量不是还很单薄吗？你们是怎么设计今后的发展的？”

宁宇说：“网络现阶段已经显现出强大的生命力了，以前我们对网络的认知仅仅停留在虚拟世界这样一个范畴。现在完全不一样了，网络世界实际上也与现实层面紧密相连。我们现在的初步计划是以网络新闻为龙头，开设若干内容频道，全方位覆盖市民的文化娱乐生活。在服务和经营方面，将开发细致到购物网站、电玩网站、娱乐网站等。尤其要大力发展网络电视台，开创一种新的盈利模式……”

书记说:“还是年轻人敢想敢干啊!不管你们的网络新闻集团能否成功,省上都会全力支持你们的改革。”随后他又关切地问:“另外,我对你们将演出剧团和广电整合也非常感兴趣,你能说一说这方面的情况吗?”

宁宇说:“这一次广电影视集团的整合,重点不在广电本身,重点是在文化演出单位。我们也做过很多调研,现阶段的广电不算最有发展潜质的行业,但也是十分具有活力的行业之一。而我们的基层文化演出单位的情况就相当糟糕,十有八九的演出团体都是在非常窘困的边缘。但是,这并非演出单位就没有前景,我们国家的文化产业还处在发展阶段,关键是没有找到一个非常合理的衔接点。广电这边缺少演员和导演阵容、缺少资金的支持,自身的节目质量就跟不上去。演出单位有一定的演员资源和导演编剧资源,但是又缺乏很直接的阵地。所以这一次我们的步子就迈大了一些,将二者推到市场一线,让文化局主管的这些演出机构与广电来一次大合并,优势资源良性互补。只要将外围的经营有力地抓到位,就能显现出强大的效果和发展后劲。”

书记又问:“你们这些集团的改革,总体上都有不错的发展趋势,你们资金又从哪里来呢?你们龙都的家底支撑得起来吗?”

宁宇说:“书记思考的问题,其实也是我们一直为之困惑的问题。就是因为资金受困,龙都市期望改革的设想迟迟没敢启动。就是我到了龙都之后,市里面的主要领导还一再叮嘱我说,只要没有找到足够的资本,这个摊子就不能随便动。”

书记关心地问:“那么现在呢?”

宁宇说:“十分欣慰,目前我们已经和和氏商号集团进行了两轮磋商,下周就要正式签订合作框架了。”

书记又问:“你说的和氏商号集团就是我们省里面的那个百年老字号企业,那个与省报集团有良好合作的企业吗?”

宁宇说:“是的。我们也达成了一致的意见,签订合作框架,和氏商号就会将资金打入龙都方面的账号,至少保证推进改革的企业半年以上的一切开销。所以下周以后,我们就要正式宣布开始实施改革了。”

书记抿嘴笑了,对省委宣传部长说:“你看到没有,还是人家龙都的宁宇同志手快啊,你们的设想还没有启动,人家就已经要动手了,后生可畏啊。”

省委宣传部长说:“我也和副省长,还有广电局的局长们商议过几次,就是没有最后形成一个完整的定论。这样也好,可以先让宁宇他们先行一步,可能还能探寻一条可行之路出来。”

书记很满意地说:“嗯,宁宇啊,我告诉你,省里面的新闻和文化单位也在酝酿改革呢,不过,他们的步子没有你们迈得快呀,这一点,你们就应该得到表扬,你们两位说一说,是不是这样的啊?”

省委宣传部部长和副省长面有难色地说:“是的,应该值得肯定和表扬。”

宁宇此刻才明白了,原来和氏商号集团的胃口这样大,已经拿下了省报集团,现在居然又想拿下省广电厅和其他的文化单位。他很庆幸自己及早地做出了这个决策,现在看来,他的想法居然和省委主要领导的想法不谋而合了。他侥幸地想:这只能说是一种巧合,还不能说是一种必然。不过,有一点他自己还是感到欣慰的,那就是他一直埋头工作,总想把手里面的工作做得出彩。要是没有这样的动力,恐怕也就不会遇到今天这样的好事了。

令他没有想到的事情还在后面呢,只听见书记说:“这样吧,你们安排一下,我们找一个时间去龙都看一看,听一听,你们觉得如何?”

省委宣传部长立即说:“好啊,那就安排在下周吧?”

副省长也说:“对的,越快越好,几个项目我们都需要有一些准备。”

书记说:“好,就暂定下周吧,具体的时间,你们和龙都市里面来协调吧。”随后又说:“宁宇同志,今天听了你的汇报,我很高兴,希望你们龙都能把这两件事办好,办出水平,办出特色。也希望你本人能尽职尽责,履行好你的职责,今天就这样了吧?”

宁宇连忙站起来说:“书记,我一定把你的指示带回市委,带给王明书记。”

书记说:“嗯,好哇,你还转告他,过几天我就去看他呢。好吧,再见。”两人的手再一次握在一起,让宁宇体味到了一种从未有过的温暖与力量。

124. 激　动

走出市委办公楼,宁宇长长地吐了一口气,不过脸上一直都带着微笑。上车后,秘书递给他一瓶矿泉水,一边问:“现在去哪里,领导?”

宁宇说:“去省城大学呀,去那里找张书记。”一边说话,他一边回忆刚才的一幕一幕,他非常清楚地记得省委书记的神情,那是一种长辈对小辈羡慕和欣赏的神情。这种神情,他在张书记身上体会过,在红副院长身上体会过,在王明书记身上也体会过。他是第一次这样近距离地和省委领导接触,更是第一次面对面地与省委书记对话，这不免让他的心里有一种抑制不住的兴奋。刚才在里面的时候还没有这样的感觉，现在远远地离开那栋神秘的大楼,这种感觉却越来越强烈了。他想起了与书记告别的时候,书记与他握手告别的那番话,这才觉得应该给王明书记去一个电话。

他拨通了王书记的电话,王书记先说:“是宁宇啊？你出来了吗？”很显然,王明与他的心情一样,早就在等候着他的回音呢。宁宇还没有说话,他又说:“你稍等一会儿啊,我正在开常委会研究其他的事项呢,我出去接你的电话。”

宁宇也知道,王书记也不想在办公室和他聊,有些事情毕竟知道的人越少越好。王书记的声音传过来了:“现在说吧,我到办公室了。”

宁宇说:“书记,我一开始好紧张的。”

王明说:“你紧张什么呢,该怎么说就怎么说呀。”

宁宇说:“嗯,后来就好多了。”

王明说:“我听宣传部部长说了,不是说省委书记见你的时间在半小时到四十分钟吗？你怎么现在才出来啊？”

宁宇说:“不止啊,我汇报教育园区和新闻文化改革的事就用去了半小时,后来又说了很多事,所以一个半小时就过去了。”

王明乐呵呵地说:“好啊,你小子不错的。省委一把手能跟你谈这样长的时间,就说明领导已经关注上你了。好了,都说了些什么？”

宁宇说:“他还具体地询问了两件事情的筹备情况、准备情况。书记也很关心新闻文化改革的事呢。询问得相当地仔细,非常关心网络集团的营运和发展未来,也关心广电影视集团今后的操作。”

王明说:“那就太好了,只要你汇报了我们市委的想法,一定会为龙都的发展迎来更大的发展空间。”

宁宇说:“书记赞扬了市委的工作,也肯定了你的思想解放。原来我还不知道,原来省广电集团也想与和氏商号集团联姻呢,太巧了,还让我们抢了头功。听书记的意思,还埋怨省委宣传部那边的步子太慢了,就这个问题,他是表扬了龙都的。”

王明说："第一次见省里面的领导，你就为龙都做出了贡献，我心里很欣慰啊。省委书记都几年没有来我们龙都了，我还指望着这两件事情能出点具体的成绩，好让省里面的主要领导都能来市里面看一看呢。"

宁宇高兴地说："王书记，你的想法几天后就能实现了。你知道吗？省委书记对我们市的这两个项目都十分关注，并当着我的面给部长和副省长做了交涉，他下一周就要到龙都来调研呢。"

王明书记问道："你说什么？下周省委书记就要下来？"

宁宇说："是啊，书记当着我的面就是这样安排的。"

王明书记有几分激动，十分高兴地说："太好了，宁宇啊，你这会儿算是做了了不起的工作。知道具体什么时候到吗？"

宁宇说："这个我就不清楚了，不过他们可能很快就要和市里面对接的吧？"

王明说："嗯，也是的。那么你多久回来呢？"

宁宇说："我还是打算见完张书记和红副院长之后吧，毕竟他们也是搞好这一次龙都高校高职教育园区建设的关键人物啊。"

王明说："对的，不管领导怎么关心，我们首先要把我们份内的工作做扎实，做到位，不留问题。你见了他们，就是要把很多问题摆到桌面上去，希望与他们达成广泛一致的共识，到时候专家组不能撤你的台。"

宁宇说："嗯，我也是这样想的。"

王明问："你最快什么时候能回来呢，可不能耽误了书记来调研啊？"

宁宇说："不会的，我一会儿就去见张书记，今晚就见红副院长，最晚也就明天能赶回来了。"

王明说："嗯，这样安排可以，你一定要注意安全。哦，对了，你与张书记和红副院长交流不会有什么问题吧？"

宁宇说："应该不会的，我与张书记那边的关系你是了解的。我想只要我能把具体的环节和问题讲清楚，他应该会站在我们的立场上来抉择的。红副院长那边也不应该有问题，毕竟红唇当年还是我带过的实习生，当年红副院长还是副县长的时候我们就认识了，算不上有什么很深的交情，但是我想这点面子他还是会给的。"

王明听宁宇这样说，心里也就更踏实了，说道："好啊，这回可是天时地利人和几方面都占齐了，看来是上天在成全我们呢。好吧，我等着你回来。"

宁宇也有这种感觉,真的是天时地利人和都占齐了,要是这样还不能把这两件事情做得圆满的话,那也只能是能力问题了。他暗自下决心,这一次绝不轻易放弃。他正准备给张书记去一个电话,没想到电话铃又响了起来。电话是笑笑打来的。

"是你啊?忙得晕头转向的,你现在在哪里啊?"宁宇问道。

笑笑说:"嗯,我估摸着你应该离开省委大院了,所以给你打电话。事情算是进展很顺利了,你应该感到欣慰吧?我已经到了龙都了,等你回来呢。"

宁宇说:"我也想回龙都啊,这些天都没有睡过一个安稳觉。不过,很快了,明天晚上吧,也可能就能回来了。"

笑笑说:"嗯,回来我犒劳你吧?嘻嘻。不过,还不知道你这个大忙人有没有时间呢,我这样自作多情很无聊吧?"

笑笑本来就是给宁宇带来幸运的人,而且和她在一起总是能让人放松下来,所以他对笑笑一直都有好感,于是说:"呵呵,你也不要这样说啊,我回来了自然是要找你的,我还有很多事情和你分享呢。"

笑笑似乎也很开心,说道:"真的吗?那太好了,我更应该好好犒劳你了……"两人说话之间,轿车已经驶进了省城大学的校园,宁宇远远地就看见了办公大楼下面站立的张书记。

125. 启用娜娜会是拔苗助长吗

阳光之下,张书记的笑脸格外灿烂。宁宇刚刚下车,他就迎了上去,一边握手,一边说:"看来你在省委那边的时间不短啊,我原来以为你会很快过来呢。"

宁宇说:"嗯,在省委那边耽搁的时间是长了点儿。"

张书记说:"这是好事啊,省领导接待你,说话的时间越长不就越好吗?"

宁宇说:"嗯,也是。"

两人说话之间,张夫人就出现了。只见今天的她满脸堆笑,对张书记说:"你不能让宁宇一直在这里说话吧?我建议你们也不要去办公室了,我已经给你们安排了去处。"

张书记问:"去哪里啊?"

张夫人说："去旁边的那家咖啡馆吧，现在娜娜又不在，你们就听我的吧。宁宇，你说好不好啊？"

见她今天的态度奇好，宁宇也就说："谢谢伯母，好吧，我们就去咖啡馆吧。"

进入其间，张夫人殷勤地招呼宁宇说："你伯父是不喜欢喝咖啡的，我给他要了龙井茶，你还是来一杯咖啡吧？"

宁宇说："好的。"

张夫人说："还是来一杯墨西哥味道的吧？"

宁宇好奇地问："你怎么知道我的口味啊？"

张夫人笑笑说："我今天不是专门负责接待你的吗？你的嗜好娜娜早就告诉我了。"看来，张夫人上一次和宁宇发生不愉快之后，回家一定和张书记还有娜娜发生了尖锐的碰撞了，现在张夫人变得这样低调而温柔，也许就是娜娜斗争的结果。宁宇连忙说："哦，是这样的啊？谢谢伯母。"

司机和秘书都是没有进来的。三个人坐下之后，张书记首先打开了话匣子："宁宇，我和你伯母都得祝贺你呀！你现在算是走上正途了，手里抓的这两件大事也算是基本有了着落，我们看在眼里，都很替你高兴呢。"

宁宇虽然不知道张书记指的"正途"是什么，但是他还是充满感激地说："谢谢张书记和伯母的关心。要不是当初有张书记的推荐，我也不可能有什么成绩的啊。"他倒说的是实话，要不是张书记将他推荐给王明书记，要不是王明书记欠张书记一个人情，也许现在的宁宇还是省报集团的部门主任，怎么也不可能荣升为副厅级干部，所以他内心一直就没有忘记对张书记的感恩。张书记确实也是将他当成准女婿的，要不然，他怎么可能将他推荐出去呢，并且一直希望他能走仕途的路子。

张书记说："我也只不过是推荐，主要还是你自己的能力体现。以前我还有几分担心你呢，现在看来，完全用不着担心了，所以我才将娜娜也送到你的身边，也希望你们今后在生活和工作之中有个照应。"

宁宇点点头，但没有承诺什么。

张夫人接着说："宁宇啊，娜娜这孩子有时候很任性，以后你还要多帮助她啊。"

宁宇连忙说："怎么会呢，现在娜娜很懂事的，能力也非常强，这一次就准备让她挑大梁呢，龙都网络新闻集团可是有几场攻坚战要打的。"

张书记担忧地说:“宁宇啊,我们这就是说闲话了。你说娜娜她能挑得起那样的重担吗?网络新闻集团的规划我看了,是一个正儿八经的正处级法人单位,规模最少也得有三四百号员工的,她到那样一个单位去做主要领导,她能承担得起那么重大的责任吗?”

宁宇说:“这个我觉得不用担心的吧。网络新闻集团虽然人员众多,但是分工会相对明晰,职责分明,娜娜到那个集团去,主要抓的是内容生产、内容规划和统筹,对采编人员实施管理。在整个集团的管理框架之内,她就相当于报业集团的总编辑,虽然她也是集团的正处级领导,但是在集团内的决策她还是处在第二位的,上面还会有一个董事长和总经理。她在董事长之下,总经理之上。这样的结构,我想娜娜应该不会有问题的。”

张夫人又说:“两位,我想说几句,你们不要听了不满意,毕竟我是娜娜的妈妈。”

宁宇说:“没事的,你说吧。我和张书记都是开明的,是吧?”

张夫人说:“龙都网络新闻集团的构架当然是合理的,也是科学的,完全是按照国际惯例构建的媒体经营性的管理机构。我现在很关心的是娜娜身边的搭档。我们几个人在这里说,娜娜的经历十分浅显,多半的时间都是在学校度过的,上完本科又上了研究生,工作经历也就是在省委宣传部的新闻中心网站。现在突然将她推到这样一个位置上,虽然让她的起点高了,但是我总担心会不会是一种拔苗助长之举?是害了孩子呢,还是成全了孩子?”她毕竟是教授,所以思维也是极其严谨的,也许在外人面前,她永远不会说这样打击女儿的话,可这两个男人,一个女儿的爸爸,一个是女儿的男友,她才这样毫无顾忌地说了出来。宁宇对她的严谨、科学的作风还是十分赞赏的。

张书记也说:“我也十分担心啊,我对王明书记也说了这种观点的。你们知道王明书记怎么说吗?他说这有什么啊,就是要让年轻人勇于实践,就是失败了也是一种难得的经历。我现在不是市委书记吗?叔叔就给她这样一个实践的机会。另外,宁宇不是还在龙都的吗?正好他是宣传部长,也是娜娜最直接的领导和上级,有什么事难道他还不管一管啊?这可是王明书记的原话。后来我也想了,他说的也有几分道理,宁宇你就是娜娜的顶头上司,她的缺点你也是了解的,很多时候就指望你帮助她了,我和你伯母内心可都是这样想的啊!”

宁宇微笑着说:“张书记,伯母,我看你们还是用家长看待孩子的眼光在看待娜娜呢。其实,她早就不是你们心目之中的乖乖女了,你们可能不是很了解,她最近提出的一套关于网络新闻集团的采编人员管理大纲就十分的新颖。我也算是搞了好多年新闻管理的人,我都觉得她的观点和方法出乎意料呢。你们担心归担心,实际情况远没有你们想象的那样糟糕,你们就等着吧,她一定会做出让你们感到骄傲的实绩来的。"

张夫人说:"我们也盼望着那一天呢,要是她真的懂事了,能顶天立地了,妈妈也就可以安心退休了,到时候啊,你们在哪里工作,我和她爸就跟到哪里做家里的后勤工作……"

宁宇乐呵呵地说:"伯母,你也想得太遥远了吧?你们才多大啊?现在就想退休隐居啊?你们女同志退休不也得六十吗?张书记就更遥远了……"很显然,几个人的谈话一直没有离开过娜娜,宁宇真正要谈的话题还没有开始呢。

126. 再献良策

张夫人接了一个电话,电话是娜娜打来的,她和她说完之后,就将电话递给了宁宇,并说道:"娜娜的电话,她找你呢。"

宁宇接过电话,就听见娜娜问:"你怎么样?在省城大学的咖啡馆是吧?"

"嗯,是呀。你在哪里啊?"宁宇问。

"我在哪里难道你不知道吗?我不是已经被你调到了龙都了吗?现在正在章局长手下打杂呢。今天上午雪雁副市长还专门给我们几个开了会。不过,现在我们的事情不是很多,就是在整理一些文件,写自己的工作计划呢。你什么时候能回来啊?我们几个可都想见到你回来啊。"娜娜说。

宁宇说:"我也可能明天就回来了,怎么样,生活还习惯吧?"

"嗯,还算可以,我们几个人的住房都在一起的,都是一栋楼,分别住在三四五层,只要你回来了,来看我们的时候,也就顺便可以看我们几个人了。"娜娜介绍说。

"好啊,我回来之后就马上去看你们,你住的几楼啊?"宁宇问。

娜娜说:"我住的五楼。"随后她又问:"怎么样,我妈是不是对你很好啊?我可是给她做了交代的,要是她再对你不礼貌,我就不理她了。"

宁宇就嘿嘿地笑。

娜娜说:“你回答我啊,是不是对你很好了?”

宁宇说:“是的。”

娜娜说:“那我就放心了,看来她还是舍不得你的,嘻嘻。没事就挂了哦,你们好好一起吃一顿饭吧,一会儿雪雁副市长也会请我们吃午饭的。”

通完电话,张夫人就说:“这个孩子,现在越来越不像话了,对我也是大呼小叫的。”

张书记说:“好了,不说那些唧唧歪歪的家务事了,宁宇找我还有正事呢,我们说正事吧。”

张夫人说:“好的,你们爷俩谈吧,我去让服务员准备午餐吧,你们也可以一边吃一边聊的。”

等张夫人去找服务员去了,宁宇这才说:“是的,我找您就是有一件事情要跟您老商量呢。”

张书记说:“你是说环球绿色智慧发展基金的事吗?”

宁宇说:“是啊,您老也是知道的,我也没想到组织上和基金方面会把这样重要的担子交到我的肩上,现在我还为这事发愁呢。陆市长虽然口头上表达了会帮衬我,可我知道,他今后对我的帮衬可能是有限的。我对他的最大期望就是不添乱。教育厅那边我就更陌生了,虽然省上的领导已经做了相关强调,可是您也是知道的,他们这些人都是官场经验老到的人,当面一定会面面光的,可是在具体的工作执行过程中,一定会有很多的麻烦出现。”

张书记说:“嗯,你说得很有道理啊。你是应该有这样的心理准备,你现在年纪轻轻的,在这件事情上又这样得势,本来很多人都会嫉妒你的,还不要说人家领导来屈居你的部下。有这样的心理准备完全是有必要的。你今后在具体的工作之中,自己要注意统筹和协调,也要注意分寸,毕竟厅长和陆市长都是你的领导。”

宁宇说:“是啊,我也正为这件事犯愁呢。”

张书记又说:“不过,你也不要过于担心,你该怎样工作还怎样工作。省里面的主要领导都出面了的,市里和厅里也都是知道这个情况的,我想他们也不敢在这件事情上过分地为难你的。你主要把大局掌控好,维护好该维护的关系就是了。”

宁宇说："我心里虽然也是这样想的，可是这个分寸确实不好拿捏啊。"

张书记说："我想你找我最主要的就是期望专家委员会今后多照应你的工作是吧？这一点不用你说，我也会暗中帮助你的。我还说明白一点，这也不仅仅是帮你，这也是我们教育界的大事，我们也都翘首期待着这个工程能够圆满成功呢。不过，红副院长那边你也要走动走动，他手里的一票也是相当关键的。你是知道的，我们专家团的意见一定要统一才可能与你们的那个决策机构抗衡，中方的专家团成员一共是三名，只要将红副院长说服了，今后我们的工作也就好开展了。"

宁宇说："嗯，这件事我回去会沟通的。您和红副院长的关系怎么样？你们联系吗？"

张书记说："总体说来，我们之间联系的不多。他们行政学院主要是阶段性培养干部的地方，不像我们真正的教育系统，所以我们的联系不多。不过，你可不要轻视了这位红副院长，他的能量大着呢，他和所有的厅局领导，还有地市领导都是有紧密联系的。更何况他本人也是正厅级的领导，所以我建议你必须和他搞好关系，到时候我只需要他服从我这个首席专家的意见就行，我就担心他和另外一个专家形成不同意见，到时候我就掌控不了这个专家团了，也就无从谈起支持你的工作。"

"谢谢书记的提醒，我今晚就找他。"宁宇这样说。

两人还没有谈完话，张夫人要的饭菜就热气腾腾地上桌了。张夫人说："宁宇，你看看这些是不是你平时喜欢吃的东西啊？这都是娜娜在电话里安排的哦。"

宁宇看了看上来的菜肴，有红烧牛肉、清蒸羊肉、清蒸鲈鱼等。清蒸鲈鱼是宁宇最爱吃的，小时候爸爸在江里面钓到鲈鱼，就一尾也舍不得卖，全给宁宇吃了，所以他一直特别喜欢清蒸鲈鱼这道菜。他对张夫人说："太谢谢了，这些菜都是我喜欢吃的。不过，伯母，你们也要点几样你们喜欢吃的菜呀？"

张夫人说："我呀，点了两个我喜欢的，一个西芹百合，一个剁椒鱼头，一会儿就上了。张书记喜欢的两样菜，也点了，豆花鱼，川味回锅肉。今天娜娜不在，你就代她多吃一点啊。"

看着满桌子色香味俱全的菜肴，宁宇也意识到有几分饥饿了。张书记要了五粮液，三人举杯动筷子，气氛其乐融融的，宁宇俨然就成了他们家一员似的。

也许是张书记特别地开心,一瓶白酒很快就见底了。张书记说:“再来一瓶。”

张夫人却发话了:“不能再喝了,喝到兴头上就行了。下午都还有工作的吧,宁宇下午的事一定不少,老头子,可别耽误了年轻人的工作。”

张书记本来还想喝几口的,但是夫人的话也十分有道理,也就说道:“好吧,那就等空闲的时候,我们爷俩再好好喝几杯。”

宁宇说:“好的,我也期待你们能到龙都去,到时候我们和娜娜一起,好好聚聚。”

张夫人说:“嗯,这是一定的。等你们稍微安顿好了之后吧,现在你和娜娜的事情都很忙不是,我们去了反倒给你们添乱。你们要是有时间啊,我倒是希望你们经常回来,行吗?”

回答这样的问题,显然让宁宇觉得有几分为难,他索性不回答,努力点点头就是了。

127. 睡梦成真 美娇娘出现在面前

回到酒店,时间已经是下午三点半了。宁宇好不容易借这个机会小憩一会儿。他本身也很累,又因为刚才喝了几杯酒,很快就在沙发上睡过去了。秘书给他盖上了薄被子,他很快发出了均匀的鼾声。

尽管是睡着了,宁宇还在思考着下一步的新闻文化产业改革的事。迷迷糊糊之间,他仿佛看见红唇向他走来。红唇手里抱着报业集团的内容规划,身后还跟着思明副部长。不,思明副部长已经是报业集团的社长了,那个政协副主席已经上调省政协做了副秘书长,同样也掌管省政协的机关报。看上去红唇满面春风的样子,眼眸之间荡漾着激情,仿佛她身上的每一个细胞都被这场改革的洪流激发出来了。铃铛般响亮的声音老远宁宇就听到了:“我说宁宇部长,我们报业集团的喜事可多着呢,今天我和思明社长来,就是要向你汇报喜事的呢。”一边的思明社长一直赔着笑脸,和他一样聆听着红唇说话。红唇说:“告诉你一个好消息,我们集团的三家报社都已经盈利了,今天我们就请宁部长去给大家颁奖呢……”期间红唇拿出了一张猩红猩红的请柬，宁宇觉得奇怪，这红唇怎么怪怪的呢，让我去给报社的人发奖，还要什么请柬呢？当他睁开眼睛一看，面前的红唇早就没影了。身边站着的却是章局长和陆草儿，还有钟露，只听见陆草儿和钟露看见他就给他下跪，泣不成声地说："……宁部长啊，你可要给我们做主啊，章局长把我们强奸了……"这个时候，红唇和娜娜都出现了，章杰还和章局长一样怒目圆睁，还有几分威胁他的味道！他腾地拍案而起，大声说道："简直太混蛋了……"他一个激灵，自己突然醒了过来，原来自己有些走火入魔了，是在做梦呢。

此时，身边却传来一个女人的声音，这声音让他觉得特别的熟悉，就是突然之间想不起来是谁了。"怎么，你醒了啊？你是不是在做梦啊？"

他转过身去一看，这个女子居然真的就是红唇，他顿时惊呆了。

看着他有几分呆滞与滑稽的目光，红唇走过来问："怎么，我是怪物吗？还是猛兽？怎么这样看我？"

宁宇揉揉眼睛，说道："你不是在龙都吗？怎么可能出现在这里呢？"

红唇说："哦，这可是章局长安排的任务，让我回来找一些关于报业集团管理的规章制度，我可没有开小差的习惯，这也是完成工作来的。我已经找到很多资料了，这不才顺便来看看你吗？你看你，满嘴的酒味儿，中午一定喝了不少酒吧？来喝一个清茶漱漱口吧。"说着将茶杯递到了他的手里。

两人的手指触摸到了一起，宁宇感觉到红唇的手热得发烫，脸上早已面若桃花了，就像自己在梦中梦见她的神情一样。今天的红唇穿了一身紧身衣裤，将她的身段儿恰到好处地衬托出来，更是显得楚楚动人。加上她秋水一潭般迷人的眼睛，不时眨巴的长长睫毛，简直就是活脱脱的天仙美人儿。宁宇突然觉得，红唇好像就是当年他躺在病床上，一直在床边嘘寒问暖的那个红唇，她总是给人一种羞涩、单纯、执着的感觉，尤其是与她单独相处的时候，这种感觉特别强烈。

"你到底怎么啦？"红唇又问。

"没事儿，我刚才做梦了，梦到了龙都的新闻文化产业改革，我是有些走火入魔了。"宁宇自嘲道。

红唇却关心地问："怎么，连梦都是你的改革啊？难道就没有梦见朋友们？"

"梦见了，还有你呢！"宁宇顺口就说了出来。

红唇的睫毛一连眨巴了好几下，水灵灵的大眼盯着宁宇问："还有我？我在你的梦里是什么模样啊？”

宁宇说：“手里拿了文件夹，春风得意马蹄疾的样子。不过，像现在一样美。”他一边说话，一边坐直了身体，盖在他身上的被子也就滑落到地上了。红唇走了过来，躬下身去拾起被子，然后将被子叠好，重新放回了宁宇的身边。这一系列动作十分连贯，也十分娴熟，恰到好处地显示出了女性特别柔媚的一面来。她是一直背着身子做完这个活计的，留给宁宇的就是她美丽的背影。

宁宇也弄不明白是怎么一回事，她的这个温婉的背影，让他突然想起了年轻时的妈妈和亡故多年的妹妹，突然对红唇有几分亲近感。

红唇乐呵呵地说：“怎么，现在的我美吗？”

宁宇说：“是啊，你的背影更美呢。”

红唇突然回眸一笑，脸上更加绯红了。

宁宇连忙岔开了话题，说道：“你今天到省城，都去找了报社的哪些人啊？还顺利吗？”

红唇说：“还用找别人吗？就把晚报的那一套考评资料先拿去做一个参考。报业集团的资料我已经通过和韵在和好那里找到了全套的。拿资料也很完备，从考核到管理，基本上都已经涉猎到了。当然，这只是一个参考资料，你也是知道的，省城的经济状况和龙都是有很大差异的，所以绝对不可能照搬。我今天大致看了一下，除了编辑部的有些管理条款可以借鉴之外，其他的很多都是不可能在龙都实行的。所以，报业集团要做的事情简直太多了，思明副部长也一直着急呢，每天都和我通电话，谈心得谈体会，谈未来的打算和现阶段的问题。我的心里也没个平静的时候啊，原来我还期望能借用你的脑子，现在我算看透了，今后我可指望不上你了。”

宁宇好奇地问：“什么意思啊？”

红唇说：“你整天都忙得见不到人影，我还能指望你吗？所以我也有了一切自力更生艰苦奋斗的打算。”

宁宇笑笑，十分满意地说：“你不用担心，你不是还有思明部长那个后盾吗？当然，我要是有时间，我也不会看着你累不管的。”

红唇淡然一笑说：“我和思明部长已经研究过了，你以后的精力是注定不会放到报业集团的，你要管相对困难的网络新闻集团，还有新近合并的广电影视集团。另外还要看管龙都高校高职教育园区等，我们哪里还敢奢望得到你的帮助啊……”看来，红唇已经准确地判断出她今后的生活和工作处境了，这让宁宇有几分欣慰。

宁宇说：“红唇啊，你是跟我最长的人了吧？你能这样看待问题，我真的很感激。你能跟我去一个相对偏僻的地级市去创业，这个我也感激。不过，你放心，有一点我会想到的，就是你的事业发展前途。”红唇此刻紧紧地盯着他的脸，期待着他说出充满感情的话，没想到他出口居然说的是事业和前程，她略略有一丝失望。不过，这也仅仅只是短暂的一瞬间，随即她就恢复正常了。说：“谢谢，我一定会珍惜的，也一定会努力的。”

128. 谁都会缅怀过去的时光

宁宇看了看时间，已经是下午六点了。他和红副院长是约好了的，现在也该是往他家里赶的时间了。于是问道：“红唇，你今天是回龙都呢还是回家啊？”

红唇说：“当然是回家啊。章局长给了我两天的时间，我准备明天下午回去。”

宁宇说：“哦，我也是明天回去，不过我可能上午就要走了。”

红唇说：“是吗？要是你上午走，我也上午走好了。”

宁宇又问：“那么现在呢？”

红唇说：“现在呀，就到该到的地方去呀？难道你忘记了你的约定了？”

宁宇说：“莫不是你是来接我的？”

红唇说：“父命难违啊，走吧。”

宁宇问：“现在他们回家了吗？”

红唇说：“早就回家了，你还不知道我爸我妈呀？听说你要去我们家，今天下午三点左右两人就去了菜市场了，今天也不让保姆买菜了，两人看来是要让你享受他们的厨艺呢。对了，上次你没有去我们家，我不是还欠你一顿牛扒吗？今晚就算了，我估摸着老两口已经备下了丰盛的晚宴了。明天早上我做给你吃吧，好吗？”

宁宇心想，明天早上我不可能还跑大老远地去你家吃牛扒吧？但是嘴上却说：“好啊，我可是盼望了很久了啊。”

走进车库，宁宇说："你这辆车我还没有开过呢，不如我来当你的司机吧？"

红唇满心欢喜地说："太好了，你做我的司机。"

两人跳上了红唇新买的私家车，宁宇启动马达，开出了酒店的车库，向大街上疾驰而去。红唇十分享受地靠在后背上，侧目望着驾车的宁宇。说道："宁部长，哦，我还可以叫你宁老师吗？这样我叫起来习惯一些。"

宁宇说："当然可以啊，你想叫什么就叫什么吧？"

红唇咯咯地笑着说："不会吧？难道我可以叫你宇宇吗？嘻嘻。"

宁宇说："你也太会开玩笑了，这两个字可是我爸妈的专用名词呢。"

红唇连忙说："开玩笑，开玩笑，我怎么敢这样叫你呢，我现在突然有一个想法。"

宁宇说："你说呀。"

红唇幽默地说："司机，我们能否到我们熟悉的几个地方去溜达一圈呢？比如你接受治疗的那家医院，比如你当年租住房子的那个小区，还有我们曾经去过的那个台球大厦那条街道。想起那个时候的生活，现在还很羡慕呢！"

宁宇说："本司机十分乐意为公主效劳。我也经常想起这些地方呢，你说得很对啊，回忆那时候简单而快乐的生活，每天为稿件奔波，虽然辛苦，但是很充实啊。走吧，我们就到那几条街去转一转。"

红唇说："简直太好了，可惜就是没有更多的时间，要是有时间，我们也可以去台球厅玩上一局，哪怕我输得稀里哗啦。"

宁宇说："有时间的，以后吧。"

两人还在说话的时候，红唇的手机响了起来。两个人都以为是红副院长打来的，可一接才知道是思明的电话。

思明说："红主任，你现在在省城是吧？"

红唇说："思明部长啊，是啊，我在省城啊。今天上午就来省城了，完成章局长交办的任务，其实也是为报业集团的事。"

思明说："我知道了，章局长已经和我交换过意见了。我知道你办事情一贯很牢靠的，但是我还是想叮嘱你几句。"

红唇说："领导，你这就是见外了，你有什么指示就说吧，你也知道我是一个粗枝大叶的人啊。"

思明说:“我想了想，你不是到了省城了吗？宁部长不正好也在省城吗？我建议你和他碰碰头,跟他请教请教,看看我们这边可能会用到一些什么样的方案和制度,尽可能把报业集团的东西多带一些回来。你去见宁部长至少有两个好处:其一,你可以跟宁部长请教。其二,他可以利用他的关系搞到更多的资料。你觉得我的意见如何？当然,有可能你已经全部拿到手了,就算是老哥多嘴吧！红唇啊,我这人就这样,想到一件事情就在心里搁不住……”

红唇乐呵呵地说:“思明部长,你这个指示简直太重要了,我怎么就没有想到这一层呢。好的,我一定去找宁部长,不管他接不接见我,我都要见他一面,把你交代的任务圆满完成……”

挂断电话,红唇说:“领导,我这不算欺上瞒下吧？是欺上瞒上。”

宁宇却说:“红唇啊,你现在越来越成熟了。”

红唇打开了车窗,晚风吹拂着她柔软的长发,她用手理了理柔发,调侃道:“你是说我成熟了吗？哪一点成熟了啊？”

宁宇正色道:“我不和你开玩笑,你刚才的言辞就说明你成熟了,你知道怎么和搭档或者上级打交道了。”

红唇说:“那么,你满足我的请求吗？”

宁宇瞟了她一眼说:“你红唇是什么人,我宁宇心中有数,我能想到的,你早就想到了,并且已经完成了,还需要我做什么呢？”

红唇娇嗔道:“你和我都这样聪明,谁也愚弄不了别人,这多没诗意啊？”

宁宇没有回答她的话,而是提醒道:“你快看啊,前面就到我住院的医院了,想想那个时候,要不是你一直在我身边啊,我还不知道会怎样呢？”

红唇还是调侃着说:“不是我,不就是别的小姑娘吗？这有什么好感叹的。”

宁宇说:“你别挤对我了行吗？我知道你于我是有恩的,我都记在心里呢。”

红唇说:“我可没有这个意思啊，你当年本来就是我们这些学生敬仰的老师,就是你在医院的那一阵子,我真正地长大了。这话不是我说的,这话是我爸我妈说的,我当时还没有意识到呢。”

宁宇很清楚,红唇也没有说假话,就是那个时候,红唇变成了情窦初开的女孩。那一副简单而纯情的模样,至今让他恋恋不忘。

红唇尖叫道:“哦,这就是你租住房子的街道了,简直太熟悉了,你看看,周边的小店，周边的风情，还历历在目啊。”

宁宇是忘记不了这一条街道的，整整五年的青春就在这里流逝了。这里记录着他初涉新闻圈的种种艰辛，记录着他走出校园后的星星点点，这样的烙印，也许一辈子都是不会忘记的。他突然觉得过去的那些悠然时光，是多么的不容易，是多么的艰难。经过台球大厦的时候，宁宇忘记了身边的红唇，反倒是和韵的神情和举止那样入骨地清晰。

129. 丈母娘看女婿 越看越欢喜

也算是触景生情吧，宁宇想起自己当年做记者时，在主任的安排之下潜入匪窝，几乎连命都丢掉了。当时除了心中张扬着青涩的新闻理想之外，就只有生存的艰难与艰辛了。那些比他过得好的记者们，又有谁愿意只身前往匪窝呢？他想，也许当时章局长身为报社的副社长，在他面前都会汗颜的，因为这样拿脑袋去拼搏的事情，只有他这样命贱的人才可能去干。他现在想一想，可能当年章杰、章局长，甚至是和韵这样的实习生，也会暗自取笑他的愚蠢。表面看来他是高扬理想的，可实际上呢，那完全是生存的逼迫和无奈，就像矿工为了生存下煤窑求生一样的本能。

他保全了性命回来，用性命作为赌注换来了荣誉和地位，于是乎有了今天的成长轨迹。他淡然地笑笑，身边的这些人，他想，也许红唇会是他的同类项，就连娜娜都不可能是。要不是今天自己走上了这条路，很多女人，包括像娜娜像笑笑像和韵这样的女人连看都不会多看他一眼。

想明白了这一切，他也不会抱怨任何人，现在的社会这样多元了，那些贵妇有贵妇的生活，贫民有贫民的乐趣，社会已经承认了这样的哲学，不管你干什么，崇尚的都是胜者为王败者为寇。自己过去艰辛使然，现在终于出人头地了，很自然地也就赢得了人们的青睐。但是，他内心深处还是更喜欢像红唇这样的同类项。

他也想过，要是自己当初在匪窝里死亡了，最大限度也就算是一个工伤，人们抹几滴眼泪也就算过去了。所以他原本就是卑微的。虽然现在的境况已经发生了转变，只不过是换了一个外套，他还是原来的那一个人。见宁宇只顾着开车，就是经过他租住的小区和台球大厦也都沉默寡言，红唇轻声问："怎么，勾起你的不愉快了。"

宁宇一边娴熟地驾车，一边说："没有啊，我在想，我应该感激你的，你让我活得更清醒了。"

红唇笑笑说："我可没有你想象得那样深邃啊，只不过我是想看一看这些曾经熟悉的街景。"

宁宇说："很多深刻不是用言语来表达的。"

红唇说："这样说来，你是很信任我了？是不是因为当年我在医院陪过你？"

宁宇说："我不会忘记那一幕的，但是那不是全部。最主要的是，你和我骨子里面很多的东西是相近的，这一点我无法判断是好事还是坏事。"

红唇说："你这不是赞美我，你这是在拒绝我吧？你是不是觉得，两个人太熟悉了，反而会成为陌生人？"

宁宇说："不是我是这样，是整个人类都这样啊！"

红唇说："也许我和你会是一个异数呢？或者，我会努力改善自己。"

宁宇侧目瞥了她一眼，说道："你什么意思啊？我可没有听说过人可以越变越笨的。你改变什么呢？你就是你，一个聪慧无比的女子，莫不是你能将自己变憨变蠢？那就成了伪装了，这比现在的你还要可怕呢。"红唇当然是一个明白人，这是宁宇在保持与她之间的距离呢！他一直都这样，在她面前总是不冷不热的，不像在和韵和娜娜面前，总是保持着亲热的样子。但是她实在弄不明白，这是不是宁宇另类的爱人方式。

红唇又说："你喜欢简单的傻子，或者平庸的有胸无脑的白痴女人？"

宁宇乐呵呵地笑了，这个红唇，还是把话题挑明了。他能说什么呢，只得笑笑说："也许吧，每一个人都有觉得很累的时候，男人尤其如此，和睿智的女孩交往会很愉快，但太让人伤神了，睡觉还得睁着眼。人这一辈子很短暂，这又是何苦呢？"

红唇却不依不饶，问道："我就是胸大无脑的白痴女人，不是正好适合你吗？我就能确保你睡安稳觉，还能在你睡着的时候帮你打蚊子……"

宁宇将车停下，什么也没有回答，而是说："我们未来的红总编辑，已经到你的家门口了，你老爸在门口等咱们呢！"

红唇这才回过神来，说道："哦，怎么都到了啊？"言语之间还有很多遗憾。宁宇不是不明白，面前的这个女人很早就表现出对他的热情了，只是自己一直都与她保留了距离。她本来是一个十分含蓄的女子，现在在他面前也变得有几分敢说敢为了。这样的勇敢和胆识，也只有在自己醉心的人面前才会展露出来的。

红唇果然抬眼看见了爸爸，推开车门喊道："爸，你怎么在这里站着啊？"

红副院长看见他们来了，顿时脸上堆满了笑容，乐呵呵地说道："我估摸着你们应该到了，所以就下来接你们啊。今天不是有贵客上门吗？我不出来迎接，那不是显得我这人没有礼貌不是？"

红唇说："呵呵，爸爸，你什么时候变得这样周全了。我小时候同学来家里玩，你可从来没有这样的啊？"

红副院长说："看你说的，小时候是小时候，现在是现在。更何况今天来的客人是宁部长啊，是你的老师啊。"

红唇撅起嘴，冲宁宇说："宁老师，我爸对你也太好了，我的朋友从来都没有得到过这样的欢迎。"

宁宇知道是父女俩贫嘴，但是也只得说："哦，我很荣幸啊，谢谢红副院长。"

红副院长和宁宇握手，说道："宁部长，你还是第一次来我们家吧？请吧。"

红唇说："是呀，宁老师是我们请不动的客人呢。以前爸爸在北京的时候，我和妈妈请不动他呀，现在爸爸回来了，也只有你的面子大了。"

宁宇说："红唇，你这话就不对啊。我来是为了吃你做的牛扒饭呢，难道你这么快就忘了。"看见两个人这样说话，红副院长也就走在前面，什么也不说了。走到家门口，门是敞开着的，满屋子飘荡着菜肴的香味儿。红夫人早已恭候在门口，看见了宁宇，十分高兴地说："宁老师啊，我们全家可是一直期盼着你来做客呢，只可惜你的公务太繁忙了，今天你能来，我们太高兴了，请进请进。"

红唇在一边说："妈，要不是爸爸回来了，宁老师才不会到我们家来呢，今天不是什么特殊日子，是他们两个男人有话要说，要不然，你以为人家会到我们家来吗？"她嘴上没有说是因为求他爸爸，也算是很会说话的了，同时也故意奚落宁宇，显示他们之间的相互信任和亲近呢。

红夫人说："红唇，你可别这样冤枉宁老师啊，我觉得他才不是那样的人呢。"这句话的潜台词正好就对应了"丈母娘看女婿越看越欢喜"，可事实上呢，只有宁宇和红唇知道，他们俩之间的事儿，还遥远着呢！

130. 下意识地捂住湿漉漉的下体

与张书记的家相比,宁宇倒是更愿意在红副院长家,这家里更让人觉得自在随意,没有那么多的教条。酒菜上齐了,各自按照自己的想法,想喝什么酒就倒什么酒。红副院长和红夫人也没有打探隐私、讲究背景的陈规陋习,说话也都是极其随意而平等的。一开始红副院长就说了:"宁老师,我也更愿意叫你宁老师,你曾经教过红唇的,我希望你今后能继续帮助红唇。至于说你今天来找我的事情,我已经明白了,只要我和张书记保持一致就是了,也就没有必要再说这事了,我想你一定经常和人探讨这些问题,也许脑子里也累了。今天我们就不谈这些,想说点什么轻松的话题就说,然后就是随意喝酒和吃饭,这样好不好?"

这当然是宁宇所希望的,没想到红夫人却有更好的主意,她说:"对了,今天我们不正好四个人吗?我们一会儿玩一会儿扑克怎样?近段时间我们银行里的人老是拉我去玩扑克升级的游戏,工会经常安排,我们几个行长一起上阵,他们老是说我的牌技太差,今天你们三个就牺牲一点时间帮我补习补习如何?"

红副院长和红唇咋咋舌,说:"我们本身就是你的奴隶,听你的吩咐好了,可是人家宁老师……"

宁宇乐呵呵地说:"没关系的,我也好久没玩过扑克牌了,记得还是上大学的时候与同学玩过,当记者之后就没有时间玩了,也就更别说现在了。"

红夫人说:"哦,这样说来,我让你玩扑克还算对了,让你找回纯真的学生年代。"

红副院长说:"这样吧,我和宁宇一边喝酒一边陪你们玩吧。"他一边说,一边拿出了两瓶洋酒,对宁宇说:"就当这里是家里好了,完全放松下来,想喝多少就喝多少。"随后又说:"红唇,我有一个建议,你去给你的宁老师找件宽松的衣服来,让他把外套脱了,在家里还这样西服革履的太不自在了。"

红唇将宁宇带进了她的房间,对他说:"这样吧,你的衣服这里可不少,你自己看看吧,这些都是我去北京的时候专门给你买的,你的衣服型号我是知道的，你愿意穿休闲服也可以，穿睡衣也可以，反正这些都是我早就替你准备好的。我们家是很宽松的，进门大家都喜欢随便一些。我建议你最好去把衣服换了，你这样穿着西服，全家人都会觉得别扭呢。再说，你的房间可是一直替你空着的，今天就是你的处女住了，嘻嘻。”

宁宇还没有适应这样的氛围，连忙说：“不行，我一会儿还要走的啊。”

红唇嘻哈着说：“我说宁宇同志，我们全家都是欢迎你住在我们家里的，你这样不领情，你知道意味着什么吗？后果不堪设想呢。另外，我得告诉你，我爸爸晚些时候还有话要对你说呢。”

宁宇好奇地问：“是吗？你可别吓唬我。”

红唇说：“你大概忘了我爸是干什么的了吧？他可是省行政学院的常务副院长，民间俗称第二组织部呢，难道你就真的不想听听他的真知灼见？难道你还担心他害你？”

听了红唇的这番话，宁宇真不知道该怎样回答。但是他明白，红唇也是一番好意，红副院长更是一番好意。他这样级别的干部，又常年生活工作在省核心领导层的周围，想必他对官场的了解是相当深邃的。能听听他的指点，当然是大有益处的。他还在遐想，红唇就将睡袍递到了他的手里，将他推进了洗浴间，一边说：“别迟疑了，像别人会谋害你似的，快去吧，外面的行长可等着你陪她玩扑克呢。”

宁宇也就这样进了洗浴间。

他张望着红唇的私密洗浴间，这里香气扑鼻，里面摆满了红唇的各种精致化妆品，还有各种雪白的浴巾手巾。他迟疑了一刻，将门推开，看见正在脱外套换衣服的红唇，红唇似乎也不担心他偷窥什么。回眸一笑说：“你干嘛？快去洗呀？”

红唇的脸充满了羞涩，而此刻的宁宇也有几分分不清东南西北了。愣了一刻说：“这里不是你的浴室吗？”

红唇说：“怎么啦？浴室还要分男女啊？”

宁宇说：“里面全部都是你用的东西，我可不知道哪个该用，哪个不该用啊？”

红唇终于笑出声来，嘻哈着向他走过去。宁宇闻到了从她身上飘溢出来的馨香。她有意无意地拉了宁宇的手，进到了浴室里面，直愣愣地站在宁宇面前。宁宇真害怕她会扑倒在他的怀里,两人愣了一刻,还是红唇打破了沉默,她说:“傻瓜,这里是什么你都可以用的。浴巾毛巾都是崭新的,洗发水和洗浴液都是随便用的,当然,还有我的唇膏和其他的化妆品,你也是都可以选用的,嘻嘻。”一边说,一边躬身告诉他,开关在哪里,吹头发的吹风机在哪里,等等。然后又抬起了她那张长满桃花的脸蛋,问道:“还有不明白的吗？”

宁宇这样近距离地站在只着了内衣的红唇面前还是第一次，这空气让他有些窒息。红唇修长的身躯,充满诱惑的胸部,躬身那一刻凸显出来的丰满臀部,加上浴室里柔和暧昧的灯光,险些让宁宇失去了方向。他连忙说:“嗯,知道了,知道了。”

红唇画蛇添足地站在他的面前,再一次问道:“真的明白了？”

宁宇说:“明白了。”

红唇说:“那好,我就在外面等你,你要有不明白的地方你就叫我。”

宁宇说:“不,不用了,你最好到客厅去吧！”

红唇的脸上更加血红。

红唇离开之后,宁宇冲出浴室,走到红唇的闺房里面,将她的房门也关上了,这才放心地进了浴室,享受着温润的热水,宁宇脑海之中却想到了刚才的那一幕。红唇高挺的胸部和丰满的臀部,他暗自责骂自己:你怎么想这些呢,你还像个领导干部吗?可仿佛另外还有一个声音在说:怎么啦?领导干部莫非就不是人了,你是一个年轻男人,有这样的想法也是很正常的啊……他猛然睁开眼睛，突然看见一双再熟悉不过的眼睛正直愣愣地看着他,他不由得“啊”了一声,下意识地用手捂住了湿漉漉的下体。红唇怎么会在这里呢?！待他冷静下来之后一看,原来是红唇的一张逼真的裸照,虽然胸部和隐秘之处都进行了特殊的处理,可在灯光的照耀之下,她的眼眸和身子都格外诱人。

131. 预谋流产

可是，这些感官上的刺激还是很快就占据了上风，宁宇突然想到了和韵,想到了娜娜甚至还有笑笑。他警告自己,现在自己毕竟是不大不小的领导了,这样的人格分离是异常可耻的。他索性什么也不想了,将身上的泡沫用热水冲干净,立刻换上了睡袍。打开浴室房门的一瞬间,红唇又进来了。红唇乐呵呵地说:"我就知道你洗澡很快的,你的头发需要吹干吗?"

宁宇说:"嗯,是的。是不是外面的等不及了,我马上就好。"

"才不是呢,外面的人改主意了,他们不玩扑克了,早就去了邻居家了。"红唇说道。

她的这话,突然让宁宇有一种紧张感,这不就是说,整个房间里就只有他们两个人了?要是红唇真有其他的想法,自己拒绝势必会造成尴尬局面。于是一边吹头一边说:"哦,要不然我们也出去走走吧?待在家里多没意思啊?"

红唇说:"可以啊,不过我有个条件。"

"什么条件?"宁宇问。

"我还真的有几件事情要请教你呢,说完之后我们再出去吧?我陪你玩桌球去。"红唇说。

"好啊。你先出去一下好吗?我还没有穿衣服呢。"宁宇说。

红唇出去之后,宁宇很快将衣服穿好了。走出客厅,红唇说:"你穿上西服了啊?"

宁宇说:"你不是说了,要出去的吗?"

红唇说:"呵呵,傻瓜,你上当了。我喜欢你玩桌球,你进那间屋子看一看是什么?"

宁宇进去一看,里面居然有一张美式桌球桌,而且还是崭新的。回头对红唇说:"怎么回事,你们家还要开桌球坊吗?"

红唇说:"这就是我的主意了,我知道你的喜好,所以就买了这个东西回来。而且我已经想好了,以后我们俩要是从龙都回到省城,需要娱乐的话,我们俩就可以玩上一局。现在也就别浪费时间了,赶快把你的西服和西裤给我换了,也不要你换成睡袍,你总应该换成休闲服吧?"她一边说,一边把她给他买的休闲服拿了过来,还说道:"就在这里换吧,爸妈都没在家的。"说着亲自给他把外套脱了下来。宁宇不知道是该高兴,还是该感激。

原来红唇的球技确实很一般,没想到她现在大为长进了,至少可以与宁宇抗衡了,这让宁宇大为吃惊:"你什么时候学到了这种程度?"

红唇说:"我用一个不恰当的比喻你会怪罪我吗?"

“不会。”宁宇说。

“古话说夫唱妇随呀,现在虽然我们还不是,可是我有这样的愿望。你整天忙是吧,我参加了短期培训班的,我的老师是省队的专业教练呢。”红唇说。

宁宇击打了一个球进袋,望了红唇一眼,说道:“难道你不觉得你这是不务正业吗?”

“我不觉得,我觉得这样很幸福,我在梦中想过很多次这样的画面了,现在居然实现了,我很满足,嘻嘻。”红唇说。

宁宇可不想和她说这样的话题,于是问道:“你刚才不是说还有问题要和我探讨吗?”

红唇说:“是的。我现在在新闻文化产业改革办公室帮忙,这个时限会是多长呢?”

宁宇说:“很快了,就等和氏商号集团和龙都签约之后,你们就可以到你们的岗位上去了。这里面主要涉及一个问题,就是经营统筹的问题。你也知道的,媒体集团离不开经营,没有强大的资本集团介入,我们的改革也就沦落为纸上谈兵。那么经营人才的选拔和任用,又要听投资方的意见,你们不能到岗的原因,具体地将有两个方面:一方面是新闻文化改革协调办公室需要一个经营方的副主任,当然,你们进去的这几个都是副主任,到时候可能还要将思明也抽调进这个办公室,职务都和你们一样,都是副主任。现阶段也不知道和氏商号集团会指派谁去担当这个职务。第二个方面,你去的报业集团同样存在这样一个问题,思明去出任社长,你去出任副总编辑代理总编辑,投资方委派总经理。所以这个时候你去报业集团显然不伦不类,要等主管经营的总经理到位之后,才好一起任命。我不知道这样说你能明白吗?”

红唇笑笑说:“这样我都还不明白,我不就成了傻子了吗?”她也瞄准了一个球,干净利落地击打进球袋。宁宇说:“好球。”

红唇继续问:“思明副部长现在的身份怎么还没有确定呢?老总编辑不是已经调到了省政协了吗?其实我猜测,思明部长自己也挺着急的。”

宁宇问:“他有过这样的表示吗?”

红唇说:“他倒是没有明说过。”

宁宇说:“他的情况很特殊的,原来我本来打算让报社的老总编辑进宣传部去接替他的副部长位置，现在老总编辑已经上调省里面了，宣传部也就缺少一名副部长呢，所以现在市里面也还在权衡，是让思明兼任报社的社长呢，还是全职做报社的社长。”

红唇说：“哦，原来是这样啊，看来我是不该问了。”

宁宇却说：“不对，你问到这里来了，干脆你也给我一点参考。你觉得他是全职的好呢，还是兼任的好？”

红唇说：“这样的话我说不大合适吧？毕竟是你们领导层要考虑的问题啊。”

宁宇说：“你就当是回答朋友的提问好了。”

红唇说：“这样的问题让我来回答，我一定不仅仅站在朋友的角度，回避不了还得从工作的角度，因为毕竟今后我要在这个团队里面工作啊。要我说啊，当然是全职的好。你想一想啊，我这样年轻，经营总经理也不可能很年长，要是再让思明部长兼职的话，这个班子的整体力量就可想而知了。而且现在的情况还不是那样乐观。你本人还要张罗网络新闻集团和广电影视集团，本来你是指望报业集团不让你分心的，要是人事这样安排的话，只怕是你不分心都不行啊！”红唇的话，还真的触动了宁宇的内心，他本来一直就没有下决心的，经过红唇这样一说，他的心里立刻有了很明确的指向性了。不过，他是了解思明的性格的，虽然他现在特别地上进，特别地想做一些事情，但是他也不是一点儿都没有想法的。原来他想出去，就是觉得宣传部毕竟是一个领导机关，没有很多实际的事情让他去做。而且一开始就设定的让他和报社的老总编辑对调职务。现在不一样了，老总编辑上调省政协了，他的副部长的位置就完全可以不动的，去报社做社长只是兼职，这当然是思明最愿意看到的结果。他还隐约感到，今天红唇对他说的这番话，完全有可能是在思明的授意之下说的，所以他得选择一个时机跟思明交换意见。要是思明不愿意去报社任社长，也就只能让他留任副部长了，反正他得打消思明以宣传部副部长的身份兼任报社社长的想法。

132. 前车之鉴让人顿悟

宁宇一口气进了五颗球，这足可证明他心中已经下了什么决断。他什么也没有说，只是冲红唇笑笑，而后点点头。红唇很清楚，说这样敏感的话，自然是点到即止。于是又换了一个话题问道："还有一个问题想请教领导，你说龙都日报原来那么多的报刊，那么多的二级单位，这一次要改革，恐怕不是换两三个主要领导就可以解决的吧？"

宁宇说："这就要看你们几个领导的能力了，原则上，科级领导你们集团自己决定，上报宣传部备案就是了。是啊，要想把报业集团真正改革到位，关键还在中层的执行力，这一点你看到了，就很不简单了。"

红唇还要说什么，就听见门外传来了声音。随即就听见红副院长在呼喊他俩："红唇啊，你们俩出来歇息一会儿吧？快出来，你妈带回来好吃的了。"

红唇冲宁宇一笑说："要是经常在家里，非让他们把我们喂成肥猪不可。我猜他俩一定去了西点屋了，给我带回了蛋挞呢。我小时候就特别喜欢吃蛋挞，软软的，酥酥的。这老两口啊，一准又把我当成小时候的宠物了。走吧，你也当一回宠物吧？"

宁宇放下球杆，说道："红唇，我真羡慕你，你真的很幸福啊。"

红唇说："我承认我幸福，可是我并没有打算独享啊，我打算与你分享呢。"

宁宇说："就怕我没有这个权力啊。"

两人嘀咕之间，红夫人就进来了，冲两人笑笑说："你们俩还在嘀咕什么呢，快去洗洗脸，然后出来吃夜宵了。"

虽然宁宇曾经是红唇的老师，可真正在红副院长和红夫人的心里，宁宇就等同于红唇的男同学或者男朋友。所以红副院长和红夫人实际上就是充当了长辈的角色。宁宇走到客厅，看见餐桌上重新摆满了菜肴，新鲜的大闸蟹、新鲜的基围虾，还有蒸鱼和烤鱼，也有正宗的牛肉串和羊肉串。红副院长给每个人都斟满了红酒，说道："你们俩的球技怎么样啊？都累了吧？喝一杯解解乏吧！"

宁宇赞叹道："红唇进步太快了，照这样下去，我以后就不敢邀请她打桌球了。"

红副院长温顺地笑笑，说："红唇没有别的优点，就是做事很认真。你是不知道啊，你去龙都的这一段时间，她工作之余都是在桌球厅度过的呢，还拜师学艺，你说这孩子，也不知道什么动力支撑她喜欢桌球了。你也看到了，桌球桌现在都摆到家里来了。"

红夫人说:“我知道红唇为什么这样!”

红副院长问:“怎么回事呢?”

红夫人说:“还不是因为宁宇酷爱桌球的原因呗。”

宁宇没有说话,红唇就说:“嗯,就是这个原因,还有就是我想打败他。”

“今天你打败他了吗?”红副院长乐呵呵地问。

“没有。”红唇冲宁宇做了个鬼脸。

“来吧,喝酒。红唇啊,我倒是希望你把练桌球的精神头儿用到工作上去,不要让宁老师整天为你操心。”红副院长说。

宁宇连忙说:“其实,你们还真的不太了解情况。这一次在省城选拔的这几个人啊,我最不担心的就是红唇。她业务精湛,作风踏实,文章出众。老实说,我就等待着她去当好这一次的排头兵呢。”

红夫人说:“嗯,红唇啊,你听到没有,宁老师可拿你当个人物呢,你可不要辜负了人家的期望啊。”

红唇乐呵呵地说:“就是失败了,也不关我的事。”

红副院长佯装批评说:“红唇,你怎么说话啊?”

红唇说:“本来就是呀,是他认为我行的,我又没有骄傲自满,更没有毛遂自荐,嘻嘻,你说是不是,我敬爱的宁老师。”

红夫人说:“看你这孩子,就是没正想的。不说了,来来,喝酒吃菜。”

红副院长收起嬉笑的面孔,问道:“宁老师,你还有什么困难吗?我指的是工作上的。以前我一直在外地,没有很多的时间关心你,现在不一样了,我已经回到了省城,很多你不方便办或者不方便说的,我也许可以替你分忧的。这里也没有外人,你要是觉得信任我的话,你什么都可以说。”

“谢谢红副院长。老实说,我刚去龙都那会儿,压力特别大。很多部门的主管对我的话也都是置若罔闻的,该拖的就拖,能躲的就躲,很是让我挠头。后来市委进行新的分工和调整,我没有承担其他的招商引资任务,但市里面把龙都高校高职教育园区的建设和龙都新闻文化产业改革两件大事交到我的肩上,政府配合我的是省城大学下去的教授副市长雪雁。我没有想到的是,这个雪雁副市长也不配合我的工作,搞得我处处难堪,幸好还有支持我的王明书记……”宁宇现在想起那些往事还有些担惊受怕。

“后来呢?”红副院长问。

“那以后啊,我几乎走火入魔了,整天都在想怎样才能打开工作局面的事呢。也算是幸运吧,这两件事都很快有了眉目,而且进展神速,市里面的干部们,包括雪雁副市长这才改变了对我的看法。”宁宇说。

红副院长举杯说:“来,我祝贺你通过了第一关的大考。这官场啊,可不是你想象的那样简单,只要在这个平台上一天,你就不要奢望什么时候可以轻松下来,要想轻松下来,只有两个可能,一是辞职,而是退休。显然,二者都不适合你。”

红副院长显然是话中有话,宁宇恭敬地说:“还请红副院长赐教。我和红唇一样,太年轻了,对很多事情都还是一知半解的呢。”

红副院长说:“你也太谦虚了,红唇怎么能和你同日而语呢,起点都不一样呢。不过,红唇能得到你的帮助,我很感激你的。你就是红唇的一面镜子,因为有你,我相信她会成长得更快。”

红唇插话说:“爸爸,你就不要说我了,你还是说说宁老师的事吧。”

按照红副院长的说法,宁宇完全有新的机会升迁的,但是现在他将面临四道关卡。这四道关卡不是每一个人都能顺利地跳跃过去的。具体说来,第一道关卡就是眼前的这个局,横在他面前的陆强市长和教育厅长。这两个人是他逾越的第一道坎。所以这两个人不仅仅是他的对立面,也可能是他成长道路上的恩人,这就要看他宁宇去怎么把握和理解了。第二道坎就是现在用他的王明书记,别看现在他对宁宇言听计从,但是最关键的时候还要看他的一句话。所以红副院长期望宁宇能走进王明书记的内心世界,不要被表面现象所迷惑。官场上翻手为云覆手为雨的事情不是一件两件。第三道坎就是同级组织部门和省里的组织部门,这些部门虽然平时不会过问你的存在,但是你在政绩上的点点滴滴,或者生活上的污点缺点,他们在关键的时候都会如数家珍。第四道坎就是身边工作的诸如雪雁这些同志……当然还有第五道第六道,这些都可能是阻碍他宁宇成长进步的杀手锏。宁宇算是领会了刚才红副院长说的那句话了,职场没有宁日,除非你退休或者辞职。此刻,他才领略到了另外一种意味,原来看似简单的坦途,其实还有不少的弯路缠绕其间呢。